南飞雁 著

图书在版编目（CIP）数据

汴京听风录 / 南飞雁著. -- 武汉 : 长江文艺出版社, 2025.5.(2025.6重印) -- ISBN 978-7-5702-3902-3

Ⅰ．I247.5

中国国家版本馆CIP数据核字第2025MD5863号

汴京听风录
BIANJING TINGFENG LU

责任编辑：孙　琳　张　贝　　　　责任校对：程华清
封面设计：璞茜设计　　　　　　　责任印制：邱　莉　王光兴

出　版：长江出版传媒　长江文艺出版社
地　址：武汉市雄楚大街268号　　邮编：430070
发　行：长江文艺出版社
　　　　http://www.cjlap.com
印　刷：湖北新华印务有限公司

开本：700毫米×1000毫米　　1/16　　印张：28
版次：2025年5月第1版　　　　　2025年6月第2次印刷
字数：395千字

定价：68.00元

版权所有，盗版必究（举报电话：027—87679308　　87679310）
（图书出现印装问题，本社负责调换）

目录

楔子 / 001

第一章·灯火荧荧归路迷

董齐庵 / 003

陈宓 / 008

董齐庵 / 014

陈宓 / 018

董齐庵 / 025

第二章·翻手作云覆手雨

陈宓 / 035

董齐庵 / 040

沈追 / 044

宋崇 / 050

沈追 / 055

第三章·人到情多情转薄

许沂 / 061

孙从吾 / 069

沈追 / 074

宋崇 / 082

沈追 / 091

第四章·辛苦最怜天上月

钱惟演 / 101

沈追 / 111

宋崇 / 119

第五章·嗟君此别意何如

沈追 / 127

宋崇 / 134

许沂 / 143

柘析劫布 / 152

第六章·力尽筋疲谁复伤

花长虫 / 159

胡垚 / 166

沈追 / 171

孙从吾 / 174

舒正臣 / 180

宋崇 / 189

第七章·南枝开放北枝寒

老雕 / 197

沈追 / 204

拔色颇 / 216

柳永 / 224

宋崇 / 228

第八章·梨花满地不开门

许沂 / 239

拔也让武 / 250

老雕 / 260

沈追 / 265

宋崇 / 273

第九章·东风又作无情计

沈追 / 283

周忠 / 290

花长虫 / 297

刘从德 / 301

钱惟演 / 305

晏殊 / 311

第十章·故国山川空泪眼

沈追 / 319

孙从吾 / 331

胡垚 / 337

沈追 / 348

老郎 / 355

钱俶 / 357

第十一章 · 今宵绝胜无人共

钱惟演 / 367

沈追 / 373

刘太后 / 384

胡垚 / 389

宋崇 / 394

赵祯 / 401

尾声 / 423

楔　子

八月节早就过了，天却不见凉。子时前后倒起了阵风，风不大不小，院里柿子树掉了不少果子，遇地砰然裂开，赤浆溢流，浓郁的味道便弥散在西炭场巷甲字三号院中。西炭场巷在开封外城西北，属城北右军厢管辖。巷子不大，东西三百步，挤下了四十来户人家，跟达官高宦聚居的天波门外一宫三院没法比。巷子北是显宁寺，东有万寿观，白天香火还算旺盛，入了夜便是一片死寂，比不得内城的州桥和马行街夜市灯火煌煌。

其实从第一颗柿子落地开始，董齐庵就再没有平静片刻。

几个时辰之前，天刚擦黑，右厢店宅务的放衙梆子响过头遍，董齐庵便收了铁边木牌，跟府廨同仁们打招呼告退。出门之际，同衙共事的勾押官李淳挤眉弄目，促狭道："董勾押点卯点得迟，放衙放得却早，怕是红栀子灯下，有佳人一直候着吧？"

有宋一代，东京汴梁开封府诸多勾栏瓦舍间，红栀子灯是青楼妓馆的招牌，最是缱绻风流、销魂蚀金之所。于是此言一出，登时满座皆笑。原来董齐庵丧妻数年，膝下无子，铁打汉子也熬不过的，何况熙熙楼的潘念念正值熟透的年纪，跟他正好比是蜜里调油，须臾分开不得。董齐庵听得这话，只有赧颜一笑，嚷了声"惭愧惭愧"，忙不迭慌慌张张出了门去，留下背后一阵哄笑不绝。

右厢店宅务位于西华门街，西炭场巷在外城西北，按理说该一路向北，经大梁门内大街出内城才是，或者向北绕过皇城，再一路向东，到西鸡儿巷的熙熙楼去。但董齐庵出得府廨大门，却沿着启胜院街一路向南，自崇明门离了内城，寸步不歇，穿街越坊，直到蔡河新桥一家脚店门口方才驻足。蔡河又叫惠民河，入广利门出普济门，穿南城而过。陈、颍、许、蔡、光、寿六州漕粮都由蔡河水道进京,在宜男桥、第一座桥、粜麦桥、新桥、保康门桥、高桥、云骑桥、观桥八处大码头卸货,再向南直达淮河,是京畿四渠中仅次于汴河的南北要道,整日里樯橹如林,肩摩毂击。眼前这个脚店临着蔡河,离新桥码头不过一箭之地,自是极热闹的去处。方值西正时分,东京梦华才刚刚幕启,店门两侧立笼中灯火点亮,"十千脚店""天之美禄"的笼牌在夜色中渐渐夺目。董齐庵站在门前,抬头打量着彩楼欢门,眼角微微一抽,已是扫遍了周遭:

行人十几个,形形色色,不一而足,个个脚步不停;背后茶社棚下,坐着七八个人,悠闲攀谈,视线都在别处;周围几个卖簪花卖饮子的小贩,依旧在叫着招徕号子,招呼着眼前的客人;几个孩子顽皮得紧,当街踢着蹴鞠,呼喊连天,正被路过的轿夫车手大声呵斥。而刚才出崇明门之际,似乎有个青衫男子不远不近地跟着,此刻也不见了踪影。

没有人注意到他。当然,或许每个人都在注视着他。董齐庵站在脚店门口,像一个普通的食客,也像群兽觊觎的一个猎物。很多年了,他时刻准备着被一群人突然围住,按倒在地,而他甚至来不及做出一丝抵抗。可能,这一天已经不远了吧?

董齐庵迈步进了十千脚店。脚店虽不如正店般奢华,却也是上下两层,楼上是济楚阁子,楼下是散座方桌。董齐庵慢悠悠到一桌前,绰椅子坐下,随手从竹木筷笼中取出筷子摆在碟上,前端相抵,后端岔开,形成一个锐角。很快有茶饭量酒博士过来,殷勤道:"客官清吉,来点羹饼饮子?"

董齐庵一笑,将一串制钱放在桌上,道:"随便来些就是。"

茶博士麻利地抹桌子,手背上一个黑色的痦子异常显眼。他往碗中倒了七宝茶,又扫制钱在手,高声叫起:"客官清吉!"便转身下去。刚才茶博士不经意间地一抹,碟子轻轻转动,竹筷并拢在一处。董齐庵两指伸出夹住了碗,轻轻一啜。茶汤滚烫,一线击喉,顿觉喉头脾胃暖意洋洋。不多时饭菜摆上,云英面、摔肉羹、白切羊头、过油鸡碎,外加一壶十千酿,满满当当放了一桌。董齐庵自斟自饮,吃面喝羹,临了敲了敲桌角铜铃,茶博士马上凑过来问道:"客官还要些什么?"

董齐庵从袖中取出帕子,擦擦嘴角,笑道:"要不得了,这就吃不下——

麻烦打个荷吧。"

回到街面，董齐庵手里多了个荷叶包，用麻纸绳四边捆着，一根手指钩住背在身后，一路晃晃悠悠回家。外城较为冷清，不比内城昼夜喧哗，金水河横桥边倒还有些热闹，越往北去人迹越少。董齐庵不紧不慢地走着，一边走，一边判断着身后跟踪者的模样：三十来岁，体胖身短，身上没有重物，左脚不如右脚受力，才几里路下来，气息就微微变喘，显然是不常步行——董齐庵兀自走着，忽然想笑，看来皇城司真是无人可用，这种货色都派出来办差了。

走到巷子口，墙下有一口方井，董齐庵来到井前，俯身将荷叶包轻轻放在井沿处，随手抓起一旁公桶中的水瓢，舀水便喝。此刻，董齐庵背对院墙，面朝巷口，避免了腹背受敌；右脚紧挨着荷叶包，一旦情形不利，荷叶包便可被踢入井中——情报就在荷叶包里，遇水即化，算是万无一失。主意略定，几口水也落了肚，董齐庵一手握着水瓢，一手抹了抹嘴角，冷冷道："是谁？"

黑暗中身影绰绰。来人踌躇着长叹一声，慢慢走了出来，朝着董齐庵一揖到地："董勾押息怒——是我，陈至。"

董齐庵皱眉道："陈至？"

来人的语气明显有些慌乱，忙上前一步道："董勾押真是贵人——前几天在熙熙楼，刘四妈引荐过——潘，潘娘子也在场的。"

闻声辨人，是一个间谍最基本的本领，何况是董齐庵这样的顶尖高手。他其实早就认出了来人，却仍是一副思索的样子："熙熙楼……陈至……是官屋修葺的事？"

陈至这才松了口气，忙不迭点着头，上前了一步："正是！董勾押——"

董齐庵摆了摆手："我上次就说过了，这事我做不得主。"他说着，微微摇头一叹，道，"上有监官，下有亲事官，我一个勾押而已，又是初来乍到——这么大的买卖，找我没用的。"

陈至听了便不言声，低下头去，眼睛死死盯着脚尖。东京城里一共两万六千间官屋，其租赁和修缮归店宅务掌管，年入赁钱十几万贯，全部上交内藏库，充作皇银内帑。这两万多间官屋分批轮次，三年一小缮，十年一大修。陈至是南京应天府人，刚到东京城做建筑生意，商人逐利，便寻思着揽下这笔买卖。不料上下打点一遍，金贯珠宝使了无数，却还落不得一个准信，就有些坐蜡：有心撒手，但已花费不菲，继续使钱融通，又实在看不到希望。亏得熙熙楼的刘四妈指点，说董齐庵刚刚转任到店宅务，正好主管修造作，新官上任，上上下下或许会给个面子。想到这里，陈至抬起头，眼神凄楚，伸出巴掌咬牙道："五成！董勾押，纯利五成，给您！"

这话鬼才信。不过要也无妨。做间谍的开销，并不比谋一个肥缺花费得少。董齐庵便放下水瓢，拿起井沿儿上的荷叶包，叹口气道："明天巳时，来衙门找我吧。"他见陈至一脸惊喜交集，又苦笑道，"有甚说甚，打个招呼能费多少力气？以后莫再不吭不响跟着了。"

陈至闻言尴尬至极，唯有连连作揖，待直起腰来，却发现董齐庵已经到了甲字三号院门口，推门进去了。门板合上，里面传来门闩声响。陈至咧嘴笑了，转身一瘸一拐离去。

关上院门，插死门闩，董齐庵竟像换了个人，抱了荷叶包，几乎小跑着进到卧室。刚刚一段哭笑不得的插曲，并未彻底让他放松下来。卧室不大，兼做书房，陈设也简单。一张罗汉床，床头是一张红漆木小几；靠墙放着书架，书倒不多，摆放得也不规矩。借着窗前月光，董齐庵将荷叶包放在小几上，拉过画着五山十刹图的两帘屏风，挪在窗口，结结实实地挡住窗户。一切停当，他方才去鞋上床，盘腿坐下，郑重地点燃蜡烛，解开麻纸绳。

麻纸绳，顾名思义，由麻纸搓制联结而成。董齐庵全神贯注，耐心地揉了片刻，将长长的麻纸绳搓开，展成若干张两指宽的长纸条。情报，就密密麻麻地写在上面。

辽国在开封的情报机构分为孔、目、巡、正四级，分别负责情报的刺探、传递、汇总和研判。董齐庵的公开身份是右厢店宅务勾押官，而他的秘密身份，则是辽国南枢密院刺机局掌事，主管四级情报系统的最后一个环节。眼前的诸多纸条上，已经分门别类汇总了近期大宋政务、法令、人事、军情、兵民、钱谷、市易、外交等情报，他现在需要做的，就是在泥沙俱下的情报中选出最重要的，加以简评，并附上决策建议，再送回辽国。宋、辽两国自澶渊之盟后，虽已近三十年兵戈不兴，但秘密战一直未停，还有愈演愈烈之势。谍战自古便是另一种形式的战争，越是和平，谍战就越升级，也越匪夷所思。董齐庵十五岁进入刺机局受训，十八岁期满潜入宋境，从最基础的孔事做起，至今已有整整二十年了。漫长的潜伏岁月，把他冲刷成了另外一个人，他甚至比任何一个宋人都更了解这个国家。

董齐庵最为辉煌的功勋，是准确地研判出辽国与高丽大战之际，大宋不会趁机出兵攻辽——这条弥足珍贵的情报，让辽国下定决心调动燕云铁骑参战，一举打破了战场僵持局面。辽军长驱直入，攻陷了高丽国都开京，迫使高丽改奉辽国年号，与大宋的外交也不得不转入地下。

这是发生在去年，也就是天圣八年的事情。一个间谍的辉煌，其实也意味着危机的来临。董齐庵敏感地发现，他很快陷入泥淖般的混沌之中。辽国征高丽之战结束后，董齐庵从从八品的枢密院礼房令史，升职为正八品的鸿胪寺礼宾院主簿，再过两月，又调任从七品的右厢店宅务勾押。一年之内，连升两级，这在宋朝严格的磨勘制度下并不常见，对董齐庵来讲，则是无比危险的信号。枢密院礼房和鸿胪寺礼宾院，名义上都主管各国使者接待事宜，但鸿胪寺并无实权，具体事务都由枢密院办理。至于店宅务，更是替皇上赵祯敛财而已，虽然可以捞到更多的油水，但很难再接触到实质性的机密。升迁、调任、发财，在所有以仕途为最高目标的大宋官僚那里，都是梦寐以求的幸运，但董齐庵不然，出于一名优秀间谍的直觉，他分明嗅到了其中不祥的味道。

小几上的麻纸条里，并没有什么让董齐庵眼前一亮的情报，他甚至有些失望。由于远离了核心情报源，他主动收集到的情报日益枯竭，只能寄望于其他辽国间谍，十千脚店一直是他最稳定的情报中转点，不过近几个月来，从那里汇总的情报也越来越无足轻重。不得不承认，这是很可怕的前兆。对疑似间谍者，最妥当的处置就是切割，既能规避潜在的风险，也能在随后的甄别过程中，发现他和他所属组织的蛛丝马迹。如果是他掌管皇城司，他肯定也会做出同样的选择。

难道皇城司真的已经怀疑他了？难道皇城司已经控制了他的情报源？对一个高级别的间谍而言，这是最悲哀、最致命的一击。

其实调任店宅务不久，辽国刺机局就发来密信，鉴于二十年来的卓越勋绩，许他随时撤离，时机由他自己决定。对间谍而言，这已经是最大的荣耀。但董齐庵一直没有走。他习惯了这里的生活，习惯了早市的二陈汤和笋肉馒头，习惯了金明池边钓鱼、汴河岸上踏青，习惯了马行街夜市的拥挤，习惯了熙熙楼里的旖旎。或者说，他习惯了活在刀尖上的感觉，无法说服自己离开，就像高速奔跑了许久，猛地一停下来，反倒无法正常行走。这种感觉生不如死。

董齐庵眉头微蹙，细细地检阅着情报，一张纸条看过，便随手扔进一旁的三足无纹洗。麻纸经过处理，遇水即溶，上面的文字却已深深地刻在了他脑海中。董齐庵一边翻阅，一边摇头，这大概是他潜伏生涯里最乏味的夜晚。直到他拿起最后一张纸条，视线扫过之际，却几乎瞬间听到了自己铿然的心跳。信息很简略，只有寥寥数字：

"信，亟，高丽使南吕至，贾行，会郊祀，名阙。"

这当然是略写。其全文是：消息准确，十万火急，高丽特使将以民间商人的身份，于八月抵达开封，参加冬至日郊祀大典，姓名不详。

这条情报弥足珍贵，其价值有两点：第一，中断一年的宋朝、高丽实质性交往，即将以民间通商的名义恢复起来；第二，高丽特使已经获准参加冬至日郊祀大典。

有宋一代，冬至是与春节并重的重要节庆，甚至有"肥冬瘦年"之称。冬至当天，一年中白昼最短黑夜最长，此后阳气上升，阴气下降，皇帝每三年一次的郊祀大典就在冬至举行。今年是天圣九年，今上赵祯登基为帝的第十个年头。十年前赵祯继位时，还是个十二岁的孩子，由皇太后刘氏垂帘听政。按祖制，皇帝一旦到达弱冠之年，摄政的皇太后就必须退居后宫，由皇帝亲政。因此，极有可能在天圣九年，赵祯的第三次郊祀大典上，公开宣布皇太后卷帘归隐——这并不亚于一次政权交替。高丽居然瞒着宗主国辽国，派特使公开参加敌国如此重要的活动，这无异于给了辽国一记耳光。

董齐庵间谍生涯最辉煌的顶点，也与高丽息息相关——一直藩属宋朝、纳贡称臣的高丽，也正是间接地缘由他的关键情报，才不得不易帜臣服于辽国。看到这条情报，董齐庵的第一个反应是怀疑。其一，高丽与辽接壤，与宋只是隔海相望，公开与辽反目，并不是明智之举。其二，郊祀大典行天子祭天之礼，极为隆重庄正，能参加的除了本国臣僚，就是外国君长使节，区区一个民间商人，怎能登堂入室？宋人礼法规矩严谨，想必不会这般随意。但是，情报前两个字是"信"和"亟"，没有十足的把握，绝不会如此。作为"孔目巡正"之"正"，他必须信任自己的下属们，否则他绝不会活到今天。但出于优秀间谍的本能，他又无法绝对相信任何人，否则，他也活不到今天。

可是……

第一颗柿子果，就是这个时候迎来熟透的瞬间，在子夜风中急遽撞向了地面。这一声本可忽略不计的动静，却如同炸雷般响在他脑海里。董齐庵手指一颤，将麻纸条扔进三足无纹洗，看着它渐渐消融，心头时而混沌时而澄明。特制的狼毫小笔就在手里，但他根本不知道该如何写出建议，而他的建议，对远在辽国的上司们至关重要。

阴谋，还是真相？

如果是阴谋，那么这个阴谋早在一年前就应该开始了，整整一年中，他就像木偶一样被操纵着，兢兢业业地跟人接头，认认真真地研判情报，传回辽国的那些一本正经的假信息，原来全都经过了皇城司的精心炮制——难道皇城司已经到了如此可怕的地步？想到这里，董齐庵只觉一道冷气从脊椎直贯头顶，又迅速蔓延到四肢百骸。可是，如果情报是真的呢？或许高丽只是表面上奉辽国为宗主，实则时刻不忘联宋攻辽？至于宋朝，也始终对失去百年的燕云十六州耿耿于怀？

无论如何，董齐庵必须在最短的时间内做出判断，而他的判断，也即将影响到宋、辽、高丽三国未来的战争，或者和平。

董齐庵终于体会到一丝疲怠，他这才发现整个身躯僵如枯木，长时间高度飞旋的大脑让他忘记了一切。他吃力地转动脖子，视线茫然惶惑。小几上的荷叶包中，还有一个十千脚店的白切羊头，差不多仍是原样。他平素不喜羊肉，点羊头是为了打荷时，可以多缠些麻纸绳而已。羊头冰凉腥膻，一层羊油凝成白皮，煮熟的眼珠灰黑冷淡，从眼眶中凸了出来。董齐庵忽然感觉饥肠辘辘，不假思索地一手擎住羊头，一手抠出了羊眼珠，湿淋淋地放进嘴里，一边嚼，一边撕掉羊头上剩下的肉。片刻之后，董齐庵忽然停下了咀嚼，几乎是挣扎着下了罗汉床，推开卧室的门，踉踉跄跄来到柿子树下，扶着树剧烈地呕吐起来——不知何时，天早已蒙蒙亮了，正是寅末卯初时分。

片刻之后，董齐庵喘息着直起身子。刚刚呕吐出的秽物，混着院子中满地烂柿子的腥香，带来一阵头晕目眩。他现在只想赶紧回到床上，睡一个时辰，然后去做两件非常危险，但又不得不做的事。一是到府廨里告个假，再约一下枢密院礼房的老蔡，旁敲侧击地问问有关高丽的情况；二是到相国寺后殿资圣门外，给"铆钉"留个见面的暗号。铆钉自然是代号，且人如其名，一直默默潜伏在中书省。铆钉作为一枚冷棋子，几乎从未被启用过，是留到最后关头才——

然而董齐庵的思绪只能进行到这里了。因为此刻，西炭场巷甲字三号院的门板被人剧烈地敲击起来。这声音在黎明时分，显得格外荡人心魄。

董齐庵悄然迈动步子，来到门前，屏住了呼吸。门框边的院墙上，挂着一个破旧的陶瓮，插了一丛已经干枯的艾草。董齐庵轻轻拨开艾草，取出一把精致的匕首，拧开匕首底部，一个翠绿色的小丸落在手里。在这一系列动作中，勾魂的敲门声还在继续，紧接着是压抑的声音："桄杆？快开门！"

董齐庵的瞳孔骤然收缩。桄杆是他的代号。在宋国境内，知道这个代号的只有三个人。而门外的声音是如此陌生，这就意味着三人中至少有一个泄密了。要知道，这三个人都像他一样，可以坦然地面对任何酷刑、任何摧残，而不会说出任何的秘密，那么——

门外的声音已经焦炙到了极点："舷梯死了！下一个就是你！"

董齐庵默默地看了看手心翠绿的药丸，把匕首放回了陶瓮。生死须臾的关口，武器已经失去了意义，最好的选择是尽快结束自己的性命。董齐庵的脸上反倒平静了起来，他打了个呵欠，两指夹住药丸，藏在拳中，懒懒地叫了声："聒噪！"

门开处，闪进来一个男子，三十岁上下，中等身材，幞头松散开来，一身铁色皂衣，额头鼻尖都是汗珠。来人反手扣上门，两手麻利地合上门闩，急切地朝两旁张望，却一时忘了言语。

董齐庵眉头皱着，一脸的不耐烦："你找谁？"

来人焦灼道："要命的事——有闲杂人吗？"

董齐庵冷笑道："想说就说，哪里有这么多废话！"

来人苦笑摇头，自语道："知道你也不信——"他一边说，一边从腰中褡裢里取出一物，翻开麻布包裹，露出里面的东西，两手端着呈在董齐庵面前。

三年刺机局受训，二十年汴梁城潜伏，时值中年，董齐庵已经很少体会到汗毛倒竖的感觉了——尽管他看到了一只手，准确地说，是一只断手，手背上黑色的痦子像是他刚吃下又吐出的羊眼珠——刹那间，他冷静地对来人的可信度做出了基本判断。不过，他还是本能地扪住心口，倒退两步，惊慌失措地扭过头去。这才是一个无辜的人的正常反应。

来人见状，又急又气道："来不及了！还信不过我吗？十千脚店被抄了，你的暗钉没了！那个茶博士舷梯要自杀，被皇城司的人一刀砍了手——"

董齐庵知道再也不必伪装下去，便淡淡地一笑，道："你想说什么？"

"皇城司的人立马就到，"来人迫不及待地说，"你要想活命，就带我走！去辽国！"

董齐庵一怔。对一个优秀的间谍来说，这样的真情流露是莫大的失误。来人敏锐地察觉到了他表情的变化，立刻上前一步："你们辽国人，怎么也婆婆妈妈的？"

董齐庵静静地看着他。手里的翠绿药丸被热汗浸去封蜡，变得黏糊绵软。董齐庵清楚已然用不到这个东西了，他现在必须立刻逃亡。不过，他还是一字一顿地，问了那个他早该问的问题：

"你，是谁？"

第一章·灯火荧荧归路迷

董齐庵

五丈河经东北水门出开封外城，乘舟顺河而下，一天可达东明县的杜胜集码头。东明县属开封府辖地，是京东路十七州进京漕运的最后一站，物阜民丰，繁昌殷实，素有小汴梁之称。杜胜集码头在县城东南，数不清的漕船、货船、客船泊靠岸边，等待明日一早扬帆离去。邸店、酒铺、妓馆、浴肆、关扑房，围着码头两岸一字排开，一到酉时，便是灯球笼牌耀眼，说不尽的市井烟火。

泊船密集的一片水面，一艘客船默默地塞在其中。客船头尾的甲板都搭着细苇凉棚，大大小小五个客舱，桅杆上挑着灯笼，写了硕大的一个"萧"字。船尾凉棚下，有一桌二人，桌上一盏省油灯，两副碗碟，一具小泥炉，炉内炭火红旺，锅中滚汤沸腾，对坐的两人夹着批薄腌好的兔肉，在沸汤中涮熟变色，再蘸了碗里酱汁椒料，热辣辣放入口中。

董齐庵满意地点点头，赞道："拨霞供——还真是个好名字，可惜无酒。"

对面的人一声不吭，狼吞虎咽，并不回答。

董齐庵现在已经知道了他的名字，便笑道："陈兄，就算是逃亡，也不至于一路无语，为何不聊天解闷？"

陈宓抬头一笑，苦涩道："不然。于在下，是实实在在的逃亡，于董兄则是归心似箭，心境迥异，怎么能聊到一处呢？"

董齐庵摇头笑道："非也，非也。董某在宋境二十年了，比在大辽的时间都长——就说说你们皇城司吧，能带一个皇城司的人回国，也是一件幸事。"

陈宓放下筷子，扭头看着河岸上人间烟火，怅然一叹："能说的，都告诉你了，不能说的，还是等到了北——北边再说吧。"

陈宓差点说出"北虏"，这是大宋朝野对辽国的普遍称谓。中原王朝一向以正统自居，东夷西戎北虏南蛮之谓，都透着轻薄鄙夷。陈宓自觉语失，有些歉意地一笑，道："你我都是干这一行的，在下这点小心思，原本也用不着遮遮掩掩。"

其实陈宓的意思，董齐庵早看得雪亮，心照不宣而已，便微微一笑，再不多言。作为投诚者，当然不能上来就亮出底牌，不见到刺机局的最高首长，最有料的情报是不能随便说的。何况此去辽国千里迢迢，每一步、每一个时辰都命悬一线，甚至谁都不能保证可以平安离开宋境。见董齐庵似笑非笑地看着自己，陈宓只得赔笑道："何况大辽刺机局的能耐，在下实在是佩服。"

"哦，不妨言之。"

"比如这艘船。名为客船，实则只有你我二人搭乘。船行水上，满载与空载一目了然，商人逐利，空载就是赔本，太显眼了，焉能瞒得过皇城司的人？但在下看过，船底暗舱压着不少石料，与满载的吃水线正好一样——再有，萧姓为辽国贵族大姓，如此堂而皇之地挑着萧字灯笼，反其道而行，也只有刺机局的高手敢为之吧？"

因为刚刚不慎说错了话，陈宓只好斟词酌句恭维一番，甚至带着几分肉麻。董齐庵也看得清楚，受用地一笑，道："贵国皇城司能有如此评价，董某也实在脸上有光。"

陈宓见董齐庵一脸悦色，索性继续道："贵国刺机局技不止此。船停在此处，看似不经意间，其实也深有讲究。俗话说鱼目混珠，董兄的做法，乃是珠混鱼目。周围漕船、商船、客船密布，皇城司的人就算判断出我们走了这条路，想要检查起来也是难事，稍有动静就会引起警觉。他们在明处，我们在暗处，逃走也不难。"

董齐庵拊掌一笑："陈兄好眼力！"

"惭愧，惭愧。"

陈宓刚要继续，却见董齐庵两眼突然犀利起来，脸上笑容还在，善意却一丝不存，慢悠悠道："不过，陈兄仗着精明，却倒把董某当作小孩子耍了。"

董齐庵语气虽缓，在陈宓听来却如同晴天霹雳，不由得惊道："董兄何出此言？"

"不要着急嘛，"董齐庵咯咯一笑，道："你叛宋降辽，如果不跟我说出真正原因,我又怎么能带你进入大辽?"

陈宓脸色瞬间雪白,但董齐庵根本不容他辩解,跟刚才同锅取食的样子判若两人,厉声道:"你朝两边看看,周边这十几艘船,全是刺机局的人。他们既能保你离宋入辽,也能让你沉尸于此!是生是死,陈兄自己斟酌吧。"

董齐庵说罢,两眼锋锐如刃,直直地盯着陈宓。而四周船上,不知何时都出现了人影,无声地朝这里看过来。巨大的压力铺天盖地而来,陈宓的呼吸骤然急促,勉强一笑:"董兄,在下是否真心投靠大辽,让你的手下回西炭场巷看看便知。"

"这个自然,"董齐庵冷冷地看着他,道,"也不必瞒你,你我离开不久,我家的确是被抄了。"

"至少——我救了你吧?"陈宓说着,眼神里传出一丝绝望,"真实原因,在下真的不能说——如果真的必须要我死,那就动手吧!走出这一步,其实横竖都是个死。与其被皇城司的人抓回去,还不如你董兄直接给我一个痛快!"

董齐庵阴鸷地一笑,道:"你以为,我真的不敢?"

陈宓凄然摇头,道:"你究竟怀疑我什么呢?皇城司两个月前开始监视十千脚店,还有相国寺后殿资圣门,两个月里,你换了两个身份,共三次出现在这两处,对不对?"

董齐庵面无表情地点点头,示意他继续说下去。

"投奔大辽之意,在下早已有之,一直在等这个机会,所以从未在呈文中提起你。不然的话,即便你董兄再有如神助,怕是也活不到现在吧?"

董齐庵微微一笑。陈宓继续道:"你的暗钉舷梯,也就是十千脚店的茶博士王十六,痴情恋着云雨巷的清芬,这个你也知道吧?皇城司就是从清芬那里起的梁子,顺藤摸瓜抓了舷梯。"

"那你怎么找到我的?"

陈宓叹了口气,道:"昨晚在十千脚店门口,有个买簪花的人,还记得吗?在你出崇明门的时候,这个人远远地跟着,穿了一身青衫——就是我。"

董齐庵无声地在脑海中复盘,陈宓提到的诸多细节,十千脚店、簪花、崇明门、青衫男子,一一钩沉对照,还真是没有丝毫破绽。

"昨夜，我一路跟着你回西炭场巷，还有一个叫陈至的也跟着你，你们的对话，我也都听到了——等我回皇城司复命的时候，正赶上奉命围剿十千脚店，混战中舷梯死了，为了让你相信，我偷偷砍下了他的右手，而后直接去找你——"

"说谎！"董齐庵遽然拍案，大声道，"即便如此，你如何知道我叫桅杆？"

陈宓一愣，苦笑起来："董兄啊，那个清芬一介弱女子，熬不过刑法，交代出王十六喝醉的时候，说过什么舷梯、桅杆之类。舷梯者，便人上下往来，桅杆者，挂帆借风出行——在下好歹也是皇城司出来的，还判断不出来吗？何况跟王十六过招之际，我冷不丁叫了他一声舷梯，他——"

董齐庵打断了他的话，逼问道："还是有破绽——你说你从未在呈文中提到我，那为何皇城司还要抄我的家？"

"是我！"陈宓毫不犹豫道，"是我揭发的你！在找你之前，我给上峰留了一道密信，指出你就是桅杆——如果你不肯及时带我走，不出一个时辰，皇城司就会找上门来，这样我既不会暴露，也能多少立下一功。"

董齐庵冷笑点头道："好手段，好手段。"

"雕虫小技而已，也是无奈之举——董兄是精明人，换作你，大概也会这么做。"

"你就不担心，我会反戈一击，揭发你要我带你叛逃？"

"不会的，"陈宓的声音沙哑起来，凄凉地一笑，也好像是在无力地揶揄，"董兄这样的人，断然不会让皇城司捉了活口。"

董齐庵不得不承认，除了事发仓促，陈宓的所有逻辑线索都是完整的、无懈可击的。这是对陈宓的第二次甄判。之前的一次，气氛远比这一次融洽，两次的处境甚至有天壤之别。在两种极端处境下，陈宓的反应和陈述没有差别，这就有了两种可能性：要么整件事情的经过完全如陈宓所说，是真实的，而真实的东西往往经得起推敲；反之，陈宓在精心编织一个谎言，而这一谎言需要完全真实的、驳杂的细节来支撑，一个由繁复的真实构建的谎言，人力和时间的成本都太高，而且董齐庵在二十多年的间谍生涯中只见过一例，那就是他自己。

董齐庵的表情终于松弛了下来，也露出了一丝笑容，摆摆手道："例行公事而已,陈兄不要见怪。"

陈宓木然地看着他,董齐庵破颜一笑,道:"来人,给陈兄上酒!"

一旁小船上,细长的踏板搭了过来,一个船工模样的人两起两落,便敏捷地跳上来,恭恭敬敬地放下一壶酒、两只酒杯,斟上了酒。董齐庵端起酒杯,朝陈宓晃了晃,正色道:"这杯赔罪酒,董某就先干了。"说罢,董齐庵仰头一饮而尽。至少在这个瞬间,他是真诚的。但是——

一个可怕的念头闪过,而这个念头瞬间可怕地改变了一切。

陈宓心有余悸地端起酒杯,还未来得及举起,董齐庵骤然脸色大变,低声道:"不对!"

陈宓吃惊地看着董齐庵,接踵而至的强烈压迫感让他一时说不出话来。

董齐庵冷笑道:"险些被你巧舌如簧给蒙骗了!"

陈宓张口结舌,勉强道:"董兄——"

"你说的一切都找不到破绽,但这一切的激活点却是随机发生的,你没有足够的时间让每一个细节都完美,这只在理上可能。然而到现在为止,每一个细节又都是完美的,你的计划和行动看似临时起意,却没有任何漏洞,它太完美了。"说到这里,董齐庵已经是近乎咬牙切齿,道,"你我都知道,太完美的东西,本身就是破绽。"

在董齐庵越来越凌厉的气场笼罩下,陈宓的瞳孔剧烈地收缩,董齐庵显然再不允许他辩解,而他最后的记忆,只是脑后乍然袭来的一击。

陈宓

当陈宓从昏迷中渐渐苏醒之际，第一个闪过他脑海的念头只有两个字：庆幸。

一年前，也就是天圣八年，皇城司提举孙从吾把一份密档扔给他，让他在一个时辰内阅读完毕。交代过后，孙从吾便背了手，朝他挤挤眼睛，晃悠悠推门离去，嘴里还哼着小调儿，却是开封城里正流行的《昼夜乐》新词：

"洞房记得初相遇。便只合、长相聚……"

陈宓跟了孙从吾多年，深知这位上司的秉性。孙从吾逢人自称老孙，掌管手眼通天的皇城司，干着缉捕杀人的勾当，却总是一副文士儒生的派头，出了名的好脾气。老孙生性诙谐，即便跟下属们交办正事，也正经不了多久，仿佛在他眼里，从来就没什么绝对正经的事情。说来也怪，孙从吾越是如此，一个个如狼似虎的下属们越是提心吊胆。论官位，开封城里有品阶的官僚胥吏不下十万人，老孙只是个可怜巴巴的五品官，但做的从来不是五品官敢做能做的事。当年龙图阁直学士段彬权倾一时，段衙内仗着老子风光，当街冲撞了老孙；冲撞也就冲撞了，老孙哈哈一笑，根本不在意，束手让了路出来，连随从胥卒都看不下去。段衙内却不依不饶，竟动手打了一个胥卒。老孙在一旁也不恼，笑眯眯看着，众胥卒深以为耻。当天夜里，老孙欣欣然点了大卯，带着二百个嗷嗷叫的皇城亲从军直奔段府。也合该段大学士倒霉，亲从军们三搜五查，竟查出了他私自收受的辽国礼物。老孙当着段衙内的面，让挨了打的军士动手，把段彬揍了个鼻口蹿血；这还不算完，又一道密札送到宫里，今上赵祯和刘太后勃然震怒，降旨段彬全家发配儋州。

老孙表面越是轻松，交办的差事越是凶险。比如陈宓眼前这份密档，两年前便已建档，主要内容则出自最近一年。密档中这个叫董齐庵的普通官员，竟是辽国刺机局二十年前派遣潜入大宋的间谍。辽国与高丽自天圣七年开始摩擦，到了天圣八年战事升级，辽国大军深入，战况一时胶着。关键时刻，辽国不惜调动了燕云铁骑参战，高丽战败求和，被迫放弃大宋，改尊辽国为宗主国。消息传来，大宋举国震惊，视为开国以来外交的最大失败。燕云铁骑原本驻扎在宋辽边境，主要防范大宋北伐，如果没有可靠的情报，辽国绝对不敢如此孤注一掷。皇城司密档显示，在所有掌握的辽国间谍之中，最有嫌疑的，就是这个董齐庵。

密档其实并不长，阅读根本用不了一个时辰。陈宓半个时辰就通读两遍，而后身子朝后一躺，闭目考量起来。老孙给他看密档，当然不会只让他看个新鲜，剩下的半个时辰里，他必须拿出一整套的方案。这对他来讲也不是什么难事。老孙的规矩，谁拿方案谁当家，谁当家谁冲在前头。老孙显然是让他往上冲的意思。陈宓首先想到的不是危险，而是事成之后，老孙能给他什么奖掖。他不是贪心的人。按皇城司成例，本司一线干吏任满十五年，即可申请离司转任，品阶视功绩晋升。陈宓现在是从七品，再过十年，如能循例升到正六品，甚至是从五品，外放个知州通判之类地方官——他一个寒门农家子弟，这要是写进族谱，也算光耀门楣，不负这段刀头舐血的日子了。

一个时辰刚到，孙从吾便提着酒瓶子进来，朝桌上一放，叹道："这回我老孙真是出了血本——遇仙正店的银瓶酒，喝吧。"

"敢问孙提举，这密档是存在律事房吗？"

孙从吾直勾勾看着他，忽地一笑，点头道："你小子倒是机灵——当然不是。"

皇城司一处四房五千军，律事房专管各级密档的收藏分类，但陈宓知道，最高级别的密档并不在律事房，而是孙从吾亲自掌握，另有一套秘而不宣的档案系统。而眼前这个董齐庵隐藏之深，级别之高，危害之烈，如果在律事房建档，就得另当别论了。

"先喝酒，边喝边聊。"

陈宓也不客气，倒出两杯酒，一杯推给孙从吾，一杯自己端起来，道："不知孙提举是想熟吃，还是生吃？"

熟吃、生吃，是皇城司办案的隐语。所谓熟吃，就是放长线，不求一时结案；而生吃，就是立即行动，毫无拖延。孙从吾笑嘻嘻看着他，道："你说呢？"

陈宓一笑，饮了杯中酒，放下杯子，正色道："熟吃图味，生吃求鲜。"

孙从吾脸上还挂着笑，不以为意道："你的事，你说了算，我老孙只管请你喝酒。"

"属下的意思，还是熟吃的好。"陈宓把密档打开，道，"董齐庵能在开封潜伏二十年，也算是异数。所谓树大根深，根深，就是有人帮忙。他身边大宋的内鬼、北虏的间谍，肯定有不少。抓人容易，人抓住了，线也就断了，只能出出气。没什么意思。"

孙从吾点头道："那就熟吃，省得蹿稀。"

陈宓还是一本正经，道："属下以为，当务之急是切割，把姓董的调离枢密院——我就纳闷了，既然早知道他是间谍，怎么还能放在枢密院这种地方？"

"咱们知道，西院的钱七郎，可未必知道。"孙从吾自斟自饮了一杯。陈宓冷笑道："就怕他明明知道，偏偏假装不知道。"说罢，孙从吾难得地皱了皱眉，厌恶地哼了一声。

西院，说的是西府枢密院。大宋官制，枢密院"佐天子,行兵政"，号称"枢府"，与中书门下之"政府"并称二府，"枢府"为西府，"政府"为东府。皇城司名为朝廷六部百司之一，却不归东西二府管辖，直接听命于今上赵祯和垂帘听政的刘太后，由执政五相之一的计相晏殊亲自节制调度。加之其性质特殊，亦文亦武，又非文非武，弄得两府都不待见。比如枢密院管军政，天下军队都听其军令调动，唯独调不动皇城司的五千皇城亲从军；中书门下管行政，但插手不了皇城司的人事磨勘任免；三司管财政，而皇城司经费直接从内藏库列支取用，花的是皇银内帑，而且数量多少始终是个谜。

钱七郎，说的是枢密副使钱惟演，吴越国王钱俶的第七子。天圣八年时，枢密使张耆长期告病，枢密院实际上由副使钱惟演当家。钱惟演方才五十岁露头，正值政治家的黄金年龄，又出身王族、血统高贵，素以宰执为平生之志。他身为枢密副使，已是大宋中枢宰执之一，距离真正"一人下、万人上"的宰相只有一步之遥。鉴于皇城司位卑权重，有监视百官动态之职，钱惟演几次软硬兼施，想收之为己用，怎奈孙从吾每次都嘻嘻哈哈，糊弄过去。时间一久，枢密院与皇城司关系如同水火。刚才陈宓提到钱惟演，也是有意为之。他深知钱、孙两人关系，给钱惟演泼点脏水，也正是讨好老孙。如果这次董齐庵罪名坐实，钱惟演无论如何也没什么好果子吃，那么老孙就不会只带着酒来了。

见老孙果然动了意气，陈宓心里一喜，便道："孙提举英明！既然要熟吃，那就慢慢来。第一步，先把董齐庵调离枢密院，至少不能让他继续待在礼房。侦缉敌国间谍细作，是咱们皇城司的差事，要是再出问题，钱副使一句皇城司办事不严，把自己推得干干净净，那板子就落在咱们身上了。"

孙从吾点头道："这个依你，我请晏相出面办，咱不能吃这个哑巴亏！"

"第二步，把董齐庵和情报源头慢慢切割干净，这一步急不得。"陈宓分析道，"董齐庵能潜伏二十年不被发现，绝非寻常人。切得急了，势必会被发现端倪——"

孙从吾何等精明，一点就透，笑道："你是怕他跑了？"

陈宓点头道："正是！董齐庵手里，一定有一条绝密逃亡路线，不然他二十年前怎么潜入大宋？经过二十年经营，这条路线肯定是更加严密有效。他敢这么嚣张行事，也就仗着有这条退路。再者，如果他真跑了，枢密院也好，台谏也好，都饶不了咱们——这个黑锅太大，咱们可不背。"

孙从吾赞同地颔首，示意他继续。陈宓接着道："第三步，查董齐庵的外围。属下刚才说了，董齐庵身边一定有成规模成建制的情报网，董齐庵一旦离开自己的情报源，只能依赖外围提供情报。这样一来，我们正好可以控制住这个完整的情报网。只要董齐庵成了孤家寡人——"

孙从吾笑起来："那就到了喝庆功酒的时候了。今天这酒没白喝！"

"不止抓他。"陈宓面带微笑，口气却异常坚定，"只抓他一个，还是太便宜北房了。属下的意思，顺便把这一路暗钉也给剿了，什么都不给北房剩下。"

孙从吾抚掌大笑，道："那我老孙就再出出血，出了血，老孙还给你请功！"

陈宓说得轻松，三步攻略也很明确，可真正实施起来却不是易事。仅切割这一条，就耗了皇城司几乎大半年的时间。好在计划缜密，董齐庵并无察觉，一步步按照陈宓的预设，被调离枢密院礼房，转任鸿胪寺礼宾院，再转任右厢店宅务，渐渐与核心情报源切割开来。直到天圣九年立秋前后，董齐庵所有外围组织全被掌握，为确保万无一失，皇城司有意将几条无关紧要的情报泄露出去，通过辽国的反应进行了核对，果然出自董齐庵这条线索。陈宓综合研判了局面，认为收网时机已到，征得孙从吾同意后，陈宓组织实施行动，一举捣毁了十千脚店这个隐藏极深的黑盘，挖出了以舷梯为首的一众刺机局暗钉，并按照计划进行最后一步：亲自走到前台直面董齐庵，以降辽之名，逼董齐庵带他逃亡。

这个行动是陈宓当家的，所以，最后，也最凶恶的一步，只能由他来走。然而陈宓没有料到的是，这样一个实施长达一年、已经臻于完美的计划，却因为完美，让他又一次不得不面对死亡。死亡对陈宓而言，当然并不陌生。他曾无数次地在生死之间游走，但这一次，当他醒来之际，并不比死亡好受多少：空间极其狭小，黑布套头，身体呈跪伏状，双手反在背后，与双脚捆在一起，嘴里塞着青竹跳簧。他根本无法行动，也不能发出任何声音。

但最关键的一点，是他还活着。

只要活着，就有翻盘的可能性。

陈宓强迫自己迅速地冷静下来。捆他的方式并不陌生，是辽国刺机局惯用的攒绑手法。辽国有杀生祭祀的传统，用于祭祀的活人便被如此攒绑，以防其挣扎。此手法被刺机局沿用，一旦遇到难办的狠角色，甚至会故意拗断被捆者的手脚。陈宓试着运力，果然丝毫不能动弹，但庆幸的是手脚都还健全。陈宓压抑着松了口气。董齐庵没有要他的命，证明他还没有彻底暴露。他现在需要做的，是尽快弄清楚他在哪里、要往哪里去——对一名皇城司最拿得出手的间谍来说，这并不是不可能的事。陈宓默默地闭上眼，将所有的感知都集中在了一处，慢慢地，混沌麻木的脑海中，一些细微的线索逐渐变得清晰：

首先，他是在陆上，而且是在一辆车里，更准确地说，是一辆拉着重物、有些年头的牛车。他的身子一直在颠簸，地面的起伏坑洼，与水中的摇晃迥然不同，因此可以确定是在走陆路。路面的感觉可以很直接地传递到身下，这种硬硬的路感，说明他是在一辆车中，而不是轿子。车子很少打滑停顿，说明是在平地行进，而非山路。车应该是太平车，轮辐多少有些磨损，速度不快但稳定，他反复计算了轮轨颠簸的频次，判断出轮辐比常见的要大许多，这意味着载重量也更大，牵负车辆的牲口极可能是牛。

其次，他所在的牛车只是诸多车辆中的一辆，换言之，这是一个车队。在单调枯燥的行进中，隐约传来马蹄与地面有节奏的撞击声，随之就会有一段时间的停顿休整。如果不是一个车队，甚至是很长的车队，就不会用骑手来传达命令。可惜空间太小，封闭也太严，听不清骑手的声音，无法得到更细节的信息。

再次，基于上两条线索，可以基本断定，这是一个大型的运输车队，车辆应为三驾牛车。自开封府辖地出发，东、南、西三个方向，陆路运输的成本过高，大宗物资基本都靠水路运输，向北当然也有御河直达宋辽边境，但如此大型的运输车队，出现在京西路、河北路平原地带的可能性最大。

思及此，陈宓的脸上露出了一丝微笑。辨识力的恢复，让他心中多少有了些慰藉。他已经明白了自己的处境。董齐庵鬼魅般的眼神浮现在他脑海中。董齐庵果然是一个可怕的对手，他选择了一条最危险，也最安全的逃亡之路。即便是对手，也不得不赞叹董齐庵的胆量和心机。

黑色的布套里，陈宓疲惫地闭上了眼睛。他还不清楚这是什么时间，在没有任何光线的环境下，人很难有清晰的时间概念。但是他知道，他必须休息了。伴随着越来越轻忽的喘息，他仅存的体力和心气，被刚刚过于激烈的思绪消耗殆尽。不出意外的话，又一次交锋很快就会到来，而这一次交锋，将会彻底决定他是生存，还是真正地死亡。

董齐庵

离开东明县的第三个晚上，庞大的车队终于来到了滑州城外。滑州州治在滑台城，城北五里的白马津是黄河渡口，也是车队北上的必经之路。董齐庵勒住缰绳，驻马于官道旁，慢慢地默诵着：

> 将军发白马，旌节渡黄河。
> 箫鼓聒川岳，沧溟涌涛波。
> 武安有振瓦，易水无寒歌。
> 铁骑若雪山，饮流涸滹沱。

董齐庵所诵，乃李白《发白马》。280多年前，李白被唐玄宗"诏许归山，赐金放还"，由滑台城外北渡黄河，游历幽燕，留此名篇。李白北上，是为了纾解政治理想破灭的颓唐，而董齐庵此行虽是逃亡，更是故国在望，颇有衣锦还乡之快意和憧憬。他抬眼朝前看去，滑州城的轮廓在暮色中渐渐浓重。本该关闭的城门依旧开着，城门楼高悬着一排外事专用的橘红色灯笼，大宋官员胥吏们守在城门口迎接，篝火冲天燃起，照得一片雪亮。长长的车队开始陆续清点入城。官道上，一辆辆牛车从董齐庵面前驶过。因为一整天赶路不停，车夫和牲口都已是疲惫不堪，沉默地行进着。一辆插了"甲字三号"标旗的牛车经过之际，董齐庵的脸上出现了孩童般戏谑的笑容——甲字三号是个囚室的名字，他在那里过了整整二十年囚徒般的岁月。不过如今，甲字三号却关着一位同行，他的战利品。

不过，这样的笑容稍纵即逝。因为董齐庵现在的身份，已经变成了辽国使节的副手。经过修整的上唇胡须浓密乌黑，一袭绛红色长袍垂至膝部，左衽、圆领、紧袖，腰系牛皮镶铜钉宽带，脚蹬黄牛皮马靴；削去了头颅顶部头发，只在两鬓处留发到肩，这是典型的契丹族传统髡顶发式，再加上一口纯熟的契丹语，二十年开封城生活的印痕无影无踪，再找不到任何残迹，甚至连名字也不再是董齐庵了，他现在叫萧沅。

萧沅目送着车队入城，轻轻地松了口气。是时候了。陈宓就在甲字三号牛车里，已经不吃不喝整整三天，无论是体力还是意志，都到了临界点。人处于极限状态，抵抗力最为薄弱，这是甄判陈宓最好的机会，或许也是最后一次。

长长的车队终于到了尽头，一辆装饰豪华的三驾马车出现在队伍最后，六个甲胄齐整的辽国骑士簇拥着马车前行。萧沅坐在马上，右手横在胸前，身子微微前倾，行了一个契丹族惯用的礼节。六位骑士依次还礼，目光灼热地看过来，钢铁般的脸上涌动着激越之意。车马并没有停顿，尾随长队奔城门而去。车中人是辽国正使耶律岱，他的另一个身份是辽国刺机局都监，论级别还低于萧沅的刺机局总事。六位骑士也是受过刺机局特训的官使郎君，辽国朝野都称其为"鹰郎"，精于马战、步战和突袭格杀，随时可以为使命一死。第一次见萧沅的时候，六位鹰郎竟激动得不能言语，长久跪地不起，在他们心中，眼前这位貌不惊人的中年人，就是活着的传奇。

董齐庵，或者萧沅，最后一个进入滑州城。在他身后，夜幕彻底降临，将这座城市纳入了自己漆黑的口器。萧沅轻夹马腹，马蹄笃笃，从长长的车队一侧掠过。他迫不及待要见到陈宓，这种心情竟类似于奔赴情人的约会。他已经做好了征服对手的准备。

滑州属开封府最北辖地，与河北路相州接境，是南北交通重镇，故其驿馆设在城内，较之普通驿馆规模大出许多。即便如此，想要安顿整个车队，也不得不临时征用周边的不少邸店。车辆集中在了驿馆平场，车夫力工和牲口则分散在各处邸店，驿馆内住的都是宋辽两国使节和随从。时值太平年间，天下人不识兵戈已久，负责警戒护卫的大宋兵士弓手们也懒得按规制巡逻，装模作样地晃悠了一阵子后，就三三两两找地方猫身子睡了。很快，驿馆房间都熄了灯。

宋代官制庞杂，冗官严重，职权互相交叉又都各自推诿，行事效率低得惊人。仅就接待辽国使节这一桩事，便有枢密院礼房、鸿胪寺礼宾院和中书省国信司三家机构负责。鸿胪寺早已空有其名，并无实际职权可言，而枢密院礼房虽是统揽全局，却只负责在开封内迎来送往，一出开封城就将事务甩给国信司。京城里繁华日子过得正惬意，国信司的人谁愿干出远门的苦差事？何况遇到个脾气好的还行，万一摊上个有怪癖的才是晦气。比如这位辽国正使耶律岱，在开封城里就夜夜住在妓院，而且官妓还看不上，只要民妓伺候，每次都是昂首挺胸进来，扶墙软绵绵离去。陪侍妓女一旦不合胃口，或是招架不住，耶律岱还气得吹胡子瞪眼，骂着谁都听不懂的契丹话。离京之际，礼房的人跟国信司做交接，开心得跟送走了瘟神似的。进了滑州城，清点车辆已毕，国信司的几个公差顾不上休息，跑遍全城搜罗妓女，唯恐友邦使节不悦，再弄出什么外事摩擦。不多时妓女接到，据说乃本地头牌，大名叫赛英英，号称年方二十一岁，曾是京城名妓，跟着妈妈投奔亲戚不着，才流落在这滑州城里，卖艺不卖身云云。国信司的人都见过世面，当然不会被这千篇一律的鬼话给蒙了，好在耶律岱是头回出使，应该比较好骗。

　　滑州城驿馆里最北边，有一个小院，名为冠盖居，出自《史记·魏公子列传》里"平原君使者冠盖相属于魏"之句，辽国使节一行即住于此。时值亥时，两名鹰郎腰悬长刀，铁人一般守在门口。国信司公差们送赛英英到门口，通事官上前招呼几句，其中一个年轻辽人面无表情，领了她进去，年长些的则是一脸的笑，拱手作礼答谢。给辽国使节寻妓女陪侍，国信司列有专资经费，几个公差欺负耶律岱不懂行，从中昧下不少公款，正要找地方分钱去。公差们一心分赃，却谁都没有想到，就在他们乐呵呵转身的瞬间，年长辽人骤然冷酷的脸上，露出了狰狞一笑。

　　耶律岱的住处自然在正房，赛英英在滑州城日子已久，宋辽两国恩客都接过不少，还多少会几句契丹话应景，一见耶律岱就使尽十八般武艺，让唱曲儿便唱曲儿，让弹琴便弹琴，让如何便如何。一时间冠盖居正房里咿咿呀呀，男乐女欢，春意无边。

　　正房一侧的厢房里，却是另外一番景象。陈宓依旧黑布套头，四肢被绑，平放在床上，姿态如同待宰的羊。一支蜡烛，烛焰如豆，安静平稳。和在杜胜集码头一样，桌上摆着碗碟泥炉和批好的兔肉，锅中汤水滚开许久，只剩了一半，熟透的肉片随汤水上下浮沉。稍显突兀的，是房中还站着两名鹰郎，劲装昂首，手按刀柄，周身上下腾腾的杀气。

董齐庵当然也在。烛焰光芒未及之处，他在黑暗中默默坐着，两臂交叉在胸前，饶有兴趣地看着陈宓，像是猎手在观察猎物，安静地等待出手的契机。董齐庵一直都在，但一直没有说话。而陈宓也始终保持着沉默。两人都明白，沉默，是陈宓的最后一道防线。

陈宓

从轻微的呼吸声里,陈宓知道房间里还有三个人。其中两个应该是武士,也就是辽国刺机局的鹰郎了,从把他带到这里就不曾离开,他们没有刻意控制呼吸的力度和频率,很容易识别。而另一个无声无息的人,或许就是董齐庵了。陈宓仅存的最后一丝气力,正是要留给他。

厢房中一片静寂。泥炉中的炭火啃舐着锅底,汩汩的水声显得格外响亮。在死一般的肃杀里,较量其实早已开始。陈宓慢慢地捕捉到了董齐庵的呼吸声。他相信,董齐庵也在这么做。即将到来的交手,不只是盘问、质疑和刁难,更多的是控制。而控制往往无处不在。比如两人并排行走,气场强大的人,会把自己的步伐节奏强制性地传递给同行者,而下意识的从属行为,会从步伐逐渐蔓延到心理,继而全面被制服、被控制。相比于控制,审问之类的就低级了很多。

当然,捕捉到董齐庵的呼吸声,并不是一件容易的事情。

刚到皇城司的时候,陈宓是所有受训者里年龄最大的。这对他来说既是资本,也是缺陷。复杂的过往和已有的生命体验,已经无法让他像一张白纸,这就意味着必须连皮带肉拔掉很多东西,而这经常会弄得他血肉模糊。陈宓脑海中忽然闪过孙从吾那张总是微笑的脸。老孙很少一本正经地说些什么,但老孙曾经一本正经地告诉他,思维缜密是他的优势,但过于执着在思考上,会让他变得过于柔软,变得有机可乘。

董齐庵的脸上慢慢浮现出微笑。陈宓的呼吸变得紊乱,甚至开始不安地、无规律地抽搐,宛若一只被五花大绑吐着泡泡的螃蟹。董齐庵一边调整吐纳气息的节奏,一边有些遗憾地摇头。胜负之分来得太快,他本以为这会是一场惊心动魄的交手。

陈宓像一条土里的鱼,动作幅度越来越大,但碍于捆绑得实在精妙,他根本无法做出更剧烈的挣扎，这让他最后的体能储备很快消耗殆尽。董齐庵终于站起来，到桌边坐下，轻轻点头。两名鹰郎一拥而上，干净利落地扶起陈宓，解开绑绳，摘掉黑布头套，抠出他嘴里的青竹跳簧。陈宓两眼紧闭，嘴唇皲裂起泡，口腔被跳簧磨得鲜血直流。一名鹰郎端过碗来，喂了几口热汤，热汤下肚，陈宓总算是睁开了眼睛。

董齐庵一脸的笑意："得罪了，陈兄，饿了吧？"

陈宓无力地看着他，嘴唇翕张，却发不出声。董齐庵招招手，两名鹰郎一左一右，挟了陈宓来到董齐庵对面，按在椅子上，把筷子塞进他手里。董齐庵亲手夹了几块肉片，蘸好了酱汁调料，放在碗里，推到他面前："不急，今天晚上有的是时间——一会儿身上暖和了，还有女人。"

陈宓看了看手里的筷子，又抬头看着董齐庵，喃喃道："滑州？"

"正是。"董齐庵欣赏地点了点头，道，"陈兄果然是好手段。"

陈宓苦笑，慢慢地端起酱汁料碟，凑到嘴边一饮而尽。三天水米未进，最需要补充的是盐。

董齐庵一笑，道："陈兄又何以判断出，是滑州呢？"

陈宓并不急于回答，而是将肉片放入口中，细细地嚼着，咽下，良久方才叹道："三至十月，每月一次——陈某服了。皇城司的人做梦也想不到，董兄会选这样一条路。"

董齐庵将兔肉夹进锅里，滚汤间轻轻拨动，变色即捞起，放进陈宓面前的碗中，坦然道："为的也是方便二字。毕竟两国有过盟约，外交上的事，都会留着体面。"

景德元年，宋辽两国达成澶渊之盟，持续二十五年的宋辽战争结束。两国约定，每年由大宋输送银二十万两、绢十万匹给辽国，除去隆冬苦寒的四个月，其余每月都有车队往来于开封和边境。二十多年下来，早已是循例常规，即便是无孔不入的皇城司众人，也很少会注意到这支特殊的队伍；即便是有心渗透，却也要顾忌到枢密院和国信司，不能倾力而为。而在这个庞大的、一路享受外交免检的特殊队伍中，别说是沿途收集传递情报信息，就是捎带几个叛宋投辽的大活人，也根本不是难事。

陈宓放下筷子，静静道："董兄信不过在下，在下又知道了董兄的秘密，那在下就只有死路一条了。只是在下不明白，如果董兄真的怀疑是诈降，又为何不在东明县下手——"

"而是一路带到这里，反倒暴露了这条秘密逃亡之路呢？对不对？"董齐庵打断了他的话，狡黠一笑道，"这个问题，等到了雄州，自然会告诉你。"

陈宓木然道："这么说，董兄不再怀疑在下了？"

两名鹰郎皱着眉，互相看了一眼。这也是他们心中盘桓的问题，只是碍于董齐庵现在如日中天的盛名，他们无法质疑他的任何举动。董齐庵想了想，微笑道："这个，也要等到了雄州。"

董齐庵说着站起来，显然，他已经得到了他需要的东西。自信的光彩在他脸上熠熠生辉。董齐庵摆了摆手，两名鹰郎躬身退出去。陈宓漠然地看着他，道："董兄——不动手的话，在下是否就不必再坐银箱了？"

董齐庵笑着点头，一名鹰郎过来，手里拿着一个包袱，放在桌上。董齐庵笑道："既然一起上路，陈兄还是换身衣服吧——不过现在不急，董某还有安排。"

话音刚落，另一名鹰郎站在门口，赛英英哆哆嗦嗦地进了屋子。陈宓皱眉看着他们。董齐庵也不再说话，一笑转身离去。门口的鹰郎将赛英英推进房间，反手扣上了门。

陈宓看着不知所措的赛英英，冷冷地哼了一声，将盛满了兔肉的盘子端起，全部扫进锅中，不等全熟便捞起来，塞进嘴里大嚼。赛英英目瞪口呆地看着，在他对面坐下。一锅兔肉转瞬就没了。陈宓摇摇晃晃地站起来，伸手解去衣服，一件件扔在地上，很快便是赤身裸体。赛英英又羞又恼，腾地站起要走，陈宓冷不丁上前一步，抓住了她的胳膊。赛英英顿时花容失色，本能地尖叫起来。陈宓哈哈大笑，一把将蜡烛扫在地上，拦腰抱起妇人，疾步来到床前。逼仄的银箱里被绑了三天，陈宓浑身早已是酸腐恶臭，赛英英娇滴滴香馥馥的人儿，如何能受得了？可挣又挣不脱，只有拼命推搡捶打。陈宓精气刚刚恢复，竟一时也奈何她不得。

窗外，一名鹰郎屏息肃立，眉头微蹙，他的全部注意力都在房间里。他叫察亦忽，是此行年纪最小的鹰郎。他的使命是在这里待上一晚，不放过里面任何一丝声响。察亦忽很郁闷，他在刺机局受训九死一生学到的本领，居然用来偷听男欢女爱，他认为这是对他的侮辱。不过下命令的是萧沆。一想到这个名字，一想到能有幸见到他本人，察亦忽顿觉无上荣耀。毕竟，萧沆是刺机局所有鹰郎心中的神。

房间里，赛英英已经放弃了抵抗，衣饰早被扒去，喘着粗气，香腮满是泪水，脸扭向了一边。陈宓浑身大汗，俯身骑上去，却不动作，而是低头在她耳边，细不可闻地说了几个字：

"旃蒙，大渊献。"

赛英英的表情顿时凝固了，精心伪装出的惊恐、委屈和绝望瞬间不再，镇定地转脸看着陈宓，同样微弱地回答：

"上章，摄提格。"

陈宓点点头，两人四目交接，目光中的内容已和刚刚截然不同。他突然一记耳光打过去，怒喝道："贱奴，怕老子不给钱吗？"

赛英英脸上立时起了红印，她放声大哭起来，眼中却是一脸柔媚，轻轻舒起一双玉臂，搂住了陈宓的脖子。

察亦忽一夜未睡。第二天一早，他有些疲惫地向董齐庵禀报，说昨晚那个叫陈宓的宋人许是体力不济，临事心有余而力不足，折腾了一夜好像也未能成欢，女人不悦，不住冷嘲热讽，直被打得遍体鳞伤，天不亮便被国信司的人接走了。董齐庵听罢一笑置之，并未多说什么。反倒是察亦忽心有不忿，见了陈宓也没有好脸色。

陈宓换上契丹服饰，也有了新的身份：辽国南枢密院南事司主事，廖忠。这个身份很合适，也是董齐庵为他量身定制的。辽国官制分为北面、南面两个系统，分治契丹诸部和燕云汉人。南枢密院南事司，主管辽国与大宋的外事活动，在此供职的多为汉人，主事一职又是极普通的中下级官职，所谓珠混鱼目，不会引人关注。至于廖忠二字，取的是"忠于大辽"的谐音，自然是董齐庵对陈宓的提醒和忠告。

在二十多人的辽国使团里，陈宓自然是一个特殊的存在。他的突然出现，并没有引起任何人的注意和猜测，好像他们本就是一道从辽国来，现在又要一道回辽国去。这倒还能理解，而陈宓暗自心惊的是，尽管国信司那里有辽国使团的详细名单，但他们似乎也并未觉察出异样，一切都像是再正常不过的样子。国信司的通事官姓江，名乐白，算是跟辽国使团打交道最多的。车队在白马津码头等渡船之际，还跟陈宓见了一面，董齐庵当时也在，跟江乐白介绍道："这位廖贤弟，虽是汉人，但辽地生、辽地长，年纪轻轻，就深得我主陛下赏识。"

江乐白忙殷勤道："廖主事身子好些了？一病这么长时间，比上次见面瘦削多了。"

陈宓听得如坠云雾，也只好拱手致谢，回答"劳烦了"。江乐白又道："等会儿过河，河面风大，廖兄可千万记得避风——出门事多，在下先忙活去了。"说罢作揖离去。

董齐庵见陈宓一脸不解，便笑道："这也言之无妨。"

话音刚落，旁边的察亦忽皱了眉，轻轻叫了声契丹语；董齐庵回头，也用契丹语回了他一句。察亦忽脸色涨红，垂头再不多言。董齐庵转身对陈宓道："澶渊结盟后，大辽使团每次入宋，照会名单上都有那么一两个人，有名有姓有出身，却根本不存在。"

董齐庵说着，拍了拍陈宓的肩膀，两人便一起朝前踱步。董齐庵继续侃侃而言道："比如廖忠这个人吧，一进宋境，就知会了国信司，说他水土不服卧床不起。这位江通事倒也认真，还提着礼品来告慰，不得已，临时拉人凑数，好在说的是喉痹，水米不进，口不能言，只隔了帘子匆匆一见。"说完这些，他意味深长地看着陈宓，笑道："反正也没人多问，正好便宜行事。"

陈宓苦笑道："董兄，你本不必给我说这些——以在下的身份，有些事，还是不知道的好。"

董齐庵朗声大笑，招手叫来察亦忽，用契丹语交代了几句，察亦忽恭敬地行礼。董齐庵拍了拍他的肩膀，对陈宓道："这一路上，你们俩就做个伴吧。"

等上了船，行至河中，陈宓才体会到什么叫"做伴"。无论去哪里，察亦忽始终寸步不离，如厕、闲步，甚至是独自发呆，都能见他在一旁冷冷站着，这显然是董齐庵的安排。不过陈宓早有预料，倒也并不在意。现在他已经意识到对手的可怕。董齐庵的底牌到底是什么，他一时还无法判断，但仅就目前掌握的情况，足以让他触目惊心。首先是利用岁输银绢车队传递情报、偷运间谍，这条线路最少运作了十年，近百次的车队往返，给大宋造成的损失难以估算。其次，皇城司的前身武德司自太祖朝就有了，专职缉拿敌国奸细，可几十年积淀到今天，全司上下竟对这条恐怖的线路一无所知，一旦官家和太后追究下来，就是天大的麻烦。而眼下最致命的危险还是董齐庵。陈宓始终不确定自己是否得到了信任。但最不济也无非是作为俘虏被带回辽国，成了董齐庵二十年潜伏生涯圆满成功的锦上添花之笔。

死则死耳。陈宓并不怕死，而是担心死得毫无意义。现在唯一可以安慰他的事情，就是跟赛英英和江乐白接上了头。赛英英是卯时刚过就走的，随后，皇城司从未启用过的、最高级别的警报系统就会开始运转。现在是巳末午初，如果没有意外，再过一个时辰，孙从吾就能接到绝密情报。那么最迟到今天晚上，北房驿路沿线各府州军监、各驿馆递铺，凡是皇城司的势力所及之处，都会动员起来。一切顺利的话，董齐庵是绝无回到辽国的可能了。在车队进入辽境之前，皇城司至少有一千种办法把董齐庵抓到手里。但这也是孤注一掷之举。如果董齐庵身份败露之后，还能一路大摇大摆平安归国，无须官家降旨处分，皇城司众人自己羞也羞死了。

时值晚秋，枯水期将至，黄河水面已经有了明显的降幅，加上车队里都是负重的牛车，只能用吃水浅的平底漕船。风声猎猎，湿冷如刀，陈宓下意识地裹紧了长袍。他目前可以依赖的，只有江乐白一人，但他也对江乐白深有疑惑。按常理，江乐白公开身份是通事官，应该跟辽国使团的人混得极熟的，就算"廖忠"的级别低，又早有铺垫，可以蒙混过关，但突然冒出来一个副使"萧沆"，他怎却毫无察觉？如有察觉，又为何不早报皇城司？诸多疑问要跟江乐白核对，但身边这个察亦忽如影随形，根本找不到机会。

陈宓思虑及此，转身对察亦忽一笑，道："这位兄弟，该怎么称呼？"

察亦忽不由得一愣，他实在没想到陈宓会主动跟他聊天，踌躇了片刻，只好用生硬的汉话回道："汉名字，察亦忽。"

"这怕是不行，"陈宓坦然一笑，道，"做鹰郎的人，早晚要到宋境办差，一张嘴就露馅了。"

察亦忽冷笑一声，道："那你会契丹话？"

陈宓笑起来，摇了摇头，刚要回答，却被察亦忽抢白道："不会也无妨，我们大辽有南院，专管你们汉人。"陈宓苦笑，察亦忽继续道，"我若要到宋境办事，自然会先练熟了汉话，你就不必了，你是投降了我们大辽。"

察亦忽说罢，胜利般地瞥了陈宓一眼，又目视前方。就在这一刹那，陈宓苦苦等待的机会终于到了。漕船都是平底，吃水浅，主要用来载货，图的就是上下搬运方便，因此船帮都不高。船工们倒习惯了，而旁人站在船里并无护栏，稍有不慎就会落水。陈宓主动跟察亦忽聊天之前，正是看到了国信司的小船就在一侧，江乐白站在船头大声吆喝，调度漕船来往避让，嗓子都喊劈了。陈宓待那小船接近，暗地里咬了咬牙，装作脚下忽地一软，直挺挺地落入水中，溅起一片水花，继而是骤然响起的惊呼声。

陈宓自己并不会水，他行此险招，其实赌了两点：第一，江乐白一定来救；第二，察亦忽不识水性。两者缺一不可。陈宓落水之际已是抱了必死的决心，如果赌错了，其实也真的没有了继续活下去的意义。一旦赌对了，他又是真不会水，无须掩饰便没有破绽可露。

第二个落水的人，果然是江乐白。刚才他在舢板上调度船队，眼角余光始终在陈宓身上。当陈宓平静地发出了暗示之后，他就做好了跳水救人的准备。几乎在陈宓落水的同时，他已经跳入水中，几个动作就到了陈宓身边。众目睽睽之下，这个单独见面的机会是如此奇特，也如此短暂。陈宓一边本能地挣扎，一边急促而轻微地讲出了盘算已久的话，只有两个字：

"抓人。"

江乐白和陈宓在水中浮沉，这时已经有其他船工跳水救人，好在董齐庵距离尚远，须臾间赶不到现场。但毕竟事发仓促，江乐白来不及斟酌词句，脱口而出的回答也只有两个字，两个对陈宓而言意义非凡的字：

"放心。"

董齐庵

房间里点着高台大蜡，粗壮的烛芯剧烈燃烧，照得四周鲜亮。董齐庵两手抚膝，默默坐在桌边，脸色很难看。陈宓斜靠在床头，似睡非睡，两颊烧得通红，呼吸粗重不匀，只听得见出气的声音，时不时还有两声扯心拉肺的咳嗽。察亦忽沮丧地站在一旁，垂眉低眼，攥着拳头。

董齐庵硬邦邦地道："让你跟着，就跟出这个结果！"

察亦忽扑通跪倒，大声地道："愿受责罚！"

陈宓勉强睁开眼，挣扎着坐起，摆了摆手道："不碍这位兄弟的事——是我，自己脚下没根，河面风太大，我又不会水。"说着话，陈宓又是一阵剧烈的咳嗽。

察亦忽一怔，难以置信地看着陈宓，目光中带着意外和感激。董齐庵叹了口气，刚想再说什么，却听门外有人叫了一声："萧副使在吗？"

董齐庵朝察亦忽使了个眼色，察亦忽忙站起开门，江乐白正站在门口，端着药罐子，里面还咕咕地冒着泡。江乐白一边进了门，一边殷勤道："果然在！萧副使见谅，一时半会儿找不到郎中，在下略懂医道，随身带着些应急的药，赶紧煎了煎送过来。"

察亦忽关上门，警觉地看了眼江乐白，又朝董齐庵看去，一脸征询的样子。江乐白有些不自然地站在屋中，不敢上前，也不便退后，只有讪讪地看着董齐庵道："在下一路随行，职责所在，可不敢出点什么岔子——"

药材熬制后特有的香味弥漫在房间里，董齐庵礼貌地一笑，道："江通事真是有心了。"

这句话说得模棱两可，江乐白越发尴尬，察亦忽从侧面过来，拦在他面前，说了句"得罪"，便双手细细地在他身上搜了一遍，并未发现异样，又凑近了药罐打量。其实察亦忽对药道毫无所知，无非是做个样子而已。江乐白忙解释道：

"柴胡、知母、沙参、芦根、麻黄什么的,都是些祛寒祛风的常见药,分量也来不及讲究了,您要是信不过,在下——"

江乐白说着,端起了药罐子,忍住烫嘬了一口,立刻吸溜着嘴。董齐庵见状一笑,坦然道:"哪有什么信不过的?烦劳江通事了。"

见董齐庵发了话,察亦忽这才闪身放行,江乐白迭声地说着"客气客气",便快步来到床边,将药罐底垫的药碗递给陈宓:"廖主事端好了,这药可热着——"

陈宓捧好了碗,目光看过去,碗底写着两行字,细若蚊足,勾画了了,却也清晰可辨。陈宓虚弱地道:"谢江通事。"江乐白吹着药汤,细细地将药液倒入碗里,碗底的字迹瞬间消失不见。江乐白关切道:"立秋了,河水冰凉,廖主事热身子泡了水,又受了惊吓,燠毒憋在里头出不来——喝了这药,发一身痛汗,睡上一觉也便好了。"

江乐白说着,扶着陈宓躺下,收了药碗,站起对董齐庵道:"廖主事还是得多休息——在下就不多打扰了,告辞,告辞。"董齐庵亲自将江乐白送出门去,施礼分别,又转身站在门口,朝陈宓道:"廖主事就好生歇着,有什么需要的,就让他去办。"又朝察亦忽指了指,笑道,"都是一家人了,廖主事不要见外。"

董齐庵说罢,拱手离去。察亦忽有些窘迫地站在屋里,看着陈宓,却见他咳嗽几声,眼睛闭上,沉沉地睡了。察亦忽皱眉摇头,也轻轻离开,关上门,寻把椅子坐在了门口。陈宓当然知道他不曾离开,却也顾不得管他。刚才一碗药分量足,加上心病去了大半,一身细汗密密麻麻地钻了出来。江乐白的确是拼死一试,他其实也在赌,赌的是他和陈宓两个人的命。倘若当时察亦忽检查再细致一些,仓促之间,根本来不及销毁碗底那两行字迹,秘密也就真相大白了。

陈宓躺在床上,回味着刚才发生的一切,心脏快要跳出胸腔,事过之后的情绪,反倒比当时还要激动。因为那两行字很简单:

"令发,俱出,雄州,围捕;延宕,事危,保重,不退。"

共十六个字,一看就是娴熟的皇城司笔法,没有一字多余。按照皇城司《训规总要》,情报加密传递时由高到低分为绝、机、要、明四级,分别对应四级加密手法,级别越高,密度越大,文字量也就越多。陈宓看到的,则是最低的"明"级,只在最紧急的时候才使用,因为密度最小近乎白话,所以在传递时也最危险。这两行字的意思是:

提举皇城司公事孙从吾已经下令,整司人马全体出动,计划在宋辽边境的雄州对董齐庵等辽国间谍进行抓捕,时间紧迫,要想尽办法拖延车队行进速度,给大部队围剿争取时间,前路迢迢,危机四伏,还请陈兄自己多保重,至于我江乐白本人,将誓死不退。

这是天底下最好的药。

陈宓的脸上渐渐洋溢起微笑。他这一次是真的疲惫了,很快便响起了鼾声。门外的察亦忽抬头看着天空,轻轻一叹,心境杂芜,反复回忆着陈宓落水的瞬间,痛恨自己为何没有早早地学会游泳。伴随着陈宓的鼾声,察亦忽也头靠墙壁,缓缓地闭上了眼。

而在同一时刻,董齐庵则独自一人,默默地走出了驿馆后门。

此地为河北路相州汤阴县域,驿馆在城外,规模很小,周遭都是农田村落。这里并不是预计的落脚地。按计划,车队本应在州治安阳过夜,可这只能是计划了。几个时辰之前,陈宓落水引起了一场不大不小的事故,三艘漕船躲避不及撞在一处,两艘倾覆,所载的银绢全都沉了黄河。其余船只靠了岸,卸了货,齐刷刷等着,干着急无法启程,得眼巴巴待沉箱捞上来再启程,事关两国盟约,谁也不敢少了这几箱。秋季水凉,雇捞工下河得花一笔额外开销,国信司那几个混蛋不知道怎么想的,跟捞工一文一文地讨价还价,尤其那个通事官江乐白,简直是猪油蒙了心,浑身湿淋淋的,竟顾不上换衣服,就脸红脖子粗地同人争执,哪里还有朝廷命官的样子。董齐庵尽管心急如焚,恨不能自掏腰包雇工下河,却也不能显露出来,只是沉着脸、背着手在一旁看着。

江乐白的表现不像是一个通事官,而是一个称职的杂货铺老板,时而嬉笑怒骂,时而慷慨江湖,软硬兼施了一番,成功地与捞工头领从仇人变成兄弟,拿到了一个相当好的报价。捞工们见捞头挥手下令,便纷纷脱衣下河,一时间河岸边立马热闹起来。董齐庵的心情不快到极点,也丝毫没有掩盖的意思,铁青着脸看着一路小跑,来到他面前的江乐白。

江乐白乐呵呵擦了擦脸上的汗，笑道："萧副使，事儿办完了！您瞧好，这帮捞工本事大着呢，一时半会儿就能捞出来！"

董齐庵忽然感觉到疲惫，本来要脱口而出的话，居然都说不出来了。江乐白那张笑容四溢的脸，像极了一垛棉花，任由人拳打脚踢，却损伤不了分毫。董齐庵只得苦笑，道："这样子，看来是赶不到安阳了吧？"

"没关系！"江乐白终于注意到了董齐庵的表情，赶紧赔笑道，"在下已经通知了前头驿馆，做好接待准备。"

董齐庵皱眉道："不能连夜到安阳吗？"

江乐白一怔，忙不迭地摇头："不行不行，这可是万万使不得——萧副使有所不知，朝廷有规矩，岁输银绢事关两国，车队不得夜行，天黑之前必须赶到最近的驿馆歇息。再说，贵国廖主事还昏迷不醒，发着高热呢，连夜赶路出了——出了岔子怎么办？"

董齐庵在大宋潜伏为官多年，熟知宋廷官场之道，当然料到了江乐白这个官油子会讲些什么。沉默片刻，他刚想开口，却见江乐白上前一步，低声道："萧副使圣明，您是长官，千金之躯，也没人催着您赶路，早一天晚一天，不都是到吗？一两银子不少，一匹绢不缺，送到雄州交割了就算齐活儿。您就当是一路游山玩水不得了？您想想，那耶律正使不也没发话赶路吗？"见董齐庵还在皱眉，江乐白像是明白了什么，便一拍大腿，道："在下明白了！不管今天晚上到哪儿，我都给耶律正使找个美人儿伺候，这个包在我老江身上，不光是耶律正使，就是萧副使您想要这口，我也能——"

董齐庵听着，冷不丁笑出声来，把江乐白弄得瞠目结舌，也不敢再说话；直到董齐庵笑够了，抹了抹笑出来的眼泪，道："你们，你们宋朝官僚办事，都是这样吗？"说罢，又是一连声地笑，一边笑一边摆手，道，"好了好了，客随主便，听你的安排就是。"

江乐白如释重负，这才又凑近去，道："萧副使，还有个事儿得跟您通禀一声——刚才您也见了，雇捞工下河，捞的是银绢，这算公事吧？我——"

董齐庵笑着点头，掏出一块银锭，递给江乐白，道："够不够？"

江乐白不好意思地道："不是出不起，关键是经费里没这一项，没名目。"

董齐庵索性又掏出块银锭，不容分说塞给江乐白，笑道："明白，明白。"一边说，一边微笑着拍拍他的肩膀，示意他可以走了。又过一个时辰，捞工们总算捞起了沉箱，江乐白抖擞精神，张罗着车队重新上路，等到了汤阴驿馆差不多天已黑了。

董齐庵一边回忆白天的事，一边走出驿馆后门，前方是一片林子，林子外是农田，再远处就是村落了。驿馆着实太小，根本容不下车队所有人和牲口，便以驿馆为中心，四散开了扎帐篷、点篝火过夜。车夫们今天没怎么赶路，一个个兴致还都挺高，便唱曲儿的唱曲儿，烤肉的烤肉，热闹得竟跟开封夜市一般。为了保证车队安全，江乐白从汤阴周边又召来二百多乡兵弓手，由都头老魏领着负责巡夜宿卫。董齐庵路过林子之际，正好听见江乐白在跟魏都头讲价，为每个弓手一晚上多少"汁水钱"争论不休。董齐庵对这些胥吏伎俩熟稔至极，知道这笔支出是经费里有的，经费归江乐白管，从他手里掏钱无异于虎口拔牙，他和都头争来争去，无非是克扣公款之后，分赃不均而已。

江乐白声音不小，离老远就听得见："几十号人就够了，好家伙你领来了二百多！打群架吗？老子这儿又不是铸钱局，这多出来的钱谁掏？"

魏都头也不客气，冷笑道："这可是岁输银绢，在汤阴地界出了事，你负责还是我负责？"

两人正相持不下，江乐白见董齐庵过来，赶紧迎上殷勤道："萧副使，您遛弯儿呢？晚上风大，小心别着凉了！"

董齐庵一笑，看着都头道："这位是——"

江乐白忙介绍道："弓手那儿的魏都头，带了两百多个弓手弟兄，保护使团的安全。"

魏都头黑胖矮壮，一脸红光，胡子油乎乎的，兴许是刚吃足了烤肉村醪。他瓮声道："萧副使，没事儿还是早点回馆歇着，千万别出门，一会儿咱老魏就带弟兄们先撤了，万一出个贼盗强人的，咱可不管！"

江乐白顿时火了，也不顾旁边还有个董齐庵，怒道："你堂堂弓手都头不管，要老子一个文官来管吗？出了事看谁先掉脑袋！"

董齐庵哭笑不得，只好调解了一番，答应从辽国使团再出二百个弓手的"汁水钱",江、魏二人另算一份,这才让两人一笑泯恩仇,也不管董齐庵去哪儿溜达,兀自勾肩搭背喝酒去了。

董齐庵苦笑长叹,朝林子深处走去。逃路崎岖,归途迷离,他隐隐感到局面开始轻微地失控了,尽管这点失控目前还不曾影响到全盘的计划。当务之急,他需要一个安静的地方,复盘一下今天发生的一切:

首先,陈宓落水一事七分可信,三分可疑。根据察亦忽的汇报,陈宓落水之前,一直没有跟他说过话,主动开口不久便落了水,而且正好是江乐白在旁边,还是江乐白来救——这一切,虽然不能说有什么破绽,但巧合的地方太多。巧合就是拼接,拼接就是补丁,一袭华裳,补丁最扎眼。

其次,江乐白表现得太像一个贪得无厌的小官僚了。一个惜钱的人,必然也惜命,就算是他担心陈宓出事殃及自身,也不至于毫不犹豫便跳水救人。一个人,或者说一个间谍,在他拼命地展示某张面孔的时候,其实他正在拼命地掩饰另一面,而且往往是完全相反的一面——

董齐庵盘腿席地,瞑目冥思。事件是由细节组成的,而细节如同江河之沙,他现在要做的,就是从中找到某些可疑的沙粒。于是,那一个个细节被放大,闪现在他的脑海里,一一有了全新的诠释:

河面上,陈宓站在漕船边,一边和察亦忽说着话,一边朝远处江乐白的方向隐秘地做了手势,江乐白则装作大声调度船只,朝陈宓这里靠过来;

陈宓故意落水,几乎与此同时江乐白跃入水中,两人在水面上下浮沉,间隙中,有简短的对话;

房间中,江乐白接受察亦忽的检查,察亦忽仔细搜身,江乐白神色镇定,两手端着的药罐底部,有一个垫着隔热的药碗;

江乐白皱着眉头,很痛苦地端起罐子嘬了一口药,烫得龇牙咧嘴;

江乐白坐在床边,刻意用身体遮挡动作,将药碗递给陈宓,陈宓的眼神在碗底一扫,江乐白随即把罐中药液倒入碗里,整个过程行云流水;

小树林,江乐白在和都头老魏密语,两人几乎同时发现了悄然而至的董齐庵,江乐白立即抬高了声音……

董齐庵两眼豁然睁开。电光石火之间,他敏锐地意识到了什么,但情势已经不允许他继续复盘下去了。他的表情瞬间变得难看至极，腾身站起，用从未有过的速度狂奔而去。

他刚刚离开的地方，汤阴驿馆，已是火光冲天。

第二章・翻手作云覆手雨

陈宓

火烧起来时，陈宓还在沉沉地睡着，救他的是察亦忽。等二人狼狈地来到安全处，看着整个汤阴驿馆沉没在火海里，陈宓不由得心生赞叹，从跟赛英英接上头到现在，才几个时辰，皇城司就迅速做出了反应——火烧驿馆，多妙的一步棋！江乐白不敢擅自做主，这多半是孙从吾的主意，可能宋崇那小子也参与了——问题是，如此妙计，他怎么就没想到？

大约一个时辰之后，火终于扑灭了。按大宋制度，乡兵弓手负责一地消防治安，扑火救人之类的差事并不陌生，加之银箱绢箱都在驿馆外存放，一时慌乱之后，并没有造成大的损失。最尴尬的，其实是一向深居简出的耶律正使。据说火起之处就是耶律正使的房间。夜深秋寒，耶律岱跟陪侍妓女被翻红浪，交颈而眠，房间里炭火正旺，点着了凌乱丢下的衣服，等鹰郎们冒死冲进去救人时，赤身裸体的两人已经中了烟毒昏迷良久，离葬身火场也就一步之遥。

按常理，出了这么大的事，正使耶律岱也好，副使萧沉也好，多少都得出面有个说法；就算没有说法，这么多弓手车夫救火的救火，拼命的拼命，保护的是给你们辽国的银绢，别的不提，一点辛苦钱不能不给吧？何况历年交割岁输前，辽国使团都有打赏的成例，你们辽国白得了大宋这许多好处，就不能拿点出来，给大家安抚安抚？

离开汤阴，车队勉强到了相州州治安阳，总算能踏踏实实睡个好觉。国信司的江乐白和几个官员自告奋勇，求见辽国使团正副二使，要替车夫弓手们讨赏钱，耶律岱照旧是谁也见不着，萧沉则是推三阻四，说道理他都懂，不会坏了规矩，只是正使受了惊吓，等他禀告之后再做计较。江乐白等人退下，跟车队班头老罗和弓手都头老魏商量一番，都说这萧沉之前还挺识相的，不妨信他一回，那就再等等。于是车队在安阳安顿休整一天，接着淅淅沥沥便秘似的行进。路上，江乐白又抽空见了萧沉，不料还是那套说辞，弄得江乐白也挺尴尬，觉得无法对众人交代。消息一传出来，上自国信司衮衮诸公，下至车夫走卒，无不义愤填膺。耶律岱一个五大三粗的鲁莽汉子，又是夜夜得搂着娘们才能睡，他能受什么惊？分明是想赖掉这笔款子。众人这么一想，很快达成了共识，便暗里明里地跟辽国人闹别扭以示抗议。时不时坏上一辆车，病倒一头牛，要么就是驿馆安排不好，餐食也没了牛羊肉，不是炊饼就是馒头。至于耶律正使好的那一口，晚上也绝不给继续供应了。

车队一路磕磕绊绊，过滏阳、邯郸、沙河、邢州、赵州、真定，折向东北到了定州，下一站是保州，再往前是雄州拒马河，也即宋辽两国交界。眼看此行终点将至，众人有点慌了，公推江乐白等再去讨赏。不料萧沉还是装聋作哑，顾左右而言他，闭口不提打赏的事。不提也就不提了，送江乐白走时，萧沉还一再暗示，耶律正使已经恢复如初，夜里的事可以继续给安排安排。

江乐白气得火冒三丈，待出了门，恶狠狠地冲几个同僚嚷了句："谁给他安排，谁他妈的就是孙子！"

几个同僚也气得够呛，纷纷附和道："对！谁就是孙子！他妈的！"

门外围了不少等消息的车夫和弓手，车长老罗和都头老魏见状，无不怒从心头起，气自胆边生，顿时都嚷嚷了起来。江乐白也不劝，黑着脸分开众人离去。

陈宓只身站在窗前，风送嘈杂入耳，他脸色变得很难看，沉默着关上窗户。因为病情尚未痊愈，他苍白着脸，压抑地咳嗽了两声，转身对着董齐庵道："董兄，这样——是逃亡吗？"

董齐庵刚刚调好了茶膏，正在点茶。毕竟有二十年宋人身份，饮食起居都潜移默化地改变了。董齐庵一手执壶，一手拿茶筅，沸水注入黑釉盏，茶筅快速地旋转搅动，白腻的汤花浮起，整个屋子里茶香弥漫。他一面点茶，一面微笑道："陈兄，要不要来一盏？"

察亦忽担心地看着陈宓。几天接触下来，他对这个曾经的敌人倒有了几分好感。其实他也对董齐庵一路上的决策疑惑不解。陈宓说得对，这一路游山玩水走下来，根本不是逃亡。他在刺机局受训之际，学到的几乎所有逃亡途中要避免的事项，董齐庵无一不有。

陈宓机械地摇了摇头，苦笑道："早知如此——在下诚心相投，董兄你三番五次试探，我是死也死了几回了。如果兄台至今还是信不过在下，不妨就此给在下一个了断，何必反复戏弄呢？"

"陈兄这话，我就不得不驳了。"董齐庵见他并不打算喝茶，便自己端起，轻嗅一下茶香，笑道，"你是逃亡，我不也是逃亡吗？你我生死都在一处，又何来戏弄二字？"

陈宓眼里布满了血丝，盯着董齐庵道："这么多天了，你和我同时在开封城消失，去处无非就是北方的大辽，皇城司肯定已将所有关口封锁，不会放过任何可疑之处，到时候就算是岁输车队，能逃得过皇城司的眼睛？还有……"陈宓看了一眼察亦忽，朝董齐庵凑近一步，仓皇道，"我已经跟你说过多次了，你总是不听——你我都是开封官场上露过面的人，车队里人多眼杂，你还好，换了服饰装扮，而我就这么堂而皇之地公然出入，谁能保证不被人认出来，又不走漏风声？一路之上，发生了这么多事，眼下又跟国信司的人弄得这么僵，将来过关出境，万一有人……"

陈宓语气恳切，说得近乎哀求，连察亦忽都觉得句句在理，但董齐庵却似乎毫不在意，全神贯注地把玩着手中茶盏。等陈宓说完，他将残茶一饮而尽，放下黑釉盏，朝着陈宓微微一笑，慢悠悠道："陈兄说的句句在理，所以，必须今天走。"

察亦忽和陈宓都是一时错愕，不解地看着董齐庵，只听他继续道："入夜之后，你、我，还有察亦忽，我们三人脱离车队，不再去雄州了，天亮前直接赶到满城，那里有人接应我们出关。"

陈宓难以置信地看着董齐庵，身子竟晃了一晃，扶着桌子站定，喃喃道："满城？是榷场？"

董齐庵欣赏地点头，笑道："不错，满城榷场明天会有一个商队出关。"

陈宓摇头道："商队出关，边防军司的盘查一向严密，再加上皇城司——"

"不会的。"董齐庵又开始调制茶膏，动作娴熟舒展，平静道，"贵国的边防军司嘛——给点钱，一般问题不大。何况，明天的商队不是普通商队。"他轻轻拿起了茶壶，抬头看着陈宓一笑，倏尔又正色道，"是我大辽皇帝的御使皇商。"

陈宓已经震骇在当场。他现在不得不承认，这的确是一次没有瑕疵的逃亡，一次真正的逃亡。

大辽皇商队，是辽国皇帝御用的特殊商队，专门在边境榷场采购紧俏的中原奢侈物品，直供辽国皇帝和宗室勋贵使用。按照澶渊之盟规定，两国皇帝的专属商队有免检、免税、优先、议价这四条特权，再加上边境榷场设立二十多年来，交易量激增，涉及边防军司等多个机构，个中关系盘根错节，早已是弊病丛生，各关口官员胥吏几乎无人不贪，所谓税检、物检和边检基本形同虚设。董齐庵突然间做出此举，显然是早就谋算好的。他本来就是要等明天大辽皇商队出关，而皇商队的行程是两国共同确定的，轻易更改势必引人注意。必须不早不晚、不快不慢，正好在这个时间，出现在大辽皇商队中。这样一来，董齐庵一路上拖拖拉拉的反常之举，也就毫无可疑之处了。只是一旦如此，皇城司上下处心积虑这么多天，辛辛苦苦布下的所有防线和计划，竟被董齐庵轻而易举地弄成了一场笑话。

饶是察亦忽再年轻，再不经事，也看出了董齐庵这一笔的精妙，不由激动得脸色涨红。被神一般的"萧沆"选中随行，亲自护送萧沆和入宋皇城司叛徒入辽，这对他而言，自然是无上的荣耀。董齐庵点茶已毕，一饮而尽，这才转脸对察亦忽道："下去准备吧，每人备两匹好马，马歇人不歇，天亮前务必赶到满城榷场。"

"遵命！"

因为激动，察亦忽的声音竟变了调。董齐庵理解地看了他一眼，无奈地笑了。察亦忽自觉有失，赧颜躬身退下。陈宓却还在恍惚中，脑子须臾不停地高速运转着，试图在一片混沌之中找到对策，当务之急，是必须马上见到江乐白，让他把这条惊天的信息传递出去，让孙从吾有时间更改计划，重新部署。

董齐庵看着陈宓，像是看穿了他的心思，便不动声色地道："陈兄，时间尚早，反正要一起出发，就来陪在下手谈一局木野狐吧。"说着，董齐庵已经推开茶具，摆好了棋盘。

陈宓知道自己别无选择。他不喜欢这种感觉，这种处处被人控制又无从破局的感觉。很明显，董齐庵不会让他离开，这意味着他还没有得到完全的信任。难道是董齐庵发现了什么？难道这是最后的试探和甄判？时间已不容陈宓继续思考了，董齐庵正在含笑注视着他。现在，他只能走过去，坐在董齐庵对面，轻轻拈起一子，落下。

两人无声地对弈，静候时光一点点飞逝。陈宓几次试图打破安静，但董齐庵都摇手示意他保持沉默。陈宓很听话，在房间里一直待到天色黑透，寸步不离。晚饭时分，国信司的人送来膳食，陈宓甚至听见了江乐白爱搭不理的声音，两人距离如此之近，却无法见面，连膳食餐具都是察亦忽转送进来的，自然也无法传出消息。差不多亥时将尽，陈宓和董齐庵方才出了房间。几个鹰郎早已候在院子里，一个个目光炯炯，在月亮地里钉子般站着，宛如一排银色的雕塑。墙边竖着一架梯子，翻过墙就是驿馆之外。

陈宓还意外地看到了耶律岱。这是他第一次近距离地跟耶律岱见面，也是第一次见到耶律岱神色凝重的样子。耶律岱和鹰郎们一样，毕恭毕敬地朝董齐庵施礼，送上御寒的外氅和酒囊。董齐庵以同样严峻的表情，附在耶律岱耳边，低声说了几句。陈宓只懂简单的几句契丹语，听不清董齐庵究竟跟耶律岱交代了什么，却见耶律岱身子一凛，两眼热烈地看着董齐庵，竟用力扯开了长袍和中衣，露出满是刀疤的前胸。

董齐庵庄重地上前一步，右臂横在胸前，深深地弯腰下去。察亦忽和其余鹰郎们也朝耶律岱行礼。

董齐庵直起身，扭头朝着陈宓，目光犀利得像隆冬时节飞檐下的冰凌。

陈宓平静地看着董齐庵，只听见他简短而寒冷的两个字："走吧。"

登梯之际，陈宓下意识地回头，看了看耶律岱，他没有想到，耶律岱也正在死死地盯着他。他更没有想到，他们两人很快就会再见面，而那个时候，其中一人已经变成了冰凉的死尸。

董齐庵

满城在定州正北方，两匹马接替发力狂奔，天亮时赶到并不是难事。这条路不是正经官道，路面不宽，只容一马奔跑，四周寥落，仅有秋虫低鸣。差不多一个时辰后，马力渐衰，三人下马换骑。董齐庵将酒囊递给陈宓，示意他喝几口御寒。陈宓摇摇头，道："在下病体初愈——"

董齐庵不待他说完，便收了酒囊，不无惋惜地摇头一笑，自饮了一口，转递给察亦忽。两人轮流喝酒解乏，低声用契丹语说着什么，又放松地笑笑，却始终保持着对外界的警惕。换下的马浑身热汗如注，嘴角都是白沫。而新马却是刚刚热了身，昂首奋蹄躁动不已。陈宓显然不擅于骑术，给新马换鞍之际，不小心弄疼了马，马儿不安地浑身抖动，摇臀摆尾，马蹄刨着地面。察亦忽箭步过来安抚住了马儿，帮他换好了马鞍马具，又扶他上马。陈宓看起来身子虚弱已极，不堪如此高强度的彻夜奔骑，却也疲惫地趴在马鞍上，无力地朝董齐庵点了点头，表示可以继续前行。

董齐庵看着他们，不动声色地踩镫上马，示意察亦忽启程。察亦忽猛地勒住了马缰绳，新马力道正足，扬天突起前蹄，因为拿布条缚着口，发不出嘶鸣之声。察亦忽催马一跃奔在最前，董齐庵最后压阵，两人将陈宓牢牢地夹在中间。三人重新上路。陈宓的后背裹在外氅中，在后边的董齐庵眼里，显得那么脆弱削薄。

其实整个晚上，董齐庵一直在观察着陈宓。

如果陈宓是真心降辽，事情就简单了，只要一起到了满城，等天亮混入大辽皇商队，大摇大摆出关即可。若陈宓果有异心，有察亦忽和他一前一后夹击，断无中途逃窜之虞。况且他之前已经做足了铺垫，将陈宓干净利落地切割开来，与任何人都无法取得联系，自然也就确保了今晚突然行动的最高级别的安全。

之外——似乎没有之外了。他已经想到了所有的可能。那么，明天这个时候，他就可以踏上大辽的国土。辞国归国，像是一场旅行，只是这旅程太过久远，竟已二十年矣。

秋夜风寒，乌鹊南飞。天空中星子黯淡，月光正亮，上下苍茫，周遭一片白地，马蹄交替踏起朵朵尘埃的花。董齐庵拉上面罩，掩住口鼻。在这个时候，没有人可以看到他由衷的笑意。去国二十年，少年心已老。他的身子随着马儿上下起伏，心境却一片澄静。一席感慨，若悲若喜，竟有天地玄黄的伤怀。故国在前，恍惚处，那个曾经走过边境的少年，变成了一团月亮地中的模糊身影，这团模糊是如此浓重，如此无常。骤然间，二十年岁月挤满双眼，毛茸茸，沉甸甸，让他的笑脸之上，平添出一行泪来。他不得不为自己感到骄傲。今晚的行动，宛如在二十载写就的锦绣文章之尾，力道十足地扣上一方红印。世事杂芜，于他而言，却再没有比现在更完美的谢幕。

完美。董齐庵心头忽然掠过这两个字。短暂的欣然过去，一阵心悸却接踵而至。他记得东明县杜胜集码头边，他曾经对一脸茫然的陈宓说过：你我都知道，太完美的东西，本身就是破绽。

董齐庵的双眼死死地盯着陈宓。他迫切地想知道，陈宓心里在想着什么。难道此时此刻，陈宓也在想着"完美"？

尽管还在奔跑，但在雪白的月光敷照下，董齐庵还是捕捉到了一丝异样：陈宓胯下的马忽然放慢了步伐，开始剧烈地摇晃起来，但身躯还在惯性中飞奔向前。不待董齐庵叫出声，陈宓连人带马已经摔倒在路上，陈宓一声惊呼，滚出去很远，察亦忽机敏地勒马转向，几乎和董齐庵同时来到陈宓近前，飞身下马。董齐庵伸手扶起陈宓，察亦忽则立即检查倒地的马儿。匆促之间，两人仅仅一个眼神，便已有如此默契的配合，大辽剌机局的精悍可见一斑。

陈宓倒是并无大碍，因为事发猝然，他左手着地，手臂桡骨显然折了，疼得他冷汗满脸，咬着牙低哼数声。而马儿却四肢急剧抽搐了几下，便僵死了。察亦忽紧张地查验一遍，却没有发现任何异样，他有些张皇地看向董齐庵。

董齐庵摘下背后箭囊，从中取出三支桦木硬弩，用匕首削去锋锐的弩镞，又划破外氅撕成布条，将无头硬弩牢牢地附在陈宓手臂伤处，再将伤臂固定到陈宓胸前。所有动作行云流水，并无一丝停滞。即便做着这些，董齐庵仍头也不抬地命令道："看马眼。"

察亦忽正手足无措，闻言忙上前扒开马眼，匆匆一瞥，立刻大声道："红的，有血！"

董齐庵绑好最后一个结，扶陈宓站起，冷冷地看他一眼，转身对察亦忽道："中毒。"说完这句，董齐庵收回目光，盯在陈宓身上，重复了一遍："是中毒。"

这时，陈宓站在董齐庵右侧，只有右臂可以活动，而董齐庵则是匕首在握，又百倍提防，陈宓自知做不到一击致命，何况前面五步处，还有一个年轻气盛的察亦忽。他只能一脸痛苦地抬起右手，轻轻托着伤臂，这等于彻底放弃了出手的选择，而将生命交给了董齐庵发落。

董齐庵沉思了片刻，声音再次响起："看一下，有没有伤口。"

伤口自然是有的，就在马背和马尾相连处。这个无可奈何的破绽，也是陈宓最担心的地方。

一刻钟前。

三人下马换骑，收拾马鞍马具。董齐庵和察亦忽轮流喝酒解乏。动作间隙里，陈宓指缝中露出一截柳叶小刀，轻轻刺破马儿皮肉，随即将掌心处一粒翠绿色的小丸按进去。马儿显然被弄疼了，不安地浑身抖动，马蹄刨着地面。察亦忽过来帮忙，安抚住了马儿，陈宓扶着马背喘息着，指尖轻巧地抚平了伤口外的毛发。察亦忽扶他上马。陈宓看起来身子虚弱已极，不堪如此高强度的彻夜奔骑，却也疲惫地趴在马鞍上，无力地朝董齐庵点了点头，表示可以继续前行……

小刀，以及毒丸，是江乐白费尽心机才送到陈宓手里的。在鹰郎环伺的情况下，江乐白能做到这一点简直是奇迹。陈宓明白这两件东西的意义。柳叶小刀状如手指，自然无法用来攻击，也很难用于自卫，和毒丸一样，都是为了自我了断。翠绿毒丸并非皇城司所有，陈宓在一次行动中见过，是辽国刺机局鹰郎们的随身之物。这枚毒丸肯定是从开封西炭场巷甲字三号院，也就是董齐庵家中搜出来的，经江乐白之手送到陈宓面前，传递的信息只有一个：一旦行动失败，用此物自尽。

能发出这条最后的命令的，也只有一个人，孙从吾。

那个总是一脸笑嘻嘻的，总是没有正经样子的提举皇城拱卫司公事，孙从吾。

陈宓奔骑良久，才想到这唯一一种可以延宕行程的方法。当然，这样做的结果有二：其一是马匹中毒倒毙，董齐庵坚持带他同行，三人最终无法按时赶到满城；其二是董齐庵放弃他这个俘虏，只带察亦忽准时赴约。无论出现哪一种情况，陈宓本人都难逃一死，他之所以这么做，不过是用自己的生命，给皇城司赢得片刻时间，而且这片刻时间越长越好。

尽管希望渺茫，但他并不是没有丝毫胜算。

下刀的部位，是陈宓精心选择的，就在马背与马尾相连处，这里毛发浓密，正好可以遮挡住伤口；伤口极小，只挑破了马儿皮肤，切断了皮下血管，翠绿药丸塞入后立刻按住止血，非仔细查验很难分辨。马儿高速奔跑中，毒丸慢慢溶解在血液里，一旦毒发必死无疑。

察亦忽满头是汗，在月光下亮晶晶的，他毕竟年轻，多少有些慌乱，情急之下匆匆查过一番，并未发现那个细小的伤口。他一无所获，只得失望地看着董齐庵，摇了摇头。

陈宓的心跳到嗓子眼，如果董齐庵亲自去查验的话，他的胜算就接近于无了。偏偏这时候，察亦忽有些急迫地道："我们，怎么办？"

董齐庵微微一笑，转头看着陈宓，道："陈兄以为如何？"

陈宓故作茫然道："是国信司的人？"

董齐庵笑起来。他的笑带着几分吊诡，也有一丝决绝。陈宓继续茫然地看着董齐庵，但他的心脏骤然抽搐起来，他意识到某种不可避免的危机已到眼前。

董齐庵坦然地摇头道："陈兄——不，或许，我该叫你沈兄吧？"

察亦忽吃惊地看着董齐庵，又看着陈宓，可怜的年轻人已经完全被弄蒙了。但一个间谍的本能，还是让他瞬间做出了反应，不等董齐庵发令，手弩已经对准了陈宓。

董齐庵淡淡一笑，道："沈兄，你我博弈至今，或许也该收官了。"

沈追

沈追默默地看着董齐庵。这一刻果然还是到来了。他不是没有预案,只是预案里的无数可能,统统不及现实中的惨烈和突兀,甚至没有任何反抗的机会。他和孙从吾启动这个计划之际,显然都不曾料到,此行会是如此精彩纷呈。

董齐庵示意察亦忽放下手弩,察亦忽错愕地看着他,一时没有反应。董齐庵笑着摆摆手,道:"沈兄是何等人,无须这样。"说着,又转向沈追道,"没错吧,沈提点?"

沈追皱眉,右手托着断臂,有些赧颜道:"惭愧了,惭愧了。"

这等于是默认了董齐庵所说的一切。不过,沈追并没有惊慌失措,也不是面无惧色,而是一脸的尴尬和难为情,仿佛一个偷吃零嘴被抓的孩童。

董齐庵同情地看着他。两个高手一路斗心眼到了现在,谁胜谁负也就是一张纸的差距,所谓翻手为云覆手雨,胜者不足以骄矜,败者不至于气馁。董齐庵竟是用一副安慰的口气,劝解道:"功亏一篑而已,董某差一点也就输给了沈兄,沈兄不必如此。"

沈追苦笑道:"董兄是何时看出来的?"

"第一面便有些狐疑,"董齐庵一笑,道,"真正勘破,是杜胜集码头那晚。"

沈追思忖着,点头道:"不错,是在下有些托大了。其实,若是先剿了十千脚店,再到西炭场巷抓了董兄你,虽不能说是全功,也不至于命丧于此。"

"沈兄此言正是。"董齐庵背手踱了两步,悠悠道,"不过,当你发现了我的真实身份后,最让你动心的,或者说最让皇城司动心的,已经不是我本人了,而是我身后的这条线,还有整条线上的无数暗钉。"

"董兄二十年苦心经营,如能一锅端掉了它,比只抓住董兄更有诱惑。"

察亦忽吃惊地看着董齐庵,一时间怒不可遏地用契丹语骂了一声。

沈追转身看着察亦忽，含笑道："小兄弟，两国攻伐，历来是各有损伤，我们无非是木野狐上一枚棋子而已，无须这么冲动。"

"皇城司当然会这么想，这条线也的确功勋卓著。不过——"董齐庵并未顾及他们的话题，而是抬头看了看月亮，眼睛里一时亮晶晶的，慨叹道，"可惜，已经二十年了，这条线上的人老的老，死的死，凋零不堪矣——眼下也仅是勉力维持而已，早已不复当年的辉煌，没了也就没了，对我大辽不是多大的损失。"

察亦忽不无落寞地看了看董齐庵，又低下了头，一副若有所思的样子。

"所以董兄早已做好了弃子的准备，故而明知我投降是假，还要一路带着我，看来是想要学古人献俘于宗庙了。"沈追苦笑摇头道，"技不如人，在下也无话可说。"

董齐庵正色道："沈兄言重了。毕竟刺机局和皇城司暗斗数十年，还没有生擒过一个皇城司的高层官员。董某跟沈兄一样，也是一时功名心太炽，乱了阵脚。其实这一路上，沈兄不也是处心积虑吗？董某一再小心防范，却仍是被沈兄找到机会，害了这匹骏马——你原本可以骑着它，跟我一起回归大辽的。"

沈追坦然一笑道："这怕是不可能了。即便这马不死，我也不会降辽的。这一点董兄应该很清楚。"

董齐庵遗憾地点点头，慢悠悠道："天圣五年，皇城司探事房换了位新提点，整整四年，这位新提点竟是迷雾一般，莫说真容无人知晓，就连名字都讳莫如深——"

"董兄说笑了，以刺机局的手段，恐怕在下瞒不过的。"

"那天晚上沈提点不请自来，声称要叛宋降辽，我就知道你是谁了——沈兄老家就在附近吧？我查过沈兄的档案，如果记得不错，似乎是河北路保州人氏。"

沈追脸上露出欣赏的笑容，点头道："不错。皇城司的人事密档，董兄都能看到，辽国刺机局的本事真可谓通天之大。可惜啊，或许在下已经没有机会，回开封揪出这个内鬼了。"

"技不止此，"董齐庵自信地一笑，道，"你会明白的。我能答应你的是，你的尸体会被人送回保州老家，妥善安葬。"

沈追平静地点点头："多谢董兄，在下有伤在身，恕不能施礼了。"

董齐庵目光扫过沈追的断臂，摇头惋惜道："如果刚才没有故意坠马，凭沈兄的身手以一敌二，说不定还能拼掉我和察亦忽中的一个。着实可惜了。"

察亦忽死死地盯着沈追，慢慢地举起了手弩。董齐庵对他摇摇头，苦笑道："无须这样，我说过，沈兄不会逃的。"

沈追一笑，对察亦忽道："小兄弟，你知道这马伤在何处？"

察亦忽一愣，下意识地摇头。沈追笑道："马背与马尾相连处。坠地的时候，我故意让有伤口的一侧倒向地面，所以只能摔断了胳膊——伤口很小，又被毛发盖着，若不细心查验是看不到的。"

察亦忽本能地看着董齐庵，董齐庵笑起来，道："好了好了，用不着再查了，多学学吧。大宋的皇城司几十年的底子在，还是有高手的。"

察亦忽脸色通红，竟然朝沈追略微躬了躬身子。一个年轻的、对未来充满憧憬的间谍，蓦然直面宋辽两国最顶尖的前辈，的确很难做到平静如常。

"技不止此，"沈追重复着董齐庵的话，淡淡地对他道，"你会明白的。"

这句话突如其来，加上沈追泰然自若的表情，倒有斜刺里一刀的凌厉。

董齐庵一怔，和沈追四目交融，片刻后竟一起笑出了声，不约而同的笑声在月光下显得很清冽，很冷静。两人笑过之后，沈追道："董兄，此处到满城榷场，快马加鞭一个半时辰足矣。时间尚早，不知董兄可有兴趣再听在下啰唆几句？"

董齐庵既没有答应，也没有否定，而是用契丹语说了几句话，察亦忽吃惊地看着他，两人交谈了几句，察亦忽情绪激动地摇头。董齐庵提高声音，察亦忽恨恨地看了沈追一眼，居然就转身上了马，朝来时的方向去了。

沈追托了托伤臂，脸色有些苍白，道："董兄好细的心思，不过似乎多虑了吧。"

"哦？"董齐庵笑起来，道，"愿闻其详。"

看样子，董齐庵已经决定要再给沈追一些时间，他笑着盘腿席地而坐，也示意沈追坐下。沈追毕竟有伤，动作笨拙地坐下，喘气道："你让察亦忽往回走一段路，伏地听着动静——"

"多些小心，总归还是无错。"董齐庵静静一笑道，"年轻是年轻了些，这方面还是可以的，方圆三里之内的人马动静，逃不出他的耳朵。"

沈追抬头看着天空，喃喃道："江畔何人初见月？江月何年初照人？"

董齐庵一本正经道："沈兄差矣，此地乃千里沃野，何来江畔？"

"偶发抒怀而已，董兄何必揶揄？"沈追看着他，笑道，"董兄之计可谓完美，小弟实在佩服得紧。当日事起之时，我本可以将你抓捕归案，你也可以将我沉尸于杜胜集码头，但所谓利令智昏，我想挖出你身后的组织，你又想把我当作战利品带回辽国，你我都忘了见好就收，犯了贪大求全的错。不过相比之下，小弟终归是技逊一筹，但能死在董兄手里，倒也是一件幸事。"

董齐庵哂笑道："沈兄临死之前，不会就想说这些吧？"

沈追决定开始反击了。他知道，反击的结果就是死。但现在，他有比死更重要的事情。因为有的时候，死并不代表失败。一想起这个，他就觉得周身安然而温暖。

"当然不。"沈追正色道，"杜胜集码头那晚，董兄一句话让小弟差点丧命——董兄还记得吗？"

董齐庵当然记得。完美。

这两个字闪电般劈空而至，扎进董齐庵的脑海中，他不由得本能地皱起眉头。

沈追微微一笑道："董兄说，太完美的东西，本身就是破绽。这才几天，董兄就不记得了？"

不等董齐庵说话，沈追继续道："如果我告诉董兄，其实在滑州城那个晚上，我就跟皇城司联系上了，董兄是信，还是不信？"

董齐庵猛地发现，局面已经不再是牢牢地掌握在自己手里，似乎已经在悄然中有了些许转换。他脸色微微变化，却还是镇定道："我当然不愿相信，不过以沈兄的手段，以皇城司的名头，怕是也不得不信。"

"那个妓女，赛英英，是本司的人。"沈追缓缓道，"送她进入辽国使团的，自然也是本司的人。说白了，就是国信司的江乐白。"

"江乐白——江畔何人初见月，江月何年初照人——"董齐庵自失地一笑，叹道，"这个我应该看出来的。不过，今晚之事，你并没有机会通报给他。"

沈追点头道："贵国刺机局鹰郎的手段，我也是深信不疑。不过，我仍然有办法将消息送出去。"

"哦？"董齐庵冷冷地一笑，道，"这就要请沈兄指教了。"

"我和江乐白有过约定，"沈追微笑道，"辽国使团每晚用膳之际，每只瓷碗底部都会涂上一层薄薄的蜡，如果我安然无恙，或者没有什么意外的信息要传递，我就会刮去某个碗底的蜡层。今天晚上的膳食餐具，是察亦忽送进取出的，你说过，他是年轻了些。所以我没有刮去那层蜡，察亦忽也没有发现。"

董齐庵的脸色变得很难看，这是他决然没有想到的。他皱了皱眉，又是一笑道："即便江乐白得知情况有变，他也不会知道详情，不会知道我们突然离开，更不会知道我们的目的地是满城。"

"不错。但我敢说最迟明天，江乐白也会发现少了三个人。"沈追平静道，"若换成是我，今晚就会烧了辽国使团的房间，逼着你们出来，一旦发现少了人，下面的事就好办了；退一步讲，即便今晚没有行动，天亮之后，江乐白势必还会找你要赏钱，你别忘了，我们人多啊！事情自然也是瞒不过去的。最好的结果，自然是我们离开之际就被发现了——不过，看来似乎不是这样，否则现在他们已经追了上来。"

"他们？"董齐庵敏感地重复了一句，目光犀利了起来。

沈追同情地看着他，摇头道："完美和漏洞，本就是一张纸的两面而已。董兄啊，皇城司毕竟是皇城司，一路上又都在大宋境内，各种资源的调配能力，岂是董兄和几个鹰郎能比的？实话告诉董兄也无妨，从滑州城开始，一路之上，每一个跟董兄接头的暗钉，每一个辽国刺机局的暗点，董兄身后这条线上所有的秘密，都已经被本司掌握；随行的车夫、弓手，还有国信司的几个随从，只要是能换的，全都换成了我们的人。也就是说，董兄忽然下令夜奔满城之际，我们都已经处在严密监视之下。"

"我相信我手下的人，他们可以毫不犹豫地为我而死，我也同样将性命交给了他们。我相信，至少我们出发之际，他们已经确认了周围无人监视。"

"极有这种可能。董兄此举实在是神来之笔，鬼神莫测的，本司百密一疏也是正常。"沈追深深地吸了口气，又坦然道，"当然，无论如何，董兄回归故国在望，而我却是逃不掉了。我还是那句话，能有幸死在刺机局第一高手的手里，此生无憾。"

董齐庵不再说话，他微微闭上眼睛，复盘记忆中每一个细节。沈追也依旧安坐不动，只是静静地看着他。片刻后，董齐庵睁开了眼睛，点了点头道："不得不承认，你说得有道理。而且我有预感，你们的人已经在路上了。"

"皇城司麾下五千亲从军，大半都来了，就跟在车队之后二十里。只要江乐白发觉情况有变，及时通知下去，即便是五十人一队，漫天地撒网来追，也能追到这条路上。"

董齐庵沉默地点了点头。沈追笑道："其实你我这么斗来斗去的，也没有分出胜负，最多是打了个平手。董兄你全身而退，但损失了一条情报线，也没能带我回辽国献俘；皇城司捣毁了延续二十年的情报线，却跑了董兄你这个主犯。仔细想一想，倒也有些意犹未尽之感，还是你董兄略占上风。"

董齐庵忽然笑起来，他的笑容很释然，也很真诚，甚至还带着一些歉意，摇头道：

"技，不止此。"

沈追看着董齐庵，他原本已经松弛下来的表情，重新变得僵硬、板结。在他的间谍生涯中，他第一次感觉到了全身心的恐惧，这种恐惧来自他的本能，来自对手的深不可测，来自不怀好意的满天星斗，正如无处不在的夜色和月光一样，把他严丝合缝地笼罩在其中，他无法挣扎，唯有梦魇。

董齐庵清晰地、一字一句地道：

"沈兄，现在我不得不告诉你，从一开始你就错了，不但是你，你们的孙提举，你们整个皇城司，都错了。"

董齐庵说着，突然再也忍不住，鬼魅般地放声大笑起来。这阵发自肺腑的欢笑压抑得实在太久，笑声凄厉如箭，穿破了所有的黑暗和明亮，硬生生地扎进了沈追的耳膜。因为此时此刻，他们来时的路上，已经骤然响起鸣镝之声。

宋崇

开封城东南水系密集，蔡河向南，汴河向东，分别自宣化门、大通门出城，两河蜿蜒，最近处相距不过两里多地，两河间有一寺，名为地踊佛寺。因过于偏僻，周遭又都是漕运河道、仓廪储库，别说是善男信女往来很少，就连驻寺僧人和挂单和尚都不多见。只是每到三年一次的大比之年，正月以后，春试之前，进京赶考的书生们陆续云集开封，囊中羞涩者住不起正经邸店，才会图便宜进寺暂居。按理说，眼下应该是一年中最冷淡的日子。

如果真的这样，该有多好啊。

宋崇站在地踊佛寺门前。他当然并不这么想，也无法这么想。

孙从吾离京之际，脸色很难看，笑容很瘆人，也没跟宋崇多交代什么，就带人连夜走了。情况有多严峻，不用他多讲，宋崇也能明白。大宋朝什么都缺，唯独不缺官员；什么官员都能犯错，唯独皇城司的人不能。何况这次失误之严重，不但可能损失掉一位提点，逃掉一个主犯，要命的是这个潜藏在开封城二十年的主犯，背后还有一个有效运转了二十年的间谍网，而这一切就在皇城司眼皮子底下，愣是二十年一无所知。皇城司地位超越六部百司衙门，不受东西二府管辖，在朝野中树敌无数，结怨也无数，多少双眼睛红通通地盯着皇城司，磨牙砺爪，就等着时机一到，悄没声地扑上来噬咬一口。

宋崇是个聪明人，在这个当口，他绝不能拦着孙从吾，尽管他有一百条理由去说服老孙，给他多少再留一些人手。皇城司一处四房五千军，孙从吾亲自兼管着宫事处，沈迠提点探事房，宋崇提点刑事房，许沂提点律事房，舒正臣提点提牢房，还有皇城亲从军指挥使罗镇，全司上下一正五辅六位主官，沈迠化名陈宓已经离开，剩下诸位提点除了宋崇，都随老孙奔河北路而去。这就意味着整个皇城内卫，还有涉外安保、百官监察和侦破办案，都落在宋崇一人身上。皇城那边倒还好办，殿前军在内城，侍卫亲军在外城，还有两千皇城亲从军雷打不动驻扎在宫里，出不了什么岔子。可就在这个节骨眼上，也是天缘凑巧，中断外交已有一年的高丽冷不丁派了密使过来，据说是打前站，后边还有人要参加冬至日郊祀大典。这就是添乱了。皇城司不办外交，但管着外交使节的安保，敕令是枢密院和中书门下省两府会签之后，由刘太后和今上赵祯用了御玺，走密旨下来的。而那几天，老孙一门心思都在抓辽国间谍，大笔一挥就把事情派给了宋崇。等宋崇做好了安保方案，揣着文牒来找老孙，却见老孙已是无心听他复命，苦着脸狞笑道：

"沈追没了。"

宋崇惊愕至极，一时无言以对，老孙继而道："生死还不好说，人找不到了。"

"去非兄不会有事的，"宋崇将手里文牒放在老孙桌上，笑道，"又不是头一回找不到，过个十天半个月的，兴许自己就摸回来了。"

老孙冷笑一声，道："那你合计一下，他能去哪儿？"

沈追目前办的差事，宋崇多少是知道的，不由得皱眉思忖。他必须在很短的时间里拿出答案。

老孙直勾勾盯着他，继续道："别多想，第一个念头是什么？"

宋崇毫不犹豫道："往北，辽国。"

"走哪条路？"

"水路走御河，不过可能性不大，陆路嘛，多半是北庑驿路。"

"何以见得？"

"猜的，"宋崇笑起来，道，"要是我，就走这条路。"

老孙满意地点头一笑，道："除了你，其他几个爷们都跟我走，今晚就走。"

宋崇之父宋衍与老孙是至交，宋崇更是老孙看着长大的，没外人的时候，宋崇总是行子侄礼，少有平日的拘束禁忌，他脱口而出道："都走吗？"

"都走！"老孙阴鸷地一笑，站起道，"高丽那拨鸟人，就照你的意思办吧。"

宋崇看了看桌上的文牒，苦笑道："我的意思，您可都没看呢？就不怕出事儿？"

不过宋崇说这话的时候，老孙已经勾头背手，快步走到了门口，头也不回，只是拉长了声音道："敢——"

老孙走后第三天，高丽密使便如约来到开封。自天圣八年两国断交，官方使节就断了来往，但民间商旅从未禁绝，也根本禁绝不了。大宋物阜民丰，乐于一掷千金，消费高丽特产的金银铜器、华服、人参、名马和文房用具。搁在以前，这些玩意儿进口都靠朝贡，也就是高丽使团远道而来，将贡品呈上，大宋皇帝回赐远远高出贡品的礼物，所谓"薄来厚往"，完全是出于政治考量。正常的外交一断，朝贡就没了，只能靠民间贸易，往来之间利润甚厚，两国商人趋之若鹜。季风时节，大型海船从京东路登州启航，不到十日即可达高丽开京礼成江口，一往一返，便是百倍之利。

高丽密使一行三人，都换了大宋商人装扮，一口汉话比岭南人还流利，不明实情的还真看不出什么端倪。三人中为首者姓金，名守鹤，文武伴当各一人，分别是徐德升、崔元卿。三人自登州离船上岸，一路由枢密院调用的殿前军秘密护送，来到开封后再跟皇城司交接。按照宋崇的方案，在当朝宰执们接见之前，三人居于地踊佛寺，由刑事房胥卒负责安保。宋崇不是第一次招呼外藩使节，知道这些使节来一趟不容易，多少都带着私货，朝廷也有意给他们点好处，只要提出来就高价收购。既然三个"鸟人"都懂汉话，也省得再找通事官了，宋崇便开门见山，跟金守鹤谈了几条：

第一，三人所带私货，有多少算多少，一律以比市价高三成收了；

第二，在朝廷下令召见之前，三人不得离开地踊佛寺，开封城繁华是繁华，但哪儿都不能去；

第三，只要能做到第二条，第一条就没问题，离境之日以白银交割。

金守鹤自然满口答应，徐、崔两个伴当更是点头如捣蒜，笑得嘴都咧到耳朵根去了。三人到大宋是公干，川资路费不用自己出，所携私货按市价出手已是利润可观，何况还有三成额外红利。烟花地温柔乡固然诱人，但终究还是异国他乡，早晚得回高丽。三人顾不上遗憾，只怨私货带得少，早知道是这般待遇，恨不能把高丽全国都搬来才好。

安顿好三人，宋崇并没急着走，又在寺里溜达巡视一番。地踊佛寺是皇城司经营多年的黑盘，所谓黑盘者，不足为外人道之所在也，那些需要保护又不便公开身份的人,大多会安排于此。寺里上自住持方丈下至僧侣沙弥,都是皇城司的人,闲杂人等水泼不进,再加上增派的七八个刑事房胥卒,守住了这三个高丽人寸步不离,可保万无一失。即便如此,宋崇还是有些不放心,跟一众人等交代再三,说高丽人走后,司里另有赏赐。这倒也是实话。循着惯例,外藩使节的私货都是按高于市价五成收购,走的是皇城司暗账,不用三司审计核对,神鬼不知。宋崇私自扣下两成,自己留了也就留了,他却分给属下,难怪一众人个个摩拳擦掌,巴不得明天就送走这三个高丽密使。

孙从吾率人离京之后,皇城司里官衔最大的就是宋崇,既要在司里值更,又要照顾皇城宿卫和各处黑盘,一下子多了好几头事务,饶是他年轻精力旺,也挺不了天天连轴转的折腾。离开地踊佛寺,宋崇先是去了东华门,跟亲从军轮值指挥使聊了一阵,又马不停蹄回到司里,代孙从吾批阅各级公文函件,等手头事情忙得告一段落,已是临近子时了。宋崇妻子王氏前年患了急病去世,老父宋衍一个劲地催他续弦,好给老宋家留个子嗣,他却一拖再拖,全然不放在心上,后来宋衍发了火,宋崇索性家也不回了。好在皇城司黑盘暗点遍布全城,到哪儿都能找个睡觉的地方。

开封秋夜天凉,但还不到生火的节气,屋里就显着清冷。宋崇续上灯油,裹了外氅,斜卧在榻,心思飘忽不定,最后落在沈追身上。全司五位辅官,宋崇年纪最小,沈追也只比他大了两岁,两人却分别管着司里最要命的两个地方;另外三位同僚,年纪虽大出许多,排位却皆在两人之后,如此一来,关系便有些微妙。拿亲从军指挥使罗镇来说,他出身武将世家,兢兢业业治军多年,也算是军纪严明士卒效命,可人到中年却总是升迁乏术,冷不丁见身边两个少年新贵赶了上来,不但赶了上来,还跑到了前头,心里多少会有些积郁之情。何况沈宋同为天圣五年丁卯科会试举子,还一起参加了殿试,是正经八百的同窗同年。有宋一代,无论君臣,都对朋党一词讳莫如深,而同乡、同袍、同窗、同年,四同中一旦有人身居高位,无不是呼朋引伴、提携故交,以至于同气连枝、遥相呼应,说不是朋党也是朋党了。就沈追和宋崇这同年之谊,又有老孙赏识抬举,两人在皇城司抱起团来,其余几人还真没有置喙之处。

可事实却未必如此。

宋崇翻了个身，继续漫无边际的冥思。沈追和他出身不同，性格迥异，一同参加殿试固然不假，但沈追无奈落榜，而他则一甲进士及第，须知殿试五甲中，末等的第五甲为"同进士出身"，尚算不得正经进士，何况沈追连这第五甲都没进。大宋朝自太祖太宗起，宰执集团、高等官员大多由进士选拔，做不得进士，基本上无望做到五品以上。沈追才干练达自是不用说的，若说缺憾，没有进士出身算是最大的一个。彼之无，恰为己之有，又是无数士人举子心中红火炭似的物件，有这一层隔阂在，两人说到底也很难做到推心置腹。眼下沈追孤身与敌周旋，生死未卜，事败则命丧，事成则功遂，对宋崇而言，要么是少了一个对手，多了一群威胁，要么是眼睁睁看着对手——

然而世情料峭，却不容宋崇再漫无边际地思量下去了。门外一阵脚步凌乱，由远及近，似勾栏中唱曲儿的鼓子点，声声敲在心肝处。待门响，人进，声未起，宋崇早已掀氅坐起，错愕道："是德远兄吗？盘子出事了？哪个？"

刑事房干办杨良祐脸色青灰，死一般瘆人，咬牙道："地踊佛寺。"

沈追

直到第三支弩箭牢牢扎进胸口，察亦忽才意识到生命正在远去。他腿上、肩头各中了一弩，身子不住地摇晃，随身弩箭也已耗尽，只剩手里的铁骨朵。这不是正经野战战场，鹰郎惯用的锻甲不在身上，只有一件熟牛皮甲护着前后心。契丹皮甲取三层牛皮精制，厚达一指，遍镶铜钉，扛得住寻常刀劈剑斫，近战倒不至于吃亏。宋军一共有七八个骑兵，刚才一次冲锋合围着实有点轻敌了，被察亦忽用铁骨朵砸倒两个，手弩放倒了一个，而他自己也身中两箭，挨了几刀，胯下的马被砍掉了小腿，悲嘶一声倒地不起。察亦忽自知断无逃生之理，便一心多杀几个宋军，也给身后的董齐庵争取些时间。宋军却不再冒失，耐心地远远兜着圈子，只用弩箭封住了察亦忽的步伐，看来是打定主意要捉活口。

契丹皮甲固然精坚，察亦忽固然勇悍，但他面对的，却也不是一般宋军。仅就其所用弩箭来看，装备之精良就令察亦忽震惊。宋军批量列装的神臂弓等大型弓弩，多用于对抗契丹骑兵，强调射程和杀伤力，很少用于近战。但眼前这伙宋军，手中操用的却是一种灵巧的手弩，二十步之内发射，可以穿透三层皮甲，威力并不亚于鹰郎们视为生命的契丹手弩。较之大型弓弩，手弩偏重近战，造价和战耗相当惊人，且射程有限，辽国军中都不曾大范围普及，而对面的宋军竟人手一把，弩箭更是泼水似的漫空射来。若不是夜色正浓，加之宋军射术不精，察亦忽根本坚持不到现在。

不久前，察亦忽刚刚发现宋军时，相距尚有两里之遥，按照马蹄交错的频次，他迅速估算出了敌人的数量和速度。此时的察亦忽有三种选择：他可以悄然离开，独自逃生；也可以立即上马，抢在敌人到达之前与董齐庵会合；或是留在此地，用生命给董齐庵多留一些求生的机会。察亦忽不假思索地选择了第三种。他在箭囊中找到一支特制的弩箭，朝黑黢黢的天空射去。

秋夜寒凉，万籁宁寂，鸣镝的凄厉声划出一道死亡的弧线。天地之间，或许因为这一声厉啸，平添了很多种可能。但对于董齐庵和沈追而言，再多的可能性似乎也失去了意义。

董齐庵微微摇头，叹道："年轻人啊。"

沈追一笑，道："如果他真的自己溜了，也算不得刺机局鹰郎。"

董齐庵笑起来，揶揄道："难道沈兄就会溜之大吉，即便是你们孙提举也在这里？"

沈追叹口气，苦笑道："千万不要再提孙提举了。董兄骗得我们好苦。即便是本司孙提举，恐怕也很难过得去这一关。"

董齐庵点头道："不提也罢。高丽密使被杀，你们皇城司这回的麻烦不小。且不说台谏清流，就是执政相公那边，怕也是得蜕层皮。"

两人来时方向，隐隐传来异响。董齐庵嘴角微微一抽。察亦忽应该和追兵交上了手。这也意味着追兵已然不远。而察亦忽就算再拼命，也只能稍稍阻挠一下而已。留给他的时间，其实已经不多了。

董齐庵静静地看着沈追，从怀里掏出一个碧绿的药丸，朝他晃了晃，平静地放进嘴里。沈追也没有去阻拦，只是托着断臂，默默挣扎着站起来，看着董齐庵。

"生亦何欢，死亦何苦？"董齐庵喃喃道，"沈兄啊，你总说什么故国在望，什么衣锦还乡，可你岂能不知，我还回得去吗？二十年了，我这辈子大半都生活在这里，连我自己都不知道，我究竟算是辽国人呢，还是宋国人呢？我一生中最明亮的日子，也是最黑暗的日子，都在开封城里。你也是同道中人，你来说，我回到大辽，远离了刀光剑影，远离了生生死死，被人当作雕像似的供起来，整日靠回忆过活，何等苟且！又何等无趣！"

董齐庵说着，忽然蓦地一笑，黑色的血从鼻孔滴落，他也不去擦拭，继续道："沈兄，这药时间长了些，万一等会儿你们的人到了，我还没死，拜托沈兄——"

董齐庵抑制不住地大声咳嗽起来，而每次咳嗽，都牵连着一股黑色的血从口鼻溅出。他的内脏正在迅速腐败，他的意志再强大，也终于被本能的痛苦击碎，整个身子蜷缩在地上，像火盘上剧烈蠕动的青虫。沈追上去一步，大声道：

"你告诉我，为何不杀我？"

这才是沈追心中最大的谜团。

如果说董齐庵一开始不动手是为了拖延时间，调动开整个皇城司的注意力，从而另出奇兵刺杀高丽密使，那么，今夜他已然大功告成，却为何还不动手？甚至连一命换一命都不肯？沈追不敢再想下去，他发现所有的线索兜兜转转，到最后结局之际，竟可笑地全都归拢到他的身上——

董齐庵又是一阵咳嗽，待稍稍喘定，他蜷在地上，斜着头看向沈追，忍不住笑起来，汨汨的黑色的血从他嘴里喷出，却并未说一个字。沈追冷笑一声，道："你听听马蹄声，察亦忽已经死了，我们的人近在咫尺——你想速死，他们却未必。"

沈追说着，跪坐在董齐庵身边，单手解下他腰间的短刀，冰冷的刀刃一晃，停在他脖颈间。沈追甚至能感受到他动脉中不断黯淡下去的起搏，不由操刀道："你告诉我，我就成全了你。"

董齐庵的体力显然已经消耗殆尽，在剧烈的疼痛之下，他也仅仅是抽搐，再也无力挣扎翻滚。他的目光中最后一丝活泛渐渐消失，变为一潭深水。沈追的逼问声，由远及近的马蹄声，天地间所有的声音，刹那间不可挽回地离他而去。在周身彻骨的寒冷吞没他之前，董齐庵终于艰难地挤出了四个字，让沈追毛骨悚然的四个字：

"你，还有用。"

第三章 · 人到情多情转薄

许沂

皇城司一处四房，素有"劳、险、凶、薄、冤"之称。宫事处守着禁中，经年无休，占着"劳"；探事房监察百官动态，侦缉情报，时时命悬一线，占着"险"；刑事房负责缉拿、安保和侦破，往往九死一生，占着"凶"；律事房分析情报，保管存档和内部执律，算是"薄"；提牢房则专管关押审讯要犯，刑罚惨烈无人不屈，可谓"冤"。按照皇城司循例，董齐庵一案过后，两位主办提点沈追、宋崇便都进了律事房，接受隔离甄判。

律事房诨名"薄房"，以昨日同僚、今日囚客，人情犹在、不胜薄凉之故。律事房提点许沂，字文约，在皇城司所有辅官中年纪最长，执掌律事房也有十几年了，谙熟个中门道。其实有宋一代，官员三年一小磨勘，五年一大磨勘，很少有在一职一任上超过十年的官员。许沂之所以原地转了十几年，是因为在每次磨勘记录上，都写着"眇一目，因制免于磨勘"。

许沂失明的是右眼。宋代官员地位尊崇，强调官威仪范，五官四肢不全者不得磨勘，也就葬送了许沂仕途之望。据江湖传言，许沂当时少年才俊，早早地做到了提点，一时志得意满，过于放纵恣意，整日里在烟花之地逡巡流连，不慎弄了一场花柳病，后来病虽治好，怎奈毒性已深，终究还是丧了一目。幸得孙从吾惜才，替他上下维护周旋，方得以在皇城司继续留任。许沂之才倒也令人瞠目。皇城司设立四十多年来，尤其是他掌管律事房之后，汗牛充栋的文牒档案，凡他看过的竟一字不缺、如刀刻斧凿般都在他脑子里。换言之，老孙带着他，就等于带了整个皇城司档库，随需随问，即问即答，更无一丝拖沓。莫说老孙，换谁做提举也舍不得许沂离开。

许沂平素最头痛的，就是隔离甄判。明明都是同僚，前不久还一起喝酒吹牛，人家出门办案，吃了苦受了罪，回到司里还得过他这一关，摆明了是得罪人的差事。无奈皇城司规矩严苛，谁也不敢逾矩。就像这次案子，沈追缉拿主犯董齐庵，断了条胳膊，宋崇缉拿刺杀高丽密使的刺客，肩头也中了一箭，都是有伤在身，却也得隔离起来，由许沂代表司里进行甄判。两人隔离之地在神佑观，与地踊佛寺一样，也是皇城司的一处黑盘，位于城南戴楼门大街西侧，距宜男桥不远。这一天，许沂并未带随从书办，独自一人来到神佑观西院，一爿水池子旁边，有两间独立的平房，沈追在左，宋崇在右，门口站着律事房胥卒，各执刀剑守卫。胥卒们见了本房长官，纷纷要上前行礼，被许沂摆手制止。他在院里背手站了片刻，踟蹰了好一阵子，这才像是打定了主意，朝左手平房走去。

沈追一直在窗口一侧站着，许沂在院里的踌躇，他都看在眼里，不由得冷冷一笑。他不是第一次接受甄判，许沂这点心思岂能糊弄过他？其实许沂心里也明镜一般，不但沈追，连宋崇也正在暗中打量着他。他此举无非是让两人知道，自己只是奉命行事，执律而已，无关人情。但话说回来，在两个当前大宋最顶尖的间谍面前，他自然明白此举几近苍白。

房门虚掩，不过许沂还是叩了几下，再推开进去。沈追正坐在桌边，左臂打了夹板吊于胸前，右手轻执墨条，在砚台中微微打着旋。见许沂进来，沈追平静一笑，道："文约兄。"

"这是愚兄想得不周了，该叫个弟兄来伺候的。"许沂抱歉地一点头，快步在书桌旁坐下，不容分说拿过他手中墨条，一边研，一边看了看空空如也的白纸，便笑道，"去非贤弟，你又不是第一次弄这档子事儿，赶紧把这一关过了，多少案子还等着贤弟去办呢——只是此番动静甚大，恐怕贤弟想要再藏得神龙见首不见尾，也是难了。"

沈追摇头道："文约兄说笑了，待甄判的人，不敢被伺候，也不愿。"沈追说着，根本不去看许沂略带尴尬的表情，右手扶案，用力撑起身子，在屋内踱了几步，道，"何况这一关，怕也是难过。"

"多少难关都过了，不差这一道。"

沈追无谓地一笑，依旧是平静道："文约兄，都是自家人，无须隐讳，孙提举那边有什么交代的，不妨直言吧。"

许沂放下墨条，看了看砚中盈盈欲溢的墨汁，摇头叹道："贤弟多虑了，孙提举那边还真没多交代什么，只是让我好生办事而已。"

"那就办吧。"沈追停下脚步，来到窗口，凝重地看着外边，道，"能说的，我自然会说。"

"不便说的，你就写密函，我送给孙提举亲览——最好都不便说，你省事，我也省事了。"

沈追闻言倒是一笑，点头道："文约兄干脆。"

许沂笑嘻嘻铺开白纸，提笔蘸墨道："贤弟，从哪儿说？或者还是老样子，我问，你答？"

沈追站在窗前，转身看着许沂，轻轻颔首。许沂便提笔落下，运毫如飞道："董齐庵这个案子，是谁安排下来的？"

"孙提举。"

"何时？"

"天圣八年，五月初一。"

"谁办案？"

"我——"

沈追一直靠着窗台，看着院中来回巡逻的胥卒，平静地转过脸来，对着许沂道："文约兄职责所在，所以要问，而我也是职责所在，所以不能说。其实不妨直言，文约兄，我能说的，已有密档里都查得到，凡是查不到的，便是不能说的，文约兄再问，也还是不能说——"沈追说着，淡淡笑着拱拱手道，"得罪了。"

许沂哈哈一笑，放了笔，拊掌笑着站起道："哪里的话！这样多省事！那就有劳去非贤弟了。你就在这神佑观多待两天，我叫人好生伺候着，等你写完了交上来，许某在樊楼备下一桌压惊酒，请你和临岳老弟去去晦气，可不许推辞哟！"

沈追略微点点头，朝一旁指了指道："临岳还等着你呢，快去吧。"

许沂摆手一笑，说了句"保重"，便推门出去。转身之际，他的表情明显松快了许多。想在皇城司里混，秘密知道得越少越好，他巴不得沈追一字不说，全都写成密函，直接呈给老孙。许沂是太宗淳化二年生人，今年整整四十岁，又眇了一只眼,仕途之念早已冷透了,不复当年红炭似的功名心,万事得过且过才是正理。许沂进门之前的踌躇,是真心犯难,不全是刻意为之。沈追这次的案子牵连太广,疑点太多,甄判起来殊为不易。就拿他跟着董齐庵等人一路向北来说,自始至终就只有他独自一人,往亮处讲,他这是英雄虎胆只身犯险,但往暗处说,谁知道他那些天都干了什么,说了什么。何况沈追断了条胳膊,却在鹰郎环伺之下安然活了下来,董齐庵堂堂鹰郎首领,一点伤都没有倒自杀了。种种疑点要是一一细抠起来,还真不好盖棺定论。刚刚见面,沈追一再问老孙是不是有交代,许沂当然不能实说,因为老孙不但有交代,而且这些疑点也都是老孙本人提出来的,让他在甄判之际务必留意。许沂是个明白人,沈追跟老孙的关系谁不知道?知遇之恩且不说,就连沈追夫人都是老孙家的远房亲戚。老孙让他甄判疑点,明面上讲,当然是秉公办事绝无偏私,可谁能担保这不是做给旁人看的?就算是有疑点,自圆其说也就是了。沈追乃何许人,应付这种事的招数有的是,要真是傻乎乎来个打破砂锅璺到底,一点便宜占不到不说,还白白得罪了这位司里的大红人。不过现在正好,大红人自己说不能讲,那就让他直接跟老孙讲好了,倒把许沂给撇了个干净。

要说司里的红人,沈追当然名副其实,而宋崇也不亚于沈追。许沂奉命甄判沈、宋二人,官方说辞是"置疑,校勘,甄判",也就是"找出疑点,揪住不放,直至澄清"。说是甄判,多少也有洗白的意思,毕竟都是自己人,何况两人这次的麻烦都不小。地踊佛寺出事当晚,等宋崇带人赶到时,刺客已经被围得密不透风,宋崇一边让人谈判,一边安排人手突袭。整个强攻耗时不到两刻钟,六名刺客悉数毙命,但高丽密使金守鹤已经被砍了脑袋,文使徐德升倒是个硬朗汉子,还强撑着跟刺客过了几招,身负重伤,挺了一天才咽的气。只有武使崔元卿正在茅房出恭,听见外边喊杀声大作,竟是一咬牙,毫不犹豫跳进粪坑躲了起来,才侥幸没被刺客们寻着。只可惜所有刺客全都死在当场,一个活口也没能留下。倒是四个高丽随从聚在一起关扑赌博,闻讯各自逃命躲避,竟是都安然无恙。

宋崇刚刚说完,许沂也就停了笔,纸上墨迹还淋漓着。宋崇看了便是一笑,赞道:"文约兄好麻利的笔头功夫!小弟佩服得紧啊。"

"贤弟不要自谦，笔头子再利，也没能博个进士出身，一介刀笔小吏而已，哪像贤弟年少得意哟。"

许沂一边吹着纸，一边提笔在上面标了序号，塞进卷宗册子，又取出一张新纸，蘸了墨，看着宋崇道："贤弟千万不要见怪，来之前孙提举交代过，有几个细节要贤弟讲讲。"

宋崇含笑点头道："这是公事，何来怪罪之说？文约兄但问无妨。"

许沂便道："接到消息，是子正一刻？"

"不错。"

"赶到地踊佛寺，是丑初时分？"

"不错。"

"这便有些怪了，司里到地踊佛寺，用得着三刻钟？"

"本来是用不着的。"宋崇平静地看着许沂，道，"中间被阻拦了一刻。"

"因何受阻？"

"遇到了殿前军巡夜的马队。"

"何人统领？"

"殿前军马军指挥使，孔辉。"

"何故阻拦？"

"我跟他有过节。"宋崇坦然一笑，道，"他的女人，被我睡过，还不止一次。"

"所以，你就让人绑了孔辉，打了殿前军的人？"

"皇城司办事，没人拦得住。"

"地踊佛寺是个老盘子，怎么出了这么大的事？"

"这是我的失职。"宋崇正容朗声道，"责任在我，绝不会推卸。"

"不是问该谁负责，而是要你说，怎么出的事。"许沂盯着宋崇，一字一顿道，"地踊佛寺高墙深院，还有十七八个探事房胥卒守着，刺客一共才六个，怎么就让人家得了手？漏洞何在？破绽何在？事前如何预案？事后有无检讨？"语气至此，已是咄咄逼人的架势，跟平素的许沂判若两人。而宋崇却不为所动，淡淡道："胥卒一共十八人，分两班轮值宿卫，每班六个时辰，一人领班，一明一暗两个哨位，每个密使由两人寸步不离守着，看着人多，实则分散，这是在下安排的疏漏——"

"这就奇怪了。"许沂看着宋崇,脸上带着似有似无的笑,缓缓道,"临岳,你也是老手了,怎么会有这种失误?"

这句话才算是敲到了麻筋上。即便是宋崇这般有急智的人,竟也无法即刻回答。而且许沂这么问,明面上全是冠冕堂皇的官话,但细细思量,却是字字句句,都在往皇城司的根儿,也就是孙从吾身上刨去。宋崇不是不知道该怎么回话,而是他也没想到许沂这么练达的人,竟会明目张胆地把火苗指向老孙。事情明摆着,那十八个胥卒看似人多,分成两班之后,每班在岗的不过九个人,其他的凑在一处睡大觉,梦里被人包圆抄底也是须臾可就的事。关键还不在这里。按司里规矩,金守鹤这样级别的人物,安保队伍必须四个时辰一班,每班不得低于十五人,其他的巡兵、暗哨、箭卒另计,杂七杂八加起来最少六十人。但董齐庵事发之后,老孙把司里能用的好手全都带去了河北路,漫天撒网抓辽国间谍去了,在开封城里留给宋崇的人手本来就不够,又得照顾到全城各处黑盘,能用在地踊佛寺的只有区区十几个人。说句不好听的,地踊佛寺里连个火头厨子都没有,除了日常安保,所有人吃喝拉撒都得自己解决,根本不敷用。根了上还是老孙一时情急,有点乱了章法,但这又不能说在明处。

许沂见宋崇默默无话,静了片刻,一笑道:"当然,临岳要是不便说,可以写密函的。"

宋崇也是一笑,坦然道:"公事公办,何来不便之说?文约兄,地踊佛寺的事是我一人之过,过在指挥无方,进退失据,愧对孙提举信任,愧对司里栽培。"

其实这样的结果,许沂也是心有预料,所以并不意外。孙从吾与宋崇之父宋衍是老交情,差不多是看着宋崇长大的,小宋再委屈也不会讲老孙的不是。许沂想到这里,便是一笑,低头边写边道:"得到消息后,你如何及时处置?"

"孙提举离京时,让我全权处理司里要务,我就命所有在地踊佛寺附近的弟兄,不按编制不论归属,即刻赶到地踊佛寺,先围起来再说,不能走了一个刺客。"

"你怎么下的令?"

"望火台。内外两城望火台一百一十三座,昼旗夜灯,总台在司里。这个文约兄是知道的。"

许沂点了点头，继续道："你赶到地踊佛寺时，高丽密使已被扣为人质，你并不清楚人质生死和对手详情，却依然下令突袭，是否失之操切？是从何研判？有无密使被杀的考量？"

"敢做这种事的，大多是死士，性命并不在意。死士行刺，本就是要杀人，我们突袭早或晚，于密使生死并无大碍。即便动手晚了，人质无非还是一死，但刺客功成之后，极可能自我了断。基于此判定，我赶到地踊佛寺之后便立即下令突袭，力求趁刺客立足未稳捉活口。至于派人去谈判，完全是个幌子而已。"

"不过，刺客们还是都死了。"

"不错，但如果再晚一些动手，由着刺客们搜寻，藏在粪坑里的那个姓崔的也躲不过去。虽然没能捉到活口，好歹高丽人也没有全军覆没。所以，立即强攻并没有错。"

许沂点头道："那么据你来看，刺客是什么身份？"

"辽国人。"宋崇不假思索道，"做派、武器、身手，自不必说，大家都看在眼里。从动机来说，高丽人来开封，最坐不住的就是辽国人。"

许沂皱眉道："如此说来，董齐庵倒是调虎离山之计。"

这又是个陷阱。宋崇若答是，则头一个上当的就是老孙；宋崇若答否，那么开封城里密使被刺的罪名就全落在他自己身上。许沂紧盯着宋崇，却见他扑哧一笑，道："可惜他死了。否则，我还真想会会此人。"

"贤弟还有什么要讲的吗？"

宋崇又是一笑，道："分明是文约兄在问我，你若不问，我自然没什么好说的了。"

许沂听了一怔，随即也是笑起来，便不再多言，转手将笔录递给宋崇过目，两人各自留了确认无误的印记，再由许沂收妥，拿火漆封了卷宗册子，放入铁皮镶边的樟木匣中，落盖上锁。许沂藏好钥匙，唤了两个胥卒进来，将樟木匣子递给胥卒，再三交代无误之后，挥手让胥卒下去，这才转身对宋崇道："那贤弟就再休息两天，孙提举一发话，贤弟就能回了。"说完这句，低声笑道，"贤弟青春鼎盛，要是耐不住寂寞，尽可对胥卒们讲。我手下的人，对贤弟可是景仰得很哪。"

宋崇笑道："晓得，晓得，真如此，我倒不愿出去了。"

两人相视大笑，许沂拱手告辞。天色已经渐黑，院墙角壁都上了火把，胥卒们三人一组，各执兵器在巡逻，另有两个暗哨和一个箭卒在隐蔽处观察——毕竟刚刚出了事，全司上下都如临大敌。许沂虽见众人警备森然，章法有度，仍是放心不下，便前后细细查点了一番，又跟手下嘱咐了几句，这才离开。

夕阳犹在，华灯已放，许沂走在洪桥子大街上，向北经过几道巷街，又过了西浮桥，再过了万胜门内大街，遂向左一转，进了草场巷街。巷口不大，仅容两三人并肩行走，巷道幽折，一眼看不到尽头。许沂停下，扔给巷口乞儿几个铜钱，径直朝巷子深处走去。乞儿也不言谢，蓬头垢面下两只眼睛迸出一丝闪亮，随即又黯淡了下去。

巷子清寂，月色洒过，一片白地如洗。许沂走了几步，在一扇半掩的门外站住，失明的右眼中渗出几滴浑浊黏稠的液体，他抬腕擦了擦眼角，这时那扇门又开了尺许，他侧身进去，门便咿咿呀呀地关上了。门后是一小院，院中空空荡荡，两侧厢房黑洞洞的，并无人迹，只有正房窗户开着，看得见里面一盏油灯昏黄，映着周遭一个浑圆的光圈。许沂进了正房，却也是空空荡荡，四壁之外，只有一桌一椅，桌上规规矩矩地摆着灯台和文房用具。

许沂只觉咽头蓦地干涸，干枯地大声道："我要的东西，在哪里？"

许沂连问两遍，并无人回答。他知道一定有一双眼睛在盯着他，却不知这双眼睛究竟藏在哪里，只好凄然一笑，便不再问，提笔就写。很快地，纸上流水般出现了一行行工整的字迹。

孙从吾

许沂独自一人在草场巷街奋笔疾书之际,神佑观宋崇的房间里,人已经陆续到齐了。

孙从吾半仰在躺椅上,双目微闭,一脸惬意的笑,前额两鬓密密麻麻插着毫针,针柄微微颤着,像是一丛风过起伏的草。沈追和宋崇则屏气静心,端坐在一旁候着,目不转睛地看着他。

半晌,孙从吾才慢悠悠哼道:"王惟一那个老小子,酒量不行,这门手艺还说得过去。"

宋崇和沈追都是一笑,沈追道:"临岳也是费心了,这手法,我看也不比王翰林差多少。"

宋崇笑道:"去非兄谬赞,小弟可不敢当!针砭之法,古已有之,王翰林可谓集大成者,我学的只是皮毛而已。可惜太医局里提举、判局对他颇有微词,也是一直郁郁不得志。"

沈追笑道:"亏是不得志,要是他得了志,太医局是太平了,太常寺指不定闹成什么样呢。"

三人便都是一笑。宋制,医学和医政并立,太医局专管医学,隶属太常寺管辖。王惟一是太宗雍熙四年生人,今年四十有四,一手针灸绝技享誉朝野。太医局提举管行政,判局管学政,都是从五品,王惟一是正七品的翰林医官,品级虽低,名气却大,便不把两位主官看在眼里,性子起来,打过提举骂过判局,弄得两人闻风而逃,面都不敢见,在开封官场传为美谈。

一片笑声之后,孙从吾满脸粲然还在,声音语调却蓦地冷冽起来,道:"头疼了,可以来上几针,心疼了,怎么办好?"

沈追和宋崇身子都是一凛,嘻哈多时,终于到见真章的时候了。老孙的脾气就是这样，暖洋洋了之后，往往是一瓢冰水当头，让人时刻不知道下一句是什么。两人一时不知如何应对，只得看着老孙自己一一取下毫针，冷冷地扔在桌上。

孙从吾站起身，在房中缓缓踱起步来，道："谁先说？"

沈追和宋崇互相看了一眼，四目交接之际，沈追苦笑道："我来吧。"

"跟许沂说过的，就不用再说了。"孙从吾停下脚步，目光硬邦邦地射在沈追身上，淡淡道，"说点新鲜的，比如，董齐庵都跟你说了什么？"

其实从目睹董齐庵死亡的那一瞬间开始，沈追就已经开始准备这次对话了。尽管他将要说的都是实话，而实话是经得起一切质疑的，他仍然无数次演练过这个场面，反复推敲了所有词句和语气——因为，他决定要隐瞒一些东西，确切地说，是一句话。

"你，还有用。"

董齐庵的这句话，如同水蛭般死死咬住了他，折磨着他。每当回想起这句话，董齐庵垂死之际的脸庞便出现在他眼前。这是一句谶语，一次梦魇，也更像是一个诅咒，让他绝不能，也做不到和盘托出，即便是在孙从吾面前。

在他讲完最后一句之后，房间里顿时安静了。因为除去董齐庵那句话，沈追讲的全是实情，并无一丝一毫的增删和修饰，所以孙从吾和宋崇完全无从质疑，也或许是沈追此行实在是惊心动魄，纵然是他们也闻之摄魂。孙从吾沉默片刻，不置可否地一笑，道："看来，董齐庵算是畏罪自杀了。"

沈追强抑心中波动，点头道："不错，孙提举英明。"

宋崇眼神一晃，不失时机道："去非兄当时身陷绝境、处处被动，竟能逼得董齐庵走投无路，也是难能可贵。属下以为去非兄不但无过，反而是有功之人。请孙提举明察。"

孙从吾一笑点头。这一点头，也算是给沈追的案子定了性，给官家和太后的奏疏，以及东西二府的呈文也就有了纲目。宋崇关键时刻的这句话，可谓聪明之至，非他想不到，也非他不敢说。这句话他既是替沈追说的，也是替孙从吾说的，更是扎扎实实地帮沈追解了围——只是对沈追来说，这么大的人情，不知如何才能还上。

孙从吾眨了眨眼皮，神色已经松缓了许多，朝宋崇扬了扬下巴道："你，说吧。"

宋崇坦然一笑,道:"整件事情,许沂那里已经有了记录,属下就不再赘述了。属下只想跟孙提举和去非兄讲两件事。"

沈追脸上带着微笑，一语不发，孙从吾则一副老不正经的模样，笑骂道："有屁就放，婆婆妈妈的做什么。"

"是。"宋崇不慌不忙，正色道，"第一，高丽密使并没有死。第二，杀手绝非刺机局鹰郎。"

饶是孙从吾和沈追这种铁打钢铸的汉子，也架不住如此剧烈的反转。沈追瞠目结舌，他看着宋崇，竟一时说不出话来。孙从吾也是遽然眼光一亮，直勾勾看着宋崇，厉声道："说！"

"孙提举离京后第三天，高丽密使一行三人就到了，属下跟殿前军办了交接，按照预案安置在地踊佛寺，出事也就是在那天晚上。属下接到消息赶到地踊佛寺，当即下令组织强攻，同时让杨良祐去跟刺客谈判，分散刺客的精力。强攻之下，六个刺客全都毙命，三个密使一死一重伤，只有武使崔元卿躲在粪坑里侥幸得脱……"

"这些我们都知道。"孙从吾皱眉道，"说要紧的。"

"高丽人着实狡猾，他们知道此行势必得罪辽国，万一走漏风声引来刺客，只恐难以完成使命，便在进入大宋境内之前，搞了个小小的花招。"宋崇一笑，道，"花招也简单，高丽人欺负殿前军那堆料没办过外交，就撒了个谎。密使一共三个，正使文使武使各一人，正使金守鹤，其实只是文使，躲在粪坑的那位崔元卿，才是真正的正使。"

经过宋崇这番解释，地踊佛寺里诸多疑点也就不攻自破了。金守鹤是冒牌的正使，故而首当其冲，第一个被刺客砍了脑袋；徐德升才是武使，所以能拼死抵抗一阵子，因寡不敌众身负重伤；崔元卿身负绝密使命，在两个下属豁出性命保护下，才得以躲在粪坑里逃过一劫。

沈追不由得叹道："所以，你为了保证崔元卿的安全，故意封锁了消息，对外声称正使被杀，实则将他严密保护了起来——妙哉妙也，在下佩服。"

沈追的话，多少有些投桃报李之嫌，孙从吾当然心知肚明，却也赞许地一笑，看着宋崇道："那杀手的身份，你如何判断的？"

"这也是崔元卿说的。他知道属下会几句高丽话，便写了一个纸条，让属下一人看了。他在上面告诉属下，他才是正使，他躲避刺客的时候，无意中听到了两个刺客小声说话——"

"什么话？"

"党项话。"

沈追骇然色变，吃惊道："西夏？李德明的人？"

宋崇静静地看着孙从吾，谨慎而自信地点了点头。

形势至此，已是完全反转过来。本来皇城司一败涂地，要抓的人没抓到，要保护的人偏又死了，全司上下劳师糜饷，折腾得筋疲力尽，却是一无所获的结局。且不说官家和太后会如何处置，仅是中书门下和枢密院那里，肯定要追究，无论如何也少不了脱层皮。而沈追和宋崇陈述之后，局面却是立转：董齐庵畏罪自尽，算是打了平手；高丽密使毕竟安然无恙，说不上全胜，也是略胜一筹。虽然冷不丁冒出一个西夏，让线索变得扑朔迷离起来，但这完全是另外一桩案子了，何况案子才刚露端倪，有的是时间来办。

孙从吾飞快地踱了两步，转身道："这两件事，谁还知道？"

"除了崔元卿本人，就只有您，去非兄，和属下。"

"崔元卿在哪儿？"

"这个——"

"你不必说，我也不想知道。"孙从吾阴鸷地一笑，道，"这是你的案子，你办好了就是，知道的人越少越好。"

"属下明白。"

"冬至日郊祀大典之前，崔元卿要确保万无一失。"

"属下明白。"

孙从吾朝宋崇点了点头，转向沈追道："你，给我查两个人。"

沈追肃然站起，道："属下听命。"

"两个都是你熟人，只怕是你听了，也得犯愁。"孙从吾咯咯一笑，森然道，

"第一个,许沂。"

沈追和宋崇都是惊骇的神色,孙从吾冷冷地继续道:"第二个,钱惟演,钱七郎。"

沈追

沈追是河北路保州人氏，宋真宗景德元年生人，到天圣九年已经二十七岁了。照常理总也有个一儿半女，可沈追夫妇成婚数年，一直膝下无子，好在他与夫人沈杜氏相敬如宾，年龄又不算大，也就没放在心上。沈杜氏名媛珠，小名莹儿，是孙从吾夫人的远亲，于是司里有好事者传言，说什么沈追早想着休了沈杜氏另娶，只是碍于孙从吾的面子而已。

杜媛珠小沈追四岁，老家在两浙路秀州，性情温平，寡言少语，除了服侍沈追饮食起居外，就是做些女红刺绣的活计，平素很少出门。家里还有个老仆妇，姓郭，五十来岁，是杜媛珠从秀州老家带来的，幼年还奶过她，主仆情分深厚。沈追在皇城司供职，常常是一走旬月，音信皆无，好在有郭婆陪伴，杜媛珠倒也渐渐习惯。倒是郭婆心疼，仗着年纪大，又是杜媛珠乳母，明里暗里地说了沈追几次，要他不办公事就多回家，不然哪里生得出儿子来？沈追也就笑笑，却把杜媛珠弄得面红耳赤。

家有悍仆候着，沈追又是心思杂芜，一时还不想回去。从神佑观出来，他便拉了宋崇，一道去了宣德门外州桥边小甜水巷，找了处浴堂舒舒服服泡过，除尽了连日来的晦气，打发走揩背仆役，又叫了一壶酒，几碟肉脯笋干相佐。两人各卧一榻，三杯酒下肚，相视而笑，诸多无法言说之意都融在这一笑间了。

宋崇斟出两杯酒，一杯推给沈追，一杯自己拿着，却也不喝，慢慢嗅着酒香，开门见山道："不知沈兄，想怎么查那两位？"

"一时还没想透彻。"沈追看了看酒杯，丝毫不掩饰自己的难处，诚恳道，"临岳可否赐教？"

宋崇也不客气，便道："文约好说一些，老孙既然当着你我的面要你去查，自然是已经有了证据。不过也的确意外，皇城司里做到提点一级的，竟会有嫌疑，真是——"宋崇说着，摇头一叹，将杯中酒喝了个干净。

"话得分两头说。"沈追端起酒杯，一边把玩，一边蹙眉道，"文约看来的确是有把柄露出来了——可他是自己人啊！在皇城司这么多年，再愚笨的人也会练得耳聪目明，稍有风吹草动就会觉察。再说，他还管着内部甄判、情报分析，什么手段、套路他不懂？如果真的做了通敌之事，想必也是将痕迹抹得干干净净，想查起来殊为不易啊。只是他一个就够麻烦了，枢密院的钱七郎，那可是正经八百的帝王之后，在朝中势力盘根错节，要权有权要人有人，不是吃素的！光是一个枢密院在京房，可就够咱们吃一壶了。"

沈追说的全是实情。以他和宋崇的身份，能如此不加保留地说话，便是没把宋崇当外人。当然，此中情形宋崇也心知肚明，不消沈追明说。思虑及此，沈追索性一仰脖干了杯中酒，放下杯子，竟站起来对宋崇一揖到地："临岳贤弟，愚兄困顿此山中，还望不吝赐教！"

这句话拿捏得很精到，既是诚恳求教，也不低人一等，谁没有个马高镫短的时候？谁没有"不识庐山真面目"的难处？何况沈追与宋崇二人，素有"皇城双英"之称，人后互不臧否，人前从未相轻，亦敌亦友，亦争亦和，一智一勇，一冷一热，关系也最为微妙。孙从吾冷不防抛了火炭也似的难题给沈追，居然逼得他当面向宋崇求教，这也是预料之外又属情理之中的事。宋崇何等机敏之人，见沈追如此，当下扶了他起身，也是拱手一揖，正色道："去非兄何以见外至此！且安坐，听小弟几句。"

宋崇说着，信手拈起一块肉脯，放在榻前几案之上，浅笑道："去非兄，你看这是什么？"

沈追看着那块肉脯，色若红枣薄如宣纸，一层油光暗暗发亮。沈追看了良久，摇头不语。

"这就是许沂了。"宋崇归座，稳稳地道，"去非兄首先得明白一点。老孙是谁？皇城司提举。皇城司办的是谁的差事？当今圣上，还有太后。率土之滨，莫非王臣，许沂但凡有事，只要还在咱们大宋境内，个人再大也是小，朝廷再小也是大，即便他有通天彻地的本领，也就跟这块肉一般，无非是一口吞下还是慢慢品尝而已。"

沈追苦笑道："道理是这样，可万一——"

"万一这肉有毒，怎么吃？对吧？"

宋崇见沈追点头，便莞尔一笑，道："去非兄，是肉，自会有人吃，既然知道它有毒，自己不吃就是了，大可以让给旁人吃嘛。就算没两条腿的人，还有四条腿的狗呢！"

沈追不是傻瓜，无非是旁观者清，当局者迷，想得太多，顾虑也就多，反而不能冷静研判当下局面了。经宋崇这么一讲，沈追心里漫天的阴云消散了大半，便破颜一笑道："临岳好见地！既如此，不妨连钱七郎那里也一并赐教吧。"

宋崇笑着摆摆手，道："老孙已经赐教过了，去非兄还没觉察吗？这两件事，其实就是一件事。"

沈追一怔，脱口而出道："愿闻其详！"

宋崇见他的确恳切，当下也不客气，侃侃而言道："许沂许文约，天赋异禀，远超常人，却一直仕途窘困，原因大家都知道。对许沂而言，进无可进，无欲则刚，刚则无惧，无惧之人，有谁能控制得了他？不过去非兄，许沂致命的弱点，却还是有的。"

沈追眼睛一亮，道："他儿子！"

宋崇点头道："其实你我都明白，许沂身为皇城司律事房主官，经他的手办了多少有违法度的人，会有什么下场没人比他更清楚，能让他铤而走险的，绝非泛泛之辈。他儿子的事一直隐瞒得很好，能以此为把柄来要挟他，你当然做得到，我也做得到，但不想去做；遍观开封城里还能做得到的，也有这个迫切愿望去做的，除了他钱七郎，还能有谁呢？老孙开口让你查两个人，一个是他许沂，一个是钱惟演，这不已经很透亮了吗？就差给沈兄挑明了。"

宋崇句句鞭辟入里，说得沈追怔住，不禁赧颜失笑道："胜读十年书啊——幸有贤弟点拨。"

"沈兄客气了，"宋崇浅浅一笑，道，"以沈兄的天分悟性，想到这些原本也不难，只是老孙唬人唬得太厉害，沈兄大概一时心绪不宁，扰乱了心智而已。你我同僚多年，知己知彼，这一点我还是看得不差。"

沈追未来得及答话，却见宋崇狡黠一笑，道："不过，有来无往非礼也。

我也有一难处，除了沈兄没人能帮这个忙——"

沈追看着宋崇，忽地笑道："贤弟真是打得好算盘！也罢，我没有你的急智，一时出不了什么过硬的妙计，不过，我倒是建议贤弟去找一个人。"

"谁？"宋崇紧紧地盯着沈追。

"此人你我都认得。"沈追不慌不忙地道，"人面桃花，未知何处，但掩朱扉悄悄。"

宋崇蓦地一怔："景庄？他不是出京游历去了吗？"

"半月前已回京。"

宋崇脱口而出道："我怎么不知道？"

"贤弟啊，你的职分是安保和抓人，你若是什么都知道了，还要我何用？要探事房何用？"沈追哧地一笑站起，朝宋崇拱拱手道，"今天多谢指点。离家多日，我还得回去看看，不能多陪贤弟了——这块肉脯，不管有毒没毒，都是我的差事，我就带走吧。"

沈追说着，两指拈起几案上的肉脯，笑着转身出去。而宋崇心里一再盘旋着那个名字，一时竟说不出话，静静地看着沈追离开，直至良久，才蓦地笑出声来。

出了小甜水巷，沈追沿马道街出保康门，经保康门桥到麦秸巷，折向东过了高桥，就到了家。门口挂着一个清漆桐木牌子，上写"沈宅"二字。沈追在门前略一停顿，待身后跟着的那人看清楚了，这才敲了敲门，叫了声："郭妈妈，是我。"

从沈追和宋崇离开神佑观开始，就有人轮番盯梢了，第一个跟了几条街，换了一人继续跟，直到他们进了小甜水巷的浴堂方才罢休。他告别宋崇后，回家路上又有一人跟着，直到家门口。从行事做派和手段来看，应该是律事房的人，不消说，是许沂的安排。其实这也正常。按皇城司制度，在神佑观的甄判只是公开的，暗中的秘密甄判仍将持续一段时间，何时终止还要看孙从吾的意思。不过以当前形势，很难讲许沂此举是循例而为，还是夹了不可告人的心思。如果说跟宋崇对谈之际，沈追还有些失了分寸，这一趟路走下来，他的心魄已然澹宁一片，多日来萦绕心头的惶惑消解殆尽。就拿老孙来说，他让沈追暗查许沂和钱惟演,又不叫停许沂对沈追的暗查,两者看似相悖,却也是老孙一番苦心。许沂为人处世本就心细如发,当此非常时期更会敏感至极,让他按惯例继续调查沈追,至少能让他察觉不出异样——沈追一边思忖,一边听着门里硬木屐笃笃的声响,郭婆特有的絮絮叨叨的啰唆也由远及近。巷口那人身子一晃,已经看不到了。

门开处,郭婆身着皂布外搭酱色围裙,赤脚穿着木屐,花白头发在脑后盘起,蹙眉吊目站在沈追面前,瞪了他一眼,也不言语,气势汹汹转身就走。沈追成婚数年,没少被郭婆挤对,当初也曾想发发脾气,把颠倒了的主仆之分再扳回来,怎奈郭婆平生本领全在一张嘴上,从不撒泼蛮干,仅凭嘴皮子就把沈追的念头生生打散。杜媛珠虽从来不偏袒郭婆,但她毕竟是吃过人家的奶水,多少还是向着乳母。加之沈追常年在外,一年里在家的天数屈指可数,杜媛珠一人苦守,日子也不好过,还得指望人家陪伴照顾,于是沈追有气也撒不得,久而久之便疲沓起来。沈追无声地苦笑着,跟着进门,回身把院门关上,落了门闩。

晚饭是郭婆的手艺,四冷四热八个菜,再加一壶酒,摆上桌也是琳琅满目。沈追吃百家饭长大,在饮食穿戴上所需甚少,不饥不寒即可,而郭婆虽然嘴上从不饶他,心地却是良善。为了让他对杜媛珠好,总变着法地换花样讨他的欢喜,却见他又是一副摔不死的长虫脸,不由得心头火旺,忍不住冷笑道:"我说夫人哪,合着咱俩挖空心思凑这一桌子菜饭,倒是白费了呢。"

杜媛珠一边给沈追斟酒,一边笑道:"郭妈妈不好这么讲的,官人办差日子久了,也是劳神累心的,大家都是一家人,不分彼此,哪儿有什么白费不白费的?"

杜媛珠说着,桌下小脚一钩,踢了踢沈追。可不待他说话,郭婆继续冷笑道:"既然是办差久了,一回开封就该先回家看看吧?"

沈追暗自一叹,苦笑道:"郭妈妈这是什么话?"

"别以为老婆子我不懂!"郭婆放下筷子,脸颊厚墩墩的肉一拧,咄咄逼人道,"我去你们司里问过,五天前你就回来了!可怜夫人天天在家给你念经祷告,你却不知浪荡到哪儿去了,你自己拍拍心口,放着自家的娘子不见,放着自己家不回，都去哪儿了？我实话告诉官人，夫人年纪还小，就算你想纳个妾填个房，早呢！"

听了这话，杜媛珠脸色蓦地雪白，满眼惶惶地看了看沈追，好容易才找到话口，冲郭婆勉强笑道："郭妈妈，官人不是说过多次司里不要去了吗？他们那儿担着天大的干系，咱们女人家的——你就少说几句吧！"

沈追提点皇城司探事房，在董齐庵一案之前，是皇城司诸多机密中的一个。杜媛珠也好，郭婆也好，只是知道他在皇城司办差，具体办的什么差却是毫不知情，更不知道眼前这个时常被数落得灰头土脸的男人，竟掌管着京城无人不惧的探事房。郭婆平生最爱就是跟人斗嘴，历来是有理没理全在声高气足，如同风卷树叶，枯叶要卷，好叶子也要卷，风起不可控，风停不可期，刮起来就没个头。沈追直听得脸色铁青，筷子都握不住了，而郭婆还在喋喋不止，杜媛珠几次给她使眼色，郭婆全当没看到，最后发狠道："开封城里人多了，街头巷尾乌泱乌泱的人，我怎么不说他们去？官人你别埋怨老婆子我话多，不是自家人，我还懒得说呢！不孝有三无后为大，照官人这弄法，生得出孩子吗？说来说去，难道是为了我？不还是为了老沈家开枝散叶吗？官人，公家的事是干不完的，等你和夫人到我这年纪，身边连个一儿半女都没有，就算做到五品、四品官，就算做到宰相枢密使，又有什么用呢？"

话说到此，郭婆声音一沉，竟微微哽咽起来，绰手帕拭了拭泪花，又道："老身我无儿无女的，夫人吃过我胸前奶，从她这么长一点伺候她到现在，也就是我闺女了，自己的闺女我再不维护几句，活着还有何趣味呢？官人要是嫌我，无非是一根绳子，我自己了结罢了，也是便利得很。"

郭婆说得情难自已，竟是站起转身去了。剩下沈追和杜媛珠四目相望，半响，方才都是一声苦笑。一桌酒菜没怎么动，两人也懒得收拾，便拉了手，一前一后来到寝房。杜媛珠麻利地点上灯，拨亮灯芯，又取了几支线香凑近点燃，插进小炉里，于是一种甜腻腻的气味便在整个寝房弥漫开。

沈追生涩一笑，道："夫人，哪里来的香？好特别的味道。"

杜媛珠一边收拾着床铺，一边转头笑道："还能是哪里？郭妈妈去了旧曹门外白衣阁，磕了九百九十九个头，发愿请来的。"

所谓白衣阁，其实是一座观音庙，因供奉着白衣观音而得名。整个开封城内外，但凡求子嗣者，不论贵胄官员还是布衣百姓，一股脑儿都往白衣阁拥，据说是有求必应，灵验无比。沈追于是黯然叹道："这郭妈妈——也是好心。"

杜媛珠感激地一笑，轻声道："官人心里知道就好，她就是刀子嘴豆腐心。你不在家的时候，只有她陪着我，还整天劝我来着，说男人在外办事不易，让我心疼你。"

说话间，杜媛珠已经收拾好了铺盖，端坐在床沿儿，轻手取下了猫睛点翠的梅花簪子，一头黑发便如瀑垂下。家里并无外人，杜媛珠穿着很家常，内束青色底蛋黄花纹的围裙，外罩不制衿的水红色窄袖褙子，露出里面绛边抹胸，衬得越发肤白似雪。沈追连日来要么是行走于刀锋之上，要么是彻夜苦思冥想，与眼前的温柔乡景岂止是天壤之别。杜媛珠发觉了沈追越来越炽热的目光，不由得腮颊绯红，正在解裙带的手也慢下来，涨紫了脸色，嘤咛道："官人……"

沈追只觉情动，看着她道："夫人，那郭妈妈还跟你说过什么？"

杜媛珠一时不解，茫然看着沈追，紧张道："还说什么？"

沈追含笑站起，两步来到杜媛珠身边坐下，捉了她的手，笑道："我常不在家，你又是青春年少，自然寂寞，郭妈妈心疼你，难免劝你少独守空房，多出去走走，万一碰到个心仪偑傥的少年，两情相悦，春心荡然，便带他回家来，这般干柴烈火的——"

杜媛珠越听越羞，啪地打开他的手，啐了一口道："没正经的人！哪儿有盼着自家女人跟人通奸的？就是有人敢揣了这个胆子，一打听我家男人是什么衙门口的，吓也吓死他了，哪儿还敢——"

"还敢什么？"沈追一把扯下她的褙子，继续戏谑道，"可是这样吗？"

杜媛珠久旷多日，本就难以自持，此时竟是一句话也说不出口，只得随着他的性子嬉弄起来。房内灯火荧荧，香烟袅袅，两人云雨多时方才停下。杜媛珠面如桃花，良久才下了床。

随手抓了褙子罩住身体，又从暖水釜里取出温水，弯腰蹲下细细擦拭。沈追侧了身，懒洋洋地看着杜媛珠动作，直看得她又羞又气，水花撩了又撩。沈追便笑道："夫人这般，生得出儿子吗？"

杜媛珠动作一顿，沈追放声大笑起来，心中却是一片狼藉。

该死。沈追心里念着。那个郭婆，果然有问题。

宋崇

人面桃花,未知何处,但掩朱扉悄悄。

宋崇挥笔写罢,旁边几个妇人团扇掩面,窃窃私语了片刻,其中一个圆脸丰润妇人道:"官人,安安姑娘的脾气,大概你也听说过的。"

"当然,当然。"宋崇笑容可掬道,"这才要麻烦大姐了。"

"不过看这一手书法,还有官人这一张风流脸面,倒是可以通禀一声。"

圆脸妇人说着笑起来,旁边几个妇人也都笑靥如花,团扇后的眼睛毫无顾忌地扫着宋崇。圆脸妇人笑着拿了便笺就走,宋崇又叫住她,讨回便笺,提笔在落款处添了几个字:

丁卯临岳。

圆脸妇人咪地一笑,团扇摆动起来道:"误了,官人误了,今年可不是丁卯!"

宋崇微微笑道:"只管送进去即可,有劳大姐。"

宋崇目送圆脸妇人离开,旁边几个妇人又是一阵窃语,其中一个柳目妇人大胆道:"官人,可与我家姑娘是旧相识?"

宋崇摇头道:"可惜,素未谋面。"

柳目妇人道:"这就稀奇了,官人这一副风流模样,怎么会没见过我家姑娘?"

"没见过,但耳朵都听出茧子了——风流不识薛安安,遍访东京亦枉然嘛!"宋崇不慌不忙打开折扇,微微扇动,笑道,"不过我此行,并不是为了见安安姑娘。"

在座妇人都是一愣,宋崇不慌不忙道:"我是来找人的,两个人,一个瘦白,一个黑壮,半个时辰之前进的门——真是惭愧,在下不请自到,竟是打扰了安安姑娘的雅集。"

柳目妇人吃惊地看着宋崇，又扭脸看着其他妇人，个个都是脸色大变。宋崇依旧平静如常，摇扇端坐，静候圆脸妇人回话。此处宅子不大不小，坐落在平康巷中段，屋瓦檐墙与周边院落无异，看不出什么别致。宅子主人薛安安，却是开封城第一名妓，这里就是她的私宅。有宋一代，妓女有官妓、私妓之分，薛安安是官妓身份，由教坊豢养，受其管辖，平日里奉调出门，不得私自接客，一经查到便是重罪。好在薛安安既为名妓，艳盖京华，结交往来的非富即贵，上下都给几分薄面，故而有私宅另住也好，暗中做着买卖也好，一概无人追究，若要论罪的话，早就流放徙边了。屋子里这几个妇人，自然也都是官妓，全仗薛安安养着，日常服侍她左右，有时客人多，她自己忙不过来，妇人们也能分担一二，顺带挣些小钱。倘使薛安安真的获罪，在座的自是无一能免。

宋崇见妇人们一个个花容失色，忍不住笑道："各位大姐莫慌，在下只是找人，并无他意。"

柳目妇人怯生生道："敢问官人——"

"不急，不急。"宋崇正色道，"我那朋友，应该很快就——"

话音未落，门口已经传来一串脚步声，一个身形颀长、白面无须的男子兴冲冲进来，连声嚷着："是临岳吗？数年不见，这首词还记得呢！"

宋崇含笑站起，慢摇折扇看着门口，那男子一脚踏进了门，却转身朝外看着，继续嚷道："希仁，你又不做官了，布衣百姓一个，有什么害羞的？临岳又不是外人！"说着话，又看着屋中目瞪口呆的妇人们，笑嘻嘻拱手道："各位小姐姐，且让我们弟兄三个聊聊天，一会儿再请各位过来助兴——就唱我昨晚新作的词，谁唱不熟可要罚酒的！"

宋崇笑着摆摆手，妇人们这才逃也似的碎步出去，来人一把扯住另一个黑壮男子，大步来到宋崇面前，上下打量了片刻，哈哈大笑起来，道："临岳！真的是你！老天爷可算不公至极，你整天干着杀人放火的勾当，一根毫毛都没少，倒活得越来越滋润了！"

宋崇朝白面男人拱拱手，又朝黑壮男人上下打量，扑哧笑道："原来希仁兄也在，倒是让小弟惊着了！"

黑壮男人尴尬至极，嗳嚅着说不出话，白面男人打了宋崇一拳，笑骂道："你少吓唬老实人！我都说了，希仁现在连和州监税都辞了，一心在家孝顺父母，不是官身，不受你们皇城司的管！"说着，他又转向黑壮男人道，"希仁，你也是胆小。怕什么？我就不信，他能真把咱哥俩抓了去！就算他翻脸无情，咱们还有沈追呢，他也在皇城司！"

宋崇哭笑不得道："景庄兄哪里话——"

"错！"白面男人脸色蓦地一变，正色道，"临岳你又忘了，我已经改了名和字，自丁卯之后，原来的柳三变或柳景庄就死了，我现在叫柳永，字耆卿。"

"才子词人，自是白衣卿相——"宋崇苦笑，对黑壮男人道，"包兄，你看看他，这么多年了，竟是一点没变！"

包拯一笑，却不言语，拉着两人落了座。他见室内再无闲杂人等，方才叹了一声，道："天圣五年到现在，同年们天各一方，见个面何其之难？柳兄游历天下，词名日隆，凡有井水处，即能歌柳词。文宽夫远在河东路各州县历练，年纪轻轻，政声斐然，我想不日即将进京高就，假以时日位列枢辅也是意料之事。在下辗转建昌、和州等地，知县也做过，监税也做过，如今辞官不做，安心在家侍奉父母。张雷复、吴巨流他们生性不羁放纵，神龙见首不见尾，天晓得在哪里恣意忘情。宋沈二位贤弟都在皇城司任职，行的又都是机密要害之事，想见一面就更难了……"

包拯声音浑厚低沉，又是感慨于心，缓缓道来的一席话，说得其余二人无不黯然。柳永闻言沉默片刻，不由得叹道："老柳我和去非、雷复、巨流是落第之人，你们两个和宽夫都是进士及第，前途早已判若云泥，见一面自然不易——"见宋崇和包拯面有不安之色，他便是一笑道，"科考无常，人各有命，我老柳早看得开了。可笑的是天圣五年丁卯科，官家阅了我的试卷，批四个字'且去填词'，这多有彩头？如今我老柳走遍天下，无人不知我是奉旨填词！"

柳永所言之事，本是近年文坛官场经常提起的笑谈逸闻，他人说来往往是哄堂大笑，本人道出却是另有一番心酸。沈追和宋崇等私下对柳永推崇至极，每次聊起他的辛苦遭逢，总是扼腕长叹。一次宋崇与人应酬，场面很大，某官员多饮了几杯，忍不住又拿柳永"奉旨填词"说事，惹得满座众人嬉笑不绝，宋崇当下就变了脸色，冷冷道："等我柳兄回京，一定请他奉旨，给尊驾填词一首。"那人一来不知宋崇身份,二来仗着有靠山,还真不把他放在眼里。次日,宋崇安排手下调阅了那人密档,随便找了个过失,报孙从吾批了缉捕文书,把那人请进铁狱好生款待,十日后再放出来时,已然是满头白发,步履踉跄,跟那晚的意气风发判若两人。此事传开,越传越邪乎,开封官场很快就都知道,跟"奉旨填词"的柳永为难,就是跟皇城司过不去。

这番故事,包拯大概还有所耳闻,柳永应是从未听说,也不在意,当下话锋一转道:"同年之中交往最深者,说到底也就咱们这几个了。你们还记不记得殿试之前那晚,咱们七个人酩酊大醉,自许经国天下,相期无负平生!临岳、希仁,想想丁卯那年,我四十三岁,如今年近半百,华发满头,搥胸自问,心里却还是洒不尽的英雄血!"

宋崇和包拯年纪都在三十岁上下,小了柳永很多,又深知柳永的才华抱负远超同辈,见他忽地动了意气,一时都有些不知所措,只道是他仕途路绝,满腔苍凉激愤所致。好半晌,包拯方才苦笑道:"柳兄这些话,无异于打在下的耳光啊!"

宋崇一怔,不知包拯所言何意,但听柳永毫不客气道:"是该打!你二十八岁中进士,年少得意,圣眷甚隆,把一个县交给了你,而你都做了什么?以离家太远为由,几次三番上书,非要回庐州老家任职,朝廷让你做和州监税,你竟然又嫌离家远,索性辞官为民!圣人之道都读到狗肚子里去了?荒唐至极!居家尽孝、为国尽忠,难道就是非此即彼吗?难道你包希仁也想幸进,走终南捷径,为士大夫所不齿吗?你莫要忘了,究竟什么是士大夫所为!"

宋崇见包拯难堪,便替他解围道:"多年不见,柳兄这是什么话——"

"你就好了吗?"柳永冷冷一笑,看着宋崇,咄咄逼人道,"我朝太祖皇帝设武德司,太宗皇帝改武德司为皇城司,职责有三,曰宫禁宿卫,曰刺探军情,曰百官监察,这权力是谁给的?是官家给的!而你和沈去非又都干了什么?你们仗着攥了人家的错处,看谁不顺眼就整治谁,弄得堂堂皇城司竟跟土匪一般人人侧目!我问你们,人谁无过?国之重器又岂能私自滥用?我朝祖制,官家与士大夫共治天下,你和去非扪心自问,还算得上士大夫吗?官家跟你们这样的人共治天下,能治出太平盛世来吗?"

宋崇和包拯互相望着，都是无奈一笑摇头，索性也不分辩，听柳永继续道："遍观当朝衮衮诸公，唯范希文先生可为士大夫楷模，《上资政晏侍郎书》可读过？"他越说越激越，起身朗声诵道："事君有犯无隐，有谏无讪，杀其身，有益于君则为之——"

包拯忽然吭声道："致君于无过，致民于无怨，政教不坠，祸患不起，太平之下，浩然无忧。"

柳永登时怔住，错愕地站在原地，竟是钉子一般纹丝不动，呆呆地看着二人。却见宋崇接着道："信圣人之书，师古人之行，上诚于君，下诚于民。"①宋崇说着，转对包拯道："希仁，你看老柳这样子，难道你我真就是衮衮之人？他也太小看了咱们！居庙堂之高也罢，处江湖之远也罢，在父母身边也好，以士大夫之心自处，便不失为士大夫。"

三人相视片刻，不约而同地笑起来。刚才那圆脸妇人小心翼翼进来，娇滴滴向三人行了个礼，道："安安姑娘问，夜宴可否开席？"

柳永开怀道："正是时候！姑娘们都准备罢了？"

圆脸妇人忙赔笑道："准备罢了，只等柳大爷发话。"

"那还等什么？两位兄弟，随老柳我去乐一乐！"

柳永一边说，一边扯住包拯的袖子朝外走，包拯黑脸翻红，兀自嘟囔着什么，被柳永和宋崇一前一后连拉带推，这才出了门去。

但见七八个妇人早在小院中候着，环肥燕瘦，眉目含情，各执了挑花灯笼，见柳永等出来，妇人们赶忙簇拥上前，两人拥得一个，朝正堂一股脑走去。薛安安静候多时，见人已到齐，当下便吩咐开席。席间珍馐美馔自不待言，更少

---

① 三人所言均出自范仲淹《上资政晏侍郎书》。该文作于天圣七年，是年冬至日，宋仁宗欲率百官在会庆殿为垂帘听政的刘太后祝寿，范仲淹认为此举混淆了"国礼"与"家礼"，反对将百官士大夫视为"家臣子弟"，并上疏请求刘太后还政于仁宗。著名词人晏殊时任枢密副使，位高权重，曾破格简拔范仲淹为官，对其有知遇之恩。晏殊闻讯大惊，批评范仲淹过于草率，于本人仕途不利，也会连累举荐之人。范仲淹据理力争，撰长文回复，表明身为士大夫的操守志向，阐述了对皇帝、天下、士大夫、百姓等问题的理解，是为名篇《上资政晏侍郎书》。

不得歌舞蹁跹，众妇人都知道三人不是凡客，下足了劲使出浑身本领。兴至浓处，薛安安委身下场，但见朱唇翕张，樱口轻启，说不尽的春莺啭啭，柔曼婉转，听得人心醉神迷，如坠云端。包拯素以正统士大夫自居，一向清寒自持，遇到这种场合万般不适，叫苦不迭，惹得宋崇和柳永哂笑不已。柳永看他也实在难受，给薛安安使了个眼色，薛安安何等冰雪聪明的人，当下捧了酒壶过去，软磨硬泡让包拯连饮了三大盏，不多时便见他眼神飘忽，脑袋一沉倒在桌上。众人于是皆笑。柳永便让妇人们搀着包拯到隔壁客房睡下醒酒。余下的人继续饮酒听曲，直到子时方散。

薛安安知道柳永和宋崇多年不见，定是有许多话要说，也就不来缠着柳永，使唤妇人们做了醒酒的兔心汤，多多地放了酸辣之物，热腾腾放在两人面前。待妇人们退下，两人用了热汤，只觉汗流浃背，酒气皆散，四肢百骸惬意非常，便都躺在安乐椅中，良久无话，微微晃着各自沉思。宋崇偷眼看着柳永，见他双目闭合，气息宁静，脸颊还带着醺意，细长的手指在扶手处轻轻叩着。宋崇刚要开口，却听柳永缓缓道："你来找我，不光是喝喝酒，聊聊天吧？"

"是。却也不是。"宋崇淡淡道，"小弟眼下有个棘手的案子，还仰仗着卿兄指点。"

"你我之间，用不着说客气话。"柳永睁开眼睛坐直了身子，悠悠地说道，"不过，我一介书生，能帮你们做什么？"

"西夏。"

柳永扑哧一声笑了，揶揄道："去非让你来的吧？我去过哪儿，都瞒不过他。"

"你刚从西北游历回京，那儿的情形，你知道多少？"

"知道得蛮多。"柳永狡黠道，"你想打听什么？"

"夏国公李德明——有无反心？"

宋崇这句话问得单刀直入，任谁乍一听了都要诧然，但柳永依旧是面不更色道："没有——出了什么事？"

"有刺客行刺高丽密使。"宋崇略一沉思，坦然道，"既然有事相求，虽隐秘也不必瞒你。据我司查证，刺客说的是党项话。"

"是他们无意之间说的，还是有意？是有人无意之中听到的，还是故意偷听来的？"柳永皱眉道，"你们皇城司办案，不会连这个都不讲究吧？"

几句话倒说得宋崇不由一怔，蹙额打量了一眼柳永，觉得他开始变得陌生起来："是侥幸逃脱的密使随员听到的，当时他躲在粪坑里，刺客们正在搜人。"

柳永思忖着，索性站起踱了两步，摇头道："仅凭这一点，不足以说明刺客就是西夏人；即便是西夏人，也不足以说明是李德明派出来的。"说着，他看了看宋崇，又道，"我朝与高丽分分合合，罪魁祸首是辽国；与高丽交好，最难受的也是辽国人——为何不先查一下他们？还有，这个随员——信得过吗？如果是他故意骗你们呢？"

这一点宋崇不是没有想过，案子最玄妙也最疑难之处也正在于此。董齐庵是谁？是在开封潜伏了二十年的辽国间谍，他不惜做死间，把皇城司的精锐全都吸引到河北路，求的是开封城中的刺杀一击必成，由此来看是辽国人作案无疑；但崔元卿不远千里入宋，肩负秘密使命，又一夜间痛失两个随从，他所说的话，应该不会有误。至于他的身份，自他登陆进入宋境，就已经多次甄别过，并无差错。案发后，为慎重起见，孙从吾又安排了专员秘密出海到高丽核对，只是路途遥远，往返颇费时日。等专员返回开封，崔元卿才算能彻底甄别，在此之前，他的话还不能全信。

"所以才要求教嘛。"宋崇浅浅一笑道，"你说，为何不会是李德明？"

"我只说李德明并无反心，我可没说不是西夏人干的。"

宋崇哑然一笑道："柳老兄，就不要跟小弟逗闷子了。"说着，他站起躬身一礼，半认真半玩笑地说道，"此事关系天下安危，请耆卿兄以天下之忧为念，不吝赐教。"

"好大的一顶帽子！"柳永笑过，又正色道，"李德明祖上崛起于前唐安史之乱，仗着平叛军功，被赐了国姓，封得西北诸州，五代乱后，我朝太祖太宗皇帝羁縻怀柔，数十年间两下里相安无事，却也纵容他北附契丹，东臣大宋，西攻回鹘，南击吐蕃，至今坐拥七州之地。我在西夏游历半年多，遍访其风俗民情、军政商学，据我之见，西夏虽民风彪悍好战，国计民生却离不开中原物产。说句不好听的——"柳永蓦地一笑，接着道，"只要皇上下令关了榷场，西夏的毛皮、牲畜、青盐进不了大宋，也别想买到大宋的粮食、绸缎、布匹和茶叶，仅此一项，足以要了他们的命！"

宋崇自读书任事以来，一直在开封，很少离开京城，不能像柳永那样可以尽情游历天下，是他平生最大的憾事。听柳永一番讲来，宋崇不由得心旌大动，自语道："所以，你说李德明并无反心？"

柳永却是一摇头，道："我是说李德明没有反心，并不是说西夏不会造反。"见宋崇一怔，柳永继续解释道，"李德明自幼于行伍之间长大，率部众东征西战，打下了整个河西。如今兴、夏、银、绥、甘、瓜、沙七州，已是自成一体，俨然帝王气派。可以说他做梦都想反，为何不反？是因为一旦称帝，大宋固然要讨伐，辽国那边也无法交代。一旦同时开罪了宋、辽，两国联手夹攻，惹来灭身之祸也未可知。李德明同时向宋、辽称臣，虽有人臣之名，却无人臣之实；虽无人主之名，却有人主之实。他在宋、辽之间故意摇摆，渔利颇丰，坐收实惠，这才不反——"

柳永说完自矜地一笑，站在呆呆聆听的宋崇面前，一把夺下他手中的折扇，拈着踱到窗前，看了一眼黑漆漆的小院，回头轻摇折扇，笑道："说得这么透彻了，临岳还不明白吗？"

宋崇是何等精细的人，心里早就被点拨得雪亮，只是专注于思索，脸上一时看不出动静。朝廷三府六部二十四司，总领各地军情机要的是枢密院，南面房管着大理、吐蕃，北面房管着辽、西夏和高丽，而皇城司与枢密院关系又是势同水火，想得到他国机密消息难比登天。柳永适才所言，对宋崇乃至整个皇城司来说，都无异于雪中送炭，若不是曾亲临西夏河西七州的人，断然说不得如此分明。照此来看，高丽密使被刺，还真有七八成是西夏人所为，得手之后再嫁祸给辽国——事情明摆着，高丽密使死在大宋都城，辽国人嫌疑最大，大宋如果彻查报复，则两国势必会有摩擦，澶渊之盟也就摇摇欲坠了。如此一来，获利最大的反倒是西夏国主李德明。伤人而利己，这一手也的确够阴损，以李德明的志向秉性，完全有可能干得出来。唯一不可解释的，就是董齐庵了。他一个潜伏二十年忠心耿耿的辽国间谍，怎么会反过来，帮西夏人做事？看来麻烦事还在后头。

"柳兄真是卓见，小弟受教了，"宋崇忖度片刻，目光炯炯地看着柳永道，"以兄台的见识、抱负，如果——"

　　不待宋崇说下去，柳永早摇起了折扇，笑着打断他的话："好了好了，你的意思我明白，不就是想让我也进了皇城司，跟你和沈追一起狼狈为奸吗？不可不可——你莫忘了，我可是奉旨填词的柳耆卿，官家不发话，我哪儿都不去。"见宋崇还想再劝，柳永手一挥，折扇如飞刀一般掷过去，宋崇本能地接了折扇，却听柳永道："贤弟不要再说了，人各有志兮何可思量，就容我做个闲云野鹤，浪迹江湖，游历天下，攒下些逸闻趣事，给你和沈追吹吹牛，不好吗？再说了，高丽人的事就够你们忙活了，又冒出来个西夏，先处理好这一团乱麻吧。"

沈追

虽然暗中甄判还在进行，但明面上对沈追的公开甄判已经结束，许沂连夜洋洋洒洒写了呈文，一大早便出门，辰初时分到了东华门外，挤在渐渐排起的官员队伍里进入皇城。皇城司一处四房，宫禁宿卫本就是宫事处的差事，许沂是本司要员，有免核即入的月牌，到小角门外递了牌子即可入城。但皇城司名声本就不佳，许沂又处事谨慎，更不愿众目睽睽之下给人指指点点，便耐了性子混在队伍里等着。宋制，三品以上京官、二品以上外官入皇城，设有单独通道，可越过长长的队伍直接入城。故而在长队一侧，不时有车马经过，辕驾铿铿，马蹄笃笃，一阵风似的直奔前方而去。每到此时，队伍里就会有一阵哄然：

"吕相！吕相的车！"

"什么眼神儿啊？那是夏相！"

"就是，刚才过去那辆才是吕相的车！"

"还，还有薛相——他，他不是巡视江南了吗？"

"你住窑子里几天没出门了？消息晚八秋了，都回来三天了！"

人群中爆发出一片哄笑，被指摘的那个官员脸色涨红，结结巴巴地争辩道："朝廷，朝廷有制度，官员不得宿娼，宿娼狎妓，你，你怎能凭空污人，污人清白？"

不料此话一出，哄笑声更甚。开封城是天下第一繁华之都，烟花柳巷星罗棋布，官员们哪有没去过的？若以此为准绳论人清白与否，恐怕一多半都得按律被查。结巴官员见哄笑不降反升，自知他们在取笑自己口吃，窘迫地低头不吭声了，任哄笑奚落继续。许沂倒认得他，是崇文院昭文馆的一个校书郎，姓唐，名得霖，字雨存，四十多岁的年纪，净面微须，身材瘦削，由于长期伏案弄得有些佝偻驼背。许沂曾到昭文馆问他借抄过几本珍版古籍，两人相谈甚欢，引为知己。许沂见状有些看不过去，便上去拉住他道："雨存兄，借一步说话。"

许沂本意很简单，拉开唐得霖就行，不料旁边一个红面官员笑得正起劲，见状立时不干了，口无遮拦道："谁裤带子松了，露出一个你来？老子跟雨存开个玩笑，轮得到你充好人？"

许沂脸一沉，也不理那人，拉着尴尬至极的唐得霖便走，周围一片讥讽的笑声中，又有一人不阴不阳道："六郎你有所不知，这位就是鼎鼎大名的皇城司律事房提点，许文约文约兄。"

"哦，敢情是文约兄啊！"前头那个红面官员笑起来，冲着许沂的背影作揖道，"有名的睁一只眼闭一只眼嘛，皇城司的弟兄们要都是您这样，那大家的日子就太平喽！"

此言一出，周遭的笑声明显小多了。"皇城司"这三个字，足以让在场的很多人膝盖发软。许沂蓦地停下脚步，不能转动的右眼慢慢渗出了黏稠的液体。能在皇城司里混的人，当然没有白给的，而同样，敢在这样的场合公然取笑皇城司的人，背后的势力更是可怖。这就不能不慎重了。面对双重的羞辱，他现在有两个选择，要么是冷冷一笑，继续拉着唐得霖离开；要么是回身过去，给那两人窝心一脚。然而当下留给他反应的时间并不多——

不过，许沂用不着再思考了，因为一个声音已经冷冷地响起，而且只有简单的两个字：

"锁了。"

几乎与此同时，两个青衫皂靴的探事房胥卒像是从平地里冒出来一般，虎狼也似的扑向红面官员，不待他有所反应，已将他按倒下去，脸贴于地，双手反剪，一副钢制镣锁顺势锁上。其中一个胥卒抬头看了看沈追，见自家提点嘴角微微一挑，便手下加了巧劲，只听清脆无比的"咔吧"几声，红面官员的左手已经筋骨尽碎，变成鸡爪一般蜷缩成团，另一个胥卒则握了他的右脚，另一只手顶住膝盖，不动声色地反关节一扳，骨骼闷声断裂开来。四肢连心，痛得那官员浑身抖如筛糠，声音全然没了人腔。两个胥卒这才站起身，漠然地任由他翻滚挣扎，断腿像枯树枝一般在地上拖来拖去。

整个过程不过三两哨间，围观的官员们差不多全是文职，如此惨烈的场面，已然超出了他们所能承受的极限，于是不约而同地朝后退了几步。

沈追冲着一个官员拱了拱手，淡淡地道："康兄，得罪了。"

被称为"康兄"的官员，正是枢密院在京房提点康川，平日里专与皇城司龃龉，仰仗的无非是枢密院这棵大树。康川震惊之余已是狂怒至极，狞笑一声道："敢问足下是哪个衙门？"

其实这原本无须一问，敢在东华门外施法拿人，还当众把人打成这个样子，除了皇城司还能有谁？但沈追一身七品绿色常服，看样子是个提点，面目却陌生得很，不似宋崇、许沂这般眼熟。不过这也不奇怪，沈追自天圣五年奉旨提点探事房至今，从未公开露过面，众人只是忌惮探事房"监察百官"的名头，对探事房的提点主官却一无所知。

"皇城司探事房沈追，"沈追淡淡一笑，道，"济民兄，这位是你们在京房的人吧？"

"你竟还知道在京房？真是难得！"

康川说着，冲地上的那人道："六郎，爷们儿忍着点，别让人看了笑话——"说罢又转向沈追，阴森道，"沈提点，这是锁一个呢，还是连我康川也锁了？罪名呢？你就不怕——"

"皇城司办事，百无禁忌。"沈追一笑道，"有冤屈，铁狱里说吧。"

两人几句对话下来，人头攒动的东华门外除了那个"六郎"忽深忽浅的呻吟，竟是鸦雀无声，上百双眼睛都落在沈追身上。沈追不慌不忙点了点头，两个胥卒拎起近乎休克的"六郎"，朝人群外走去，康川大步上前拦住他们，咬牙切齿道："欺人太甚！我们在京房就这般不堪吗？关六奇你们可以带走，但必须给个说法！光天化日之下，又都是朝廷命官，有何说不得的？随意抓人，迫害忠良，你们皇城司也太骄纵了！"

"你要说法？"沈追咯咯一笑，声音带着戏谑，"皇城司最不怕的，就是给人一个说法——文约兄，人家在京房的康三爷发话了，想带走这位大宋的忠良，你得给个说法呢。"沈追口气是对着许沂，两眼如刀，却死死盯住了康川，两人的视线隔空对冲，迸出凛凛杀机。

许沂这时已然恢复了常态，拭了拭眼角黏稠的液体，从容不迫道："这有何难。天圣七年冬十月壬辰，有枢密院在京房勾押关六奇者，借奉命清查开封书肆印局之际，私藏了一部《太祖实录》、一部《太乙雷公式》，以白银三百两卖给了辽国使节，十日之后，他用这笔钱在开封外城购得田宅一处，私有至今——"

人群中发出一阵惊呼，随即是压抑的议论声。康川脸色一变，不等他开口说话，许沂接着道："天圣八年闰七月庚午，关六奇与人在十千脚店私会，说官家与太后势同水火，太后日渐年长而皇上正值鼎盛，母子间迟早必有一争。经查，与关六奇私会之人，是已经畏罪自杀的北房间谍董某，本系北房刺机局之人——关六奇，你敢不承认吗？"

许沂的话不紧不慢，却如晴天霹雳一般。仅是这两条罪名，便已将关六奇置于死地，也让在场所有官员不寒而栗。大宋开国以来书禁严苛，时政、军机、会要、实录、图谱、占卜等书籍严禁流出境外，关六奇私自卖书给辽国人，一旦坐实，当然是大罪。但三五好友聊聊天，喝喝酒，吹吹牛，并不是稀罕事，即便酒劲上来了，说些宫闱秘事、朝政内幕，顶多是行为不检而已，训勉戒律也就罢了；可要从皇城司的口径里出来，那就是里通外房，死有余辜。衮衮众官都是钉子般站在原地，默默地看着沈追和许沂，没人敢上前言语，就连康川也悚然色变，呆呆地看着瘫软如泥的关六奇。偌大个东华门外广场，竟一时间静如旷野，只有秋风寒冽。

此刻，远远地有两匹马并辔而行，来到众人近前。马上两人都是横翅幞头，曲领大袖紫色常服，腰间束嵌玉革带，配着缀珠金鱼袋，俨然二品大员的气派。两人中年长者五十余岁年纪，慈眉善目，胡须已有些花白，举手投足都带着勋贵之相；年轻者正值盛年，一副不苟言笑的老成面容，却也难掩一身勃勃英气。这二人可谓无官不识。年长者是吴越忠懿王钱俶第七子，正经八百的帝王之后，人称"钱七郎"的枢密副使、权知枢密院事钱惟演；年轻者刚刚蓄了须，目如点漆，面如冠玉，他就是十四岁考中进士，二十七岁被先帝真宗任命为太子舍人，如今已做了十三年帝师的三司使晏殊。宋代三相并立，政府长官为宰相，行朝廷之政；枢府长官为枢相，掌全国之兵；三司长官为计相，理天下之财。当朝宰相是吕夷简，枢相是张耆，计相就是年纪轻轻身居高位的晏殊。众官员见钱、晏两相下了马，便纷纷叉手行礼，让开了一条路来。

钱惟演站定,瞅了眼奄奄一息的关六奇,又看着斗鸡似的康川和沈追,沉沉的脸上不现一丝波澜。康川呼呼地喘着粗气,胸口急剧地起伏,喊了一声:"钱相!"就再也说不出话来。钱惟演是何等人,也用不着他再说,这局面自是一目了然。许沂和沈追相视一眼,来到钱惟演和晏殊面前,叉了手施礼道:"皇城司提点沈追、许沂,见过两位相公!"

钱惟演和气地一笑,点了点头道:"辛苦,辛苦。"言罢,又转朝康川,唤他过来。康川站在许沂旁边,狠狠地盯着他和沈追。钱惟演冷不防举起手里笏板,两板打在康川脸上,立时起了道道红印,嘴角也见了血。康川吃惊地张大了嘴,面如土色地看了看钱惟演,两膝一软竟跪了下来,不等他说话,钱惟演又飞起一脚踢在他胸口,康川仰天倒下去,捂住心口虾一般蜷缩于地,却连一句哼哼都不敢发出。众官员一片惊呼,钱惟演身后的晏殊脸上掠过一缕笑,而沈追和许沂并无丁点色变,兀自肃立,还是刚刚叉手行礼的样子。

钱惟演收了笏板,依旧是心平气和道:"两位提点,西府的人犯错,罪在老夫,该伤的也伤了,该打的也打了,两位如无异议,就交给老夫处置吧。"

钱惟演说着,并不等沈追和许沂表态,便不容置疑地轻轻咳嗽一声,几个随从早冲上前去,刚刚还虎狼一般的两个胥吏居然一动不动,眼睁睁看着他们搀扶康川和关六奇离开。广场上一片安静,秋风中众人袍裾起伏,所有人都在等待着什么。晏殊悄然走上两步,来到钱惟演身边,低声笑道:"钱相,太后和官家还等着呢。"

钱惟演一笑,转身对着晏殊,没事儿人似的:"多亏同叔老弟提醒——"言罢,便和晏殊一起离开。沈追忽然大声道:"卑职恭送两位相公!"

钱惟演略一顿足,轻轻冷笑了一声,继续昂首走过众官员,来到马前,翻身上了马,朝东华门笃笃而去。倒是晏殊骑在马上,不经意间朝沈追这里看了一眼,竟带着一抹转瞬即逝的笑。

经此大变,官员们一个个都收敛起来,鸦雀无声的队伍再无异常,慢慢进了皇城。开封皇城以盛唐长安、洛阳皇城为蓝本,方圆十里,四十余座宫殿楼阁次第错落其中,曲尺朵楼,朱栏彩槛,说不尽的皇家气象。皇城之内分为南、中、北三区,都有高墙隔开。南区是朝廷各省、院、部、司办公之处,东边是中书门下省，西边是枢密院；中区是君臣会面、处理政务之处，盐铁、度支、户部三司总领天下财权，也在中区办公；北区则是皇家禁中，任何人非奉诏不得擅入，官家赵祯、太后刘娥等皇室成员都在此起居，故而禁卫尤其森严。皇城司就在东华门内左承天祥符门处，衔接皇城南北两阙。沈追和许沂进了左承天祥符门，没等他们进皇城司，就看见孙从吾笑容可掬，站在衙门口候着，远远地看见两人，开怀大笑道："听说刚才动了手了？打得好！老子要嘉奖你们！只是你们到底胆子小，怎么没把钱老七也一并收拾了？真是一大憾事！"

沈追和许沂相视苦笑，孙从吾上来一手拉住一个，兴冲冲一起进了院门。大宋朝廷各衙门之中，皇城司规制并不高，主官孙从吾不过是五品衔，又是在皇城里这寸土寸金的地界，故而全司也就是一座两进合院。后院正房是孙从吾的公房，东西两侧是全司案牍库和密档库，前院正房是议事堂，西侧是宫事处、探事房和刑事房，东侧是亲从军指挥、律事房。提牢房兼管铁狱，设在皇城之内多有不便，单列在外城崇明门外大街延真观。三人到了孙从吾公房里各自坐下，许沂心里惦记着沈追的甄判呈文，却见老孙兴致大好，沈追也在身边，实在不好拿出来复命，走也不是坐也不是。沈追干的就是察言观色的差事，自然看出许沂有事又不便说，就假托处理公务告退离开。回到自己房里，沈追让人守在门外，谁都不许进来，他现在最需要的是独处，是认真想一想。

沈追打开窗子，支好了叉杆，一股秋风钻进房来，裹住了他的身子。沈追深深吸了一口清冽的空气，慢慢回到桌前，靠在椅子上，眼观鼻鼻观口口观心，入定一般忖度着。最近发生的事情虽然繁杂莠芜，但一一过脑，细细想来，务要亟办之事无非是三条：

其一，暗查许沂和钱惟演。

其二，揪出开封城里董齐庵的余党。

其三，暗查郭婆。

第一条毋庸再疑，孙从吾亲自下的令，又经宋崇指点，两人可以并为一案来查。鉴于钱惟演身份太高，手里还掌握着势力越来越大的在京房，投鼠尚需忌器，何况要查的是只老虎？实在没办法说查就查，还是得从许沂身上找口子。

第二条其实是沈追自己的私心。按理说董齐庵一案已经了结，皇城司这案子说实话办得也不漂亮，上上下下都巴不得再无人提，但沈追不然。董齐庵临死前那句话不明不白、不清不楚，但决然不会是他一时兴起胡诌出来的，肯定还有隐情在。这个隐情不查明了，沈追心里始终不得太平。

至于第三条，想查郭婆不是一天两天了。沈追安排人跟踪过她，倒是没发现什么要命的地方，但越是如此，他越是觉得她有疑点。就像前几天那个晚上，杜媛珠在卧房点了熏香，据说是郭婆从白衣阁请回来的，他一闻就知道里面掺有东西，不但有常见的催情之物，还有致昏致幻的西域草乌头——这是朝廷明令禁用的，有价无市，极其昂贵，以郭婆一个寻常老仆妇，她如何拿得到？就算郭婆自己没问题，那就是已经有人盯上了她。这种熏香不是第一次在家里用了，而且草乌头的分量一直在增加，若没有高手精心调制斟酌，不会把分寸拿捏得如此精准——

只听砰的一声门响，守门胥卒的声音响起来："孙提举到！"

沈追脑海中的盘点只能停在这里，除了孙从吾，也不会有人就这样闯进来。沈追忙站起身来，朝着面前的孙从吾叉手行礼道："提举——"

守门胥卒识相地退下，关了门。孙从吾背着手，慢悠悠在房内踱了两步，笑道："秋高气爽的，你一个大活人闷在屋子里算什么？"

沈追一笑，还没来得及回话，孙从吾继续道："有钱七郎那个王八蛋给咱们下蛆，想不出门都不行了。刚刚传下来的旨意，让咱们查个案子。"

沈追笑起来："探事房查案，也是分内之事嘛。"

孙从吾道："这个案子与众不同。在京房主办，咱们帮衬。"

沈追皱眉苦笑道："钱七郎也是心急，刚刚打了他的人，就给咱们小鞋穿了。"

"这双鞋比你想的还要小。"孙从吾龇牙一笑，"你知道要查谁吗？"

沈追隐隐感觉到了极大的寒意，这种感觉并不是来自窗外凛冽而至的风。他看着孙从吾咬牙切齿地冷笑道："许沂。他点名要你帮着他们，查许沂。"

第四章·辛苦最怜天上月

钱惟演

对钱惟演来说，每一次宰执集团的御前议政，都是一次让人身心俱疲的折磨。

今天也不例外。

时值天圣九年，朝廷宰执集团七人中张耆、陈尧佐年事已高，长期告病在家休养，实际上参与御前议政决策的，只有吕、晏、薛、夏、钱五人，号称执政五相。五人里，其余四人都是进士出身，只有钱惟演是靠着恩荫进入仕途，比起其他四人不能不自惭几分。平心而论，他自认文采风骚都属上乘，当年的《西昆酬唱集》名噪一时，他是骨干诗人之一，不说誉满天下，也绝不是默默无闻。可也不知所为何故，他明明是帝裔贵胄，又非碌碌无能之辈，仕途上却总是艰辛：一岁时就被授予从二品武散官的右屯卫将军，跌跌撞撞熬到了五十来岁，终于做到了同属从二品的枢密副使，进入当朝宰执之列，又只能敬陪末座。除了薛奎年纪比他大，吕夷简比他小一岁，夏竦比他小八岁，那晏殊竟比他小了足足十四岁，居然还统统排在他前头！而这四个人里边，吕夷简堂堂的宰相执政，从来没有自己的观点，一上来就让别人先讲，他自己一边听，一边观察皇上和太后的反应，等其他人讲完了，他也就有了主意，无非是奉承阿谀、投君所好而已，这又有何难？夏竦和薛奎一少一老，脾气都不小，互相不服气，意见从来没有合拍过，两人凑在一起除了吵架还是吵架，一吵起来就是没完没了，真不知让这种人进入宰执之中，究竟有什么用？至于那个晏殊，仗着帝师的身份，年纪不大，老奸巨猾，凡事从不主动表态，别人吵破天去也跟他没关系，除非是涉及官家赵祯。赵祯自七岁起就跟着他开蒙读书，十几年朝夕相处下来，感情早已超越君臣，遍观朝内衮衮诸公，赵祯心里最信得过的大概就是他——

"钱卿，朕在问你的话。"

赵祯穿着赭黄色衫袍，腰束玉装红带，头戴横翅幞头，两手抚膝端坐在御座上。赵祯时年虚岁已有二十二岁，早过了弱冠之年，是风华初露的年纪，一双明星般的眼睛微波荡动，正看着钱惟演。

吕夷简忙转身，低声道："希圣，陛下问你昨晚见元弼的事。"

希圣，是钱惟演的字；元弼，是张耆的字。本来，宰执大臣之间互相称"某相"，以示同朝共事、平等无别，而吕夷简仗着是宰相，无论年老年少，对其他宰执一律称字，明里看着亲切，实则多少有点居高临下之意。这也是钱惟演给他总结的诸多"劣迹"之一。

吕夷简话音刚落，钱惟演早缓过神来，手持笏板躬身道："臣想起了张相的话——一时间走神了，臣有罪，请陛下和太后责罚！"

御座侧后方垂着一帘黄纱，刘太后的声音从黄纱之后响起："张卿病情如何了？"

"张相仍是当年箭伤复发，不良于行，只能卧床静休，经治疗多日，已有好转。"

"高丽的事，张卿可有话给老身和官家？"

刘太后随着年纪渐大，很少这么一连串地发问了。张耆既是枢相，又是刘太后在微末之时便倾力相助的心腹大臣，故而才多问了几句。钱惟演心里一热，便上前一步，道："回太后和官家，张相说，宁可失信于高丽，不可失信于北房。北房与我朝千里接壤，是心腹之患。高丽与我朝远隔汪洋，连癣疥之疾都算不上。何况自真宗景德元年与北房澶渊结盟，双方都有盟约在身，二十多年从未再起战事；而天圣七年北房与高丽开战，高丽战败，竟不再奉我朝为正朔，转奉北房为宗主，可谓背信弃义之邦——"

晏殊冷冷地打断了他的话，道："所以，连他们要参加冬至日郊祀大典，也是不许了？"

钱惟演一怔，略带不满道："晏相，这可是两回事。"

"不，"晏殊看也不看钱惟演，朝着赵祯和刘太后，凛然道，"一回事！我朝太祖开宝元年，太宗太平兴国九年，真宗景德三年，冬至日郊祀大典都有高丽使者参加，为何今年不行？"

钱惟演压住怒气，缓声道："张相以为，冬至日郊祀大典是国家重礼，各国君主、使者云集，高丽使者一旦出现，无异于轻启边衅。"

"这是张相以为呢，还是你钱相以为？"晏殊淡淡一笑，语气却凌厉起来，"高丽朝贡中华自古有之，怎么今年一来就是轻启边衅了？澶渊之盟里头，有不许高丽朝贡这一条吗？张相的箭伤就是当年北虏所为，难道是张相怕了吗？若是张相不怕，难道是你钱相怕了吗？"

晏殊言语尖刻是朝野闻名的，谁都不愿轻易触这个霉头，钱惟演一时不解，今天明明说的是外交的事，怎么惹得这位管钱的计相如此火大？不但是在场的他，连抱病在家的张耆都捎带进去了。而晏殊虽是咄咄逼人，却也言之凿凿，居然找不到反驳的切口。钱惟演蓦然汗下，只得以退为进道："今天是御前公议，晏相要这么说话，钱某就无话可说了。"

大凡宰执们争执不下，和稀泥的一般是吕夷简，若是吕夷简也是争执一方，就得赵祯或者刘太后亲自出面打圆场。赵祯皱眉看了看晏殊，显然他也不知道晏殊是为何发火，他正琢磨如何开口，却见夏竦勃然高声道："正因为是公议，晏相此言才是一片公心！"

这就是平地里杀出个添乱的土匪了，吕夷简有些无奈地笑起来："今天明明是秋高气爽，怎么都一个个火气这么大？希圣不要气，同叔也不必恼，子乔更无须急，都心平气和地说嘛。"

不等夏竦"心平气和"地继续，薛奎也拱了拱手里的笏板，苍声道："老夫一直觉得夏相为人太过刚愎、做事不耐琐碎——"

夏竦冷笑一声，正要反驳，只听得薛奎道："可怜老夫日日苦口婆心地劝诫，夏相总算是多少听进去一些，有所长进了，今天到底合了一回老夫的心思！适才晏相所云开宝元年，是太祖皇帝登基第九个年头；太平兴国九年，是太宗皇帝登基第九年；景德三年，是真宗皇帝登基第九年——今年是天圣九年，也是今上陛下登基的第九年。"

薛奎说着，扫视着在场的众人，继续道："九为数之极，天地之至数，始于一，终于九也。故而天圣九年冬至日郊祀大典非比寻常。这种规格的庆典，高丽历朝历代都未曾缺席，所以老夫认为晏相所言甚是，高丽使者不但要参加，还要依照旧例，排在北房之后、西夏之前，以示朝廷威远海外、天下宾服也。"

钱惟演心里一凉，真该死，这么简单的事情，怎么自己竟给疏忽了？怪不得晏殊火气这么大，原来涉及赵祯。更要命的是，赵祯就在眼前坐着。看来在赵祯心里，自己这个"后党"中坚算是又坐稳了几分。

吕夷简听了薛奎的话，也不禁正容道："宿艺所言事关国体，不知各位相公有何见教？"

这当然是标准的吕氏风格，凡事先问大家意见。钱惟演心里鄙夷不已，却也不便立时就表态，正想低头不语之际，夏竦却逼问道："适才晏相说过了，薛相也说过了，夏某也是同一个意见——不知吕相还要什么见教？"说着话，却目光一转，落在钱惟演身上，"对了，还有钱相呢！"

吕夷简宽厚地一笑，对钱惟演道："希圣，你有什么话？"

钱惟演尽管心里恨得雷声震天，也只能肃然道："朝廷有定制，祖宗有规矩，钱某当然无异议。只是牵一发动全身，事关北房，还请各位相公公议，请太后、官家圣裁。"

吕夷简点头道："如此——"他前行一步，拱手在胸前，朗声道，"太后，官家，臣等以为高丽使者参加冬至日郊祀大典一事，于我朝有成例可允，于外邦存边事之忧，于天子在礼仪之重，一允一忧一重之间，关乎国家安危，不可不慎也。"

在赵祯和刘太后的目光中，吕夷简略微停顿一下，正色道："然则郊祀大典为国之重礼，尤其是天圣九年这个年份，绝不可有违祖制，臣主张：甲，速遣使到北房，将此事通告于辽主，陈明利害，以期和睦；乙，枢密院明令府、朔、代、定、保、雄、沧七州，火山、岢岚、保德、宁化、广信、安肃、信安、保定八军，立即肃清边境，核查物资，战备待命；丙，三司会同枢密院筹措粮草军需，以兹备用；丁，枢密院明令征调河北、河东、京东三路禁军、乡兵和弓手，随时开赴前敌。另外一条，皇城司和枢密院北面房也得动起来了，想方设法打探北房动向，以佐决策。"

吕夷简到底是两朝宰执，军国大事经他一一梳理，立时清晰可辨。先通告辽国君臣，以示大宋光明磊落，办的是自家皇帝的事，礼节不亏；再加强边境战备，后方援助，而且妙在用的是明令，要的就是让辽国人知道，这边已经准备开战了，无非是让高丽小邦参加个典礼，也伤不到辽国利益分毫，打不打你们辽国人看着办，不打最好，开打了也不怕你。钱惟演在一旁听着，不禁又是艳羡，又是佩服，还夹着些许自愧不如，想来想去，通盘竟找不到一丝疏漏之处。其余三人也是肃立静听，并无人插话。吕夷简一口气讲了许多，稍稍喘息一下，气定之后陈述道："太后，官家，《礼记》有云，'凡事预则立，不预则废'。臣等这些建议，看似小题大做，实是为了天下太平，为了天圣九年冬至日郊祀大典顺利，还请太后和官家圣裁。"

吕夷简说完，退后一步，回到宰执队伍里。按惯例，晏殊、薛奎和夏竦相继表态道："臣附议。"轮到钱惟演，他已然有了新的打算，便深吸了口气道："臣附议——不过，臣听说高丽密使出了点事，死了两个，伤了一个。驻京各国使节的安保一向是皇城司负责，臣本不便过问，但——"

钱惟演说话的间隙，眼角余光扫过其余人，薛奎、夏竦神情自若，吕夷简微微皱眉，晏殊倒是脸上多了缕不咸不淡的笑。这也难怪。薛、夏两人与皇城司素来井水不犯河水，事不关己自然懒得搭理；吕夷简是宰执之首，不能不考量钱惟演到底是何用意，冷不丁地又去惹皇城司；晏殊则是心知肚明，清楚他是刚刚吃了皇城司的亏，立马就琢磨报复，忍不住暗自笑他沉不住气，亏得还是宰执之臣。

钱惟演接着道："但据枢密院在京房暗报，皇城司律事房提点许沂，颇有几分可查之处。臣以为，可否由在京房牵头，皇城司探事房协理，暗地里查一查？没有问题当然最好，若是真有问题，早点解决也是好的，毕竟冬至快到了——请太后和官家圣裁。"

吕夷简此刻心里已是雪亮。钱惟演跟孙从吾不和，这几乎是朝野公知的秘密，钱惟演在张耆的幕后授意下，倾全枢密院之力培植在京房，为的就是跟孙从吾打擂台。既然他要打，就由他打去，大不了将来一片狼藉，还是靠他老吕来收拾残局。想到这里，吕夷简看了看其余三人，薛奎、夏竦都是一副无可无不可的样子，只有晏殊默不作声，将手里笏板扣在胸前。

赵祯便道："吕相公，卿有何意？"

吕夷简躬身道："皇城司虽名在中书门下，但一向由晏相亲自节制，由太后和官家提调，臣不敢妄言。"

赵祯欠了欠身子，朝一侧的刘太后道："大娘娘，您的意思呢？"

刘太后沉默了片刻，才道："老身疲惫了，官家决断吧。"

赵祯转身看着钱惟演，忽地一笑，道："那就依了钱卿的意思，皇城司那边，一会儿朕就给他们旨意。"他话音刚落，就见黄纱帘轻摇慢摆，袍裾脚步的动静响起。赵祯忙起身离座，朝黄纱帘躬身施礼，几位宰执大臣也是如法炮制，不多时，只见纱帘复又静静垂下，刘太后和贴身的宫女宦官们已然离去。刘太后一向不喜繁文缛节，在场的君臣早已习惯了。众宰执又跟赵祯施礼告退，赵祯含笑道："晏师傅留步，朕还有几门功课不甚明了，想向晏师傅请教。"

晏殊便神态自若留在原处，待稍后与赵祯议论功课，其余宰执大臣也都各自有事要忙，鱼贯退下不提。单道钱惟演出了文德殿，心潮依旧澎湃不休，马不停蹄回到皇城南区枢密院，来到自己房中，端坐思忖了片刻，便让人去叫在京房提点康川面授机宜。康川刚刚因为皇城司挨了打，正满腔心火无处发泄，一听要查皇城司的人，立即摩拳擦掌道："查就查了，怎么只查一个？您钱相掌总儿，我老康领人端了他们全司！"

钱惟演瞟了他一眼，故意不理他的话茬儿，转向屋中另外一人道："胡先生，此事事关重大，钱某想先听听你的意思。"

"胡先生"六十来岁，一身教书先生的打扮，长得其貌不扬，状若病夫，脸色蜡黄，两撇髭须泛白稀疏，佝偻着背，一语不发坐在角落里，正拿铁筷子侍弄着炭火盆。若不是钱惟演叫他，仿佛根本不在房中。

这位胡先生名垚，字敬岭，在整个枢密院都是谜一般的存在。胡垚无官无职、无品无级，话也很少，但每一句都是分量十足，在钱惟演那里无不照办。自打枢相张耆前年告病在家休养，皇上下令枢府一切事宜由钱惟演主持，这位胡垚先生就到了。于是就有传言，说胡垚是张耆的心腹幕僚，特意派来襄助钱惟演的；也有传言说张耆并不放心钱惟演，派了胡垚来监视；甚至有人说他是吴越国开国宰相胡进思之后，世代为钱家智囊。传言种种，不一而足，就连康川这样的钱惟演心腹之人，也摸不清他真正的底细。

胡垚见钱惟演叫他，便放下铁筷子，站起咳嗽两声，老态龙钟地踽踽了两步，笑道："钱相不都安排了吗？康提点也是信心满满，我看皇城司这回是要倒霉的。"

康川不禁一笑，大大咧咧地道："有胡先生这话，老子敢现在就把皇城司烧成白地！"

胡垚还是笑容可掬的样子，语气却一下子冷了起来："皇城司倒了霉，钱相也好，康提点也好，自然是会开心的。但人家倒了霉之后，下一个倒霉的是谁？两位开心了之后，下一个开心的又会是谁？康提点有没有想过，皇城司好比饿虎，在京房好比猎户，如果一招不能毙其性命，下一个倒霉的，怕就轮到猎户了吧？"

钱惟演和康川闻言都是一愣，钱惟演的眉头立刻紧蹙起来，康川不服气道："那么大的皇城司，谁能保证一招就弄死它？谁不知道他们是晏殊的爪牙？晏殊是铁杆的帝党，背后有官家撑腰呢！话说回来，一招弄不死，就得眼睁睁看着孙老匹夫欺负咱们？"

"混账！"钱惟演忽然变了脸色，冲康川道，"何其愚也，滚！"

康川一怔，脸色蓦地涨紫如血，却也不敢再多言，恭恭敬敬地行礼退下。胡垚若无其事地回到原处坐下，继续拿着铁筷子拨弄炭火。待房门关上，钱惟演起身离案，朝胡垚躬身一礼道："是钱某操切了，还望胡先生教我。"

胡垚也不客气，微微一笑道："恕老夫直言，话可是不中听啊——操切二字，钱相自评得很妥帖。查皇城司，本身是没错的。谁心里都跟明镜儿似的，枢密院长官是张相和您，再明白一些，就是钱相您在主事。您二位背后是谁？是太后。皇城司呢？背后是官家。枢密院与皇城司交恶也不是一天两天了，迟早终有一争——不过，争也要看时机、看榫卯！钱相，您可真得好好参详一下皇上和太后心头之事啊！"

钱惟演心头一颤："请先生为钱某析之。"

"钱相请坐，其实只要静心一想，您也就明白了。如今太后渐老，皇上渐长，从古至今，何曾有过垂垂老矣的太后垂帘听政，风华正茂的皇帝俯首帖耳的？刚刚听您讲了御前议政的事，几位相公的话或明或暗，或利或钝，其实说的都是一个意思——我敢断定就在今年，朝局将有巨变！钱相，这是您的天赐良机！"

钱惟演愕然看着胡垚，只见他两眼如炬，侃侃而谈道："您也是帝王之后，难道还没看透吗？敢问一句，我朝立国为何重文轻武？为何官家要与士大夫共治天下？"不等钱惟演说话，胡垚斩钉截铁道，"是因为太祖太宗经历梁唐晋汉周五代乱世，目睹了兵强马壮者就能做天子，而做上天子，若不能好好治理天下，皇族死得比百姓还惨！若如此，做皇帝有什么趣味？与其遗祸子孙，不如与士大夫读书人一起治国，天下太平当然好，一旦出了乱子，自有宰执担责，贬黜几个到地方去，再提拔新的执政，皇家依旧是皇家，皇族子孙仍有享不尽的荣华富贵。这就是官家和太后的心思。做帝党也好，做后党也好，不辨清这一条，就是睁着眼的瞎子了——"

"既然说到了帝后两党，"胡垚见钱惟演听得专注，便笑道，"钱相可知，为何所有人都说您是后党，而眼下太后临朝，权柄在握，却始终不拜您为相？"

钱惟演心里一紧，这正是困扰他多年的心结百转之处。无数回寝不安席，食不甘味，却苦思不得其解。钱惟演目光灼灼，看着胡垚："愿听先生高见！"

"女主临朝，必倚重外戚，自古而然。当今太后出身卑微，没有过硬的本家外戚为援。张相，是真宗皇帝潜邸时的心腹，您，是帝王血脉，又是刘太后之兄刘美的妻舅，老太后所指望的就是张相和您。不管您怎么看，您怎么想，您愿不愿意，您都得是后党，太后这么认为，官家、晏殊他们更是这么认为。所以说，太后她不是不想拜您为宰相，而是不敢啊！众口铄金，群议汹汹，您又是三代吴越国主之后，她是怕台谏非议，怕引发朝局动荡，怕在青史留下任人唯亲的恶名。所以说，您越是后党，太后就越犯难，越不敢让您宣麻拜相。"

真相往往就是如此残酷。这一席话说得钱惟演沉思入定，如木雕泥塑似的端坐不语，胡垚也不再说话，铁筷子的尖儿被炭火煨得通红灼目。好半天，钱惟演才幽幽一叹道："时也，命也，运也，看来钱某此生唯一的憾事，就是无缘在黄纸上画押了①，也罢。无非是做个闲散人，大不了终老林泉，了此残生……"

---

① 即指不能在中书历职。

"这就是钱相的志向？"胡垚脸色骤变，啪的将铁筷子扔进炭火盆，激得火花四溅，灰烬腾起。钱惟演吃惊地看着他，喃喃地道："先生这是——"

"何其驽骀之见！"胡垚脸色忽青忽白道，"莫忘了吴越三代五王，虽不比中原王朝，却也是割据一方的朝廷！经历代钱王励精图治，吴越之地至今仍是天下税赋之本！你是钱王之后，帝裔贵胄，怎能如此自暴自弃？区区一个宰相，又不是要你复辟故国，至于如此颓丧吗？吕夷简，如油老吏而已，夏竦、薛奎，匹夫之勇罢了，这样的人尚且知道大变局之时，正是力争上游之际，你何等身份，怎么就灰心如此，自甘人后了？"

钱惟演只觉周身上下寒侵彻骨，百爪挠心，再也坐不住了，只好站起来，亲手扶着胡垚落座，摇头道："先生这么说我，实在惭愧——局面已然如此，太后早晚要交还大政的，我一个后党，又能何为？"

"晏殊就不用说了，帝师嘛——那依钱相你之见，吕夷简是什么党？薛奎、夏竦又是什么党？抱病在家的陈尧佐呢？"胡垚冷冷地一笑，道，"吕夷简为相十几年，他绝不会放任帝后火并，陈尧佐必然也是如此。至于薛奎、夏竦二人，别看他们一言不合就咆哮争执，在这件事上，也会是同一个心思——那就是不管帝后之间如何变局，维持朝局平稳是头等大事。既然太后绝不会拜您为相，那么能做到这一点的，只有官家。"

钱惟演一怔，苦笑道："官家？官家会拜后党大臣为相吗？"

"事在人为。我早就跟钱相您说过，若朝局不变，您就没有机会。朝局即将巨变，钱相苦等的机会也就近在咫尺——为今之计，是要做到两点。"胡垚说着，从炭火盆里夹出一块红炭，搁在火盆沿儿上，静静道，"其一，在官家亲政之前，将吕、晏、薛、夏等人或挤出朝廷，或与皇上离心，这样官家就算是亲政了，茫茫万事，身边却无人可用，只能用您。"说着，他又夹出一块红炭，"其二，无论如何要让太后明白，她在生前身后，要想长久保住刘家的荣华富贵，必须，也只能依靠一个人，那就是你钱七郎。"

见钱惟演一脸的错愕，胡垚缓缓一笑，道："钱相，我已经将局势点破给你了；怎么去做，我心里当然也有章程。至于做，或是不做，还得你自己拿主意。"

钱惟演沉思良久，两眼一直盯着火盆儿里红汪汪的炭火，不知不觉间泪光滢滢。他本是天分极高的人，但所谓出身太高贵，难免少了些烟火地气，又是关心则乱，太重功名反看不透功名。经胡垚这么一讲，宛如火盆儿里被拨弄的赤炭，虽看不到明火，那灼烧的温度却比火苗还炽烈。钱惟演站起身，活动了一下僵枯的四肢，背过身悄悄揩去了泪花，缓缓道："相识多年，先生倒是头一回这样推心置腹啊。"

"时机不到，多谈无益，"胡垚也跟着站起，咧嘴一笑，随即又收敛了笑容，正色道，"钱相，其实您已经走出去第一步了。"

"唔？"钱惟演身子急转，直直地看着胡垚，在这一转身的瞬间，他已经明白了胡垚的话，不由得脱口而出道，"查皇城司？许沂？"

胡垚含笑点了点头，两人相视一笑。而盆沿儿上那两块炭火，正在竭尽全力地迸出最后一缕热气。

沈追

开封内城西南，崇明门以内，沿崇明门内大街至兴国寺桥一段，是全城使馆区域。大宋开国之初沿袭唐制，在此设立了都亭驿，由鸿胪寺管辖，专职接待外邦贡奉使节、打理贸易往来。历经太祖、太宗、真宗三朝，到天圣九年，已是人事俱迁。如今都亭驿还在，鸿胪寺已是徒有其名，眼下管着都亭驿的是枢密院礼房。今上赵祯继位后，以"薄来厚往"为主旨，只要是来朝贡的外邦，不管是党项、高丽、回鹘、吐蕃、大理、真腊，还是大食、蒲甘、苏吉丹、浡泥、三佛齐，无论国大国小，只要人家万里迢迢地来了，一律高价收购进贡物品，再赐给不菲的中华物产，想住则安排驿馆长住，想走还赐给川资路费。一时间八荒争凑、万国咸通，外邦使节纷至沓来。一个都亭驿早已不敷用，便专门辟作大辽使馆，又相继增设了都亭西驿、来远驿、怀远驿、班荆馆、瞻云馆等，都在原来都亭驿附近，分别接待来自四面八方的外邦使节。

外邦来人说是朝贡天朝，实则做生意的居多，时间一长，更有不少大宋商人觑见商机，做起了外邦人生意，出价比朝廷还高，再转手售出，竟也是奇货可居供不应求。朝廷乐得不花钱，全交给民间商贾来做，仍由枢密院礼房管理。这样一来，礼房就不再是单纯的朝廷外交机构，还兼管了涉外商旅的税赋收缴，一下子富得流油，成了整个枢密院最肥的差事。

沈追今天要见的，就是礼房主事监官周忠。

查钱惟演，却从周忠下手，其实也是颇费了沈追一番心思。周忠字永中，身材矮胖，面白微须，一身好肥肉，五十来岁年纪，平常胥吏出身，在枢密院各房辗转苦熬几十年，休致之前算是捞到了一份美差，主管礼房下属各处驿馆。周忠家住外城南薰门里曲院街，小院子不大，收拾得整整齐齐。据探事房干办李焘打探来的消息，跟周忠同住的女人三十来岁，容姿绰约，形态风骚，却并不是周家正牌的夫人——

"周老儿也着实疼那妇人，雇了两个丫环伺候着，"李焘笑嘻嘻地跟宋崇道，"属下打听了，那妇人本是凌香楼的私妓，浑名罗惜惜，被周老儿大价钱赎了出来，当小的养在家里。正经的周夫人远在蜀地，老老实实给他看家护院呢！这周老儿也真好福气。"

沈追皱眉，摸出来一饼银子扔给李焘，笑骂道："叫你个贼杀才去查底细，查了半天，都是裤裆里的事，就没查出点儿别的？"

"有啊！"李焘喜出望外地接了银饼，揣好在怀，笑道，"周老儿吃黑钱，吃得胆子都没边儿了！朝廷对外邦货物定的是十税一，他又私自加了税，名为抽解。这抽解钱前些年还是半成，现在竟翻了两倍，多收了一成五，死老儿比朝廷胃口还大！抽的钱都哪儿去了？"

沈追微微一笑。这还不是明摆着的？周忠也不傻，一刀砍在脖子上，钱黑得再多也是无福消受。就算给了他泼天的胆子，他也不敢堂而皇之再抽一成半的税。每年来朝贡的外邦那么多，私加的这一成半税数额之大，令人咋舌。皇城司胆子就够大了，也从不敢这么干。周忠之所以敢如此嚣张，背后一定有靠山，这靠山八成就是钱惟演。枢密院虽号称西府，位高权重之地，却也不是不食人间烟火。收买人心也好，广结善缘也好，暗地做点子勾当也好，做人做事，都离不开"花销"二字。尤其是这两年，钱惟演在皇城司屡屡碰壁，拉拢拉不得，硬碰又碰不过，索性一咬牙倾尽全力培植自家的在京房。人手，器具，情报，黑盘，钱使得如同水泄一般，没有周忠这边黑钱来支应，根本是做不到的。眼瞅着在京房势力凌厉崛起，京城之内，竟是可以跟皇城司掰一掰手腕。一城之内岂容二虎？恐怕这也是孙从吾痛定思痛，要跟钱惟演较个长短的缘故了。

"周忠黑的钱去了哪儿，就不是你操心的事了。"沈追稳稳地笑道，"都安排好了？"

李焘笑着点头，从怀里掏出一个小荷包，却不小心把刚才沈追赏下的银饼带了出来，哐啷掉在地上，李焘不由得一怔，忙一手抓着荷包，一手麻利地捡起银饼，尴尬地把荷包放在桌上。见沈追一脸揶揄，李焘赶紧道："都安排好了，就在大相国寺。"他一边回着，一边揣好了银饼，讪笑不已。

李焘四十岁出头，说起来也算探事房老人了，跟吕璟一样，是本房挑大梁的好手，被沈追视为左膀右臂。前些年沈追刚任了提点，下面颇有几人不服这位年纪轻轻的上司，李焘就是其中一个，沈追一笑置之，也不见怪。不久，京东路沂州虎翼卒哗变，占了州城，招兵买马，声势浩大。沈追奉命率探事房众胥卒潜入城里，谋划之后，一个偷袭便斩了叛军首领王伦的首级，格斗中李焘被围差点丧命，还是沈追不计前嫌救了他，也收服了众人之心，李焘更是成其心腹。几年下来，李焘对沈追死心塌地，跟着他刀光剑影里往来无数，从未有过推诿。沈追也知道李家兄弟众多，并不富裕，便时常接济他一二。当下见李焘面有惭色，沈追便笑道："这点银子算什么？办得好差事，等抄周忠家的时候，我请老孙批下来，让你带人去。"

周忠经手抽解钱多年，不知在家里藏了多少宝贝钱物，抄他的家，可谓益公益私，无异于白白捡了一大笔富贵，能多少年不再为钱米发愁。李焘喜得咧嘴笑不迭，千恩万谢地出去了。沈追见房中再无他人，便打开面前的荷包，里面是一个铜制半月状牌子，一条朱砂色缎带。沈追收起荷包，转身打开墙壁中的秘柜，取出乔装之物，一番勾画已毕，又换了身衣服，等他推门出去，离开这个皇城司黑盘之际，已是一位地地道道的外地客商打扮。

大相国寺位于皇城宣德门外，内城朱雀门内大街东侧。寺北门外广场紧挨着汴河，汴河上有州桥、寺桥，坐落在大相国寺北门，端的是舟楫如林，客商如云，金碧辉映，云霞失容。每月朔望三八之日庙市开放，寺内两庑间商贾百姓不下万人之数，不但寻常商人，连进京的外地官员也在此开市交易，极尽一时之繁华。这天正逢初八庙市，照例是人头攒动摩肩接踵，沈追信步其中，安静地等待着周忠的出现。

按照沈追之前的精心设计，整个行动一共有三步：其一，李焘假扮为捆客，跟周家那个叫罗惜惜的妇人搭上桥；其二，通过罗惜惜结识周忠，以大宗收购市场紧俏的龙涎香为诱饵，引周忠上钩；其三，沈追假扮为外地客商，与周忠见面，交易之际将其收押，逼他交代黑钱的最终去处——枢密院，钱惟演。

探事房众人讨论行动细节时，吕璟和李焘都提出了异议。原因并不难理解：周忠执掌京中驿馆，收了多年的抽解钱，人证物证无数，并不难找；再说皇城司办事，历来是百无禁忌，没毛病的还能找出毛病来，何况是周忠这样的人？根本不用如此大费周章，直接捉来用上刑，铁嘴也能撬开了。这里头还有个开封官场流传甚广的逸事。某年刘太后万寿圣节，在宫里盛宴群臣，接受朝拜，不慎丢了一柄玉如意。官家赵祯震怒，勒令皇城司从速破案。时隔一晚，玉如意又被找到了，赵祯便传旨皇城司停止追查，不料孙从吾奏报里说，已有三个参加宴会的大臣招供，承认偷了如意。

这当然是个笑话。不过皇城司办事之严、用刑之惨，也不是空穴来风。沈追却力排众议，坚持这么迂回抓人，理由也很充分：周忠官职虽然卑微，却精于敛财，是钱惟演乃至枢密院最重要的秘密财源，抓人是容易，用刑也容易，但钱惟演那边一旦发现周忠没了，势必下死力气来捞人，万一搬出了老太后过问，而周忠又扛得住酷刑，还不能真弄死他，只要熬过一半天，皇城司想不放人都不行。到时候人也放了，脸也丢了，忙活一场什么都落不着，还得防着他钱七郎倒打一把。有道是捉贼拿赃，交易当场把周忠拿下，等太后过问下来，人证物证俱在，太后也说不得什么，钱惟演就难辞其咎了，最不济也是个姑息养奸、驭下不严。

沈追说罢，众人都是面面相觑。这帮干办胥卒拿人破案都是一顶一的好手，一牵扯到朝局政治，帝后党争，就一个个傻了眼，根本想不到这么多。沈追看着众人，不容置疑道：“这次都听我的吧，就这么办。”

探事房是沈追管事，自然是一言九鼎，他一声令下无人再敢议论，纷纷领命离去。只有吕璟和李焘留下来，屋中只剩下他们三个。吕璟字仲玉，广南西路雷州人氏，太宗至道二年生人，比沈追大了快十岁，却对他钦服之至，历来是令行禁止绝无二话。吕璟见再无旁人，便蹙眉道：“先前没想那么多，只道是抓人归案，越便利越好。既然沈提点说得这么明白，属下也就豁然开朗了。不过，周忠在钱惟演那里如此重要，绝不会是泛泛之辈，行事必然谨慎，难道是说上钩就上钩的？再说即便是他上钩了，他身边就没人暗中保护，或者暗中观察？在京房这两年也不能小觑。"

李焘点头道：“仲玉说的是，沈提点不必亲身犯险——不如还是我去勾搭那个罗惜惜，事情铺垫好之后，仲玉去跟周老儿交易，沈提点幕后调度指挥，各位弟兄一旁策应——"

"不必了。"沈追轻轻摇头,笑道,"这个案子,往小里说,是咱们跟周忠,往大里说,是皇城司和枢密院,再往大里说——"沈追长长地缓了口气,正色道,"你们懂的。"

沈追那后半截没说出来的话,吕璟和李焘都咂摸出味道来了。皇城司跟枢密院明争暗斗多年,从周忠这件案子起,算是矛盾公开化的开始,只要动了周忠,等于一记狠拳打在钱惟演鼻子上,钱惟演固然会疼,他背后的太后又岂能安坐?而钱惟演全力反击过来,皇城司背后的晏殊和官家也不可能置身事外。周忠的案子可小可大,大起来就没边了。看来这个行动计划,保不齐就是孙从吾和沈追秘密议定的,关系如此之重,沈追只有亲力亲为才算放心,孙从吾也才能放心。

所以,当周忠终于出现在视野之中的时候,沈追悬了许久的心这才落下。按理说,周忠经手聚敛抽解钱多年,世面见得多了,龙涎香固然是价比金高,利润骇人,也不至于让他贸然就亲自来交易。根据李焘打探来的消息,说那罗惜惜的弟弟罗小乙是个造假龙涎香的高手,制出的假香与真品无异,周忠本是个好色之徒,平日里再谨慎从事,床榻上也耐不住罗惜惜的枕头风刮个不停。今天看来,此言不虚。周忠也是一身客商的打扮,慢悠悠在市面上转着,一边转悠,一边有意无意地打量着四周往来的人。日上三竿,相国寺庙市刚到最为鼎盛之际,一万多人拥在一处,再大的地盘也顿时显得逼仄起来。沈追不远不近地跟着周忠,始终跟他保持着一定的距离。

因为沈追前一阵子差点出了差错,此次探事房好手们几乎全体出动,装扮成各色人等,以沈追和周忠为中心,层层叠叠散开在人群里,不停地通过暗号给沈追传来消息:

　　天乾,无异;

　　风巽,无异;

　　水坎,无异;

　　……

　　火离,无异;

泽兑，无异。

这个阵形名曰"八面佛"，由皇城司第一任提举王仁赡草创，以先天八卦为雏形，经历代皇城司高人不断增删演化而成，位分四面，置于八方，将所保护的人围在当中，最适于人多稠密的场合。沈追一路耐心地跟着周忠兜兜转转，绕来绕去，最后停在后殿资圣门外。相国寺庙市按区域划定，有花鸟市，百货市，手工市，典籍市，卜卦市之分。资圣门外便是典籍市，古今书籍、金石玩物、历代图画不一而足，在此流连的多是读书之人，不像其他庙市一般喧嚣。周忠左右看了看，径直朝着庭院中一株参天古树走去。古树垂拱，半边枯焦半边茂盛，依中原风俗人情，善男信女游客商贾行至此处，大多在树枝上或拴一条红带，或挂一个荷包，或留一道愿符，以求平安富贵。周忠来到树前，从怀里取出一条朱砂色缎带，轻轻系在树枝上，而后并不离去，只是朝一旁踱了两步，一副饶有兴趣的样子，去看树枝上琳琅满目的愿符。沈追朝着乾位的吕璟看了一眼，吕璟悄悄地做了个手势，告诉他一切正常无异。乾位是八面佛的枢纽，八个方位的信息均汇拢至乾位，吕璟所示，也就是整个八面佛的信息。

沈追当下再不犹豫，便信步上前，来到刚刚周忠站立的位置，自然地掏出缎带，系在了周忠那条缎带的尾部。两条缎带出自同一匹绸缎，色泽别无二致。果然，周忠侧身看向沈追，两人四目相对，都是微微点头，周忠也不说话，转身朝一旁走去。他的步伐很有节奏，不快也不慢，给了沈追足够的时间跟上。于是整个八面佛阵也就缓缓地穿阁越廊，竟是一步步出了相国寺，朝汴河三桥的方向而去。两人行至延安桥，周忠在桥边码头驻足，转身对沈追一笑，掏出了一块铜牌，沈追会意，便也掏出那块半月状的铜牌，交给周忠。两块铜牌对接，卡榫吧嗒一声契合，形成完整的一块满月。周忠见信物无误，收好铜牌，也不说话，大步走上码头，沿跳板上了一艘客船，沈追不假思索地跟上。行动之前，探事房众人绞尽脑汁，所有能想到的情况全都有预案。因相国寺临近汴河码头，在船上交易也在预案之列。汴河三桥三处码头，都有探事房的人驾船守着，另有几条小船在附近逡巡机动，混在来来往往的船只中。沈追脚踩跳板之际，下意识地回头看了一眼，吕璟远远地朝他发出信号，信息还是一样：一切正常无异。

客船半旧不新，形具不大，在汴河中并不起眼。沈追驻足甲板，左右看了看，一艘停在附近的漕船上，几个探事房的人不动声色地打量过来；岸边叫卖卜算遛鸟闲逛的人群里，也有探事房的胥卒杂于其中。更远的一处巷子里，一队青衫皂靴的胥卒还在待命，随时可以出动弹压局面——所有这一切，在沈追脑海中闪电般掠过，他便朝着面前的周忠微微一笑道："还没请教呢。"

周忠转过身，一张无比苍白的脸，干枯地笑道："不急，这边请。"说着，他走向客舱，挑帘一猫腰进去。沈追笑着摇头，快步跟上。客舱窗户挂着竹帘，正午阳光顽强地从竹篾缝隙处钻进来，照得整个舱室一片斑驳。室中陈设简陋，正当中有一小桌，一壶两盏，一碟笋干茶点，周忠已在桌边坐下，静静地抬头看着沈追，淡淡的笑容浮现在苍白的脸上，做了个请坐的手势。

危机是瞬间出现的。

沈追进入客舱之后，没来得及说一个字，只觉脚下木板一晃，未来得及反应，一张网便兜头而下，结结实实地罩住了他。紧接着，是脑后的一记重击，再下来，就是浑黑的、化不开的浓雾吞噬了所有。沈追记忆中最后一个细节，是对面周忠的身后，影影绰绰，似乎又多了一个人，一个那么熟悉却又面目模糊的人。

两刻钟之后，气急败坏的吕璟终于冲进了客船。一共五个客舱，都是空空荡荡，并无一人。吕璟目瞪口呆地站在狭小的客舱中，难以置信地打量着周遭。

这是根本不可能发生的事情。岸上，水面，至少有数十双鹰隼般的眼睛盯着，众目睽睽之下，船还是纹丝未动，人却不见了——以沈追的身手，周忠不可能单枪匹马就制服了他，肯定还有帮手。那么人呢？人都哪儿去了？几十双眼睛眨都没眨，难道一群人还能平地里烟消云散了？

本房主官亲自办案，前不久还几乎送了命，胥卒们本就是战战兢兢捏一把汗，如今可好，又把主官弄丢了，生死不明。胥卒们不由得一个个如丧考妣，都是手足无措地看着吕璟。

"搜！"吕璟强迫自己镇定下来，语气却失了往日的从容不迫，近乎声嘶力竭地叫着，"给老子搜！搜不出来蛛丝马迹，就等着老孙把咱们都活撕了吧！"

众人都不敢多言，当下分头散去搜索。客船本就不大，众多训练有素的胥卒一起折腾起来，就是耗子也躲不掉。吕璟呆呆地坐在桌旁，脑子里一片空白。差不多又过了一刻钟，终于有一个胥卒浑身大汗地跑过来，两眼放光，对着吕璟喑哑着嗓子道："吕头儿，下面，有，有暗舱！"

宋崇

按照孙从吾的密令，探事房的沈追和刑事房的宋崇各自领到任务，沈追查的是钱惟演和许沂，宋崇则是办高丽密使被刺的案子。经柳永指点之后，宋崇一刻都没耽误，立马回到左承天祥符门内皇城司大院，召集手下心腹商议对策。刑事房干办有两个：杨良祐，字德远，真宗咸平元年出生，江南东路徽州人；贾路，字贞行，太宗端拱元年出生，京东路曹州人。两人一个三十来岁，一个四十出头，都正值当打之年，为宋崇鞍前马后效力，深得他信任赏识。前些日子地踊佛寺出事，杨良祐只身闯入寺里跟刺客谈判，成功地拖住了刺客，让躲在粪坑里的崔元卿逃过一劫，也给宋崇率众突袭争取了时机。而杨良祐却身陷重围，被刺客手弩击中肩头，一刀捅了后背，足足躺了七天才能下地。事发之后，贾路奉命秘密前往高丽，对崔元卿的密使身份进行甄判，眼下大概正在滔天汪洋里漂着，贾路此行是高度机密，没几个人知道——杨良祐听完宋崇的话，沉思半晌方才道："宋提点，这事儿可难办。"

"你是说，在京房？"

"正是。"杨良祐点头道，"西夏跟大宋来往，做买卖的话，在边境榷场足矣，犯不着深入内地。千里迢迢到京城的大多是朝贡官员，又都是中书省和枢密院负责。中书省国信司只管京城之外，进了开封就是枢密院礼房管。只是礼房，倒也好说，难办的是在京房。"他看了眼一脸沉思的宋崇，继续道，"根据探事房沈提点的情报，在京房表面上管事的是康川，其实是个幌子，靠着一个叫胡垚的师爷幕后操控——这些宋提点您都知道，也不是什么秘密了。这个胡垚倒真不可小觑。这两年，凡是枢密院能插手的地方，没有他不插手的，凡是该着枢密院管的地界，旁人几乎水泼不进！就拿外邦朝贡的使节来说，从进京到离京，除了礼房和在京房的人，他们一个外人都见不到。沈提点也好，您也好，多少回想安插人进去，竟没有做成一次。沈提点好容易埋了根钉子进去，不出俩月就被胡垂挖了出来，折磨得人鬼不分，要不是孙提举拼了老脸求官家发话放人，连命都保不住！"

杨良祐一席话尽管不中听，说的却都是事实，宋崇一时也无言以对。皇城司一处四房五千军，刑事房颇为独特。在宋崇治下，刑事房议事从无官职高下之分，人人可以建言，采纳的有重赏，被驳的只要能自圆其说，也有小赏。孙从吾曾旁听过刑事房议事会，直听得老孙兴致勃勃，连声说后生可畏。宋崇沉吟良久，方才道："那依你之见，该从何入手？"

杨良祐正色道："眼下在京城的西夏人，十之有九是朝贡官员、常驻使节和官营商队，都被在京房监视着，有这个掣肘，想接触他们难比登天。但您别忘了，还有一群人——"

"你说的是——熟番？"

杨良祐笑着点头道："宋提点一语中的。这帮熟番籍贯在河西，却在大宋生活了多年，或是早就投靠大宋的，或是常年在内地做买卖的，有的还读书做了官，表面上跟大宋百姓一样了，但还跟河西老家有千丝万缕的联系。"

"我记得——"

"对，我手头一个暗钉，就是党项熟番。"

宋崇脸上泛起了微笑。这是他最希望听到的结果。暗钉姓彭，名学谦，祖上是河西绥州的党项土著。彭学谦的祖父脑子活，往来内地与河西行商。逢五代乱世，他祖父和父亲过黄河时遇到剪径的水匪，祖父被沉了河，父亲侥幸抱了块板子顺水漂下，被一户姓彭的船民收留，后来娶了这家的女儿，彭学谦汉名便随了母姓，一家人仍以行商为生。待大宋立国，河西李氏家族周旋于宋、辽之间，日渐坐大，边境也开了三处榷场，贸易兴隆。彭父仗着通晓党项和大宋两种语言，不再做走卒贩夫的苦生意，分别在保安军、镇戎军两处榷场和东京开封开了店铺，做起了捐客同文的买卖，倒也渐渐家富殷实。彭学谦就是在开封城里长大的。彭父在世之日，跟绥州党项族人来往密切，心里还向着同族，而彭学谦却是自幼在开封读书开蒙，受的是圣人教化，对身上的党项血统并不看重，甚至还有些以之为羞丑的意思。正逢杨良祐寻遍开封找暗钉人选，阴差阳错遇到了他。党项人生性抱团排外,能找到一个暗钉难之又难,故而弥足珍贵。经孙从吾亲批,彭学谦只由杨良祐单线联络,且不记录在秘档,也从未安排过任务,只给了他四个字"以待时机"。所以整个皇城司上下,只有杨良祐、宋崇、沈追和孙从吾知道有这根钉子,连掌握暗钉密档的律事房许沂都无从知晓。正因为珍贵,杨良祐一直舍不得用他,而所谓单线联络,就是除了杨良祐本人,彭学谦是谁的话都不会听的。即使宋崇,甚至孙从吾想动这枚冷棋子,也得杨良祐同意才行得通。宋崇兜兜转转所等的,其实就是杨良祐能主动提出来。

宋崇这番心思,仓促间杨良祐又岂能揣摩得到,当下便慨然道:"养兵千日用在一时,宋提点您只要同意,属下这就安排。"

宋崇稳稳地一笑。杨良祐能答应得如此痛快,就是再好不过的开端。两人商议之后,拟定了给彭学谦的第一个指令:查清最近在开封神秘出现或消失的党项人。

之所以是拟定,原因在于还要通过一个人的最终确认。

这个人就是孙从吾。整个皇城司的最高决策者。

当宋崇带着呈文来到孙从吾公房外时,却被守门的老郎拦下。老郎年过六十,跟孙从吾同乡,随他出生入死多年,身上的伤疤比脸上的皱纹还多。虽说只是个九品学谕,但在整个皇城司里却是无人不敬,不分老少都尊他一声"老郎"。老郎按理说已到了休致的年纪,孙从吾却一直留着他不放,取的就是一个忠心。老郎见他满面诧异,枯瘦的脸上苍然一笑,道:"小宋提点不要急,老孙给你留了信的。"说着,他从怀里掏出一封火漆缄口的书信,递给了宋崇,又道,"其实小宋提点不来,老汉我也要去找你的,老孙走的时候交代,若是今天还不见他人,就把信送给你看。"

老郎言罢,看着宋崇,下巴微微一点,示意他打开来,自己却没有一点回避的意思。宋崇深知他和老孙的关系,便毫不迟疑地打开来看——手令很短,寥寥两句,文末画押,确是老孙的亲笔,用的还都是白话:

匆。速查周忠。切。

宋崇视线急速扫过,已是通读了两遍,油然而生满腹的不解,本能地抬头道:"孙提举还交代了什么没有?"话一出口,他立即觉得有些多余。老孙是何等审慎之人，既然留了信给他，想必是都在信上了，也不必多此一问。不料老郎却微微一笑，道："有的。"

宋崇吃惊地看着老郎，却见他不慌不忙道："老孙临走时交代，不要去找许沂。"

探事房办案，刑事房抓人，历来都有先去律事房查档的习惯。周忠这个人，宋崇当然听说过，却知之甚少，远不到了解的程度，行动之前去找许沂查一下档案，也是为了知己知彼，再正常不过的事。老孙明明留了亲笔手令，却又刻意不把意思写全，最重要的一句只让老郎口传，不能不说是反常之举。事出反常必有妖，何况这本就跟老孙一向行事风格大相径庭。宋崇一时间竟呆呆地站在原地，不知如何是好。

偏偏在这个时候，老郎又是不慌不忙地道："老孙还有一句话，要是小宋提点犯了愁，就让老汉我跟着，帮忙出出主意。"

原来这才是整个安排的关键所在。但这也同样是极为反常之举。以孙从吾的格局和修为，无论事发多么仓促，也不至于有时间写下手令，却连见个面、亲自布置的机会都没有，反要让一个亲随老卒来传令。如果事情无足轻重，孙从吾不必亲自出马；可如果真是兹事体大，又怎会面都不见，说走就走了？再说皇城司一处四房五千军，多少年来都是各行其是，从未听说过出门办案，还要派人监工的。顷刻之间，宋崇脑海里闪现了无数可能性，最终浮出一个极为恐怖的念头：

眼前这个一脸淡然的老郎，会不会就是反水的卧底？再往前推一步，难道孙从吾已被人控制，失去了自由？老郎毕竟是他最信得过的人，一旦老郎突然出手，即便是孙从吾也未必就能全身而退。

宋崇看着老郎，心里已经有了主意，便蓦地一笑，两指晃动，已将信笺折好收入怀里，而另一只手不经意间垂下，手背向前，袖管中一柄柳叶刀滑进了掌心。老郎还是那副表情，只是轻轻地摇了摇头，嘴里嘟嘟囔囔道："一看就是老孙教出来的，换作是我，信不过就动手了，用得着偷偷摸摸准备攮子吗？教得不好，学得也够呛。"

宋崇屏住呼吸，猛地道："重光，协洽。"

老郎漫不经心地道:"阏逢,大渊献。"

这是孙从吾亲自设计的隐语,在皇城司众多的隐语密码中属于最高级别,有权使用的人极少,而且都是孙从吾亲自授权口述,换言之,可以用这套隐语接头的人,无一例外全是老孙的绝对心腹。所谓"重光,协洽"意指"辛未",天圣九年正是辛未年,而"阏逢,大渊献"对应的是"甲亥"。这是司空见惯的岁阳太岁历法,懂的人不在少数,但这套隐语的精妙之处在于回答。这天是七月二十四,日为双数,"辛"倒推七是"甲","未"前推四是"亥",若是次日,也就是七月二十五日,日为奇数,则需"辛"倒推五是"丙","未"前推七是"寅",对照岁阳太岁之法,回答应为"柔兆,摄提格"。故而在天圣九年辛未年中,所有提问者都会说"重光,协洽",答案却每天各不相同。按照约定,无论在什么场合,无论对方是什么身份,一旦说出这套隐语,必须无条件信任对方,哪怕对方提出要了自己的命,也得立即双手奉上。

老郎淡淡道:"小宋提点,还要怀疑老汉吗?"

"怎么查周忠?"宋崇并不直接回答,而是短促地问道,"现在就动手吗?孙提举在哪儿?"

"小沈提点跟周忠在一起,老孙另有要事,不在开封。"

"去非办案多久了?有没有消息?"

"两天不到。没有。"

"孙提举呢?"

"也是两天。"

这却又是另外一种局面了。老郎说沈追跟周忠在一起,但没说明沈追到底是在办案呢,还是干别的去了。周忠是枢密院的人,背后是钱惟演。沈追奉命暗查钱七郎,这是宋崇知道的。沈追会从周忠身上找切口,这也是自然之举,无可指摘。但且不管周忠是敌是友,是忠是奸,总归在明面上是朝廷的官员,公开传讯也好,秘密抓捕也好,不至于整整两天消息皆无。而老孙行踪更是诡异,几乎同沈追一起神秘消失,那老孙是率人增援沈追呢,还是另有重案要办?如果是增援,肯定是沈追遇到了麻烦,老孙就绝不会单枪匹马地去,势必调动人手,如果是查案,也会跟他打一声招呼,分析一下案子,交代一下事务——

而这些，老孙难道真的都来不及做了，必须立刻就走？即便真是如此，那又该是多大的案子？

老郎一直似笑非笑地看着宋崇。他似乎看穿了宋崇心里盘算的一切，仍是淡淡地笑道："小宋提点，再琢磨下去，可就耽误了。"

"耽误什么？老郎前辈，您似乎还有话要说。"

宋崇此时已经恢复了常态，而恢复了正常判断力的宋崇，很难再被别人牵着鼻子走了。虽然老郎能讲出那套最高级别的隐语，虽然宋崇无法证明他对老郎的怀疑，但这样的怀疑并不会轻易抹去。

老郎打了个哈欠，道："耽误瞌睡嘛——老汉我上了年纪，瞌睡多。"

宋崇微微一笑，道："老郎前辈既然困了，就不叨扰了，宋某知道该怎么做。"说着，他朝老郎躬身一揖，老郎见他并没有一起办案的意思，便不再说什么，也是冲他一笑，还伸手拍拍他的肩膀，转身回到公房门口，在藤椅上躺下。

"秋风冷了些，前辈小心着凉。"

老郎宛如一截枯木，没有任何动作和反应。宋崇转身离开。甬道青砖生冷坚硬，落叶扫在道边，他脚踩砖上，却像是步步走在雨地里，软滑泥泞，受不得力。不但如此，他还分明感受到了两道枯裂的目光，石子一样打在了他的背上。宋崇忽然有些后悔。孙从吾密令他"速查周忠"，又说得语焉不详，"速"倒不难，但暗访密捕是查，明火执仗也是查，究竟该是个怎样的"查"法？刚才的确过于托大了，应该再问问老郎的——不过用不着他开口了，伴随着石子一样掷来的目光，还有简短的几句话：

"祆庙斜街，铁屑楼，找柘析劫布。"

第五章·嗟君此别意何如

沈追

同样是在河中，同样是在船上，两次被人偷袭得手，间隔还如此之近——身为堂堂皇城司探事房提点，这种失误简直是对沈追谍海生涯的莫大侮辱。虽是读书人出身，但沈追并非手无缚鸡之力的文弱书生。他在河北路保州保塞县长大，保州是太祖皇帝祖籍地，又是宋辽边境，古为"多慷慨悲歌之士"的燕赵之地，民间崇武技击之风厚重，他自幼跟着保州名跤师张远习武，深得恩师真传，"控、跃、抢、探、扭、坠、顶、托、旋"的相扑九式烂熟于心，即便后来专心治学应试，也不曾荒废了早晚练功。刚到皇城司提点探事房时，探事房的干办胥卒们并不服气，沈追也不计较，不久后便在京东路沂州围剿虎翼卒时一战成名，李焘、吕璟那样的资深干办都服服帖帖。可一到了天圣九年，沈追就莫名其妙地两次失手被人算计，先是辽国刺机局的董齐庵，这次竟是本朝枢密院的周忠——不，准确地说，是周忠背后的人。

这个人就坐在沈追对面，佝偻着背，脸色蜡黄，一副病恹恹的模样。房间不大，屋顶低矮，四壁无窗，中间有张方几，几上空空荡荡，只有一壶两盏，盏中的水已经凉了。从滚烫到冷却的这段时间里，房中静悄悄的。是的，只有两个人，而从沈追被带进来，摘下蒙头布套落座之后，对面那人客气地给他倒了盏水，房间里就一直静默着。水至温热时，沈追已经判断出对面是谁了，但他还是保持着沉默，因为那人也没有说话。

"沈提点勿怪，"那人终于开了口，"在下胃寒，喝不得茶，只有清水待客了。"

沈追一笑，道："峻高先生好生见外，客随主便也是常理。"

胡垚坦然道："在下正是胡垚，本无意隐瞒，当然，也瞒不过去非贤弟。"

"跟沈某见面，似乎也不用如此大费周章吧？"

"无非是避人耳目而已，贤弟请放心，很快便会送你回去，你想要的东西，亦可顺便带走。"

"东京城里称得上有耳目的，皇城司算一个，在京房算一个，不知峻高先生要避开谁？"

"有几句要紧的话想跟贤弟讲，故而我要避开我的人，同样，也想让你避开你的人。"

"有些人，恐怕是避不开的吧？"

房中气氛忽然松快起来。胡垚忍不住笑，笑中牵连了几声咳嗽。沈追不动声色地伸手端过茶盏，轻轻一啜，一股清冽击喉而下。都是明白人，既然开了口，就无须遮遮掩掩，开门见山便是。本朝并不鄙薄货殖贸易，在朝为官者也多行商坐贾，谈谈生意，聊聊行情，再普通不过了。但富无经业货无常主，就算是对坐而沽，高低也有分教，强弱自在心中，行于心则发诸外，眼前高低强弱态势分明，这是沈追不愿看到的，他必须扭转过来。可对面坐的人是胡垚，一个神秘到皇城司都摸不清底细的对手。

沈追轻轻放下茶盏，茶具并不昂贵，只是寻常人家惯用的粗瓷，通体浑黑底部赭黄，盏底与方几接触，铿然一声响。胡垚不慌不忙又续上水，笑道："沈提点，到这个时候了，来龙去脉想必已经透彻得很，还不愿把底子给亮出来吗？你家孙提举，我家钱相，还等着咱们回话呢。"

"那就先请峻高先生讲个章程吧。"

沈追平静地看着胡垚，他很清楚自己的处境，在这个谈判中，他不是规则的制定者，最好的选择是等待对方开价。

"周忠可以让你带走，不过，"胡垚故意顿了顿，脸上同样波澜不起，"你得把许沂交给我。"

沈追不禁莞尔一笑，这一笑也表明了他的态度。这是个绝无可能的提议。周忠是替枢密院敛财的工具，所敛钱财的最终去向是钱惟演，只要他肯就范检举，钱惟演想宣麻拜相绝无可能，声名富贵能保住就是幸甚。同样的，许沂是皇城司四大提点之一，多年来经过他手的绝密卷宗数不胜数，何况他还有一身过目不忘的本事，得到他就等于打开了整个皇城司档库，莫说是孙从吾，换谁当提举都不会答应把他交出去——

除非，是两个死人。

沈追脑海中电光石火地闪过这个念头。不，损失一个周忠，无非是损失一个敛财工具，再找一个即可，像他这样的角色俯拾皆是，但许沂一旦折了，绝无可能再有人替代。而且官家刚有旨意，命皇城司配合枢密院密查许沂，还没查出结果，人却死了，如何向官家交代？

胡垚神态自若，道："看来沈提点有些为难了，不过胡某还有一个章程，周忠依旧由老弟带走，任凭处置。至于许沂嘛，不妨交给在下来问问话——贤弟请放心，无非做做样子而已，也还许沂一个清白，过不几天就原璧送还皇城司——这样一来，周忠的案子，许沂的案子，就都有了结论，对上对下，对内对外，也都好有个说法，而且，这个章程胡某就可以做主的。"

果然是老辣。查许沂是枢密院提出来的，钱惟演在御前议政上言之凿凿许沂有问题，看来就是要借口查案，把许沂弄到手里，继而掏出皇城司的所有底细。在京房鞫谳审讯的手段毕竟不在皇城司提牢房之下，许沂本人骨头再硬，恐怕不交代点什么也过不去这一关，何况一旦被交出去，许沂自己也知道回不去了。就算他能熬住在京房的酷刑，如何能熬过皇城司的甄判？他自己就是负责甄判的老手，个中滋味再明白不过的。如此一来，许沂进不得退也不得，索性留在枢密院，难免落个背叛的名声，苦熬回归了皇城司，又是人不人鬼不鬼，从此被排挤被边缘化，不管他如何自处，都是生不如死的结局。这个方案说到底，还是枢密院占尽了好处。

房间里又陷入了死寂。这当然是胡垚早就料到的局面。他没有再继续紧逼，因为对沈追这样的高手而言，没有什么能够真正让他束手就擒，他一定在筹划着反击，而压迫的力道愈强，反击的力道也就愈大。

沈追忽地一笑，道："好手段，峻高先生果然好手段，竟是让在下无话可说。"

胡垚也是一笑："恐怕不至于此吧？"

两人的笑声稍纵即逝。胡垚隐约有了些担忧，尽管他已经穷其所能想到了所有可能性，但对面的沈追似乎还是找到了反击的罅隙，而这个罅隙一旦被他找到，随之而来的就是难以预料的走向。

果然，沈追的眼中开始闪过一丝狡黠，慢悠悠道："先生的章程，先生自然可以做主,但我怕是做不得主。"他无奈地摇摇头,"我若是回去如实禀告了孙提举,想必他定是勃然大怒,怪罪于我——我家孙提举的脾气,峻高先生恐怕早有耳闻的。既然如此,看来我还是不回去为好,回去了就是个死,不回去的话,尊驾也未必就一定要我的命,当然,若是非要的话,我也推辞不得。"说罢,沈追朝胡垚拱了拱手,继续道,"沈某食量不大,粗茶淡饭即可,吃不了枢密院多少粮食,寄人篱下也会规规矩矩,虽不会为钱相做事,但也绝不给钱相和胡先生添乱,安分守己,老老实实做一辈子枢密院的阶下囚——余生漫漫,往后的日子,就靠峻高先生照应了。"

沈追嬉笑之间,竟把看似一边倒的局面硬生生扛住了。事情再明白不过,沈追身为皇城司探事房提点,办案中下落不明,孙从吾肯定不会作壁上观,一旦整个皇城司一处四房五千军全都调动起来,把个东京城查个天翻地覆不算难事,到头来查出居然是在京房搞鬼,坐蜡的反而是枢密院的钱七郎。况且沈追也有言在先,绝不会替枢密院做事,言外之意再清楚不过——要么把老子送回去,要么干脆弄死老子——可若放人的话,无异于吃了明亏,周忠也难以保全,而真把沈追弄死了,孙从吾抱着状子找太后和官家叫起撞天屈,事态更加难以收拾。

"仓促之间,贤弟能想到这一步,算是难得,不过胡某已经料到了,化解之法也有。"胡垚不无遗憾地摇摇头,"不是胡某高明多少,这一局是明着来的,攻伐救守,无非就那些路子,本就是你我心知肚明的事。"

沈追不慌不忙道:"尊驾说得不错,我在明处君在暗处,当然已经想到了所有路数,也当然全都堵上了。胜负高低早已定了,翻盘的希望不大,但你有千条妙计,吾只一定之规,我能做的只是让兄台赢得惨一些,代价大一些而已。"

"若是惨胜,跟两败俱伤又有何异?你我谁都不会做这等蠢事——看来去非贤弟已经心里有数了,还请不吝赐教。"

"周忠是西府礼房的人,还是留给尊驾自查,"沈追稳稳地一笑,"至于许沂,就不劳烦枢密院了,我们皇城司自然会有一个交代,当然,官家的旨意是枢密院主办、皇城司襄助,等结案之后,给官家的札子还得由西府领衔。"

"那我们西府能有什么益处呢?"胡垚饶有兴致地看着沈追,笑道,"恕在下驽钝，贤弟说来说去，我怎么听着彩头全是你们皇城司的？"

"益处自然是有的，"沈追一本正经道，"周忠这个案子由枢密院自查，想来也就不会再牵连枢密院的人，这是其一。"

胡垚深深地看着沈追，点头道："那看来还有其二了？"

沈追道："其二，从今以后，皇城司刺探来的谍报，经孙提举铨定，可以及时跟在京房通气。"

胡垚击掌叹道："早该如此，都是同朝为官的同僚，保的也都是赵家的江山社稷，何必弄得剑拔弩张？不过——"胡垚狡黠地一笑，继续道，"只是仅凭这其一其二，怕是有些——"

看着胡垚欲言又止，沈追便朗声一笑道："看来是只好把话说开了——敢问兄台设局引我入彀，难道真是想要了我的命？"

"当然不是。"

"刚才的章程也好，周忠和许沂也罢，无非都是兄台的障眼法。在下失手被擒，皇城司里肯定有西府的暗钉，而且，也一定不是许沂。尊驾这般用心良苦，无非是要挑明皇城司有内奸，从而搅浑了皇城司这塘水，皇城司一旦乱了，受益最大的是西府在京房，所以皇城司越乱越好。兄台不会杀我，这倒是肺腑之言，因为只有把我放回去，皇城司才能彻底乱起来。"一口气说了这么多，沈追微微一顿，笑道，"至于周忠嘛，以尊驾的心机手段，怕是早就切割干净了，就算我带走了他，想用他扳倒西府扳倒钱相也是难乎其难，费力且无功，不妨留给兄台，西府落得个大义灭亲不徇私情——这还不是益处多多吗？"

胡垚平静地一笑，点头道："那就只好按贤弟的意思办了。不过，得等几天再送你回去。"

沈追皱眉道："兄台这是何意？"

然而话音刚落，沈追已经猜到了对方的用心，脸色不由得一变，而他表情的些微变化，全被胡垚看在眼里。

"贤弟不要怪罪，贵司扎的是铁篱笆，历来水泼不进的，能用贤弟做个诱饵，瞧一瞧皇城司怎么调度一处四房五千军，瞧瞧枢密院里到底有多少皇城司的暗钉——这个机会实在难得，折腾了这么大的动静，能多些彩头总是好的，我们西府总不能竹篮打水吧？"

有了这凌厉的一击杀手，枢密院才算是稳稳地赢了一筹。皇城司在枢密院里当然有暗钉，仅沈追掌握的就有好几个，还不算直接归属孙从吾、不在律事房存档的。如今沈追被擒不知去向，要想探明消息势必要启用这些暗钉，一旦如此无异于自报家门，而这一切的缘起竟然都在沈追身上。思绪及此，他一直平静自若的脸上，终于露出由衷的苦笑。

室内又一次静谧起来。沈追鬓角微微沁出汗，其实刚才的对话之中，他已经无数次地推演过暴起出手的场面，两人近在咫尺，以他的身手，击毙或制服胡垚有八成把握，甚至更高——

胡垚瞥了他一眼，干枯地笑道："政见不同本是稀松平常之事，皇城司也好，枢密院也好，甚至官家也罢，太后也罢，不都是赵家的子弟赵家的女眷吗？你我同为大宋子民，吃赵家的饭，穿赵家的衣，为的也都是赵家的江山社稷，本不该生分的，可如今又是怎样的局面？"

沈追听着不由得一愣，未及答话，胡垚接着话锋道："皇城司和在京房你防着我，我防着你，刀刀磨得飞快，却都朝着自己人，殊不知就在这天圣九年，就在这东京城里，有多少辽国刺机局的人，有多少西夏翊卫司的人，有多少高丽光军曹的人，还不算归义军的人，不算大理、吐蕃、回鹘那些外邦异族的细作，就连西域胡人的商队都在明里暗里刺探我朝机密，竟是明码标价童叟无欺，当作一门高价待沽的生意了！胡某白衣草民，命如草芥，但贤弟食君之禄，在皇城司身居要冲高位，岂能听之任之？"

沈追听到这里，杀心早已不复，默默地端坐思忖。胡垚喝完了最后一盏水，笑道："至于刚才贤弟动了杀机——胡某一介病夫，手无缚鸡之力，贤弟若是动手，就算愚兄有九条命也早没了。但你我之间并无私仇，各为其主而已，远论不及生死，何况——"

"何况我也知道，杀了你，我也走不出这个屋子——"沈追不得不点头，勉强道，"峻高兄一席话说得在下颜面扫地，兄为刀俎我为鱼肉，条条路子都被堵得严丝合缝，就算放了我回去，如何还能在皇城司混日子呢？不如兄索性给我一个痛快吧！"话说及此，沈追故作无奈地摇了摇头。

胡垚看着沈追，忽然破颜笑起来，笑得连连摇头，沈追见状也唯有苦笑。但是，他很快就笑不出来了，因为他听到了四个字，四个让他悚然间汗毛竖立的字。而上一次他听到这四个字的场面，那个月光白地的夜晚，一直以来都是他的梦魇。

"你，还有用。"

宋崇

东华门里左承天祥符门内道北,有个两进合院,在偌大的皇城中并不起眼,门柱门楣光秃秃并无府廨衙牌,只有乌黢黢两扇门,常年合钥落锁并不开启,仅在右侧门扇独辟一方小门进出。院子里正房两间厢房八间,冷僻的时候多,热闹的时候少,远不及东府中书门下和西府枢密院那般炙手可热。但冷有冷的力道,热能炙手,冷也能炙手。这爿冷得炙手的所在,便是东京城中最为百官忌惮、百姓怯惧的皇城司了。皇城司东隔壁的院落紧挨着东华门,是今上赵祯未即位之前的住处,也就是市井细民口中的东宫。先帝真宗天禧二年,时年八岁的赵祯被立为皇太子,四年后乾兴元年,真宗皇帝龙驭归天,赵祯沿用了乾兴年号,次年才改元天圣。赵祯即位后移驾延庆殿,东宫就空了出来,赵祯奏请刘太后恩准,将东宫辟为皇城亲从军的营房和军械库。这事明眼人一看就知道是孙从吾的主意,十岁出头的孩子能有什么主见?为此钱惟演还郑重其事上了道札子,说什么储君重地国之根本,不宜沾染兵戈之气,恐不利圣躬,又串联指使了几个御史言官上书,煞有介事要查背后惑乱君心的佞臣,气得孙从吾没少背地里痛骂钱七郎因私误君。

宋崇辞别了老郎,从皇城司出来,在东华门外群牧司左骐骥院提了匹御马,翻身而上蹄声橐橐,进了东华门外大街,走到十字街口转向北,沿马行街到梁院桥,过了五丈河奔旧封丘门而去。一路上东西两侧什么土市子,内香局二十八库,青楼林立的西鸡儿巷,作坊遍布的大小货行巷,旧封丘门里的杨楼、庄楼、潘楼、任店、白帆楼五大名楼,全是城中人烟稠密繁华鼎盛的所在。待出了旧封丘门,来到新封丘门内大街,在距仁王寺南侧不远处,有条东北向的斜街,穿街过巷直到外城东北端的麦仓巷为止,便是俗称祆庙斜街的旧封丘门外斜街。顾名思义,斜街得名于祆庙,祆庙是信奉祆教的胡人聚众祭祀祷告之所。祆教源自波斯，五胡十六国时经粟特胡商传入中土，隋唐两代也曾盛极一时，残唐五代时局虽然动荡，胡人商队却从未断绝，而胡人经行之处总有祆教落地生根。本朝太祖皇帝代周建宋，沿袭唐萨宝府旧制，在内外城之间辟出一块地方作为蕃坊，由聚居于此的胡人胡商公推一名蕃长自治，坊内教务、俗务、商务均由蕃长处置，只要不出大乱子，地方官员们乐得清闲，一般不予干预，也不怕胡人作乱，反正胡人再多也多不过城里城外的禁军。东京城祆庙就在麦仓巷和祆庙斜街交会处，建筑四四方方，四面拱门，上有圆拱屋顶，中设祭坛，供奉三眼六臂、手持火剑火轮等法器的火神爷，故而东京百姓也管祆庙叫火神庙，有不少年长的多闻之士说这是"胡神爷"的讹传。宋崇要去的铁屑楼，就在祆庙西北的祆庙后街上。

铁屑楼始建于后汉乾祐元年，当时并没有楼，只是祆教胡商在汴梁落脚打尖之处，历经后汉、后周和本朝三代近百年，东家换了好几茬，几回水灾火灾过后元气大伤，眼瞅着要倒了，却又颤颤巍巍站起来，还从一个小门脸做到阖城闻名的三层酒楼，也算是异数了。此楼在酒肆星罗棋布的东京城独树一帜，靠的是两个法宝：其一是西域风情的美馔佳酿，其二是有西域菩萨蛮当面献艺。宋崇进楼之际，厅堂正中几位菩萨蛮刚跳完胡旋舞，满座掌声雷动，喧嚷得跟闹市无异，其间喝彩声最大的一个看客四十开外，五短身材，髭须稀疏，头上簪了朵海棠花，正嗷嗷叫着将一串串天圣元宝朝台上抛去。在他身边，有不少隆鼻深目的胡人冷冷地看着他，眼神里尽是怨怼之火。宋崇细细看去，原来那人抛的不是普通的天圣元宝，而是金丝缠绳缀连的十六枚方孔钱，四枚一面，四面一套，每面一大三小，铜铁各半，大的是折二铁钱，小的是铜平钱，各有楷篆笔体，楷体元宝背面是新月纹，篆体的则是葫芦纹。铜钱本多用在中原腹地，铁钱则流通在边境各路府州县，相互间各行其是并无交集。天圣元宝铸于天圣元年，作为朝廷官行制钱，本算不得稀罕之物，但凑齐一套十六枚并非易事，再用足金丝缠绳连缀，就成了难得一见的"四方钱"，身价要翻上数十百倍不止。身在胡人扎堆的铁屑楼，一个中原人这样肆无忌惮地打赏菩萨蛮，不啻对满场胡人的羞辱。很快，几个年轻气盛的胡人纷纷挽了袖口，慢慢凑到那人近前。

宋崇脸上泛起微笑，饶有兴致地看着眼前这一幕，甚至巴不得那人挨一顿打才好。他是宋崇直属的暗钉，姓崔名留利，有诨名唤作碎琉璃，蕃坊中新近闻名的捎客牙商，自称是福建路汀州武平县人氏，一口闽地官话说得人如坠云雾之间。崔留利半年前奉命在蕃坊潜伏下来，专司打探胡人胡商的消息，铁屑楼是蕃坊中三教九流荟萃之地，也是他日日流连之所。他名为留利，倒也真是名副其实，半年里有用的情报没弄出来几条，却拿着皇城司给的本钱东拉西扯南来北去，生意做得居然红红火火，不但本钱不亏，还给皇城司赚了不少，弄得孙从吾和宋崇啼笑皆非。好在这盈利颗粒归仓都进了皇城司的私库，让孙从吾也挑不出毛病。上次接头还是两个月前，宋崇见崔留利笑眯眯交上一沓子便钱钞，却没多少正经情报，不由得连气带笑，骂他"日里游街走四方，夜里熬油补裤裆，还补得到处是窟窿眼"，不料他根本不在乎，一本正经说没什么情报倒是好事，情报多了不就有麻烦了？还不如没的好——

"刹突黑厄！刹突黑厄！"

宋崇一怔，从片刻的恍神中猛醒，再看崔留利，却见他一边嘴里念念有词，一边从褡裢里摸出"四方钱"塞给年轻胡人，见者有份并无半点犹豫，一副滚刀肉的青皮模样。胡人们面面相觑，脸上都露出愕然的笑意。

"刹突黑厄！"崔留利指着台上同样一脸惊讶的菩萨蛮，"刹突黑厄！刹突黑厄！"说着，索性把褡裢掏了个底儿掉，把所有四方钱都送了出去，甚至摘了鬓角的海棠花，塞给最近的一个胡人少年。胡人们纷纷大笑起来，拍拍他的肩膀一哄而散。随着筚篥羯鼓声起，菩萨蛮在舞筵上跳起又一曲胡旋舞，台前呼啦啦再次围满了人。崔留利挤出人群，满面油光地冲着宋崇一叉手，笑道："种员外，敢情您也好这个？"

"奈何囊中羞涩，不像崔兄这般出手阔绰。想必前几日西北的买卖又获利颇丰，实在羡慕得紧啊。"

"财神爷照顾，倒是真发了笔小财呢。"

两人寒暄一番，崔留利前头领路，引宋崇上了二楼。铁屑楼一楼皆是雅座，二楼方是包房，一共九个，合了粟特人昭武九姓的故事，分别是安、康、史、曹、石、罗、白、米、何九姓之字。崔留利厮混在铁屑楼良久，日日挥金如土，早已是头等相与随到随定的身份，楼梯口有茶博士迎住唱喏，唯唯诺诺伺候进了安字包房。甫一落座，崔留利瞬间变了神情。

"宋提点，这铁屑楼当真是有问题。"崔留利压低了声音，"您让我留意西夏的动静，可巧不巧，前几日收了个小物件，请宋提点您过过眼。"

桌上多了一件物事，巴掌大小，纯白如雪，边缘起着新毛茬，看上去是从整张切割而来。宋崇是簪缨世族子弟，稀罕物见得多了，认出这是党项特产白驼毡毯，不由得哂笑道："这个我家里就有，难道我也跟西夏有关？我看你正事忘得干干净净，一心去做买卖挣钱了，就拿这个糊弄我？糊弄我倒罢了，想拿这个糊弄老孙可是自讨苦吃！"

崔留利被宋崇一番揶揄挤对，倒也毫无尴尬，不慌不忙把毡毯翻过来，笑着点了点："宋提点，要命的是这个。"

宋崇拿过来细看，果真是另有玄机，但见上面用金丝绣上了几个楷书契丹小字，尽管形制与汉文颇多相似之处，却是一个字都认不得。

"这是个人名，耶律里芹。"

"兴平公主耶律里芹？"宋崇的目光大亮，死死地盯着崔留利。

"当然是她，辽国有几个嫁到夏国的公主？"

"怎么到手的？"

"您容我慢慢讲，"崔留利正色道，"天圣六年，夏国王李德明立长子李元昊为王储，天圣七年就向辽国圣宗耶律隆绪请求赐婚，天圣九年也就是今年六月，耶律隆绪死了，他儿子耶律宗真即位，把姐姐兴平公主耶律里芹下嫁李元昊，封他做了驸马都尉和夏国公，彩礼中有白驼毡毯一百件，辽国宫廷绣院以御用平金绣在毡毯上绣了公主的名号，作为嫁妆回赐——您眼前这一块，就是从那一百件中切割下来的。前几日，有个西夏卖家通过牙人找到我，问我敢不敢收，我想这有何不敢？当下就交了定金，定了他娘的二十件，有些少了，这要是转手一卖出去——"

崔留利一脸的憾色，宋崇打断他："人在哪里？东西到手了吗？"

"您还真问着了，就是今天，就在这铁屑楼，一手交钱一手交货。"崔留利笑道，"您说这巧也不巧？"

宋崇思忖片刻，狐疑道："卖家信得过吗？"

崔留利伸出一个巴掌，道："五五开，据牙人说，卖家是兴平公主身边的人，这位公主嫁到西夏后仗着娘家势力大，跟李元昊夫妻不睦，用度也就拮据，想赏赐下人都没余钱，只好暗地里卖点东西——其他的就不得而知了。"

"牙人是谁？有过相与吗？"

"曹老六，常在兴德院那地界混，北城里也算是牙人的老客了，有过几次相与。"

天波门外的遥华宫和兴德院、开化院、撷芳院，号称一宫三院，是城中的官宦人家聚居之地，曹老六作为专门倒腾外族异国特产的牙人，在此处活动并不奇怪。至于那位卖家的说辞，从宋崇掌握的西夏宫廷内情来判断，基本属实。据皇城司在西夏的暗钉密报，那兴平公主相貌甚丑，脾气又大，处处以上国皇室自居，瞧不起行事野蛮的党项土著，跟李元昊闹得很僵，耶律宗真还派北院承旨耶律庶成持诏问罪，闹了不大不小一场风波。照此说来，这笔买卖确有可信之处。但西夏距东京城千里之遥，这批货又是宫禁之物，到底怎么出境入境，又怎么找到曹老六做的牙人？

崔留利何等精明伶俐，见宋崇沉思不语，便收了那块毡毯，笑道："真的假不了，假的真不得，宋提点若有兴趣，不妨跟在下一起会会这个卖家，以您的慧眼，一看就识破了。"

宋崇未置可否地一笑，道："眼下在京城的西夏人，十之有九是朝贡官员、常驻使节和官营商队，这些人明面上是万不敢倒卖宫禁之物的，但也只有他们能把东西带出西夏宫禁，再带进大宋国境——一旦甄别过关纳为我用，我说碎琉璃，你可是立了大功一件。"

宋崇的话只说了一半，剩下的一半就是心照不宣了。策反敌国官员难度很大，也正因为难度大，做成了就是人人艳羡的功劳，但蛇有首尾事分两端，如果策反过来的是敌国奸细，那就担负了天大的干系，这个罪名也是人人避之不及的。

崔留利涎着脸嘿嘿笑道："那也是宋提点您抬举在下！孙提举说了多少次，想在西夏人里头揳个暗钉，真就送上门了！不瞒您说，我从枢密院礼房打听到了消息，上个月西夏来了批朝贡使团，有几个他们宫里出来的——不过巧是太巧了，我有疑心之处也就是这个。"

两人正说着话，忽然闻听窗外一阵喧闹，又是一片"刹突黑厄"的声浪传入包房。宋崇心里一动，起身来在窗前朝下望去，原来是菩萨蛮的又一曲胡旋舞跳毕，台子周围的看客们正嚷得起劲。崔留利信步过来，笑着解释："'刹突黑厄'是粟特话，给菩萨蛮们叫好喝彩用的，蕃坊胡人都信祆教，平时他们诵经拜神，末了也都说这句。"

"柘析劫布是谁？"

崔留利一愣，脸色明显变了："您怎么问他？嚼舌根都嚼到您这儿了？律事房那帮遭天杀的——"

宋崇一时有些糊涂，不动声色地笑笑，却不接话，崔留利恨得涨红了脸道："我就知道是他们！许文约那个独眼龙，自己仕途无望，就见不得同僚出色，他手下那帮干办胥卒也没一个好货！宋提点，您可得给属下做主啊！"

听到这里，宋崇心下已是雪亮，不由得暗笑。皇城司揳在各处各地的暗钉星罗棋布，各有统属，多年下来积弊甚多，孙从吾提举皇城司后，仿照朝廷县制，将暗钉分为赤、畿、雄、望、紧、上、中、下八个等级，赤、畿二等由孙从吾亲自掌握，其余均在律事房建密档，但就算是提点律事房的许沂也只能查阅上、中、下三等，雄、望、紧三等则只有拿着孙从吾的令牌才能见到密档。崔留利是"紧"等暗钉，律事房只知道有这个代号"鼙鼓"的暗钉存在，专司西北各族情报，用了不少本司公帑，却不见交上来多少有价值的情报，故而每月评语给得相当难看。其实这也不能怪律事房，崔留利上交的盈利直接进了孙从吾亲管的私库，而不是皇城司的公账，律事房自然对"鼙鼓"颇能赚钱一无所知，而对此同样一无所知的，还有崔留利本人。孙从吾设私库，知道的人只有沈追和宋崇，探事房和刑事房是私库开支的大头，而孙从吾有意避开许沂掌管的本司公账，说到底还是对他留了个后手。

"该拦下的，我自然会替你拦住——我现在问的是柘析劫布。"

"柘析劫布——"崔留利叹了口气，"他是祆祝，在蕃坊管着商贾贸易，您脚下这座铁屑楼的老板，就是他。您也知道，这铁屑楼就是个消息铺子，所谓祆祝，实际上就是情报头子——孙提举和您让我打探西北情报，不跟他勾兑，我还能找谁去？"

"蕃坊的袄祝——不是赭时支特吗？换了人怎么不见你上报？"

"属下到任的时候，袄祝确实是赭时支特，一个月前忽然被换了，现在不知道在哪儿——我打听过，据说是手脚不干净，被蕃长发现了。"

"你跟柘析劫布见过面？"

"见过三次，话不多，做事利索，是个买卖人的做派。"

"我要见见他，越快越好。"

"这个——也好办，我跟柘析劫布吹过风，说我的后台是个大财主，人称种员外——"说着话，崔留利蓦地兴奋起来，"老六来了！就那个——"

楼下厅堂门口，一高一矮两个人进来，都是寻常打扮，低头快步，看不清神色。崔留利指着高个男子道："前边的是曹老六，后边的应该就是卖家了。"

两人说话及此，只见曹老六停下脚步，朝楼上或开或闭的包房内窗打量过来，发现了正朝他挥手的崔留利，转身对身后的卖家说了句什么，又一起朝上看来。卖家神色有些慌乱，紧紧地抓着胸前褡裢，勉强露出一丝笑意。

"走路的姿势，确实是党项人。"崔留利低声道，"我让他带了一件样货，应该就在褡裢里，其余大宗另行交易，具体地方——"

崔留利一边说着，一边朝楼下的二人笑着招手，就在这时，一旁的宋崇忽地脸色大变，箭步上前按住了他，一起倒在地上。两人刚闪开，几支弩箭已经劈空而至，有的钉在窗棂，有的射在包房内墙上，深嵌没镞，尾端扑棱棱颤动。不等崔留利有反应，宋崇猫身直奔门口，一把精钢匕首擎在左手，右手一扬，另一把匕首竟是直奔崔留利而去。他刚懵懂着坐起，那匕首扎进木墙，距离他脸颊不过寸许，刀刃上凛冽的寒气封住了他的口鼻，像是扑面而来的一团雪。宋崇藏身门后，冲着崔留利似笑非笑，微微点了点头。这时的楼下已然是沸反盈天，汉话、胡话声此起彼伏，不时有人惨叫，也不时有弩箭射进窗来，压得宋崇和崔留利都抬不得头，看不到下面的状况。

门口有脚步声，有人跌倒滚动的声音。宋崇看了看崔留利，还是那副似笑非笑的表情。崔留利拔出匕首，脸上不见血色，倒是下唇隐隐咬出了血。他显然感受到了莫大的危机，甚至是屈辱，这来自顶头上司的怀疑，并不难理解，换作是他也会心生疑窦——幸好宋崇还不至于彻底把他看作叛徒，否则刚才的匕首就不会只是打在木墙之中了——要想消除怀疑，只能用行动证明自己对皇城司的忠诚，而留给他行动的机会通常只有一次。

宋崇朝崔留利做了几个手势，这是皇城司内部手语，当年崔留利在南京应天府楚丘县受训时，学谕老郎教过他们。自太宗太平兴国六年皇城司建司，五十年来这套手语不断改进，在孙从吾任上最终定型，专用在各种极端情形之中。刚才宋崇就用手语告诉崔留利，楼下刺客大约五六人，门外还有两个，分立左右，各执手弩，随时会闯进来，崔留利要做的就是保持镇定，等宋崇出手制服来人。这也不奇怪，崔留利是情报文职，楚丘县那一年多的训练仅能教他自保，不足以让他成为一个合格的杀手。

门被撞开。两个刺客冲进包房，为首的一个竟是刚才恭候在楼梯口的茶博士。来人配合默契，门开的瞬间，茶博士就地一滚，起身之际手弩对准了崔留利，另一个杀手显然判定门后有人，用力撞击门板，却扑了个空。宋崇早侧身于地滑出两步，手扬处一把柳叶刀激射而出，正中那人肩头，那人握着手弩的胳膊登时垂下，一声痛还未叫出，宋崇已抢身跃在那人面前，半跪于地，精钢匕首在大腿、腰、腹三处闪电般连击过后，趁着那人身形下坠，最后一刀稳稳地划过他的咽喉。按照宋崇的计划，他会在两哨之内解决掉第二个刺客，如果崔留利足够幸运，能躲开茶博士射出的那一箭，他就有足够的时间——

两哨之机稍纵即逝，包房中已有一人倒地挣扎，两腿不住地蹬踏，手捂着脖子，鲜血从指缝中汩汩涌出。宋崇却无须再动手了，刚刚门开之际，崔留利并没有按指令原地不动，而是血红了眼睛猛身挺上，迎着射来的弩箭扑向茶博士。尽管射入右胸的弩箭消减了他大半力道，那把精钢匕首还是来到了茶博士面前，他本能地挥动手弩格挡，却不料崔留利腕子反抖，用手肘硬生生扛住手弩的同时，刀尖挑进了茶博士的腹部，拔出又刺入。这一击也不过两哨，跟宋崇几乎同起同落，两个刺客已倒地不起。宋崇安然无恙，崔留利却是血染重衣，连匕首也握不住了，当啷一声掉在地上。宋崇用桌子堵住房门，转身扶住崔留利，皱眉看着这个不听指挥的下属："撑得住吗？"

"一时半会儿，还死不了。"

弩箭射入很深,从创口看,是胡人惯用的三叉镞,箭镞扁平带倒刃,一旦入体伤害极大,所幸血迹殷红,不像是淬过毒。

"身手还可以,没被酒色掏空了身子。"

"当年老郎教的,多一半都还给他了——"

"不是叫你别动吗?老郎没教过你手语?"

崔留利胸口剧烈起伏,道:"事起仓促,我知道宋提点怀疑我,就算死了,也不能不清不楚地死,孙提举对我一族有恩——"

"省点力气,"宋崇摇了摇头,"你肉厚,应该没伤到里头。"

崔留利勉强一笑,刚要说什么,旁边倒下的两个刺客几乎同时停止了挣扎,茶博士断断续续地咕哝了一句"刹突黑厄"。

混乱的脚步声响起。宋崇和崔留利都知道身处绝境,若是再有一战,两人绝无生还之机。崔留利苦笑道:"这半年,算是我一辈子最快活的日子,挥金如土,夜夜笙歌,西域菩萨蛮都睡了好几个——"

"想再睡几个,就消停点儿。"

宋崇嘴里不住地揶揄打诨,就是不想让崔留利伤重昏迷,若真人事不省,恐怕就真的醒不了了。他此行临时起意,任何可以急救止血的物件都没带,而外边的情况——

脚步声自远及近,在门口停下,包房内外一时间安静得瘆人。

有人拍了拍门板,随即有个声音响起来:"崔员外,无恙吧?"

崔留利的表情一下子凝固了,朝宋崇点了点头,攒着劲道:"还好,种员外也无恙——"

门板转动,堵在门口的桌子被推开,几个胡人站在门口,各执手弩对着门里的宋崇和崔留利,确认他们不会成为威胁后,方才左右闪开,露出一个五十来岁、身形精瘦的胡人。

"在下失察,让二位皇城司的贵客受惊了。"胡人淡淡一笑,"久仰了,宋提点,在下柘析劫布。"

许沂

汴梁外城西水门过的是汴河,门外有座桥,名为利泽桥,据说得名于《易经》。市井百姓懒得管这个,图方便都叫小横桥,与城里金水河上的横桥遥相呼应,桥头便是码头,晨起日暮熙攘不绝。西水门紧挨着万胜门,万胜门内大街北侧有条巷子,名为鱼市巷街,因靠着汴河产销两便,故而店铺坊肆林立,专营各类鱼虾蟹贝水产之物,据说自隋炀帝开凿通济渠,引汴水穿城而过时就有这条街了。隋唐五代四百多年光阴过去,砖头缝里都蘸饱了腥鲜之气。沿洪桥子大街过鱼市巷街往北,便是草场巷街,两条巷子一大一小、一宽一窄、一南一北,把一片民宅夹于其中。既是民宅,住的又多为小商小贩,端的是鱼龙混杂泥沙俱下,那些个杀人越货的、通缉海捕的,最喜欢藏匿于此处,藏能藏得住,逃也逃得脱,什么保正里正全是摆设。若是有心,会发现在这两条巷子口总有乞儿的身影,或三三两两,或茕茕孑立,低头盘坐,面前铺开块包袱皮,整日守在巷口寸步不离。这便有些吊诡。早在本朝开国之初,开封府就奉旨建了福田院,城东城西各有一处,专门收容鳏寡孤独废弃乞讨者,乞儿当然在收容之列,何况左福田院就在西城之外,抬脚便到的,却从不见有衙役来领人。

夕阳西沉,晚风阵阵,鱼市巷街热闹一天之后渐渐沉寂。每到此时,臭鱼烂虾的味道随风而走,弥散在周边巷陌。草场巷口坐着两个乞儿,远远地看见许沂过来,相互看了一眼,其中一个站起,仍是低头弓腰趋行进了巷子。许沂在巷口略一停留,如同往常朝包袱皮上扔下几个铜钱,径直朝巷子深处走去。

自天圣七年起,每月三天逢五之日,许沂只要人在开封,就会到草场巷街一处小院待上半个时辰。在这半个时辰里,他通常会把近期皇城司秘事要闻择要写下,留在桌上,然后离开。近两年中,许沂从未跟情报买家见过面,他传出去的情报也似乎并未产生过什么影响。他曾试过一次爽约,第二天就收到了警告——有人送了篓鱼到家里，篓是草篓鱼是鲜鱼，用意再明显不过。出于谨慎，他又试探了一回。那次他呈请孙从吾批准，到河北路霸州暗查对辽榷场，往复来回一月有余。又到了逢五之日，他刚进小院正房，便被桌上一个物件骇住了，那是一张盖着霸州榷场通关印鉴的榷税单据，正是他此行公干核查之事。惊愕之余，他能感受到，那双从未见过又无所不在的眼睛始终注视着他。前一阵子右厢店宅务出事，勾押董齐庵竟是辽国刺机局的间谍，潜伏在大宋居然整整二十年，北返归辽时还将计就计，差点捎带着拐走探事房的沈追。许沂判断买家就是这位董勾押。可事过之后，十千脚店的情报网也彻底端掉了，但买家并未消失，一切一如既往。

那么，这位神秘莫测的买家到底是谁？他背后又是何方势力？这个疑问仿佛一条绳索，牢牢套住了许沂。时间越久，那种挣脱不得的窒息感便越深，以至于每次踏进小院，嗅到从鱼市巷街传来的浓烈气味，他都会感到脖颈中的绳索在慢慢收紧。

院门开了。

开门的是刚才那个乞儿。不光有他，院中还有几个仆从模样的人，都是一语不发，手举冒烟的艾束四处熏着，对愣在门口的许沂宛若不见。刹那间，许沂甚至怀疑自己的眼睛。他不由得又看了看门牌——草场巷街丙字十六号——不会错的，的确是这里。

乞儿看了眼许沂，手扶住门，轻轻一咳，转身冲仆从们道："退。"

眨眼之间，刚才院中的仆从们幽灵般都不见了，只有满院子的艾草烟雾仍在缭绕。

"请。"

乞儿看着许沂，慢慢地挺直身。许沂惊愕地发现，乞儿个头并不低，黑漆漆的眼仁一闪，侧身朝正房走去。许沂跟在后边，穿过了弥漫周遭的艾草烟雾，走进了正房。房中陈设跟之前一样，只不过书桌前多了一把椅子，四周也熏着艾束。

"请。"

乞儿落座，那是许沂平常坐的位置。许沂坐在乞儿对面，他身后的房门吱呀呀关上了,房中再无他人。桌上烛台高置,数株烛焰摇曳,乞儿的脸忽明忽暗。

"以后若都是用蜡就好了,"许沂一笑,道,"在下有眼疾,灯油烟重,打熬不住。"

"度支账上明明是有这笔支出的,经事的人却连这点钱都要克扣——御下不严,真是惭愧,让许提点见笑了。"

许沂摸出巾帕,擦了擦右眼窝:"许某管着整个皇城司的账,手下也颇有几个能干的,兄台若是缺人手的话,说一声即可。"

乞儿莞尔一笑,道:"皇城司是何等地方,已经有劳许提点了,不敢再掠人之美。"

乞儿蓬头垢面,髭须络腮,并不以本来面目示人,声音像是个中年汉子,但一对眸子却满是青壮的锋芒犀利。

"之前总是缘吝一面,今天为何——"

乞儿笑着摇头,打断了许沂:"不见,有不见的道理,见,自然有见的道理。何况君不见我,又怎知我不见君呢?"

"那就请君赐教吧。"

"在下张元。"乞儿静静地看向许沂,在他的视野里,许沂的表情已经遽然大变。乞儿的目光掠过许沂的肩头,穿过了房壁、院墙、巷道,像是钉在了深蓝的夜空中,而那夜空中星星点点的光芒,也正像闪烁在他的眼眸之间。

"果真是雷复兄——在下驽钝,本应该想到的。"

"与中原川野一别四年有余,山石林木都生疏了,难为许提点还知道有我这个人。"张元的目光柔顺了许多,"皇城司果然是神通广大,西北化外之邦的事也了如指掌。"

"本司有两位同僚,跟雷复兄颇有渊源,也常在许某面前提到兄台——"

"是沈去非和宋临岳吧?"张元含笑点点头,"我们三人是天圣五年丁卯科殿试同年,惜乎时运也命也,去非和我都折戟在崇政殿,一道落榜的还有柳景庄、吴巨流、宋临岳、包希仁、文宽夫都中了进士,一甲前三名是状元王尧臣,榜眼韩琦,探花赵概——我还记得那年殿试考题一共三道,一赋一诗一论,《圣有谟训赋》《南风之熏诗》和《执政如金石论》,诗赋雕虫小技耳,策论亦是我所专长，想来万无一失的，可到了放榜那日，你们的赵官家金口玉言，亲自唱名取了六甲三百七十七人，却没有在下的名字——不过如今想想，倒也是一桩趣事。"

"去非和临岳曾跟我说过，当年同在崇政殿应试的考生里，张源张雷复、吴淼吴巨流，是同年中的佼佼者——"

"张源也好，吴淼也罢，都已经死了，现在站在你面前的是张元，还有远在大夏的是吴昊。"张元脸上的笑容还在，目光却瞬间冷了，"这一切，都是拜你的大宋所赐。"

"二位贤弟的事迹，我在皇城司有所耳闻。天圣五年殿试落第之后，你二人投奔西夏，辅佐夏王李德明之子李元昊，为表明心迹，连名字都改了。仕夏第一功便是手创西夏翊卫司，处处跟皇城司针锋相对，天圣六年你们翊卫司的人潜入甘州，里应外合，逼得甘州回鹘可汗药罗葛通顺缒城逃亡，被翊卫司追上砍了脑袋，瓜州沙州相继归附——初至西夏就立此殊功，实在让我等钦佩。"

许沂的语速很慢。说话的同时，他的脑子一刻不停地高速运转，他需要用拖延来给自己争取时间。一定是哪里出了问题。两年前，他奉孙从吾之命启动了一项绝密计划，定名为"己巳筹"。放眼整个皇城司，己巳筹的知情者只有孙从吾和许沂，而他们两人也不能判定对方是谁，能做的只有等，等那个神秘买家现身。他们做过无数次推演，从内廷到外廷，从中枢到地方，从本朝到外邦，西夏当然也是研判对象之一，但很快就被否定了，辽国始终是他们最警惕的对手。但眼前的张元分明在无情地提醒许沂，之前的一切推演都是如此可笑。

"比起贵国的皇城司，辽国的刺机局，本国翊卫司毕竟还是初创，没有几十年的底子在，要做的还很多。不过能让律事房的文约兄有所忌惮，却也是对我和巨流最大的褒奖了。"张元微微一笑，"今天跟兄见面，实在是不得已而为之，有些事情只能当面讲。"

许沂静静地看着张元，他意识到，距离隐秘的真相又近了一步。

"诚如兄所言，天圣六年，我国王太子灭了甘州回鹘，药罗葛通顺被斩，其部众四散逃亡，视太子为灭族之仇人，必欲除之而后快。三年来，王太子屡次遇刺，幸有翊卫司全力护卫才有惊无险，落网的刺客无一例外，都是甘州回鹘。"

"甘州回鹘、西州回鹘、瓜州归义军，大宋原本与河西诸部都有朝贡往来，但自天圣六年以后，拜夏王所赐，河西七州与大宋交通隔阻，朝贡路绝。雷复贤弟不会是怀疑大宋也参与了刺杀吧？我可以实言相告，皇城司从未参与，也毫不知情。"

"当然，我相信这一点。贵国主政的刘太后、赵官家以羁縻之策对待我国，我王又素来对贵国执臣子之礼，皇城司就算有杀心也不敢妄为吧？"

"既如此，雷复兄要说的那些事情，究竟是什么？"

"文约兄可曾听说过样磨部？"

"样磨部——九姓铁勒吗？"

张元抚掌一笑，道："文约兄果然见多识广！样磨在铁勒语里是致命一击之意，其部众虽少，却是最精悍嗜武之亡命徒，样磨部世居甘州，于我国有灭国之恨，甘州回鹘的杀手多出自样磨部——如今在东京城里，就有一群样磨刺客。"

尽管已经猜到一二，许沂仍是惊骇得攥掌成拳，难以置信地看着张元："他，在开封？"

张元微微颔首，笑道："我国王太子若不在开封，我又何必在此？又何必与兄见面？"说罢，他轻轻摇头叹道，"来无影，去无踪，本可以瞒天过海的，不料事与愿违，不得不请皇城司帮个小忙了。"

"来朝外邦的安保护卫，是枢密院在京房的事，我司——"

话里话外，许沂故意留了缺口。从面上来看，不光是西夏，所有在开封的外邦使节和随从都要在枢密院登记造册，定点居住，由在京房安保护卫，实际上就是公开监视。但从里子来讲，又是另一等局面。开封城中外邦人不只有官方使团、常驻使节，还有商队僧侣、生番熟番，在京房管的只是前者，对数目更为庞大的后者则力不能逮，只好归了皇城司负责。钱惟演执掌枢密院之前，在京房徒有其名，凡事都被皇城司占去风头，如今钱七郎一扫以往颓势，处处要跟皇城司较劲，整日里明争暗斗，而外邦商队僧侣无论是财源还是情报都意义不凡，一时间便成了两方争夺的焦点。不过在京房毕竟是新贵，势力也只在开封，敌不过皇城司数十年间在四京十五路攒下的底子。正如适才张元所言，样磨部刺客追杀李元昊多年从未得手，仗的是翊卫司人地两便，可眼下李元昊居然远离西北深入宋境，还是隐姓埋名前来，翊卫司人多地熟的优势荡然无存，被样磨刺客逼得紧了，求助于大宋自然可以理解。许沂有意拿在京房做托词，意在逼张元再交出些实底。不料张元并不上当，反倒是嘿然一阵冷笑，手指点了点桌面，骤然变色道："一口一个我司，文约兄好大的忘性！难道忘了为何坐在这里？难道忘了都做过什么？干脆把张某交出去领赏岂不便当？"

这番说辞声色俱厉，许沂反倒放下心来。看来张元仍把他当作皇城司的内奸，并以此为要挟，提醒他不要忘了自己见不得光的双重身份。

许沂平静地看着张元，淡淡道："雷复兄少安毋躁，并非在下有意推脱，若真要请皇城司帮忙，也有两种帮法，其一，由西夏使馆给朝廷上个表，官家批复下来即可，只是程序颇为烦琐；其二，由在下转告孙提举，皇城司直接介入，一路护送你家王太子离境。一个是明着帮，一个是暗中帮，各有利弊，还请雷复兄斟酌。"

"你打算怎么跟孙从吾讲？"

"瞒是瞒不住的，只能如实相告。"

"他不会起疑吗？"

"当然会，不过我有把握过他这关。"

"如何过关？"

"我只说我有个暗钉在西夏使馆，被你们翊卫司挖了出来，偏又有样磨部杀手行刺，你们从暗钉这条线找到了我，希望得到皇城司暗中协助。"

"如此大事，孙从吾敢不上报朝廷？"

"孙提举上报，与西夏使馆上报，哪个对你们有利，还用在下明说吗？"

"不仅是对本国有利吧？"

张元不由得莞尔一笑，许沂也报以微笑。答案不言而喻。李元昊悄然潜入开封，无疑是皇城司的重大失误，如果从西夏使馆上奏朝廷，不啻一记响亮的耳光，皇城司固然难堪，朝廷也为难，藩国之储君未经宣召不请自来，该如何接待？官家召不召见？是赏赐还是降罪？就算要保护，这差事是交给在京房还是皇城司？依着大宋朝廷办事的路子，御前议政是少不了的，东、西二府相互掣肘也是少不了的，等议出来结果，说不定样磨刺客的刀都架在李元昊脖子上了。相反，若是从皇城司上报，上述问题都能迎刃而解——皇城司办事得力查出了李元昊的行踪，又是直接密奏给官家，用不着各方再讨论商议，顺理成章由皇城司一路护送李元昊归夏，而张元和许沂都是深谙此道的高手，在大宋境内，样磨刺客就是再令人生畏，也动不了李元昊分毫。

"看样子，雷复还有话要交代的。"许沂的声音很低，咬字却很清楚，这句话其实只说了一半，没头没尾。他推测张元能冒险跟他见面，不会只有一个话题，或者即便如此，眼前的气氛也许可以再说起别的。他刚才并没有说谎，西夏使馆里还真有皇城司的暗钉，而且不止一个。他暗中打定主意，哪怕牺牲掉一个，也要再设法从张元口中套出些干货。那个暗钉叫方希柏，在都亭西驿西夏使馆做乙等通事，几年前被皇城司收编为暗钉，归沈追的探事房掌握，在律事房有备案。前些日子沈追发现方希柏并不老实，跟在京房的康川勾勾搭搭，就与许沂商议动手除掉他，却被孙从吾否了，说"膻不膻是块羊肉"，先当个冷棋子放着备用——没想到今天真就用上了。

"你是说方希柏吧？他不光是你的暗钉，还是在京房的，我处置了他，也算帮你做了件事。"张元轻轻挪了挪椅子，站起踱步，"所以，需要你也给我做件事。不，两件。"

"愿闻其详。"

"我家王太子生性孤高，从不张口求人，尤其是对贵国——我这次来访文约兄，王太子并不知情，日后若是相见，还望打个圆场。这是其一。"

"悉听尊便就是，不过一旦这样，贵国王太子行踪暴露的过失，就要由雷复和翊卫司担责了。"

"这是我的事。其二，我想知道，辽国使团此次来开封，除了商议参加贵国冬至日郊祀大典，还有没有别的议题？"

原来这才是李元昊不惜以身犯险的缘由。刚刚的判断显然有误。照此来看，李元昊根本没有打算悄然来去，从离开兴州那一刻起，他已经明确要以王太子的身份在开封出现，至少要见到宰执一级的中枢政要，甚至是太后和皇上，当然，这个会面必须秘密进行。

房内一时安静了。张元蓦地转身，看着许沂："还望文约兄知无不言，于公于私，都不会让文约兄空手而归的。"

"此事涉及邦国外交，不在我司权责之内，不过，在下可以代为表奏安排，特事特办的话，时间不会延宕太久。"

"你又拿出应付上司那一套官场手段了，"张元微笑摇头，"我弃宋投夏，就是看不惯也学不会这些，人生苦短，何必把韶华都白白耗在这里？西北新王崛起，生鲜之气岂是老旧之国能有的。你文约兄何等人才，如在我国又岂在张某之下。困于陈规陋制不得升迁，难道就没有弃暗投明的想法？"

"人各有志而已，为雷复做事，已经有违在下本心了，弃宋投夏的事请勿再提——刚才你说到辽国，我掌握的信息有三：其一，辽国使团确已在开封，正副使各一，正使为保静军节度使萧汉宁，副使为兵部侍郎郑弘节；其二，据辽国使团与本朝有司前期接触，确有辽国皇太后萧耨斤密信，需当面呈给本朝太后和皇上；其三，据我司线报，辽国圣宗耶律隆绪宾天之后，太子耶律宗真即位，但皇太后萧耨斤宠爱的是小儿子耶律宗元，似乎有废立之意——也就这些了。"一口气说了许多，许沂略微喘口气，自失地一笑，"不过以雷复和翊卫司的手段，这些应该都是知道的，见笑了。"

张元不置可否地看着许沂："副使郑弘节，是辽国丞相张俭的女婿吧？"

"正是。"

"萧耨斤有密信，这个不难想到，那张俭会不会也有呢？"

"这个——许某委实不知，一旦有了消息，当尽快告知雷复。"

许沂撒了谎。张俭是耶律隆绪三十六年前钦点的状元，一手提拔的托孤重臣，他密嘱郑弘节带来的密信就在孙从吾手上，密信的内容许沂也一清二楚。

"耶律隆绪这两个儿子，一个十五岁，一个才十岁，都是萧耨斤生的，母宠幼子，难免会有废立之举。太史公说过，主少国疑，大臣未附，百姓不信，方是之时，属之于子乎？属之于我乎？"张元哂笑道，"想来萧耨斤的密信，是通知贵国辽国大变在即，希望帝位归属不至于动摇两国盟约，而张俭的密信，则是阐明一旦辽国内乱难免殃及邻邦，希望贵国以宋辽睦邻为重，劝阻萧耨斤行废立之事——文约兄,不管你是真不知道还是有意隐瞒,无非如此而已。"

"那敢问雷复一句,西夏君臣对此有何打算?"

"待我王太子殿下与贵国太后官家见面之际,自然会有分教。"

许沂站起一揖,道:"今番别过,此地也就用不得了,以后何处相见,还望及时告知。答应你的事,在下一定尽力促成——"

"这么着急走吗?"张元忽地一笑,"我答应你的事,还没办呢!"

许沂一怔,不等他开口,张元继续道:"贵公子所需之物,明天就有专人送到府上,这是私。至于公嘛,有个好彩头要白送给皇城司——样磨刺客的落脚地,就在城外祆庙斜街,铁屑楼。"

柘析劫布

三叉镞为精钢锻制，头部扁平锋锐，镞尾有两个倒刃钩，暴露在崔留利右胸之外的只有弩杆，整个镞头都嵌在体内。执刀者是个年迈胡人，须眉皆白，戴着白棉口帘，遮住了鼻口。两张长桌拼于一处，崔留利平躺其上，四肢肩膀都被按住，苍白的脸上满是汗珠，狰狞的表情甚是可怖，跟之前挥金如土的模样判若两人。胡人老者抬头看了看柘析劫布，说了一句胡语。柘析劫布点点头，老者将刀锋蘸了烈酒，又凑近烛焰，凝神看着一簇淡蓝色火苗舔过刀锋，口中念念有词。

宋崇皱眉看着眼前这一幕。他依然不能信任这些胡人，尤其是旁边这位新任袄祝。从第一个照面开始，他就对柘析劫布有一种天然的戒备，这或许来自他多年刀尖舐血的本能。

柘析劫布轻声道："祝词之后，就要动刀取镞了，宋提点还看吗？隔壁已备好茶点——"

宋崇没有任何反应，只是专注地望向老者。柘析劫布则微微一笑，朝老者做了个手势。那把刀很奇特，柄长刃短，状若手指薄如蝉翼，老者指尖一晃，刀锋已然深入皮肉，一股血流激射而出，洒在老者胸前和口帘之上。崔留利双目紧闭，嘴里勒着布带，一声闷闷的痛吼猝然响起，竟像是从他剧烈起伏的胸口传出。老者刀法眼花缭乱，白棉口帘很快就溅满了斑斑鲜血。被切开的皮肉深处，血流渐缓，淹没了弩镞，但依然隐约可见镞头的寒光。老者两指捏住弩杆，轻轻晃了晃，似乎松了口气。而崔留利此刻已然耗尽了心神，恍恍然似睡非睡。

"在肉里，万幸，没有伤到骨头。"柘析劫布低声道。

宋崇当然已经看出来了，这一切他并不陌生，而老者娴熟的刀法也的确出乎他的预料。前些日子高丽密使一行在地踊佛寺黑盘遇袭，皇城司胥卒被三叉镞所伤者不少，太医局折伤门几个教授被紧急召来救人，手抖得比伤员都厉害，公允地讲，刀法距老者差得不止一星半点，宋崇在一旁气得几乎要动刀砍人了——接下来，老者小心翼翼切开倒刃钩咬住的筋肉，钳出弩镞，敷上金创药生肌散，再用桑皮线缝合伤口。宋崇放下心来，轻拍柘析劫布的肩膀，指了指隔壁。

进门之后，柘析劫布不紧不慢地把房门关好，转身看向宋崇，还是那张淡淡微笑着的脸。

"适才教众都在，耳多眼杂，礼数不周之处，宋提点切勿怪罪。"

说完，柘析劫布郑重地张开两手五指，手腕交叉于胸前，作火焰升腾之状，身子前倾深深一躬。这是祆教最尊贵的礼节。等他直起身来，已是一张愁容氤氲的面孔。

这才是祆祝该有的模样。不过宋崇没有丝毫反应，平静地看着他。

"不出半个时辰，侍卫亲军和皇城司就会来人，宋提点有什么要事先嘱咐在下的，还请不吝赐教，成全蕃坊之大恩，我教部众没齿不忘。"

柘析劫布说着又要行礼，宋崇方才微微一笑，道："祆祝多虑了，坐吧。"

柘析劫布欲言又止，一脸愁苦地在宋崇对面欠身落座。他当然不是多虑，铁屑楼甚至整个祆教蕃坊数百年来最严峻的一次危机，此刻就在眼前。铁屑楼在祆庙旁，祆庙在蕃坊，蕃坊在外城内东北，外城治安归侍卫亲军管，但只要案子涉及蕃坊胡族异教，侍卫亲军不愿惹麻烦，都会叫上皇城司协办，说是协办，其实也就放手不管了。刚才这番折腾过后，以铁屑楼在开封市面上的名声，估摸着侍卫亲军的巡城马队早就到了，消息经望火楼和急脚卒两条线同时传递，皇城司的人显然正在路上。留给蕃坊应对的时间的确不多了。

"刺客抓到了吗？"宋崇开门见山地发问，声音不大，却是不容对方迟疑。

"都是样磨部刺客，一共七人，五死两伤。"

"活口在哪里？"

"已被我手下严密看守——交代了，是要给甘州回鹘报仇。"

"曹老六和那个西夏人呢？"

"事起仓促，实在不及护卫——曹老六当场就死了，西夏人撑了一阵子才咽的气。"

"身份能确定吗？"

柘析劫布略一犹豫，谨慎地点点头："据我的情报，是西夏使团的人。"

"临死前，说什么没有？"

"他身上中了三弩，必死无疑，所以嘴很硬，不过我的人想办法让他开了口——"柘析劫布看了看宋崇，像是下定了决心，又道，"说是来跟皇城司的人见面，事关辽国。那人还说，西夏王太子李元昊就在开封，他是给李元昊打前站的——宋提点和崔员外的身份，也是他告诉在下的。"

这倒是意料之外。按照崔留利的说法，西夏卖家是兴平公主的近侍，应该是从辽国带到西夏的，至少是贴身侍婢的家人，此番经曹老六牵针引线来见崔留利，也仅仅为了倒腾白驼毡毯，连他的真实身份都不知道的，如何能张口就说是要见皇城司的人？还是要说关乎宋辽两国的秘事？曹老六做牙人生意多年，在商言商而已，皇城司也没他的案底，可以不去管他。至于崔留利，如果说宋崇之前还有几分怀疑，但在他挺身扑上那一弩之后，怀疑也不复存在了。如此说来，西夏卖家本来就清楚崔留利是皇城司的暗钉，他的真正目的就是要跟皇城司建立联系，便先用白驼毡毯打动了曹老六，再找到了崔留利。更可怕的是，仅凭刚才一上一下那一瞥，西夏卖家就准确地认出了宋崇，这该是多么精悍的一个同行——可惜，再也见不到了。

宋崇笑了笑，话锋却是一转，道："样磨部以刺客闻名西域，他们也是祆教中人吧？"

"祆教教众甚多，历来都是遵纪守法的良民，悖乱之徒只是少数——"

"甘州回鹘残部到了开封，蕃坊为何没有上报？"

"天圣六年夏国灭了甘州回鹘，其残部辗转流落至开封，是天圣七年也就是前年的事。本坊按朝廷制度，当时就上报给中书门下和枢密院了，案宗都查得到的。"

柘析劫布的回答可以说是煞费苦心。他回答了宋崇的问题，没有撒谎，也没必要撒谎，但他实际上并未触及问话的核心。更重要的是，他的回答提醒了宋崇，甘州回鹘的事务朝廷了如指掌，至于为何皇城司无从得知，则是宋廷内部错综复杂的关系所致，绝不是蕃坊有意隐瞒。既要摆脱干系，又不能触怒皇城司，柘析劫布也只能委婉到这个地步了。

"天圣七年蕃坊的上报，我见过的，"宋崇见他还心存侥幸，眼里迸出精光，口气也陡然加重了，"可并没有提到样磨部，更没有提到样磨部的刺客。西夏李元昊到了开封，样磨刺客一心要复仇，而你们早就得到了情报，也想过弹压，但祆教内部两派却争议不下，一拖再拖才弄成今天的局面。祆祝想要我出手相助，却又遮遮掩掩，不肯坦诚相待，倘若乱子大破了天去，真把李元昊弄死在开封，你们还指望东西二府能替你们出头吗？"

宋崇的话言之凿凿，却有八成都是推测。他已经瞅准了柘析劫布和整个蕃坊的软肋。样磨是甘州回鹘的一部，部众笃信祆教，因路远迢迢山河所阻，与中原祆教交往不多，自甘州城破国灭之后，样磨部四处飘零，自然会有残部流落到开封落脚。中原祆教这一支自唐末扎根开封已有一百多年，不管是何姓当国，总能自守一坊，靠的就是严守法度，绝不与朝廷官府作对，不但如此，一旦朝廷有旨征召，或是缴钱免灾，或是替朝廷暗中倾轧其他胡族，摆不上台面的脏事做过何止一件？宋崇料定柘析劫布还有隐匿之事，而这些隐情也正是皇城司最感兴趣的地方。

宋崇猜对了。

柘析劫布怅然一叹，沉吟片刻，再开口时，声音蓦地苍老了许多。

"样磨刺客跟辽国刺机局有瓜葛，"柘析劫布苍然道，"一开始，本教也想不到刺机局居然会对李元昊动手，他不只是夏国王太子，更是辽国皇帝的妹夫——可事实如此。前任祆祝赭时支特是夏国翊卫司的暗钉，传递消息时身份败露，被藩长亲自下令制裁。宋提点，本教在中土落地数百年，在开封建坊百余年，从未做过忤逆朝廷之举，何况是这样牵涉邦国外交的大事？莫说是里通外国，就是跟辽国、夏国祆教教众的交往，本教都是谨小慎微如履薄冰，从不敢对朝廷官府有丝毫隐瞒——"

"可你们自己内部还是出了问题，赭时支特半年前神秘消失，既然他是西夏的暗钉，那你们当时为何没有上报？一派要杀李元昊，另一派却要保李元昊，这可不是小事，为何也没有上报？"

柘析劫布又是一躬到地的祆教大礼，倒也不再辩解，简短道："请宋提点保全！"

"要保全贵教，不是易事，却也不难——关于辽国刺机局和李元昊的事，除了你们内部，枢密院知道多少？"

"本教连皇城司都不敢报，怎敢越过贵司去招惹枢密院？"柘析劫布断然摇头。

"贵教首脑自然不会，但其他知情人呢？还有，那些受了刺机局收买的样磨刺客呢？他们会不会已经跟枢密院接上线了？"宋崇看着脸色大变的柘析劫布，正色道，"有就是有，无就是无，换我是贵教祆祝，我宁可承认有——把危机预料得严重一些，不是坏事。"

柘析劫布刚要答话，门口传来急促的脚步声和敲门声，有人用胡语慌乱地说了几句话，柘析劫布瞬间变了表情，又是那副在教众面前风雨岿然不动的样子，喝道："慌什么，用官话！"

"侍卫亲军和皇城司的人都到了，都在门前，争执得厉害，已经动手了！该如何应对，还请祆祝示下！"

第六章·力尽筋疲谁复伤

花长虫

是夜满月，一城清辉，这是东京开封再寻常不过的一个秋夜。祆庙斜街铁屑楼周遭本是繁华之所在，游人如织，灯球松炬照得远近恍若白昼。但在此时此刻，铁屑楼四周游人绝迹，火把如林，兵士不下三五百之数，分列两厢，皆是桩子般相对而立，不少人还穿着重装步人甲。没有人移动，也没有人说话，除了札甲上铁叶子摩擦出的沙沙声，远处马蹄躁动的橐橐声——平日里沸反盈天的铁屑楼外，竟是深山老林般静谧。

站在罗镇对面的汉子姓花，神卫军右厢第一军第二指挥的副指挥使，体格矮壮，面目黧黑，诨名唤作"花长虫"，最是摔不死甩不脱浑不吝的头等货色。虽然都于军中效力，罗镇的亲从军和花长虫的神卫军却互不从属，一个驻扎皇城扈从太后和官家，归皇城司编制，一个驻扎外城负责京畿治安，归侍卫亲军司编制，两军平日里相与不多，但五千亲从军罗指挥使的名声，想必花长虫不至于闻所未闻。

铁屑楼大门紧闭，十几个皇城司胥卒守在门口，个个青衫皂靴，腰间挂着手刀。刑事房干办杨良祐似笑非笑，在胥卒们身前缓缓踱着步，不时瞟一眼对峙着的罗镇和花长虫。刚才发生的事情历历在目，让杨良祐不由得暗自心悸。幸亏还有罗镇，还有五千皇城亲从军，不然这次皇城司势必要吃了大亏。

不久之前，杨良祐带人刚刚赶到，花长虫带着两都武卒也到了，这本来不算什么，之前外城祆教蕃坊也好，胡人聚居处也好，即便是神卫军提前来了，也只是封锁住场子，等皇城司的人来交接，这次却完全是另一个局面。花长虫早就瞥见杨良祐正一脚门里一脚门外，当即步履不停冲到近前，干笑道："我说德远兄真是好脚力，敢情是骐骥院的御马！"说着，他竟身形一晃抢在杨良祐之前，欠着身子堵住了门，"德远兄，再等等也好。"

"等谁？"

"自然是该等的人。"花长虫嘻嘻笑道。

"到底是谁？"

"谁管得着老花，老花就等谁。"

杨良祐生性冷僻，素来不喜花长虫这样凡事不正经的做派，他已经听出来花长虫话外之意。神卫军归属侍卫亲军司步军编制，而执掌兵符能调动神卫军的，除了枢密院还有谁？满朝文武市井细民都知道，枢密院的钱七郎跟皇城司的孙老汉是天造地设的一对冤家。

两人你言我语各不相让，手上动作也一直没有停下，刚才花长虫抢身之际，杨良祐就出手了，他并不阻拦花长虫，而是伸手抓向门环，花长虫见状立刻探手去争，却正中杨良祐的圈套，原来抓门环的动作只是佯动，见花长虫果然来夺门，杨良祐立刻翻腕一晃，一把按在他腰间的手刀柄上，另一只手则闪电般托扣住他的小臂。花长虫心知上当，倒也不慌，反手抓住杨良祐的手腕，让他抽不出刀来，又仗着下盘扎实作势落坠，意在牵连着杨良祐也跟着倒下，正是相扑九式的"坠"字诀；杨良祐见招拆招，一步跨在他裆下，腰腿发力稳住身形。于是倏忽之间，在瞠目结舌的胥卒和兵士们注视之下，两人已成相持之势，彼此都不断加着力道，即便如此，对话却还在继续。

"管得着你，却未必管得着我。"

"那也得看看是谁来管——"

皇城司办案与兵卒野战不同，看重的是近战缠斗，狭路相逢的仓促间，甚至刀剑都来不及拔出，拳脚功夫比械战更有实效。杨良祐听到"是谁来管"之际，忽然立肘走腰，抢在花长虫之前下盘猛地一坠，顺势脚下一绊一掠，腰臂一起进力，竟将他一把掼了出去，也正是相扑九式的"托"字诀。从两人见面交手，到花长虫落了下风，不过是几句话的工夫，显然是杨良祐技高一筹，但随之而来的后果也显然很严重——花长虫就地一挺便站起身来，推开上前搀扶的兵士，铁青着脸看向杨良祐。神卫军兵士们这时总算缓过了劲，呼啦啦一拥而上，几十把手弩齐刷刷对准杨良祐。胥卒们不甘示弱，早就拔刀迎上，将自家上司牢牢护住。形势至此又是一变，若神卫军真的动起杀心，一次攒射下来，区区十几个胥卒只有被射成刺猬的结局。

罗镇就是这个时候赶到的。跟他一起来的，还有两都亲从军。

本朝兵制，百人为一都，五都为一指挥，成指挥建制的调动须有枢密院行兵符发文，在京城里一次出动两都兵力已是极限，再多就有谋反之嫌。罗镇带的这两百人非同小可，专职轮戍皇城，是皇城亲从军精锐中的精锐，遴选操练之严苛、武备军饷之优厚，连殿前司和侍卫亲军司的上四军也望尘莫及。杨良祐刚才对花长虫并不客气，赌的是两点：其一，他料定花长虫再无赖，也不敢公然跟皇城司翻脸；其二，花长虫就算真动了手，就算真冲进了铁屑楼，也不会有什么好果子吃——在刑事房提点宋崇面前，一个小小的神卫军副指挥使翻不起任何浪花。

然而罗镇忽然来了，还带了两百亲从军。杨良祐赶到铁屑楼，是望火楼系统一站站传递的情报，而这情报调动不了亲从军，那么，罗镇是怎么来的？他为什么来？这两个疑问在杨良祐脑海中一闪而过，尽管有几分突兀，但眼前此情此景，仍是让他又惊又喜。

他悄声对两个胥卒道："找宋提点。"

楼门稍稍开启又关上，两个胥卒不动声色地提手刀进去。虽有杨良祐和其他胥卒挡着视线，可那扇门实在高大，开闭之际还是被花长虫瞅了个真切，他顿时急了，顾不得罗镇已经站在他对面，大声道："德远且慢！"

"花兄眼里只有德远和刑事房吗？"罗镇冷冷一笑，道，"那我和五千亲从军弟兄在花兄眼里，又算个什么东西呢？"

花长虫眼见胥卒已经进去，情知若再不发作，回去就彻底无法交代了，只好硬着头皮朝罗镇挤出一丝笑，却劈手抢过身旁一个兵卒的手弩，朝着楼门就是一弩，喝道："擅入此门者，格杀勿论！"

那支弩箭劈空而过，弩镞没入"铁屑楼"三字牌匾，尾部还兀自抖着。静得瘆人的铁屑楼外，花长虫这破了嗓子的一叫，显得格外刺耳。

神卫军兵卒们见本部长官令下，齐齐发一声喊，挺刀举弩逼向杨良祐等人。不待罗镇开口，亲从军队列已经迅速展开，一小队兵卒楔子般插入神卫军和杨良祐等人的间隙。神卫军是步军建制，罗镇带来的亲从军也都是步卒，区别在于神卫军来得匆忙,只穿着皂䌷绵披袄的秋冬常服,兵器也只有手刀手弩之类的短械,亲从军则像是有备而来,皆是重达数十斤的全套步人甲,除了刀兵弩兵,长枪旁牌的重步卒也在其列。两相一较,高下立现,亲从军的重装刀牌手硬生生逼退了神卫军的前部,十几面一人高的旁牌大盾扎成一道壁垒,长枪手们也是发一声喊,锦簇般的丈二长枪从旁牌上直挺挺刺出,把铁屑楼门外守得密不透风。

"花兄,可以好好说几句话了吧?"

罗镇还是刚才的口气,甚至连姿势都没有任何变化,只是目光更加犀利冷冽。

"受教了,"花长虫气得胸如石撞,嘿嘿道,"只是罗指挥使不在皇城里值守卫戍,却带着亲从军顶盔贯甲满城跑,敢情是奉命游街吗?"

花长虫这话极尽揶揄,却也藏着机锋。皇城亲从军固然是精锐骁勇,但防区是在皇城,而外城蕃坊是神卫军的防区,按朝廷制度,军队对本部防区担有守土之责,严禁跨防区行军调动。花长虫嘴上丝毫不让,不但讥讽罗镇和亲从军胡奔乱跑,还挑明了他这是擅离职守闯入神卫军防区,一旦追究起来便是数罪并罚。须知本朝国策崇文抑武,文臣言官罪不及诛,对披甲之人倒是军纪森森,动不动就会惹上掉脑袋的官司。

罗镇微微一笑,正色道:"太祖遗训,禁军须自负请粮,花兄这么讲,是实在无知呢,还是有心忤逆本朝太祖先皇帝?或者是早就忤逆惯了呢?"

花长虫闻言一愣,霎时间变了脸色,冷汗也下来了。太祖赵匡胤是行伍出身,一刀一枪打下四百座军州,深知士卒骄惰之弊,规定在京禁军每月必须自行从城外仓库背粮,且必须整装行军,不得使用骡马车辆。历经太祖、太宗、真宗三朝,尤其是真宗后承平日久,这条军规早就松弛荒废,神卫军里谁还会自己背粮食?若要较起真来,十个脑袋也不够花长虫掉的。倒是罗镇平素带兵严苛有余活泛不足,很少见他这么一本正经地挤对人。一个都头忍不住偷笑起来,还笑出了声,附近几个亲从军也跟着笑了。花长虫本就张口结舌答不出话,又被亲从军公然取笑,已是脸皮涨红,窘迫到了极点。

铁屑楼门开了,出来的是柘析劫布。他跟杨良祐附耳低语几句,看向斗鸡一般的罗镇和花长虫，不紧不慢走到两人近前，道："两位军爷，里面请。"

"等等！"

花长虫见罗镇抬脚便走，当即叫道："还有人未到呢，再等等何妨？"

到了眼前这个局面，再驽钝的人也猜得出来花长虫要等的是谁了。罗镇冷笑道："西府的人也太慢了些，爬也该爬到了吧？"

罗镇刻意提高了声音，亲从军队列里又是一阵哄笑。柘析劫布也不觉莞尔，道："若要等人，也不妨在鄙店里等，酒菜茶点都是现成的。"见花长虫狰狞着面目闭口不言，柘析劫布咳嗽一声道，"花军爷勿要多虑了，还是移个步吧，刚才不还非要进去吗？"

面前这两人一胡一宋，一软一硬，逼着花长虫必须尽快拿出对策。从铁屑楼出事的消息传出，到杨良祐和花长虫前后脚赶到，再到罗镇带人前来，至少过去了半个时辰。楼外的人只知道楼里出了人命，而且事关外邦，但具体细节还是个谜，只有楼里的人才清楚。刚才杨良祐和花长虫大打出手，就是都想控制住第一现场，可如今皇城司人多势众占了上风，刚才还有两个胥卒溜进楼处置，摆明了已将诸事料理妥当，才让祆祝客客气气请花长虫进楼，这时候反倒不能再急着进了，不但不能进，还得处处防着皇城司挖坑下套——

花长虫是何等精细的人，柘析劫布话音刚落，他已经心中拿定了主意，忽地露出无赖相，背手在身后，涎着脸一笑，道："大家都知道铁屑楼里死了人，还是外邦的人，你们要进去请便，反正要等的人不来，老花我是不会进的。赶明儿若是给东西二府奏报，给太后官家递札子，你们看着办，老花我是要实话实说的。"说着，他又瞥了眼柘析劫布，道："蕃坊嘛，却也是大宋治下，朝廷统辖，贵祆祝心里头应该有数的。若论起私交，老花跟你之前不也处得蛮好吗？就算有人掐了你的把柄，还有我老花呢！老花搬不动的山头，老花背后的人可是搬山的魁首！"

罗镇微微一笑。他还是有些低估了花长虫。刚才这席话，足以证明花长虫绝非一介武夫，谁是敌人谁是朋友，谁该硬扛谁该利诱，分得清清楚楚，不但如此，他还一眼看出了皇城司和蕃坊的合作并不牢靠，话里话外又是威胁又是拉拢。若搁在平常，别说是身为商贾的柘析劫布，就连罗镇听了这番话都会换个语气，不把局面弄得太僵，可眼下众目睽睽，又都是部下，谁都不能也不敢示弱。

"回头再说搬山的事吧。"罗镇淡淡道，"你进或不进，对或不对，来日自有朝廷判断——"他上前一步，压低了声音道，"你不敢进楼，无非是怕担责而已，可你想过没有，搬山的魁首这一局怕是已经输了，不管你是进是退，天大的黑锅还少得了吗？不妨先进楼聊一聊，说不定还有些转圜之计，何况——刑事房宋提点正在等你。"

最后这一句才是真正致命的杀招。花长虫难以置信地看着罗镇："宋崇宋临岳？他在铁屑楼？他怎么会在铁屑楼？"

"低声些，"罗镇笑道，"奉旨办差嘛，他们刑事房本就是捉摸不定的路子。"

在外人看来，此刻罗镇手搭在花长虫肩头，像是平辈人的亲昵，也像是胜利者的宽让，但花长虫闻言已是彻底蒙了。半个时辰之前，神卫军右厢第一军第二指挥接到巡城探卒来报，说是蕃坊铁屑楼出了命案，执勤的副指挥使正是花长虫。蕃坊出事，无论事大事小，对花长虫来说都是好事。蕃坊里有的是胡商，胡商有的是钱，虽然办案不归神卫军管，不过只要是人去了，总少不了好处。消息一传开，本就无所事事的步卒们雀跃不已，都摩拳擦掌要去铁屑楼"抓歹人"。花长虫便兴冲冲点了两都步卒，随意带了些刀弩军械，也未贯甲整装，漫不经心就上了路。花长虫所部驻地在新曹门里，出军营沿陈州门大街向北，过两条街就到了祆庙斜街，离蕃坊也就不远了。一行人马消消停停刚到了五丈河上的莱市桥，却有一人一骑赶上，交给花长虫一封漆封密信，拿了接收凭条拨马便走。花长虫看见上面盖着枢密院印符，心中满是狐疑，当即拆开来看，却是在京房抬头落印的手令，点名道姓让花长虫守牢了铁屑楼，在京房提点康川到之前，不得放进任何一个人，尤其是皇城司的人，而文末画押的，竟是执掌枢密院的枢密副使钱惟演。

这当真是从未有过的待遇。钱惟演是西府的首脑，宰执班子里实际上的副宰相，又是如假包换的皇族后裔，还是当今太后的亲家，平时只是听过钱相的威名，何曾想过能接到他亲笔画押的手令？花长虫武举出身，苦熬多年才做到副指挥使，眼瞅着仕途日益无望，可攀龙附凤的际遇猝然就在眼前，不容他不血脉偾张。想到此处，花长虫眼里喷出火花，一路脚底生风来到铁屑楼外，只是苦了一众养尊处优惯了的步卒。不料仅仅半个时辰不到,热望便被浇得凉透。先是被刑事房杨良祐当众撂倒，又遭了亲从军罗镇的公开挤对，苦等的康川久久不来，而跟他是死对头的宋崇却早就在楼里了——说到底，竟是没有一件脸上有光的事。钱相手令上说得明白，不能放任何皇城司的人进楼，倘若事后算起账来，升官晋阶且不空谈，能保住性命就是泼天的运气了。

罗镇搂着花长虫的肩膀，大声笑道："走走走，铁屑楼的瑶酾酒名气都大到天上了——袄祝，酒还有吧？"

柘析劫布一笑，道："瑶酾而已，要多少有多少，请。"

胡垚

祆教蕃坊跟其他胡人蕃坊不同，虽也是以部族教派聚众，却多了份行商坐贾的生意经，故而看起来更加热闹。就拿铁屑楼来讲，即便是刚出了乱子，死的死伤的伤，经柘析劫布的手下们一通忙碌，一地狼藉眨眼间就抹得平平展展，除了冷清清没了三教九流的客人，一切都跟往日并无二致。二楼的罗字号包房里，珍馐美馔满满一桌，茶娘轻纱遮面，奉上了刚点好的茶，施施然退出房去，这才算松了口气——那个红脸客官好像心情不好，刚刚来献艺的菩萨蛮还没站定，红脸客官就不耐烦地瞪圆了眼，呵斥着要轰她们走，幸好一个年长的客官还算客气，赏了为首的菩萨蛮一角银子。还有个矮壮客官坐立不安，一直垂头不语。其余两个客官都是微笑，慢悠悠啜着茶。

铁屑楼声名在外，看家的宝贝甚多，茶之极品曰胜雪，酒之极品曰瑶酃，摆在几位客官面前的就是顶级胜雪茶。茶娘点茶技艺不俗，粉臂酥手轻描淡写过后，建盏里烟云缥缈，山峦潜行，正是铁屑楼久负盛名的"群玉山雪"。可惜红脸客官根本无心赏玩，重重地一顿建盏，那山那云那雪，顷刻间混沌一片了。

"柘析劫布呢？"

说话的是康川，也就是那个红脸客官。他本就是红脸汉子，此刻更是面如涂脂，拳头攥得咯咯作响。

"巨源少安毋躁，祆祝定是有要事在忙——"胡垚瞥了眼他面前的建盏，苦笑道，"好好的一盏群玉山雪，可惜了。"说着，他转向一旁的罗镇和杨良祐，笑道，"让两位皇城司的同仁见笑了。"

皇城司一处四房五千军，罗镇身为皇城亲从军指挥使，名列皇城司五辅官之一，却是军籍出身，整日里泡在行伍间，对官场人情世故知之不多，一遇到场面上的交际就先矮人一截，何况对面坐的还是跟皇城司水火不容的在京房主事者。闻听胡垚这句客套，罗镇不觉尴尬起来，忙赔笑道："峻高先生哪里的话——"

"既然祆祝不在，案子又事关贵司和本房，是否再议一议？"胡垚含笑道，"胡某是在京房里混饭吃的闲人，本不该多言的，不过吃了人家的饭，就得替人说几句话，不周之处还望两位同仁见谅。"

杨良祐见罗镇局促得紧，胡垚又是摆好了突袭的架子，便插话道："适才蕃坊祆祝等人的供词，在下都记录在案了，康提点和峻高先生还有赐教之处吗？"

康川狠狠地喝了口茶，甚至听得见茶汤与喉头撞击的声响。

"供词是供词，案子是案子。"胡垚轻咳两声，语气依旧温婉，道，"柘析劫布说一共死了两个人，一个是牙商曹老六，一个是样磨部的胡商，不知贵司有何见解？"

胡垚双目所向，看的是罗镇，但他也知道罗镇不会说什么。果然，罗镇和杨良祐相视一眼，还是杨良祐开口道："我和罗指挥使、花兄进楼的时候，厅堂里的确只有这两人的尸体，按康提点和峻高先生的意思，已经急令本司和贵房仵作赶来，届时一并查验。"

"那当平兄怎么看？"康川不客气地发问，犀利的目光却落在杨良祐身上，"杨干办，我想听听当平兄的意思。"

"在下是武职，干的是冲锋陷阵的买卖。"罗镇一笑，道，"捕盗拿贼的活计，还是让德远说吧——花兄，咱们都是丘八的命，在人家的行当里，咱们少说为好。"花长虫闻言越发窘迫，话也说不出来，只是胡乱点头。康川郁怒地看了看他，重重哼了一声。

杨良祐稳稳地开了口："办案的事，康提点是行家里手，自然晓得大凡命案，或因财或为色，就目前的线索和供词，很可能是曹老六和样磨胡商因生意产生纠纷，进而动了意气——刚才柘析劫布祆祝也说，死的胡商叫那色颇，样磨部里有名的毛皮商户，为人刻薄生性爱敛财，跟部众都不和睦，常常被教中长老训斥，这次跟曹老六本就有龃龉，协商调和不成，便约在了铁屑楼摊牌，一言不合就动了手。"

康川紧紧地盯着杨良祐，忽地一阵大笑，道："德远兄，你信吗？"

"人证物证俱在。"

"人证，无非是柘析劫布和他的教众，物证，也就是几块寻常见的毡毯，案子就这么定了？"

"那就请巨源兄赐教吧。"杨良祐不慌不忙，朝康川客气地一笑，"在下洗耳恭听。"

"曹老六且不去说他，这人是开封城的胡同串子，想查他轻而易举。至于那色颇——杨干办，你真觉得他是个胡商？样磨部的人都是干什么的，杨干办是真的不知道吗？就算他是胡商，你见过二十出头就自立门户的胡商？你若是曹老六这样的大牙商，你会跟一个毛头小子谈买卖？曹老六身亡，两支弩箭一个打在头上，一个打在前胸，这是普通商户能有的身手？两个人当面锣对面鼓地讲生意，即便起了杀心，会当面掏出手弩行凶？更奇的是曹老六头上胸前都中了弩，竟然还能一刀捅在那色颇胸口，他是大罗金刚吗？若真是大罗金刚，怎么就死了呢？"

康川的声音越来越大，震得铁屑楼罗字号包房里嗡嗡回响，桌上的杯盘碗碟都在颤动。奇怪的是胡垚仿佛没听到一般，饶有兴致地赏玩盏中的群玉山雪，罗镇和杨良祐礼貌地微笑，并不急着反驳，只有花长虫深深低头盯在脚尖，那目光若有重量，怕是连楼板也早已不堪重负了。

杨良祐笑道："巨源兄讲完了吗？"

康川一怔，刚才大马金刀的一番说辞，竟像是字字句句都化解在杨良祐这一笑里了。罗镇不无同情地看了他一眼，轻轻摇了摇头。杨良祐并不在意康川，他始终在提防着胡垚。这个谜一般的人物着实可怖，数年间运筹帷幄，竟将本已奄奄一息的在京房脱胎换骨，成了唯一能跟皇城司一较高下的衙门。胡垚还在沉默着。不过按照杨良祐的估算，这样的沉默不会太久了。

胡垚还是看着群玉山雪，漫不经心道："这都是小事，不足一提。倘若细究起来，动手的未必就只有曹老六和那色颇——随便在厅堂四处找找，弩箭的箭孔不会少了，两个人对面相搏，手弩射得到处都是，元宵夜天女散花吗？"

说到这里，胡垚自己不觉莞尔，轻轻把建盏放回桌上，道："老夫讲个笑话吧，大家听听看。那色颇姑且算是胡商,但更是刺客,曹老六不仅是牙人,也是行刺的目标——不,不会只有他,应该还有人,这个人才是样磨刺客的真正目标。样磨部众笃信祆教,铁屑楼是东京祆教蕃坊的核心重地,敢在这里动手行刺杀人,不是杀父欺母之仇,怕是不足以如此。于是老夫忽然想起了一件往事,天圣六年,西夏灭了甘州回鹘,国主药罗葛通顺被斩,部众四散逃亡,样磨部是甘州回鹘的一支,有如此国灭族亡之痛,样磨刺客才会不顾一切,在铁屑楼行凶——杨干办,你觉得老夫这笑话如何?"

"峻高先生——"杨良祐一直想要插言,好容易等到这个话口,刚想说话,却被胡垚蓦地一声冷笑止住,不由得一愣。

"不要着急辩解,德远贤弟且听我说完。"原来胡垚只是虚晃一枪,其实并不打算让杨良祐开口,继续道,"曹老六是牙人,跟他一起遇刺的,是西夏人,而且不会是普通的西夏人,至于是谁,多半是在东京的西夏使节,这个也简单,我们在京房查查便知。不过这个也不重要。老夫只是在想,这样明白的事情,贵司怎么就非要听信柘析劫布的供词呢?从出事到三位贤弟进楼,这样短的时间,柘析劫布怎么就能、怎么就敢撒这样一个弥天大谎呢?"讲到这里,胡垚哑然一笑,道,"老夫只是说个笑话而已,说起来简单,调教柘析劫布这般做的人,才是真正的高人,如能得见真容,也不枉老夫钦叹之情了。不妨再说句玩笑话,不知那位高人是姓宋,还是姓沈?"

胡垚的语气舒缓顿挫,娓娓而谈间,力道丝毫不弱于康川的声色俱厉。他所说的高人,当然就是宋崇,也正是在宋崇的手腕之下,柘析劫布、花长虫才先后一一就范。如果说胡垚还只是推测,那么在座诸人中,罗镇、杨良祐和花长虫都是知根知底,心中无不是骇然叹服。花长虫听得万念俱灰,只恨刚才不知怎么就鬼迷心窍,竟被宋崇说服,上了他的贼船,这一上容易,想下船就难了。罗镇则是强装镇定,脸上的微笑僵硬板结,杨良祐心绪激荡,甚至想猝然出手,结果了这个皇城司最危险的敌人——

"笑话讲完了,老夫和巨源也要告辞了。"胡垚一笑起身,对康川微微点头,康川愤然离座,昂首走向门口,对在座的三人视若无睹。胡垚摇头轻叹,信步走到门口,却又停下,转身朝着杨良祐等人道,"至于铁屑楼的案子,既然那位高人已经占了先机，也无须再查了，就照着柘析劫布的供词定了吧！"

这下子不光是花长虫和罗镇，连杨良祐都惊在当场，直勾勾看向胡垚。

"老夫说的笑话，那位高人应该都听到了，该给的机会，老夫也都给了，可惜无人应和，或许这个笑话真的味如嚼蜡吧。只是此案之后，老夫和那位高人，或者本房和——"

胡垚缓缓地抬头，目光深邃无边，像是在喃喃自语，又分明是冲着三人，一字一顿道："和谁呢？恐怕十之八九，就是贵司——再无握手言和的可能。怎么办？那就只好一刀一枪，尸山血海里，分出个高下吧。"

待胡垚和康川一轻一重的两串脚步声迤逦不复再闻，隔壁的包房门开，少顷，罗字号包房虚掩的门也开了。神情冷峻的宋崇站在门口，在他身后，是脸色苍白的柘析劫布。

沈追

轻轻一推,门就开了。走出密室的时候,并没有人阻拦。这跟沈追的判断一致。与胡垚一番长谈之后,沈追就再也没有见过任何人,也没有离开这间密室。密室低矮无窗,门关之后黑寂如棺,好在桌上油灯燃尽之前,沈追循着气味,在一处墙角找到了油瓮,旁边还有一个水罐,里面是清水。餐食也有,一天两次,每餐都是胡饼和芥菜丝,从屋顶天窗缝下。三天里,整个密室从外到内,看样子只有他一个人。

到了第四天,再无餐食送来,沈追就知道可以走了。但他没有急着出去。多年的谍海沉浮刀光剑影,他很少有这样独处的机会,他也的确需要一些时间,把周身的扰攘重负都卸下来,细细梳理一番。他甚至没有给灯添油,凝视着灯芯吸干了最后一滴灯油,缓缓地挣扎,从明亮到昏黄,直至熄灭,让巨大的黑暗彻底吞没了他的躯体和意志。等想得透彻了,时间不知过去了多久。

沈追站起身来在门口,将要推门的刹那,他不禁回头看向满目的漆黑,胡垚,董齐庵——或者说是萧沉,或者还有更多的人,正在漆黑之中看着他。

"你,还有用。"

沈追哑然失笑。一开始,他试图把这句话留在这里,留在黑暗深处,进而彻底忘却。现在,他却不打算这样做了。不知不觉间,这句话已经长在了他身上,根系随着每一根血管蔓延开来,直到四肢百骸。

白天。门外没有人。推门之际,沈追闭上了眼睛。如果他这个判断失误,迎接他的会是死亡。

什么都没有发生。阳光打在他的身上,突如其来的光明让他的眼睛充血,温暖而殷红。他慢慢睁开眼,深深地呼吸。一瞬间,他就明白了自己的位置。

西炭场巷甲字三号院。

多么熟悉的地方。两棵柿子树依旧，叶片将黄未黄。尽管只来过一次，而且是行色匆匆，并未驻留太久。当时的他还叫陈宓。

沈追笑出了声。在京房居然把董齐庵的住处改造成了黑盘，还精心修葺了一间无窗密室，这对皇城司、对他本人，是何等赤裸的羞辱。他信步在满院子的阳光里，感觉到一身暖洋洋的轻盈，也许是因为饥饿，也许是因为刚刚放下了一些东西。那么，接下来要去哪里呢？

在州桥码头失手被擒，不明不白失踪了四天。四天足以发生很多事情，但他一无所知。他唯一清楚的是，如果现在回到皇城司，等待他的将是律事房苛刻到极点的甄判——一次失手于董齐庵，二次失手于京房，就算孙从吾对他再信任，全司上下或明或暗的滔滔非议也会逼得老孙不得不有所举动。他担心的还不是这个。虽然已经和胡垚达成了某种默契，不过各为其主，胡垚刻意扣留他这几天，用意再明显不过。在京房里的确有皇城司的暗钉，而且不止一个，甚至有潜伏多年从未启用过的冷棋子。为了救他，至少打听出下落，孙从吾极有可能动用这些暗钉，而一旦如此，不啻正中胡垚的下怀，也将是沈追难以逃脱的罪责。坦率地讲，暗钉因他而死，并不会让他心生愧疚，身在皇城司，谁都可能有这样的结局。他难以接受的，是暗钉的死毫无意义。身为皇城司一员，应该死在跟辽国刺机局、西夏翊卫司，甚至是跟高丽光军曹的暗战中，死在剿灭那些企图颠覆大宋的乱臣贼子、异族刺客的行动里，哪怕是死得宛如风吹叶落般悄无声息，也比死在同为大宋臣僚的在京房手里强上百倍千倍。

不过并非毫无转机。如果孙从吾恪守跟他的约定——不管他处境如何凶险，都不会以牺牲暗钉为代价施以营救——那么一切尚有转圜的余地。可是这样一来，孙从吾对他几乎就是见死不救了，一想到亦师亦友、情同父子的老孙会这样对他，沈追的心情便暗淡起来。他悲哀地意识到，他刚刚放下的那些东西，又在不知不觉间溜了回来。

沈追的表情忽然一动。门外有人，数量在三五之间，脚步已经尽可能放轻，大概在三哨之后，就会破门而入。沈追静静地站着，他大概猜出了来人的身份。

果然，三哨刚过，门就开了。沈追的表情不易觉察地一怔。五个青衫皂靴的皇城司胥卒惊愕地看着他，又情不自禁地面面相觑。

领头的胥卒上前，讪笑道："沈提点，得罪了。"

沈追看着他手里的戒具，微微一笑。胥卒尴尬地收回了手。他的手腕袖口上，一个精工刺绣的朱红髑髅分外地扎眼。

孙从吾

出城南崇明门，沿崇明门外大街继续向南过了西大街，到武学巷右拐向西，有座道观。说凋敝，也不时有车马进出；说香火旺，却又时常大门紧闭。在外地人看来的确奇怪，开封本地人一提起这座延真观，再风趣健谈的也会倒吸一口冷气，本能地看看周遭，胆小的立马就找借口开溜，胆大的也赶紧岔开了话题。观是老观，唐末就有了，残唐五代中观里道士风流云散，大宋开国时这道观只是徒有其名的一具空壳。皇城司建司之后，这里重新有了人气，常能见到官宦人家的子弟女眷愁云惨雾而来，哭哭啼啼而去。见多识广的开封人都清楚，这里是东京城里最瘆人的一处监狱，官称皇城司提牢房，俗称便是铁狱。

皇城司一处四房五千军，提牢房为四房之末，负责关押审讯要犯，以其刑罚惨烈无人不屈闻名遐迩。提牢房现任提点姓舒，名正臣，字辛甫，是前任提点张文平的女婿。翁婿二人一前一后执掌提牢房三十多年，老张提点把毕生本事都传给了女婿。提牢房铁狱与朝廷其他监狱不同，无有刑期，不拘律法，更无人监察，太祖太宗真宗三朝不断有大臣进谏，要朝廷取缔铁狱甚至取缔皇城司，结果自然全是留中不下。孙从吾之前的皇城司提举们非常强硬，那些进谏的大臣十之七八也进了铁狱，老孙毕竟是士大夫出身，对同为科举入仕的大臣还算客气，顶多把人带到铁狱，耳濡目染一番再放出来，之后个个提到皇城司便噤若寒蝉，不再跟皇城司过不去了。

也不知是从哪个提举开始，提牢房胥卒的官制青衫袖口处，绣了个朱红色髑髅，以示有别于其他各房胥卒。不过说到底，还是提牢房里冤魂太多，阴气太盛，胥卒们不得不拿髑髅挡挡煞气，也落了个髑髅卒的诨号。这等脏活愿意干的人少，普通胥卒也没多少仕途前景可言，多半是冲着优酬厚禄而来，干个十年八年攒笔积蓄，便请辞了差事，或是回乡定居或是留京安置，就可以安安稳稳做个小买卖，这辈子也算衣食无忧了。当年偏有些妄言嘴快的，喝多了酒来了兴致，架不住旁人起哄，忍不住讲讲昔日在铁狱当差的故事，过不多久就会故地重游，身家被抄了不说，能活着出来就是幸事。故而到了本朝天圣年间，市井中到处流传的多是逸事奇闻，荒诞不经无从考证，只是铁狱凶险万状九死一生的名头深入人心。

沈追在铁狱常来常往，再加上跟宋崇合称"皇城双英"的名号，髑髅卒自是无人不识，也不怕他拘捕逃脱，一路客客气气。一行人从西炭场巷甲字三号院出发，进了铁狱正门，刚一下车就见舒正臣笑容可掬，正在影壁前恭候。

舒正臣是太宗至道元年生人，比沈追足足大了九岁，不过他生性诙谐，虽然资历老，却从不仗着年长摆架子。一见沈追，他就快步上前，乐呵呵搂住了沈追的肩膀，笑道："这帮狗崽子没敢难为兄弟吧？要是谁敢，本牢头拧了他的卵子！"

沈追也亲热地搂了舒正臣，拖长了嗓音，笑道："敢——"

这分明是孙从吾的口气了，沈追故意模仿老孙，惹得舒正臣哈哈大笑，和沈追两人勾肩搭背，朝着公房走去。一队髑髅卒面面相觑，这才纷纷松了口气。刚才他们接到本房急令，奉命到西炭场巷甲字三号院拿人，而且点明要"锁拿"。等众胥卒闯进门去，却蓦地发现要拿的人居然是探事房提点沈追，髑髅卒们谁都不敢真去"锁拿"，赔着笑脸请回了铁狱，好在沈追也配合，一路上并未为难他们。其实沈追也明白，这次麻烦非同寻常，还从未有过本司提点被抓进铁狱的先例，要想如此，除非是孙从吾亲自下令——

"兄弟先坐会儿，老哥我就不陪兄弟了。"舒正臣在公房门口停下，继续笑嘻嘻道，"老孙安排了别的事，麻缠得很呢！"又低声道，"周忠被抓了，就在旁边牢里，我得去给他褪褪毛。"说完，舒正臣朝着沈追挤挤眼，转身离开。

沈追毫不迟疑地推门进去。推门之前，他已经知道谁在里面了。

果然，孙从吾端居书案之后，正有滋有味地抿着酒。一见沈追进来，他指了指旁边已经斟满的酒杯。遇仙正店的银瓶酒，搁在开封城里不算极品，却是老孙最喜欢的口味。

沈追惭愧之情溢于言表，躬身道："属下失职，给提举和皇城司抹黑了。"

沈追这话大半发自肺腑，小半也算试探，虽然只有两句，也是他精心斟酌之后才说的。失职是不容辩驳的事实，也没有辩驳的必要，而把孙从吾放在皇城司前，则是强调了自己一如既往的态度，对老孙个人的忠诚和责任感超过其他。至于抹黑二字，也有两层意思：一者是给老孙抹了黑，让他在钱七郎那边丢了面子；二者是给皇城司抹了黑，与枢密院的较量落了下风，还有可能损失了潜伏于在京房的暗钉——

"你小子能这么说，态度还不错，先喝了酒吧。"

孙从吾看着沈追端起杯子一饮而尽，脸上终于见了笑。

"遇仙正店的银瓶酒，这回我老孙真是出了血本。"孙从吾给他斟满，笑道，"抹黑嘛倒也正常，以前给老子挣了那么多面子，也算扯平了。不过趁这个机会，老子也挖了几个钱七郎的暗钉，一个招了，一个还硬挺着，交给辛甫去褪毛了。"

"咱们司里的暗钉——没损失吧？"

"没有。"孙从吾摇头一笑，示意沈追落座，接着道，"不但没有，还让在京房冤枉了几个他们自己人，可见那胡垚胡峻高也不是什么高深莫测的人物。"说话之际，他平静的目光始终在沈追脸上，"想什么呢？"

沈追顾不上再浮想联翩，马上道："暗钉不出事就好，属下一直担心这个。"

"还是有些怪我老孙吧？"孙从吾直来直去道，"没有第一时间救你，还把你当成了棋子趁机给姓胡的挖坑，对不对？"

"这是属下跟提举早就有的约定，属下从未反悔过。"

孙从吾看了看沈追，叹道："还是读书人的毛病，你小子早晚得吃大亏。既然干这一行，大节守得住就好，小节处不可究诘太多。你没听瓦肆里人讲书吗？仗义多为屠狗辈，负心总是读书人。历朝历代，读过圣贤书的伪君子还少吗？"

老孙不谈案子，忽而岔到了别处，这倒让沈追有些意外。他默默想着什么，道："伪君子也好，真小人也罢，历朝历代都有，不过历朝历代也都有真正读过圣贤书的士大夫。坐而论道，谓之王公，作而行之，谓之士大夫。本朝祖训，官家与士大夫共治天下，五代乱世殷鉴不远，如今正是读书人作而行之的年月。属下虽效命于本司，也从不忘圣贤之道的。"

沈追的表情很认真。他跟孙从吾相知多年，像这样的对话还真不多见。不是他不想，而是老孙从来不像今天这样正经，还主动谈到了读书人。气氛一时微妙起来，两人都没有说话，似乎在想着各自的心事。

"好了好了，"孙从吾忽地大笑起来，连连摆手道，"老子说不过你，敢情你是读书人，老子就是莽汉村夫了？老子可是大中祥符八年乙卯科的进士，如假包换，真宗皇帝钦点的，还不算读书人吗？"

老孙这一笑，气氛顿时松快了，沈追也跟着笑道："提举可是正经进士，天子门生，属下只是个落榜的贡士，为官都要再经吏部铨选，怎能跟提举相比？"

"落第的人中，未必就没有高手，那个胡垚好像连贡士都不算，不也把你掳走了？"孙从吾又给他斟满酒，话锋也切回到正题，漫不经心道，"老规矩，来龙去脉都写写吧。"

笔墨就在一旁，一沓皇城司文头的笺纸就在手边。沈追放下酒杯，提笔展笺便写。老孙自斟自饮，哼着京城里流行的小曲儿。沈追写一张，老孙就取过看一张，两人默契地都不说话，公房里只有悄不可闻的呼吸声。被囚密室的几天里，沈追早已把整个过程反反复复筛过了多次，什么该写，什么不该写，心里已有了通盘的考量。他相信老孙也明白，这种白纸黑字的记录不会字字句句都是真的，老孙需要的是一个交代，对上对下都能自圆其说的交代。

沈追写完最后一笔，推给了老孙，静静地等着。老孙看完那页，随手扔在一旁，笑道："这个就存档了——说说正经的吧。"

这才是此番谈话的核心。沈追不假思索道："胡垚，跟辽国有瓜葛。"

"唔——何以见得？"

"他跟属下聊了许多，言谈中流露出想要调和在京房和皇城司矛盾的意思，这当然是与虎谋皮的事。"

"不错，只要钱七郎在枢密院，这事就没门。"

"胡垚也清楚这一点，那他何必如此？一面表达善意，一面又扣押属下，想要挑动皇城司内乱。皇城司乱了，受益的有两方，一方是在京房，这是显而易见的，另一方，属下认为是辽国，理由有三。其一，皇城司建司以来，异族外邦最大的对手是辽国刺机局，一旦我司陷入内乱，无暇他顾，刺机局正是受益者；其二，董齐庵曾任枢密院礼房令史，品阶不高，但身处军国要事决策中枢，这也是他大展身手的本钱——提举是知道的，董齐庵潜伏东京长达二十年，不过他真正成为我司心腹大患，也就是这几年的事。"

沈追说的"这几年"，是指天圣年间钱惟演执掌枢密院之后，其实谁都明白，钱惟演身后站的是胡垚，他才是枢密院实际上的主心骨。董齐庵再有本事也是区区一个从八品的令史，如果没有得到胡垚的信任，根本没有机会接触到核心层绝密情报。

"可惜，那个董齐庵死了。"孙从吾脸上露出遗憾的微笑，道，"继续说你的其三。"

"其三，属下和胡垚曾有过约定，许沂的案子由皇城司办，周忠则交给枢密院自查，不过刚才进门之际，舒提点告诉我周忠已经落网——"

"没错，已经关起来了。"

"这就说明，周忠是枢密院的弃子，已经不重要了。"

"那又如何？"

"周忠和董齐庵曾经同在枢密院礼房共事，周忠成了弃子，说明他对董齐庵的真实身份并不了解，也就与辽国没有关系。胡垚舍弃了周忠，却也正好说明他的心虚，因为他才是董齐庵的真正同党。如果周忠真的跟董齐庵有勾结，而且又深谙枢密院敛财之道，胡垚无论如何也不会放弃他的，从万无一失的角度讲，把周忠留在手里最安全。"

沈追一口气说了许久，略缓了缓，也好观察一下孙从吾的反应。抓到周忠，本来是孙从吾值得夸耀的露脸事，经沈追这么一讲，反倒是稀松平常，还显然遭了胡垚的暗算。孙从吾怎么想还要先看看再说，舒正臣可是正在隔壁给周忠"褪毛"，憋着劲想要立上一功呢。

"那西夏呢？"孙从吾呷了口酒，闷住好一阵子才咽下，冷不丁问道，"胡垚为什么不是西夏那一头的？"

"属下想过。不光是西夏，吐蕃，大理，甚至是高丽，属下都想过，也都一一排除了。后边这几个或是隔山隔海，或是偏安一隅，对中原野心不大。如提举所言，西夏确有嫌疑，不过属下以为，西夏国主李德明与大宋交好多年，即便心有异志，面上还是对大宋称臣——"

"他儿子李元昊，可不是省油灯。"

"只要李德明当家，西夏便不会公开谋反。他们地处西北苦寒之地，物产贫瘠，粮食、茶叶、铁器、药材、丝绢都仰仗中原，而他们只有一样能卖的，就是青盐。卡住了青盐，西夏就断了税源。"

"又是柳耆卿说的吧？"孙从吾笑道，"他倒成了西北通了——你继续。"

"西夏夹在大宋和辽国之间，跟墙头草一般，胡垚若是真的勾结西夏，保不齐哪天就被李德明卖了，以胡峻高的修为，怎么会行此险招？而辽国则不一样，虽与大宋结盟修好，却是时刻不忘两国有根本冲突，亡我大宋之心不会死的。"

孙从吾沉吟片刻，苦笑一叹，道："还以为抓了条大鱼，经你这么一讲，成小虾米了——不过辛甫那边还是得好好拷问，枢密院敛财的丑事不小，把柄握在我老孙手里，好歹也要恶心一下他钱七郎。"

沈追心中终于松了口气。判断胡垚与辽国刺机局有瓜葛，并不止上述三个理由，最为关键的一个沈追没提，也无法当面提。董齐庵和胡垚都曾经能置他于死地，但两人不约而同地都没有这样做，而且不约而同地都说了同样的一句话，巧合的可能性微乎其微。但这样的理由，沈追又实在不能对人直言，哪怕对面坐的是孙从吾——

"知道为什么带你来这儿吗？"孙从吾晃了晃酒壶，将最后一滴落在沈追的酒杯里。

"属下汗颜，给孙提举和皇城司——"

"错。"

孙从吾冷冷地看着沈追，脸上笑容还在，声音口气瞬间冷如冰雪："你的手下被抓了，供出了你，是辛甫审出来的。"

"供出了属下什么？"

"原来你是董齐庵的同党，"孙从吾咯咯一笑，道，"跟你说胡垚的一样。"

舒正臣

对面的人——可能已经不能称为人了——赤身裸体趴在刑台之上，四肢被皮质戒具绑缚，固定在台面，背上，腿臂，找不到一处不带伤的地方，头发成片落在地面，还带着头皮，血糊糊黏成绺。

"铁狱二十七章，是从武周来俊臣的来氏八法演化而来。"舒正臣冷冷道，"能挺过五章的就不多见了，你能熬到了第七章，算个人物。"

舒正臣朝两个胥卒点点头，胥卒上前，将一盆热水浇在那人背上。水里加了盐，裸露绽开的伤口热腾腾冒起水汽。那人却没有太大反应，只是被固定住的四肢微微抽搐。髑髅卒解开戒具，把那人翻身仰在刑台之上，重新绑缚固定好。

"李干办，没法子的事，你咬出来的不是一般人，老孙发话了，不能太轻易过关。"

李焘嘴里塞着铁球，口涎鲜血流了满脸，眼睛肿得像膨发的馒头，只剩下两条缝。除了胸口微微的起伏，完全没有了活人的迹象。髑髅卒搬过一张几凳，舒正臣落座，继续道："不是哥哥我薄情，咱们俩也算同僚一场，弟弟你听哥一句劝，既然咬了，就咬到底，好歹再挺过一章，九是极数，铁狱不过九，到时候我跟老孙好好说道说道，也就结了案了。"

髑髅卒取下李焘嘴里的铁球，伴随着无力的咳嗽，一股血水黏液从李焘嘴角鼻孔流出。舒正臣上前，拿棉布擦去秽物，轻轻揉着他的脸颊和下颏，叹声道："兄弟，你要怨，还是得怨你自己，你犯了忌讳了，犯了皇城司的大忌。本司是干什么的，你清楚得很，要是胥卒造干办的反，干办造提点的反，提点呢？难道去造老孙的反？老孙去造晏相的反吗？皇城司还叫皇城司吗？"

李焘眼角抽搐，努力地想要睁开眼，无奈竭尽全力还是放弃了，虚弱地哼了一声。舒正臣头也不回，抬手朝身后伸去，手里立刻多了把薄如蝉翼的小刀。

他两指拈刀,刀光一过,将李焘眼皮飞快地划开,立刻有两股脓血从窄小的刀口涌出,顺着他的鼻翼流下。舒正臣眼疾手快,揩掉了脓血,那块白棉布已经是污渍斑斑了,便随手扔在地下,道:"好些了吗?"

李焘勉强挑起眼帘,看着舒正臣。

"入娘贼。"

李焘的声音弱到了极点,目光倒是渐渐聚拢,死一般的微光打在舒正臣脸上。

舒正臣忍俊不禁,道:"有种。"说着,招呼髑髅卒,"来,给李干办安排上。"

铁狱二十七章,章章都是骇人听闻的残刑酷法。俗语中有七上八下之说,刚才的第七章名为上墙抽梯,第八章名为下里巴人。所谓"上墙抽梯",取其进退不得之意,将囚犯左脚着地,右脚用绳索牵引高抬,直至左脚仅有脚尖及地,同时再往脚下泼上烧得正红的炭块,还有蘸了水的鞭子抽打,如此循环反复。"下里巴人"则极为龌龊,将囚犯剥去衣衫一丝不挂,用掺了蜂蜜的油膏涂遍全身,置于陶瓮之中,仅露出头来,再把鼠豸蛛蚁之物倒入陶瓮里,底部再加炭火,烘得鼠豸蛛蚁遍体游走,真真是但求一死的酷刑。

舒正臣话音刚落,胥卒们各行其是,有的搬过陶瓮,有的抱来鼠豸箱子,有的将油膏倾倒在李焘身上。李焘目眦尽裂,嘴里喃喃有声。舒正臣凑过去,道:"再忍忍,这一章熬过去便好。"

"入娘贼,都已经招了,非要我的命吗?"

"熬过这一章,兄弟你便是全司的大功臣,连老哥我也要羡慕的。"舒正臣狰狞一笑,道,"不过以下克上,就算是立功,也得受了这茬苦。不然这提点不像提点,干办不像干办,胥卒不像胥卒,你让老孙怎么管这一处四房五千军?"

李焘被髑髅卒架起,软绵绵的身子柳条一般,两个髑髅卒发一声喊,没怎么用力便已将他放进瓮中。一个髑髅卒急匆匆自外进来,附在舒正臣耳边低语几句。

"慢着——"舒正臣眉峰微蹙,道,"让他缓缓。"说着,他正了正冠戴,快步走出。几个髑髅卒相互看看,一时间不知所措。李焘无力地靠在瓮沿,呼吸微弱至极。一个年长髑髅卒思忖片刻,来到瓮前,从怀里掏出一个小瓷瓶,放在李焘嘴边，低声道："李干办，多少喝点儿，冤房里续命的好东西。"转向其他神色各异的髑髅卒，道，"李干办是咱们司里的人，自己人，不管犯了什么案子，总是罪不及死。各位兄弟，能积点阴德就积点吧。"

几个髑髅卒面面相觑，碍于老髑髅卒的口气，都没有吭声。铁狱髑髅卒的来源有二：一个是乡野失地流民，取的是忠厚听话，便于指挥；一个是熟悉刑名事务的底层小吏，取的是经验多，上手快，而后者投奔铁狱，还有一层原因。入流者是官，不入流者是吏，流外转流内，是无数不能靠科举正途进入大宋官僚系统的人毕生之梦想，铁狱髑髅卒这份差事虽然见不得光，却无疑是他们最后的希望。故而当了髑髅卒的人，要么一心一意唯上命是从，要么心狠手辣对囚犯毫无底线，只想尽快攒起铨叙流转的资本。好在李焘这个案子中，髑髅卒差不多都是前者。

"舒提点也没要他命的意思。"老髑髅卒见众人都默不作声，索性挑明了道，"刚才第七章过了，还让用盐水给李干办冲洗伤口，这不，老孙提举叫他过去，八成就是不再用刑了。熬到现在，李干办眼瞅着就是孙提举的红人，全司的功臣，我有心替咱们几个弟兄留条后路，李干办翻身高升，我相信他也不会亏待大家——各位意下如何？"

话说到这个份上，再愚钝的人也都明白了，众人不由得齐刷刷看向李焘。李焘微睁双目，坦然地看着他们。老髑髅卒刚才的话，他显然一字不差都听进去了。众人心中都是一凛，忙纷纷点头称是。李焘嘴角极为轻忽地一颤，缓缓闭上了眼。坚持到眼下，或者说熬到眼下，总归能歇上一歇了。髑髅卒们主意已定，也不觉得尴尬，马上过来一通忙活，将迷迷糊糊的李焘从瓮里架出，擦拭掉一身的油膏，拿出冤房自制的金疮跌打药来，细细上了药，又怕舒正臣回来怪罪，小心翼翼又把李焘架进瓮里。

话说舒正臣进门时，公房里只剩下孙从吾，这让他有些意外。按理说，沈追经下属检举通辽，这是要命的罪名，不然他也不会被带到提牢房，也不会由孙从吾亲自审问。沈追是舒正臣送到孙从吾面前的，一个时辰不到，沈追却不见了人影。难道他这么快就招了？不会，老孙再有本事也不至于三言两语就降服了他。难道是老孙反被沈追说服？这个可能性也微乎其微。就算沈追说得再天花乱坠，也不可能几句话就脱清了所有干系——

"去非的案子，我亲自办。"孙从吾见舒正臣一脸蒙，笑道，"若有人问起，就说他关在延真观，没我跟着，谁都不能见。"

"那——属下明白。"

舒正臣嘴里这样讲，心中又不忿，又不平，又不甘。不由得想起岳丈张老提点在提牢房憋屈一辈子，却吃亏在司里竞争的同僚太多，等资历熬到了，人脉有了，也到了该乞骸骨的年岁。当前皇城司中五位辅官，沈追和宋崇不管谁被扳倒都是好事，少了条拦路虎。凭他们翁婿二人多年积攒的人情，早日混到从六品甚至正六品，便能在东西二府里迁除了，再幸运一些，还能外放到州县，做个通判知州之类的实权地方官，舒舒服服过完下半辈子。如今李焘冒着二十七章的酷刑也要检举沈追，还是私通敌国的大罪，眼看沈追就要倒了，眼看好运气就要来了，却是看得见摸不得，怎能不让舒正臣心乱如麻。

孙从吾何等世事洞明的眼力，立马读出他的心思，不慌不忙道："去非的事没查明之前，他哪儿都去不了。不过仅靠李焘的检举，一面之词，还办不成铁案。此案非同小可，我安排临岳去查，你呢就辛苦些，李焘且放一放，别让他死了，那个周忠——前几日他刚到延真观，你不还问我要不要给他褪毛吗？褪，好好褪。沈追被在京房活捉，不也是因他而起？肯定不会毫无干系。"说到这里，仿佛想起了什么，揶揄道，"提牢房浑名冤房，你老丈人当了多年的提点，是屈打成招的好手，冤假错案办得多了。想有口供，你不妨买两瓶好酒，向他讨讨主意。"

舒正臣深知孙从吾就这般秉性，凡事不论大小都没个正经，事情越大，越不会正经说话。听老孙这意思，沈追定然是被关起来了，却不是关在延真观，估计是在某个隐秘黑盘里。之前，老孙明明让他重点查李焘，周忠可以不去管他，毕竟是西府钱七郎的心腹，早晚还得还回去，折腾得半死不活也不好看。可今天听他意思，分明又是准许用刑逼供，甚至造出个冤案也行——问题是这冤假错案好造，可让周忠去咬谁呢？也去咬沈追吗？万一老孙有心袒护沈追，这不弄巧成拙了吗？但不咬沈追，又去咬谁？难道去咬李焘？

不过孙从吾不给他继续犯愁的机会了，哈哈笑着起身离座，在他肩头拍了拍，一路哼着小曲儿出门，唱的正是城中巷陌流传的《昼夜乐》：

"一场寂寞凭谁诉。算前言、总轻负……"

舒正臣看着老孙摇摇晃晃离去，公房门打开，再没有关上，漏进来一地阳光。刚才只顾着欣喜，居然没有注意到头顶的日头。阳光正好打在舒正臣脚下，打在延真观里，打在东京城中——城中某处，就是沈追的落脚地。那会是哪里呢？舒正臣缓步走到门口，阳光窃笑着涂满他的全身，就像刚才髑髅卒把油膏涂满了李焘。他一时间恍惚起来。

捉到周忠，是舒正臣的功劳。这功劳就像是天上掉的馅饼，冷不丁就砸在了他的身上。其实功劳还得算张文平一份。天圣三年，周忠姘头罗惜惜的弟弟罗小乙犯了事，罪名是冒充大食商人倒卖龙涎香，倒卖倒也无可厚非，可他卖的还是假货，假货倒也罢了，偏偏还卖给了荣国公刘从德，当今太后刘氏的侄子。刘从德年纪不大，荣宠极高，他父亲刘美原先姓龚，说起来还是刘太后的前夫和义兄。刘从德买龙涎香是要讨好夫人，国公不懂行，国公夫人却懂，一下子惹得刘国公大怒，找到太后姑姑和官家表弟一通抱怨，赵祯面子上过不去，当即让皇城司拿人，孙从吾雷厉风行，将罗小乙抓进了延真观。弟弟被抓，生死未卜，罗惜惜哭天抢地让周忠想办法捞人。周忠是枢密院的人，而枢密院跟皇城司势同水火，这人就不大好捞。周忠也着实花了本钱，高层走不通，便想方设法结识了当时的提牢房提点张文平，金银珠玉泼水似的送到面前。张文平收得面不改色，事情也办得精彩，亲自带人到了荣国公府邸，当着刘从德的面把罗小乙打得血肉模糊。这当然是提牢房的套路，当天晚上罗小乙就能下地走动，浑然跟没事人一般。张文平和周忠因此相与一场，有了交情。次年张文平休致，接班的提点是他女婿舒正臣，这交情自然不减，平日里三节两寿四时八节，周忠都少不了给翁婿二人送礼，熟络得一家人似的。

前几日风清气朗，张文平鳏居在家，闲得发慌，便差人叫来爱婿吃茶解闷，商量着一道去西鸡儿巷寻两个姑娘打发光阴，不料老仆来报，门外枢密院周主事求见。张文平笑得打跌，暗忖今日翁婿两人的嫖资也有出处了。等两人见到周忠，却是大吃一惊，往日体体面面的周忠竟似孤魂野鬼一般，衣衫凌乱不说，脸上一丝的血色都没有，见面先扑通跪倒，张口颤声道："两位提点救命！"

不待周忠哭哭啼啼讲完，张文平和舒正臣早就按捺不住心里的狂喜。周忠是礼房主事，礼房是枢密院的秘密财源，钱惟演能腰杆子硬朗，打造出能跟皇城司对着干的在京房，一个靠胡垚幕后运筹帷幄，一个靠礼房真金白银的进项。孙从吾做梦都想抓住钱七郎的把柄，可笑探事房的沈追、刑事房的宋崇还号称"双英"，连个把柄影子都没抓住——如今这位礼房主事监官活生生就在眼前，苦苦哀求，只要皇城司肯搭救，一定知无不言。这时的翁婿二人哪里还顾得上去西鸡儿巷寻欢，岳丈留在家里陪周忠，女婿飞奔到延真观领回一队髑髅卒，把周忠全须全尾地带进了铁狱。不多时，皇城司里的孙从吾得到消息，也是飞马赶到，立时提周忠过堂。周忠一介书生，走的是科举仕途，哪里见过铁狱的厉鬼手段。刚刚舒正臣有意让他从刑房外走了一遭，仅是不绝于耳的惨叫就让他两股打战，一见满脸是笑的孙从吾，吓得差点儿尿了裤子，不等老孙开口便滔滔不绝讲开去。

依周忠供述，沈追奉命暗查枢密院敛财贪墨的窝案，一开始就被胡垚察觉，也判断他会从周忠下手，便指使周忠虚与委蛇，引沈追入彀。这边沈追被捉，那边胡垚就想对周忠灭口，周忠深知胡垚为人阴狠，早有自保的通盘计划，即便如此仍是差点遭了毒手，侥幸逃出生天后，思来想去便向皇城司投诚，只图保住性命。讲完这些，周忠可怜巴巴看着孙从吾，又看了看一旁的舒正臣，怯生生道："西府私自加税盘剥外邦商旅，大多是在下经手，来龙去脉都清楚得很，孙提举若是信得过，在下知无不言，只求——"

"西府里可不缺能人。"孙从吾笑容可掬道，"永中兄居然逃得出来，也真不容易了。"

皇城司甄判投诚之人是否有诈，除了要有过硬的动机、诉求和中间人，如何投诚而来也是必不可少的一环。假意投诚的对手，往往会在其中某些细节处露出致命的破绽。孙从吾这话只说了一半，另一半等着周忠来补——至于能否补得圆满，直接关系到他的性命。

"小的能逃出来，着实是九死一生！"周忠擦了擦汗，道，"三佛齐驻大宋正使蒲潜迈，跟小的是老相识了，十年前当通事的时候就跟小的交好，说白了，小的真金白银喂了他整整十年，想的就是有朝一日大宋待不下去了，能逃到三佛齐去。因为有了这个心思，小的跟他的关系瞒得很好，没人知道底细。三佛齐商团不日将到两浙路明州登船回国，蒲潜迈要去宋，上峰让小的陪同，这都是寻常事务，小的也没在意。不料蒲潜迈黉夜来访，亮了钱相手令，让他在去明州路上择机杀了小的，就说是暴病身亡——"

"蒲潜迈离京几天了？"

"三天，小的是半路溜回来的。"

"既然留了逃亡三佛齐的后路，为何不趁机走了？"

"事起仓促，小的带不走多少钱财，身边的浮财现钱都给蒲潜迈买命了——身无分文到了三佛齐，小的不还是个死吗？与其死在海外成了孤魂野鬼，还不如留在大宋搏一把。"

"西府那边，蒲潜迈怎么交差？"

"他不用向任何人交差，到了明州直接上船回国，不会再来大宋了。这十年，他从小的这里捞了不少，临走时又狠狠敲了小的一笔，攒够他几辈子都花不完的钱。"周忠声音哽咽，道，"孙提举，孙爷爷，小的眼下是什么都没了，不过小的还有房子有地有货，转手就是钱，小的只想保命——"

"永中兄太见外了。"孙从吾笑道，"进了这延真观，就跟进了内藏库一样，内藏库存的是什么？是官家的内帑，只有官家能调度。你且放宽心，除非有官家圣旨来，不然谁都不能拿你怎样。"

周忠眼睛一闭一睁，泪珠盈睫，刚想说些感激涕零的话，不料孙从吾继续道："来都来了，也不能让你闲着。写点什么吧，舒提点会张罗此事。不过仅凭白纸黑字，也不足以万全无事，还是得再拿些硬邦邦的东西才好。"

"有的，有的。"周忠忙不迭道，"近五年来的细账，在下都做了副本。"

孙从吾嘴角一挑，却不说话，舒正臣急切道："怎么没有带来？"

周忠一愣，苦笑道："舒提点说笑了，五年的细账，足足装得满好几辆大车，在下怎可能随身带着？"

"存在何处？"

"存在大弘当了，凭当主本人到场才能取。"

孙从吾和舒正臣闻声都笑容散去，皱起了眉头。大宋开国以来并不禁止官员经商，宗室勋贵做买卖的不在少数，这大弘当正是荣国公的产业。换作别家，以老孙的脾气，早就派一队亲从军过去，先把当铺剿了，东西抢到手里再说。这周忠也的确是条老狐狸，偏偏选了大弘当，赌的就是没人敢动。舒正臣还在思忖，孙从吾却蓦地笑起来，道："你老兄真是好手段，这个地方选得好！"

周忠讪讪道："身家性命所系，还望贵提举包容——在下还有一事，恳求——"

"罗惜惜吧？"孙从吾继续笑道，"你放心，都包在皇城司身上。"

周忠彻底服了，心里也有了底，慨然道："什么时候去取货，提举您一句话！"

孙从吾摇头道："这个不急，你先把笔录做好便是。另外，沈追被胡垚关在哪儿了，你知不知道？"

"在下供职在礼房，不是他们在京房的，他们黑盘多，在下委实不知啊！"见孙从吾微笑着不言语，周忠不由得又慌乱起来，哆哆嗦嗦说了几个地方，后来实在没什么讲了，索性指天赌咒，说得舒正臣都心里暗笑。孙从吾略坐一阵，朝舒正臣使了个眼色，他马上会意，叫来髑髅卒安顿周忠做笔录，叮嘱他"务求知无不言"。周忠感恩戴德刚走，孙从吾脸色骤变，默默想了半天，才开口道："周忠的事，你还有什么要说的？"

舒正臣不敢怠慢，忙道："请提举示下，大弘当那里，动不动手？"

"事关荣国公，只有太后或者官家出面，才好办事。不过咱们动不得，胡垚他们在京房的人也动不得，相比之下，他们比咱们急。"孙从吾狡黠地看了看舒正臣，笑道，"就你那一帮子髑髅卒，这差事能接得住吗？"

舒正臣立时面红耳赤。他当然想到了这一层，能一举拿到细账本是大功一件，但提牢房极少出外勤，本事都在刑房里头，虽也有日常操练，不过跟探事房刑事房的人比起来，差的不是一点半点，真要让他们去大弘当撒野，跟在京房的虎狼之徒针尖对麦芒干一架，保不齐会出岔子。

"那周忠——褪毛不褪？"舒正臣小心翼翼道，"看样子，他肚子里还有料。"

"当然有料，他这种滚刀肉不会上来就亮底牌，先等等，做完笔录再说。"

"在京房来要人的话，属下就说没有此人？"

"这还用老子教你？问你老丈人去。"孙从吾恢复了常态，笑着摆摆手，道，

"你带几个得力的,跟我回司里一趟,抓个人回来,这个倒是要好好褪褪毛的。"

舒正臣听得一怔,脱口而出道:"司里的人?"

孙从吾站起身,慢悠悠来到舒正臣面前,道:"你认识,往你这里送过不少人——本司的规矩,下克上是怎么办的?"

"不管有理没理,得过了第七章。"舒正臣顿了顿,自信地冷笑道,"只要他能熬得过。"

这是几天前的事了。那天舒正臣从皇城司带回了李焘,立刻便开始用刑,没有审问,没有袒护,没有留情。审问是孙从吾亲自抓的事,舒正臣不会,也不敢去问,只知道李焘检举了沈追,说他私通辽国,跟董齐庵是同党,至于细节就不得而知了。但仅凭这一点,已经让舒正臣,以及休致在家的张文平亢奋了好几天。

晡时将过,阳光依然很好,头顶的日头丝毫没有冷却的意思,正如舒正臣红炭般火热的心绪。老孙让他先放过李焘,那就先放放,至于周忠,褪毛是少不了了,但也得留个后路,一旦枢密院真来要人,不能做得太过分,不然老孙肩膀一耸两手一摊,滥用刑罚的罪名就全砸在他身上了。却也正好借此机会再榨榨周忠的油水,千里为官只为财,放着一尊财神爷在眼前,不去打打秋风,岂不是坐失良机?还是老丈人说得好,提牢房活儿脏,但比起探事房刑事房安全得多,至少不用每天过刀头舔血的日子,何况有髑髅卒伺候着,有犯官犯人油水捞着,即便只能在提点任上告老休致,也可以官升两级,正经的从五品朝廷命官。思绪及此,舒正臣拿定了主意,方才意识到腿脚发麻,不知不觉间,已经站在门口多时了。

宋崇

突如其来的危机,对沈追或宋崇而言,都是生命的常态,多年的皇城司经历让他们不会对危机感到不适,反倒有种一探究竟的强烈兴趣,这样的兴趣往往会超越危机本身。也正因如此,当沈追在宋崇面前坐下的时候,两人都是一脸的笑意。

"被关在董齐庵家里,感觉如何?"

先开口的是宋崇。

沈追苦笑摇头,道:"案卷看了吧?"

宋崇也颔首一笑,拍了拍手边皇城司文头的案卷:"虚虚实实,真真假假,我是当成瓦子话本看的。"

短暂的笑声之后,宋崇道:"李焘的事,你怎么想的?"

"检举我是辽国奸细,这一招我没有想到。"沈追敛住笑,皱眉道,"我一时想不透彻,主使者会是谁?我原本笃信是胡垚,现在倒有些狐疑了。"

"眼前的线索,胡垚的确是最大的嫌疑。"

"在京房和皇城司龃龉不和,这是众人皆知的事,胡垚这么做,当然可以理解为蓄意搞乱皇城司,不过要真这么判断,反倒会把另一种可能掩盖了。"

"你认为私通辽国的,是胡垚?而胡垚抛出了李焘,目的是掩盖自己?"

"不错,我已经口头跟孙提举讲过了。"

"孙提举有何说法?"

"他让我跟你合计,还说你在铁屑楼见过胡垚。"沈追露出微笑,道,"来的路上,你写的瓦子话本,我也看过了。比瓦子里的说话人差得多,比我倒是强了不少。"

"这倒奇了,你才去过几次瓦子?说得跟勾栏常客一般。"

"这个上头我真不如你，不过，也有你不拿手的。柘析劫布是袄祝不假，他还有个身份，估计你是不知道的。"沈追故意顿了顿，又道，"柘析劫布，就是藩长。"

沈追是探事房提点，探事房职责是"探"，也就是侦缉间谍和情报，蕃坊的内幕信息当然也在侦缉之列。他说柘析劫布就是藩长，想必已经确认无疑。宋崇意外地看着他，心思一下子激荡起来。这就能解释很多难题了。藩长历来是深居简出，从不抛头露面，通过任命袄祝来管理全坊事务，前任袄祝赭时支特是西夏翊卫司的暗钉，他神秘消失，显然是被藩长除掉了，而藩长不再委任袄祝，而是亲自走到前台，意味着蕃坊内部出了大乱子，他不再相信任何人。吊诡的是，柘析劫布明明是藩长，却瞒天过海只以袄祝的名义出现，他为何隐瞒自己的真实身份？

宋崇沉吟道："死在铁屑楼的，有六个人。四个样磨部刺客，曹老六，西夏卖家——说是西夏人也不准确，他其实是辽国人，他身上有辽人才有的文身。"

跟沈追写的"话本"一样，宋崇的笔录也是真真假假，更多关键的信息都藏了起来。沈追也是一怔，尽管他知道不该有质疑，却还是脱口而出道："那文身，查验了吗？"

"查了，不是新的。那人四十岁上下，文身从小就有，这个眼力我还是有的。"

"文身是什么形制？"

"虎头，奚族人的图腾。"

沈追点头道："探事房在西夏的探子有过消息，兴平公主耶律里芹从辽国娘家带了两个心腹近侍，都是奚族。"

两人一时陷入沉默，他们都知道，当年辽太祖耶律阿保机用兵多年才降服奚族部众，因人口庞大，不得不将其列为四部国族之一，地位仅次于契丹人，还被赐予"萧"姓。耶律里芹年少远嫁西夏，受到李元昊冷遇又举目无亲，越发依赖奚族近侍。西夏卖家是奚族人，而奚族归顺辽国已过百年，当然也是辽人。一个深得辽国公主信赖的近侍，以私卖公主陪嫁为由费尽心机接近崔留利，也就是接近皇城司，却未曾说过一句话就死于非命。

宋崇缓缓道："他知道崔留利是皇城司的人，也一眼认出了我，他是怎么做到的？他的真实目的又是什么？"

这是困扰宋崇多日的问题，他也苦思了多日，但一直如坠云雾之中。此人身上隐匿了太多的秘密，可惜竟就这么死了。

"不知临岳有何推测？"

"毫无头绪。"宋崇轻轻一叹，坦言道："此人想要接触皇城司，无外乎两种可能，一种是受耶律里芹的指使，另一种是此人自己的企图。前者可能性有，不过不大。耶律里芹身份再尊贵，也是女流之辈，辽国与大宋明里暗里的交通渠道很多，何必舍近求远？至于后者，人已死，已经是不可能再知道的秘密了。"

"我倒不全同意你的看法。"沈追起身，一边踱步，一边分析道，"辽国与大宋的消息往来，的确是无须耶律里芹插上一脚，不过临岳，这是面上的，也是过去的。时过境迁，因时而变，天圣九年也就是今年六月，辽圣宗耶律隆绪驾崩，长子耶律宗真即位，他不过才十五岁，掌权的是太后萧耨斤，但这位萧太后宠爱的是二儿子耶律宗元——"

沈追说到这里，意味深长地看了宋崇一眼，道："耶律宗真处处受萧耨斤挟持，虽贵为一国之主却跟囚徒一般，临岳刚才说的那些渠道，几乎都被萧耨斤控制了，他自己想说的话是传不出来的。据线报，西夏李德明早在天圣七年就请辽国赐婚，直到今年辽圣宗死了都没有下文，可耶律宗真刚即位，就迫不及待把姐姐嫁过去，你说，有没有可疑之处？"

宋崇身为刑事房提点，平日里干的是安保扈驾、缉拿人犯的差事，对外邦情报知之不多，经沈追这么一讲，立时豁然开朗，道："这样看来，耶律宗真既有被废之忧，又被困在宫禁中无法跟外界联系，只能借助兴平公主向大宋求援？"

"一旦这条线打通了，皇城司和耶律宗真就建立了直接联系，倘若真能帮他稳固帝位，大宋对辽国就有再造之恩，对西夏也更有震慑之威。不希望看到这个局面的，是辽国萧耨斤，还有西夏李元昊。"

宋崇仿佛想起了什么，皱眉道："既然如此，那为何是样磨部的刺客出手？他们的目标该是李元昊才对。"

"对刺客而言，杀死目标才是最终目的，奚族近侍的公开身份是西夏使节，有这一条就足够了,刺客哪里会知道他的真实身份?"沈追落座,端起茶盏刚到嘴边,又道,"更何况,如果有人蓄意拿他们当枪使了呢?"

宋崇心里大动,像是自语一般,道:"样磨刺客杀了耶律里芹的奚族近侍,也就是杀了辽国的人,辽国不会善罢甘休,而样磨刺客是被赭时支特利用,他却是西夏翊卫司的暗钉,因事败被杀,杀他的是藩长柘析劫布——"说到此处,宋崇不由得攥拳失声道,"柘析劫布隐瞒了真相!"

宋崇出身簪缨之家,待人接物彬彬有礼,内心却是卓然孤高,最受不得被人欺哄愚弄。他脸皮本就白净,加上蓦地情绪激荡,竟刹那间通红了脸。沈追对他再熟悉不过,放下茶盏,静静地看着他,不再说什么。

宋崇意识到自己有些失态,放松了拳头,冷笑道:"赭时支特利用祆祝身份指使样磨刺客行凶,虽然他事先被柘析劫布杀了,但他的计划没有败露,样磨刺客如约杀人,以为杀的是西夏高官,却不料杀的是辽国人。如此一来,西夏深藏不露,却已经挑起了辽国和大宋的争端,毕竟人是死在了开封,而且皇城司自然要追剿样磨刺客,反倒替李元昊当了打手——一箭双雕,李元昊身边一定有高人指点!"

沈追淡淡一笑:"这人你是知道的。柳耆卿早就说过,是张元张雷复,咱们在天圣五年一起参加的殿试。"

"柘析劫布明明知道这些,却没有如实交代——"

宋崇说到恨处,目光又犀利,又懊恼。人是他亲自审的,虽然时间仓促,却也不至于疏忽到这个地步。沈追却马上接过话头,道:"幸好临岳你发现得及时,没造成什么损失。"

宋崇一怔,立刻明白了沈追的好意。笔录是瓦子话本,当不得真,孙从吾也不会当真,但真要是面对面汇报,却是来不得半点的糊弄。明明是宋崇一时失察,沈追却帮他挽回了颜面。照此看来,柘析劫布杀赭时支特是为了灭口,可他没有想到,人虽然死了,杀人的计划却没有停止。如果需要的话,柘析劫布知情不报,便是个完美的替罪羊。想到这里,宋崇不得不叉手一揖,由衷地道:"谢去非成全。"

沈追摆摆手,笑道:"你我之间不必如此。眼下还有更大的危机。离开延真观时,孙提举告诉我,据确切情报,李元昊就在开封——不过,老孙没说情报来源。"

"李元昊——"

宋崇一时说不出话来。西夏使团在开封日子不短了,一直在等太后和官家召见,并参加冬至日郊祀大典。使团名单里没有李元昊,既然老孙言之凿凿他就在开封,那便只能是匿名而来——为何要匿名?他究竟想干什么?

"我初听到这个消息,也是惊诧不已。"见宋崇不语,沈追便道,"老孙没说太多,只是说务必要防着西夏和枢密院暗中勾结,对本司不利,让咱们勾兑一二,尽快拿出个章程来——临岳你有何见教?"

宋崇一叹,道:"如果柳耆卿在开封就好了,可惜他又不知在何方云游。"

屋内再次安静下来。两人都意识到,李元昊——或者说是张元——的计策很成功,至少在目前看来如此。辽国公主的近侍,也是西夏使节死在了开封,大宋同时开罪了最危险的两个敌人,而这一切都可以归结为皇城司办事不力。这是明面上的危机。暗地里,李焘忽然不惜以下犯上检举沈追,消息固然被严密封锁,却也难保不会传出去。何况按照沈追的研判,李焘本人就是胡垚的暗钉。枢密院钱七郎一封札子密送到太后和官家面前,即便是风闻奏事,也足以让官家不便再出面维护,这就意味着事情搞清楚之前,皇城司将彻底失掉靠山。前番在铁屑楼里,宋崇亲耳听到胡垚讲在京房和皇城司"再无握手言和的可能","一刀一枪,尸山血海里分出个高下",一旦失去官家的支持,恐怕这尸山血海便是皇城司的下场了。

片刻之后,宋崇眼里开始闪烁着微光,这光亮忽明忽暗。显然,他的心思在急剧波动。

"刺机探凶,兄或不如我,临事决绝,我远不如兄。临岳,你就直说吧。"

沈追平静地注满了两个茶盏,抬眼望向宋崇。

"我有一个计划,只是一旦泄露,皇城司便是万劫不复了。"宋崇看了看沈追,继续道,"而且,还要去非你受些委屈。"

"我本就是戴罪之人,罪名还是私通辽国,还能有比这更委屈的吗?"沈追一笑,道,"临岳就直说吧。"

"为今之计，只有以毒攻毒。李元昊如今最为忌惮的，是样磨部的刺客。在西北，他能率铁鹞子灭了甘州回鹘，可他现在开封，开封是大宋的，不是他西夏的。翊卫司再精悍，搁在开封地界也是蕞尔小丑，施展不开。"

"我听明白了。"沈追忍不住笑起来，摇头道，"你让我领着样磨刺客去杀李元昊？"

宋崇也是不觉莞尔，道："不是让你带领刺客杀人，只需要你做些手脚，把李元昊的行踪通报给他们。"

"样磨刺客的手段，你是领教过的，万一真把李元昊弄死了——"

"死就死了吧，也算替大宋除了个隐患。"

两人相视大笑。李元昊素有自立的反心，这是他们都清楚的，不过李元昊死在开封，李德明再忠顺大宋，也难免会为子报仇，战祸就势不可当。且不说辽国会趁机渔利，一旦开战，死伤的都是大宋的良民子弟。

笑毕，沈追感慨道："过过嘴瘾罢了，眼下还真不能让他死。"

"不错。你安排样磨刺客动手，我带着刑事房的弟兄保护，如此一来，李元昊就不得不靠着皇城司保命，不敢再生出事端，西夏那边的危机就算过去了。至于辽国，就得抢在他们借题发挥之前，先给他们来个当头一棒。"

"这事也是由我来吗？"沈追叹口气，苦笑道，"我可是戴罪之人，这样抛头露面的，或许也太过嚣张了吧？"

"这个就不用劳驾了。"宋崇笑道，"自然会有人做的，去非何必明知故问？"

其实沈追心里也早已有数了，他故意这么讲，是想确认宋崇的意思。两人又是相视大笑，不过跟刚才不同，他们仿佛都看到了一场即将扑面而来的血雨腥风。

第七章·南枝开放北枝寒

老雕

大宋开国之初，经过近百年战乱后，开封城内各外邦使馆或撤或废，使节或死或逃，一片衰败景象，直至太宗朝才逐步恢复起来，在内城西南崇明门内大街西侧重建都亭驿，专供各外邦使节留驻。到了真宗朝，澶渊之盟既成，外邦来使络绎不绝，原本的都亭驿不堪重负，便单独留给了辽国，做了大辽使馆，又在内城西南宜秋门外，相继建了都亭西驿、来远驿、怀远驿、班荆馆和瞻云馆，与内城都亭驿大辽使馆遥相呼应，成了东京汴梁的使馆区。这片地界不大不小，各处使馆墙高庭深，周遭店铺酒肆林立，进进出出的多是奇装异服、隆鼻深目的外邦人。按大宋官制，外邦常驻使节和官私朝贡商队的政商事务，一体由枢密院礼房管理，监视安保则由枢密院在京房负责。今上赵祯即位前，在京房形同虚设，监视安保实际上成了皇城司的职权。钱惟演执掌枢密院后，倾力栽培在京房，一步步将皇城司势力挤出了使馆区，这已是天圣年间的事了。

西夏自夏王李继迁起，就在境内大兴佛教以驭百姓，王族权贵竞相布施供奉。李继迁之子李德明嗣位夏王之后，对大宋称臣纳贡，请赐佛经，派了使节常驻开封，都亭西驿就成了西夏使馆。西夏使节多是达官显贵，为了平日里礼佛便利，在旧曹门外大街上盘下座寺院，名为兜率寺，从住持到沙弥，全是从西夏本土千里迢迢而来。这兜率寺是子孙丛林，不接众，不挂单，自成一派，住持收徒都要回西夏受三坛大戒，与中原僧众两序并无往来。开封人提起这兜率寺，都说是进不得门烧不得香，偌大个开封，兜率寺竟跟国中之国相似。不过知根知底的都知道，与其说兜率寺是寺院，倒不如说这里是另一处西夏使馆。崇明门宜秋门那里的使馆区，早被皇城司在京房渗透得跟筛子一般，毫无秘密可言了。兜率寺借着寺院的名号，里里外外防范得滴水不漏，按在京房提点康川的话说，兜率寺说白了就是西夏翊卫司的汴梁分店，可见其神秘莫测。

康川说这句话的时候,他对面坐的正是花冲,诨名花长虫,在神卫军右厢第一军第二指挥任副指挥使。这话便是说给花长虫听的。上次在蕃坊铁屑楼,花长虫马失前蹄,被宋崇连哄带骗做了伪证,让自信满满的康川吃了个大亏。其实两人早就认识,真宗天禧二年,康川还在枢密院知杂房做书令史,花冲则是神卫军的押官,都是不入流的微末小吏。那年京东路淄州征禁军入京,枢密院和禁军要派员参与,两人一路同行到了淄州。神卫军是禁军上四军,待遇远高于其他各军,应征的人多,油水也就多。俗话讲"任你官清似水,怎奈吏滑如油",两个微末小吏心有灵犀,花冲收钱定员,康川核准入伍,配合得天衣无缝,结结实实赚了一笔外快。此后每到神卫军征兵,两人就结伴而行,日子一长便有了交情。铁屑楼命案过后,康川把花长虫叫到一个常去的酒肆,在包房里一番痛骂,骂得花长虫灰头土脸。听到最后,他脸上实在挂不住了,讪讪道:"那个情形,那个场面,康哥,由不得我老花不从啊!"

康川冷笑道:"你怕宋崇,便不怕我了?不怕在京房了?"

"怕得要死!"花长虫赔笑道,"康哥你骂也骂了,我该交代的早就交代了,念在多年的交情上,这篇就算翻过去了,如何?"

"真的全都交代了?"康川盯着花长虫,道,"若有一点儿隐瞒,交情再久也顾不得了。"

花长虫捶胸顿足道:"我进去的时候,铁屑楼厅堂地上就只有两具尸体,一个是曹老六,一个是那色颇,其他的真没看见!"

康川冷眼看着他,心中不由得暗笑。花长虫固然是块滚刀肉,嘴里再没有实话,这个当口也万不敢撒谎。之所以还要再诈他一诈,是因为临行前胡垚有过盼咐,这是话本开讲前必不可少的一个过场。

"你说得这般好听,我是信你的。"康川微微一笑,道,"不过还是老规矩,纳个投名状吧。"

花长虫傻了眼,尽管来时就抱定了装傻充愣的打算,却仍是逃不掉这个结局。康川说的投名状并不复杂,既然他已经上了宋崇的船,替皇城司做了伪证,就继续留在船上,老老实实做个在京房的暗钉。康川见他霜打茄子般颓唐,也不多言,把一个纸团扔给他,不动声色地呷了口酒。花长虫展开纸团,上面只有两个字：老雕。

半个时辰后，花长虫灰溜溜走出酒肆，回头看着门楣上"伯伦小馆"的招牌，恶狠狠地吐了口浓痰，在心里把胡垚和康川骂得体无完肤。从此，在京房的诸多暗钉里就多了个"老雕"，伯伦小馆是老雕的接头地点，而老雕的第一个任务，便是严密监视兜率寺。

回到军营，花长虫一头钻进自己的营舍，插了门闩，谁都不见。伺候的小卒只道是他午间吃多了酒，也不敢来讨没趣，于是直到掌灯时分，才斗胆送饭过来。花长虫盘算一个下午，心里有了个大概，便狼吞虎咽吃了饭，叫上几个心腹都头，个个都是平常市井装扮，出军营一路向南，过两个路口来到了旧曹门外大街，兜率寺就在眼前了。都头们还以为要去南斜街上的妓院，本是一个个欢呼雀跃，走路都要飘起来，却蓦地见花长虫驻足不动，盯着远处的兜率寺出神，不由得都愣住了。一个刘姓都头忍不住道："花爷，您带弟兄几个出门，是来看姑娘呢，还是看和尚？"

都头们都笑出了声。花长虫看着那四面高墙围起的寺院，冷笑一声，一语不发，转身便朝着南斜街走去。中午的时候，康川给了他"老雕"的名号，也给了他一笔钱，算是暗钉活动的经费，花长虫拿出三成，又是听曲儿又是选姑娘，好生请了几个都头风流一夜。次日晨起，众人吃了顿早酒，勾肩搭背回到军营。又路过兜率寺时，正巧赶上寺里卯末辰初诵经，钟鼓齐鸣，响声抚远。花长虫停下脚步，看着周围几个都头，粗声粗气道："昨晚交代的事，没落在姑娘们肚皮上吧？"

都头们闻言纷纷又笑又嚷，拍着胸脯将好听话说了个遍，把花长虫捧得飘飘入云。是夜，神卫军增派了一都巡城人马，专在兜率寺附近转悠，花长虫也一反常态，亲自当值夜巡。如是一连几天，夜夜都平安无事，连个荒猫发情野狗打架都没见着。几次夜巡下来，花长虫身子顶不住了，带头溜回营舍睡大觉，都头兵卒们也都懈怠起来，说是巡城，出军营门不久便放了羊，反正离着罗城不远，城下有的是藏兵洞，三三两两找一处猫进去，只待次日点卯交差便是。

出事是在丑末寅初，神卫军夜巡的人马都在藏兵洞里，有的关扑赌博，有的蜷缩打盹，街面上干干净净，大风吹得连片树叶子都见不到，月光也正好，照得街面跟水洗过的相似。因为风大，火势起得就快，而且是几处一并走了水，铁屑楼、祆庙、蕃坊货行街烧得跟一盆炭火相似，没过多久，开封东北上方的整个天空都是红彤彤的一片了。

天圣元年，今上赵祯下诏设立京师潜火军一千人，从在京禁军中挑选，在驻地就近搭设军巡铺，专职负责开封城消防灭火。这一千人看似不少，可撒进偌大个开封，跟一勺盐混在缸里一样，根本显不出味道，何况又在深夜，又是外城，等潜火军接到卓望楼警报，从城里各处军巡铺赶到蕃坊，火势已经控制不住了，纵是拼尽全力也只能阻止火势蔓延，至于已经烧起来的地方，除了眼睁睁看着彻底烧干烧净，毫无任何办法。

蕃坊之外，很快聚集了一群老相识。皇城司的宋崇、杨良祐，在京房的康川，神卫军的花长虫，当然还有苦主柘析劫布，众人心态各异，神形不同，只有被火光映得忽明忽暗的脸庞并无二致。

一处起火，还能算是不慎，多处一并烧起来，起因便不言自明了。花长虫成了老雕之后，按康川的授意，日夜不停监视兜率寺，不料出事的却是蕃坊。幸好康川当时只说了兜率寺，若是换作那里被烧成了白地，可真是大祸临头了。花长虫一边装模作样指挥人灭火，一边故意弄得一脸黢黑，跑过来站在康川身边，气喘吁吁道："康哥，这儿火大烟浓，别呛着——"

花长虫没说完，康川怒道："火大烟浓，怎么没呛死你？你还真是摔不死的长虫！"

这倒是奇了。上次在铁屑楼，康川陪胡垚吃了个大瘪，丢尽了颜面，按理说眼前正是幸灾乐祸的好时机，怎会如此暴怒？看他那神情，仿佛烧的是自家枢密院，而不是祆教的蕃坊。

花长虫猝不及防，被康川弄得张口结舌，刚悻悻然转过身，又是一脸震惊。那边宋崇和杨良祐都是背手站着，神态平静中带着几分放松轻快，好像眼前着火的真是枢密院。这也是奇了，祆教蕃坊如今一屁股坐在皇城司那里，尽管看得出万般无奈，也实打实成了盟友，可宋崇和杨良祐却是如此泰然，只差没有鼓掌喝彩了。再往前看，是蕃坊祆祝柘析劫布，正听手下汇报灾情损失——他算是在场唯一一个正常人，脸上一派铁青，不知是戾气外溢还是烟火熏染。这次大火，蕃坊损失难以估算，近百年光景的铁屑楼，眼瞅着从一座楼烧成了一堆炭，再建不知要耗费多少物力人工。"

那个汇报的手下讲完，面目惶惶，低头退在一旁。柘析劫布闭目仰头，双拳紧握，甚至听得见他浑身骨骼咯吱作响。良久，柘析劫布睁开眼，转身大步走到宋崇面前，情绪激荡之中，还不忘张开五指，手腕交叉于胸，身子前倾一躬，起身时一声怒吼已经喊出，周遭的人听得清清楚楚。

"西夏！"柘析劫布咬牙切齿道，"是西夏人干的！我有证据！"

宋崇脸色凝重，点头道："还请祆祝放心，一旦确认无误，皇城司绝不容情。"

柘析劫布指着手下找到的引火油、火镰等物，盛怒之余，连话都说不连贯了。其实在场众人都心知肚明，仅靠这些物证，很难将矛头直指西夏，不过众人也都清楚，不久前西夏使团的一个重要官员死在了铁屑楼，而且是死在了信奉祆教的样磨刺客手里。虽然皇城司公开的案子里，并没有提到这位官员，但西夏人不傻，也不会就这么吃了哑巴亏，纵火报复并不难理解。皇城司刻意隐瞒死者身份，是替西夏人遮了羞，毕竟一个使团高官私自倒卖王太子妃的嫁妆，怎么讲都是件丑闻。如此一来，皇城司倒成了西夏的恩人和朋友，如何不让康川气得火冒三丈？再加上宋崇刚才的说辞，分明是把办案权继续揽在皇城司这里，又置在京房的脸面于何地？须知按大宋制度，所有在开封的外邦使节，不管是常驻还是朝贡，一律由在京房来管，明明西夏使团死了人，这都已经报复上了，在京房却毫无插足的办法。想到这里，康川气得七窍生烟，恨不能把当初做伪证的"老雕"花长虫踢废在眼前，四下里望去，却见他已经不知溜到哪里去了。

康川顾不上找花长虫泄愤，快走几步来到柘析劫布面前，斟酌着安抚了几句，又道："是不是西夏人放的火，朝廷自有办法去查，皇城司的人也不能总吃干饭吧？不过，康某还是得提醒祆祝，万不可做一时冲动的事，西夏使团是受朝廷保护的——"

柘析劫布默默地站在原地，一语不发。

"那在京房就去都亭西驿吧，好好保护西夏人便是。"宋崇冷笑道，"纵火的贼人，本司一定会绳之以法，务必为蕃坊，为不幸死去的教众兄弟讨一个公道。"

宋崇的声音很大，无异于火上浇油，不但柘析劫布，就连远近的蕃坊教众都是怒不可遏。柘析劫布看向康川，目光中火苗炽烈，跟身后还在燃烧的铁屑楼一样旺盛。

"请康提点好好保护西夏人，因为本教那些冤死的魂灵，不会放过他们的。"柘析劫布毫无畏惧，也毫不顾退路地继续道，"活着的教众，更不会放过他们。"

场面一时安静，没有人再说话。冲天的火光里，缓缓聚集了数不清的绝望的祆教教众，他们已经放弃了灭火的念头。铁屑楼后鳞次栉比的院落，本来是他们聚居之处，他们的亲人朋友，他们的家园财产，都在缓缓地、不可遏制地消失在那里，消失在火焰深处，而他们能做的，只有无助地目睹这一切。人群中，有位老者跪倒在地，唱起了不知名的歌谣。宋崇目光一凛，老者正是给崔留利动刀取镞的那位。眼前的老者毫无那时节的泰然自若，更像是一截燃烧到了尽头的残烛，一片枯枝头摇摇欲坠的黄叶。教众们跟着相继跪倒，声音汇聚一处，和噼噼啪啪的燃烧声融合为一体。柘析劫布泪流满面，也跪了下去，跟他的教众们一起吟唱。那歌谣是如此凄凉，如此摄魂，连顽强支撑许久的铁屑楼终于轰然倒塌的那阵巨响，都没有打断弥漫在蕃坊的歌谣声。

次日正午，还是在伯伦小馆，还是一连串排山倒海的诘责，"老雕"花长虫被康川骂得抬不起头。不过分别之时，康川还是把两块银锭放在桌上，银锭两端宽厚，平直束腰，正面刻着"福州进奉乾元节银伍拾两"。所谓"乾元节"，是今上赵祯每年四月十四圣诞之日，可见是给皇帝祝寿的福州地方供奉银锭，如假包换的十足成色。花长虫看傻了眼，讪讪道："前几日——不是刚给过吗？这可如何使得？"

"蕃坊已经烧了，兜率寺那边，可不许再出事了。"康川叹了口气，摆摆手，让花长虫拿上银锭，又道，"尤其是这几日，须要提上万分小心。银子你拿上，一半给你，一半换些吃喝用度，给你手下弟兄们分了。还有，我给掌柜留了话，你在伯伦小馆可以赊账请客，多少都随你的意思，自会有人来会账——一句话，兜率寺是不能出事的，明白吗？"

"康哥你是知道的，我一个副指挥使能有多大能耐？"花长虫察言观色，见康川并无不悦，便继续诉苦道，"指挥使老武两年没任事了，上头也没个说法，第二指挥五个都五百人，我只管三个，另两个不归我管，我是指挥不动的。这三百人就算全动起来，四个时辰一班轮班倒，也将将够绕着兜率寺几个来回，真出了事能起多大作用？还有，只顾着兜率寺，那其他地界呢？第二指挥的防区可大了去了——老花我是真想好好办差，可干着急使不上劲啊！"

花长虫这话半真半假，夹了不少私货，也正因为夹着私货，所以说得发自肺腑。指挥使老武前年喝了大酒非要骑马，不慎摔断了腿，一直没好利索，花长虫一心想取而代之。康川知道他的心思，便笑道："老武已经六十四了，再熬半年就到休致，你何苦跟他过不去？谁还没个老朽的时候？你这名声本来就不甚悦耳，别给自己加佐料了，欺老的名声可不好听。"见他垂头叹气，只得安慰道，"军官铨叙磨勘归枢密院管，有康哥我在，锅里就有你的米，指挥使早晚是你的，你担心什么？差事办好了万事好说！"

康川有事先走了，留下花长虫呆坐在包房里，又磨蹭了一阵子才离开。他提着装了银锭的招文袋下楼，招文袋沉甸甸的，他感觉比提了座银山还重。康川和颜悦色跟他讲话，还不如劈头盖脸地骂来得实在。这差事委实是不好办。想那兜率寺是座寺院，不是一两个人，要保护起来谈何容易？不会说党项话，连大门都进不去，即便是准许神卫军进去，派多少人合适？怎么驻扎、怎么换防？军费谁出？寺院里头大小和尚有百十来号，是都保护呢，还是只保护住持、首座、监院这些重要人物，其他人爱死不死就都不管了？这些具体问题康川一概不提，就给了这两块银锭，再撂下几句不软不硬的狠话。早知道暗钉会当成这样子，刀架脖子上也不能答应做什么"老雕"。

沈追

拔色颇是个精瘦汉子，个头不高，三十来岁，头发刚刚剃完，毛茬乌青。在旁边几个样磨杀手的帮助下，拔色颇盘腿，背手，勾头，下巴颏抵在胸口。一个杀手轻声念了句经文，拔色颇闭目咬牙，只听得他浑身骨缝处咔嚓作响，杀手扣住他的肩膀，顺势一反，肩膀已经脱了臼，接着是胳膊，手肘，很快地，几处主要关节陆续都脱臼了，拔色颇整个人软绵绵地缩成了一个不大的肉团，任由杀手像和面一样折叠，而自始至终，拔色颇没有吭一声，只是苍白的脸上布满了细密的汗珠。

看着眼前的这一幕，沈追始终默默站在一旁，强抑内心不断起伏的波澜。样磨部世代都有刺客高手，从大食到西域，再到西夏和辽国，再到中原，样磨刺客始终都是开价最高的，也是几乎从未失手的。能做到这些，必有其独门技法和对外不传之秘。眼前这闻名遐迩的缩骨功，就是其中传得最为神秘的一项绝技，按理说外人绝无可能得窥堂奥，不过现在皇城司和蕃坊有了共同的对手，柘析劫布允许沈追出现在这里，是一种态度，更是一种自断后路又坦然示人的决绝。

现在沈追和柘析劫布都已经知道，死在铁屑楼的奚族人叫突婆固，他的妻子是西夏王太子李元昊的正妃，也就是辽国兴平公主的乳母。突婆固临死前告诉柘析劫布，他是假借倒卖白驼毡毯之名来见皇城司的宋崇，但他要跟宋崇说什么，却没有交代。沈追和宋崇商议之后，决定如实相告，因为柘析劫布实际上是藩长，本身就是横跨西域、西夏和辽国的庞大民间情报机构的头子，瞒是瞒不住的。柘析劫布从自己掌握的情报出发，综合皇城司提供的信息，从而确定了突婆固的目的，即试图建立辽国皇帝耶律宗真和大宋之间一条新的秘密交通线，也因此放松了对西夏的警惕——毕竟突婆固是潜伏在西夏的辽国间谍，身份也已经暴露，他的死不至于引发西夏的强烈报复。再加上宋崇在危急关头的巧妙安排，突婆固之死并没有公之于众，也就谈不上让西夏人的颜面公开受损。但柘析劫布还是错算一步，突婆固死在样磨刺客手里，而样磨刺客是李元昊必欲除之后快的寇仇，尽管突婆固是叛徒，依然会借他的死向样磨刺客寻仇。柘析劫布痛心疾首之处还在于，他没有料到李元昊的报复对象会是整个祆教教众。

沈追低声道："祆祝有没有想过，之前仅仅是样磨部和西夏的冲突，蕃坊祆祝居中协调，还能化解一二，可一旦——"

"那色颇是拔色颇的亲弟弟。"柘析劫布平静地看着拔色颇等人，道，"他们的父母，还有妹妹，都死在了甘州。"顿了顿，他继续道，"他们都是我的教众，我的族人。"

沈追听柳永讲过西夏灭亡甘州回鹘的经过，城破国灭，部众死伤无数，因为跟翊卫司缠斗多年，样磨部与之积怨甚深，自然是被重点招呼，一路追杀千里只为斩草除根，残部大半逃入了辽国和大宋，一支栖身于开封蕃坊，幸存者不足十一。即便如此，西夏使团还屡次三番向大宋上书，要求朝廷下令让蕃坊交出样磨残部。东西二府平日里斗得口口见血，在这件事上却是从未有过的一致，先是婉拒敷衍，后来被催得急了，则是断然驳斥，绝不妥协。这些情况柘析劫布了如指掌，也是他最终选择跟西夏彻底翻脸的底气。

两人寥寥几语间，拔色颇已经被塞进了一个特制木桶的底部。木桶上下两层，上层装的是西北特产的荞麦，下层便是拔色颇藏身之处。从外观形制来看，任何一个正常人的常识里，都不会想到其中会藏着一个成年人，一个可怕的样磨杀手。他将在这里待上整整两个时辰，直到那个需要他的杀手本色迸发的时刻，其间不吃不喝，龟息蛰伏，如同一潭死水。

柘析劫布轻声吟唱起了一段歌谣。跟火光中那位老者的歌谣不同，柘析劫布更像是在吟诵经文，旁边的杀手们五指张开交叉在胸口，如同捧火献祭一般，朝着木桶躬身送行。

"出发吧。"

柘析劫布平静地命令。木桶被杀手们抬走，密室的门关上了。沈追知道，这个木桶将会跟十几个同样形制的木桶混在一起，送入兜率寺。如果不幸被发现，毫无抵抗能力的拔色颇难逃一死。如果足够幸运，今晚子丑之交的时刻，拔色颇会从木桶中脱身而出，恢复一个杀手的本来面目。而他的目标早已确定——李元昊，或者他看见的任何一个西夏人。

"我们也该出发了。"

沈追这句话，显然不是对着柘析劫布说的，他的视线所及之处，是密室的一角，那里被黑暗覆盖着。柘析劫布没有回头，他对沈追带来的人毫无兴趣，他的全部心思，都已经跟着拔色颇和他的死士们离开了。

黑暗中，竟然传来一阵胡语，之后，有一个身形颀长的白面男子走出来，朝着柘析劫布郑重地行了一个捧火礼。柘析劫布毫不掩饰吃惊的神情，随即动容地看着那人，也用胡语答话还礼，简短地几句对话之后，目送二人出门。

亥时的开封街头，依旧是人流如织，人气喧闹声遥遥可闻。沈追和柳永离开那处皇城司的黑盘，走过一条巷子，前面是金梁桥街，再折而向南走过几个街口，便是使馆区了。路过巷口时，有个皇城司的胥卒一身市井摊贩装束，正在大声兜售应季的果子。见沈追出来，胥卒远远地做了个手语。沈追不动声色地答复一切正常，让他们回司报信。整个过程中，柳永一直没有说话，他的脸上还盘绕着凝重的神色，看来刚才的场面让他深受触动。

到底还是个文人。沈追哑然一笑，忍不住道："你跟他说的是什么？"

这时，沈追和柳永已经并排走进人群之中，像是游入江湖的两条鱼，没有一丝水花，也没有任何痕迹。

"要是这个你都猜不到，就别在皇城司混了。"柳永促狭地瞄了他一眼。柳永的思绪已经从拔色颇那里抽回，又变成了往日沈追熟悉的样貌。

"记得你去西北云游的时候，还一句胡语都不会的吧？"

"那年殿试的考题，你还记不记得？"看来柳永并不打算回答沈追的发问，而是缓缓道，"《执政如金石论》，也不知道是哪个王八蛋定的。"

天圣五年丁卯科殿试，考题一赋一诗一论，赋是《圣有谟训赋》，诗是《南风之熏诗》，策论是《执政如金石论》。这是沈追一辈子都忘不掉的，那场殿试改变了太多人的命运，沈追和柳永只是其中的两个。

"不是哪个,是哪些。"沈追一本正经道,"其中有两个,因为贪腐被我送进了延真观,仗着上头有人,嘴硬,不招供,舒辛甫用刑的时候特意让我去看,一见到我就破口大骂,说我一个殿试落榜的贡士,是徇私报复科举出仕的官员。辛甫那人你是知道的,他连贡士都不算,靠老岳父从不入流的胥卒升上来的,这话对我算是抽耳光,对他就是要命的羞辱。"

"熬到第几章?"

"还第几章?第二章便都怂了。"

"怂了之后呢?无非是降级左迁,到地方州县做个散官,运气好的过几年还会起复,哪像我屡试屡败,至今一介布衣。"

"才子词人,自是白衣卿相嘛。"

"这等人的话才是最不能信的,不过相较于宰执里的某些人,倒是强得多了。"柳永鼻孔里喷出一丝不屑,冷笑道,"你们皇城司也就是拍拍苍蝇,老鼠都抓不了几只,要论绳纠百官整肃纲纪,还是得台谏那些傻瓜。"

沈追忍住笑,道:"那依你的说法,这大宋朝廷竟是没一个好用的衙门了?"

"不错,没一个好用的。"柳永断然道,"这个你还看不出来吗?"

沈追一愣,苦笑着摇摇头。他觉得心里有些虚。再过一个路口,就是宜秋门外大街,东侧是瞻云馆,住的是大理、吐蕃诸部和交趾等外藩使团,西侧则是专辟为西夏使团驻地的都亭西驿,也正是两人此行的终点。按照沈追和宋崇的谋划,报经孙从吾批准,由沈追代表皇城司出面见了柘析劫布,告诉他李元昊极有可能藏身在兜率寺,并协助安排样磨刺客突袭,同时,沈追还自告奋勇要去一趟都亭西驿,向西夏使团阐明皇城司,也就是东府中书门下对当前乱局的态度,警告西夏不要想着趁乱渔利。老孙一开始还频频点头,后来却听得直皱眉,等两人说完,老孙连连摇头道:"不是信不过去非,监视个人,侦缉个情报,抓个间谍啥的,这是你的本行,动手的买卖你在行,动嘴皮子你连临岳都不如,你去都亭西驿不是自讨无趣吗?我老孙索性跟你交个底,我有可靠的情报,叛宋的张元张雷复就在都亭西驿,你们是同年参加的殿试,你自己说,你能说得过他?"说罢又是连连摇头,道,"不可不可,你去了没用的。"

宋崇笑道:"去非当然说不过张雷复,但他有个帮手一道去。"

"柳耆卿？"老孙诧异道，"他不是不在东京，又去外地云游了吗？"

"孙提举也太瞧不上自己的手下了，咱们皇城司在大宋境内想找个人，还不方便？"

老孙放下心来，笑骂道："你俩合起伙来骗长官玩儿，敢情是吃了笃生堂的壮阳药了？还不赶紧给老子办差去！"见两人相视一笑，起身出了门，又嚷道，"真管用了，给老子也捎带点儿！老子不怕人说是索贿！"

可眼下，沈追和柳永已经站在了都亭西驿南墙小巷门口，沈追反倒有些不安了。张元是李元昊赖为心腹之人，既然李元昊在开封，张元势必会跟着参赞机要，这并不奇怪。其实就在两年前天圣七年，沈追和张元在保安军榷场秘密见过一面，张元对大宋朝廷极尽挖苦讽刺之能事，所说的话、讲话的语气，跟柳永如出一辙，还想策反沈追做翊卫司的暗钉。如果这两位深受大宋制度戕害的人面对面坐下来，根本不存在谁会说服谁的情况，还极有可能成了一拍即合把酒言欢的场面。

柳永不耐烦地看着沈追，催促道："磨蹭什么呢？到底进不进？"

沈追心想事已至此，也只能随他去了，刚打算在要紧处嘱咐他几句，不料柳永直接走到小门前，毫不客气地叩打门环。小门只有一扇，里外开合，门环招惹了铜绿，看样子不常有人进出。柳永猛叩一阵，再拳捶门板，但又过好一会子，才有人在里头应和道："聒噪——谁在外头？"

听那人说话瓮声瓮气，带着浓重的党项口音，沈追刚要答话，柳永开口便道："找张元张雷复，故人来访，让他备好了吃喝迎接。"

张元本名张源，是历年叛宋仕夏者中最知名的一个，远在陕西路华州老家的祖坟都被官府刨了，朝廷对他的海捕通缉从未撤销，此番进入宋境自然是隐姓埋名的秘密之举，岂料柳永毫不客气，张口就把底子掀开。沈追不由得苦笑，也不好去打圆场，只是摇着头站在柳永身边，等着里头的人回话。谁知里头的人也不含糊，马上冷笑两声道："张先生公务繁重，岂是你们说见就见的？让你家衙门的长官来吧。"

"我是一介布衣，无官无位，无衙无门，非要找长官，我便是我自己的长官。"

"聒噪！你这长官爱叩门就叩好了，夜里寒凉，冻死倒清静了。"

隔着门扇，听得见里头那人脚步声声，似乎要离开了。柳永顿时一急，大声道："那我不找张元了，我找野利遇乞，你就说跟他在贺兰山上喝酒的老柳找他——柳树的柳！"

沈追差点儿笑出声来。野利遇乞是西夏左军大王，此次西夏使团的正使。李德明父子在西北开疆拓土，靠的是精锐步卒步跋子和重装骑兵铁鹞子，分别由野利遇乞和他胞兄、右军大王野利旺荣统帅。这些情况沈追当然知道，不过野利遇乞和柳永在贺兰山上喝酒的事，沈追还没听柳永提起过。柳永说着，从怀里掏出个铁牌，隔墙扔了进去，继续嚷道："你就拿这个给野利遇乞看，就说是我的原话，一漏刻内不见他亲自来迎接，我就走了，让他抱脚脖子哭去吧，哭死倒清静了。"

里面的人再无答话，只听得见脚步由近到远，消失不闻。柳永一笑，对沈追道："那是野利遇乞给我的通关铁牌，刻着李元昊的名讳，过关见牌放行的。"

"他为何会给你此物？"

"自然是他乐意给，我乐意留，你问那么多做什么？还要把我送到延真观不成？"

沈追笑着连连摆手。眨眼工夫，便听见门里脚步杂乱，应该来了不少人，而与此同时，墙头跳下七八个西夏步跋子，有的端着手弩，有的横着夏人剑，剑尖搭在肩头，目光阴森森看着柳永和沈追。

门开处，张元一身中原书生打扮，青袍软巾，腰间系带，笑容满面地看过来："果然是故人——还两个！想不到天圣五年殿试的老友还能重逢，里面请吧。"

三人见面的房间，大概是张元的卧室兼书房，与中原士大夫家相似，罗汉床、床尾小几、两帘屏风，靠墙一副书架，正中有张方桌，桌边只有一椅，侍从搬来两具方墩放在桌边，沈追和柳永才落了座。桌上风炉交床、釜方盂碗齐备，张元亲手煎茶，笑道："平日里并无人来访，也就没有备着客用之物，两位同年不要见怪。"

"野利遇乞呢？"柳永开口道，"还是寡人之疾吗？"

张元一边煎茶，一边笑道："左军人王这点子嗜好，耆卿再清楚不过了——"压低声音道，"刚从本国来了几位没藏氏女子，这几日大小事务都顾不得了，者卿多担待吧。"

沈追自进门起，便抱定了"万言万当，不如一默"的心思，视线始终在张元煎茶的动作上。刚才进门之际，只是匆匆瞥了几眼，室内的陈设物件就都在心里了。没有什么意外的东西，书架上的《六韬》《司马兵法》《石公三略》《尉缭子》《李卫公问对》《太乙雷公式》等几部兵书，虽是朝廷严禁泄露给外藩的禁品，但这是在开封，书肆里随处可买的，张元有一万条路子买得到。书架上还有几个箱匣，贴着"翊卫司""群牧司""农田司""磨勘司"等标牌，想必是存着机密函件，因为都落着精致的黄铜锁钥——

"去非，第一碗隽永，不尝尝吗？"

张元今日待客用的是煎茶法，跟时兴的点茶大有不同。煎茶是陆鸿渐《茶经》所创，中晚唐盛极一时，自五代起日趋衰微，如今朝野风靡的是点茶之法，偶有书生士大夫雅聚时行煎茶之道，取的便是古风古意。煎茶最好的是第一道，有"隽永"之称，至四道之后，便只是解渴而已。

煮水一升，酌取三道，每道三碗，三人各取其一，趁热啜饮。三道已毕，肺腑熨帖，三人身上都微微见了汗，也到了开口的节点。第一个说话的是柳永，只听他笑道："雷复老弟在外藩日久，中原故事还没全丢了，对故人也还周到，老柳我心中甚慰——可惜无酒。"

沈追还是沉默着，但他知道，交锋已经开始了。

"耆卿兄这话有深意啊！"张元笑道，"礼尚往来，有问有答，可我该怎么回答呢？"

柳永拊掌一笑，道："俗礼岂是为我辈所设？想怎么讲，便怎么讲好了，实在不知该怎么讲，就老老实实说，我不问就是。"

"柳兄在绕弯子，我却不想绕了。不错，我张元的确曾经是贵国子民，家在陕西路华州，可天圣六年，我在华州老家的祖坟被贵国刨了，族谱中从我曾祖父这一脉也被除了名，为之奈何？"

"大宋朝廷所作所为，是国法，张氏族裔所作所为，乃族规，国法族规而已，雷复有何不可解的？"

"那就说说贵国的国法吧。科举取士，算是国之根本了，你我，还有去非，都是一颗热心浇筑在科举上的，从开蒙到解试，过了多少寒窗苦熬之夜？天圣五年殿试，你们官家下诏正式增加了策论，对我而言，这是天大的运气——三道考题，你们都记得吧？"

"《圣有谟训赋》《南风之熏诗》和《执政如金石论》。"柳永脱口而出。

"诗赋嘛，雕虫小技耳，策论更是我所专长，可结果还是落了榜。殿试之后，我千方百计打听到了消息，原来是那篇《执政如金石论》出了岔子。我出生在陕西路华州，对西北情势关注尤甚，深知执政立国离不开西北疆域的稳固，便在策论里提了平复西北党项诸部，收回兴、夏、银、绥、甘、瓜、沙七州之策，原以为手到拈来的功名，竟是由此败了。不过败得也不冤，其一，增试策论是你们官家的主意，天圣五年赵祯才多大？十七岁而已。他能有多少见识？无非是帝师的主意，说白了，就是晏殊嘛。晏殊是不折不扣的帝党，但主试官却是后党，党同伐异罢了，谁的策论做得好，反倒不取。"

沈追听得直皱眉，尤其是张元直言皇帝的名讳，更是让他如坐针毡。柳永却并不在意，不动声色地听着张元侃侃而谈，忽然插话道："其二不消你讲了，我替你说吧。朝廷的西北之策历来有主战主和两派，主战者一心武力荡平西北，主和者坚持羁縻怀柔，偏偏你这策论落到了主和者手里——可是吗？"

"正是如此。"张元坦然道，"得知真相后，我便对贵国彻底失望了。你们不是瞧不起我的西北之策吗？那就好，我一切统统反着来，既然知道如何开疆拓边夺回西北七州，也就知道如何能在西北建国自立，跟宋辽鼎足三分。至于是功是过，誉我谤我，千秋之后自有评说——柳兄，我这回答可还行吗？"

张元一番话说罢，笑吟吟看着柳永，但不等他回答，像是忽然想起了什么，又转眼看向沈追，道："去非今天来访，是不是想要说蕃坊走水的事？个中机密甚多，不知能否在此跟柳兄讲？"

柳永微微皱眉，看了眼沈追，道："去非跟我无话不讲，你只管说便是。"

沈追意识到突如其来的危机，刚想开口，却被张元抢了先："那自然最好不过，省得我再掖掖藏藏的了。大丈夫敢做敢当，突婆固死在铁屑楼，翊卫司有一千个理由烧了它，但我明明白白告诉两位，蕃坊的火，的确不是翊卫司所为，至于是谁，本司还没有查出来。"他狡黠地一笑，道，"可最后烧成了那个样子，没有皇城司的帮忙，恐怕也是办不到的。"

沈追平静地看着张元，不让内心的波澜有丝毫流露。蕃坊起火那晚，从纵火者潜入蕃坊开始，刑事房便全程在旁监视，纵火者第一处放火点是铁屑楼，之后是祆庙，再之后是蕃坊民宅。当时宋崇就在现场，看着熊熊火起，并没有让手下阻拦。沈追本以为这会是个秘密，直到他看到了张元的眼神，以及眼神犀利如刀的嘲讽。不过，他最担心的不是秘密被揭穿，而是旁边的柳永会有什么反应。他现在能做的，只有本能地矢口否认。张元这一手果真高明，也果真毒辣，化解了柳永的第一番攻势之后，突然出招打了他一个措手不及，而且一旦应对失据，在"无话不讲"的柳永和沈追之间，就会有一条巨大的裂痕出现。

果然，柳永狐疑地看着沈追："你当时在蕃坊？"

"不在。"沈追稳稳地道，"我当时人在延真观接受甄判，不过临岳在场，他告诉我，第一处火起之时，他的手下已经向卓望楼和军巡铺报了火讯。"

沈追这样讲，是算准了在场的肯定有翊卫司的暗钉，张元即便事后分析出皇城司见死不救，却也不会有确凿的证据。很快，沈追的推测得到了证明。

张元笑着摇头，道："接受甄判——我差点忘了，一个被刺机局鹰郎们追杀的人，居然成了辽国的奸细，还是被最信赖的手下检举——耆卿兄，这便是你的大宋吗？"

沈追不由得心旌摇动，李焘的检举只是几天前的事，且严格控制在了延真观内，居然被张元掌握得一清二楚，翊卫司远离本土还能有如此手段，可见其暗钉已经无孔不入，真是令人瞠目结舌，看来今后还有的是暗钉要挖。好在张元点到即止，没有再深究。

"刚才来的路上，我还跟去非一再说，大宋官场没有一个好用的衙门。"柳永道，"跟你说的也大差不差了，是不是去非？"

沈追心里刚有一丝松快，蓦地又紧绷起来，只得苦笑着点点头。

张元饶有兴致道："是吗？愿闻其详。"

"去非和我自天圣五年殿试落榜，他投身在皇城司，我则云游天下，一个居庙堂之高，一个处江湖之远，一个身处其间，一个冷眼旁观，对大宋官场都再熟悉不过。我说没一个好用的衙门，相信去非也不反对的，就像你所说，去非现在被诬为辽国奸细,何其可笑,又何其可悲!"柳永轻轻敲着桌面,话锋一转道,"不过雷复你想过没有,如此一个不堪的大宋,怎么就能一扫残唐五代之颓势,历经四代皇帝之经营,且在辽国铁骑轮番南下侵扰之后,还能在中原屹立不倒呢?"

张元略一沉思,不由得哂笑道:"罢了罢了,想不到你柳耆卿也要谈什么天命所归了——"

"非也!"柳永正色道,"所谓天命,本就是拿来糊弄百姓的,天命不足恤的道理,在座的想必都清楚得很。大宋之所以为大宋,靠的不是天命,而是法。这法说来玄虚,却也说来实在,无非就一个官家与士大夫共治天下而已。君主端拱在上,统而不治,宰执分由东西二府,台谏则独立于二府之外,直属皇上监督二府执政,这就是法,是我大宋之法。这法正如煌煌巨日悬于天外,光芒所及之处,有正人君子,也有奸佞小人,有明君英主,也有无道昏王,有鲜衣怒马,有烈焰繁花,也有衣不蔽体,也有蝇营狗苟,世间万物不一而足,又何曾影响到这光芒的一分一毫?大宋的衙门鳞次栉比,好用者的确不多,但只要大宋之法在,有士大夫在,有民贵君轻的道理在,弊端再多,冗官再多,内斗再多,大宋也倒不了的。"

沈追听得呆了,他当然知道柳永伶牙俐齿口如刀剑,却从未见过这般手段,根本不给对手说话的机会。张元几次要插话,都被柳永水银泻地般的语流挡住,好容易才逮住话头,见缝插针道:"柳兄说得再好,奈何——"

"奈何什么?奈何朋党之争吗?奈何帝党后党吗?奈何官场倾轧吗?奈何重文抑武吗?老弟你错了!"柳永冷笑道,"这些弊病哪朝哪代没有?轻的,祸国殃民,重的,改朝换代。问题出在哪里?根源在人。始皇帝一扫六合,至今一千余年,哪个朝代能像大宋这般,从朝堂到州县,官员是一笔一画考出来的?三家村野夫也好,引车卖浆者也好,作好了诗赋论三篇文章便能登天子之堂!你我三人皆殿试落榜,自然心气郁结,但若是真有胸襟,看看那录取的天子门生们,有几个不是靠真才实学?我父官居从三品工部侍郎,我长兄三复天禧二年戊午科中进士,我和次兄三接却至今毫无功名。官宦簪缨之家,或许出不了进士,寒门子弟或许真就高中榜首。这叫什么?这便是公平,这便是大宋之法。"

张元微微一笑，摇头叹道："说来说去，一法而已，大宋能有而行之，辽国就不可吗？我西夏就不可吗？"

"老弟你又错了。"柳永同情地看着张元，平静道，"知是知，行是行，关键处还是在人。我自天圣六年游历西北，山石林木烂熟于心，也知道李德明父子一心要自立建国，可我告诉你，此举难而又难。难在何处？寻遍西北七州，有多少读书人，又有几个士大夫？就拿雷复你说，即便你有经天纬地之才，建国立邦之志，平心而论像你这样的人物，比我高出多少？比去非高出多少？放眼整个大宋，你我三人这样的有多少？西夏那里又有多少？以圣人之道教化百姓，多少年锱铢累积才有如今大宋的局面？西夏建了国便万事大吉了吗？依附大宋，联合制辽，党项一族或许还能延绵不绝，一旦贪图人主之位，自立于宋辽两国之间，经营得好，也免不了龃龉战乱，经营不好，或许便是亡国灭族之祸。刚才我便说过，俗礼岂为你我所设？所谓叛宋投夏，所谓华夏夷狄，都是虚妄，能将一腔抱负一身本事用到正途，能有利于一方风水一地百姓，平生所愿足矣，不枉一番寒窗彻骨，也不枉受了几多屈辱，几多悲凉。至于誉你谤你，功你过你，又能奈你何？才子词人，自是白衣卿相，忍把浮名，换了浅斟低唱！但雷复你要明白，你若真是一心仕夏，以身许国，便不能对不起党项一族，对不起李德明父子，你扪心自问，西夏称帝自立，难道真是一件毫无风险的买卖吗？难道就不怕开启边衅生灵涂炭吗？难道就真能鼎足三分吗？前三国，后三国，分了三百多年不还是隋唐大一统吗？想想看吧，孙刘曹，沮渠慕容，司马拓跋，究竟有几家皇室能全身全族？"

张元脸色苍白，神色冷得像碗中的残茶。天圣五年他殿试落榜，命运跌入谷底，东京汴梁开封府，皇城大内崇政殿，是他人生中最为黑暗的场域。短短四年过去，他再次回到这里，却已然成为能够左右一族一国前途的人物，正所谓时也运也命也。而刚刚柳永这番话，竟把他从花到荼蘼打得落英遍地，多少无法对人言的隐情，多少从未深思的险峻，全被柳永一一道出，剖解得丝丝入扣。思绪及此，张元勉强一笑，道："想不到人间知己，吾与汝而已。罢了，罢了。"

张元缓缓起身，来在小窗前。不知不觉，子正时分早就过了。一钩残月，一爿星斗，钉子般揿嵌在黢黑的天际。万籁无声，风高清阔，都亭西驿里安静得瘆人。四周廊下墙边，十几个翊卫司剑卒埋伏良久，只要张元稍稍发出信号，他身后这两个人便死无葬身之地。

但是，张元并不打算这样做了。

张望片刻，张元喃喃道："二位此来，无非是想要我国谨守中立，不参与宋辽的事务，也不再对蕃坊祆教报复，好，我答应你们。外边的那些翊卫司剑卒，我已经让他们都散了。"

沈追和柳永相视一眼，都没有说话。自进了都亭西驿，沈追就发现了四处埋伏着的剑卒，他时刻都准备着在他们冲入之际，先结果了张元——

张元慢慢转过身，看着沈追和柳永："去非，你一晚上都不说话，真是来听瓦子说书吗？现在你能回去复命了，请如实转告孙提举，并请他转告中书门下的宰执们，我主无意介入宋辽之争，但若有人妄图加害我王太子，妄图挑起两国甚至三国争端，西夏绝不示弱。"

沈追微微一笑，道："请雷复兄放心，也请转告贵王太子——"

张元忽然笑了起来，这一笑竟然很久，而且笑声越来越大，到最后连连咳嗽。这一连串的笑声像是森森阴风，刮起来就不再停下，一时间吹得沈追毛骨悚然，吹得柳永惶惑不解。所幸的是，张元终于开口了，而且声音很大："来人！"

五六个翊卫司剑卒幽灵般出现在房内，毕恭毕敬地向张元施礼。

张元冷冷地看了沈追一眼，对剑卒们道："兜率寺有异动吗？"

为首的一个剑卒右手按住左肩头，微微躬身道："没有。"

"快了。"张元的声音刀子般凛冽，"派步跋子和铁鹞子去增援，不管是样磨部的人，祆教的人，还是皇城司的人，在京房的人，只要出现在寺里，一律格杀勿论。"

拔色颇

子正时分，花长虫夜巡还营，心中兀自忐忑不已。不是因为察觉出什么异样，而是康川那边逼得太紧，几乎每两天都要见一次面，碰一个头，督促他别忘了自己是在京房的"老雕"。枢密院跟在京禁军各厢各军常有公案文牍交换，一般两天一次，以便掌握营中军情动态。按康川再三叮嘱，一旦公文第一页第三列第五个字，与第二页第四列第六个字相同，便是他发出的见面接头信号，地点就在那个伯伦小馆。花长虫当时就差点儿笑出声来。一个是枢密院在京房的提点，一个是在京禁军的副指挥使，虽然做了"老雕"，又何必如此大费周章？本就是再熟不过，本就是常来常往，无非见个面喝个酒，吹个牛聊个天，有什么怕被人察觉的？打发人来叫一声即可，谁还能怀疑到两人一个是上线，一个是什么"老雕"？真是脱裤子放屁的勾当。

不过这话太粗鄙，当着康川的面不好直说。幸好康川也看出来了，苦笑道："花老弟，你之前是不懂这行里的规矩，眼下入了行，就得守规矩。你现在上线是我，接头的也是我。若是换了旁人呢？你不按规矩来，迟早要坏事的。"

说来也怪，花长虫没做"老雕"的时候，康川仗着年长几岁，又是上司衙门的红人，对他总是横竖挑剔，说话也是夹枪带棒。如今两人成了上下线，按理说关系更近了，康川的态度却是颠倒过来，说话办事都是和声细语，一副苦口婆心的架势。可他越是如此，花长虫心里越是不安。读书不成投身行伍，从押官做到副指挥使，花长虫大半辈子都在当兵，前线去得不多，却也参加过几次剿匪，货真价实杀过几个蟊贼，也算是一刀一枪拼出来的军阶，从来都瞧不上皇城司、在京房那些耀武扬威的同僚。不过真入了行，做了老雕，才发现这一行并不容易，不是简简单单传个情报、打探个消息，而是扎扎实实要把脑袋系在裤带上的。那次从伯伦小馆出来，他就发现身后跟着一个人，影子般甩不掉。

等他七扭八扭拐进了北斜街的一条小巷,正准备跟那人好好打个照面,刚刚站定,还未拔出手刀来,巷子深处忽然冒出来两个人,端着手弩对准了他。一路尾随的那人已经站在他面前,似笑非笑。

"花副指挥,请借步聊聊吧。"嘴上说"请",那人却丝毫没有要客气的意思,上前一步,手握住了花长虫腰间的刀柄。

单独一两个对手,花长虫还是有把握的。但对方有手弩,距离还如此之近,几乎没有给他任何反抗的余地。可就这么稀里糊涂着了人家的道,实在是颜面无存。那人拔出了花长虫的手刀,笑道:"我家主人——"

不待他把话说完,七八支弩箭已经不期而至,两哨过后,花长虫身前身后躺倒了三个人。身后那两个当场就死了,身前那个身中两弩,但都不在要害,痛苦地在蜷缩挣扎,显然是为了留下活口。几乎是在同时,康川缓步走来——并没有看到其他人,不过花长虫明白,肯定有的,只是没有现身。

康川搜了那人全身,找出来一把匕首、几样物件。

"刺机局的暗钉。"康川翻看着物件,道,"盯了他好几天了。"

花长虫又惊又怒,道:"老子跟刺机局没梁子啊?他跟踪我做什么?要我命吗?"

康川朝后看了看,两个在京房的卫卒像是从地下长出来的,倏忽间已到近前,抬起那人便走,上了巷口的一辆马车。康川叹道:"起因如何,审一审就知道了。无非两个由头,一是突婆固死在铁屑楼,你是当事人,突婆固又是从辽国到西夏的,辽国自然想要向你打听些消息;另一个,刺机局把你杀了,正好可以嫁祸给西夏人,别忘了翊卫司也有杀你的理由。"

花长虫越发骇然:"西夏人凭什么也要杀我?"

"突婆固的主子兴平公主,现在正是李元昊的妃子,主仆都算是西夏人了。他死了,你当时就在铁屑楼,还替祆教的柘析劫布做了伪证,逃不脱干系的。"见他脸色铁青,康川摇头道,"不管你招还是不招,只要落在刺机局或者翊卫司手里,结果都难逃一死。所以,花老弟,好好待在在京房做你的老雕,自会有本房弟兄保护你。"

那天之后,花长虫成了惊弓之鸟,平日里猫在营舍不出门,接到康川碰头信号,才离营去到伯伦小馆;见完面马上返回,还特意带上一队兵卒沿路护送壮胆。至于每晚的夜巡,花长虫更是完全撒了手,再不会亲自带人去兜率寺守着。这天康川又约他见面,气急败坏骂了他一通,说那两都兵卒出了门就钻进了罗城藏兵洞,要么关扑赌钱,要么呼呼大睡,兜率寺周遭连个神卫军的影子都看不见,"出了事大家都玩完拉倒"。有了康川这次训斥,花长虫才硬着头皮带人转了一圈,子正刚到就打马回营,一漏刻都不多停留。他已经想明白了,真要出事,也分寺内寺外。内外有别,只要外头不打起来,里面乱成什么样都跟他、跟神卫军没有关系——外头打起来的可能性微乎其微,整个寺里能有多少翊卫司的人?整个蕃坊又能出动多少样磨部的杀手?真要打也只能是在里头。但即便是想得周全,面子上的事也得说得过去,花长虫叫来两个心腹都头,细细布置了一番,这才关门上床。

花长虫的判断很准确。按照皇城司探事房的情报,兜率寺里住持以下僧众不过百人,翊卫司乔装为僧的剑卒不到一半,其余都是正经吃斋念佛的和尚。沈追、宋崇和柘析劫布反复分析研判之后,最终拟订了行动方案,集中了蕃坊中所有样磨部杀手,以拔色颇为首,选出了三十个精悍刺客执行计划。在整个突袭计划里,拔色颇是成功与否的关键。样磨缩骨功的极限是两个时辰,一旦超过,拔色颇只能在绝望中缓缓死去。亥初时分,拔色颇被装入木桶,混在十几个同样的木桶中,送入了兜率寺仓房。时间缓慢流淌,一直到子正已过,仓房中死一般的寂静终于被打破。仓门微微开启,闪进了一个身影,快步来到杂乱放置的木桶前,逐个轻抚木桶的顶盖。经过令人窒息的漫长的试探,来人确定了拔色颇藏身的木桶。一番操作之后,绵软成肉团的拔色颇出现在他面前。

来人双手合十,无声地念了句佛。他是孙从吾直接掌握的暗钉,代号"石灯",这次行动之前,连沈追和宋崇都不知道他的存在。石灯祖籍灵州。真宗咸平五年,李继迁率党项诸部攻陷灵州,改名兴平府。其时石灯尚在幼年,随父一路辗转内逃,父母兄妹都惨死于西夏乱兵之手。十五年前,真宗大中祥符九年,已成为皇城司暗钉的石灯奉命潜回故土,在西平府弥陀寺落发为僧,一待就是整整十年。五年前,石灯跟随师父来到开封入驻兜率寺,这才重新与孙从吾建立了联系。这次配合样磨部杀手突袭,是石灯加入皇城司二十年来,第一次接到任务。

缩骨功是样磨部不传之秘，历来负责恢复杀手躯体的，只能是样磨同族同部之人。但这次行动事起仓促，兜率寺又是水泼不进，样磨部根本来不及也不可能派人提前潜入做内应。本来毫无希望的计划，因为有石灯，竟然变成了现实。为此，皇城司不惜启动了冷冻多年的暗钉，作为回应，也迫于无奈，样磨部只有将缩骨功的秘密传给了皇城司。

　　石灯在心中再次默诵着口诀，找到了拔色颇身上的几处关节，按照口诀分筋错骨，逐一施为。很快，他的鬓角鼻翼都冒了汗。半个时辰过去，时间已是丑初，石灯的僧衣被汗水湿透，他眼前的拔色颇也终于大致恢复了成年人的身形。

　　最后一步，是在拔色颇的水沟、百会、中冲、涌泉四处穴位依次用针，如果他能苏醒，则大功告成，反之就是僵尸般长眠不起。石灯在僧衣襟衽处细细摸索，取出一个皮制小囊，里面装着蓄满特制药水的棉团，一根银针就浸在药水里。深夜的仓房昏暗无灯，他哆嗦着手摸黑找到水沟穴——他从未施过针灸，更谈不上对别人针灸，何况这不是普通的施针，而是直面一条危在旦夕的生命。银针是昨天下午才拿到的。为了这次行动，皇城司不但启动了石灯，还有另外两个在都亭西驿潜伏多年的暗钉，二人冒着九死一生的风险才将木桶和银针送进了兜率寺。行动之后，石灯或许还能继续潜伏，但这两个暗钉就不得不马上逃离都亭西驿，从此隐姓埋名躲避翊卫司的追杀。这样近乎自我暴露的做法，对任何一个间谍组织而言，都是极其高昂的代价。

　　时间已经很紧张了。石灯知道，丑初是拔色颇的极限，越是延宕越是险恶。他顾不上再细细斟酌口诀，近乎孤注一掷地寻穴用针。待所有口诀上的程序统统完成，石灯大汗如浆，虚脱地靠在木桶上，剧烈而无声地喘息着。他能做的都做完了，使命已经完成，必须立刻离开。至于拔色颇到底会不会醒来，今夜的兜率寺是安然度过还是尸山血海，都不是他需要考虑的问题。他还有继续潜伏的任务，不能让拔色颇看到他的样子。当然，如果计划成功，在面对拔色颇朝他举起的刀剑时，他也只能坦然受死，尽管他刚刚救了这个陌生人。一切都是如此吊诡，一切也都如此冰冷地遵循着规则。

　　回到僧房之前，石灯提了水桶去后院井旁取水。他是当值的僧人，所以他在寺院中的游走不会引起怀疑。井在院墙内侧，距墙一步之遥。他像往常一样，不紧不慢地挂桶、放绳、抖动、收绳，一桶水稳稳当当放在井口。石灯缓了口气，装作不经意地朝墙边走动一步，弯腰整理鞋袜，手却朝墙根摸索而去。果然，他找到了一个核桃大小的铁块，有一条极细的绳子牵缀，另一头在院墙外边，夜色苍苍，不是刻意来找很难发现。他需要做的，是把这根绳子割断。这是个信号，告诉外边的人一切按计划进行。

石灯来到早课佛堂外，门口排放了几个水盆，他把水倒进去。井水清澈冰冷，早课之前，僧众们会用它沐面净手，唤醒一天的精神。水盆一共五个，都是木质，周沿有两个把手。石灯倒水之际，双手又开始颤抖了——当中的一个水盆显得很特殊，其余四个水盆把手排成一线，中间的却是竖直，像是一条横线被凌厉地切成了两段。石灯知道，兜率寺里还有一个皇城司的暗钉，潜伏得比他还要深，两人始终没有见过面，也几乎没用过情报沟通；利用木盆传递信息，是孙从吾给他们制订的最后也最紧急的方案。这是个极其凶险的信号，意味着某种不可抗拒的变故发生了。但这个变故是什么，却无法得知——

然而石灯的思绪只能到此为止。无声无息之中，他的身后多了一个人。那人一击掌刀砍在石灯脖颈命脉处，接着平静地接住石灯倒下的躯体，缓缓放在地上。

拔色颇看着瘫软在地的石灯，郑重地行了一个捧火礼，心中默道："我记得你的味道。"随后，他转身朝着后院水井的方向奔去。

石灯苏醒之际，整个兜率寺已经被恐怖笼罩。他本能地躺在地上一动不动，这是他最安全的选择。喊杀声、惨叫声此起彼伏，无数或仓皇或疯狂的脚步从他身边经过。一个僧人倒在他的面前，两眼圆睁，瞳孔里弥漫着极度的恐惧和绝望。这个僧人法号慧圆，跟石灯朝夕相处，平日里微言寡语，一心向佛，从不在意功课之外的人和事，但在生命的最后一刻，他竟然伸出了手，想要护住近在咫尺的石灯。

一只脚踩住了慧圆，刀从他的后心窝拔出，鲜血雨点般四溅开来。杀手握住刀——他看到了睁着眼睛的石灯。

石灯也在看着他，看着拔色颇。两人在一瞬间认出了彼此，却都没有进一步的行动,尽管这是绝对意义上的违规,他们本该像陌生的敌人那样,相互仇视、相互伤害,直到其中的一个彻底倒下。

拔色颇钩了钩手指,示意石灯起身。石灯被施了咒似的直起来。没等他稳住身子,拔色颇手中的刀已经挥出,石灯胸前多了一道深深的伤口。血,如同烧开的水溢出壶口,缓慢地在皮肉绽开处泛滥。拔色颇最后看了他一眼,似乎看到他眼中满是话要讲。但一切都来不及了,他已经挥动刀柄,一击打在石灯额头。不等他倒下,拔色颇便发足朝另一个方向奔去,他的同伴们已经冲过去了。从石灯站起到重新倒地,只有两哨时间,在他变得浓黑模糊的视野里,慧圆的眼睛闭上了,而那只伸出的手,却还固执地没有落下。

整个行动很顺利。刚才,在后院水井处,拔色颇向外边的同族杀手发出信号,很快,杀手们无声地鱼贯跃入。两个杀手留下,这里将是他们撤离的地点,在同伴们回来之前,他们要用随身带的材料搭起两架悬梯。不管前方的战况多么惨烈,他们都不能离开一步。按照多次推演的计划,拔色颇迅速将同伴们分为三队,甲队三人,目标是方丈中的住持;乙队十人直奔僧房;丙队十五人,由拔色颇亲自率领进攻伽蓝堂,那里是翊卫司剑卒的驻地,预估会有三十个左右剑卒,李元昊极有可能就住在那里,最激烈的搏杀也会出现在那里。甲队完成任务之后,会马上赶到伽蓝堂增援;乙队也将在扫灭了毫无防备的僧人之后,前往伽蓝堂接应和撤离。

跟计划基本吻合,方丈和僧房的行动很快结束,住持在睡梦中被砍了脑袋,甲队撤离时用苇笛吹出了一串声响,这是得手的信号,也是通知后院撤离点的同伴做好准备。僧房却稍有意外,因为临近早课,僧人们大多醒来了,几个身强力壮的年轻僧人奋起反抗,不过很快就被捅翻在地,有几个僧人趁乱逃出了僧房,在外蹲守的两个杀手来不及全都制服,跑掉了两个。根据石灯事先提供的情报,除了大僧房外,寺里还有两个较小的僧房,住的人不多,不在这次行动的范围内,行动开始后,有七八个僧人闻声过来,也给乙队添了些麻烦。总归,第一串苇笛响后不久,乙队报信的苇笛声也响了起来。

真正的麻烦还是在伽蓝堂。拔色颇命人守住一南一北两道门和窗户,第一个冲进堂内。短暂而激烈的交手之后,双方各有损伤,翊卫司剑卒全军覆没。

但在行动进行至半途，拔色颇已然意识到危险——伽蓝堂里，只有区区十几个剑卒，而且反抗程度远不及预期。皇城司转来的情报中，剑卒数量在三十人左右，并都是从翊卫司精挑细选的好手——这两条已被证明与实际不符。他想起了石灯，想起了石灯倒下之前，那个复杂而焦灼的眼神。之前的情报是石灯传出来的，他整日寸步不离兜率寺，他的情报显然不会有误。

那么只有一个可能：中计了。

拔色颇没有丝毫的犹豫，本能地举起右手——石灯毕竟是新手，虽然一步一步都是按照口诀来的，几个关键细节还是疏忽了，拔色颇的右臂关节并未完全复原——他忽然感到一阵牵连经脉的剧痛，顾不上可能还有没死透的剑卒，用胡语高声喊了一句。正杀得两眼血红的杀手们都愣了。但这一瞬间的迷茫很快过去，从幼年起恶魔般的训练接管了所有意识，他们完全服从了拔色颇的指令，迅速从伽蓝堂撤离，并在撤离路上收拢了前来增援的甲队和乙队，停止了所有后续的行动计划，一起来到后院水井旁的撤离点。这时，拔色颇再也走不动了。再顽强的意志、再强壮的体魄，也无法对抗躯体本能的崩溃。先是手臂，继而是腰腿，最后是双脚，拔色颇越走越慢，终于直挺挺地扑倒在地。两个杀手立刻扶住他，震惊地看过来。拔色颇浑身越来越软，意识却仍然清醒，他命令杀手们按情况最严重、最危急的预案撤退。在这个预案里，所有负伤且无法行走的杀手都会被抛弃。而参与行动的三十位杀手里，眼下符合这一点的只有拔色颇。杀手们默默地看着他。这一次，他们没有完全遵从命令。一个身材最为健硕的杀手背起拔色颇，在同伴帮助下将他紧紧绑缚在背上，攀梯越墙，消失在即将到来的黎明之中。

三十位杀手，朝着七个不同的方向奔去。从拔色颇的眼神中，每个杀手都读出了迫在眉睫的危险。身为样磨杀手，他们都不畏惧死亡，甚至期待在死亡中得到永恒的解脱，但前提是在面前已经躺倒了一片对手的尸体。拔色颇伏在同伴的背上，感受着身体的颠簸，脑海中一片澄明。奔出几个路口之后，同伴的脚步忽然放缓了。拔色颇明白，要么是遇到了前来接应的族众，要么是遇到了在此阻击的敌人。他希望是前者——并不是贪图求生，他需要把最关键的信息传递给藩长柘析劫布，可是现在，他连抬头的能力都没有了。

"样磨部的鸷隼,我的兄弟,拔色颇。"是柘析劫布的声音,"你现在安全了。"

拔色颇努力地想要说什么,却根本张不开嘴。

"我知道,我都知道。"

拔色颇努力地想要晃动脖颈,也办不到,他只有拼命转动着眼球,可他也不清楚眼球究竟有没有转动。

"你是说李元昊?"柘析劫布轻轻一叹,强忍着剧烈的心绪,平静道,"知道,我都知道,也有了处置。拔色颇兄弟,你先歇歇,老苍勒在等着你呢,他会治好你,你很快就没事了。"

在最后一波剧痛袭来之际,拔色颇终于陷入了沉睡般的昏迷。柘析劫布看着他,发出一声悠长的叹息。两人身下的马车一直没有停,在十几个祆教武士的簇拥下朝着蕃坊疾进。柘析劫布很清楚,从兜率寺全身而退的样磨杀手未必都能回到蕃坊,都亭西驿的铁鹞子已经出动,朝南去的每条街道都会有西夏人,神卫军则是虚张声势地围住了兜率寺。但这些都不重要了。无论如何,兜率寺里僧众和剑卒都死伤惨重,蕃坊的仇恨也随之消弭了不少,与其讲突袭兜率寺是为了复仇,不如说是为了保住颜面,不让各外藩外族看低了蕃坊和祆教——至于李元昊,就由他去吧,蕃坊从来不愿彻底跟西夏对立起来。柘析劫布想,何况还有的是人在对李元昊穷追不舍,比如辽国刺机局,比如大宋皇城司。

柳永

偌大个东京汴梁开封府，一共有四条大河穿城而过，名头最响的当然是汴河。汴河在隋唐五代叫通济渠，自板渚口取黄河水一路逶迤向东向南，至淮南路泗州盱眙县入淮河。板渚口在京西路郑州荥阳县，与沁口、洛口并称京西三渡，是黄河京西路段最重要的三处渡口。渡河北上，是大宋河东路地界；穿过号称表里山河的河东路三晋之地，便是自成一体的党项李氏西北七州。李元昊逃亡之路，无非是水陆两线取其一。陆路是走汴洛古道，出开封经中牟、郑州、荥阳、巩县、偃师到洛阳，继续向西，从陕西路北部一带出境；水路就是沿汴河溯流而上，直至板渚口而止，再从京西路几处渡口择一北上，由河东路出境。宋崇离京之前，曾经跟沈追打赌，李元昊一定会走水路。

"耆卿贤弟，你觉得呢？"孙从吾狡黠地一笑，看着旁边的柳永，"他俩要我做个见证，我老孙倒是想亲自下场赌一把——赌个什么好呢？遇仙正店的银瓶酒吗？"

柳永与孙从吾交往不多，只知道他从真宗朝便是皇城司提举，深得两代皇帝信任，却不解他正经进士出身，饱读圣人书，却甘于做一份打打杀杀的差事，名声还不甚体面。柳永早就想跟他聊聊，皇城司的确是把利刃，但刀锋应该对着辽国刺机局、西夏翊卫司、高丽光军曹和外藩各色间谍暗钉；而不是虎视眈眈盯着满朝文武、市井百姓，这是台谏要做的事。何况天下无人不知，皇城司自太祖皇帝首创，虽建制归于中书门下，却从来都是官家直属，皇城司一言一行都是官家的意思。岂不闻"君之视臣如手足，则臣视君如腹心；君之视臣如犬马，则臣视君如国人；君之视臣如土芥，则臣视君如寇雠"？孟子的话，看来孙从吾都读到狗肚子里去了。不过在柳永看来，孙从吾并没有士大夫常见的倨傲之气，这倒显得他有几分烂漫可爱。

"遇仙正店我不太熟悉，遇仙正店背后的络绎楼，我倒是常去坐坐，帮姑娘们填个新词，赚些酒钱。"柳永笑起来，道，"再者说，两位贤弟打赌李元昊逃亡走哪条路，可李元昊为何要逃？贵司怎么就如此肯定呢？"

沈追和宋崇相视一眼，都没有吭声。兜率寺里除了石灯，还有一个皇城司暗钉，代号"甪端"，李元昊逃亡的情报，就是甪端刚刚传递出来的。石灯和甪端，是孙从吾直接掌握的最高级别暗钉，沈追和宋崇也只是刚刚知道两人的存在而已，当然不能向柳永直言。孙从吾微微笑着皱眉，一时没有答话。

柳永不客气地一笑，道："无非是有暗钉通风报信罢了，我又不是李元昊，又不打听暗钉是谁，贵司何必如此见外？"

"耆卿说得对。"孙从吾点头道，"兜率寺里的确有本司的暗钉，不止一个，消息便是暗钉传来的。"

"那就算两个吧。以你们办事的路子，这两个暗钉一定相互不认识的——敢问这个消息，是两人分别传出来的，还是其中一个传出来的？"

柳永漫不经心的一问，却正问到了沈追和宋崇心里。对于那些潜伏极深、无法定期见面的暗钉，其传出的情报往往要经过二次验证方可采信，就像石灯传递的消息，要用甪端的消息印证，反之亦然。这次李元昊出逃的情报，还没有经过石灯的印证，不过孙从吾显然已经认定了情报的准确。

"耆卿老弟不做我们这一行，真是可惜了。"孙从吾嘿嘿一笑，道，"不错，只是其中一个传出来的，去非和临岳都心里犯嘀咕，看来耆卿也是喽？"

"西夏人既然纵火烧了蕃坊，便清楚会被报复，不是在都亭西驿就是在兜率寺，那时候李元昊为什么不逃？既然会逃，为什么要先放火？还非要等样磨部的杀手们到眼前了，才下决心逃跑？提举再想想，他又能逃到哪里去呢？开封到西北千里迢迢，就算沿途有马匹更换，这帮人不吃不喝不睡不歇，也得走上十天半个月的；一群长相言语迥异于中原的外藩人，在遍地是贵司眼线的大宋境内，到底能走得了多远？既然根本走不远，还走什么？"柳永说到这里，忍不住摇头笑道，"亏得孙提举还一本正经要下注，去非和临岳不管怎么押注，结局都是输的。"

"那耆卿兄下注的话，是押李元昊不逃的咯？"

"非也。"柳永也是狡黠地一笑,道,"一开始,我是要这么下注的。不过看了孙提举的言行举止,我的主意变了。李元昊是一定要逃的,而且一定已经逃出了开封——孙提举,还用我继续说吗?"

"说!"孙从吾兴致勃勃道,"耆卿的大名如雷贯耳,今天一见才知道竟然名不副实——传扬的名气也太小了些。"

"李元昊要逃的情报,未必只来自兜率寺里的暗钉。提举这么肯定,想必是另有一个暗钉送来了类似的情报。至于李元昊会逃到哪里,看来提举还不能确定。"

"耆卿以为呢?"

"我是个写词的布衣举子,又不是能掐会算的大罗神仙,我怎么知道?"柳永连连摇头,又一本正经道,"不过,提举若是能告诉在下这另一个暗钉出自何方,或许能有所判断。"

"北边。"孙从吾毫不犹豫,"刺机局。"

"这就对了。与样磨刺客相比,刺机局似乎更想要李元昊的命。他逃亡不假,躲避的不是祆教的样磨刺客,而是刺机局的鹰郎。"

沉默了许久的宋崇听得越来越不解,终于忍不住了,道:"还请耆卿兄赐教。"

柳永皱眉,看向了沈追,发现他也是满脸狐疑,便笑道:"罢了罢了,你们皇城司把监视百官的力气挪出几分到外藩上,也不至于如此闭目塞听。西夏李德明老婆无数,却只有三个儿子,李元昊是老大,还有两个弟弟李成遇、李成嵬。老二李成遇之母是咩迷氏的女子——这些你们都应该知道吧?"

沈追和宋崇不约而同地点点头。孙从吾似笑非笑地看着柳永:"他俩一个是探事房的头头,一个是刑事房的头头,这点东西谁不知道?"

"再往下,就未必了。"柳永笑道,"党项八部,李德明父子都是拓跋部,李元昊之母族卫慕部,李成嵬之母族讹藏部,都是八部之一。可这个咩迷氏是什么来头?去非你知道吗?"

沈追叹了口气,摇摇头。宋崇也是如此。沈追执掌的是刺探情报的探事房,连他都不知道的信息,宋崇更是茫然不知了。

"咩迷氏是李继迁当政时,从辽国迁入的部族,善于诊治牲畜之疾。李继迁结结实实出了不少血本,拿了一片牧场换的。接下来的事,就不用我再唠叨了吧?"

孙从吾赞叹地看着柳永,点了点头。这些信息,他也是刚刚从暗钉处知道的,没想到柳永居然如数家珍。沈追和宋崇经一番醍醐灌顶,立刻都明白过来。李德明年过五旬,又是多年征战一身的伤病,想要再生儿子恐怕不易。在辽国来看,李元昊狼子野心,连兴平公主都敢冷遇虐待,根本没把辽国上邦放在眼里。李成嵬年纪太小,讹藏部又是党项大族,想要拉拢着实太难。倒是李成遇身上有一半辽国血统,母族本是契丹族一部,若能扶持李成遇即位,西夏便会老老实实做个藩属,处处按辽国的意愿行事——但这一方案的前提,就是李元昊不明不白死在大宋。辽国刺机局本部远在塞北,而在大宋境内,刺机局实力最强、鹰郎最多之处就是开封,而且不仅有鹰郎,样磨部的刺客也正一心要报仇。李元昊不傻,又有张元辅佐参赞,当然不会留在开封坐以待毙。

"恕我直言,当下正是皇城司千载难逢的机会,也是迫在眉睫的危机。"见三人都在沉默,柳永道,"事情明摆着,能救李元昊的只有贵司,而贵司却也不能不救。李元昊是西夏王太子,是辽国驸马,他若死在大宋,轻则外交上难免增加岁币,重则军事上要同时应付两国来攻。这一点李元昊和张元明白,刺机局明白,相信孙提举也明白,所以才要去追。说是去追,实际上更是保。一言以蔽之,李元昊不能死,至少不能死在大宋——"

"耆卿说完了吗?"孙从吾静静地看着柳永,脸上没有一丝往日常见的戏谑诙谐。

柳永看着孙从吾。两人的视线碰撞在一起。片刻后,柳永一笑,点了点头。

孙从吾起身,竟朝着柳永一揖到地:"谢耆卿指教,也谢耆卿成全。我老孙还有一事相求,万望耆卿不要推辞。"

宋崇

宋崇一行人数不少，足足点了二十个精悍胥卒，杨良祐带了五个胥卒为前队，往前一里开路打探，宋崇和柳永身边只带了三个胥卒伺候，剩下的胥卒拖后一里为后援。再往后五里，是罗镇亲自带的一都亲从军。为掩人耳目，除了亲从军外都是商贾装扮。宋崇此番又做起了种员外，柳永则自称齐员外，两位员外并辔而行，出了万胜门一路向西而去。

"老孙请你帮忙，你居然答应了。"宋崇笑道，"这倒是让我很感意外。"

"没什么好意外的。"柳永道，"我在西北云游两年，七州八部都看了个遍，上自李德明、李元昊、野利遇乞，下至驿站马夫、榷场商贩，我都有交往。有机会见见老友旧识，当然不容错过的。"

宋崇一笑，却也不说话，似有满腹心事，只是轻轻地长叹一声，看着前方。汴洛古道自隋唐以降就从未冷落过，几百年来官府民间不断修缮，端的是台基高筑平整直阔，两侧道树连绵，良田阡陌。时值霜降之后立冬之前，田中农人正在犁土翻地、修整田垄，只闻鞭声牛吟，孩童嬉戏。等到了冬日农闲，官府一道公文下来，沿路民夫就要齐聚路上，补道修桥夯实路基了。

"临岳愁眉苦脸一路了，不就是心里不痛快吗？"柳永不以为然地一笑，道，"说来听听，看老柳我能不能帮你抓抓痒。"

"耆卿兄何必明知故问？"

"丁卯科殿试的几个同年，临岳你算是春风得意。你若是还有痒要解，我怎么办？去非怎么办？干脆自己抹脖子拉倒。"

"为何不学学张元，去辽国，去西夏，以耆卿兄之才，还能没有个列土封疆的功名？"

宋崇说得很直接，也很认真。柳永瞥他一眼，哈哈大笑道："怎么，这是贵司问话吗？我老老实实告诉你，正所谓鱼和熊掌不可得兼嘛。塞外、西北，都是苦寒之地，哪有中原江南的旖旎丰饶？填了新词，连唱曲的美人都找不到，还要我这词人何用？彼之蜜糖，恰如吾之砒霜而已——不消你说了，我替你说吧。李元昊出逃一事，你家老孙并未向你交底，中间颇多悬疑未解之处。你百思不得其解，故而一路唉声叹气。"

"孙提举请耆卿兄和我同行办案，不就是要你给我解惑吗？"

"你看到这一层，算是老孙没白提拔你。"柳永一笑，又郑重道，"临岳你虽小我快二十岁，我却始终拿你当弟弟看待的。而且很多地方我还不如你这个弟弟，能让我钦服的人并不多，难道你我之间还需要遮遮掩掩吗？"

宋崇见他如此说道、如此神情，当下也不再讳言，一五一十将心中块垒和盘托出。那夜柳永和沈追在都亭西驿面见张元，其时李元昊应该已经决意出逃了，张元为何不干脆认栽，求皇城司予以保护？面对刺机局和样磨刺客的双重威胁，皇城司是最靠得住的避难所。性命攸关的要紧处，颜面好看与否不是问题。此外，张元命令铁鹞子增援兜率寺，沈追和柳永是亲耳听到的，但事后的情报显示，离开都亭西驿后，铁鹞子并没有直奔兜率寺，而是化整为零分散到城中各处，待卯时城门开后分头出城，去向不明——是真的不明，京畿周边皇城司的明岗暗哨星罗棋布，竟是一丝一毫的线索都没有。

"那就先说这两个。"柳永道，"其实老孙提举知道，你和去非也都知道，李元昊和张元并非只有皇城司一家可以求援。"

"不错，除了皇城司，在京房也做得到。"宋崇不得不点头，又问道，"那为何不是在京房？"

"你怎知他们没有想过去找在京房？李元昊对张元倚为心腹，逃命之际却为何不带上他一起走？"柳永道，"在京房崛起也就这三五年的事，在开封或许能跟皇城司较较劲，出了京城还是得看皇城司的。李元昊和张元一走一留，走是为了保命，留是为了谈判——我和去非找他，是谈判，但没谈出个结果。现在我明白了，张元是在等在京房，一旦在京房开出的条件更高，他当然会择优而从。"

"那就是说，李元昊的确是逃了，却逃得不算远，还能跟张元有线人往来？"

"废话,要是消息断了,一走一留还有何意义?"柳永皱眉看了看宋崇,道,"我看你是关心则乱,这可是你们这行的大忌!"

宋崇顾不上自嘲,赧颜笑道:"那以兄之见,在京房会开出什么条件?"

"这个并不重要,开条件的前提,是的确能保住李元昊的命。这一点在京房不如贵司有底气。逃亡者,逃是为了不亡。想必李元昊和张元商议定策时,就已经定下求助皇城司了。之所以还要逃出开封,除了躲避辽国刺机局,还有一层意思,要确定皇城司保护李元昊的态度。李元昊自立的野心天下皆知,万一皇城司想要趁机除掉他以绝后患呢?我和去非跟张元聊了一晚,他不是傻瓜,听得出来大宋并无此意。"

"所以,铁鹞子并不是去增援兜率寺,而是赶上已经出逃的李元昊,告诉他这个消息?"宋崇眼里一亮,立刻勒住缰绳,掏出随身的小笔簿子,飞快地写了几句,放入特制竹筒封好,回头招了招手。远远跟着的一个胥卒立刻飞马过来,毕恭毕敬接过竹筒,也不说话,转身疾驰而去。宋崇道:"我这才明白老孙留下去非所为何故,张元在等着最后摊牌呢!我已经建议老孙严丝合缝守住都亭西驿,不让任何一个在京房的人进去。"

柳永赞赏地看着宋崇,点了点头,笑道:"能代表在京房跟张元谈判的,要么是康川,要么是胡垚,盯死了他俩,张元面都见不到,便不会倒向在京房——临岳,你这做派,才像是堂堂皇城司刑事房提点嘛。老孙折腾一场赌局,看把你给弄得魂不守舍!"

宋崇一怔,苦笑摇头。两人继续打马前行。给孙从吾发过密信,宋崇心情松快许多。柳永眼光着实毒辣,一眼看出他"关心则乱"。但柳永虽是大才,却不是行内之人,看轻了其中利害。其实赌局更像是个玩笑,他和沈追心有灵犀,都知道李元昊逃亡一事颇多疑点;但孙从吾执意如此,两人也不得不配合。从那时起,宋崇就觉得孙从吾有很多事没有交底,不交底就意味着不交心,身为时时刻刻行走在刀刃之上的间谍,若连一个交心的上司都没有,那这间谍恐怕也做到头了。而且还有更深的一层,追缉李元昊本是探事房的差事,孙从吾留着沈追不放,却让他没头苍蝇般寻找追缉,难道是沈追还另有更核心、更关键的使命?搁在以往,老孙定会把差事摊到桌面,笑嘻嘻地对他和沈追道"你俩自己挑,买定离手不得反悔"。但这次却没有这样做。宋崇曾经想过,老孙把沈追留在开封,或许是因为他被李煮举报身陷官司,转而一想这也不是理由。沈追名义上被关在某处黑盘,实际上只要不招摇过市,只要不被在京房抓住把柄,谁还敢挑皇城司的不是?经方才柳永这番话,无意中倒解开了宋崇的心结。看来老孙的意思,是让沈追再去跟张元谈判,毕竟天圣五年丁卯科殿试之后,宋崇是高中二甲的进士,沈追和张元都是落榜的举子;如果换作宋崇去谈,以张元的秉性,本来能谈成的事也会平添波折……细细想来,倒是误会老孙了。宋崇不是气量狭小之人,沈追也的确有过人之处,不过同为"皇城双英",多少会有一较高下之意,就算他们二人不这样想,旁人也会这样想、会这样议论。久而久之,两人虽谈不上芥蒂,也难免要受其浸染。可这些心里的隐秘之处,既无法对柳永明言,也怕柳永早看出来了,更怕他直言不讳说了出来——

"临岳?"柳永见宋崇沉吟许久,心里一动,不由得正色道,"愚兄刚才言重了,贤弟莫要自轻才是。"

宋崇猛省,不无尴尬道:"惭愧惭愧,刚刚走神了——"

"轮到老弟给我解解痒了。"柳永笑道,"李元昊究竟逃到何处,老弟心里可有数?"

宋崇也是一笑,道:"我还想问问老兄呢!本司孙提举请你跟我一道办案,不就是让老兄出主意吗?"

"非也非也。我老柳的长处,无非是亲身游历过西北七州党项八部,世事典故风土人情了然于心,年纪又痴长几岁而已。至于抽丝剥茧捕盗抓贼,却是个地地道道的门外汉。办案子的是你宋临岳,我顶多参赞襄助罢了。"

宋崇明白他说的都是实情,当下也不再自谦,一边思索一边缓缓道:"刚才柳兄讲了,李元昊逃是为了不亡,必须跟张元信息畅通。以我之见,他不能逃得太远,也不能藏得太浅。逃远了,联系就有可能被切断;藏浅了,就有可能被刺机局发现。想找这样一个去处,着实要费些脑筋。柳兄我问你,如果刺机局、皇城司和在京房都要杀李元昊,大宋是待不住了,他最坏的打算是什么?"

"当然是北逃回夏。"柳永毫不犹豫道,"而且是从京西路过河,经河东路北逃。"

"为何不是陕西路？"

"河东、陕西两路，北境都与西夏接壤，两条路我都走过，若是逃亡，河东路会更快。"柳永解释道，"河东路自残唐五代起，沙陀、契丹、党项各族交错繁衍生息，翊卫司在河东路的底子打得好，暗钉黑盘远比陕西路要多。李元昊带几个精锐铁鹞子一路疾进，有翊卫司沿途保护，又有粮草马匹补给，这是他最后的计划。"

"所以，他必须藏在距离河东路不远的地方，一旦跟皇城司和在京房都谈崩了，才能迅速过黄河逃回西夏。"见柳永频频点头，宋崇继续道，"那我再问老兄，李元昊和张元之间，怎么互通消息才算是既隐秘又便捷？"

"这个——"

"水路。"宋崇斩钉截铁，"一定是水路。从京西路过河进入河东路，要走京西三渡，距离开封两百多里。眼下是初冬时节，走陆路太辛苦，旅人不多，纵马疾驰太扎眼，容易暴露，走得慢又会被杀手赶上。走水路就是走汴河，离隆冬上冻还早，舟楫繁盛，船舱里藏人藏物都方便。此其一。"他缓了口气，道，"其二，若论便捷，乘船当然不如快马；但骑马虽快而不长久，人可以不歇，马却不行，疾奔五六十里就得歇脚喂料、落汗换掌，若下雨呢？若沿路厘税盘查呢？看快实慢。乘船则不然，平稳无阻，一旦风起帆鼓，便可昼夜不停，一昼夜，顶多一天半也就到了。看慢实快。"

"那刺机局呢？他们会不会猜到？"

"就算猜得到，那么长的汴河，那么多的船，他们顾不过来的。"宋崇顿了顿，笑道，"皇城司可以。"

这就涉及皇城司的内部机密了，宋崇点到即止，没有深说。本朝漕运关乎国本，各路都设有转运司统一调度，沿岸又设了排岸司和纲运司，前者负责河道维护修缮、漕粮验收入仓，后者负责官船押运、商船抽检和厘税征收。而不管是转运司、排岸司还是纲运司里，皇城司都有得力的眼线在。简言之，只要是汴河上的船，皇城司总有千条万条办法，把船里藏得最深的一只耗子找出来——只要皇城司决定这么做。

"照你这么讲，李元昊一定藏在某处渡口了？所谓鱼目混珠，人越多不就越难找吗？"

宋崇摇头道："不会这么简单。别忘了这是在中原，在京西路，一群党项人凭空出现，本司的眼线不会不报的。你柳兄曾在西北七州游历过，难道还体会不到吗？恐怕你老兄的一举一动，见过谁说过什么，翊卫司都了如指掌。就拿前边探路的德远来说，这条路几百年了，还用探吗？探的就是沿途本司明岗暗哨的消息。从出城到现在，还没送来一个消息，证明这条路上没有党项人，甚至没有可疑人经过。"他一边说着，一边随意朝远处一指，"柳兄看没看见那个茶棚？店家一人，灶分四眼，棚有五柱，桌上是一壶四碟五碗，意指皇城司一处四房五千军。那店家便是我司的半明半暗的眼线。"

"皇城司居然无孔不入到这般地步了？"柳永饶是博闻四海，却也是丝毫不掩饰一脸惊愕的神色，啧啧叹道，"可赞，可喜，更可怕！临岳，既然到了茶棚边上，老柳也渴了，能否讨一碗贵司的茶喝？"

宋崇莞尔一笑，催马前行，下路越垄，朝着那茶棚而去。柳永随他跟上。身后的胥卒一个留在路边，一个朝后奔去报信。等柳永和宋崇到了茶棚，布置陈设果如宋崇之前所言。店家早应了出来，唱喏招呼，宋崇也不答话，一笑落座，手腕起落，将桌上一壶四碟五碗摆成一个圆状，伸出手指，在壶、碟、碗上按特定顺序敲了三下。

店家立时正色一揖，抬起身时，满脸堆笑道："今天真是天老子开眼哇，前头刚刚过去个干办，眼瞅着又来了位提点！都是大官——"

"入房几年了？"

"回提点的话，七年了，天圣二年入的探事房。"店家麻利地煮水煎茶，笑道，"前年司里律事房铨叙，还给小的升了职哩，管着附近三个暗哨、三个游哨。"

"你认识他吗？"柳永指了指宋崇，好奇道，"我是贵司孙提举的好友，他差我襄助办案的。"

"认识也不能讲哇，再说还真不认识。"店家吭哧哧拉动风箱，道，"小的归着探事房管，沈提点是见过的，孙提举也见过，还夸小的老实、吃得了苦哩！"

"那你猜猜呢？"柳永继续撺掇，"皇城司就那么几个提点，你还猜不出来？"

"猜也不能猜哇，入房的时候就听学谕讲过规矩，司里规矩大，说话不慎就要掉脑袋。"店家赔笑道,"如果不是这位提点大人主动表露身份,小的是一句有关司里的话都不敢说哇。"

宋崇笑起来,道:"齐员外就别难为他了,各行有各行的规矩——店家,我跟这位齐员外有事要聊,不用伺候了。"

店家如释重负地应了一声,随手捡起一旁的背筐,朝着前方路边走去。待他走得够远,柳永方才叹道:"李元昊时刻准备北逃,也真算他聪明。凭皇城司这般手段,只要他还在大宋,想要取他项上人头还不容易吗?"

"所以说,柳兄,李元昊不会在渡口藏身的。人上一百形形色色,藏起来容易,皇城司想找到他也不难。朔卫司也好,步跛子、铁鹞子也好,都不能保证万无一失。"

"看来临岳已经有数了,不妨说来听听。"

"还差一笔,就画圆了。"宋崇沉思道,"柳兄,西北七州,不光只有党项八部吧?"

"当然。大的部族有吐蕃、回鹘,大部族内也有不少支派,样磨部就是回鹘的一支。小的部族就更多了,吐谷浑、沙陀、契丹、鞑靼这些都有。还有不少原先就在西北的汉人,比如瓜州归义军。"

"若不论言语,仅从样貌身形来看,差别有几分?"

柳永思索片刻,道:"以我游历所见,回鹘人、吐谷浑人与党项人较为近似,但若细细分辨的话,还是看得出差异。"

"适才柳兄说鱼目混珠,那是把珍珠混放在鱼目里。李元昊若是藏在渡口要津、人烟繁盛之处,便不是鱼目混珠,而是将珍珠放在盘子里了。所以说找李元昊,先要找到鱼目,而且是成片的鱼目。"宋崇手指蘸了茶汤,在桌上点画起来,继续道,"还真有这样一处地方,走水路可以直达开封,走陆路就在汴洛古道边上,却是山野荒僻,知道者不多,踏足者寥寥。更为关键的,是那里聚了一群可以藏珠的鱼目。不瞒柳兄讲,这地界还跟皇城司有千丝万缕的勾连——"

"且慢!"柳永忍不住叫起来,"你先别说,让我好好想想。"

柳永顾不得喝茶止渴,一跃而起,在茶棚中踱步。宋崇含笑看着他。可一阵子过去，柳永时而皱眉思忖，时而面露微笑，时而摇头叹息，最后还是苦笑道："实在想不出了，临岳，你就直说吧。"

宋崇朝远处看去，店家在行道树边捡柴，留守的胥卒站在马边，前后张望把风。他和柳永不能在这里延宕太久，六里之外，还有一都百人亲从军，正在原地驻扎停留，等着目的地。宋崇打了声呼哨，胥卒立刻发足飞奔过来。不等他站定，宋崇道："速去见罗指挥使，沿驿路疾进。"

胥卒应了声"遵命"，便转身飞奔返回，上马朝东京方向飞驰而去。柳永看得莫名其妙，刚要发问，宋崇笑道："路上慢慢讲，不急。"

柳永皱眉道："掖掖藏藏的，弄什么玄虚？"

宋崇却未接话，忽然道："我想起老孙曾对兄说，'谢耆卿指教，也谢耆卿成全'。我对这'成全'二字始终不解，仿佛有些事明明存在，柳兄也看出来了，却没有说出来，所以老孙要感谢兄的成全。我想问柳兄的是，这'成全'二字究竟说的是什么？"

柳永平静地看着宋崇，淡淡地一笑："看来我不说，贤弟是不会放过我的。其实你既然问到这两个字，多少也猜到了吧？不错，皇城司里有西夏的暗钉，也有辽国的暗钉，还深得孙从吾信任。而且，他已经判断出了暗钉是谁——贤弟，还用我继续说吗？"

第八章 · 梨花满地不开门

许沂

延真观里不是只有森森铁狱,过铁狱监房一路朝北,还有一片水塘,养了不少各色鱼类。鱼塘底部是水牢,平时几乎不用,偶有涉案极重的要犯才会关在这里。一旦有人妄图劫狱,提点公房里水闸一开,机关联动,塘底水牢顷刻便会灌满水,要犯便绝无逃生之路。水塘再往北,有两处小院,毗邻而建,山墙相连,十几个髑髅卒房前屋后昼夜守着。能住小院的都不是凡品,要么是命中该有此难,等不日渡了劫就能脱离苦海;要么是说情的人高深莫测,不得不暂时给个面子。说到底,延真观里也是讲人情的,而且往往还很有用。故而时间一长,京师官场里都知道延真观里这两处小院,还七嘴八舌给取了名号,靠东的唤作浮沉居,靠西的名曰进退阁。

许沂这次是到浮沉居,也知道这次是来见谁,但进门之际,还是禁不住心旌震荡。但见李焘直挺挺躺在床上,身子精赤,裆下裹了块棉布,头脸肿胀得看不清五官,浑身上下没有一处不带伤。屋内还有三个人,牢房提点舒正臣自然是在的,陪坐于孙从吾一侧;而让许沂惊诧不已的,是孙从吾另一侧,坐着的居然是沈追——李焘拼得大半条命检举的沈追。

老孙这是玩的哪一出?瓦子勾栏里的说书人都不敢这么铺排。

舒正臣见许沂落座,便开口道:"今日孙提举亲临延真观,提审李焘检举沈追一案。律事房许提点负责司内执律,与舒某同为陪审——文约兄,笔墨上的功夫,舒某远不及兄,笔录书记之事就有劳了。"

孙从吾一直闭目养神,一张脸波澜不惊,看不出是什么神情,仿佛眼前的事跟他毫无关系。舒正臣言毕,孙从吾还是闭着眼,手指轻轻晃动,掸了掸桌面。许沂不敢怠慢,忙轻咳一声,取过了纸笔铺开,等着老孙问话。

说话的却不是老孙,而是舒正臣,只听他道:"李干办,你检举沈追的状子,确信没有任何虚妄推测之言吗？"

李焘身子动弹不得，只是用尽全力睁开眼睛，浓重地呻吟了一声。这呻吟像是从地底深处悠然响起，丝丝缕缕不绝，等传到三人耳中，已是淡如清水般细不可闻。

"这样说来，确是无误了，还请李干办用信画押。"说着，舒正臣朝孙从吾道，"孙提举，鉴于李焘现在行动不便，可否由属下帮助一二？"

孙从吾打了个呵欠，点点头。舒正臣起身离座，拿着状子印泥来到李焘身边，轻轻抓起他的手，在状子上摁下手印。整个过程中，李焘血红的双眼圆睁着，呻吟声不绝于耳。

许沂平静地看着眼前这一幕，指尖的笔没有任何停顿，一行行字迹出现在皇城司文头的公文笺上。舒正臣回到座位，毕恭毕敬将状子放在孙从吾面前。老孙这才睁开了眼，像是刚刚结束了一个好梦。

"难为你这片忠心，也难为你吃了苦。"孙从吾淡淡道，"事出有因，因在值守；忠于职守，堪为楷模。仲远，你是皇城司的老人了，我刚到皇城司宫事处时，你就是探事房最得力的胥卒。多年过去，未能及时给你铨叙磨勘，是我的失职，细细想来，愧莫敢当。等贤弟康复如初，想离开司里也好，想继续在司里效力也好，我老孙都鼎力相助，成全仲远之愿。"

李焘身子微微晃动。舒正臣道："孙提举，李干办在给您道谢。"

孙从吾摇头叹道："我老孙的一片心意，想必仲远心知肚明，又何必非要当面言谢？他身子不适，就先好好调治吧。"

舒正臣会意，操起铁骨朵击在铜磬之上，一声，两声。门开，两个髑髅卒进来，抬起李焘离去。许沂这才意识到，浮沉居并不是给李焘住的。

"去非的笔录，已经写好了。"孙从吾的声音有些倦怠，"文约你照录一份——辛甫，去非的案子今天就可以结了，你把浮沉居收拾一下，过两天有人要住进来。"

舒正臣忙点头应了一声，见孙从吾又闭上了眼，而许沂和一直沉默的沈追都看着别处，便知道自己是多余的人，赶紧离座躬身一揖，退步出门。说实话，他心里有些不舒服。屋内的三人显然有密事要议，却不让他参与，说好听点，这是本司各房分工职责不同；说难听点，还是老孙没把他当成自己人。尤其是沈追的案子，居然这么三言两语就给结了，看来孙从吾是铁了心要保沈追，哪怕涉嫌私通辽国都能安然过关，真是咄咄怪事。舒正臣一边想着，一边脚步不停地走远。他能感觉到有一双眼睛，正紧紧地盯着他的后背。

事实也的确如此。

浮沉居门里，沈追轻轻转身，朝孙从吾点了点头。许沂四下打量着屋内——他不常来，却也知道皇城司监房里都有谛听卒。而浮沉居也好，进退阁也罢，实际上仍是监房，谛听卒本就听力超过常人，再通过房中密设的机关，足以听得清屋内一言一语。

"我老孙在这儿，没有谛听卒敢偷听。"孙从吾示意沈追落座，却朝着许沂道，"今天不光是让你书记陪审，还有个要命的差事给你。"

"属下谨遵提点之命。"

"去非的案子虽然结了，但在京房不会轻易放过，进进出出还不能太招摇。"孙从吾道，"临岳另有要事去办了，去非又不便总是抛头露面，有些事情，就得你担起来。今天下午，你和去非去一趟都亭西驿，具体的细节，去非路上会和你说——去吧。"

孙从吾说完，疲怠地摆了摆手，靠在椅子上微微一叹。刚才从始至终，孙从吾不过讲了寥寥几句话，竟像是耗费了他莫大的体力。许沂是老孙一手提拔起来的，彼此再熟悉不过，还从未见过他这副模样，忍不住道："提举放心，多保重。"

孙从吾看了眼许沂，笑道："熬了几夜，缺觉了。男人上了年纪，缺女人倒不打紧，就怕缺觉——你俩还坐着干吗？赶紧办正事去，我老孙也能眯一会儿。浮沉居，进退阁，倒是个睡觉猫冬的好地方。"

延真观后院停着辆马车，赶车的是探事房干办吕璟，随车的还有四个探事房胥卒，都是青衫皂靴、腰悬手刀，标准的皇城司行头，甚至车上也挂了"钦命皇城司公干"的纯铜衔牌，下系着风铃。甫一落座，许沂便笑道："提举明明说不得招摇，得防着在京房的人，去非倒是浑然不惧，真是好胆色。"

"文约莫要取笑。"沈追摇头一笑，道，"偷偷摸摸还不如光明正大。这个衙牌挂出去，至少不相干的人不敢接近；如果真有人拦车盘查，还得烦劳文约兄出面勾兑一二。"

这是今天自见面后，许沂第一次听到沈追开口说话。

两人都是一笑。鞭响车动，马车出了延真观后门，沿西大街拐到崇明门外大街。车内空间并不宽绰，两人相距很近，声息相闻。许沂一肚子不解想问，却又不知从何事问起。他和沈追同为皇城司提点，平日里也是极熟的，但他管着律事房，说白了，干的就是专跟本司同僚过不去的差事，所以熟归熟，相与却不多，也不深，更谈不上交心。像今天这样一道出门办差，办的还是机密要事，细细想来，竟还是头一遭。除此之外，许沂心中忐忑还有一层缘由。都亭西驿是西夏使者驻地，他要去见谁？不久前，在草场巷街丙字十六号，他和张元见过面，作为己巳筹的一环，他已经将见面过程、对谈内容详细汇报给了孙从吾。无论是他还是孙从吾，都没有料到那个买了皇城司两年情报、神秘莫测的买家，居然不是辽国，而是西夏；准确地说，正是西夏翊卫司的手创者张元。己巳筹是皇城司最高机密，不著文字，不留档案，知情者也只有他和孙从吾。老孙让他去都亭西驿，想必是见张元或李元昊，这不难理解，但为何还让沈追陪着？难道老孙已经把己巳筹的机密告诉了沈追？

车身一晃，许沂身子一仰，本能地扶住了厢壁。马车上了蔡河新桥，下了桥，就要从崇明门外大街转到高殿前街，再过两个路口，北转到金梁桥街，走不远便是都亭西驿了。

"文约兄？"

许沂一怔，意识到刚刚的失态，忙道："惭愧惭愧，走神了。"

沈追道："文约兄又不是第一次出外勤，再说有我陪着，还有什么不放心的？"

许沂哑然失笑道："去非这是哪里话？我——"

"今天去都亭西驿，是要见张元。"沈追道，"我和他有同科殿试之旧谊，文约兄应该知道的。我想孙提举让我陪兄此行，用意就在于此吧。"

终于开始交底了。许沂道："要跟张元谈什么？"

"李元昊在开封，身陷刺机局和样磨刺客追杀之中，需要皇城司护送回西夏。"沈追道,"我和临岳已经去谈过一次了,这一次,是要把事情敲定下来。"

许沂心中坚冰悄然融消。看来孙从吾仍然守着己巳筹的秘密。上次在草场巷街,张元委托他转告孙从吾,请皇城司设法促成李元昊与太后、官家秘密见面,并在见面之后,暗中保护李元昊一行返回西夏。孙从吾此番让他去都亭西驿,实际上是正式回复张元,皇城司已经应下了此事,同时也意味着皇城司和翊卫司之间的秘密联系由此开端,而皇城司一方的代表,正是许沂。

尽管狐疑渐消,许沂还是皱眉道:"既然如此,何必要我一个素未谋面的人去?你和张元是旧相识,你们二人直接说不更便利吗?"

"孙提举让我陪兄前往,我怎好再问?想必他定是考虑周全才这样做的。"沈追笑道,"你我都是老孙的属下,上司让怎么做,就怎么做好了——"

沈追话音刚落,马车骤然疾驰。紧接着,是重物击中车厢的沉闷声,马车剧烈动荡,车厢里两人也随之东倒西歪。还未等稳住,又是一串弩箭打在车厢上的铿铿之声,更有两支弩箭从狭小的车窗射入,擦着两人的身子嵌入车壁。

虽然同是读书人出身,但跟许沂相比,沈追毕竟是刀来剑去的武职提点,不等第三支弩箭再射进来,砰砰两声关上了左右小窗。很快,小窗隔板传来被弩箭击中的声响。而与此同时,皇城司传递警讯的鸣镝滑入天空。时值巳时,街上本就是比肩继踵、众口嚣嚣,刚刚一次险些得手的偷袭,已经将崇明门外搅成了一团乱麻。但即便如此,那一声刺耳犀利的鸣镝也足以穿过所有喧嚷,皇城司巡城胥卒闻声而动,想必此刻已在赶来的路上。

马车还在疾驰,吕璟气急败坏地斥退街面的人,听起来没有受伤,至少没有重创。从外观来看,除了挂着皇城司衔牌,这辆马车并无特殊之处;但实际上车厢构造通体三层、双木夹铁,若换成寻常马车,恐怕早在第一次重击中就散了架。即便如此,左侧车轮和厢体仍受损严重,飞驰中像是酩酊醉汉,跌跌撞撞地走在高殿前街上。

"怎么办?"

许沂并未出声,眼中的焦灼分明是在问沈追。

沈追抬手探在许沂身上,一触便知他戴了贴身皮甲,松了口气,示意他无须担心。自宋崇和碎琉璃在铁屑楼遇刺之后,孙从吾将皇城司内部预警等级提到了甲等,为期一月;在甲等预警中,几位提点出外勤时必须穿戴贴身皮甲,以防刺客偷袭。

"带家伙了吗?"沈追问道。见许沂摇头,沈追从靴筒抽出一把匕首,递了过去。许沂接过匕首,不知是车身太颠簸还是心中太慌乱,竟一下没能拔出来,这才想起没有拨开绷簧。沈追一只手握着手刀,另一只手扶紧了车壁,任身子随车起伏。

渐渐地,弩箭声、喧闹声已不可闻。在一个急剧的转弯之后,马车的速度终于慢了。或者说,是不得不慢了。马儿嘶鸣一声,车子激烈地横摆出去,最后停了下来。

吕璟的声音:"金头,对上盘了,漫水。"

这是皇城司内部所用的切口。西方为金,"金头"指的是西府枢密院;"对盘"是说前方有人拦住了去路;"漫水"则是对方人多势众,随时要动手。吕璟的话声虽然不高,车里两人却也都听得清清楚楚。许沂看了沈追一眼,把匕首还给他,起身下车。

"文约——"沈追顿了顿,道,"不急,耗着,等机会——这话,你告诉吕璟。"

许沂一笑点头。敌众我寡,这是眼下最保险的做法。开封内城西南使馆区固然是在京房的地界,但他们也不至于跟皇城司公开翻脸,最多添些麻烦而已。"鸣镝有声,巡城齐动",等皇城司附近几个街区的巡城胥卒赶到增援,就是另一个局面了。

不出所料,对面一排拒马鹿砦后,站的是在京房提点康川,由一队在京房的卫卒簇拥着,似笑非笑地看过来。许沂心中暗暗叫苦。东华门外那场风波刚过去不久,在京房勾押关六奇因当众羞辱许沂,被沈追的人在众目睽睽之下用刑,落了个双手残废。据说他事后一心求死,两次寻短见都被拦住,被在京房上下视为奇耻大辱。如今新仇旧恨合为一处,还不知康川会如何刁难。

吕璟左臂中了一弩,刚从青衫上撕下一缕布条,嘴角扯着一头绑扎创口止血。许沂见状忙上前帮忙,低声道:"其他人呢?"

"当场死了一个,另外三个在断后。"吕璟咬牙道,"要是没死,也该到了。"

康川见他们旁若无人般自行其是,不觉哂笑,大声道:"对面,是许提点吧?"

许沂充耳不闻,动作更慢了:"刺客是谁的人?"

"八成是刺机局,鹰郎的手艺,我看得出来。"

"不急,耗着,等机会。"

吕璟心领神会,慢悠悠地配合,装模作样抬起了左臂让许沂检查。于是现场的一幕变得分外吊诡,大宋皇城司的提点密会西夏翊卫司长官,途中被辽国刺机局阻击;好容易来到都亭西驿门外,却又被本朝在京房的人拦下——本应是敌人的却成了盟友,本该是同僚的却成了对手。

康川朝两人扬了扬下巴,在京房卫卒穿过拒马,直奔过去,顷刻间就围住两人。吕璟本能地握紧手刀,护住了车门。许沂不慌不忙转了身,朝着康川道:"康提点,孟浪了吧?"

康川缓步过来,笑道:"还真是许提点!都是自家人嘛,这怎么话说?"

许沂淡淡道:"康提点想怎么说,就怎么说好了。"

康川还是笑容可掬,口气却冷了下来:"许提点怎么会在这儿?"

"皇城司办事,百无禁忌。"

"办的什么事?"

"奉命要办的事。"

"奉谁之命?"

"本司孙提举。"

"怕是要让许提点白跑一趟了。"康川道,"本房接到消息,有人私通敌国,竟想叛逃进外邦驿馆。许提点是知道的,在京外邦使馆都由本房负责安保巡视——刚才文约兄说孟浪,康某职守所在,想不孟浪也不成了。"

许沂笑起来:"不知康兄还想如何孟浪呢?比如说,要抓许某吗?"

"这是哪里话。——文约兄是在等谁吗?等你们巡城的胥卒?"

"康兄何必明知故问?"

"等不到了。"康川笑道,"附近几条街都有我的人,皇城司的胥卒一时半刻,到不了。"

"那就再等上一时半刻。"许沂并不示弱,道,"早晚会到的。"

忽然,又是两声皇城司的鸣镝,从两个不同的方向几乎同时响起。鸣镝声刺耳中夹杂几分慌乱，这就意味着前来增援的巡城胥卒被拦住了，无法及时赶到，鸣镝既是示警也是求援。康川懒洋洋抬头看了看天空，目光中带着得意和挑衅，落在许沂身上，却看不到他的表情有任何变化。

"其实用不了那么久。我只想问文约兄一句话，问过就走——车里是哪位？"

"车里没人了。"许沂毫不犹豫。

康川狡黠地笑道："若是康某想看看——方不方便？"

"方便，当然方便，请。"

许沂说着一侧身，做了个"请"的手势。吕璟刹那间已经明白了许沂的意思，面无表情地退在一旁。康川略一踌躇，便大步过去，伸手探向车门——

许沂道："车里无人，却有关系极重的物件。康提点，确定要看吗？"

康川一怔，手伸在半空中停下，看得出他在犹豫。很快，他转过身，朝一旁的卫卒挥了挥手。两个在京房卫卒刚要过来，许沂上前一步拦住康川："且慢！康提点，若真要看，也只能提点一人看——不过，我劝提点还是算了。"

康川皱眉思索。许沂轻笑，语气却是咄咄逼人："康兄，算了吧。"

康川冷笑一声，伸手拉动车门。车门开启的瞬间，吕璟一个箭步上前，用伤臂抓住康川的腰带。早有防备的康川迅速反击，一把按住他的手，一拳打在他胳臂上突兀的弩箭上。刺机局监造的弩箭质地上乘，均以檍木所制，最是坚硬韧实，康川这一拳势大力猛，弩箭像是翻地的铁铲，硬生生撬开了皮肉，箭簇挂肉带血钻了出来，疼得吕璟连连倒吸冷气。他强忍住剧痛右臂发力，把康川掼入车里。迎接康川的，是早就严阵以待的沈追。许沂眼疾手快，一手扶住了吕璟，一手关上车门。车厢急促地晃动了几下，重新归于平静，谁都看不到里面究竟发生了什么。整个过程不过三五哨工夫，距离最近的两个卫卒竟然来不及反应，又见吕璟咬牙攒眉看过来，一副只待厮杀的恶神模样，只能木雕泥塑般呆在当场。少倾，车内传来沈追的一声低咳。

许沂顾不得察看吕璟伤势，立刻抄起缰绳马鞭，催马前行。吕璟此时已是汗透重衣，左臂血肉模糊，弩箭还支棱在皮肉里。他兀自右手提刀走在车前，宛如罗刹厉鬼，观者无不胆寒。两人都沉默着。走到拒马前时，吕璟上去两脚踢开，在京房卫卒无人敢上来阻拦——自家长官就在车里，显然是被车里的神秘人控制住了——虽不敢拦，却也不敢撤，团团围着马车也朝前走。场面再一次变得吊诡，本来是在守株待兔的敌人，却变成了护卫的帮手。

都亭西驿的后门开在南墙，南墙在西馒头巷里，后门在巷子深处。马车到时，巷口有一队如临大敌的在京房卫卒，而巷子里密不透风站满了人，全是西夏步跋子装备，出了鞘的夏人剑横搭在肩头。为首的一个汉子状若熊罴，脸颊一道触目惊心的深疤，眉头紧锁，目光中满是凛凛杀机。汉子背后有把木杌子，一个中原书生打扮的人端坐其上，却是气定神闲。

一个步跋子奔至近前，说了通党项话。为首那汉子蓦地愁容尽扫，回头大笑道："你的朋友，张先生，人来了。"

说话的正是野利遇乞，官居西夏左军大王，李德明最信任的统军将领。张元起身，道："耽误这么久，看来麻烦不小——我去接一下。"

昨天这个时辰，野利遇乞和张元接到沈追的密信，说将于次日陪同提举孙从吾的特使、律事房提点许沂前来密会，商议护送李元昊归夏的细节。约定时间早过了，却迟迟不见人来，这让野利遇乞分外焦躁不安。对他而言，李元昊的安危不但关乎国之大事，还关系到野利家族的命运。在辽国兴平公主下嫁之前，李元昊的正妻野利氏正是野利遇乞的亲妹妹，王太子妃本是野利家族囊中之物，却被辽国横插了一脚，惹得野利遇乞兄弟极为不满。奈何这次联姻的始作俑者是一国之主李德明，野利遇乞也只能打落牙和血吞了。孰料辽国见李元昊桀骜难驯，竟动起了扶植李成遇的主意，此举不但是要除掉李元昊，也是要将野利家族连根拔掉，这让野利遇乞对辽国的仇恨达到了顶点，也把他和李元昊、张元的命运紧紧攥在一起。李元昊逃出开封之前，三人已经定下与皇城司结盟的计划，经过张元与柳永、沈追面议，只等孙从吾的特使前来，最后敲定结盟的细节。可就在这个当口，局面骤然生变。翊卫司在刺机局的暗钉传来消息，刺机局鹰郎会在途中设伏，阻击前来谈判的皇城司特使。事起仓促，通知皇城司已来不及了，何况也根本出不去——在京房突然送来公文，声称宜秋门使馆区有不法之徒异动，即日起严格盘查各驿各馆外邦人员出入。都亭西驿周边大路小巷都有在京房的明岗暗哨，别说派步跋子去接应，就连伙夫厨娘出门买菜都被拦在西馒头巷口。

野利遇乞毕竟是攻城野战的出身，统领过千军万马的一军主帅，张元也是天赋异禀的决疑断难之士，虽然猝不及防，两人也没有乱了阵脚。看来刺机局已经得知李元昊出逃，也得知了西夏跟皇城司眉来眼去，鹰郎阻击沈追和许沂不过是个开始，他们的真正目标还是李元昊。在京房此刻突然跳出来，只有两种可能，一者是与皇城司素来不睦，显然不愿皇城司和翊卫司联手，至少不能撇下在京房，这还好些，最坏的情形是在京房不惜跟刺机局结盟，暗中帮助刺机局截杀李元昊。这也是野利遇乞和张元最担心的事。尽管李元昊的藏身之处极其隐秘，安保护卫也算周全，但躲得了一时躲不过一世，万一在京房的明岗暗哨一直不撤，等于切断了都亭西驿和李元昊之间的联系，没了后援补给，李元昊还能藏多久？

按照之前的预案，一旦事态糜烂不可挽回，张元和野利遇乞还有最后一记杀招。每月逢五御前议政，当今朝廷宰执集团吕、晏、薛、夏、钱五相都要进宫面见太后和皇上，届时野利遇乞率人埋伏在途中，但凡能劫持到其中一人，便足以震惊朝廷，也就有了直接跟当朝宰执甚至今上赵祯对话的机会。大宋是礼仪之邦、天朝上国，当今天子更是从小读着《论语》《礼记》长大的，碍于颜面也不会让李元昊横死在大宋境内。此番西夏使团共计二百多人，带来的步跋子和铁鹞子只有百人，最精悍的二十多个人已经护送李元昊逃出开封。手上这点兵力虽然可怜，但若是搏命倾力一击，胜算还是有的。只是一旦如此，也等于彻底跟大宋翻了脸，往后恐怕就是兵戈难息了。不过张元心中还有一丝侥幸，来的人毕竟是沈追，只要他能赶到西馒头巷口，只要皇城司的特使能到都亭西驿，一切就好办了。而事实证明，沈追真的做到了这一点。

马车停下，门启，康川和沈追前后下来。在京房卫卒们见到本房长官，都是本能地上前，发出一阵躁动之声。康川窘迫到极点，也愤怒到极点，目光能杀人。一群步跋子从巷里涌出，拦住了群情耸动的卫卒们。

"多谢康提点一路护送。"沈追叉手一礼，道，"本司欠了在京房一个人情，定当后补。"

康川看了看沈追，又看了看许沂和吕璟，一语不发，转身离去。在京房卫卒们面面相觑，脚步纷乱地跟上。顷刻之间，西馒头巷里一个在京房的人都没有了。

步跋子们闪出一条通道。剑光闪闪之中,张元出现在沈追等人面前,叉手道:"在下张元,敝邦左军大王野利遇乞正在驿中等着诸位。"说着话,他上前一步,笑道,"两位提点,现在安全了——这位好汉信得过的话,翊卫司就有金创郎中,医术还是很好的。若是信不过,也可以去请贵司的医官来。"

沈追和许沂客套几句,随张元走入巷子。吕璟跟翊卫司明里暗里厮杀多年,冷不丁还要让老对手疗伤,心中百般别扭,沉着脸走在后边。进门之际,许沂却恍恍惚惚脚下一空,竟是差点摔了一跤,幸好被沈追一把扶住了。

"文约——没事吧?"

许沂勉强一笑,低声道:"惭愧惭愧,这样的外勤,以后不出也罢。"

沈追笑起来。许沂的心思却在刚刚那一跤中彻底跌入谷底。他看着前方被步跋子簇拥着的张元,骤然意识到,他已经陷入一个深不可测的阴谋之中。

拔也让武

许沂作为孙从吾特使进了都亭西驿,与野利遇乞和张元咨商合作细节之际,宋崇、柳永一行已经到了永安县,住进了一处窑场。窑场是杨良祐定的落脚点,名号为"普宁",规模不大不小,在永安县芝田镇遍布的十几处窑场里并不起眼。普宁窑前店后窑,专烧白瓷和三彩,窑主姓顾名雷,五十开外年纪,雇了七八个佣工,窑口的事由二柜老德师傅管,铺里的生意买卖则是顾雷亲自张罗。无论是本镇老人,还是常来常往的行商,都知道这普宁窑算是老字号了,掌柜一直是老顾,也曾红火过几年,烧的白瓷香炉还被开封府的大户人家成船买过。顾雷一口一个"种员外""齐员外"叫着,殷勤地将一行接进窑场,招呼得无微不至,俨然把他们当成了大宗客户。可柳永四处走走看看,怎么看这里都像是皇城司的一处黑盘。

见柳永一脸神秘的笑,宋崇倒也不隐瞒,道:"这个盘子司里经营多年了,皇城司还叫武德司的时候,就有了这处黑盘。永安县是侍奉祖宗陵寝之地,官家每年都要来的,不能没个自己的盘子。"

"里里外外,都是你们的人?"

"不错,都是。"

柳永笑了一声,似乎已经见怪不怪了。当宋崇把李元昊的藏身地告诉他的时候,他忽然意识到,朝野上下对皇城司的诸多非议并不是毫无根由。如此庞大而独立的神秘组织,名义上归东府中书门下所辖,实际上只听从孙从吾一人调遣;虽然他背后站的是晏殊,是今上赵祯和垂帘听政的刘太后,但这毕竟跟本朝"共治天下"的祖制有违。东西二府、台谏言官,是支撑大宋的三尊擎天之柱,蓦地冒出个皇城司,却是非东非西、非文非武。东府管不着皇城司的人事磨勘任免,西府调不动皇城司五千亲从军,台谏言官的札子连官家都得给几分面子，可雪片雨点似的弹劾皇城司的札子，却没一个被官家批复的。公平地讲，皇城司宛如一把利刃，利刃本身并不会犯错，犯错的是手持利刃的人。就拿天圣九年的政局来讲，皇城司当然只听赵祯和刘太后的，可一旦这帝后母子有了龃龉呢？都说当今朝廷有帝后两党，正如两只手一起去握同一把利刃，这利刃到底会指向谁？

"耆卿兄不说话，是琢磨新词，还是琢磨李元昊？"

柳永听到宋崇发问，这才从漫无边际的思绪中回过神来，笑道："只顾赶路，还没听临岳好好讲讲会圣宫，急着要参详一二呢！"

"耆卿兄难道真没听说过会圣宫？"宋崇倒是深感意外。

"我自天圣五年殿试落榜之后，就到各地游历去了，会圣宫应该是这两年的事吧？"

宋崇点头一笑："是去年的事，已经修了整整一年。"

原来大宋立国之初，就把京西路河南府巩县、偃师、缑氏三县交界定为专奉皇陵之地，将赵匡胤、赵光义兄弟之父赵弘殷的灵柩迁于此处，是为永安陵。真宗景德四年，在皇陵区设置了永安县，治所就在芝田镇。到了天圣年间，永安县已有宣祖永安、太祖永昌、太宗永熙、真宗永定四陵。天圣八年，赵祯降旨在永安县鄢溪渡口附近修筑祭陵行宫，以解祭陵奔波之苦，定名为会圣宫。行宫建造工程浩繁、耗资靡费，仅在缑氏县南横岭和青罗山采石场就有两千民夫，行宫工地上还有民夫工匠三千多人。宋崇和柳永之前说的"鱼目混珠"，不只是说人多，行宫工地上还有三百多个西域石匠，多是回鹘人，中原汉人看外邦人都是差不多眉眼面目，哪里分得清谁是回鹘、谁是党项？李元昊等人混于其中，端的是不露痕迹。

"这难道不难查吗？"柳永惊讶不已，道，"民夫都是要登记造册的，这些外邦人想必管得更严格，只要把最近半年的民夫名册调来一看，谁走谁来一目了然，不就都清楚了？"

"已经这样做了。"宋崇笑道，"杨良祐他们拿到了名册抄本，正在隔壁核对。不过我劝耆卿兄不要太乐观，翊卫司和张元既然敢把他们王太子放在这里，肯定早就有了准备。"

"这么大的摊子，这么多民夫，归哪个衙门口管？"

"这话问到点上了。朝廷特设了行宫营造局，局下设采石、夫役、度支、筑造四处。管事的是个宦官，叫田赐谷，当年跟着雷允恭当义子跟班，乾兴元年雷允恭犯事被诛，田赐谷差点受株连；战战兢兢熬了十年，小心伺候太后，还算得了宠幸，被派来做营造都监。大概是雷允恭死得太惨，田赐谷胆子还没针鼻儿大，一天到晚吃斋念佛，凡事不论巨细，一律推给四个处的勾押，只求平安自保罢了。"

宋崇这番话，实际上把整个营造局的底子撂得清清楚楚。柳永熟于本朝政事掌故，一听就明白了来龙去脉。营造局为临时因事所设，工程一了就要散摊子，局内各处本就得过且过，再加上田赐谷凡事不闻不问，势必管理混乱，毫无章法规矩可言。正因为乱，才给了翊卫司可乘之机；也正因为乱，东西二府六部百司都不想蹚这道浑水，都远远躲着。如此一来地方上不敢管、朝廷里不愿管，营造局竟是乱得自成一体、逍遥自在。

不多时，杨良祐叩门进来，手里拿着一沓名册，脸上带着由衷的钦佩之情："按提点的意思，果然查出眉目了，请提点和柳先生过目。"

宋崇接过名册，名册是抄本，要紧的几页折了角，几个关键的名字上加了墨点。柳永凑过来看，惊愕道："这么多？"

"一共二十一个人，从名字和上工时间来看，都是干了半年以上。"杨良祐又呈过来一个薄名册，"这是西夏使团的名册，中间有几个称谓相近的，已经标出来了。"

回鹘石匠名册上，在拔也让武、骨力屈勿、骨力恩名、野固崖等人名前标有墨点，上工日期是半年之前。而在西夏使团名册上，标点的是卫慕让武、细穆屈勿、细穆恩名和刚浪崖。两相对比，傻子也能看出其中玄机。柳永思忖道："西夏使团——到开封两个月了？"

宋崇点头道："从西夏到开封，路上就得一个多月，使团走得更慢，要是从奏请大宋恩准出使算起，差不多得一年时间。"

"翊卫司手段果真令人胆寒。"柳永不由感慨道，"李元昊还没启程，会圣宫就已被他们当作避难处了。在我大宋境内，翊卫司居然能经营得如此隐秘，铺垫得如此周全——说实话，老柳我并不赞同皇城司势力太大，可现在想想，没有你们皇城司还真不行。"

宋崇笑道："孙提举请柳兄帮办案子，怕是也想让你看到这些。一旦有机会，还请柳兄在朝野之间，替我司说几句公道话。——德远，你还得辛苦一趟，去跟罗指挥使见个面，让他做好准备，明日戌时在鄠溪渡口接货。"

"口传还是用信？"

"信已写好。"宋崇从桌上拿起一个火漆封口的竹管，递给了杨良祐，"要命的事，还是老规矩办吧。"

宋崇说的"老规矩"，指的是口信并用。凡是皇城司重大消息传递，往往会用口传和密信双重确认，以防止出错或人为篡改。杨良祐接过竹筒，领命而去。屋内一时安静起来，柳永和宋崇默然片刻，忽地都是一笑。

"见到李元昊，耆卿兄准备跟老相识说点什么？"

"无话可说。"柳永一本正经道，"真的无话可说。早知道这么容易就找到，我该留在开封，去跟野利遇乞喝几杯酒也好，何苦受这等车马劳顿。"

"看来孙提举的心思，柳兄还是没有参透。"宋崇道，"或者说，其实柳兄已经参透了，却不肯讲罢了。那我就来挑明吧——"

"无非是面子问题，有什么好挑明的？跟西夏谈好了条件，张元自然会把李元昊的去向如实相告，还会亲自带着你们来接李元昊。可这样一来，敌国王太子居然藏身于祭陵行宫，还藏得这么悄无声息，皇城司颜面何在？"

"的确如此。只是不仅事关本司颜面，更事关大宋的颜面。不过除此之外，柳兄还是疏漏了一点。一个董齐庵就潜伏开封二十年，官还做得越来越高，给大宋造成了莫大威胁。刺机局在大宋经营多年，也跟皇城司周旋多年，因其始终在暗处，未能伤其根本。如今李元昊最为忌惮的，是刺机局；刺机局最想要的，是李元昊的命。二者要想如愿，便不能心有旁骛，也不能继续藏在暗处。这正是个千载难逢的机会——"

"我明白了。"柳永皱眉摇头，笑道，"敢情贵司把我当成信物了？见不到张元，李元昊决不会跟皇城司合作，而我多少跟他有些交情，你家老孙把赌注押在我身上喽。"

"不只是'多少有些'吧?沈去非跟我说,你有野利遇乞给的西夏通关铁牌,上面刻的是李元昊的名讳。如果不是李元昊同意,野利遇乞恐怕也不敢如此——至少,李元昊不会认为你是刺机局的鹰郎。"

此语一出,两人都笑起来。柳永笑得连连咳嗽,好半天才正色道:"我认识的李元昊有天子之志,决不会束手就擒的。走投无路之际,他肯定会自我了断,以死逼迫李德明为他报仇,逼着党项一族不得不跟大宋翻脸。"顿了顿,突然紧紧地盯住宋崇,"他们什么时候到?明日戌时?"

"当平和亲从军——"

"不,不是罗镇他们。"柳永莞尔一笑,"我是说鹰郎,刺机局的鹰郎。"

宋崇深深地看着柳永,叹道:"果然瞒不过柳兄。孙提举交代过,如果你现在要走,我可以送你——"

"不,我不走。如果我走了,谁给你们皇城司当信物?李元昊会相信你吗?一边让我来,一边故意泄露消息给刺机局——孙从吾这一手高明得很,也冷酷得很。有我在,李元昊才会露面;他露了面,刺机局鹰郎们才会出现,你们的计划才会成功。"

"刀剑无情,鹰郎可不会心慈手软。"宋崇郑重道,"柳兄真的毫无怨言吗?毕竟做诱饵的不只李元昊,还有柳兄。"

"不还有你吗?还有杨干办和你手下这些胥卒吗?所谓国君死社稷,大夫死众,士死制。我一个读书人,好歹算个贡士,连这点道理都不懂吗?临岳老弟,你家提举的确惹我生气了。这般手段,若是一开始就直言相告,难道我会拒绝?分明是小瞧了我老柳。我是不会放过孙从吾的,至少也要让他赔一坛银瓶酒,不过这是后话了,等咱们活着回到开封再说不迟。眼下,我还是跟你聊聊这位李元昊——不,聊聊这位拔也让武吧。"

柳永和宋崇的对话还将持续很久,而他们话题的核心,却正在凤凰山会圣宫工地上挥汗如雨。他现在叫拔也让武;几天前,他还叫卫慕让武;几个月前,他的名字是李元昊;然而在大宋官方的所有文牍之中,从一出生开始,他就姓赵。这些名字他都不喜欢,甚至带着刻骨的厌恶。"李"姓,是大唐皇帝赐给他们家族的姓氏,"赵"姓,则出自大宋皇帝的恩赐。尽管在很多人眼里,这是无比显赫的尊荣,但在他看来,这是与生俱来的奇耻大辱。

因为他有传自祖先的姓氏——拓跋。

拓跋,在他的心目中,这才是唯一至高无上的姓氏。无数个英雄在这个姓氏的光芒照耀中横空出世,骁勇的战士、广袤的国土、无数的牛羊、臣服的民众和部族,这些山海天穹般的荣耀,都属于以拓跋为姓的前代英灵。当野利遇乞和张元把暗钉的密信放在他面前时,瞬间涌上心头的冲动,并不是马上回归西夏,而是率领这班死士冲进皇城,把那个小他七岁的年轻皇帝一刀斩杀——尽管可能性微乎其微。不管结果如何,他都会死得很惨烈,但也会死得其所——他死在了冲锋而不是逃亡的路上。他的死,会让西夏和大宋彻底决裂,会让父亲最终做出自立建国的抉择。这就够了。

但是,张元坚硬如铁的几句话,改变了他的决定。

"殿下固然能像个英雄般死去,也能在史书上留下姓名。但是,这个名字会是李元昊,或者赵元昊,而不会拓跋氏带来应有的荣光。"

李元昊盯着张元:"怎样做才算?"

"给党项一个真正的国家,让拓跋氏的血液重新在皇族身上流淌。殿下的祖父、父亲,为这个目标已经奋斗了两代。张元不才,遍观西北党项八部,只有殿下才是真正能够带来这份荣耀的拓跋后人,而不是殿下那两个弟弟。对英雄而言,慨然赴死,是最容易的事。但之后呢?谁能扛起来这副担子?李成遇,还是李成嵬?孟子有云,如欲平治天下,当今之世,舍我其谁也?"张元看着李元昊,缓缓道,"殿下不妨想一想,当今之世,舍我其谁也?"

张元说这些话的时候,野利遇乞激动得难以自持,握惯了夏人剑的手在不住地抖着。李元昊的目光又落在桌上。密信是潜伏在刺机局的暗钉发来的,为了印证上一份情报,张元不惜启用了一个从未使用的暗钉。这样做的风险极大,故而在张元的密令中,严令暗钉亲自带情报到都亭西驿。但是,暗钉拒绝执行。

"我的本意是让他活着回来,回到翊卫司。"张元告诉李元昊,"可是他拒绝了。他是翊卫司创建时训练的第一批暗钉,在刺机局卧底了四年,从来没给他派过任务。他潜伏得很深,能接触到核心机密,他希望能继续潜伏下去,发挥更大的作用——虽然,在殿下脱险之后,很可能就是他的死期。殿下不需要知道他叫什么，也不需要知道有这个人，殿下只需要记住有一个暗钉情愿为殿下去死，他的代号，是怀远。"

怀远，是一个军镇的名字，隶属灵州管辖。咸平四年，李元昊的祖父李继迁攻克怀远镇，继而攻占灵州，灵州便成为西夏的统治中心。这是李继迁人生中最辉煌的胜利。二十年后，十七岁的李元昊奉父命来到怀远镇，督建起了西夏的新都城，改名兴州。因筑城之功，李元昊被封为王太子。怀远，是李元昊一生功名的起点，却也是一个暗钉的代号。为了保护李元昊，怀远选择了最危险的归宿。而李元昊的归宿，又将在哪里？

这个问题，李元昊并不知道最终的答案。他只知道，绝不会是脚下的地方。这里即将耸立起一座行宫，即将供奉着大宋三位皇帝的御容画像，而这些，都是他深恶痛绝的东西。栖身于此的几天里，他无时无刻不在等着张元。按照临别之际的约定，一旦与皇城司达成协议，张元会立即亲自带人前来接应。张元迟迟不来，或许是遇到了麻烦——但又会有什么麻烦呢？他们分明筹划过最后一击的，难道劫持宰执五相的行动也夭折了？从开封来的消息隔天一至，最近的一次只有四个字："安默不退"。前两个字是说平安无事，让李元昊继续在会圣宫等消息；而后两个字，则是告诉他留守都亭西驿的人誓死不退。不过从这条消息之后，接连三天都没有新的消息，如果明天依然没有，就意味着都亭西驿出事了，李元昊就要悄然离开会圣宫，踏上九死一生的归夏之路——

脚步声响，无须回头，李元昊听出了来人是谁。

这片露天的石匠作坊里巨石杂置，正好遮挡了多余的视线。十几个精锐的山界步跋子分散在四周，牢牢地护卫着他们的王太子。跟李元昊一样，他们的耐心也达到了极点。

"殿下，还没有消息。"野固崖低声道，"过了今晚，就得准备出发了。"

野固崖，也就是刚浪崖，是党项刚浪部族长的长子，与李元昊同岁。两人从小一起长大，情同手足。他说的"出发"，就是渡过黄河进入河东路，一路北上到宋夏边境。

"就这么走吗？"

刚浪崖一愣，不解地看着李元昊："殿下的意思是？"

"细穆屈勿和细穆恩名呢？把他俩也叫来，我有话说。"

刚浪崖犹豫着应声离开，走出几步，又转身过来，道："殿下，走的时候，野利大王和张掌司都一再对我说，不能让殿下由着性子来——"

"让你去叫人！"李元昊脸色很难看。

细穆屈勿和细穆恩名是亲兄弟，跟刚浪崖一样，同为西夏豪族子弟，也都在御围六班直服役。六班直是西夏精锐卫戍禁军，直属王太子李元昊所辖的是下三班，对其忠心不二。把这三人叫在一起，又是在眼下这个当口，显然是要商议心腹机密之事。

大概在来的路上，刚浪崖已经有了铺垫，细穆屈勿一见李元昊就道："殿下，哪怕我们这些人都死了，只要殿下能活着回到西北——"

"我们都会活着回西北，这不是我要和你们三个商议的事。"李元昊转向细穆恩名，"工地上有没有可疑之处？"

细穆恩名毫不犹豫地摇了摇头。他跟兄长性格迥异，心细如发寡言少语，不熟悉的人都以为他是个哑巴。但在这个小小的逃亡队伍之中，只要他坚持的事，即便是李元昊也从不会提出异议。张元对他也极为欣赏，几次提出调他到翊卫司做副手，但都被李元昊挡住了，理由是舍不得他离开左右。见他的反应如此笃定，李元昊等人都放下心来。

"明天天黑之前，再见不到张元，就得走了。"李元昊道。

"还有一天，我觉得——"刚浪崖道，"张掌司会带着皇城司的人来的。"

"你们三个，信得过皇城司吗？"李元昊再次发问。这一次，他的表情分外凝重。

此次逃亡之旅隐秘而凶险，随行人员都是李元昊亲手挑选，细穆兄弟和刚浪崖是最先确定的三个人。细穆屈勿是卫队首领，干的是打打杀杀的差事，刚浪崖贴身服侍李元昊，如影随形不离寸步。细穆恩名则是一行人的总管，事无巨细都由他来安排落实。三人各司其职，同为李元昊的心腹嫡系，见他忽然如此发问，不由得全愣住了——这个话题还用再讨论吗？如果达不成信任基础，又何必隐姓埋名跑到这荒山沟里来？难道李元昊发现了什么？难道开始怀疑张元了？他虽是汉人，却也是李元昊一手简拔起来的心腹，他要是有二心异志，岂不是整个翊卫司都成了叛徒？

"我并不是怀疑谁。"李元昊仿佛看出了三人的心思，"我对皇城司，始终不能完全放心。刺机局要杀的是我，皇城司其实也想我死，只不过我身在宋境，他们投鼠忌器而已。如果假借刺机局之手杀了我，对他们而言不算最糟糕的结果。从另一面说，刺机局一心要我的命，肯定会派出最能干的鹰郎，皇城司把我当成诱饵，也能趁机打掉刺机局在宋境的精锐，更是一笔划算的买卖。"

一席话说得细穆屈勿和刚浪崖悚然变色，不约而同地看向细穆恩名。他们两个清楚，在参赞军机决疑断难上，两人都远远不如细穆恩名。

"殿下等你回话呢！"细穆屈勿忍不住了，推了弟弟一把。

"殿下，离开都亭西驿之前，我和张掌司深谈过一次。"细穆恩名终于开口了，"殿下担心的事情，我们都谈到了。结论是——没有结论。"

细穆屈勿一怔，怒道："这是什么话！什么是没有结论？"

"让你家老二说，你急什么！"李元昊瞪了细穆屈勿一眼，朝细穆恩名笑道："你只管说。"

"借刀杀人、充当诱饵，对殿下来说极为凶险，但我们没有别的选择。"细穆恩名平静地看了看兄长和刚浪崖，"远离西北，翊卫司英雄无用武之地，在京房势力不出开封，只能借助皇城司。有求于人，就不能不让人家占便宜。我和张掌司分析，皇城司有可能借刀杀人，不过代价太大——宋廷内部帝后两党纷争自顾不暇，不想看到边境出事。所以，我们被当成诱饵的可能性极大。"

在李元昊等人的记忆里，细穆恩名似乎从未一口气说过这么多话，而他所言所讲，却挑不出任何瑕疵。不过刚浪崖还是急得冒火，道："那就乖乖地上这个当，让殿下去冒险？"

"殿下是要做天子的人。"细穆恩名还是一如既往的平静，"哪有平平安安做开国之君的？殿下的父亲、祖父，经历的风险还少吗？拓跋儿郎还怕风险吗？再说，若真能毫无风险，要我等何用？莫非还有人不愿替殿下去死吗？"

细穆恩名的声音不高，话却很重，虽不是针对刚浪崖，却也不亚于此。刚浪崖冷不防被抢白一通，霎时间脸色涨红，张口结舌道："我随时可以为殿下而死！"

"细穆二郎对事不对人，你想多了——冒险并不是难事，主要看值不值得去冒险。"李元昊看着三人，笑道，"细穆二郎说得对，在拓跋子孙面前，风险都是绕着走的。"

"殿下的安危固然系于天，我们也要尽人事。大哥，崖哥，不管是跟着皇城司回开封，还是一路北上回西北，咱们还得再合计合计。"细穆恩名朝刚浪崖深深一礼："二郎刚才口不择言，崖哥不要怪罪。"

李元昊哈哈大笑，伸手搂住了刚浪崖和细穆恩名的肩膀。不知不觉间，天已经黑了。

老雕

花长虫做梦也想不到，苦盼了多年的升迁竟是这个时候来的。

宣读除授文牒的是枢密院吏房的陈贤祖，官居副承旨，他读完，笑嘻嘻上前，把文牒塞给花长虫："这桩喜事的功劳，结结实实得算在康提点身上。不瞒老兄讲，禁军将佐的磨勘功过、叙用除授，说是归吏房管，吏房不也得听钱相的吗？康提点可是在钱相那里拍了胸脯保荐老兄的。这个彩头多少人眼巴巴瞅着，就是得不到，老兄怕是做梦也要笑出声吧？"

花长虫挤出一丝笑，道："只是，为何是神卫左厢第二军？我——"

"知足吧老花！"陈贤祖揶揄道，"好歹进城了，比在新曹门这里阔气得多！"见花长虫还是一脸的苦笑，不由皱眉道，"你自己想想，这段日子蕃坊和兜率寺接连出事，都在你的防区，若不是钱相替你拦着，你还想升迁提拔？往轻里说，你这是玩忽职守；往重里讲，没判你是涉嫌通敌、送你去皇城司延真观就是幸事——你若真不想赴任，把文牒还给我。真是咄咄怪事，还有不愿意升官发财的人！"

听得陈贤祖一番嬉笑怒骂，花长虫哭笑不得，忙又是致歉又是辩解，最后还忍痛塞给他一角银子——"给贤侄添身冬衣"。陈贤祖眼毒，一眼认出是从专奉乾元节的"福州锭"上剪下来的，登时眉开眼笑，马上揣银子在怀，又是连连贺喜才走。

送走陈贤祖，花长虫回到营舍，把一干闻讯来贺喜的都头亲兵拦在外头，任谁都不见。众人还以为他这是学人家文官的撇清做派，在升迁之际邀个"避喜"的名声，便乱纷纷在门外嚷了一通道喜的话，随即乐呵呵一哄而散了。花长虫颓然坐在床上，除授文牒就躺在床头。按理说，官升一级到了指挥使，本应是洞房花烛般的喜事，可这新娘子盖头一掀开来，竟是个鹤发鸡皮蓬头历齿的老妪，哪里还有喜事的气氛？

花长虫本是神卫右厢第一军第二指挥的副指挥使，驻地在新曹门内北斜街，此番升迁调任至神卫左厢第二军第三指挥，驻地在宜秋门内的景福坊。新曹门里是外城，宜秋门里是内城，所以陈贤祖说他是"进城"。可这进城之后的景福坊军营，却是东有都亭驿大辽使馆，西有都亭西驿西夏使馆，还有来远驿、怀远驿、班荆馆、瞻云馆等外邦使馆，整个宜秋门使馆区全在花长虫的防区内。搁在平常，这的的确确是个上等的肥差。有外邦人的地方就有生意，行商坐贾云集、店铺买卖林立，有的是油水可捞。但如今时局不同以往，祆教蕃坊刚被烧得面目全非，兜率寺也被样磨刺客弄得一地死尸，别人不知道，他可是近在咫尺看得清清楚楚。西夏翊卫司、辽国刺机局，两方分明已经刀把滴血干上架了，恨不能须臾间一攮子捅死对方，这个节骨眼去了景福坊，一左一右两个仇人把他夹在中间，枪林箭雨簇拥着，这还能有好日子过吗？

正胡思乱想间，门外亲兵敲门，说是西府的机要公文到了，因花长虫还未离任，仍得他本人签收。花长虫呆呆地想了想，只得起身开门取了公文。随手一翻，头页第三列第五个字与次页第四列第六个字又是一致，还都是个"喜"字，不由得又想哭又想笑。这才想起自己还有个名字，叫老雕。

走进伯伦小馆时，花长虫腿都迈不动了，只想转身就跑，他实在不愿再看见康川那张脸。都亭西驿刚刚出事，消息就已不胫而走，在东京官场传得沸沸扬扬——堂堂在京房提点康川康济民如何被皇城司挟制、如何被揍得鼻青脸肿、如何灰溜溜从西夏步跋子那里捡了条命等事迹，被传讲得惟妙惟肖，就跟讲话人就在当场一般。花长虫跟康川再熟不过，深知他不会无缘无故去拦皇城司的马车，更不会无缘无故就被皇城司的人抓了当人质，其中必然有极为深切的隐情在，不然他何必去捅皇城司这个马蜂窝？还听说皇城司的人在劫持康川之前，刚刚被辽国刺机局偷袭，那刺机局鹰郎也是好生了得，光天化日之下大开杀戒，皇城司胥卒死了十好几个，崇明门外尸横一片，连提点许沂都身中好几弩箭，至今还是生死未卜，据说也快咽气了——

"恭喜花兄，终于得偿所愿。"

房间里已经有两个人了。说话的是康川。

花长虫一愣，康川脸上根本没有带伤，哪里来的"鼻青脸肿"一说？看来官场上的传闻全然不能信的，还不如瓦子说书来得有凭有据，说书人都不敢这么随嘴胡诌，人家起码还有个话本呢！可花长虫来不及再逞思了，忙躬身一揖："下官问胡先生安！"

胡垚站在窗口一侧，脸朝外看着街道，明明听见了花长虫问安，却跟聋子似的一动不动。花长虫尴尬地半弓着身子，不知所措地看着康川。康川并不意外，朝他招招手，花长虫斜欠着身子落座，心中忐忑不已。时间不紧不慢地过去，包房内一派寂然。又等了片刻，胡垚还是看着窗外，并没有要开口的意思；而康川手里拿着一份小报，正看得津津有味，嘴角不时一扬一落。见两人各行其是，花长虫实在忍不住了，心潮涌动得再难自已，连脚底的楼板都仿佛成了波澜起伏的河面，索性牙一咬心一横，离座扑通跪倒，颤声道："小的知道错了，求两位老爷高抬贵手！"说着话，头如捣蒜般磕了下去。

"这倒奇了，"康川居然一脸视若无睹，对胡垚道，"胡先生，这小报越来越不像话，进奏院和银台司那帮闲汉真就不怕王法吗？只要钱给够，什么都敢往外说！在京房还没结案呢，只是报了个大概情形，这就添油加醋给捅出来了！"

"是吗？"胡垚笑道，"小报上说了什么？"

"说是蕃坊的祆教胡商跟人争生意，惹怒了西夏商人，西夏人一气之下点了铁屑楼，烧了蕃坊三条街。祆教的人气不过，转脸端了西夏的兜率寺，住持监院都给宰了，还打断了首座两条腿——这倒罢了，又扯出来两个乱子发生之际，驻防的神卫军连毛都见不着，都在城墙洞子里睡觉赌博，还分析是因为神卫军被辽国买通了，故意看着西夏和祆教狗咬狗满嘴血。说得有鼻子有眼的！您说这奇也不奇？"

胡垚终于把视线从街面上收回来，却看也不看匍匐跪地的花长虫，径直回座坐下，摇头笑道："小报而已，哗众取宠，又不是正经的邸报，关进奏院和银台司什么事？"

"胡先生这是说笑吧？邸报也好，小报也好，不都是进奏院和银台司的人弄的吗？"康川瞥了眼花长虫，道，"只不过一个是经枢密院定本，由递铺送到各路府州军县；一个是他们自己写好，偷偷给了报商私自雕版售卖，里头油水大得惊人。没办法，谁叫人爱看呢？故意讲得耸人听闻罢了。就今天崇明门外的事，过几天小报上不知怎么捕风捉影呢！"

"也不全是捕风捉影。就像你刚才讲的，神卫军的夜巡兵卒不就是躲在城墙洞子里嘛。"胡垚笑了笑，语气骤然冰冻一般，硬邦邦砸在花长虫身上，"钻新曹门的城墙洞子，也就算了，搁在宜秋门那边，怕是未必有这么好的运气。本朝祖宗之法是不杀言官士大夫，可没说不杀兵痞丘八！"

两人看似无边无际地闲聊，可字字句句，都是冲着花长虫来的。花长虫本就不是蠢汉，早听得魂飞魄散，膝行至胡垚脚边，叩头道："胡先生救命！给小的指条生路，小的一家五六七八九十口人，身家性命都交给胡先生了！"说到最后，已经带了哭腔。

胡垚和康川相视一眼。胡垚冷笑道："你既向我求官，我就可以升你官。你既向我求救，我就可以救你命。不过事在人为，还得看你日后如何办事，听不听招呼——济民，人是你的人，你就好好调教调教吧。"

花长虫根本不敢抬头，只见胡垚两脚迈开，竟是扬长而去了。门关之后，又是过了良久，康川慢悠悠笑道："老雕，起来吧，胡先生让我调教，我哪里敢调教堂堂指挥使？还请花指挥使落座，咱们细细勾兑勾兑。"

花长虫从进门到现在一直跪着，跪久了，竟然不会站了，身子晃悠好半天，才被康川扶持着坐下，两条腿还是止不住地打战。

"喝口茶水，先缓缓，咱们慢慢说，有的是工夫。"

花长虫抖着手端起茶盏，康川刚刚斟上的茶，烫得他手直哆嗦——他觉得自己演得还行。来时走在北斜街上，他就盘算好要把伯伦小馆当成瓦舍，把包房当作勾栏，好好演出杂剧。只是他本以为看剧的是康川，没想到还多了个胡垚。花长虫演的是他自己，也就演得得心应手，估摸着能骗过两位看客。其实也不是骗，而是打消两人的怀疑和提防。这事并不容易，所以得把戏做足。康川也好，胡垚也好，都不知道花长虫升迁进城的消息并不是陈贤祖最早告诉他的。

那个人，是沈追。

两天前，沈追满脸的虬髯，一身神卫军指挥使的公常服，敲开了花长虫营舍的门。面对一脸愕然的花长虫，沈追没有废话，开门见山讲了三件事。其一，皇城司知道他是在京房的暗钉，代号老雕。其二，这次去了神卫左厢第二军第三指挥，免不了要跟皇城司打交道，或战或谈都无须有任何忌讳，一切按康川的意思办。其三，从即时起，花长虫就是皇城司的暗钉，代号也是老雕，归沈追单线联系，每月有一笔不菲的暗酬，直接送到花宅；至于交办任务，暂时没有，只需他记得是皇城司的人即可。

三件事说得花长虫目瞪口呆，憋了好半天才道："难道贵司安置暗钉，都不打招呼的？连代号都一样的？"

沈追笑了笑，并没有解释，也无须解释。他敢直接登门，直接亮明态度，就是最好的解释。临走时，沈追留下两块银锭，还留了句话："在京房给你的也是这种，用起来方便些。"花长虫看了一眼便是脸色雪白，他如何不认得此物？两端宽厚平直束腰，正是专奉乾元节的"福州锭"。皇城司居然连这等细节都知道，还有什么不知道的？还有什么做不出来的？

"胡先生的意思，说一千道一万，只有一条。"康川笑道，"知道是什么吧？"

花长虫从渺无边际的思绪中回过神来。戏不但要做足，还要做到底。他垂头低眉，一副惊弓之鸟的模样。康川继续道："那我就给你点明了，只需记住一点，你是老雕。"

花长虫抬起头，喃喃道："老雕，我是老雕。"

他的眼睛里，是康川那张似笑非笑的脸，可他忽而又觉得那分明是沈追。

沈追

离开都亭西驿时，西馒头巷口站了一队探事房胥卒，青衫皂靴，腰悬手刀。日入时辰，天已经擦黑了，张元一路送到巷口，方才跟许沂和沈追话别。

吕璟左臂吊在胸前，迎上来笑道："两位提点辛苦，跟西贼聊了这许久吗？天都黑了！"

吕璟是探事房的干办，平素跟许沂来往不多，算不得熟，不过刚才毕竟并肩对敌，关系近了不少。许沂看向他的左臂，关切道："没什么大碍吧？"

"西贼的金创跌打手艺还行。"吕璟笑了笑，"两位提点跟西贼说话，我也没闲着，把都亭西驿的东跨院转了个遍，都在脑子里了。"

沈追笑道："这么一说，中这一弩也回了不少本钱。"

三人都笑起来。吕璟低声道："提举在那边等着两位提点。"

远处，一辆双驾马车停在路边，规制比遭袭的那辆大得多，足以坐下四人，老郎正在车前整理马匹辕辔，动作不紧不慢。因为刚刚出了事，安保警卫升到了最高级别，十个身披全副步人甲的亲从军士卒随行护卫。沈追和许沂相视一眼，朝马车走去。

"见了老孙，还是文约兄主讲，"沈追道，"我敲敲边鼓就好。"

许沂笑道："这么大的功劳，掠之不美。——去非，我眇了一只眼，是五官不全之人，这辈子仕途已经到头了，要功劳何用？"

沈追一愣，说话间两人已经过路越巷，来到马车前了。老郎那张永远漫不经心的脸，那双永远空冷如冰的眼睛，就在两人面前。

"文约兄，司里自然有司里的规矩，你我同侪多年，用不着见外。"

许沂笑了笑，没再答话，抬脚踩踏上车。沈追默默地跟在后面。老郎见两人都上了车，不等他们坐稳，也不等孙从吾发话，便抖腕一记鞭哨，催动马车缓缓启程。十个亲从军一声不响地围住了马车，小跑着一路扈从。吕璟率着胥卒们前行开道。

车厢内阔绰不少，孙从吾斜着身子靠在车壁，一个藤枕随意地塞在腰间。见了两人，孙从吾扬扬下巴，示意他们不要拘束，兀自懒洋洋道："还想着在浮沉居睡个回笼觉，你们这边倒热闹得紧。"没等两人有反应，孙从吾继续道，"太后和官家都打发中官来找我了。"

沈追和许沂知道他肯定要提遇袭的事，只是没想到居然惊动了宫里，一时间都惶惶不安——两位圣人身处深宫，消息是怎么传进去的？莫非是枢密院的钱七郎要替属下出头，在太后和官家面前告了状？这也太急了些，也有些匪夷所思，巳时才出的事，就算钱七郎当时就得到消息立刻进宫求见，也不是说见就能见到的；何况以太后和官家的惯例，总得再看了皇城司的密报，兼听比照之后才会有旨意，何至于一出事就得了消息，一得了消息就差人来问话？若不是钱七郎，那就是太后和官家还有一条宫外的眼线，而这条眼线并不在皇城司掌握之中，看起来运作效能并不亚于皇城司——沈追不敢再深想下去了。

许沂沉思片刻，开口道："敢问提举，太后和官家差的是哪位中官？"

"田赐谷。"

许沂和沈追都是一愣。许沂不解道："他不是在永安县会圣宫吗？什么时候回京的？"

"我老孙也不知——他是太后身边的人，只要太后一个旨意，他不就回来了？太后传旨不会知会皇城司，咱们不知道也是正常。"孙从吾叹了口气，道，"我知道你想说什么，雷允恭那案子是吧？十年了，田赐谷也不是傻子，我都释怀了，他还想怎样？要翻天吗？"

十年前，乾兴元年那段波谲云诡的宫中往事，在场这三人中，只有沈追不是亲历者，却也早就烂熟于心了。正是从那年开始，皇城司和孙从吾得到了太后和赵祯的绝对信任；也正是从乾兴元年之后，皇城司才得以有了如今的模样。这样的际遇和信任何其难得，即便是帝师晏殊和太后的亲家钱惟演都会心生艳羡。

沈追问道："提举怎么给田赐谷回复的？"

"事关重大，我没有回复他什么，他也没有要捎话的意思。"孙从吾的声音不高,听不出他的心绪,"我去见了太后和官家,近日里的来龙去脉也一五一十讲清楚了。太后动了怒,若不是官家和晏相一直在劝,今天就给钱七郎占了上风。"他的话不多,语气也很平淡,可字字句句如同晴天霹雳般,震得许沂和沈追脑袋嗡嗡作响。

好一阵子,沈追才平复了思绪,道:"提举面圣之际,在场的都有谁?提举全都说了吗?"

"有两位圣人,晏相,和我。那个场合,凡是被问到的,自然是不能有任何隐瞒。"

"两位圣人都问了什么?"

"蕃坊,兜率寺,你俩在崇明门遇袭,李元昊混进大宋境内——主要还是有关西夏和辽国。"

"晏相有没有问?"沈追继续问。

"主要是太后发脾气,官家和晏相都没有问什么,主要是劝太后息怒。"

"太后发怒的根由在哪里?"许沂道,"是知情不报,还是擅自做主?"

"都不是,或者说,都是。"孙从吾难得地苦笑一声,道,"太后手里拎着锤子,想找个钉子还不容易吗?"

话说到这里,沈追和许沂多少猜出了几分真相,都是脸色苍白。皇城司能在雷霆暴雨中始终屹立不倒,说到底,靠的是两位圣人近乎无原则的支持,这也让朝野之中多少人眼红,多少人恨不能除之而后快。一旦太后和官家与皇城司之间有了丝毫罅隙,嗅觉灵敏的对手们就会饿狼般扑上来撕咬分食,而从太后动怒的那个瞬间开始,皇城司建司数十年来最严重的一场危机便已经拉开了帷幕。相较之下,刚刚在都亭西驿跟张元颇为成功的谈判,竟有几分微不足道之感了。

"当务之急,是搞清楚谁在太后那里犯蛆。"沈追情急之下,连开封市井的俚俗土话都出来了,"其次,官家和晏相那里,不能再有闪失,最好能请晏相出面打个圆场。"

"已经这么做了。晏相说下次御前议政,他会提前约钱相一道进宫,示个弱,求个谅解。至于是谁挑拨离间太后和皇城司,我看除了他钱七郎,还会有谁?"

"皇城司也好,在京房也好,晏相、钱相也好,不过皆是太后手中的棋子而已。所谓天威难测,当此帝后大权交接之际,太后找茬子发脾气,也属正常。"许沂斟酌着道,"太后自真宗天禧年间秉政至今,已有十五年,辅佐先皇参赞国事,更是二十年以上了,帝王心术驭臣之道娴熟于心。属下以为,太后这是在敲打本司,提醒提举在大是大非面前,要知道该如何进退取舍。"

孙从吾默然片刻,看向沈追:"去非,你说呢?"

沈追已经想好了措辞,肃然道:"属下是武职,对朝政洞察不如文约,不过属下觉得文约之说切中肯綮。太后发脾气是为了立威,官家和晏相没有拦着,却也并没有火上浇油,想必是心知肚明——一旦皇城司塌了,取而代之的一定是钱惟演和在京房。钱七郎是太后的亲家,朝野皆知的太后一党,官家自不用说了,晏相正值不惑盛年,已经当了十几年帝师,毕生之志不就是调教出个好皇帝吗?"

因涉及宫闱秘事、帝后党争,许沂和沈追都没有把话完全挑明,不过意思都明白了——皇城司实际上已经成了帝党后党竞相争取的对象,太后生气斥责是拉拢,官家和晏殊劝说也是拉拢,其实他们心思只有一个:既要让皇城司坐大,成为太后和官家制衡东西二府、台谏言官的利器,又不愿皇城司太大,大到可以溢出他们手中的茶盏。这样来看的话,所谓"知情不报""擅自做主"无非是个由头,以往这样的事情皇城司也没少做过,太后再发火,也不至于动摇皇城司的根基。但尽管如此,发火的毕竟是太后,是大宋实际上的主宰者,她的敲打和提醒搁在任何衙门司局、任何朝廷官员身上,都会是难以承受的打击。

"照眼下的情形看,皇城司一时半会儿倒不了,不过也不能再出岔子了。"孙从吾话锋一转道,"临岳那小子说,李元昊藏在会圣宫——你俩跟张元聊了一下午,他怎么说?"

许沂和沈追都没有立刻回答。许沂见沈追低头沉默,知道是不肯抢功,便开口道:"临岳说得没错,的确在会圣宫。张元一开始不肯讲,非要皇城司答应安排李元昊觐见太后和官家,还要撤出都亭西驿和兜率寺的所有暗钉,口气硬得很。去非和他是老相识,也没惯着他,几句话就把他弄得服服帖帖,已经拿到了他的亲笔信,马上安排人送到会圣宫去。"

沈追听他这样讲，知道是诚心谦让功劳，只好笑道："熟倒是比文约熟一些，不过临岳预判到李元昊的藏身地，还有文约据理力争——"

"哪儿凉快去哪儿吧！"孙从吾毫不客气地摆摆手，"你们几个的心思，还用在我面前遮遮掩掩的吗？是谁的功劳，就是谁的，我老孙不糊涂。"

许沂和沈追都是会心一笑。车厢里的气氛终于松快了一些。沈追笑道："只是临岳和耆卿要担些风险了，据张元讲，他们在刺机局的暗钉有消息，在大宋的鹰郎好手半月前就奉命集中了，估计这次都会派到会圣宫。属下想请提举批准，带些人过去增援，即便是赶不上，有个后续接应也好。"

许沂点头道："属下与柳耆卿虽只有一面之缘，也觉得他堪称国士，若是有了什么闪失就太可惜了。"

孙从吾笑着摇头道："你们二人真是好生奇怪，一边谦让功劳，一边又要巴巴地赶去会圣宫抢功劳，到底是什么打算？"

许沂只好赔笑道："司里自然有司里的规矩，我和去非、临岳同侪多年，用不着见外。"

沈追差点笑出了声，许沂把他刚才的话稍加改动就说出来，倒也是现学现用。刚想再说句俏皮话，缓一缓孙从吾的心绪，不料却见他坐直了身子，把藤枕攥在手里，脸色也变了。从微笑到冷峻，孙从吾的表情没有任何过渡，刹那间冷得瘆人。

"文约，有件事我已经想了很久，刚刚决定了。"孙从吾道，"可能，现在就是最好的时候——你说呢？"

在许沂耳中，孙从吾的声音很辽远，像是从背后传来，可他明明就在眼前。

"属下一切都按提举的意思办。"

许沂已经意识到孙从吾会说什么，他深深地吸了口气，看了看坐在对面的沈追，脸上甚至浮现出了一丝微笑。随着缓缓的呼吸，两年来，不，许多年来沉重地压在许沂肩头和心上的重负，缓缓地开始消散了。这一刻，他已经期待了许久，而当这一刻真的到来之际，他反倒有了一种难以言说的不真实的感触，正如一直全力奔跑的人忽然停下脚步，反而找不到行走的节奏了。

"文约是太宗淳化二年生人，河北路怀州人氏，算起来，今年也有四十岁了吧？"

"提举记得清楚，属下的确是不惑之年。"

"文约年轻的时候风流倜傥，整日在青楼柳巷里厮磨，三十多岁才有了儿子。可这孩子也的确可怜，先天不足，后天失养，自小被痨病缠着，从会吃饭的时候就吃上了药，文约这点子薪俸，多半都给了他了。"

沈追屏住呼吸看向孙从吾，他虽然不知道会听到什么样的秘密，但他知道，距离这个灼热的、猝不及防的秘密越来越近了。

"天圣六年，孩子三岁，文约听了一个方子，把孩子送到了广南东路韶州曲江县。县城东南曹溪边上，是太祖敕赐的南华禅寺，禅宗六祖的弘法祖庭。据说孩子在那里剃度修行，可受佛祖庇佑以保生命无虞。不料才过一年，孩子就撒手去了。"孙从吾叹了口气，继续道，"我听说了此事，与文约商议，开始实施一个计划。那年是天圣七年己巳，就定名为己巳筹。这是我亲手制订的计划，不著文字，不留档案，知情者只有我和文约两人。"

饶是整日里刀尖行走的沈追，听到这里也不觉骇然。许沂平静地看着他，道："我家里现在的孩子，是从河北路怀州一个化人场里寻来的，年岁与我儿一样，病，也一样。"

孙从吾继续道："己巳筹是本司最高机密之一，其目的在于守株待兔，故意露出破绽，等着人来策反。这个破绽就是寻来的孩子。孩子病弱，开销也大，所配保命之药离不开辽东的野山人参——说白了，等的就是辽国刺机局的人。为此，文约变着法地四处寻医问药，还放出去风声，私下里托人重金购置辽东参。果不其然，不出半年，就有人找上门来——文约，下边的事，你来说吧。"

许沂叹了口气，道："我跟来人从未见过面。根据约定，每月五、十五、二十五三天，我去草场巷街丙字十六号院，书桌上已经摆好了纸笔，我会把近期司里秘事要闻写下，然后自行离开。当然，每次所写的内容，都是提前跟孙提举商议好的。奇怪的是，我传出的消息无论大小轻重，几乎从未看到过有什么影响。虽然如此，交易还在继续，从未中断过。有一次我故意告了病假在家，没有赴约，次日我接到的匣子里除了辽东参，居然有一服药——是给我治病的药。"

沈追忍不住道："文约兄府上的人，查过没有？"

孙从吾接话道："当然查过，毫无问题。"

许沂道："内人去世得早，只有一对家生老奴夫妇，从家父在世时就在了，相处跟亲人一般。提举不光查了老奴夫妇，连我家街坊邻居也查过的。我曾怀疑是司里有暗钉，这也不奇怪，咱们能在刺机局和翊卫司搋了钉子，难免自家也有。提举曾让各房暗中自查，铁笼子般过了几遭，一个都没查出来。前阵子，右厢店宅务的董齐庵被挖了出来，我还以为买家是他，可连十千脚店都给端了，买家并没有消失，一月三次之约从未断过。"

"我和文约推演过多次，最有可能的还是辽国刺机局。这就说明除了董齐庵，东京城里还有一张刺机局的网。"孙从吾说着，自失地一笑，"可惜，我们两个都猜错了。"

沈追愕然道："难道不是刺机局？难道是——"

许沂点头道："不错，正是翊卫司，那个从我手里买了两年的情报、却始终没有露面的买家，居然会是翊卫司。这让我百思不得其解。"

孙从吾看向沈追，道："刚才去非你还说，你比文约更熟悉张元。这句话当然没错，可你不知道的是，文约和张元见过面，就在不久前，就在草场巷街丙字十六号。张元主动坦白李元昊在开封，也坦白了李元昊来东京的目的之一，是想打听辽国使团的消息，尤其是耶律隆绪死后，皇太后萧耨斤是否会行废立之举——文约，是这些吧？"

沈追难以置信地看着许沂，一连串的意料之外，已经让他感到周身寒彻。从受孙从吾之邀进入皇城司后，他就成了公认的老孙心腹。既是心腹之人，做的自然也都是心腹之事，至少在他看来，同为提点的四个人里，他和宋崇与老孙的关系更近。即便是同为"皇城双英"的宋崇或许略胜一筹，也是赢在出身和家世渊源；至于许沂和舒正臣，则远不及自己。不料从今天的局面看，却是他太高看自己了，而且有些可笑。己巳筹固然非许沂莫属，他并不眼红，但孙从吾一直捂到今天才摊牌，在这长达两年的时间里，沈追对此一无所知。这才是让沈追怅然若失之处。皇城司一处四房五千军，分工明确各司其职，严禁相互交叉，沈追提点探事房、监察百官动态、侦缉情报间谍，己巳筹作为本司最高机密，针对的就是外邦间谍，而他却始终蒙在鼓里。这就好比自家媳妇被人睡了，人是岳丈找的；佃户田地被人种了，人是地主雇的——狼狈如此，如何不让他心乱如麻？

马车还在不紧不慢地走着，车内一片寂然。老郎呵斥马匹和挥动鞭子的声音，亲从军整齐的脚步和甲叶擦撞的响动，清晰地传到三人耳畔。沈追的心思，孙从吾当然知道，眼前这个年轻人正在经历的一切，他都曾经经历过；而他经历过的一切，沈追或许永远无法体验。李太白说"今人不见古时月，今月曾经照古人"，今人古月，今月古人，说的不正是沈追，是他自己，是他们身为皇城司一员的宿命吗？既然是宿命，既然这宿命如同明月在天，那便只好功也由它，罪也由它，誉也由它，毁也由它。各种况味，宛若云在青天水在瓶，说不透，讲不得，也教不会，只能让沈追自己去体悟了。

沈追看着许沂，许沂也看着沈追，刚才还谈笑风生的两人，如今的视线里却杂糅了太多承诺与隐瞒、坦荡和晦暗；林林总总交织于一处，让他们不得不沉默起来。不过，这沉默没有持续很久。许沂转向了孙从吾，道："方才提举所说的，正是属下在草场巷街丙字十六号听张元所讲之事。"他的呼吸明显急促了，不得不缓了一缓，才接着道，"只是——那天我见到的张元，与今天在都亭西驿见到的张元，不是同一个人。"

沈追的心顿时狂跳起来。许沂跟张元同殿应试，座位相连，殿试之后也颇有交往，当然是熟悉的，绝不会认错人。孙从吾显然未曾料到会有此巨变，目光陡然变得犀利如刃，割破了空气打在沈追脸上。

"回禀提举，今天的张元的确是他本人，不会有错。"沈追毫不犹豫道，"前几天属下跟柳永到都亭西驿见他，柳永也没有任何异议。"

孙从吾静默片刻，脸上抖出狞笑，自言自语道："有趣，这就有趣了——"

不等沈追和许沂接话，孙从吾猛地敲打车壁，力道很重，一下又一下，声声震耳。马车立刻停住，一切声动都停住不响。车门很快开启，老郎那张脸出现在夜色之中，而他的眼神，也如夜色般深邃无边。沈追和许沂看着老郎，像看着一尊冷月下漆黑的石像。

"换个地方，"孙从吾几乎是咬牙切齿地命令道，"去草场巷街丙字十六号。"

宋崇

鄢溪渡口在伊洛河北岸,北岸有山,名为郭岭,南岸则是一马平川。山其实也不高,植被茂盛,适合藏兵埋伏。按议定计划,罗镇的一都百人亲从军,一半由宋崇和柳永带去了会圣宫工地,接到李元昊一干人等,沿路护送到渡口;另一半则由罗镇亲自率领在郭岭设伏,只等刺机局鹰郎们动手。正如孙从吾预料,细穆恩名跟宋崇等人见面后,一眼认出了柳永,这才通报李元昊现身。李元昊跟柳永曾在贺兰山喝过酒吹过牛,故友重逢,虽然没有张元亲自来接,李元昊还是痛快地跟着宋崇等人离开了会圣宫。一路上众人各怀心事,都知道刺机局会偷袭,也都没有把话说破。为打消李元昊等人疑心,宋崇和柳永一左一右寸步不离。皇城亲从军是在京禁军中最为精锐的一部,也知道护送的是何人,巴不得刺机局赶紧开打,好在这帮西贼步跋子面前好生抖抖威风。从会圣宫到鄢溪渡口,不过三里多脚程。时值戌时,月上三竿,周遭秋虫匿迹,万籁无声,几十人的队伍黑压压飒沓而行,宛若一头出没在夜色中的巨兽。队伍核心自然是李元昊和他身边的宋崇、柳永,细穆恩名和刚浪崖紧跟在后,细穆屈勿带着步跋子将他们紧紧护在中央,再外边才是长枪旁牌的亲从军重步卒。对于宋崇这个布置,李元昊并无异议,反倒颇有几分赞许的意思——这也不奇怪。众所皆知,宋军缺马,交战靠的就是以步制骑,西夏铁鹞子步跋子骑步二军横扫西域,唯独在全副步人甲的宋军重步卒这里没讨过便宜。如果刺机局真来行刺,眼下这个阵形的确是万全之策,也正好见识一下顶尖宋军的手段。

"看来元昊殿下是巴不得有人行刺了。"柳永看出了李元昊的心思,干脆挑在明处,笑道,"殿下果真是好战之人。"

来之前,柳永和宋崇商议过如何称呼李元昊,既不能太近也不能太远,"近之则不逊,远之则怨"。按大宋官方的叫法,应该叫他"赵元昊",但显然不能这么办；当然也不能叫"拓跋元昊"，那就等于否定了赐党项国姓的太宗皇帝。宋崇提出称他为"元昊殿下"，其父李德明是辽国封的夏王，却也是大宋朝廷敕封的西平王，叫他一声"殿下"总不会犯忌讳。柳永听宋崇如此认真斟酌，不由得哂笑道："难道满朝衮衮诸公，都像你临岳这般咬文嚼字吗？为这些虚名耽误了多少正事要事！我且问你，他若问起这元昊二字之前，是姓李还是姓赵，又该如何回答？"

"他非要问，就说是姓李。"宋崇狡黠地一笑，"本朝承续的是汉唐皇脉，李姓是唐代皇帝赐给党项的，所谓汉唐故事嘛，就算是上了御前议政也不会错的。"

柳永摇头叹道："这等无聊功夫，也就是你们这些饱食终日无所事事者才会有。所幸老柳是一介布衣，无须在庙堂中消磨精气。"话是这么说，一见到李元昊，柳永一口一个"元昊殿下"。倒是李元昊有些不自在，非要他像两人结伴畅游西北时那样，还以字称他"嵬理"。

"柳兄说我是好战之人，倒也贴切。"李元昊笑道，"太平八年，我攻下了——"

"天圣六年，嵬理兄。"柳永正色道，"这是在大宋，令尊西平王不也尊奉我朝正朔吗？"

宋崇在一旁听着，心中不由暗笑。西夏在宋辽两个大国之间骑墙摇摆，在辽国那边奉的是太平年号，在大宋这里奉天圣年号。柳永嘴上说咬文嚼字无聊，可一旦自己躬身入局，不也是字字句句计较，不肯一丝一毫有辱于大宋？

"好吧，天圣六年——我率军攻下了甘州，阵斩回鹘可汗药罗葛通顺——"

"非也非也。"柳永笑着摇头，毫不客气道，"药罗葛通顺是缒城逃亡，被你们翊卫司的剑卒追上割了脑袋，哪里是什么阵斩？再说甘州城破之前，人家辽国已经围城四个月，粮草不济才撤围而走，你们无非是偷袭得了手——当然，辽国打了四个月都没攻下，你们也着实称得上有些本事的。"

柳永这厢口无遮拦，宋崇在一旁听得提心吊胆。李元昊素以暴戾嗜战闻名，屠城灭族是看家本领，柳永一番话说得刚浪崖等人脸色铁青，不料李元昊却是哈哈大笑，连连拍着柳永的肩膀，道："也就柳兄如此说话！等事情消停了，可否安排你们亲从军会操，我也去瞧瞧稀罕？"

宋崇闻言心头一紧，刚想接话，柳永却已笑着答话道："这算什么，我替皇城司答应了。——不过，会操不能白看，等过了冬至日郊祀大典，我陪嵬理兄回西北，你可得安排我瞧瞧你的泼喜军，瞧瞧兴州的瘊子甲作坊，如何？"

李元昊笑道："也算公平。不过，或许柳兄看完了这几处，内情机密都记在心里了，而我一时兴起，不许柳兄回宋，又该如何？"

柳永也是一笑，道："让不让看是你的事，能不能回宋是我的事，就不消嵬理兄费心了。"

两人谈笑风生间刀光剑影，听得周遭之人无不暗中心悸。好在只有三里的路程，还是一路下坡，说话间便遥遥看得到渡口了。

回东京的方案，是罗镇和宋崇谋划再三，报经孙从吾批准后才定下来的，有一北一南两条路线。北线是走水路，从鄢溪渡口弃岸登舟，沿伊洛河北上到黄河，再从板渚口入通济渠，一路走汴河到开封。渡口停着三艘平底军船，长近十丈，宽有丈余，沙船底、战船盖、海船头尾，皆是从东京城外金明池在京禁军水师紧急调来，每艘船载有水军、桨手各三十人，还有二十个皇城亲从军步卒。南线则是走陆路，过了伊洛河就是汴洛古道，古道也是驿道，从永安县马铺出发一路向东，经巩县上驿、荥阳县驿、郑州奉宁驿、中牟县三异驿直达东京顺天门，一共四处县驿二十处马铺，三百里驿路平坦阔直，沿途驿站都已由皇城司接管，备足了良马草料以供驱驰。亲从军马队分三里、一里两批前行清路开道，一路有游骑斥候流哨，更安排了三十骑马队随行护卫。如此煞费苦心，一是要确保此行万无一失，二是刺机局真的敢来行刺，也能将其一网打尽。

李元昊选的是陆路。这与宋崇和柳永的判断一致。李元昊自幼在马背上长大，日夜不离鞍是常事，相较于舟船颠簸之苦，他显然更愿意走陆路。其实水路还是有风险的。时近初冬，黄河枯水期将至，官私水运都抢在枯水期前加班加点，河面上樯楫如林，军船再高大坚固，混在一众民船里也施展不开，近则生危迟则有变，远不如走陆路稳妥。驿路上当然也会有行旅商队，但清场也容易，皇城司办事本就百无禁忌，胥卒们衙牌一亮，闲杂人等暂避在一旁田地里，等马队过去再上路就是，前后也耽误不了多大工夫。

截杀发生在渡口。在宋崇的整个计划中，或许这里是最薄弱的一环，一旦走上驿路，刺机局很难再找到机会动手。当然，兵法有云"围三阙一"，这个破绽也是刻意露给刺机局的。皇城司调动在京禁军水师和沿驿路布置护卫安保，都是声势浩大地进行，又是扬帆挂纛在汴河、黄河水面招摇过市，又是大张旗鼓地接管驿站，刺机局想不知道都难。真要想动手，也只能选择在鄗溪渡口李元昊一行上船下船之际，趁着皇城司阵形松散突施搏命一击。事后清点现场，一共二十四个鹰郎，生擒的只有两个，其余的都死在了短兵突刺之中。罗镇不免有些憾然，一都百人如狼似虎的亲从军，对手只是区区二十多个鹰郎，即便全胜也称不得骄人。

生擒的两个鹰郎一胖一瘦一高一矮，都是北地汉人样貌。残唐五代之际，尤其是辽国占了燕云十六州之后，大量汉人或是祖居或是被掳，世代生活在辽国境内。刺机局招募鹰郎，北地汉人为数不少——毕竟需要长期潜伏在大宋，一副契丹长相太容易招人耳目；而其遴选也极为严苛，得防着他们久处宋境会反水变节，故而能外放在大宋的汉人鹰郎无不是层层筛选甄别出来的忠贞好手。面对聚拢过来的亲从军士卒，两个鹰郎相互搀扶着爬起来，尽管身上都有重创，却依然是毫无畏惧的凛然之姿。

胖鹰郎笑道："袁二，今天就在这儿了吧？"

瘦鹰郎伤势更重，勉强稳住身子，也笑道："那还能去哪儿？弟兄一场，死在一起也值了。"

亲从军们已经接到命令，务必留下活口，所以都没再上前紧逼。下命令的是罗镇，亲从军也只听他的军令。此前宋崇千算万算，穷其可能却只忽略了一点：着实没料到亲从军动起手来会毫不留情，根本没有生擒活捉的打算，而刺机局的鹰郎们也没有任何求生之意，在第一波攻击的弩箭全被旁牌挡住后，迅速展开了亡命般的短促突击，又被旁牌后的长枪拦住，纷纷倒在了攒刺之下。整个过程干脆利落，亲从军自始至终掌握着主动，只是在一开始阵形来不及展开，几支弩箭射在了步卒身上，却也奈何不了重装步人甲分毫。李元昊目睹全程，不由得连连点头称赞，若不是细穆兄弟强拉硬拽，他早就要夺下一根长枪加入战团了。

眼看鹰郎只剩下两个活的，李元昊再也按捺不住，大声嚷着分开众人，来到鹰郎面前。唬得细穆兄弟和宋崇紧紧跟上,左右护住。

"你们是刺机局的?"李元昊盯着两个鹰郎,阴鸷地一笑,"为何要行刺我?"

"你就是李元昊?"胖鹰郎毫不示弱,"可惜被这帮南蛮护着,侥幸逃了一死。你若真是条好汉子,敢不敢跟我一战?"

李元昊笑道:"都说我是好兵嗜杀之人,此言固然不假,但那是匹夫之勇而已。我好兵,却也知兵,岂会上你的当?一个小刺客罢了,轮不到我动手。"

胖鹰郎忽地一阵狂笑:"小刺客?你枉为我大辽驸马都尉,难道不知道我父陈王殿下?"

此言一出,在场多数人都是一脸茫然,只有李元昊、宋崇和柳永遽然色变。辽国陈王耶律遂贞汉名韩制心,是秦王韩匡嗣之孙,晋王、大丞相韩德让的亲侄。自韩德让获赐国姓耶律之后,韩氏一族都改姓耶律,韩制心改名耶律遂贞,死后追封为陈王。在辽国,玉田韩氏为北地汉人之首,自辽太祖耶律阿保机起世代高官贵戚,权倾朝野。谁都想不到眼前这个垂死的鹰郎,居然是韩氏一族陈王的后人。

"陈王有三子,不知你是哪个?"

"我叫耶律元仲,大辽陈王次子。"胖鹰郎冷笑道,"奉命取你首级,事既不成,一死而已。"

"你是辽国王子,我是辽国驸马,为何却要杀我?"

细穆恩名上前,低声道:"殿下,事关机密,不宜在此地问他。"

李元昊皱眉思忖。这时宋崇已经布置妥当,两个胥卒趁着众人注意力都在鹰郎身上,悄然行进至两个鹰郎侧后,伺机动手。胖鹰郎浑然不觉,兀自道:"你过来,我只跟你讲。"

"不可!"细穆恩名和宋崇几乎同时叫起来。

皇城司的机会就出现在这个瞬间。

两个胥卒突然出手,合力抛起一个黑压压的物件,那物件在鹰郎头顶时蓬散张开,竟成了一张大网,落下罩住了两个鹰郎。网落之际,杨良祐和其他胥卒几乎同时冲来,瞬间便制服了两人。皇城司刑事房缉捕嫌犯并不强调按倒绑缚,而是直接在其肩、肘、腕、膝、踝五处大关节下手,扳、托、拧、挫、押五路手法施为，任是再危重的嫌犯也立时便成了瘫子。从抛网到收网，整个过程行云流水，耗时不过十哨。细穆恩名看得脸色苍白，皇城司到底有数十年积淀起的底子，就刚才这七八人浑然一体的配合，不是多年实战淬炼哪里做得到？他甚至有些绝望地想，翊卫司在西北固然堪称无敌，放在大宋绝非皇城司的对手。不但西夏诸人，就连在场的亲从军都大开眼界，再不敢小瞧这些同司的胥卒。

李元昊狰狞一笑，甩开了细穆兄弟的拉扯，大步来到两个鹰郎面前。其实他并不需要解释，刺机局的杀机也早非秘密，只是内心根深蒂固的骄傲让他必须表现得无所畏惧——至少在周遭大宋官兵的眼里，他不能只是一个被保护的弱者，何况两个鹰郎已经没有任何威胁。见宋崇并没有阻拦之意，杨良祐和胥卒们稍稍退开，留出了对话的空间。杨良祐多少有些犹豫，按皇城司操典规范，他们还缺少两个步骤，一是搜身，二是给俘虏上口枷。前者为的是彻底消除威胁，后者则是防止俘虏自尽。宋崇对部下的手段极为自信，也对两个俘虏的性命并不太在意——就算带回延真观交给舒正臣过审，估计也审不出太多有用的东西。

耶律元仲和袁二相互靠着蜷缩在地，刺杀行动中遭受的重创，以及各处关节源源不断传来的剧痛，让他们的意志和躯体都濒于崩溃的边缘。

李元昊冷冷地看着两人："说吧，可以让你们死得痛快一些。"

整个晚上真正的杀机，终于在此刻出现了。

耶律元仲脸上露出了诡异的一丝惨笑，在五处关节几乎全被破坏后，他依然有机会发出最后的也是最为致命的一击。或者可以说，刺机局整晚飞蛾扑火般的行动，其余鹰郎以慨然赴死来做掩护，都是他这最后一击的序章，而正文才刚刚开笔。

耶律元仲艰难地晃动身子，低下了头。

玄机就在耶律元仲的背上。在他的皮甲之下，有一根拇指粗细的钢制小管，管中有一支弩箭，也只有一支。发射这支弩箭，需要他低头、弯腰，凭借腰背的张力触动弩机。因为形制小巧，射程不过三步，超出则毫无杀伤力可言。而李元昊与耶律元仲的距离，恰好在三步之内。这个场面，耶律元仲已经演练过了无数次，他有一击必成的信心。

弩箭击发的瞬间，同时发生了另外两件事——杨良祐近在咫尺，耶律元仲诡异的笑和他同样诡异的动作，让杨良祐意识到了危机，他来不及上前阻止，只有本能地扑向李元昊；距离耶律元仲更近的是袁二，在刺机局的计划中，他是耶律元仲最后一个保护者和助手，他的使命是协助耶律元仲完成最后一击，但他没有这样做，而是用尽气力撞在耶律元仲身上。这个动作让耶律元仲猝不及防，也改变了弩箭的方向。弩箭没有击中任何人，擦着李元昊的肩头掠过，静静地落在地上。

很难讲在这个晚上，最后的胜利者究竟是谁。如果以李元昊是否全身而退为准，刺机局当然失败了。全军覆没的代价，并未换来耶律元仲最后一击的成功。但在某种意义上，皇城司也遭到了从未有过的挫败，竟然给了耶律元仲发起最后一击的可能；而且如此的疏忽还是在外邦人面前，这样的挫败感更是无以复加。

耶律元仲喉头耸动，吞下了什么东西。熟悉刺机局行事路子的人都知道，那是一颗碧绿色的药丸。之后，他的五脏六腑会渐渐腐烂，黑色的血液会从他的七窍淌出。他吞下药丸后，艰难地转过头，对着还倒在自己身上的袁二，清晰而虚弱地骂了句契丹话。

"撒里孛！"

李元昊听得懂契丹话，知道这是个恶毒的诅咒。袁二脸上平静地笑着，吐出了药丸，但他的生命也在肉眼可见地消逝。

李元昊不顾一切地上前，扶住了袁二："你是谁？"

"属下，怀远。"怀远轻声道，"属下快要死了，幸不辱命。只求殿下早日做天子。"

耶律元仲的呼吸越来越忽微，他鼻孔嘴角已满是黑色的黏血。怀远的声音还在继续，只不过换成了党项话，而且声音飘摇不定。李元昊的表情愈加凝重，他身边的细穆恩名竟然听得落下泪来。宋崇眉峰一蹙，回头看向柳永，示意他马上过来，不料细穆恩名早已站起，快步拦在了柳永身前。细穆屈勿虽然不解，但毫不犹豫地一把抓住柳永；步跋子们见状迅速展开队形，背朝内面朝外，将三人牢牢护住，虽是手无寸铁，却也一副至死不退的架势。柳永情知那暗钉怀远命在旦夕，急得连连叫嚷撒泼，怎奈细穆兄弟铁一般的手丝毫不松，再急迫也无法冲出包围。

"得罪了，柳先生。"细穆恩名不动声色道，"绝无为难之意，等殿下办完了事，要杀要剐都随先生处置。"

杨良祐见柳永被围，气得当即就要带人过去动手，宋崇叹了口气，摇头让他停下。怀远的声音已经细不可闻了，剌机局鹰郎的皮甲，无论如何也挡不住亲从军的丈二长枪。三处枪伤创口不断淌着鲜血，耗尽了怀远最后的力量。当李元昊站起的时候，他怀中的怀远已经停止了呼吸，四肢秋千般晃动不停。

第九章·东风又作无情计

沈追

按五德始终之论，唐为土德；朱温建梁代唐，以金为德；而李存勖称帝后延续李唐国祚，也是土德；接下来的晋、汉、周便依次是金、水、木。大宋脱胎于周，故而是火德，也便有了炎宋之说。虽然国之德运为火，开封城里百万人口最怕的却也是火。太祖太宗真宗三朝，城中民居官宅失火是常事，连皇城禁中都隔三岔五走水。先帝真宗大中祥符八年，一场火烧了东华门、内藏库、香药库、左藏库和东华门外六座王府。大火烧了整整一天，毁了殿宇房屋两千多间，驻扎皇城的亲从军和闻讯而至的禁军玩了命地扑救，死了一千多兵卒，才算最终控制了火势。当时今上赵祯年方五岁，还未封太子，是真宗第六个儿子，前头五个哥哥都是早夭。赵祯这根独苗住在东华门里左承天祥符门外，隔壁就是皇城司。那年孙从吾刚刚中了进士，在宫事处做从七品的勾押，火起时是深夜，孙从吾在宫事处当值，听到锣声报警便一头闯进东宫。赵祯年幼冲龄，"大娘娘"刘皇后和"小娘娘"杨淑妃轮流在东宫照顾，这天是杨淑妃搂着赵祯就寝，母子俩早被突如其来的大火骇得口眼俱呆，周围的宦官宫女席地大哭，再没一个有主见的。孙从吾也顾不得君臣之礼，背起赵祯就朝外跑，赵祯一连声哭叫着"小娘娘"，决不肯独自离去，孙从吾无奈，只得把赵祯搂在胸前，浸湿锦被裹住杨淑妃扛上肩头，仗着自己正在盛年，身负着母子俩冲出火海。刚走出几步，迎头撞见在禁中值宿的帝师晏殊，晏殊不容分说抢下赵祯背在身上，两人在火光浓烟中一路跟跄，九死一生才到了安全地界。孙从吾放下杨淑妃，忽地一口血喷了出来，扑头栽倒于地，人事不省。

那天大火之中，宦官宫女死了六百多人，官兵死了一千多人，百姓死伤无数。孙从吾在浓烟火场里负重进出，毫无防备，被毒烟熏坏肺腑，昏迷了一天一夜，躺了旬日才能下地。晏殊伤势轻些，也是好几天才缓过劲来。杨淑妃大难不死，搂着赵祯在真宗和刘后面前一番哭诉，帝后也是劫后余生，唏嘘不已。大中祥符年间真宗多病，政事渐归刘后襄助，刘后跟杨淑妃情同姐妹，正值不惑之年的孙从吾既是刘后妹妹和儿子的救命恩人，又是新科进士、天子门生，很快便被擢升为宫事处提点。那时晏殊才二十来岁，虽无宰执之名，却已是真宗和刘后心中留给赵祯的宰相人选，大宋最神秘莫测的衙门皇城司的最高长官。在晏殊力荐之下，孙从吾又升任皇城司提举。两人年纪差了不少，但合作起来毫无罅隙，一上一下，一幕后一台前，把本就树大根深的皇城司打理得风生水起。赵祯和孙从吾毗邻而居，常去串门玩耍，算是忘年交。时间一久朝野就有了说法，说太子有明里暗里两位帝师，明的帝师白天教文，是未来的宰相晏殊；暗的帝师晚上授武，是如今的皇城司提举孙从吾。对于这个说法，孙从吾颇感好笑，虽然所辖一处四房五千军多是打打杀杀的差事，他本人倒是一点弓马技艺都不会，说他给赵祯授武的确太离谱，全是瓦子勾栏说书人在耸人听闻。

往事灼灼，历历在目。如今孙从吾面前又是火光一片，他身边的沈追、许沂和老郎、吕璟等人都是默然肃立。谁都看得出来，今天的意外一个接一个，弄得老孙心情很糟糕，在这个节骨眼上，最好不要去惹他生气。

燃烧的是个院子，草场巷街丙字十六号。

按皇城司行事的风格，孙从吾忽然提出要去草场巷街，无须沈追再布置，吕璟马上带了几个得力胥卒去打前站。吕璟等人快马在先，还没到草场巷街，就发觉情况有异。距离还有两三个巷子时，巷口坐的乞儿就奔走四散；等到了西水门鱼市巷街，巷口明明还有乞儿惯用的草蒲团，人却不见了。吕璟当即放慢了马匹，略一思忖，意识到不可等闲视之，便将身边六个胥卒做了安排：一个回去报信，请孙从吾一行务必沿路提高戒备；另五人分为两拨，三人为后援，待前院动手后翻后墙进院，他自己带两人走正门——不是吕璟过于小心，皇城司实在不能再出岔子了。

丙字十六号正门紧闭。吕璟示意胥卒敲门，敲了一阵无人应答，正盘算间，忽然闻到一股浓重的硫硝味道，他不由得遽然色变。两个胥卒上前合力撞击木门，门闩很快被撞得散落，门扇却兀自不开，想来是有硬物在门里顶着。吕璟左臂还带着伤，却也顾不得了，三人一起撞向门扇。几次之后，门扇摇摇欲倒，吕璟止住胥卒，做了几个手势。胥卒都是沈追和他亲手调教出来的，登时明白了，回身卸了三人的马鞍，就地拼接绑扎，便成了一面护得住大半个身子的盾牌。其中一个胥卒挺盾在前，防着迎面而来的弩箭，另一个胥卒侧身朝左，吕璟朝右，防着左右两侧的埋伏——三人以盾卒为先导，形成了一个简单有效的攻击队形。见一切妥当，吕璟朝盾卒点点头，他加重几脚蹬在门上，门扇终于倒下。

一切正如吕璟所料，门扇倒下的瞬间，几支弩箭扑面而来，全都打在马鞍盾上。马鞍是两层熟牛皮嵌了铜钉，寻常弩箭还是防得住的。左右两侧并无人设伏，吕璟和胥卒各自端着手弩，在盾卒身后碎步前行。又是几支弩箭袭来，从打在马鞍的力道和节奏来看，他们距离对手越来越近，对方人也不多，应在三人左右。从正门过庭院到正房很近，对手的弩箭顶多会有三波攻击；等到了近前短兵相接，吕璟有九成把握取胜。剩下的一成，则是运气。吕璟想到这个，不觉有些气馁——今天皇城司的运气的确太差了些。

与此同时，后院也传来厮杀之声。对方弩箭的攻势停下，随之一声门响，正房的门关上。盾卒扔下盾牌，马鞍上已有密密麻麻十几支弩箭。若没有这个临时应急的盾牌，十几支弩箭的归宿就是盾后的三人。吕璟不由得一阵后怕。脚步声由远及近，另外三个胥卒各提手刀过来，为首的胥卒还没来得及汇报战况，却见正房门窗缝隙处涌出丝丝缕缕烟来，烟色越来越重，气味也越来越浓烈。

"火烟球！"

吕璟和胥卒们几乎同时朝后退了几步，各自掩住鼻口。火烟球是在火药中掺了狼毒、砒霜、草乌头等致命致幻药物，爆燃之后施烟播毒，在野战和攻城中多有奇效，其配方和制造是大宋禁军的绝对机密。皇城司也有使用，主要用在那些凭险拒捕的对手身上，比瓦子里说书人口中的"迷魂香"厉害百倍不止。探事房的人正是操作火烟球的高手，深知其凶险。房中的人紧闭门窗放起了火烟球，看起来是不打算被活捉了。

一个老成的胥卒低声道："干办，会不会——有地道？"

这也是吕璟最担心的，他默默地看着渐渐浓重的毒烟，眉头紧锁。

老胥卒道："两三幺？"

"两三幺"是皇城司暗语，专在遇到对手放毒时用的，意为两人三十哨一替，即每两个胥卒闭息进攻三十哨后,再由另两个胥卒轮换。胥卒入司受训,闭息格斗是必训科目,三十哨是最低要求。时间紧迫,留给吕璟决断的机会稍纵即逝。他拿定主意,撕下青衫一角,扎住鼻孔绑在脑后;又撕下一角,深吸一口气,紧紧咬在嘴里,带头冲向了正房。老胥卒提刀紧跟其后。夜色深沉,月光冷淡,浓烟弥漫中,正房门外已经不能视物了。吕璟和老胥卒合力蹬开房门,随即闪在两侧,更为浓重的毒烟和火光扑面而来。吕璟只觉天旋地转,一时间站都站不稳了。两个胥卒早已做好准备,赶上前扶住吕璟后撤,另两个胥卒来到门前,朝着房内放了两弩,准备冲进去——

孙从吾等人就是这个时候赶到的。

不等孙从吾发话,沈追已经大步上前,高声道:"仲玉!撤!"

皇城司最看重"令行禁止"四字,吕璟等人听见本房提点之命,再不甘也只好撤下。两个正要冲敌的胥卒转身刚离开,正房里传来一声巨响,顿时火势升腾,被拘束在房内的火焰从门窗猛蹿而出,凶狠地舔舐着整座房子。

沈追扶着吕璟,苦笑着摇头:"没用了,何必白白送命。"

吕璟不得不承认,沈追是对的。如果房内真有地道,对手早就逃了。如果没有地道,里面也不会有幸存者,贸然进攻只会带来不必要的伤亡。

火势越来越大,孙从吾的脸被火光映衬得明明暗暗。许沂和沈追相互看了一眼,两人都明白,大火过后一切痕迹都将荡然无存,线索已断,留在此地已是毫无意义。可让两人不解的是,从孙从吾临时起意到吕璟等人先行赶到,不超过一刻钟,对手如何就能做出如此周全的准备?那个假张元如果只是真张元的替身,肯定知道翊卫司已跟皇城司暗中结盟,又何必拼得如此惨烈?如果假张元跟西夏毫无瓜葛,倒是可以解释眼前这一切,那么更惊心动魄的阴谋便不期而至——他们到底是谁?如果真的是刺机局,那么可以肯定的是,在董齐庵这条潜伏运作了二十年的情报网之外,刺机局还有另一条更为隐秘而且高效的网络……

太多的如果了。每个如果背后,都是无法解释的问题。而这些无解的问题,孙从吾势必会问许沂和沈追。在他发问之前,两人必须准备好回答。尤其是许沂,在这座熊熊燃烧的小院里,他曾经跟神秘买家做过整整两年的交易,出卖过皇城司和大宋无数机密情报。虽然他是奉命行事，虽然这是己巳筹的一部分，但己巳筹本身只有他和孙从吾知道——刚刚才多了个沈追。长达两年的单线联系，白纸黑字写下的情报，莫名其妙的一场大火，没有人能够绝对证明许沂的忠诚，包括孙从吾。多么吊诡的、悲哀的现实。许沂身为律事房提点，职责就是甄判同僚，可如今整个皇城司里最需要甄判的，却是许沂自己。

沈追见许沂脸色苍白，已然猜出他万千心事，暗自叹息之余，悄悄侧身移步到老郎身边，低声道："宫事处那边，该点卯了吧？"

沈追声音不大，老郎听得见，两步之外的孙从吾也听得见。老郎干枯的脸上毫无反应，只是点了点头。宫事处每晚亥正时分要清点当值人员，孙从吾兼着宫事处提点，平时就住在皇城司，亥正清点是从来不误的。沈追此言，其实就是给孙从吾一个台阶好下，事已至此，不必再在这里逗留。

果然，孙从吾一语不发地转过身，看着沈追，语气却是对着老郎："备车，回司里。"

从城西草场巷街到皇城司，要兜一个大圈子，走万胜门内大街进内西水门，一路向东走到高头街折往北，绕到东华门进皇城。站在马车前，沈追和许沂都有些犹豫，这一路上要走好一阵子，若像刚才那样共乘一车，时间该会多么难熬。两人面面相觑，谁都不想上车，好在孙从吾上车之后，随手关了门。两人一口气还没缓下来，车门却又开了，孙从吾的声音从里面传来："文约。"

孙从吾只叫了许沂。老郎并没有催马快行，慢悠悠走在东京城里。这不是沈追预计的路。老郎绕了个更大的圈子，一路沿着金梁桥街往北，从大梁门西大街进内城，走大梁门里大街直到皇城，靠着皇城根的朱漆杈子过了拱宸门、晨晖门，再转向南行，前边就是东华门了。一行人进了大梁门时，马车停下，许沂从车里出来，朝沈追点点头。他的表情很平静，似乎跟刚才在火光前一样脸色苍白。

车又前行。孙从吾对刚刚上车的沈追开门见山道："陈留的那个盘子，还是薛三在管吗？"

沈追忙道："薛三两口子管着，生意做得不错，大儿子都生孙子了。"

"知道薛三这个盘子的，除了我和你，还有谁？"

"薛三的等级是赤，"沈追道，"赤畿二等，律事房没有存档，提举以下无权知晓。"

"知会薛三一下，有人这两天要住过去，避避风头。"孙从吾道，"至于是谁，你该猜到的。"

"文约？"

孙从吾点头道："具体细节要点，我已有安排了，你再跟他仔细勾兑吧。"

"属下冒昧，敢问提举——"

"避的是在京房。刺机局的点位选得好，西城草场是在京房管的，文约执行己巳筹时，在京房肯定会有察觉。"孙从吾轻叹一声，道，"上次御前议政，钱惟演就怀疑文约跟刺机局有勾连，逼着官家下旨密查文约。我当时就觉得会是草场巷街的问题。这次起火，是个再好不过的借口。"

密查许沂的差事，孙从吾交给了沈追来办。沈追为了反制在京房，想从周忠打开缺口，不料却失手被胡垚所擒。两人在密室中唇枪舌剑一番，达成了协议，也就是许沂和周忠分别由皇城司和枢密院自查。本来这事就算翻篇了，可那周忠知道的秘密太多，为了保命，竟然主动投靠皇城司，被软禁在延真观进退阁。如此一来，沈追跟胡垚的密约也就不攻自破。在京房跟皇城司连日来几次过招，铁屑楼也好，西夏使馆也好，全都没占到便宜，如今又叛逃了周忠，如何能咽下这口气？李焘不惜一死检举沈追，多半是在京房的阴谋，好在及时有了处置，如今唯一能够撼动皇城司的，就是许沂暗中勾结刺机局这个把柄。城西草场供应在京禁军各马军部队日常军需，朝野皆知的军机重地，归在京房管，草场巷街就在草场边上，一场不明不白的大火，烧的还是许沂跟刺机局交易的丙字十六号，这一切，足以让在京房做篇大文章了。

"保护文约自然是当务之急，属下马上去办。"沈追道，"提举不要忘了，咱们手里还有个周忠呢！您让我看过他的供状，在京房徇私贪墨的秘密都在大弘当存着——我押着周忠，去把那几车密档取回来？"

"以攻为守，难得你临危不乱。这个差事我本想交给临岳的——你的案子刚结，正被在京房盯着。不过临岳去了会圣宫，等救出了李元昊，还得在开封妥善安置。眼下能办大弘当这件事的，也只有你了。"

"属下明白,天一亮就去办。"

车子停住。老郎的声音响起:"提举,到东华门了。"

孙从吾并没急着下车,继续道:"你和文约就不要进宫了,好好商议一下去陈留的事。还有大弘当那边,倒不用太担心在京房,务必小心的是荣国公。"

说到"荣国公"三个字时,沈追敏感地注意到,孙从吾的话音变得意味深长。

周忠

本朝刘太后之兄刘美，原先并不姓刘，而是姓龚，说起来是刘太后当年的义兄，也有说是前夫的。改姓刘，是因为刘太后在真宗景德元年晋封美人，苦无宗族为依靠，便让龚美改姓了刘。刘太后一路从美人到修仪、德妃、皇后、皇太后，祖上也一再追封，曾祖刘维岳从默默无闻的一介军卒，成了节度使、中书令；祖父刘延庆当年在河东混不下去，逃难到了益州华阳，却也摇身一变成了中书令、许国公；父亲刘通更是追封为魏王，还给编派了一段跟随太宗南征北战的好故事。刘美死在天禧五年。第二年乾兴元年，真宗去世，今上赵祯即位，追封舅舅刘美太尉、魏王。那时赵祯是个十二三岁的孩子，封王晋爵自然都是刘太后的意思。刘美前妻宋氏亡故后，续娶钱惟演的妹妹钱氏为妻，荣国公刘从德便是刘美和钱氏之子。朝野都说钱七郎和刘太后是亲家，也正是这个缘故。

刘从德字复本，比赵祯年长三岁，深得姑母刘太后宠爱，年纪轻轻就推恩荫补到了国公高位。既然是恩荫，就用不着再寒窗苦读科举应试，早早就除授了相州知州。授是授了，相州距离开封也不远，他却不肯去赴任。大宋祖宗之法，恩荫官员如无地方府州政绩，不得授以三品以上实职差遣官，他不去相州任职，也就是不打算有朝一日宣麻拜相当上宰执，小日子过得舒坦即可。这也不难理解，刘从德身为当朝太后的侄子，今上赵祯的表哥，当朝钱相的外甥，国之贵戚地位尊隆，犯不着一头扎进官场宦海中进退浮沉。他凡事不出头，也不恃宠而骄，只求安安稳稳当个富家翁。也有人说以刘从德的经历见识，远远看不到如此长远，定是有高人指点，更有甚者还说这高人正是刘太后和钱七郎。无论如何，刘从德这富家翁果真是做得安稳，天圣五年，他刚到弱冠的年纪便被封为荣国公，花团锦簇般的国公府就在新宋门大街上。

荣国公年少富贵，攀附者自是不少，给国公交些年敬岁贡，把自家产业挂在荣国公名下，也就有了铁打的靠山。大弘当便是刘从德的寄名产业之一，开在马军衙街的麦家园，名为当铺，也兼做放债收佣的买卖，相与往来都是富商巨贾，生意做得红红火火。老板姓张名有辉，字光祖，河东路辽州人氏，年近六旬，两撇八字狗油胡，见人自来熟，开口便道"都是朋友"。张有辉跟刘从德搭上关系，正是周忠牵的线。周忠是枢密院礼房主事监官，掌管外邦商旅的税赋收缴和大宋民间商贾的涉外贸易，对外邦商旅增税抽解、对大宋商贾吃拿卡要，正是肥得流油的差事。不过油水虽厚，全进了枢密院私库，周忠只是个过路财神。所以除了公事，周忠还私自倒腾香料生意，姘头罗惜惜的弟弟罗小乙替他出面张罗，自家赚得也是盆满钵满。刘从德嗜好外邦香料，周忠投其所好，大食、阇婆、三佛齐的龙涎、龙脑、苏合香流水般送到荣国公府，哄得刘从德心花怒放。香料生意耗资甚巨，罗小乙虽是制假高手，却也总要拿些真材实料充门面，资金周转就要靠张有辉了。经周忠牵线搭桥，张有辉把大弘当挂在荣国公府名下，每年抽一成红利呈上，刘从德也是乐享其成。周忠铺下这条路子，一者是为了生意，二者是留条后路——枢密院礼房的暗账副本便存在大弘当，在他看来，除了当朝天子的内藏库，再没有比大弘当更周全的地方了。

"没有当票，凭据就是小的本人。天字六号库房，一共十二箱，全是铁箱，按地支编号，每个箱子都有大锁三具。十二箱货，只有巳、丑、子、未四箱是干货——您要问我为什么是这四箱？倒也简单，是我的生辰八字。"周忠小心翼翼地看着沈追，道，"小的在供状上都交代清楚了，提点您一看便知。"

供状就在桌上，一大串钥匙在供状旁边。周忠科举出身，供状写得跟说书人的话本一般，开头结尾和每到动情处，都忍不住吟诗一首，以示痛改前非，从此为皇城司效命，看得沈追笑过好几回。吕璟看罢也是大笑，说这人除了做生意搞钱，大概都泡在瓦子勾栏里了。但笑归笑，差事容不得含糊。在叫来周忠之前，沈追和吕璟已经商议了很久。在沈追看来，周忠口口声声铁了心投靠皇城司，实则未必。他在钱惟演面前肯定也曾这般赌咒发誓，但结果如何？一边喊着效忠，一边抄了暗账做后手，还藏在了大弘当，可见其心机之深。周忠肯交出暗账，为的是保命，至于皇城司能不能拿到手，就不是周忠该过问的事儿了。皇城司人也去了货也见了,却提不出货来,只能说是皇城司无能,怪不到周忠头上。

吕璟道:"那咱们天一亮就去,杀他个措手不及,直奔天字六号库房,砸锁撬门也先把货弄到手再说。"

"如果是硬闯,何必等到天亮?月黑风高才好杀人放火,干脆现在去不就得了?"沈追笑着摇摇头,道,"周忠来了好几天,孙提举迟迟不动手提货,投鼠忌器而已。"

"投鼠忌器"四字,才算点出了此行的难处。皇城司的靠山是太后和今上,大弘当的靠山是刘从德,而太后又是刘从德的姑母,硬闯固然简单方便,却是后患无穷——人家是姑侄情深,大不了训斥几句,罚几个月禄米薪俸;皇城司只是鹰犬爪牙,几句重话落下来便是泰山压顶的祸事。最好的局面是周忠自己去提了货,出于对皇城司的信任,带着货投奔而来;皇城司职责是为朝廷绳纠百官整肃纲纪,这才慨然接了案子,实在是"虽千万人吾往矣",大有不得已的苦衷。所以硬抢万万不可,周忠得光明正大去赎当提货,东西一出大弘当的门,就是皇城司的囊中之物了。

"飞手是什么时候放出去的?"

探事房监察百官侦缉间谍,有专司盯梢跟踪的胥卒,内部黑话叫"飞手"。吕璟忙道:"周忠进延真观的当天就放出去了,大弘当周边放了七个,正门便门都有,一天三次消息。"见沈追还在沉思,继续道,"没看到同行,在京房应该还没发现。"

"瞒不了几天了,从开封到两浙路明州,走水路用不了多久。"沈追摇头道,"蒲潜迈虽然榨了周忠的买命钱,也未必就跟他一条心,还是得好好防着枢密院。"

"周忠在供状上交代,在开封七八家当铺都存着东西,真货只在大弘当。这小老儿倒是精明得很,还学曹操立了疑冢。在京房应该不知道底细,咱们占了先手。"吕璟道,"横竖就是天亮的事,属下觉得最要防范的还是荣国公。"

"那就不能让他出现在大弘当。"沈追道,"我和周忠进门之后,你带弟兄们把整个大弘当围起来,不让任何人进出,张有辉想报信也送不出去,这是第一。第二，新宋门大街荣国公府那边，派人手盯着，一有异动马上来报。第三，荣国公真来了，想方设法在半道拦住，拖延时间，就说是有外邦奸细行刺，要保护国公安全。"

大主意定了，两人又把方案细细过了两遍，务必做到万无一失。尤其是可能涉及刘从德之处，更是颇费了一番脑筋，每个细枝末节都再三推演。核对无误之后，这才叫来周忠。周忠是何等精明之人，一见沈追就知道要干什么，不等二人开口便把核验、取货一套程序讲了个事无巨细，最后又试探道："几日来一个人住在延真观进退阁，小的天天反省、日日检讨，总觉得有些子想法还是得跟沈提点说说——张有辉那小老儿最近两年也学坏了，不怎么跟我交底，小的实在不知藏暗账副本的事枢密院那边知不知道——钱相，保不齐钱相知道我有东西在大弘当。"

吕璟勃然色变，下意识地看向沈追。沈追却是不动声色道："何以见得呢？"

"张老儿是做牙人发的家、置办的产业，最是能顺杆爬的人。小的介绍他跟荣国公认识，那荣国公是钱相的外甥，张老儿也就跟钱相有了相与。我知道他每年三节两寿四时八节，都给钱相送礼的——"见吕璟阴鸷地看过来，周忠声音都颤了，忙道，"小的之前绝不是有意隐瞒，实在是刚刚想到的。如今小的一腔性命都在提点身上，哪怕是再有风险——"

吕璟毫不客气地打断他的话："你说清楚，会有什么风险？"

周忠被戗得一愣，苦笑道："除了钱相和荣国公，还能有什么风险？按理说除了我，没人知道天字六号存的是暗账。可张老儿知道铁箱里的东西能要我的命。我是怕张老儿跟钱相告密，钱相那么聪明的人，万一猜到了呢？暗账是钱相心尖上的事，他不会坐视咱们皇城司拿走。就算明着不便出面阻挠，他还不会暗中派人捣乱吗？还有荣国公，他固然不关心什么暗账，可若是钱相撺掇授意——能明着不让咱们皇城司赎当的，也只有钱相的在京房了。"

沈追和吕璟相视一眼，都有些心悸。刚才千算万算，只算到刘从德这里，没有算到钱惟演也极有可能从中作梗。吕璟见沈追微微颔首，立刻会意，起身出门安排去了。周忠一副如坐针毡的模样，场面一时间尴尬起来。

沈追笑道："天亮还早，周主事，沈某倒有一事请教。"

周忠虽是不解，却也赶紧赔笑道："小的身家性命都在提点手上，哪敢担得起请教二字？您尽管说，小的知无不言！"

沈追道："沈某的夫人——有些性子冷，房中之事总是推三阻四，听郎中说有种香——"

"有！"周忠嘿嘿一笑，道，"不过那些江湖郎中摇着串铃走街串巷，哪有半分的真才实学？房中事帐中香，最是相得益彰。不是小的自诩，您问到行家身上了。人分男女，香有阴阳，切不可擅自用之，游医庸医哪里会懂？给男人用的香，往往不利于女子，反之亦然。就拿提点您来讲，想来您春秋鼎盛天赋异禀。尊夫人性子冷，冷有冷的办法。小的有一个方子，配出来的香只要点上，任你是性子再冷都要自荐枕席，哪怕是七八十岁的老尼姑闻了，保管是春情大动、数十年清心寡欲全都不顾了，不找个男子一宿欢畅就活不下去的——"

沈追咳嗽一声，笑道："有没有别的方子，除了助兴，男女还都有些神魂颠倒的意味？"

"有！"周忠斩钉截铁道，"用香和用药是一样的，都讲究君臣佐使。提点您想要神魂颠倒之感吗？好办得很！小的添上一两味好东西，保管是欲仙欲死，须臾再离不开了。若还要登峰造极，小的送上助情花香、慎恤胶等物！"

"都说你内弟罗小乙是制假香的高手，我看所言不实，那些假货都是出自你手吧？"沈追见他脸色顿时雪白，便摆手一笑，道，"是与不是，我并不关心，咱们皇城司也不关心。只是想问问你，这些奇技淫巧的好东西，你都私下给谁送过？"

周忠这才意识到中了套，却也明白不能有丝毫推诿，只得硬着头皮道："还能给谁？寻常百姓但求填饱肚皮终日劳碌，男女之事无非传宗接代罢了。真正好为此道的只有两类，一个是达官，一个是贵人。"周忠故意说得吞吞吐吐，一边说一边察言观色，看沈追听得饶有兴致，知道不点出几个人是过不去的，便道，"达官嘛，像是东西二府的二品、三品官，小的时常有孝敬的。贵人多是宗室里的王爷公爷，听说小的有这门手艺，也明里暗里让小的——"

沈追见他还是耍滑，便慢悠悠笑道："钱相和荣国公那里，有没有？"

这才是最要命的一问。周忠也想好了答案，毫不犹豫道："有。钱相没直接给过,是经由在京房康川提点转交的,康提点没明说是谁要,也不让问。刘国公倒是小的直接送的。按说他二十出头的年纪,用不到这个,可他就是太年轻、瘾头大,不像提点您这样饱读诗书,知道所谓月圆则亏水盈则溢,知道细水长流——"

这番谈话一直到了天光微亮。周忠在延真观待了几天,虽然好吃好住,毕竟是关在进退阁里,乍一见人欢喜得很,睡意全无。倒是沈追主动煞住了话头,让他先去隔壁养养精神,一会儿好跟"张老儿"盘道,好生给"咱们皇城司"出出力,好生纳上个投名状。沈追的习惯是行动之前要独处,闭目放空半个时辰。吕璟和一干胥卒对上司秉性再熟悉不过,也都不来打扰。到了卯时刚过,沈追推门而出,已是一身寻常员外打扮。吕璟也换过了市井常见的牙人装束,带着胥卒们都在院里候着了。

吕璟迎上来,低声道:"人撒出去了,钱七郎和荣国公府,一有人进出马上来报。"

"大弘当那边,飞手有消息吗?"

"昨天晚上,大弘当从枭麦桥码头卸了一船货,直接拉到铺子里了。两天里往来进出大弘当的一共二十七拨人,没有发现异样。"吕璟见沈追沉思,补充道,"正门便门都有人盯着,出来一个跟一个,一直跟到家里,不会有疏漏。"

"卸货的船,有没有查?"

"查了,正经漕运船行,把头船工都是在册的,名字对得上。"

沈追松了口气,看了看吕璟身后一个个桩子般纹丝不动的胥卒,点了点头。见本房提点发了话,胥卒们按计划分头出发。吕璟去隔壁房里叫出周忠,他和沈追左右陪着,三人一起离开了探事房这处黑盘,直奔大弘当而去。

大弘当开在麦家园,在蔡河上枭麦桥北,距离码头不远,图的就是熙熙攘攘的人气。枭麦桥码头是蔡河从广利门入城后第三座大码头,卸的是陈、颍、许、蔡、光、寿六州漕粮和特产。张有辉在开封经营多年,买卖当然不止一个大弘当,码头边还有一家买卖行和一家脚店,生意也都着实红火。从黑盘到大弘当只消一个路口,过了枭麦桥即到。三人上了桥,居高临下朝远处看去,大弘当就在眼前了。临街铺面扎着彩楼欢门,"大弘当"三字招牌镶金包银,下面缀着三绺黄绦流苏，半空里迎着风摇曳飘荡。

周忠一路上心事重重，不由得放慢了脚步，鼓足了勇气吞吞吐吐道："不知沈提点——隋员外这次，是十二箱货都一并取了，还是只拿那四箱？"

"自然是都取，还留着那几箱下崽不成？"吕璟笑道，"力工车行都找好了，周主事只要把货提出来，接下的事就不用操心了。"

"小的这次弃暗投明到咱们皇城司，按理说消息不会传得这么快。但张老儿在枢密院也有熟人，到时候肯定要问的，小的该怎么回？"

"不是说过了吗？"吕璟皱眉道，"就说是有小人眼红你的礼房主事，造谣滋事罢了。"

"张老儿能信吗？"周忠苦巴巴道，"小的琢磨了一夜，觉得还是不妥，万一他信不过，给在京房报信——"

"周主事放心，货到手之前，没人能走出大弘当。"沈追一笑，"你就做好你的事即可。"

"那便好，那便好。"周忠似乎还想再说什么，却有一个工头模样的人凑上来，殷勤道："员外清吉——用力工吗？包您满意，价钱好说。"

来人自然是探事房胥卒，已在此等候多时。吕璟笑道："这位隋员外可是有笔大买卖，你们力工有多少？"

工头指着前边的一队力工，笑容可掬道："多着呢！这要是还不够，随时能调人——敢问员外爷有多少货要搬？在哪儿上货？"

沈追笑而不语，拍了拍周忠的肩头。周忠勉强挤出一丝笑："前边，大弘当。"

花长虫

麦家园大弘当出事的消息传到景福坊,花长虫正猫在营舍里喝闷酒。酒是好酒,高阳正店的玉髓液,按酒的也是好肴核,樊楼的肉咸豉、花炊鹌子、批切羊头,都是神卫左厢第二军第三指挥几个都头们合伙孝敬的。花长虫还是那个花长虫,从新曹门内北斜街军营到宜秋门内景福坊军营,从外城到了内城,从副指挥使到了指挥使,品级、待遇、地位都高出一大截。在北斜街时,花长虫身边只有两个士卒伺候,到了景福坊就多了四个,还有主簿、书记各一,伙房一老一少两个伙夫专门逢迎餐食。军营里且不提,军营外也是烈火烹油般巴结。宜秋门内外驿馆林立,商贾兴旺。在京房管的是驿馆安保,礼房管的是外邦商务,开封府管的是民事纠纷,地面治安捕盗缉贼全归了景福坊的第三指挥,可谓名副其实的地头蛇。花长虫是指挥使,便是蛇之头,故而他甫一到任,宜秋门里外和粜麦桥码头周边商铺、货栈、船行、酒楼的老板掌柜、外邦驿馆的使节通事流水价地登门送礼,求着照顾——难怪人人都想做官升迁,端的是平生快事。不过即便如此,花长虫心里依旧惴惴。到景福坊多日,在京房的康川、皇城司的沈追都没什么消息,亏得他还记得自己是两家的老雕。对他而言,没消息就是最大的坏消息,把他搁在这个风口浪尖之地,保不齐随时会有要命的差事。提心吊胆了好几天,花长虫实在忍不住,按康川给他的路子发了消息求见。不料康川回复得很快,也很简单,让他没事少联系,暂时没什么差事办。康川见不着,沈追竟然也见不着。不但人见不到,风言风语还传得满天飞,说是探事房一个干办检举他通辽,正受着司内甄判调查。花长虫闻讯越发忐忑,他在皇城司也是老雕,还归沈追单线联络,不知他是真出事了,还是皇城司使的障眼法。

说起麦家园的大弘当,花长虫倒不陌生。前天大弘当的老板张有辉来拜会,送了两斤十六饼龙凤团茶，以一饼二两金、一两金十千钱的行市，两斤茶便是三百二十贯铜钱。花长虫此番升任指挥使，月俸涨到三十贯，实给八成二十四贯，剩下六贯用绢罗折给。张有辉这老儿也不知哪里得的泼天富贵，出手恁般阔绰，见面礼便是一年多的薪俸。本指挥章主簿绰号章大麻子，是个心眼伶俐的人，几句话就给花长虫交了底。原来那大弘当兼着放贷生意，利息高得吓人，难免遇到欠钱不还的，打起官司费时费力，往往会借几个士卒吓唬吓唬人。见花长虫默不作声，章大麻子忙笑道："都是对付那些泼皮无赖，好人家谁会欠债不还？花指挥使不用担心，这是成例故事了，历任指挥使都这么干的。"花长虫这才一笑，随手取了饼茶递过去，喜得章主簿连连打拱道谢，脸上每粒麻点都笑得绽开。

两天之后，花长虫和章大麻子站在大弘当门口，章大麻子却是脸色苍白，鼻洼鬓角全是密密麻麻的汗粒。花长虫也好不了多少，拳头攥得滴水，脚跟灌了铅相似，迈不动腿，也进不去门。这倒不能怪他，大弘当门口站着一队亲从军，依旧是旁牌长枪的阵仗，跟那天铁屑楼前的场面如出一辙。神卫军虽然贵为上四军，平日里骄纵得紧，但在亲从军面前仍是矮上三寸，两都士卒咋咋呼呼吆喝了多时，脚也跟灌了铅相似，始终没有上前一步。花长虫身边站着三个在京房的人，报信调兵的就是他们，为首的是在京房勾押关六奇。东华门外风波之后，风传关六奇被皇城司当众打得残废，现在看来除了左手藏在袖里许是有伤，其他地方与常人无异。

"老关你给我交个底，"花长虫凑过去低声道，"究竟谁在里头？"

关六奇跟花长虫还算熟络，也曾一起吃过酒、逛过西鸡儿巷，此刻却是脸色平静，淡淡笑了笑，一语不发——从来到大弘当门前，他就没有再开过口。

"我的亲六哥！小弟我刚到景福坊，屁股还没坐热呢！你也不想我就这么被免了吧？"

"能免你的是钱相，是枢密院，又不是皇城司，你急什么？"关六奇终于说话了，"只是让你堵住门，又没让你真刀真枪往里冲——就算让你冲，你敢吗？"

花长虫被噎得连连叹气，道："那六哥你说，堵到什么时候？是等谁来吗？"

关六奇瞥了他一眼,笑道:"等里头的人出来——快了。"见花长虫脸色涨紫,低声又道,"到底是本房的老雕,知道该向着谁。只有屁股坐得对,才能坐得稳当呢!"此言一出,旁边两个卫卒都忍俊不禁,笑出声来。花长虫彻底傻了眼,他还以为老雕这档子事只有胡垚和康川知道,钱惟演都未必清楚,哪承想不但关六奇知道,看样子旁边这两个普通卫卒也早就都知道了——

忽地有一阵喧哗响起,神卫军士卒们纷纷抬头看向上空,面露惊异之色。章大麻子张皇着小跑过来,道:"花指挥使——走水了!"

"哪儿走水了?"

话一出口,花长虫就意识到根本多此一问。浓烈的焚烧气味已经蹿出了大弘当的高墙,弥漫在周遭各处。

关六奇脸上还是那副淡淡的笑意,道:"麻烦章主簿了,还请安排人在街口候着,遇到来救火的潜火军,就招呼一声,不要让他们过来。这里——"转向花长虫,继续道,"花指挥使有数的,不会出事——花指挥使?"

章大麻子唯唯诺诺答应着,脚步却没动弹。他是花长虫的手下,也只会听花长虫的命令。

花长虫忽地一笑,咬牙道:"有西府在京房关勾押吩咐,咱们还有什么不放心的?照关勾押的意思办!"看着章大麻子离去,花长虫伸手勾住关六奇的肩膀,笑道:"小弟我算是明白了,跟着六哥办事真是妙极!"

直到此时此刻,花长虫终于确定了一件事,不管大弘当里头有谁在,不管发生了什么,整个过程都在枢密院的掌控之中。他需要做的,就是好好守住门口,听凭关六奇调度安排,不让局面失控。

他的判断并没有错。

一墙之隔,火光灼灼。初冬正午的阳光温润轻滑,跟澎湃的火舌相比,倒显得逊色多了。火堆一共四处,炙烤得院子里搁不下脚。一群力工装扮的胥卒分工明确,有的朝火中扔着物件,有的守着太平缸狎鱼桶,有的擎着扑火扫把,时刻防着火势蔓延。周忠被两个胥卒一左一右挟住,一边看着,一边抹泪。沈追倒是平静自若。吕璟面无表情地陪在一旁,犀利的目光直视对面站着的康川。火光和浓烟里,康川的脸影影绰绰,似乎笑得很得意。

"孙提举在,恐怕也得这样做。"沈追叹了口气,道,"还是那句话,投鼠忌器。"

"属下明白,只是——太便宜他们了。"

"也不算太便宜。暗账烧了不假,咱们还有个活的。"

吕璟一怔,下意识地回头看去。周忠早已哭成了泪人,嚷嚷着"把我也烧了吧",一个劲非要朝火堆里挣,两个胥卒死死拉住才没让他冲过去。吕璟朝胥卒做了个手势,两人把周忠架到一旁屋子里,关上了房门。

沈追道:"弄成这个局面,其实也怪咱们自己。说到底是技不如人,千算万算,还是漏了一手——门外头,是花长虫?"

或许是"技不如人"四字对吕璟刺激不小,他铁青着脸没有答话,只是重重地点了点头。

"又不是天塌下来了,不必气馁,只是未竟全功而已,今天算打了个平手。"沈追笑道,"让花长虫一个人进来,再叫上康川,咱们该去见见国公了。"

吕璟一怔:"叫他做什么?他可是在京房的人。"

沈追笑着摇头道:"不错,他是在京房的人,可也是咱们的人。大弘当,麦家园,是他的辖区,将来国公觐见两位圣人,给咱们弟兄请功,他得在功劳簿上做个见证。"

刘从德

昏倒之前，荣国公刘从德平生第一次看到了身首异处的画面。倒下的是张有辉，那个总是逢人见面三分笑的买卖人。刀起之前，他还是满脸讨好的笑。

康川把血淋淋的手刀扔在地上，转过身，朝刘从德叉手道："国公受惊了，下官——国公？"

刘从德已经无力回应，他的头耷拉在肩膀上，身子软绵绵地顺着椅子滑下，像是屋脊滚落的积雪。沈追一个箭步上前扶住他，探了探鼻息，左手搭在他腕子上，苦笑着抬眼看向康川，道："康兄，张有辉的确是该杀，但何必非要在国公面前动手？国公昏倒人事不省，咱们两个难辞其咎啊！"

沈追说着话，右手大拇指在食指、中指、无名指的中关节上依次轻点，最后从食指根部到指尖一划，无声地朝康川一笑。这是在京房的内部手语，意为"自己人，请予配合"。康川也是微微一笑，并不觉得意外，皇城司的内部手语黑话他也熟悉。既然沈追一口咬定刘从德"昏倒"，那就是真的昏倒了；既然昏倒，就是听不见声、看不见人，可以说些不便让他听到的话、看见的事了。

"的确是康某孟浪，不过金枝玉叶如荣国公，岂能任由张有辉这种小人威胁？"

在说话的同时，康川不动声色地点头。之后，他也熟练地打出皇城司的内部手语，表示"收到，照办"。点头是确认，手语则带了几分炫耀和揶揄。

"当然不可！"沈追斩钉截铁道，"事急从权，康兄本就是国公心腹之人，一心维护国公，相信以国公的英明睿智，也不会见怪的。"

康川慨然一笑，道："知我者，沈兄也。康某一片公心可昭日月，哪怕国公罪我怪我，也毫无动摇之意。"

沈追扶着刘从德坐好。刘从德仍是双目紧闭，一副气若游丝的模样。沈追在他胸口脊背细细摩挲，小声唤着"国公"，但他一直没有睁开眼睛。

"看沈兄的架势，学过医？"

"你我都是为了大宋天天刀尖舐血的人，少不了要给同僚瞧瞧伤病，雕虫小技不值一提。"

"国公没事吧？"

"幸无大碍——国公娇生惯养的千金之躯，估计连杀鸡都没见过的，何况是杀人？这个张有辉死有余辜，他刚才说那些诋毁国公的疯话，就是咱们听了也都义愤填膺的。国公一时间痰气淤心，想不昏倒都难。"

"国公涉险，是康某的过错，本该拦住的。"康川一本正经地叹息道，"国公慧眼如炬，看穿了张有辉间谍身份在前，为戳穿这个北房辽人的黑盘又不惜以身犯险在后，国公天潢贵胄仍有赤胆忠心，康某岂敢不舍命相陪？"

沈追暗中一笑，正色道："北房这个黑盘，皇城司也盯了好久，还是西府钱相和在京房康兄技高一筹，好生让人钦佩。"

"沈兄有所不知，此功告成，全是国公一人勇猛精进，一眼看穿了张有辉的伎俩，这才率领康某直捣黄龙。"

"康兄固然是自谦了，可国公体恤下情，必定会在太后、官家和钱相那里替康兄请功的——真是羡煞沈某啊！"

"沈兄也太客气，待国公苏醒过来，想起沈兄今日闯入龙潭虎穴，护卫国公周全之举，论功行赏何足道哉！不光是沈兄，就连我们西府礼房的主事周忠——"

"周兄奉康兄之命来我司报信，这正是在京房和皇城司精诚合作之始。往后同袍并进的机会还多着呢！此等大手笔大胸襟，怕是只有钱相才有的吧？"

康川似笑非笑地看着沈追，点了点头。两人这番真假虚实的对话，一面是说给刘从德听，一面也是彼此试探的讨价还价。话说到眼下，基本共识已经达成。刘从德看穿了张有辉的间谍身份，率领康川"直捣黄龙"，为的是一举端掉大弘当这个辽国间谍窝子；沈追带吕璟"闯入龙潭虎穴"，跟刘从德和康川可谓殊途同归，是因为得了周忠的密报，而周忠则是钱惟演派来跟皇城司互通有无、精诚合作的。有这两点共识做基础，剩下的故事就好铺排了。但试探总要有个结果,事情总要有个了结,刘从德也不能一直装着昏迷不醒,留给两人的时间其实并不多。

需要最后敲定的口径还有两处:一是如何处置周忠,二是如何处置那铁箱子里的货。而这两处究其根本,其实是一处。沈追和周忠来大弘当,是来提货的,可张有辉不讲规矩,见了当主本人也不让提,还情急之下搬出了正在后院嫖宿的刘从德。一个生意人,好好地开他的当铺和脚店就是,非要做马泊六;做了马泊六又不好好去做,还想拿这个要挟国公,康川不砍他的脑袋怎么跟国公交代?刘从德好色贪欢的毛病,朝野尽人皆知,张有辉为了巴结倒也是费尽心思,今日弄个辽国女子,明日找个高丽姑娘,后天再寻个西域菩萨蛮,变着花样吊刘从德的胃口。大弘当说是当铺,后院修缮得跟西鸡儿巷的妓馆相似,刘从德恨不得天天住在这里,夜路走多终遇鬼,可巧就碰上了来提货的沈追。而那周忠也果真是可恶,嘴里全无一句实话,能瞒一件是一件,没向沈追交代这十二箱货里,有两箱是张有辉的,大约存的也是事关性命的要紧之物。沈追要如数提走全部十二个箱子,张有辉怎能答应?当着众人的面,他一时急昏了头,竟然说箱子里有刘从德嫖宿狎妓的物证,落得个身首异处,说到底也是咎由自取——

"沈兄果然是料事如神。"康川咬着牙一笑,"促成皇城司与在京房合作,是钱相由来已久的想法。周忠此次是有功之人,看来也深得贵司信任,往后不妨就让他继续往来互通也好。"

"钱相高瞻远瞩,我司孙提举也正有此意。"

"至于铁箱里的货——"康川紧盯着沈追,等着他先开口。在京房让周忠做中间人,实际上就是默认他留在皇城司,不再执意要人。既然是讨价还价,在京房已经让了一分,就等着皇城司也亮出诚意了。

"沈某有个章程,还请康兄酌情考虑。"沈追道,"依我看,那铁箱里也没什么紧要的物件,无非是张有辉假托周忠之名存的私人之物。他能存什么?龌龊之人,必是些龌龊之物,人死了,留着又有何用?不如一把火烧了——当然,这还要等国公醒来再做最后决定。"

康川笑道:"诚如沈兄所言,那些龌龊之物烧了的好,何必再污了国公的眼?

将来行文上报两位圣人,康某觉得也不必提——等国公醒了,想必也会这么处置。"

话说到这个地步,不光沈追和康川讨价还价有了结果,刘从德也听明白了口径。沈追停住了手,关切道:"国公?能听见下官说话吗?国公?"

康川忍住笑,道:"还是康某去寻些冷水来,浇在国公脸上——"

刘从德只好悠悠一声长叹,睁开了眼睛,故作茫然地看着两人,又下意识地看着地上,忽然瞪大了眼睛。跟他两两相望的,是张有辉狰狞的一双眼,嵌在血迹斑斑的脸上。

钱惟演

开封宫城东西各有一门，东边的是东华门，西边的是西华门。西华门外的南北街是西角楼大街，东华门外的叫高头街，比西角楼大街窄上许多，也不长，只从东角楼到东华门外大街。路不宽不长，却是整个东京城最特殊的街道。说它特殊，确有两处与众不同。高头街西边是巍峨宫城，东边是繁华闹市，都是屋宇雄壮门面广阔，两侧森森高墙夹着一条石板小道，说不尽的幽深冷寂，此为其一。其二，中枢宰执每月逢五御前议政也好，东西二府的大臣官员每日入值办公也好，都得从东华门入宫城。一到卯辰之交，东华门外熙熙攘攘，官员们或乘轿，或骑马，或三五成群徒步，一般都刻意不走高头街，而是绕道马行街到东华门外大街，把高头街空了出来，留给参加御前议政的宰执们，具体地说，就是留给吕、晏、薛、夏、钱这五位执政相公。这条不成文的规矩由来已久，据说太宗朝就有了，于是高头街实际上成了宰执的专道。前不久高头街修葺道石，五相从马行街到东华门走了两遭，街面喧闹得堪比元宵，一街两行全是看热闹的，无不争睹大宋当朝宰执的风采。

宫城东角楼南侧是景灵东宫，供奉着先帝太宗、真宗御容。景灵东宫东角门处有个其貌不扬的独门院子，朝野间都称之为"景灵苑"。小院不显山不露水，却跟高头街一样，也是留给宰执专用，上朝前散朝后碰碰头、喝喝茶、说说事，这个环节必不可少。御前议政的话题总得先有个默契，一团和气是默契，争执红脸也是默契。官家还年轻，年轻就好哄；太后可是秉政持国近二十年的人，驭下的中枢宰执换过多少茬了，什么看不明白？所以不能总是客客气气，该吵也得吵。客气是为了让二位圣人宽心，吵架是给太后和稀泥的机会。但什么事情该客气，什么时候该吵上一架，就得五相事先有个商量。等议政完了，架也吵完了，脸也红过了，五相还得再聚一聚，把二位圣人的意思理出个头绪，该给东府的给东府,该给西府的给西府,有违祖制办不了的,也得商量出个办法怎么还给太后和官家。

不过五相之间,也不是总有默契。上次钱惟演气冲冲进宫告状,把皇城司"知情不报""擅自做主"的罪过一股脑讲给太后。因为涉及西夏和李元昊,太后也动了怒,当即让宦官去请今上赵祯,又派了田赐谷去传召孙从吾。钱惟演料到会让赵祯和孙从吾来,却没料到晏殊正给赵祯讲学,便一道来了。这就让钱惟演有些尴尬。天圣九年,晏殊刚满四十岁,却已当了十几年帝师,可以说是陪着赵祯长大的,深得赵祯信赖依仗自不待言,太后和真宗对他也是推心置腹。太后对真宗朝重臣多有怨怼,赵祯刚一即位,罢官的罢官贬黜的贬黜,晏殊则岿然不动,反倒在天圣元年就升任枢密副使,从此位列宰执,天圣六年起又转任三司使,掌管大宋财政,号称"计相"。不管职位如何变动,有一个衙门始终在晏殊辖下,那就是皇城司。或许在两位圣人看来,皇城司这把利器交给谁都不如让晏殊管着放心。这边钱惟演狠狠告了皇城司一状,那厢皇城司的最高长官便到了。太后当着晏殊的面把孙从吾怒斥一番,晏殊自始至终没多言语,只是跟赵祯一起劝太后息怒。劝到最后,太后撂下一句话便拂袖而去,让晏殊和孙从吾将皇城司近期过失好好梳理检讨,交由几日后的御前议政上公议。

到了御前议政这天,钱惟演照例先到了景灵苑。昨天晚上,他接到了晏殊的亲笔手札,信中说吕夷简和薛奎告病,夏竦出京巡视地方未归,参加御前议政的只有他和晏殊,并约他在景灵苑先碰头,再一道进宫。除非有突发军国大事,御前议政每月例行三次,五相一月一替轮流主持,本月轮值的正是晏殊。拿到手札后,钱惟演看过一遍,不由一阵冷笑。夏竦出京还是上个月的事,隔着山山水水,回不来倒也正常,吕夷简和薛奎这两个老狐狸肯定是听到了风声,不愿掺和皇城司和枢密院这池子浑水而已。

"钱相若是这样想,可真就小瞧了吕薛二相了。"

说话的是胡垚。他常住钱府,又有秉烛入眠的习惯,书斋兼起居的房中彻夜灯火不息,钱惟演总要在这里逗留到夜深才离去。胡垚剪了烛芯,高台大蜡剧烈地跃起光芒,衬得他本就佝偻瘦削的身形更加苍老。

"他们两个——难道还有别的心思?"钱惟演自言自语,忽地一笑,"先生要说的，我多少明白些了。不是他们俩告病，是晏殊给两人通了气，不让他们去见太后和官家，可是吗？"

胡垚苍然一笑，点点头，道："钱相看得透彻，不枉老夫我一番参赞谋划的苦心。明日的御前议政，焦点核心当然是皇城司，轻则受斥，重则整肃。所谓整肃，重点在人事。中枢宰执里，管皇城司的是晏殊，他在太后和官家心中地位不可动摇，除非是带头谋逆——他是十几年帝师，先帝和太后一手提拔的，谋谁的逆？板子打不到晏殊身上，只好另寻他人。"

"提举孙从吾？"钱惟演皱眉道，"大中祥符八年那场大火，他对官家和杨太妃有救命之恩。在太后那里，官家是儿子，太妃是姐妹，如果这两人一起求情，太后能下得去手吗？"

"寻常的过错，或许下不去手，如今局面不同了。"胡垚拨弄着炭火盆，淡淡道，"从董齐庵败露北逃，高丽使团遭刺杀开始，皇城司昏招迭出进退失据，沈追、宋崇和许沂身上的把柄还少吗？最近蕃坊大火，兜率寺遇袭，开封都成了外邦势力放火杀人的修罗场了，皇城司干什么去了？李元昊混在使团里在东京城这么久，皇城司竟然蒙在鼓里，得到消息又擅自做主没有上报，这过错还小吗？"说着话，胡垚朝桌上指了指，"老夫写了几条，都在那里，钱相明日可以酌情一用。"

钱惟演兴致大起，上前展开了纸笺，跃入眼帘是五个大字"皇城司十误"，便读道："董齐庵潜伏二十年而不察，误其一也；放任董齐庵北逃，误其二也；高丽使节遇刺，误其三也；律事房提点许沂涉嫌通敌，误其四也；铁屑楼西夏使节被刺，误其五也；坐视祆教蕃坊大火，误其六也；兜率寺遇袭而不防，误其七也；李元昊随西夏使团进京而不察，误其八也；探知李元昊行踪而不报，误其九也；自行处置外邦事务，误其十也——"

"有这十条，扳倒晏殊当然不够，但对付孙从吾绰绰有余了。"胡垚道，"所以，晏殊刻意知会了吕夷简和薛奎，让他们明日不要进宫，他两人心有灵犀，便一起告了病。"

钱惟演一愣："这又是为何？大敌当前，难道不该多几个帮手吗？"

胡垚静静地一笑，道："大敌当前，帮手并非越多越好。如果明知凶多吉少，败局已定，何必让帮手们都来送命？再者说，帮手也有真假之分，真帮手来了难免一起遭殃，假帮手来了故意帮倒忙，恐怕死得更惨。"

"以先生之见，谁是真帮手，谁是假帮手？"

"吕、薛、夏三人，吕夷简才是真正的老狐狸，他不会帮任何人的。之所以谁都不会帮，是因为他只帮太后和官家，除此之外，他不会为任何事任何人出头。对晏殊而言，他不是假帮手还能是什么？"

"那薛奎呢？"

"至于薛奎，先帝曾说他本性刚毅笃定，临事持重明决，为政严敏清正，这种评语是多少士大夫一辈子的梦想。如今他宦海浮沉四十年，早就什么都看透了，也不会再对什么动心，只求风风光光死在任上，得一个好谥号。皇城司权势熏天，办案百无禁忌，行事多有违圣贤之道，薛奎其实是看不惯的。但他也明白，安邦定国少不得皇城司这把利器，况且眼下替两位圣人握持这把利器的是晏殊——薛奎跟晏殊是什么关系？天圣八年晏殊做主考官，取的状元是王拱辰。王拱辰是谁？薛奎的女婿。有这千丝万缕的勾连，薛奎不会落井下石，也不会轻易雪中送炭，所以，他是个半真半假的帮手。"

"看来，只有夏竦是个真帮手了？"

"夏子乔嘛，他二十岁就跟着宰相王文正公修国史，是先帝当成宰执苗子来栽培的，若论圣眷，并不比晏殊低。先帝龙驭归天，太后提拔新人，天圣元年他还是正六品礼部郎中，天圣五年就成了正二品的参知政事。钱相想想，夏竦深得太后眷顾，太后不发话，他会出头帮晏殊吗？"

钱惟演沉思片刻，忽然道："夏竦现在哪里？"

"据在京房探报，他三天前到了南京应天府。"

"应天府——若是想回来，一天就到了。"

"开封朝野的消息，夏竦了如指掌，他故意不回，是没有猜透太后的真实态度，也忌惮万一帮不上忙或者帮了倒忙，反而得罪了太后或官家，甚至是同时得罪。人家毕竟是母子，太后毕竟也从未说过不还政给官家；就算有了些许罅隙，母子之间有什么说不开的？夏竦身居高位，人也年轻，仕途还长，自然不想被拿下。殊不知拿下与否，又岂是他能做得了主的？所以在老夫看来，他也不是晏殊的真帮手。"

钱惟演笑道："说来说去，晏殊枉为帝师十几年，满朝竟是一个真帮手都没有了？"

"有的。当朝宰执里就有的。"胡垚平静地看着钱惟演，没有再说话。钱惟演倒是一愣，细细思量过后，竟是腾地站了起来，声音都变了腔调："先生是说——"

"不错，晏殊的真帮手，就是钱相。"胡垚微微一笑，"钱相先坐，且听老夫慢慢讲。"

钱惟演摇摇头，他实在是坐不下去。胡垚的话太过耸人听闻。钱惟演心旌摇荡，缓缓踱着步，道："还请先生为我析之。"

胡垚轻抚桌案，道："做官做到宰执之高位，为人一冷一热、做事一进一退都要看局势。如今是天圣九年，再加上乾兴元年官家即位未改元，官家已经做了整整十年的天子，虚岁都二十二岁了。大宋的惯例，一个年号不超过九年，明年肯定要改元的。若官家在第三个年号还不能亲政，是要出大事的。太后当然是不愿还政给官家，台谏言官当然也要群情耸动来抗议——当朝宰执若只有一个铁了心做帝党的，就是晏殊；能推动台谏言官阻挠太后继续垂帘听政的，也只有晏殊。太后此番让钱相和晏殊御前公议检讨皇城司，所为何故？"

见胡垚发问，钱惟演沉吟道："我的在京房和晏殊的皇城司是死对头，太后心知肚明。她这样做，是借我之手敲打晏殊，也是给台谏言官们看。"

"不止于此，除了晏殊和台谏言官，还要给官家看。"胡垚微笑道，"钱相，这才是太后的真实用意。"

"太后——真的要学武后？"钱惟演骇然道，"这不可能！"

"当然不可能。时势不同，大宋不是大唐；人也不同，太后绝非武后。这一点太后自己最清楚。不过太后也是肉体凡胎，人已老了，年老恋权，不肯撒手而已。官家又是从小读的圣贤书，最讲一个孝道，跟太后反目是做不来的。老夫敢断定，太后和官家已经有了默契，太后有生之年，官家绝不提亲政二字。但事关国本，母子之间再有默契，又防得住天下人之口吗？所以太后此举，也是试探官家。检讨处置皇城司，冲的是晏殊，敲打晏殊，就是敲打官家——老娘的权力可以给你，也早晚会给你；但老娘不给，你不能抢。"

钱惟演驻足聆听，忍不住道："那我帮晏殊，岂不是触怒了太后？"

"非也，非也。"胡垚摇头笑道，"在太后心里，在官家心里，在满朝文武心里，钱相都是不折不扣的后党，这个身份怕是没办法改变了。钱相明日替皇城司说话，太后不但不会怪罪，还会认为钱相真有容人之雅量，对吕夷简、薛奎和夏竦的骑墙观望也会心生怨怼。这还不是主要的。"他顿了顿，又道，"老夫曾给钱相献策，钱相还记得否？太后在世，钱相无论如何是做不到宣麻拜相的，因为祖宗之法在那里。所谓事为之制、曲为之防，谁让钱相您是太后的亲家呢？而太后不在了，官家真正掌了权，才有可能遂钱相之愿。明日御前议政，钱相务必要做个真帮手，帮晏殊和皇城司渡过难关。那么在官家心里，在晏殊心里，在满朝文武心里，钱相就不再仅仅是太后的人了。"

钱惟演难以置信道："仅凭此一件事，就会认为我是官家的人？是帝党？"

"钱相何必在意党与不党？将来太后不在了，后党还会有吗？后党没有了，帝党还会有吗？钱相一片公心，既是太后的人，也是官家的人；既维护了太后的颜面，也没有让官家吃亏。这境界这胸襟，晏殊是做不到的——不是他无能，而是他不能，他只能一屁股坐在官家那里。相反，钱相做得到。大宋祖宗之法，官家与士大夫共治天下，钱相既是后党也是帝党，既非后党也非帝党，那天下士大夫众望所归不偏不倚之人，就只有钱相了。等官家亲政，除了晏殊，官家还能用谁？继续用曾经袖手旁观的吕、薛、夏吗？泱泱大国，总要有人赞襄理政，钱相您便是不二之人选。"

……

一夜长谈，言犹在耳。钱惟演在景灵苑正房端坐瞑目养神，心头的波澜再难以平定。直到门外脚步声响起，他才睁开了眼睛。晏殊已经在眼前了。

晏殊

放下手里的纸笺，晏殊笑道："可惜如此好下酒物，却无酒可饮，堪为憾事。"

"晏相英年老成，宰相气度，钱某实在佩服。"

钱惟演这话带了几分真意，听话听音，晏殊是何等通透的人物，当然听得出来由衷之味。两人心照不宣，都是一笑。晏殊道："晏某斗胆一问，这十误，是否出自峻高先生手笔？"

"正是。"

"有峻高先生朝夕相处，钱相好福气。峻高先生大才，惜乎缘吝一面，不知可有话请钱相带给晏某？"

"有的。"钱惟演笑着点头，缓缓吟道，"满目山河空念远，落花风雨更伤春，不如怜取眼前人。"

这首小词，词牌名为《浣溪沙》，首句"一向年光有限身"，是晏殊在天禧二年所作。那年升王赵受益被封为太子，赐名赵祯，原升王府记室参军晏殊升任太子舍人，真宗在太子东宫赐宴。宴席后晏殊作了这首《浣溪沙》，不过当时并未拿出来示人。四年后乾兴元年，真宗晏驾，主少国疑，宰相丁谓、枢密使曹利用联手揽权，想要架空太后母子，宫里宫外僵持不下，朝廷百官疑惧观望。危急时刻晏殊挺身而出，提出效仿汉唐故事，由太后垂帘听政，如此一来臣子奏答外不见内，面前决策的还是官家，既保全了国之礼仪，又杜绝了权臣专政。一时间满朝文武除了丁、曹二相，无不嘉许晏殊多睿智有担当。太后投桃报李，升了晏殊正二品枢密副使，正式放进了中枢宰执班子。那年赵祯刚满十二岁，奉太后命赐宴晏殊，亲自给他斟酒为贺。世人皆知晏殊工诗善文，尤善小令，满座公卿便起哄让晏殊献艺填词，晏殊也不推辞，拿出的就是这首旧作《浣溪沙》。

"晏相的词好，作的时日好，示人的时日也好。"钱惟演笑道，"所谓天时地利人和，晏相这首词算是都有了。"

晏殊沉思良久，脸上露出笑意，莞尔道："钱相谬赞了。还请钱相转告峻高先生，晏某也有话相送——"他指尖轻点桌案，慢慢道，"瘦玉萧萧伊水头，风宜清夜露宜秋。更教仙骥旁边立，尽是人间第一流。——这首《对竹思鹤》，说尽了第一流物、第一流景、第一流情、第一流人。晏某能与第一流之人共事于朝，辅佐二位圣人，平生愿足矣。这是晏某肺腑之言，不知钱相有何见教？"

胡垚送晏殊的，是晏殊的《浣溪沙》；晏殊回赠胡垚的，是钱惟演的《对竹思鹤》。诗词酬唱，原本是文人雅事，放在景灵苑里、皇城根上，倒别有一番深意。房中只有晏殊和钱惟演两人，需要怜取珍重的"眼前人"无非就是彼此，这是钱惟演率先放出的善意；而晏殊援引了"尽是人间第一流"回赠，也就是大大方方告诉钱惟演，彼此都是"第一流人"，既然如此，不妨真就摒弃前嫌，相互扶携一遭。

钱惟演看着晏殊，干脆利落地点点头，道："今日御前议政，钱某自有分寸。只是在太后那里，皇城司多少要有个交代的。"

晏殊深知这"交代"意味着什么。太后让"检讨"，口气已经很重了，不交出个人受罚担罪，怕是过不去这一关。他跟孙从吾推演过多次，最坏的结果，就是不得不牺牲掉孙从吾，由晏殊直接暂管皇城司，再另寻其他信得过的人接手。至于人选，孙从吾提了两个——沈追和宋崇。晏殊权衡再三，认为宋崇更为合适。沈追毕竟背着董齐庵的案子，又被李焘检举，通辽的嫌疑一时半会儿洗脱不净，搁在提举的位置实在说不过去。

"孙从吾提举应该很快就过来。"晏殊微微一笑，道，"到时候，自然会先给钱相一个交代，再一起进宫觐见两位圣人。"

"孙提举——着实有些可惜了。"

这几年皇城司跟在京房明争暗斗，在京房吃亏的地方多，得便宜的地方少，上自钱惟演下至康川、关六奇和在京房卫卒，无不对孙从吾恨得入骨入髓。钱惟演自己都想不到，有朝一日竟会说出"可惜"二字。孙从吾是科举正途出身，正经士大夫身份，又不是谋逆造反的大罪，理当祸不及死，但他执掌皇城司日子太久，办的案子太巨，得罪的人太多，就算是贬谪到了地方州府县，报复寻仇者又怎会放过他？天圣七年枢密使曹利用坏事，被太后贬到房州安置，路上不堪押解欺凌奚落，又被仇人百般威逼，走到襄阳驿再熬不住，索性一根绳子自我了断。想当年曹利用孤身赴辽军大营，与辽圣宗耶律隆绪和萧太后唇枪舌剑寸步不让，最终达成澶渊之盟，那是何等的壮怀激烈，到头来不也在贬谪路上死于非命？孙从吾再强悍英武，能比得上曹利用？如能留在开封，还能在皇城司羽翼之下苟全性命；一旦被贬出开封，怕是只有死路一条了。晏殊给孙从吾的兜底之计，是拼着脸面求太后恩准，让孙从吾转任到三司，他是计相，管着三司三部十八案，找个位置不难；但这样一来，结党营私官官相护的痕迹太重，台谏言官们可就大有文章可做了——

见晏殊不语，钱惟演便道："若是晏相有不便之处，西府二十四房，总能替孙提举找个安身之所。晏相放心，只是在枢密院挂个名而已，人不必来的。"

晏殊似乎有些意外，又斟酌片刻，竟是起身朝钱惟演一揖，道："钱相用心良苦，正是雪中送炭，晏某代孙提举谢过了。"

话音刚落，钱惟演还未来得及还礼，门外一连串急促的脚步声，顷刻间门就开了，进来的果真是孙从吾。晏殊回身，不动声色道："孙提举，钱相正说到你，刚解了你我燃眉之急，还不快谢过钱相？"

孙从吾虽不明就里，但见晏殊发了话，马上躬身一揖，道："孙某谢钱相相助！"

钱惟演含笑颔首，道："些许小事，何足挂齿？"

晏殊道："钱相举手之劳，却是孙提举安身立命的大事——可以进宫了吗？"

在两位宰执相公面前，孙从吾不敢有丝毫造次，简短道："下官恭请两位相公进宫，皇城司人等随从护卫。"

钱惟演倒有几分讶异。朗朗乾坤天子脚下，当朝宰执进宫御前议政，再正常不过的事了，何曾用得着随从护卫？可听孙从吾的口气，丝毫不像是官样客套的说辞。狐疑间出得门去，钱惟演不由得大吃一惊，小院里停着辆行什车，他来时的座车却不见踪影；院里站着一队皇城司胥卒，为首的正是沈追和宋崇，只是两人身上都带着伤，脸上还有血迹，宋崇肩头更是触目惊心地插着根弩箭——再驽钝的人也看得出来，两人刚刚经历了一场血战，连伤都没来得及处理。

钱惟演惊道："晏相，这是——"

晏殊平静道："孙提举？"

孙从吾躬身一揖："皇城司自提举以下，恭迎两位相公登车！"

院中人等皆是叉手长揖。晏殊低声道："钱相勿惊，车上再细细跟钱相解释。"

行什车与寻常马车不同，取神兽行什"背生双翼，怀抱宝杵，布雷击电"的神迹寓意，从顶盖到辐辏全都层层加固，连所驾之马也是具装披铠、水火不侵、重击不溃，是皇城司压箱底的宝贝，一共三辆，轻易不用，钱惟演也是三年前陪着辽国丞相张俭参加冬至日郊祀大典，方才坐过一次。

等晏殊和钱惟演落座，行什车缓缓启动，晏殊方才微笑道："钱相，不是晏某小题大做。昨天皇城司接到暗钉线报，今天在高头街上会有刺客行刺。晏某约钱相在景灵苑先见面，见面时，安排了钱相和晏某的座车先行进宫，果然在高头街遇袭。刺客被一网打尽，活口已经押送延真观过审。为安全起见，不得不请钱相移驾到行什车上，晏某陪钱相一道进宫。"

钱惟演是吴越国钱氏王族后裔，生长在堆金积玉地、温柔富贵乡，除了始终距离宣麻拜相一步之遥外，一生仕途通畅，再无遗憾之事。至于遇袭、行刺更是从未有过，匪夷所思。闻听晏殊此言，钱惟演蓦地感到周身寒意，稳了稳神，笑道："晏相定然不会小题大做的。只是钱某自忖，未曾有过非要讨命的仇人，到底是何方刺客？是大宋还是外邦？"

"这个案子扑朔迷离，行刺的消息，是在西夏翊卫司的暗钉传出来的，不过行刺的，却是辽国刺机局的人。还有一个疑点，刚才钱相提到了讨命二字，刺客似乎并无讨命之意，根据晏某和孙提举等人的初步判断，他们只是想劫持。"

钱惟演觉得更加不可思议，摇着头慢悠悠道："光天化日之下，首善之区皇城根上，竟然劫持当朝宰执？北虏，到底想干什么！"

钱惟演的语速很慢，他需要缓一缓。一切都太巧合了。眼看着皇城司被太后问责、孙从吾身陷泥沼之际，忽地冒出一场不明不白的刺杀，结局却是皇城司力挽狂澜、擒杀刺客——会不会是孙从吾穷途末路的求生之计？自己和自己下了局棋，黑子是他，白子也是他，整个棋局都是给人看的，给太后和官家看，也给钱惟演看。他本来打定主意，要给晏殊当个真帮手，此刻不禁犹豫起来。可转念一想，连他都认为有几分可疑，那么太后也不会全听全信，又涉及西夏翊卫司和辽国刺机局，难免会降旨彻查。这局棋起得仓促，一旦被查出丝毫破绽，不但孙从吾万劫不复，连晏殊都会大受牵连，这也太冒险了，绝不是晏殊平日里老成持重的秉性。再退一步讲，如果高头街刺杀一事真是皇城司做局，也是在他主动向晏殊示好之前，那时在晏殊心里，他还是不折不扣的对手——

"钱相息怒，延真观里没有审不出来的秘密。晏某已经给提牢房说过，若是今晚审不出来东西，晏某就扒了他们的官服。"见钱惟演默然无语，晏殊叹道，"刚才在景灵苑，钱相的话晏某感怀于心。只是当时当刻，行刺还未发生，晏某还不能直言相告，并无有意隐瞒的意思。眼下抓的活口颇多，提牢房人手不足，如能蒙钱相出手相助，晏某想请在京房康提点参与审讯，以期尽快有个结果——还望钱相应允。"

说到此处，晏殊出乎意料地欠了欠身子，向钱惟演叉手一揖。行什车虽然宽大，却也不能直立，若是在平地，晏殊这就是长揖大礼了。宰执五相中晏殊排在第二位，钱惟演敬陪末席，这样的话从晏殊嘴里说出来，对象还是钱惟演，搁在以往万无可能。提牢房有的是专司折狱详刑的髑髅卒，只会嫌关的人太少，髑髅卒怎会人手不足？就算提牢房人手真不足，皇城司一处四房五千军，本司里到处都是帮忙的人，又何必屈尊向在京房求援？钱惟演此时已是心中有数，忙微笑还礼，道："晏相客气了，被抓刺客的鞫谳是大事，钱某当然有力出力，绝不吝惜。不过这是后话了。眼下要紧的，是马上就要觐见二位圣人，如何奏报，不知晏相可有章程？"

晏殊说得真挚，钱惟演回得精妙，派不派康川先按下不定，又提醒晏殊马上要觐见，帮不帮忙还在自己一念之间。晏殊闻言也是微笑，道："皇城司接连出事，晏某有负两位圣人之托付，实在惭愧，自会当面奏请责罚。提举孙从吾难辞其咎，应予以训诫严斥，令其戴罪立功以观后效。探事房提点沈追疏于职守，进退失据，连酿大错，应令其去职反省，交由律事房严加甄判，探事房一干事务，暂由刑事房提点宋崇代管。——钱相，以为如何？"

第十章・故国山川空泪眼

沈追

出保康门的时候，天正晌午，却莫名其妙阴了天，阳光昏疲，一群寒鸦打着旋从城门上空掠过，阵阵鸦鸣摄魂，像涂了鸾胶般粘在耳朵里，再也碰不得、抹不去。沈追身边还有两个人，都是在京房的卫卒。两个卫卒留足了情面，跟沈追保持着两三步的距离，虽是押解，却没有真的押解那般刻薄辱人——大概出发时得了康川的授意，不然以在京房和皇城司水火不容的关系，绝不会这样客气。

半个时辰前，太后和官家的旨意传出来，在崇政殿外候着的众人异常平静。在场的有皇城司沈追、宋崇、许沂、舒正臣四位提点，皇城亲从军指挥使罗镇，在京房提点康川。大家都是心窍玲珑多思善断的人，对已经发生的事，将要发生的事，都有大致的预判。御前议政没有进行太久，田赐谷就出来宣了旨，结果并无太大意外：沈追一人扛下了皇城司所有罪过，去职接受甄判，只不过不是在皇城司内，而是交由在京房监管；探事房归孙从吾直属、宋崇襄助。三言两语宣完旨意，田赐谷朝众人叉手一拱，转身便走。康川见状上前一步，拦在了他面前，笑道："老田，都是再熟不过的人，怎么弄得这么生分？多少再讲几句嘛，没人叫你是啰唆鹄。"

"啰唆鹄"是田赐谷的诨名，意为他平日里讲话啰里啰唆，像是叽叽喳喳的鹁鸪鸟。田赐谷涨红了脸，道："咱家今日不想多说甚话。其实也不是咱家不想说甚，咱家平常都是有甚说甚，木甚也要说些甚，康提点是知道的，各位官爷也是知道的。不过今天跟平常不一样，确实木甚好说，既然是木甚好说，提点让咱家说甚呢？说些废话么？咱家最不喜欢的就是说废话，废话说起来最木甚意思的，木甚意思的话就不说了吧。"

众人关心的除了刚才旨意上的条目，还有两位圣人对高头街刺杀的态度、对辽国和西夏的态度，以及当下孙从吾甚至是晏殊的处境。旨意上把皇城司的过错全算给了探事房、算给了沈追，还让孙从吾直管探事房，那么孙从吾身为皇城司最高长官，到底需不需要担责？有没有处分？是怎样的处分？会不会牵连到晏殊？——这都是关系到皇城司前途命运的大事。在皇城司这几位提点、指挥使里，沈追和宋崇跟田赐谷最熟，不过两人一个刚遭贬黜，一个刚受重任，都不便说什么。许沂和田赐谷交情平平，他本人也是个冷脸汉子，旁人不来搭话，他是绝不会主动开口的。倒是舒正臣因着管辖延真观铁狱，替田赐谷行过不少方便——但这是没法明讲的事，又在这个节骨眼上，他犹豫着是不是上去打个招呼，问问殿里的状况。眼看着田赐谷车轱辘话说了一院子，拔腿就要溜了，皇城司的几位还是无人上前，许沂心急如焚，低声对旁边的罗镇道："当平兄跟田公公相熟，何不去问问晏相和孙提举的事？"

罗镇跟田赐谷同在宫内值守，每天抬头不见低头见，当然熟悉得很，私下也常喝些闲酒、聊些闲话。相对于同司的几位提点，罗镇最关心的是孙从吾，他本想晚上当值之时约田赐谷见个面，当面问个清楚，但许沂情急之下这么一催，他就不便再沉默下去了，便叫了声"老田留步"，快步赶了上去，赔笑道："老田，大家都这么关心殿里的事，多少再说几句嘛。"

舒正臣见状，自知再装聋作哑就要坏事了，万一孙从吾好端端过了关，得知今日情形肯定会怪他凉薄，只好也凑了上去，道："老田——"虽然声音不高，却是一把抓住了他的胳膊，笑道，"看今天这情状，不再啰唆几句，哥几个决不会放你走的。"

田赐谷此刻被康川、罗镇和舒正臣围住，根本迈不开腿，急得团团转，道："你们这些当官的就知道欺负咱家，咱家也是命苦得紧，就木遇上甚好人。若都是像晏相、钱相那样的好人，像孙提举那样的好人，怎么会拉着咱家不许走？"

康川索性拉住田赐谷另一条胳膊，笑道："公公说钱相、晏相和孙提举是好人，好人都是有菩萨保佑、遇难成祥的呢。"

"菩萨当然要保佑两位相公和孙提举，好人好命嘛！咱家就知道几位是关心自家长官，几位也都是好人，好人好命。再等等，再等等，咱家一向是有甚说甚，几位也都是有头有脸的场面人，场面人都比咱家聪明得紧。几位想想看，既然有旨意给殿外的诸位，当然也有旨意给殿里的两位相公和孙提举。"见三人个个赔着笑脸，却毫无让开的意思，田赐谷急得满头是汗，"你们三位拉着咱家也木有甚用，等两位相公出来了，孙提举也出来了，不就甚都知道了？咱家还要去复命呢！咱家不去复命，两位圣人不见咱家去复命，怎么会让两位相公和孙提举出来呢？"

许沂放下心来，过去替田赐谷解了围。见他一溜烟小跑进了崇政殿，在场的众人又都沉默了起来，各自回到刚才的位置。沈追和宋崇站得较远，方才田赐谷的话却听得真真切切。沈追道："幸得孙提举无事，皇城司也就无事了——临岳，探事房那边，全靠兄弟关照了。"

宋崇肩头的伤口还渗着血，他勉强一笑，没有言声。沈追又朝康川道："济民兄，既然旨意已经有了，沈某现在是济民兄的囚犯，请兄发落吧。"

沈追如此一说，皇城司众人不由得齐刷刷看向康川。虽然都料到了两位相公不会反目，但对沈追的处置仍是疑点重重——把沈追交给在京房，无异于羊入虎口，这到底是晏殊丢卒保车的无奈之举，还是钱惟演用心良苦的仗义保全？若是前者，毕竟曾经同司共事，不免心生芝焚蕙叹之感；若是后者，又不禁要问钱七郎何至于此？难道真有要命的把柄被晏殊握住，不得不委曲求全？

但他们并不知道，在钱惟演等候召见之前，闻讯赶来的康川已经跟他见过，并呈上了胡垚的密信。信很短，一看就是匆匆写就。胡垚在信中告诉钱惟演，高头街刺杀不会是皇城司有意做局，昨晚既定的方案无须改变，要坚持保晏殊、保孙从吾，唯一的调整，是将沈追的皇城司内部甄判改为交由在京房甄判，从明面上讲，这是给了皇城司一个旁证清白的机会，晏殊和孙从吾没有拒绝的理由；而从暗地里看，有了沈追这个特殊的"人质"在手，也给钱惟演留足了可进可退的余地，实在是一箭双雕的神来之笔。

康川不慌不忙地转过身子，淡淡一笑："沈兄这是哪里话？你我是同行，保的也都是大宋江山，所谓兔死狐悲物伤其类，沈兄是不是通辽奸细，就算别人不清楚，康某心里还是有数的。沈兄蒙冤，在京房定会为沈兄讨一个清白。"他一边说着，一边看了看宋崇等人，继续道，"钱相已有安排，委屈沈兄去职交接之后，先在家里待上几天，不要出门，也不要会客，只当是予告休沐，好生歇歇。在京房会尽快按旨意办好一切——沈兄,康某的话说明白了吧?"

"予告""休沐"都是朝廷制度,褒奖有功官员在职休假。康川这样讲,搁在以往就是幸灾乐祸的意思,但今时今刻,他的神态话语间却是情同此心的劝慰。听他如此这般说来,许沂、宋崇、舒正臣和罗镇都是神色肃然,朝康川深深一揖。

崇政殿和皇城司相去不远,步行片刻即到。沈追和宋崇回到司里,旁边两个卫卒影子般寸步不离,却也不催,耐心地等两人办好交接,这才跟着沈追出了左承天祥符门,再出了东华门,沿东华门外大街走到建院街,一路向南经马道街出了保康门,在保康门桥上看着悠悠蔡河水向东流去——下一座桥是高桥,高桥边麦秸巷里,便是沈追的家。

刚到巷子口,就听见远处阵阵人声喧闹犀利,分明是有人在争吵。沈追暗自苦笑。在沈宅门外,已经站着一队卫卒,为首的卒头正跟郭婆争执。郭婆跟人吵架的功夫如臻化境,仿佛是从娘胎里带出来的,数十年修为精进,就是开封府最有名气的讼师神棍唐见了她,都未必能嘴上占到便宜。卒头年纪在三十来岁,光头无帽,范阳笠拿在手里呼呼扇着,紫了面皮一句话也说不出来。只听得郭婆道:"八月节都过了,霜降都过了,眼瞅着就要立冬,牲口不都在春天才发情么,怎么今天这么聒噪?光天化日的,拿着刀掂着攮子,堵着良家百姓大门口不让进出,嚷嚷得跟叫春似的——军爷,老婆子我不识字,你给批讲批讲,这是一群什么牲口?是不是老婆子我找个骟匠来,把这群牲口一个一个都骟了卵蛋,就不叫唤了?"

卒头恼得连连叹气,却全然接不上话,好容易寻到话茬,刚开口说了一个"我"字,便被郭婆抢过去道:"军爷这是什么话?张口闭口就是我我我,敢问军爷穿着一身官衣,吃着满肚子皇粮,心里头就只有一个我?就没有大宋百姓?就没有皇宫里的太后、官家?老婆子我不识字,我也听人说书,讲什么食君之禄忠君之事,讲什么忠臣良将乱臣贼子,真要是有把子力气,去把幽云十六州抢回来多好?不敢上阵杀敌,也行,老婆子我家的鸡丢了,拿个蟊贼难不难?敢不敢?连只鸡都找不回来,连个蟊贼都抓不住,就知道欺负老百姓!老婆子我告诉军爷,东京汴梁开封府是什么地界?天子脚下!老婆子我豁出老命去登闻鼓院，把那登闻鼓敲得山响，别的不说，就说一队军爷冲老百姓舞枪弄棒，不让出门买菜做炊，活活地要饿死老婆子我啊！"说到此处，郭婆上前一把拉住卒头，发狠撒泼道，"饿死多难受，军爷索性给我一刀，来个痛快的吧！"

几个卫卒再也看不下去了，叫嚣着围上要动手。郭婆功夫都在嘴上，再凶悍也不敌真刀真枪真拳脚，之前一直没打起来，是因为卒头知道沈宅主人的底细，一直拦着手下。此刻被挤兑得实在颜面扫地，卒头干脆睁只眼闭只眼，放任卫卒抱腰扯袖把郭婆制住，一个卫卒抡圆了胳膊，眼看着大耳刮子就抽上了，沈追赶紧高声叫道："几位弟兄手下留情！"

沈追这么一喊的工夫，身边的两个卫卒早小跑过去，一个拦住了要动手的卫卒，一个跟卒头附耳低语了几句。卒头见沈宅本主到了，喝住手下放开了郭婆。郭婆还要再不饶不饶折腾，沈追忙过去拦住她，连拉带拽扯进了沈宅。卒头盼咐卫卒们守在门口，朝门里嚷道："每日卯时申时，可以出门购置蔬食，其余时间还请提点闭门居家——都是吃着朝廷饭的，还请提点有个帮衬，莫要让弟兄们为难！"

郭婆气势汹汹又冲到门口，刚要张口，被沈追拉在一旁。沈追朝卒头叉手一礼，砰一声关上了宅门。直到这时，柴房门才开了个口，夫人杜媛珠惊惧万状，一手扶着门框一手攥着根银簪子，短袄领子松开，露出了葱白般的脖颈。见是沈追，她手一松，银簪落地，锋利的簪尖斜刺着扎在地上——银簪是成婚之夜，杜媛珠问沈追要的，说她听舅母讲过，家里男人在皇城司做事，难免得罪人，也就难免遭人报复，有个簪子在手一是防身二是避免受辱。杜媛珠的舅母是孙从吾的夫人，这舅母虽然只是勉强还在五服的远房亲戚，却也是在开封除了郭婆，杜媛珠唯一可以来往走动的熟人，向来当成神明般敬奉。沈追听了啼笑皆非，挨不过她一再讨要，去界身巷银匠张首饰铺打了根簪子；为讨好郭婆，又给她买了双手镯。杜媛珠对银簪极为中意，私下打磨开刃，不小心划破过手指，被郭婆呼天抢地闹腾了一通，说是沈追存心害死夫人好另娶新妇。那时沈追新婚不久，还没完全见识郭婆的能耐，忍不住嘟嚷反驳了几句，郭婆立时发作，说他既然要害杜媛珠，想必那镯子上也淬了毒，明日就要去开封府告状。沈追勃然大怒，再也按捺不住多日来郁积之气，跟郭婆大吵一架，输得心服口服，自此退避三舍，免战牌高高地挂起。

杜媛珠身子软绵绵倒在地上，沈追健步过去扶着，她不由得悲声呜咽，两手死死地拽住了沈追，再讲不出一句话来。郭婆挪步过来，也陪着抹泪，道："都说嫁汉嫁汉穿衣吃饭，官人给了衣、给了饭，怎么不给个人呢？知道你整天忙大事，不说天天回家，个把月回一次，总办得到吧？人回不来，捎个信能办得到吧？信也捎不回来，别招来一群如狼似虎的官差，总办得到吧？都说你们皇城司的人没人敢惹，怎么到官人这里，就不作数了呢？"

沈追无心跟郭婆纠缠，缠也缠不过，便皱眉道："他们何时来的？"

"用过朝食，我和夫人商量着去高桥码头赶个集，买些时令菜蔬，刚开门就见有人拦着，模样跟年画里的牛头马面相似，说什么官人犯事了，不让家眷出门，只教老老实实在家待着，老婆子我当时就火了——"像是刚想起什么，郭婆焦急道，"官人真是犯事了吗？犯了什么事？真的非要砍脑袋？"

"郭妈妈！"杜媛珠气得粉面通红，道，"说这么不吉利的话，真要逼死我吗？"

沈追苦笑着安慰，心想刚才若是迟到一步，卫卒那一个耳刮子打过去，不知郭婆会是怎么个结局。郭婆一怔，从未见过杜媛珠如此讲话，顿时气焰消散大半，讪讪道："老婆子我嘴里藏不住事，不也是关心官人嘛？你们小两口要抱就去寝房抱吧，家里还剩些吃喝用度，我去张罗张罗饭食，晌饭的点儿也过了，就跟晚饭一并吃了拉倒。"说着，一边抹泪一边摇晃着朝厨房走去。

杜媛珠老家在两浙路秀州，郭婆是杜家多年的老仆妇，到开封不过几年，做惯的还是江南家常饭菜，着实让沈追头痛不已。天擦黑的时候，郭婆做好了饭，踢踏着木屐笃笃作响，来到寝房门口，敲门嚷道："也该起来了吧？"

话音刚落，门就开了条缝，杜媛珠侧身闪了出来，一根手指竖在唇前，低声道："官人乏得透了，刚睡不大会儿。"

郭婆脸上堆起笑，关切道："怎么乏的？是公事做得乏了，还是跟夫人——"

杜媛珠瞬间一副娇嗔女儿状，低声道："大白天的，如何做得那种事？郭妈妈真是张口就能说出来——官人是两天两夜没睡，乏透了。"

"这人真是奇怪透顶！"郭婆立时又火了，怒道，"守着个如花似玉的夫人，一走就是十天半个月的,好容易回来一趟,人家都是小别胜新婚,他倒好,还能睡得着!"不顾杜媛珠一个劲地推搡阻拦,提高声音道,"官人起来吧!累也累了,睡也睡了,吃饭了!汤饼坨了可别埋怨老婆子我没打招呼!"

其实沈追并未睡沉。身为皇城司提点,管的又是探事房,沉睡无比奢侈而危险。方才进房后,杜媛珠拿出线香点上,坐在床头,细细给沈追揉压两鬓,哼着江南吴地歌谣。吴侬软语,最是甜糯婉转之声。夫妻俩一开始还能聊上两句,后来渐渐不闻沈追说话了。他的确是两天两夜没有合眼,昏昏然半醒半寐,却也并没全然睡着。郭婆木屐声传来时,他就已经完全清醒了,主仆两人的对话,他听得一清二楚。等郭婆嚷起来时,沈追翻身坐起,大声答应着下了床。

晚饭是羊羹汤饼,地地道道的开封市井人家主食,汤鲜肉烂,面滑筋弹,吃得沈追心花怒放,看得杜媛珠掩着脸止不住地笑。郭婆在一旁依旧口无遮拦道:"吾伢秀州人可没见过这样吃饭的,乖乖的嘞,这是去皇城司公干去了,还是逃荒去了?老百姓还指望官人捕盗抓贼呢,饿成这个样子,能抓住什么贼?不被贼打了就是福气。"

沈追顾不上计较郭婆嘴里缺德,连吃了两碗,杜媛珠兴致也不错,吃了小半碗,剩下的都被郭婆收在一起,狼吞虎咽吃了个精光,气势也不亚于沈追。等三人吃完饭,天也彻底黑了,月光昏黄黯弱,把个小院染得半明半昧,像是洒了油渍的麻纸。杜媛珠让郭婆上茶,郭婆把脸一沉,道:"茶什么茶?天都黑了,喝一肚子水有什么好的?半夜起来不冻屁股吗?要真是想喝了,明天再说,老婆子我沏一大桶茶水,喝个够。"说完,又一个劲地催两人赶紧安歇,臊得杜媛珠张口结舌,起身便朝寝房去了。沈追苦笑摇头,留郭婆收拾洗刷,也跟了杜媛珠离去,郭婆兀自唠唠叨叨不止。

沈追和杜媛珠进了寝房,夫妻相视一笑,沈追不容分说就要过来搂抱,唬得杜媛珠连连躲闪开。她先是续上一簇香,再取了青盐捻在水里,各自都漱过了口,这才瘫软在沈追怀里,任他拥上床,放下帷幔。嘤嘤咛咛几番云雨已毕,杜媛珠潮红了脸颊,娇羞无力地侧在一旁,倦极睡去。沈追也是乏得紧,靠在枕上,嗅着满房甜腻腻软绵绵的香气,神思一片澄明难以名状。不知过了多久,隐约是荒鸡四鼓时分,寝房门悄然开启,一个人影闪身进来,先是朝帷幔处瞅了瞅，见沈追半条腿耷在床边，轻微的鼾声缕缕不绝，这才转身直奔一侧衣橱，细细地摸索着，忽然手一停，大约是摸到了沈追随身的招文袋——

"郭妈妈，可否到外边一叙？"

郭婆悚然回身，朦胧中只见沈追似笑非笑坐在床边，两手支床，倾身歪头，饶有兴致地看过来。郭婆嘴唇翕张，却说不出一个字。

郭婆这样的状态，沈追很熟悉，也很满意。看来她并不是一个老手，不过即便是再训练有素的间谍，在这种状态下也很难保持冷静并做出正确判断。沈追并不希望郭婆慌乱中有极端之举，便微笑着朝房外指了指，低声道："郭妈妈，换个地方？"

郭婆直直地看着沈追，浑身僵硬，在对面犀利的视线里，她的任何细微动作都被放大了无数倍。朝夕相处好几年了，郭婆从未见过沈追这样的目光，客客气气又杀人放火的目光。郭婆年纪不小了，但真的不算个老手。她接受密训时刚刚二十一岁，一年后训练结束，被安排到了杜家为仆，一晃已是三十年过去，从杜媛珠祖父祖母起，先后服侍了杜家三代主人。在天圣五年之前，郭婆没有得到过任何命令指示，她甚至怀疑自己已经被遗忘，做好了安心当一辈子仆人的打算。命运陡转是在天圣五年，她随着杜媛珠从秀州远嫁到开封，那时秀州杜家已经门庭凋落，只剩下杜媛珠这一根独苗了。离开秀州时，她接到了平生第一个命令：监视沈追。跟命令一起来的，是一把精致小巧的匕首，和一颗碧绿色的药丸。眼下，这两样东西一个在她右手袖中，一个在她左掌心内。每次行动前，她都要带上匕首和药丸，每次行动都可能是最后一次，她必须做好最坏的打算。在沈追的注视之下，郭婆凝固的思维开始缓缓转动，突袭已经做不到了，她没有任何刺杀得手的把握，连一成都没有。那么，或许就需要用到药丸了——

"你不必死的，郭妈妈，真的不必。"沈追还是保持着微笑，道，"我不希望在这里，在我和莹儿、还有你郭妈妈的家里，有任何人死于非命。如果你还是非要杀我的话，现在，你可以动手了。"

沈追起身，随便裹紧了身上的长衫，踢上木屐，信步朝门外走去。他把后背留给了郭婆，在任何间谍的常识里，将后背留给敌人都是自寻死路的做法。

他是在用这样的行动告诉身后的郭婆,他无心跟她为难,也相信她不会动手,他只想"到外边一叙"而已。沈追的举动,让郭婆紧绷到极致的神经稍稍舒缓,她决定按照沈追的建议去做。这个决定并不困难,沈追死了,杜媛珠会疯掉的。郭婆年过半百,无儿无女,小名"莹儿"的杜媛珠就是她的女儿。在郭婆看来,这个宅子里如果有人必须去死,那么首先应该是沈追,其次是她自己,最后才是杜媛珠。

"郭妈妈坐。"沈追在正房里四处翻检,居然找到了半瓶酒,回身笑道,"郭妈妈不肯煮茶,将就喝点酒吧。莹儿睡得沉,院子外还有在京房的人,就在这里聊聊也好。"

正房里陈设简单,靠墙一柜一桌,柜上一瓶一镜,镜面一尘不染,瓶中插着数枝花,桌边两把椅子。沈追坐在上首,郭婆在下首落座,把匕首和药丸放在桌上,平静地看着沈追。短暂的慌乱之后,郭婆恢复了常态,伪装遽然间撤去,倒让她有了一种如释重负的感觉。她忽然意识到,来到开封的几年间,或者说从三十年前密训开始,她就一直在等待着这个时刻。眼下,这个时刻不期而至了。

沈追给郭婆斟了酒,道:"郭妈妈若真想杀我,就算我有九条命也早就没了。这杯酒是我感谢郭妈妈一再手下留情,先干为敬。"

沈追举杯一饮而尽,郭婆却稳坐不动,冷笑道:"不杀你,是因为没到时候。开封人有句市井俚语,看透不说透,还是好朋友。官人今天非要戳破,是怎么个说法?"

"今时不同以往。"沈追叹道,"之前我是皇城司的提点,品级不高,办的却是机密要事,对你们或许有些用处。如今我被罢官,前途未卜,生死堪忧,就像熬尽的药渣,再没有什么利益可图了。敢问郭妈妈,换作你是我,还敢睡得着?敢装得若无其事?"

"杀不杀,由不得你,也由不得我。"郭婆继续冷笑,"官人就是行家里手,还用老婆子我说吗?"

"看来你接到的命令,是监视,而不是动手杀人。"沈追又举起杯子,却没有去喝,而是缓缓地转动着,道,"想问郭妈妈几句话,能说便说,不能说的,我决不逼问。"

郭婆并不回答，只是冷笑着"哼"了一声。

"你是哪里人？"

郭婆一愣，皱眉道："秀州。"

"祖籍便是秀州吗？"

郭婆道："记事起就在秀州了。我是孤儿，秀州有座淳念庵，是杭州南天竺寺的下院，我在淳念庵长到十二岁，住持庵主智通法师圆寂，淳念庵自此败落了，庵众流落民间，我被一个刘姓人家收留做了仆人，十六岁时，跟刘家一个佃户成亲。后来刘家也败落了，丈夫也死了，我无儿无女没有依靠，被刘家卖给了杜家抵债，再未离开。在杜家时，再嫁给了杜家的仆人，生了个女儿，没出满月就染了时疫，跟她死鬼的爹一起走了。"

"被人招募成了细作，是在什么时候？"

郭婆想了想，道："三十年前。成亲之后，我跟前夫住在乡下，给刘家种稻养羊。前夫跟人斗殴被打得重伤，死了。我守着田地难以过活，走投无路之际，就干了这行。"

郭婆的话自然是真真假假，沈追最多只信一成。但在官府户籍文册中，甚至是秀州刘家、杜家的族谱、邻居那里，郭婆的话都能得到证实，这一点沈追毫不怀疑。能被安插在他身边的间谍，必须有一个能够自圆其说的好故事。这是最基本的做法，也是一切阴谋的起点，而起点是必须牢固的。

"咸平三年，你到了杜家为仆，大中祥符元年，莹儿出生，而你刚好死了幼女和丈夫，便成了莹儿的乳母，从此主仆相依为命。二十三年了——郭妈妈，在我和莹儿成婚之前，你都接到过什么指令？"

"没有，一个都没有，"郭婆平静道，"监视你是第一个。"

"最近一次接到指令，是在什么时候？"

"昨天。"

"让你做什么？"

"说你这两天会回家，回家之后，查一查你随身的物品，有异常就上报。"

"你打算如何上报？"

"那要看我能不能活到明天了。"郭婆冷笑起来,"身份已经败露,难道你不会杀了我?"

"死是最容易的事。但做了你我这行,郭妈妈,死却是最不容易的。你想不想知道,我从什么时候勘破了你的身份。"

郭婆默然无语。她一直在思索这个问题,但是,没有答案。

"你从白衣阁请来的香里,掺了些东西,我曾经以为是用在男女房中之事的,你也整日里催我和莹儿生儿育女,所以也就没有点破。偶然的一次,我察觉到了问题。每回在家,我都会睡得很沉,这种情况并不常见。我取了一支香,送到延真观找了位老髑髅卒过眼,他说里头掺了草乌头——郭妈妈,草乌头是什么来历,你应该懂的。"见郭婆已是脸色铁青,他笑着摇头道,"我并无责怪的意思,只是觉得你害我便罢了,何苦伤到莹儿?偏巧前些日子机缘巧合,跟一位制香高手聊了聊,学到不少东西。看来郭妈妈用心良苦,只是想害我而已,看来给你调香制香的也是位高手——他就是你的上线吧?"

"你想跟他见面?"郭婆终于明白了什么。

"地方你们来定,不过这几天,我大概出不了门。"

"你真的不杀我?"

"这个问题,你已经问了一次了。"沈追笑道,"我当然不会杀你。不过,在你上线那里,恐怕很难解释得通——所以,只好我跟你一起去了。"

"这不可能。"郭婆断然摇头,冷笑道,"我怎么可能会带你去见他?"

是啊,当然不会的。沈追暗笑。在没有得到上线同意之前,郭婆不会带任何陌生人同行。沈追故意这样讲,正是他清楚地知道这一点。可以收网了,才四更天,还能再睡一个时辰。接下来的几天里,像这样的酣眠应该不会再有了。

"天亮之后,你出门购置菜蔬用度,顺便去跟你的上线见个面,把我的意思告诉给他。我相信他会同意的。"

郭婆连连摇头,难以置信地看着沈追:"我的底细已经暴露了,你放过了我,他也不会放过我的。"

"他一定会的。"沈追自信地看着郭婆,"你只要把我下面的话原原本本地讲给他听——我不杀你,是因为——"

沈追忽然破颜笑起来，笑得连连摇头。他终于可以平静地、无所顾忌地回到那个月光白地的夜晚了。

"你，还有用。"

孙从吾

大变在即。

再愚钝的朝臣也会察觉出异样。传闻中的高头街未遂刺杀发生次日，荣国公刘从德忽然一病不起，消息传到宫里，急得太后和官家坐立不安，把太医局的医官一茬茬全派到了荣国公府，田赐谷宫里宫外跑了无数个来回，又是探病又是回奏，连饭都是轿子里匆匆吃的。熬到第三天下午，田赐谷从新宋门大街荣国公府回来，脸上一点儿血色都没了，结结巴巴讲了刘从德的病情，说是翰林医官王惟一亲自把了脉，恐怕荣国公是撑不到天亮了。太后是刘从德的姑姑，闻听奏报放声大哭，立时就要出宫去探望。太后、官家二人为圣，同是一国之尊，想要一起出宫谈何容易？赵祯想劝又不敢，只好一面陪着太后准备启程，一面让人赶紧去找孙从吾，让他安排随扈事宜。事起仓促，孙从吾只能一切从权，也幸亏他平日里统众有方，整个皇城司迅速进入实战状态，这边刚刚做好准备，那边太后和赵祯已然到了东华门。

孙从吾备了两辆行什车，五十个精悍胥卒，两都二百个亲从军，严丝合缝护着二位圣人。从太后决意出宫探望侄子，到她和赵祯来到东华门，不过是几盏茶的工夫，看着眼前长枪如林旁牌如山的架势，太后非但没有嘉许之意，却顿时勃然大怒，把孙从吾叫到近前，咬牙切齿道："敢问孙提举，老身这是要去看望侄子，还是去要他的命？"

所谓"天子之怒，伏尸百万，流血千里"，太后虽不是天子，但天子赵祯也只惧她一人。太后此言一出，赵祯在内的所有人都骇然僵在当场，东华门里一片寂然，谁都不敢说话。

孙从吾躬身长揖，道："臣已安排，随扈军士只在荣国公府外驻守，随行入府的胥卒人等都不带寸铁，请太后安心，绝不会有兵气杀气扰了国公康复！"

赵祯这才明白太后缘何发怒，忙上前小心翼翼道："大娘娘，孙提举他——"

"上车吧。"太后丝毫没有松快的意思，"官家跟我同车，孙提举也上来。"

这又是耸人听闻的话了，众目睽睽中，孙从吾不假思索便扑通跪倒在地："恳请太后收回成命，断无臣子与圣人同车之礼——太后必要折煞微臣，臣这就自尽在太后面前。"

太后冷笑道："老身不想要你的命，老身谁的命都不要，只想请官家做个见证，当面问问你孙提举，我侄儿从德到底怎么得的病？到底跟你皇城司有无关联？"

太后的话，在场的二百多个胥卒、亲从军都听见了，几十个宫女宦官也听见了，不出一个时辰，朝廷里就能传得沸沸扬扬——皇城司彻底得罪了太后，起因是皇城司害得荣国公命在旦夕之间，官家赵祯再有心维护，也无法开脱这害死国戚的重罪。

孙从吾伏地不起，霎时间汗透重衣，这是他几天来最为焦灼的事。太医局的奏状上说，荣国公是受了极大惊吓，乃至于"心无所倚，神无所归，虑无所定"。涉及王公贵戚，奏状走的是机密封札的路子，不经通进司转呈，而是太医局交给田赐谷，由他直接呈给二位圣人。不过即便如此，奏状的内容还是一字不落传到了皇城司。孙从吾阅后，马上意识到大祸将至。大弘当那天一早发生的事，当事人只有刘从德、康川、沈追和张有辉，而张有辉被康川一刀砍了脑袋，刘从德何曾见过这样血光四溅的场面，加之丑事败露心中惶惶，当时就昏了过去。这些情况，当然不能一五一十全讲给太后和官家，经沈追和康川再三勾兑，刘从德本人亲自过目删定，略去了他彻夜嫖宿、被张有辉威胁等，康川也没有在大弘当出现，砍掉张有辉脑袋的变成了刘从德，沈追只是打了个下手。如此一改，连康川都有些犯嘀咕，刘从德也太急于立功了，太后给他的赏赐还不够吗？再赏，估计就要封王了，众所周知，本朝还没有过在世的异姓王，一旦刘从德封了王，又是太后的侄子，官家会是什么想法？会不会感受到威胁？康川跟沈追面面相觑，却也都不敢提出异议，故而送到禁中的版本完全是另一个故事：刘从德只身犯险去大弘当，是为了查清张有辉的间谍身份，沈追带胥卒上门抓人，是因为有周忠奉命来报信，在刘从德指挥若定之下，里应外合一举剿灭了大弘当这个贼窝。白纸黑字清清楚楚,都在皇城司的奏状札子上。太后看了奏状,居然真就信了,得意扬扬让有司拿个封赏的章程出来,还夸了几句皇城司"总算做了件露脸的事"。可千算万算,谁又能算到刘从德不久之后居然会一病不起,连命都快保不住了?

"孙爱卿,太后既然有了懿旨,爱卿就遵旨而行吧——"赵祯平静地看着孙从吾,提醒道,"尽快启程要紧。"

赵祯示意太后身边的几个宫女退开,自己上前扶住了太后,亲手搀着太后登车。孙从吾依旧跪伏于地,待太后和赵祯都上了车,这才叩首起身,朝着已是脸色煞白的罗镇点点头,健步上车。罗镇稳了稳心绪,号令随扈士卒启程。刚才孙从吾吩咐过,太后急着探视侄子,一切仪轨统统就简,只求尽快安全赶到荣国公府。先头的亲从军马队已经撒了出去,沿途五步一岗十步一哨,全程戒严清场。一行人马不停蹄出了东华门,直接向东出了旧曹门到外城,沿着旧曹门外大街到了陈州门内大街再一路向南,工夫不大便到了新宋门大街的荣国公府。一路上,行什车里隐隐传来太后盛怒发作的声音,赵祯应该在劝说,孙从吾的声音却是丝毫不闻。随驾扈从的都是孙从吾的手下,一个个心沉似铁,鸦雀无声的队伍里连一声咳嗽都没有,每个人心里都在替孙从吾担忧,也在替皇城司担忧。众人的荣辱前途都跟皇城司一体难分,若是皇城司轰然倒塌,五千亲从军也好,一处四房的胥卒也好,遍及天下的暗钉、黑盘也好,都面临着穷途末路的严峻局面——如此庞大的秘密组织一旦失势,不只是外邦敌国的泼天之喜,大宋朝廷里想要讨一杯羹的也大有人在,他们无不虎视眈眈地瞄着皇城司,打着如何分食肢解的主意。

荣国公府门外,早已得到消息的公府女眷、侍从人等黑压压站了一片,为首的正是刘从德的亲舅舅、枢密副使钱惟演。他双目通红,大概刚刚哭过,孑然一人立在人群之前,仔细看去,他的身子一直在微微颤抖。刘从德父母俱亡,父族之首是太后,母族之首就是钱惟演,他刚刚从病榻前离开,刘从德已是口不能言的弥留状态了。太后和官家在荣国公府整整一个时辰,奴婢下人都听得见太后痛彻心腑的哭泣之声,而孙从吾端坐在寝房门外的青石台阶上,眼观鼻鼻观口口观心,跟老僧入定相似,谁都不敢上前搭话。罗镇攒足了胆气,上前劝他喝口茶水缓一缓,孙从吾睁开眼,却是从未有过的和蔼一笑,道:"过去今晚,还能不能安坐片刻,谁能知道呢?"拍了拍旁边的青石板,道,"坐,坐下聊。"

罗镇哪里敢跟孙从吾平起平坐,只是躬身在侧,不由得心里一酸,刚想再说些体己话,孙从吾悠悠一叹道:"晏相那里,一时半刻还不至于有变故,我老孙跟晏相交代过多次,一旦我有不测,宫事处和亲从军那里,就交给当平你来管,直接归晏相统领。"

罗镇一怔,多年来朝夕相处的点点滴滴扑簌簌涌上心头。虽然都晓得孙从吾不喜正经,但身边人也都知道他平日里驭下极严,只要他脸一沉,罗镇这样铁铸的汉子都要心旌摇荡,可眼前的老孙却是颓唐得宛若孤老,如何不让罗镇备感天命之难测、命势之无常。平心而论,纵使刘从德一命呜呼,跟皇城司又有何关系?他人在大弘当嫖宿,难道是皇城司请他去的?忽然一病不起,难道是皇城司给他下了毒?可太后硬要把刘从德的病归结为皇城司保护不力,显然是别有用意,要借此敲打整顿皇城司甚至是晏相罢了,谁又能、谁又敢当面跟老太后硬碰硬干上一架?换作其他衙门,或许台谏言官还会有人站出来,说几句公道话,可偏偏皇城司一向不受待见,朝廷里朋友太少、仇人太多,那些可以说上话的人只是隔岸观火、不来落井下石就是幸甚了。

罗镇想到的这些,孙从吾自然早就想了个透彻,继续道:"天下没有不散的筵席,看来这次的劫难,皇城司很难全身而退,只要能不动根本不伤元气,我一人代全司受过,也算欣慰之至。"

罗镇不由心中一凛,孙从吾所言的"根本""元气"指的是什么,他当然再清楚不过,倘若真是如此,连朝局恐怕都要动荡的,难道真的严重到了这个地步?他忍不住道:"大弘当里的事,属下多少听说了一些,为何不请晏相在太后面前——"

"没有用的,当平,"孙从吾缓缓摇头,道,"奏状是皇城司上呈的,自己说自己欺君吗?晏相不能担这个风险,只要晏相不倒,皇城司就倒不了——当平,你是太宗淳化四年的人,资历劳绩自不必说,多年铨叙都是卓异,早该升迁除授了,是我老孙有私心,舍不得你走,耽误了。老孙愧对当平啊。"

"提举此言折煞属下了——"罗镇不安地看着他,道,"属下以为,晏相不会坐视不管的。"

"刚才我就说了,天下没有不散的筵席,好在离席之际,我还能给你铺条路——等风平浪静之后,当平,你去霸州做知州,武臣转文臣,晏相已经答应了。本想忙过了冬至日郊祀大典再告诉你,可能我这个提举当不到冬至了,就先跟你讲了吧。"见罗镇愕然色变,孙从吾笑道,"这是好事,也是当平你该得的。"

孙从吾跟罗镇上下同事经年,如此交心的话似乎还未曾有过。大宋祖宗之法是崇文抑武,由武转文难比登天,孙从吾之前从未吐露过一丝一毫,却已替他做好了铺垫,罗镇胸中激荡难平,躬身一揖道:"谢提举!"接下来的话竟然一股脑堵在喉头,再也说不出来。

"去霸州之前,你还是亲从军指挥使,宫城安危系于你一身,你做这个指挥使多年,自然知道该怎么做。"

"请提举示下!"

孙从吾又示意罗镇坐下,罗镇不好再推辞,只得欠身坐在一旁,听孙从吾低声道:"想必你也看得出来,大变在即了。越到这个时候,五千亲从军的分量就越重。当平你记住,皇城禁中披甲执兵的只有你的人,亲从军为两位圣人贴身扈从,保证两位圣人的安全,无论何时都是第一要务。"

"属下明白——"罗镇抬头看了看孙从吾,又低下了头,一副欲言又止的模样。

"当平有话但讲无妨。"孙从吾理解地一笑,"出你口入我耳,没有第三人知道的。"

"两位圣人的安危,自然是亲从军誓死要捍卫的——但是,但是……"

罗镇心中那个疑问到底没敢讲出来,不过他相信,他的意思孙从吾肯定会明白的,也就不必讲到明处。他这样提问实属迫不得已。以往孙从吾就住在皇城司,即便有突发之事也可以随时请示,若他真的被罢官调离,若真的是晏相亲管,仓促之际去哪里找晏相请示?晏相以执政五相之尊,断然不会常住在皇城司,那么如何应对突发事件,就是摆在罗镇面前生死攸关的抉择——不但有关他的生死,甚至有关两位圣人。

"没有那么多但是,"孙从吾和蔼的笑容遽然褪去,"你记住,誓死效忠两位圣人。"

"属下明白!"罗镇暗中咬了咬牙,他必须从老孙那里得到清楚的回答,"只是,如果两位圣人之间——属下是说如果……"

"不会的,当平,"孙从吾的表情还是严峻得掉着冰碴,声音却变得柔和起来,"两位圣人是母子,母子一体,二人为圣,这也是本朝天圣年号的由来。当平你记住,任何人,任何事,都改变不了这一点。你的使命,就是保证太后和官家的绝对安全,至于其他——母子之间会有什么其他?"

罗镇还是不明白,但也深知以孙从吾的脾气,话说到这个份上已经到头了,他能做的,就是反复去揣摩咀嚼孙从吾的话。他不会想到,很快,他就会彻底明白孙从吾所讲的深意,而这也将彻底改变他的命运。

胡垚

直到亥时，太后和赵祯终于起驾返回禁中，孙从吾仍在行什车内侍奉，只不过这次多了钱惟演，他也是再三推辞，实在拗不过老太后才勉强上了车。也不知车里到底议论了什么，太后似乎累了，没有像来时那么怒不可遏。待一行人静悄悄到了东华门外，钱惟演下车，恭送两位圣人进了宫，这才上了自家的车驾，一路回到钱府。府门口，三公子钱暄为首，家人仆从密密麻麻站着，都在等着钱惟演。钱暄尚不到束发之年，稚气未脱，站在众人之前显得几分突兀。钱暄长兄钱暧、次兄钱晦都已成年成家，钱暧娶了今上郭皇后的亲妹妹，钱晦娶了太宗献穆大长公主之女，再加上钱惟演的妹妹跟太后的义兄这桩姻缘，钱氏家族与皇族结亲数量之多令人瞠目——

钱惟演心事重重下了车，无意跟众人交谈，直接对钱暄道："胡先生呢？"

钱暄躬身回道："在西花园书房。"

"用过晚膳了吧？"

"用过了，孩儿陪的胡先生。"

"胡先生胃口如何？前两日总说受了寒气，医官的方子也不知有没有见效——"

"看着还好，比孩儿用得多，还喝了几杯汤羊酒。"

"这便好，这便好。"钱惟演一边点头，一边快步走动，钱暄身形还小，只能一路碎步小跑跟着，父子一问一答间，已经进了府门。钱惟演不再说话，步伐却更快，钱暄跟得吃力，不免有些气短，又不想被钱惟演发觉，忍得着实辛苦。钱惟演心绪芜杂，忽然停住脚步，回头问道："西花园里就胡先生一个人吗？"

钱暄本能地跟着停下，只感觉一口气壅塞于胸，连喘了几下才平复下来，见钱惟演皱眉看过来，慌忙跪倒在地："父亲，孩儿失礼了，请父亲责罚！"

"进退失据,张皇无措,成何体统!"钱惟演冷冷道,"责罚自然是少不了的——为父问你的话,听不懂吗?"

"胡先生用过晚膳,就在西花园闭门不出——有,有两个小师娘伺候。"

"多久了?"钱惟演话一出口,又觉得对一个十二三岁的孩子而言,再说不宜,只好烦乱地摆摆手,"你去为父的书房,把钱氏家训抄二十遍,不抄完不许睡觉!滚!"

钱暄眼眶里蓄满泪水,叩头退下。侍女、仆从都听说了荣国公暴病不起,见状纷纷远远地站着,不敢过来,唯恐触怒了本家主人。钱惟演无声地一叹,放缓了步子,晃悠悠朝西花园走去。马上就是亥末子初时分,天凉得紧,西花园门口两个仆从袖着手闲谈,聊性正浓,浑然不觉旁边有人驻足。

"这老病夫整日半死不活,天天一口气吊着,真还能人道吗?"

"要说不能吧,刚才里头也是哼哼唧唧乱叫唤,说能吧,就他那身子骨,牲口这么使唤也早就熬干喽,一个不行,还俩!"

"瓦子里人说书,讲什么世外高人昆仑奴啥的,咱是没见过,可咱见过胡先生啊,敢情咱们大宋也不缺绣榻间的风流好汉。"

"狗屁的好汉!一个老色痨而已,信不信他早晚死在女人肚皮上——可惜了,咱们钱相那么看重他,不好好给钱相出主意当个真正的宰相,天天离不开这个,也不管白天晚上,吃饱了就干——"

话音刚落,头一个仆从咳嗽一声,两人都垂手肃立。花园门开,两个娇小女子联袂而出,各自披着斗篷,看不清面目。仆从不敢造次,从墙上取下灯笼,一前一后掌着光,送两个女子离开。黑暗中,钱惟演慢慢走出,看着他们的背影消失在黑暗中。

"钱相到了吗?"

胡垚的声音从园子里传来,钱惟演脸上露出笑容,迈步进了园子。西花园原本是个仓房和作坊,平日里给府上存放杂物修缮器具,胡垚到钱府常住之后,改建成了一处小花园,园中一间书房,兼做胡垚的起居之所。钱惟演沿着鹅卵石小道穿园而过,房门口,胡垚罩着件青布长衫,背手含笑看向他。

两人在书房中坐定,胡垚提壶斟水,道:"老夫胃寒,还是喝不得茶,委屈钱相了。"

钱惟演笑着摇摇头，端盏小啜两口，轻轻一叹："甘若琼浆——从荣国公府到东华门，再回到府里，一路上连口水都顾不上喝。"

"一路上都跟太后和官家一处吗？"

钱惟演点头："是的，太后这次，看来是铁了心要扳倒孙从吾了。"

"官家怎么说？"

"官家的话很少，偶有几句，也毫无替孙从吾开脱之意，只是劝太后不要怒气伤身。"

"太后呢？听劝吗？"

"太后听了，火气便小一些，也没有迁怒于官家——胡先生也知道，在臣子面前，太后和官家从未有过争执的。"

"这是晏殊教的，凡事不跟太后争执，再大委屈也忍着。"胡垚又给钱惟演斟水，道，"晏殊这个帝师没有白费力气，官家身上，已经隐隐有一代圣君之象了。"

"官家难道真的要放弃孙从吾？"钱惟演皱眉深思，道，"这是自断一臂的路子，晏殊在当前这个茬口，会这么做吗？"

"钱相，这就得看孰大孰小了。官家和晏殊，最后的底线是皇权交接，在此之上，什么都是小事。根据目前的状况看，官家亲政是早晚的事，就算太后改了主意，她还能立谁为君？官家好歹是在太后身边长大，二十年养育之恩，换了别的成年宗室子弟，恐怕还不及官家孝顺呢！若是换个幼年冲龄的，且不说废长立幼是国之大忌，太后还能活几年？还能再看着幼主一点点长大吗？就算她这样想，官家的小娘娘杨太妃呢？她会答应吗？"说着，他忽然失笑道，"这些话，老夫翻来覆去讲过多次了，钱相差不多该听腻了吧？"

"先生所言自是鞭辟入里，但从德——先生，从德甥儿福薄命浅，也就今明两天的事了。我是担心太后啊！从德这一走，刘家人丁凋零，可怜太后这把年纪了，还要——"

"钱相此言差矣。"胡垚笑道，"荣国公有弟弟从广，有儿子永年，何为人丁凋零？"

339

"先生，从广今年七岁，永年才刚满一岁——"

"农谚云，有苗不愁长，"胡垚笑道，"从广也是钱相的外甥，永年是钱相的甥孙，太后是大开大合大气度的不凡之人，什么风波凶险没见过，怎会为一人一事一情一变所困？老夫觉得钱相是过虑了。"

钱惟演深深地一吸一呼，点了点头，胡垚继续笑道："老夫倒是想提醒钱相，担心太后，不如担心官家。"

"官家？"钱惟演刚平复的心绪蓦地又翻腾起来，"官家他——能怎样？"

"与其说官家能怎样，不如说，他身边的人能怎样。"胡垚的表情慢慢冷峻起来，"本朝太祖在陈桥驿的勾当，有多少是太祖的本意，又有多少是从龙老臣们的主意？当时当势，太祖若不先动手，朝廷就会拿他开刀，太祖若是倒了，身边同党部曲全都难以幸免，哪里还会有后来的开国勋贵？太祖不反，他那些手下也要反，无非是黄袍披在谁身上的区别——当时，太宗不也在陈桥驿吗？"

见钱惟演脸色凝重，胡垚指尖轻抚壶身，继续道："陈桥驿的事或许太远，老夫就说近一些的。太平兴国三年，忠懿王率吴越钱氏全族三千余人到了开封，向太宗纳土归宋——钱相是忠懿王第七子，个中隐情秘事想必了然于胸，那么到底是忠懿王心甘情愿，还是三千余族人里，主张纳土归宋的占了绝大多数呢？忠懿王虽是一族之首，但在全族面前，族长只是一人，以太宗为人处世的风格，你不听话，不识时务，就找到你族内有异心的人，收买他，挑唆他，扶植他，让他取代你，你不肯办的事，总会找到人代你来办，而且有大把的人等着被找到。所以，钱相，有的时候，贵为一国之君，一族之首，也不得不做些违心的事，或者故意看不见那些违心的事。"

钱惟演直直地看着胡垚："先生是说——晏殊？孙从吾？他们敢挟持官家？"

"以钱相之天资，不会想不到这一层。"胡垚的表情很平淡，"至于官家被挟持是被动还是主动，正如那件黄袍一样，恐怕只能是个谜了。"

"是婷儿和琳儿的消息？"

胡垚点头道："老夫借在京房的耳目，替钱相打听到不少消息。孙从吾最近异动颇多，极为可疑，老夫且一一为钱相析之。其一，也是最易理解的，孙从吾眼看要坏事,索性揭竿而起控制太后,尊请官家亲政,他就成了天字第一号功臣,此举可保其性命无虞。"

"以下犯上,这可是死罪啊!"钱惟演摇头道,"官家至孝之君,难道会听之任之?"

"太后只是被控制,又不是被弑,何况结局是官家亲政,皆大欢喜,太后远离烦琐政务,照样颐养天年得了善终,只要官家不说,就是不曾有过此事,何来死罪?"

"那其二呢?"

"钱相还记得铁屑楼吗?最近一阵子,那里可是热闹得很,先是西夏使节突婆固被刺杀,后是铁屑楼和蕃坊被翊卫司纵火焚烧,随后样磨刺客突袭兜率寺复仇,杀了住持和监院,刺机局精锐鹰郎则在鄠溪渡口设伏刺杀李元昊,可惜被宋崇和柳永识破,一网打尽——这些事情积攒到一起,钱相有没有发现什么?"

"这不是先生所写的十误吗?皇城司之过,孙从吾难辞其咎。"

"那紧接着的高头街劫持未遂呢?"

"孙从吾提前得到了消息,周密防备——"

"障眼法而已,"胡垚斩钉截铁道,"这是孙从吾做的局,自己给自己下了一局棋。"

钱惟演深感意外:"我跟先生议论过,先生那时候不也同意我的看法吗?孙从吾这个局并不难破,只要康川参与到延真观的审讯,迟早会露出马脚。而且这个局太冒险了,不像是孙从吾行事的路子啊!"

"康川已经在那里几天了,没有发现任何蛛丝马迹,这当然很难,不过假的真不了,假以时日,肯定会露馅的——但是,如果孙从吾并不需要太多时间呢?"

"先生是说,在高头街一案真相大白之前,孙从吾的阴谋就已经得逞了?"

"官家亲政,一道旨意就可以停了高头街一案的调查,一个未遂案子,死的又都是刺客,谁还会追究?谁还敢追究?"胡垚轻声一叹,"高头街案发那日,老夫的确赞同钱相的判断,认为孙从吾不会行此险招,但这两日老夫又经几番长考,再加上婷儿、琳儿不断传来的消息,老夫可以断定,高头街一案是孙从吾在做局,但不是穷途末路的求生之计,而是另一个局。在这个局里,孙从吾不求行事周密,不求毫无瑕疵,只要能给他留足动手的时间即可。"

钱惟演默默地端坐不动。他在沉默,也在沉思。如果胡垚的分析是正确的,孙从吾的确是要挟持太后逼她还政给赵祯,那么,对他又有什么损害呢?大局初定,稳字为先,赵祯势必要安抚笼络人心,只有一个晏殊远远不够,对赵祯而言,还有什么比重用甚至专用一个公认的后党,更能让朝野中可能产生的非议消弭于无形之中呢?而这个人除了他,又有谁能有资格取而代之呢?钱惟演忽地豁然开朗,难道孙从吾堪称疯狂的阴谋,反倒是成全了他自己?这个念头一闪而过,又迅速被他否定——孙从吾背后是晏殊,晏殊会允许孙从吾这样做吗?促成太后还政的办法不止一个,武力挟持绝对是下下之策,况且太后从未说过不还政,还明确表示过决不会学武后……

胡垚静静地看着钱惟演。他知道眼前这位名副其实的帝王嫡脉心中,正在经历着何等滔天蔽日的波澜。两人沉默了许久,终于,胡垚开口道:"钱相所思所想,老夫能猜到一二,的确都有道理。老夫也为此夜不能寐,终日苦思。直到今日婷儿和琳儿来,带了一份最新的消息——不知钱相是否记得,老夫通过在京房策反了一个皇城司暗钉,代号甪端。"

"记得先生跟我说过——他有消息了?"

"兜率寺遇袭之后,甪端生死不知,昨天刚刚恢复了联系。据甪端说,高头街劫持当朝宰执本是翊卫司的计划,一旦李元昊身陷不测,就用劫持宰执来要挟朝廷。此计划颇为周密,是翊卫司破釜沉舟的最后一招,但据康川的消息,被抓的刺客都是辽国刺机局的人。钱相,翊卫司的计划,却是刺机局在执行,两家还是仇敌——这里头就有玄机了。"

"劫持当日,晏殊就告诉我,传递消息的是翊卫司暗钉,动手的是刺机局的鹰郎。"钱惟演沉吟道,"看来他是说了实话。"

"玄机就在于此。"胡垚轻轻一笑,道,"晏殊说的的确是实话,这实话是谁告诉他的?当然是孙从吾。晏殊信任他,把他说的当成了真相。"

"先生是说,孙从吾隐瞒了真相?他为何要欺骗晏殊?"

"劫持的刺客,是皇城司的人,抓刺客的,也是皇城司的人,这就是真相。晏殊当时应该是不知情的,否则不会提出让在京房协助审讯,以他的性格做派,若是他也参与了计划,绝不会冒这个险。康川到延真观襄助审讯,是在案发后第二天晚上,在此期间,孙从吾有足够的时间安排对策。"

"先生认定孙从吾要作乱,那接下来呢?"钱惟演摇头道,"我是静观其变还是出手阻止?要阻止的话,是去找晏殊,还是直接去向太后告发?不过,若是仅凭刚才这些推断——恐难以服人。"

"这个问题不难回答。老夫先问钱相:跟甪端的联系昨天才恢复,此前不管是皇城司还是在京房,都没有他的消息,那么,皇城司是怎么得知翊卫司的劫持计划的?"

"难道皇城司在西夏那里,还有一个暗钉?"

"不错,这个暗钉代号石灯,已经被翊卫司秘密处置了,高头街劫持计划就是他泄露给孙从吾的。石灯在被抓之前,冒险跟甪端见了一面。两人的上线都是孙从吾,也就是说,整个皇城司里,只有孙从吾知道他们的身份。从石灯那里,甪端接到了孙从吾的指令——暗杀李元昊。"

"他是疯了吗?"钱惟演骇然道,"如此大事,晏殊绝对不会同意的!至少也要先在御前议政上形成公议,他怎么敢自作主张?"

"所以,孙从吾此举晏殊并不知情。暗杀令同时给了石灯和甪端,也就是说,孙从吾不惜牺牲掉两个最高级别的暗钉,也要确保置李元昊于死地。两人只见了一面,次日,石灯就被抓了,再也没有露面——"

"这是什么时候的事?"

"高头街一案的前两天。"

钱惟演点了点头,示意胡垚继续。胡垚道:"甪端潜伏在兜率寺多年,兜率寺是李元昊在开封的落脚地,除了刚浪崖和细穆屈勿、细穆恩名兄弟,以及十个精锐步跋子,甪端是仅有的几个可以接触到李元昊的人。他是个忠诚于大宋的间谍,但对外界情况几乎一无所知,只知道李元昊是敌国太子,也就忠实地开始执行暗杀计划,却始终找不到下手的机会。终于有一次,他费尽心机接近了李元昊的住处,刚想鱼死网破搏命一击,却听到了一个惊天动地的消息——"

胡垚缓了口气，看着一脸焦急的钱惟演，道："他听见李元昊亲口对细穆恩名说，翊卫司在刺机局的暗钉怀远临终前告诉李元昊，孙从吾是刺机局的暗钉。"

孙从吾是刺机局的暗钉。

钱惟演宛如雷击之后乌黑的焦木，时间仿佛静止在这里。等他恢复了常态，再开口之际，却发现嗓子竟然哑了："胡先生，会不会是西夏人的反间计？"

这是完全可能的。既然石灯暴露了，很容易查出他这些天都跟谁接触过，甪端一定是重点怀疑的对象，或者石灯已经供出了甪端，不然他怎么有机会接近李元昊？利用反间计借刀杀人，并不是新鲜事。

"不会的。"胡垚摇头道，"老夫反复考虑过这种可能。甪端被老夫策反，石灯是不知道的，即便是他供出了甪端是皇城司的暗钉，或者李元昊本就怀疑甪端是皇城司的人，借刀杀人的对象也不可能是孙从吾，哪有对着下线说上线是暗钉的？何况在李元昊看来，甪端只有孙从吾这一个上线，就算听见了，又能跟谁去告发？去跟孙从吾本人吗？钱相，老夫说句不中听的话，李元昊为何不干脆说钱相你是暗钉？就算不说钱相，而是说老夫是暗钉，成功的机会也会大很多。"

钱惟演尽管还是难以置信，但不得不承认胡垚环环相扣的分析没有漏洞——

孙从吾是刺机局的暗钉，所以他要杀李元昊，辽国得以扶持其弟李成遇为西夏国主。

怀远在刺机局潜伏多年，探知孙从吾的暗钉身份，临死前告诉了李元昊，要他务必提防孙从吾暗杀，所以李元昊回到开封后，宁肯住在一片残破的兜率寺，也不去皇城司的黑盘。

甪端是皇城司和在京房双重间谍，所以得知孙从吾暗钉身份后，只能向在京房报信……

那么这样的分析只能得出一个结论：孙从吾所做之局，并不是要控制太后，逼老太太还政给赵祯，而是要将太后和赵祯母子二人一网打尽。一旦得手，辽国大军趁乱南下，就算占不到太大便宜，讨回后周时代丢掉的关南瀛州、莫州也是志在必得。

如果说孙从吾的计划有破绽,那么最先察觉破绽的,应该是他的直属上级晏殊。而在晏殊的心里,孙从吾的忠诚从未受过质疑,就算是他要对太后动手,也是在走投无路之际想要逼宫而已,最后的赢家还是赵祯。所以晏殊即便看出了端倪,也极有可能睁只眼闭只眼,放任孙从吾行事,顶多会在太后遭到生命威胁时出手叫停——孙从吾能动用的,无非是皇城司的胥卒和亲从军,他们都知道晏殊才是最高统领,只要晏殊登高一呼,这些人不会不听"晏相"的口令。

但是,晏殊能有这样的机会吗?

孙从吾所做之局要想成功,除了之前精心的铺垫和准备,还要有两个缺一不可的条件:足够突然的偷袭,足够神秘的杀手。只有足够突然,才不会给晏殊阻止的机会,也只有足够神秘,哪怕晏殊出现在杀手们面前,他们也不会听什么"晏相"的话。如果说前一个条件尚且容易做到,那么后一个的难度简直匪夷所思。即便是孙从吾,也几乎无法把一整支全副武装的队伍带进宫城,而且要做到神不知鬼不觉——但是,钱惟演悲哀地意识到,以皇城司如今的规模和实力,并非毫无可能。

"钱相,老夫这番推测,也只是推测而已,姑且算是准的吧——钱相将如何应对?"

钱惟演毕竟是执政五相之一,从小见惯了宦海风云,短暂的失态之后,已经回到了当朝宰执的气度。闻听胡垚发问,他便淡淡一笑道:"自我祖钱武肃王起,吴越钱氏就没有称帝自立之意,中原梁唐晋汉周五代纷乱如麻,江南江北十国林立,我武肃王、文穆王、忠献王、忠逊王、忠懿王三世五王,一直奉中原正朔,直到太宗太平兴国三年纳土归宋——胡先生,趁乱夺宫之事,钱某是万万做不来的。"

说着,钱惟演站起踱步,慢悠悠道:"古三不朽,次在立言;王祖有训,落落数端。余自主军以来,见天下多少兴亡成败,孝于亲者十无一二,忠于君者百无一人。宜明礼教,此长富贵之法也。倘有子孙不忠、不孝、不仁、不义,便是坏我家风,须当鸣鼓而攻。"

钱惟演所言,正是他曾祖父武肃王遗训,吴越钱氏后人无论男女,从记事起便要烂熟于心的"钱氏家训"。

"吴越钱氏有此家训传代，可保千年绵延无虞，世代簪缨鼎盛。"胡垚肃然起身，长揖道，"老夫钦佩钱相之心。"

"先生刚才问我如何应对，钱某已然有了答辞。若孙从吾胆敢有弑君之举，钱某自当尽人臣之忠，若两位圣人果遭毒手，钱某当会同诸位宰执相公，在赵家宗室中择主而立。"

"那在此之前呢？"胡垚道，"钱相会怎么做？"

"还请胡先生不吝赐教。"

"老夫寄钱相篱下，多年来幸得钱相不弃，言听计从，就算有些许才智，眼看着也到油尽灯枯了，拼得最后一计献给钱相——上策，出京巡视，驻节陈留，一旦宫城禁中乱起，钱相以西府首长之尊，持兵符调动在京禁军平叛，扶持新帝登基，稳稳当当做一个再造大宋的功臣，那时宣麻拜相何足道哉？"

钱惟演静静地听着，胡垚继续道："中策，足不出府，静观其变，待大局已定，会同各位宰执议定后事，如此虽不及上策，却也能保住钱相执政之位，进可攻退可守。"

"那下策呢？"

"下策，躬身入局，置身禁中，护太后保官家，跟谋逆之徒拼个鱼死网破，功成则可睥睨朝野，事败则与太后官家一起去见先帝——"

"只手空拳，如何躬身入局？"

"在京房有卫卒三十，皆为精悍死士，可堪一用。"

"三十？"

"钱相莫要嫌少，又不是攻城野战，再说孙从吾能有多少人？三十死士足以抵挡一时，亲从军不会都是叛贼，只要护住了两位圣人，待顷刻间大军云集，或太后，或官家，或钱相能当众振臂一呼，大局可定矣。"

书房内，又是令人窒息的静谧。

上中下三策，听起来首选自然是上策，但上策远非尽善尽美，胡垚实在过于乐观了。太后、官家罹难，就会天下大乱了吗？不但不会，连开封都不会有多大乱子，谋逆的贼子毕竟是少数，只要官家还是姓赵，只要朝廷中枢还是士大夫掌握，一纸安民告示贴到宣德门外，老百姓照样安居乐业，当年陈桥兵变，国号从大周换成大宋，不也是波澜不惊就过来了？而钱惟演一旦离京，等于将临危处置的机会拱手交给了其余四相，等他带着人马赶回来，新帝早就议定了，到时大局已成，他还真能带兵杀进宫里吗？那跟弑君的孙从吾又有什么区别？何况就算他决心如此，铁了心跟他造反的禁军能有多少？西府枢密院虽有调兵之权，但也只是调兵而已，统兵权都在禁军将领手中，他能掌握的兵马寥寥无几，说不定不等他闯宫，将士们先把他捆了献在新帝面前。新帝即位，他并无拥立之功，倒有谋反之举，会有什么下场？至于中策，他留在开封倒是参与了拥立新帝，但在宰执五相里，吕夷简身为首相，自是一言九鼎，晏殊、薛奎、夏竦三人关系盘根错节，勾结成党毫无意外，而他只身一人又能有多少话语权？人云亦云固然不会得罪新帝，但也是没有功劳可言，意见相左的话又拗不过四相，新皇登基会给他好脸色吗？思来想去，竟是下策才算自保，倒有几分可为，以勤王护驾之名扫灭叛贼，本就是不世之功，老太后自不待言，连官家也得念他救命之恩，其余四相就算抱成一团，也赶不上他再造大宋的赫赫功劳——

但此举实在太凶险了。孙从吾何时动手，谁又知道呢？孙从吾不动手，他带人闯进宫里就是谋逆，等动了手再赶过去，万一两位圣人已经遇难了，仅凭那三十个死士真能剿灭叛贼？如果不能，他岂不是自投罗网，白白落个陪葬？

不知过了多久，钱惟演长叹一声："难，难，难。"

胡垚似乎早已料到他会这样说，轻声一笑，道："天下事难易有道，为之虽难亦易，不为虽易亦难。钱相之难，难在抉择不易。说实话，老夫也是忐忑。不过此上中下三策，钱相总要有个选择的——"

"胡先生，孙从吾谋逆，究竟有几分可信？"

这是所有选择的起点。这个起点是胡垚抛出来的，也只有他能给出答案。

在钱惟演几近燃烧的目光里，胡垚缓缓道："钱相之问，正是老夫举棋不定的根由。老夫在等一个人，只有他能证明孙从吾到底是大宋之盾，还是大宋之奸。"

沈追

刘从德病故的消息，是郭婆带回来的。新宋门大街荣国公府门外搭起丧棚，占了一整条街面，大半个开封城都轰动了。开封百姓都知道，在老太后心里，头一个孩子当然是官家赵祯，第二个便是荣国公刘从德。荣国公平日里圣眷荣宠无以复加，可惜天不假年，不过二十四岁就撒手人寰。至于荣国公死因更是传得沸沸扬扬，有人说是北房的刺客暗杀，有人说是他夜夜嫖宿染了隐疾，还有人说太后拖着不让官家亲政，是想立自己侄儿为帝，官家担心大位不保，授意心腹之人下毒暗算——这心腹之人是谁？除了皇城司，除了那个执掌皇城司十几年的提举孙从吾，谁还敢做出此等事来？

郭婆讲这些的时候，声调时高时低，手势忽上忽下，活脱脱像是勾栏里的讲书人，惹得一旁杜媛珠听得全神贯注，直到听见"皇城司""孙从吾"，不由手直哆嗦，筷子也握不住了，急切切看着沈追道："官人，郭妈妈是在吓我呢，是不是？"

沈追叹气道："该来的祸事，谁能挡得住呢？我跟随孙提举多年，不也被罢官在家了吗？"

"那可是杀人啊，死的还是国公！"杜媛珠急得快哭了，"舅舅多好的人，平日里对咱们那么照顾，怎么会是杀人凶手？"

郭婆冷笑道："贼也有父母儿女，也有三分人情的，可不还是个贼吗？老婆子我不识字，却不聋不瞎，走在街上再乱的市面，只要有人吆喝一声皇城司来了，那街面眨眼就空空荡荡的，生怕给抓进延真观去——"

"郭妈妈留点口德吧，"沈追赔笑道，"刚搬到麦秸巷时，本地保正来登记丁产簿子，你不是嫌他说话孟浪没规矩，还跟人家大吵一架吗？我派了个胥卒去打了招呼，第二天再来的时候又是送肉又是送油，跟去庙里上供相似，郭妈妈你不也欣然收了？别人怎么看是他们的事，咱们是得了好处的，就不用这么落井下石了吗？"

"得了多少好处，就得遭了多大难处。官人你是不知道，街坊邻居一提咱们家出了个皇城司的人，还是个不大不小的官，有几个敢来走动的？人家老婆子们搁一处晒晒暖赌赌钱，一见了我跟见了黑白无常一般，老婆子我在麦秸巷住了几年，连隔壁住的人都——"

"郭妈妈少说几句吧！"杜媛珠急得脸颊通红，"舅舅一家被人这么踩踏，你就一点儿都不担心？下午出门，务必去一趟舅舅家，看到底有事没事——"

"那可去不得！苍蝇不叮无缝蛋，孙家出事多半是坐实了，咱这一去不成自讨没趣了吗？"郭婆说着，可能又觉得过于凉薄，只好找补道，"不是老婆子我不想去，我倒是也得能去得了啊？门口那俩牛头马面说了，只能出去买些菜蔬，半个时辰就得回来，我就是脚上装了轮子也去不了孙家！"

杜媛珠当然不依，又哭又闹非要郭婆走一遭，沈追也劝不住，劝到最后，只好拿了两块剪好的碎银，出门塞给了"牛头马面"，说是夫人受到惊吓彻夜难眠，让郭婆出门买药，迟些时辰再回。两个卫卒受过上司嘱咐，不让与沈追为难，只要他老老实实待在家里不动，其他的都好说，眼下又平白得了银子，便满口答应下来。郭婆走的时候，杜媛珠非把贴身藏的护身符取出，交给她带上，再三叮嘱转给孙从吾夫人。郭婆这一走，杜媛珠心也跟着走了，整个下午魂不守舍，时而发呆时而垂泪，沈追愁容惨淡陪在一旁，不时抚慰几句。等到过了晡时，眼见天都擦黑了，郭婆才心急火燎推门进院，不等杜媛珠问，一手拉住她进了正房，又把门关得严严实实，这才一拍大腿道："祸事了，祸事了，你家舅舅这回真要遭难啰——"

杜媛珠呆呆地看着郭婆，眼看就要大哭，沈追忙道："郭妈妈慢慢讲，横竖就是个罢官、贬谪，最远也就是去儋州——总不会已经把人抓走下狱了吧？"

郭婆瞟了眼沈追，冷笑道："估摸着也差不多了。我去求见了孙夫人，夫人躺在床上，看样子也是受足了惊吓，脸上半点血色都没，说孙提举还在宫里，刚传出话来，本兼各职都保不住了，等办好交接就正式受审——"

"什么时候？"沈追眉头一挑，"怎么会这么快！"

"老婆子我怎么知道？我就知道宫里那位老婆子侄子都死了，不得找人先出口恶气再说？"

若不是沈追又使眼色又开口劝，郭婆还能喋喋不休一个时辰，眼看杜媛珠哭成泪人，她只好总结道："筵席中间酒，只敬富贵人，眼下孙家遭难，原先那一宅子的仆人长随早散得干干净净了，只剩个老仆妇伺候孙夫人。老婆子我说话不中听，官人你这次要是平安无事，也别想着做什么官了，带着夫人和我做点儿小买卖，咱不跟那些顶冠戴翅的斗心眼了！"

晚饭还是羊羹汤饼，味道依然不差，沈追夫妇却根本吃不下去，郭婆倒是胃口甚佳，风卷残云般扫得干净，还捎带着把半瓮酒热过喝了。嫩羊软饼，热羹热酒，郭婆脸也红了，酒劲也起来了，抚着肚子冷笑道："夫人也算大家闺秀，官人也是场面上混的人，怎么还不如老婆子我存气？挨过饿的人但凡有口饭，才是啥都不怕的泰山石敢当！"

沈追苦笑道："郭妈妈你饭也吃了，酒也喝了，回房睡吧，锅碗我来洗刷，大家都图个清静也是好的。"

郭婆浑然不睬，继续冷笑道："循环有理风水轮回，那个孙从吾真就是你们小两口的恩公吗？我看未必！真要替夫人你着想，在秀州找不到个知书达理的人家吗？非要千里迢迢嫁到开封吗？还有官人，你成天脚不沾地给他卖命，连生儿子的工夫都没有，他都给你什么了？你们刚成亲的时候，你是从七品，现在不还是吗？一不见升官，二不见发财，你说你图个什么？傻哟！"

杜媛珠气得浑身抖个不停，沈追见状扶着她站起来，一路头也不回到了寝房，身后郭婆的声音兀自在响。夫妻俩都习惯了郭婆口无遮拦，但这样指着鼻子骂山门还不曾见过，杜媛珠委屈至极，连句替她开脱的话都讲不出口，憋得眼里泪水盈盈。沈追又劝了好一阵子，她才倦极睡去，沈追怕她睡得浅，摸索着找出线香来点上，自己在一旁静静躺下，等着荒鸡四鼓一到，便起身出门到了正房，郭婆已经在座了。

不等郭婆开口，沈追忽地猱身上前，一手揪住她发髻，拖下椅子按伏在地，顺势捂死了口鼻。从进门始至此不过三哨，郭婆来不及有任何反抗，只能拼命地手脚乱扑乱蹬，眼珠子几乎睁出了眼眶。很快，郭婆软绵绵的不再动弹，只是手指偶尔抽搐。沈追松开手,轻轻地把她的头放在地上,回身落座,静候她苏醒过来。

在皇城司里,这一虐囚手段名曰"半掩门",意为生门半掩、死门半开,受虐之囚一脚门里一脚门外,端的是求生不得求死不能。"半掩门"说难不难,说易不易,根节处在手法,重了轻了都是不得法,沈追拿捏得恰到好处,活生生把郭婆头冲里塞进门,两腿倒落在门外。过了一盏茶工夫,郭婆慢悠悠一声呻吟,强撑着坐起了身子,直勾勾地看着沈追,勉强一声冷笑道:"你们皇城司多大的名号,就这么欺负一个老婆子?"

"技不止此,郭妈妈若感兴趣,延真观铁狱二十七章,可以一章章逐个试试。"沈追笑道,"生死之间走过了一遭,也是你晚饭时祸从口出的报应——说说正经事吧。"

郭婆却不吭声,从怀里拿出一份小报,递给了沈追。小报虽不比邸报来得正经,多为哗众取宠之言,倒也是紧追着朝野市井的要闻、达官贵戚的动向。沈追略一翻阅,便看到了两处经人圈点的消息,都在"要人"编,一个是荣国公刘从德的死讯,一个是皇城司孙从吾的现况。前者说的是奉太后懿旨,枢密副使钱惟演任荣国公治丧使,也就是舅舅给外甥治丧,实在是人间惨极之事,后者则紧接前者,风闻孙从吾乃刘从德之死的重要嫌犯,太后震怒之下,已严令即日内罢免孙从吾本兼各职,碍于皇城司宫事处和皇城亲从军牵扯甚多禁中事务,限令两日内办理交接,之后直送大理寺、审刑院、御史台三法司会审,此案权知三司使也是钱惟演,这就是舅舅要给外甥报仇了。文末,小报还意犹未尽,捎带着讥讽一通皇城司,说什么孙从吾一倒台,皇城司散伙的日子也不远了,宫事处和亲从军将直属官家掌握,探事房、刑事房会被枢密院收编,打散后编入在京房,律事房被中书门下纳入囊中,提牢房和延真观铁狱则归了御史台,转隶诏狱系统——语气刻薄,言之凿凿,丝丝入扣,竟像是宰执五相会商的实录,分明已把皇城司一处四房五千军瓜分得干干净净。

沈追看完小报,哭笑不得道:"市井之间,都这般传开了?"

"小报的话,谁敢全信?不过孙从吾那厮的下场,多半也就这样了。"郭婆又是冷笑,"有贵人托老婆子我转告官人,会审孙从吾就在后日。"

沈追眉头一挑，道："此言当真？"

"贵人说，官人你听了这句话，大约会想跟他见面的。"

"怎么见？"

"自然是有人带路。"

"何时出发？"

"明日一早，会有车马在门外等候，官人上车便是了。"郭婆说着，毫不客气地揶揄道，"还以为官人是个爽快朗利的汉子，怎么也如此啰唆聒噪？"

"若论聒噪，谁能比得上郭妈妈你？"

沈追盯着郭婆，目光蓦地变得阴鸷起来。

"有话说话，眼珠子杀不死人！"郭婆固然嘴硬，心中却也是慌乱不已，刚才濒死之际的体验不堪再想。

沈追一字一顿道："我这一去生死未卜，多半是九死一生了，若回不来，你要好生照顾你家小姐，她才二十出头，不必守节，可再找个忠厚正经男子嫁了。如若对她有半点不好，我虽死了，故交旧部还有不少，想要你的命易如反掌——刚才这叫半掩门，还给你留了半扇生门，好自为之吧。"

"莹儿的事，何须官人操心？她本就跟我女儿一般，我这条命给她都不在话下。官人适才说九死一生，老婆子我看倒也差不了多少。去还是不去，官人自己看着办。"说完，郭婆挣扎着站起身来，跟跟跄跄出门而去。沈追攥着小报，在正房呆坐了很久，方才喟然一叹，不知东方之既白。

次日一早，杜媛珠用餐时双眼红肿，对郭婆爱搭不理，大约还生着气。沈追说他刚接到司里的口信，让他即刻去司里公干。杜媛珠千叮咛万嘱咐，送沈追出门，郭婆在一旁耷拉着脸冷冷看着。送走沈追，杜媛珠呆坐在床上，手里一根开了刃的银簪翻来覆去把弄，唬得郭婆再不敢说什么孟浪话，只好陪坐在一旁，实在忍不住了，才偶尔嘟囔几句。

沈追出了门，两个卫卒盘腿坐在门口，一人一捧荷叶包，里头装着油汪汪大馅儿馎饦，手边还放着酒葫芦，两人跟看不见他似的，只顾大快朵颐，丝毫不管他朝巷口一辆双驾马车走去。赶车的老汉瞥了一目，不知等了多久，见沈追过来也不寒暄，待他上了车，鞭声一响驱马前行。车里无人，只放着一张纸，上面工工整整录着一首诗：

> 拨乱资英主，开基自晋阳。
> 一戎成大业，七德焕前王。
> 炎汉提封远，姬周世祚长。
> 朱干将玉戚，全象武功扬。
> 睿算超前古，神功格上圆。
> 百川留禹迹，万国戴尧天。
> 既已櫜弓矢，诚宜播管弦。
> 跄跄随鸟兽，共乐太平年。

沈追自幼读书科举，只不过折在了殿试上，没能混个正经进士出身，无奈才走了由文转武的路子，并非一开始就是武夫。眼前这首诗一看就是西昆体，浮艳拗扯点缀升平，算不得什么上品，不知那位"贵人"为何将此物放在车里。沈追默默诵读两遍，忽地心思一动，又按照几个不同方向顺序念起，也没有发现异样。可惜柳永不在，不然以他的博闻强识，肯定认得出这诗是何人何时所作……

马车不紧不慢地走着，混在开封城里毫不起眼，车里不见任何机关，车帘时时晃起，看得见外边的街道店铺。没有监视，无人押解，更未蒙眼，此行不像是要跟神秘的"贵人"见面，倒像欣欣然在赴老友之约。马车沿着麦秸巷一路向东，到了陈州门内大街再向南，在陈州门里来鹤亭旁停下。来鹤亭是城南幽僻寂静之所，东有奉灵园，西有凝碧、凝祥、迎祥三池，虽在外城之内，却是风流清逸波光潋滟，堪为一城胜景。来鹤亭旁有处浴室院，名为来鹤别馆，于地下采了热泉盈池，终日气雾氤氲，赀费不菲，往来的都是城中显贵。马车停在来鹤别馆门外，门很快开了，马车悄无声息地进去，正如那门又悄无声息地合上。

来鹤别馆中共有五房汤池，分别是两浙、益州、广南、河东和京畿，取了大宋天禧十八路东西南北疆域四极路名，自有不凡气象。瞽目老汉待沈追下车，也不搭话，径直转身朝一处汤池走去，沈追忙迈步跟上。老汉到了"河东"房门外，垂手驻足在台阶下，不言，不行，不语，不动，跟陵前石俑一般。沈追抬脚上台阶，刚推开门，一股水汽又暖又腻扑面而来，顷刻间粘在了脸颊，仿佛堂倌殷勤地盖了条热帕巾在脸上，令他好一阵子才看清了四周。

只听得有人道："小沈提点何不一起痛快痛快，去去晦气？"

竟然是他。还有他们。

老郎

老郎年长孙从吾七岁，太祖开宝元年生人，两人都是河东路并州阳曲县人氏。早在大中祥符年间孙从吾崛起于皇城司之前，老郎就在皇城司了，任楚丘密学案九品学谕。众所周知皇城司有一处四房五千军，可楚丘密学案知之者甚少。所谓密学案，顾名思义，其机构设置机密，专责本司新进人等的遴选培训，一案长官便是学谕。孙从吾提举皇城司后，巡视到了南京应天府楚丘县，跟老郎一见如故，带他回了开封，既有际遇之情又有同乡之谊，从此常伴身边，说是长随也好，说是幕僚也好，"心腹"二字总归妥帖。皇城司不少人都曾在楚丘受训，见了老郎正是弟子见了先生，不管品级高低，都要尊一声"郎学谕"。孙从吾生性诙谐，逢人自称"我老孙"，让手下也这么叫，但众人只敢私下里熟人间这么称呼，唯有老郎真敢当面叫他"老孙"，"老孙"也从来都不以为意，好像老郎不叫他"小孙"已是给够面子。时间一长，全司上下无不对老郎毕恭毕敬，丝毫不敢怠慢一个早该休致的九品官。老郎无儿无女，孤身一人就住在皇城司里，终日不声不响，也不做别的，"老孙"出行就替他执鞭赶马，"老孙"办公就在门口守着，有时谁都不知道孙从吾去哪儿了，老郎肯定知道——全司人都清楚，若是本司只有一个人是孙从吾信得过的，恐怕非老郎莫属。某次提牢房提点舒正臣喝多了酒，在宋崇、沈追、许沂等几位同僚面前唠叨了几句闲话，不尴不尬地说老郎有些托大欺人，不等宋崇等色变，旁边的老提点张文平勃然大怒，一记耳刮子打在爱婿脸上，破口大骂他狗眼看人低。

此时此刻，这位本该陪在孙从吾左右，须臾不离的老郎，却正在沈追面前。但是，他已经无法开口说话了。死人是无法说话的。

胡垚上前，探了探老郎的鼻息和脉搏，摇了摇头。这两个动作，沈追刚刚做过了。以他的经验和手段，可以确定老郎已经死了——他本就服了毒，又浸泡在温泉汤池之中，毒性弥散得会更快，更难以挽救。

　　河东房里依旧是气雾氤氲，老郎的尸体静静地躺在池边，从他口鼻流出、喷溅出的血，染红了一小片水面，像是池中绽开了朵朵红莲。沈追和胡垚相互看了一眼，又一起看向旁边的钱惟演。经历了此番变故，钱惟演饶是见惯了惊心动魄的场面，也依旧久久不能平复，或许老郎之死本身并不能让他如此，而是老郎临死前洋洋洒洒的言辞，足以让他意气难平。

　　太平兴国三年。杭州。

　　太平兴国四年。晋阳。

　　五十多年了。钱惟演在孩提之年听父亲忠懿王讲过的往事，原来真的不是故事。

　　胡垚低声道："钱相？钱相？"

　　钱惟演看着胡垚，缓缓点了点头，转向了沈追："沈提点，你愿意跟本相一道进宫护驾吗？"

　　半个时辰之前，当沈追进门之际，他绝对不会想到仅仅半个时辰过去，钱惟演竟然会这样对他开口，他也绝对想不到仅仅半个时辰过去，他竟然会毫不犹豫地做出这样回答：

　　"沈某万死不辞。"

　　脚步声匆匆响起，又匆匆消散。接下来即将发生的事，老郎已然不可能知晓了。五十年前的故事已经结束，而因此滋生的故事会向何处蔓延，又有谁能知道呢？不过老郎无须再考虑这些了，他的生命和他的使命融为一体，最终定格在了这处名为"河东"的空间里。

钱俶

端拱元年，京西路邓州州治穰县。

邓王府在县城东部，占地不大，并不比同处一城的州衙、县衙阔绰多少，只有黄瓦红墙、重檐歇山顶才不动声色地显露着王府之尊。府门外下马石上，刻着"大宋安时镇国崇文耀武宣德守道功臣、武胜军节度、邓州管内观察处置等使、开府仪同三司、守太师、尚书令兼中书令、使持节邓州诸军事、邓州刺史、上柱国、邓王钱"。中午的时候，王府内外热闹非凡。官家赵炅从开封派来了浩浩荡荡一队人马，为首的是皇城司提举李惠、入内内侍省行首王继恩，一个是权势显赫的外朝官要员，一个是深蒙圣眷的内朝官之首，两人奉旨联袂到了穰县，为的是给邓王钱俶祝寿，真真是无比优容的王公之礼。钱俶久病在床，强撑病体率府中亲眷接了旨，谢了恩，再三答谢了两位天使钦差，亲自送出了县城东门，又在城门外设棚遥拜了官家，这才周全了礼数，回到府里便呕血不止，熬到掌灯时分才勉强恢复了几分精气。一场热闹至此风流云散。穰县早在秦代便已置县，堪称千年古县了，但有货真价实的王爷在此建牙开府还是头一遭，这日算是看够了稀罕，直到天光散去，穰县百姓们还在啧啧赞叹当朝王爷、前代国王的偌大排场。

八月节刚过了不久，白天热得逼人打赤膊，天一擦黑就冷了，长衫小袄都得招呼起来。邓王钱俶六十大寿就在两天之后，整个王府却毫无做寿的样子，里里外外都透着冷清。钱俶沉疴日久，对此毫不在意，他是土生土长的南方人，十年前率吴越钱氏全族纳土归宋，才自此定居在北方，再未回过故里，也正是从十年前起，他就没有再办过寿宴，顶多把在身边的子女叫在一起，遥祭钱氏先祖，祈福庇佑钱氏子孙。钱俶年近六旬，膝下男八女七，或娶或嫁，或在东京国子监进学，身边的只有七子惟演、八子惟济，以及六女、七女在。钱惟演刚满十二岁，旦夕侍奉在钱俶身边，学业诗文无论巨细皆由钱俶亲手调教。王府里有位老仆妇，当年曾是钱俶的乳母，年纪大了神志不清，一见钱惟演便拉着他又哭又笑，嘴里"九郎九郎"叫个不停——钱俶正是文穆王钱元瓘第九子。于是王府老人们都说当今钱王八子，最得钱王气度做派的就是钱七郎——

寝房里很安静，只有钱俶父子两人。小炉上砂锅里熬着汤药，锅响药香混在一处，钱惟演躬身看着火候，背上衣衫潮湿了不小的一块。钱俶靠在床头，盖着厚厚的被褥，微笑地看着自家七郎："道隆先生回来了吗？"

钱惟演正忙着熬煎汤药，闻听父王有问，忙起身来到床前，毕恭毕敬叉手一揖道："回禀父王，薛先生奉父王之命送两位天使回京，等明日送出了邓州地界，才会回来的。"

邓王府翊善薛途，字道隆，四十来岁年纪，中等身材，白面微须，掌管王府礼仪、侍从讲授和日常庶务，兼顾钱惟演和钱惟济兄弟进学日课。钱俶对薛途极尽礼遇，公开场合之外，私下里都以平辈之礼相待。见钱惟演声貌郑重，钱俶不由莞尔一笑，示意他近前来坐。钱惟演不敢忤父意，只好斜欠着身子坐在床边，两手局促地放在膝头。

"今日事多，为父也有些疲惫了，可有些话，思来想去，还是得跟你讲讲。"

"父王，是否叫八弟来一起受教？"

钱俶微笑着摇摇头，道："今晚的话，为父只跟你讲——你可知道所为何故？"

"孩儿不知，请父王明示。"

"你有六个兄长，惟濬、惟治、惟渲、惟灏、惟潽、惟灌，你大哥惟濬获封淮南节度使，二哥惟治是镇国军节度使，三哥惟渲是韶州团练使，四哥惟灏是贺州团练使，五哥惟潽是武卫将军，六哥惟灌是屯卫将军，你和惟济都是衙内都指挥使——为父记得不错吧？"

钱惟演愕然看着钱俶，不解道："父王记得没有错，这是儿子们随父王纳土入宋时官家给的封赏，当年的制诰文书薛先生早就让我和八弟背熟了，不过大哥如今已经是萧国公，二哥是扬州节度使。"

"纳土归宋——"钱俶缓缓地点头，"太平兴国三年的事，那一年为父五十岁，你虚岁两岁，惟济就在那一年出生。为父八个儿子，各有各的秉性，如果说能有一个堪当赓续你曾祖武肃王血脉，继承为父嗣爵的，那就是七郎你了。"

钱惟演再也坐不住了，起身伏地叩头道："请父王务必收回此言！孩儿有六位兄长，无论立嫡、立长、立贤，都轮不到孩儿——"

"你起来，起来。"钱俶的声音更加柔和了，"为父今晚给你说的话，你懂也好，不懂也好，只要记在心里，早晚会懂的，但切不可对任何人说，明白吗？"

"孩儿明白！"

"薛途薛道隆，你可知他是谁？"

"薛先生是我邓王府翊善，太平兴国二年丁丑科进士，官家亲自指派给父王的。"

"他是皇城司的人。"钱俶的表情慢慢变化，"七郎，你知道什么是皇城司吗？"

"孩儿不知。"

"大宋东西二府六部百司之中，皇城司是最为伤天害理的衙门，皇城司里的人，最是寡廉鲜耻心黑手辣之徒。七郎你记住，不管是什么时候，什么事情，都不能信皇城司分毫。"

"孩儿记下了。"钱惟演强压住怦怦乱跳的心，认真地点了点头。

"薛途是皇城司的人，府里这些长随侍从、仆人仆妇，多半也是皇城司的人，他们是官家的眼睛和耳朵，虽然官家远在开封，但你我父子的一举一动，一言一语，官家一清二楚——你不要怕，今天晚上，我们父子是安全的。薛途此行不光是送两位天使，更是要向他的上司汇报有关为父的事，一年之内，也只有今晚他不在府里。"看着钱惟演似懂非懂的样子，钱俶自失地一笑，"你还小，不懂也正常，那就不说这些了。"

"孩儿驽钝，现在的确不懂，但父王的话，孩儿都记在心里了。"

"为父要跟你讲的，是两件事。太平兴国三年三月初八日，为父辞别太祖武肃王、太宗文穆王、成宗忠献王陵庙，率吴越钱氏全族三千余人北上东京，五月初一日，为父上表，正式献吴越国十三州、一军、八十六县、五十五万六百八十户、十一万五千一十六士卒于大宋——最是仓皇辞庙日，辞庙哭陵那日为父的祭文,你还记得吗?"

"孩儿旦夕不敢忘。"

"背给为父听。"

钱惟演低声道:"嗣孙俶不孝,不能守祭祀,又不能死社稷。今去国修觐,还邦未期。万一不能再扫松槚,愿王英德,各遂所安,无恤坠绪——父王!"

钱俶苍老的脸颊上,慢慢蜿蜒着两行泪水,钱惟演惊得要起身跪倒,被钱俶一把按住,摇了摇头,道:"为父这么做,固然保全了吴越之地数百万生灵,却也是被逼之举。当年逼迫为父的,就是你今天见过的皇城司提举李惠。为父是三月二十六日到的开封,官家安排住进了昭化坊,从那日起到五月初一,李惠寸步不离,他都用了什么手段,为父实在不愿再提,你只需知道,那是为父一生中最为耻辱的日子。这都是拜皇城司所赐。"

"孩儿记住了。"

"第二年是太平兴国四年,官家赵炅发兵灭了北汉,为父奉命随行在军中。二月十五日,赵炅亲率大军离开东京,四月十六日来到晋阳城下。数十万大军围住孤城,彻夜不息猛攻,城里城外死伤无数,到了五月初五日,汉末帝刘继元出降,至此南北皆平,寰宇统于赵宋。赵炅还想一鼓作气夺回幽云,却惨败在高粱河,自己还受了箭伤。不过此战为父并未随行,而是奉赵炅之命留在晋阳,跟李惠一起,做了件大事。这件事,是为父一生中最大的污点,每每想起,惨绝于心。"

钱惟演直直地看着钱俶,孩童原本清澈的目光里,闪烁着与年龄不匹配的兴奋和惶惑。

"赵炅离开晋阳之际,召见了为父和李惠——七郎,你可听说过隳都使?"

"没有。"钱惟演老老实实地摇头。

"隳都使一正一副,赵炅口封,不授印信,不著文字,不留史书,隳都正使是为父,副使是李惠。二位隳都使的使命,就是彻底毁掉北汉都城晋阳。"

"可是父王,南唐故都金陵,我吴越故都杭州,都留存至今了,为何只毁掉晋阳?"

"李惠说,晋阳有龙城之谓——唐高祖李渊起兵于晋阳,打下大唐近三百年基业，后唐开国之主庄宗李存勖，后晋开国之主高祖石敬瑭，后汉开国之主高祖刘知远，北汉开国之主世祖刘崇，都在晋阳出生。五代之中，三代国主出自晋阳雄踞中原，一个仅有三万多户人口，三万士卒的北汉，从太祖到太宗三次北伐，历时十年才打下来，全仗着龙脉王气庇佑。此是其一。"钱俶冷笑一声，道，"赵宋起家之地在归德，属商星分野，晋阳是参星分野，杜子美有诗云，人生不相见，动如参与商。大宋既已立国，宋州归德军改为南京应天府，又怎会容许晋阳与之并立？此为其二。其三，晋阳之地毗邻强胡，千年间战事频仍，民风勇武劲悍，梁唐晋汉周五代之中，河东子弟虎啸成军，纵横于河洛中原，加之山河表里易守难攻，盛则后服、衰则先叛，不把晋阳彻底荡平，赵炅怎能安眠于卧榻？"

"父王，这是李惠的说辞，还是官家的意思？"

钱俶赞许地点点头，道："你这个年纪能想到这些，也是不易了。刚才为父所讲，当然是赵炅的意思，只不过借李惠之口说出来而已。五月五日城破，五月十日赵炅下诏，限令十日内全城军民百姓悉数迁徙。五月十五日，赵炅率大军东进攻辽，留下了为父和李惠，还有一万兵马。晋阳城里尚有百姓三万有余，为父召集当地大族耆宿，苦口婆心劝导，却收效甚微，他们数十代世居于此，怎会说迁就迁？到了十八日，为父连日操劳染病卧床，李惠见十日之期将至，晋阳百姓仍是恋旧难舍，不肯迁到新城榆次，竟然下令焚烧百姓家宅，一时间西城、东城、中城四十里繁华之都烧为白地。为父强撑着赶到城外，发现大小二十四座城门全被堵上了，三万多百姓在火海中难逃生天，大火烧了一日一夜，起先还听得见满城哭声惨叫声，后来什么声音都没有了，天亮后士卒清场，一城焦炭，人屋俱焚，活口不到两百——三万多条人命，只剩下一百多人。"

"父王——"

钱惟演显然是被简单而惨烈的语言惊呆了，脸色早已是雪白。他还从未听到过如此惊心动魄的故事。

"幸存的一百多人，李惠还想要赶尽杀绝，为父实在不忍，便跟他据理力争——赵炅只是下令毁掉晋阳，并未要屠掉全城百姓，为父让李惠拿出赵炅的旨意，他当然是拿不出的。为父趁着跟他争执之际，暗中买通了负责看守的士卒军校，放了那些人。那是太平兴国四年，距今整整十个年头了。每年的五月十八日，为父都要暗中祭奠晋阳死难者，同为亡国之人，君也好，民也好，过得都是惨绝人寰。为父苟延残喘至今，又比那些死去的人强多少呢？"言及至此，钱俶惨淡一笑，摇头道，"就在去年，雍熙四年冬至日郊祀大典，为父奉旨到开封观礼，赵炅深夜秘密召见了为父，李惠也在场，重提了当年晋阳旧事，尤其是为父趁乱放人之举。"

"官家——赵炅要为难父王？"钱惟演脱口而出。

"入宋十年，为父天天都被赵炅为难，这并不稀奇。据李惠称，当年逃生的一百多晋阳人里，有一股势力积沙成丘，号为广运营，为首的自称隳宋使，统领的全是北汉遗孤，图谋颠覆大宋为故国复仇。广运，是北汉最后一个年号，隳宋使，显然是从隳都使而来。隳都使三字知之者甚少，皇城司怀疑为父与广运营有牵连，至少当年曾将赵炅隳都之命泄露出去。那晚赵炅脸色阴沉，闭口不言，从头至尾都是李惠在讲。北汉素以子侄之礼依附辽国，灭国之后，广运营投靠了辽国刺机局，以其汉人样貌便于隐蔽潜伏，逐渐渗透到大宋境内。雍熙三年北伐伊始，三路大军合围幽州的最高军事机密就遭泄露，导致北伐先胜后败。皇城司侦破此案，一口咬定是广运营所为。李惠带人明察暗访了半年多，捕杀了无数刺机局和广运营细作，可查到最后，却查到了为父身上。为父自辩与广运营毫无瓜葛，甘愿削爵为民以示忠于大宋，赵炅这才开了口，让为父好生养病，不要多想——"

见钱惟演听得呆了，钱俶便一声长叹，苦笑道："我为鱼肉人为刀俎，总归会被赵炅找到杀机——唐后主李重光，只是作了一句"故国不堪回首"，便被赵炅杀了，为父大他八岁，已比他多活了十年，也算无憾。从开封回来，日日惊惧，夜夜不眠，为父沉疴经年，自知不起，今日李惠来，私下问诸子中谁可承嗣，为父说了你。七郎，若为父能熬过此劫，尚有时日点滴教诲于你，若熬不过去，钱家的担子就要由你来担了。今日说这些，只是想让你明白，要认命。钱家的命，就是遵照你曾祖武肃王的遗训——背给为父听。"

钱惟演忍住悲声，道："古三不朽，次在立言；王祖有训，落落数端。余自主军以来，见天下多少兴亡成败，孝于亲者十无一二，忠于君者百无一人。

宜明礼教，此长富贵之法也。倘有子孙不忠、不孝、不仁、不义，便是坏我家风，须当鸣鼓而攻。"

钱俶苍白的脸上露出欣慰的神情，缓缓道："有宋一代已历两帝，凡二十八年。太祖兄弟亲历五代乱世，崇文抑武，强干弱枝，事为之制，曲为之防，官家与士大夫共治天下，眼看着根基已经牢固了。以为父观之，大宋内部谋反叛乱或许会有，但不会伤及根本，最大的祸患还是外邦敌国。所以，七郎你要记住，天命已不在钱家，将来做个太平寄禄官也好，入仕做职事差遣官也罢，不可有丝毫不臣之心，要恪守为臣之道，宜明礼教，才是长富贵之法。时刻牢记你不是一个人，你身后是整个钱氏宗族。另外，务必时刻提防皇城司，他们是官家的鹰犬爪牙，若七郎你有朝一日大权在握，能替为父报了昔日受皇城司羞辱之仇，便是不枉为钱家子孙。"

钱惟演听得眼中垂泪，刚想说什么，却见钱俶胸口忽地急剧耸动，撕心裂肺地咳嗽起来，随之而来的是一口老血洒在胸前被褥之上，慌得钱惟演顾不得哭，急忙去端了药碗来，侍奉钱俶服下。好半天，钱俶才缓过神来，喃喃自语道："七郎不要怕，两日后是为父寿辰，为父不怕死，但现在还不愿死，舍不得留你孤零零在这世上，去应付这世道……"

第十一章 · 今宵绝胜无人共

钱惟演

整个队伍除了胡垚豢养的三十死士，就只有胡垚和沈追了。三十死士都身着在京房卫卒常服，赭黄长衫，裹腿快靴，腰间配着手刀手弩。论起短兵格斗，沈追自是行家，几个打量下来，心里不由咯噔一震，若是这三十人倾全力搏死突击，探事房同样数量的胥卒还真未必能完全挡住——

"沈提点，衣服还合身吧？"沈追的思绪被拉回了眼前，胡垚正含笑看着他，道，"钱相还等着去非呢，可以出发了吗？"

沈追点了点头。其实身上的在京房常服并不合体，衣袖有些掣肘，不过跟即将要做的事相比，这些都算不得什么了。

"出发之前，钱相还想再跟沈提点单独聊几句——这边请。"

在京房这处黑盘在内城西北的流觞坊，一处毫不起眼的两进小院，一墙之隔，西边是天波门内大街，南边是金水河。院子不大，三十死士集中在前院，钱惟演在后院正房，抬脚便到，胡垚和沈追一前一后，都没有说话。方才从城南来鹤亭到城北流觞坊，两人也是这样，同坐一车，虽然没什么交谈，但气氛还算融洽。胡垚在车里瞑目沉思，完全是盟友间丝毫不设防备的样子，但盟友毕竟是盟友，还不是自己人，沈追当然看得出来，胡垚并未也不打算把所有秘密和盘托出，比如他的"三十死士"，少不了经年的训练和调教——难道召集死士时，胡垚就已经知道会有今晚的行动？如果仅是单纯训练一支精悍特战队伍，本就是在京房的职守所在，又何以如此神秘，连耳目遍及天下的皇城司都一无所知？

正房门虚掩，胡垚立于门口台阶下，轻咳一声，转对沈追点了点头。沈追拾级推门进屋，钱惟演正站在桌前，倾身秉笔写着什么。门轻轻关上，一串脚步声由近至远。沈追心里一动，悄然退后两步，装作不经意间微微拉开门，从缝隙里正好看到胡垚的身影消失不见。

"去非提点多虑了,既然说是单独聊聊,胡先生就不会在的。"

钱惟演刚刚换了紫色公服,曲领方心,长袍及足,腰束革带,金质前铤后铊,腰中系着金鱼袋,足下乌皮快靴,俨然是中枢宰执入朝觐见的装扮。他洗过了笔,悬之于架,微笑地看着沈追:"去非在家这几日,在京房的人没有刁难吧?"

"承蒙钱相关照,并无刁难。"

"提议这样处置你的是我,派人监禁你的也是我,皇城司这半年来屡屡出错,总得有个顶罪的人,你要怪就怪我吧。"

沈追默默一笑,躬身一揖。钱惟演的态度让他顿生惊疑,即便是有人要给他道歉,也应该是孙从吾甚至晏殊,他很难判断此刻的钱惟演到底是出自事实真诚,还是面临生死关头的示好拉拢。

"西府在京房和晏相的皇城司,这几年来多有龃龉,其实晏相和我也有不得已的苦衷在。虽然都是宰执,可也要考虑台谏的态度,尤其是官家的态度,一家独强,势必尾大不掉。月圆则亏,水盈则溢,这个道理晏相和我都懂,相信去非你也懂。故而皇城司极盛之时,就需要在京房异军突起,皇城司有了难处破绽之际,最好也是由在京房出手一击——至于到底是一击还是一救,到底是相争还是互保,去非心里自会有本账的。"

沈追脸上是毫不掩饰的骇然和无措,也无法去掩饰。钱惟演娓娓而言的内容,他不是没有想过,甚至跟宋崇、柳永都或深或浅地谈过,结论是没有结论。毕竟涉及当朝宰执,或许还涉及两位圣人,谁能猜得透呢?他本就只是个从七品的小官,搁在京城里平凡得如同过江之鲫,无非是身在皇城司要职,才多少会被高看一眼。至于宰执之间、圣人之间的事,从来都不是他可以过问、想去过问的,但今天钱惟演完全不像是个大人物,而是一副街坊老汉劝诫后生的样子。迟疑了片刻,沈追才道:"在下从未想过这些,向来凡事都听上司安排罢了,钱相教诲,自当铭刻在心,所犯过错,也自当由在下负责,无怨无悔。"

"无怨无悔,何其之难也,你我共勉之吧。"钱惟演停住脚步,目光打在沈追身上,他的目光和他的微笑一样,"一会儿要做的事,去非有几成的把握?"

终于说到正题了。沈追拢了拢散漫的心绪,说出了准备已久的回答:"毫无把握，但求尽人事而已。"

"在老郎今天所讲之前，去非对北汉广运营有多少了解？"

自始至终，钱惟演脸上都是微笑，声音低沉醇厚，这让沈追更加局促起来。他在皇城司办案多年，高官贵戚见过不少，那些一听他皇城司身份就进退失据的、丑态百出的数不胜数，说到底还是贪生畏死罢了。钱惟演五十开外的一介文官，以执政五相之尊，明知此行九死一生，却仍是一副雍容中正的仪范，不急不躁，安详平和，不能不令沈追动容。

沈追按下心中波澜，道："在下查阅封存文档时看到过相关记录，若没有记错，最后一次在册记录是端拱元年，广运营被彻底剿灭，撰档者是时任皇城司提举李惠，副署者是时任皇城司探事房提点段然、刑事房提点马仲、律事房提点石三雷。"

跟大宋各级衙门的日常做法一样，某桩机密要事完结，衙门长官撰写卷宗，参与机构负责人共同副署封存，以备日后查阅。皇城司里有关广运营的卷宗，自端拱元年便封存了，距今已有四十多年。如果不是今天老郎临死前突然提到了"广运营"，沈追恐怕根本想不到这个曾经存在，不，或许一直都存在的称谓。

"端拱元年——"钱惟演背手缓缓踱步，道，"家尊先忠懿王，就是那年去世的，那天是八月二十四日，家尊的寿辰。那年我十二岁。"

钱惟演的语气很诚恳，同时平静地看着沈追。从一开始，他就没有用惯常的"本相"，而是更为平易近人的"我"，他的每一句话，都是对沈追的一次难以估量的冲击。

"家尊曾经跟我谈过当年晋阳之事。为尊者讳，很多事情我无法对你明言，但我可以告诉你，今天老郎所说的晋阳被毁情状，与家尊所言并无差别。而且，家尊当年也的确做过都正使，副使就是贵司的前任提举李惠。"钱惟演轻轻叹了一口气，脚步依旧不徐不疾地迈动，"说及李惠提举，我还见过他好几次，家尊去世之前，他曾奉先帝太宗之命来祝寿，当然，王府里的大事小情，他都掌握得清清楚楚，去非你是皇城司的要员，这些情况你是能想到的——不瞒你讲，我就是在你们皇城司眼皮子底下长大的。非是我跟贵司有龃龉，亦非我跟晏相不和睦，我也有诸多不得已的地方。宰执五相之中，若是一堂和气不分彼此，对朝廷对官家而言，大概也算不得什么好事。有时候下属之间争执不断，上司未必就会真不高兴，只要不出格就是了。这点身为臣子的苦衷，我相信晏相是有的，所以我也好，晏相也好，其余几位相公也好，无非就是照着同为宰执的默契行事罢了。这些话，我从未对人言起，至于誉满天下还是谤满天下，也就只好随它去了。"

从沈追进入皇城司那天起，"西府钱七郎"就是一个常说常新的笑话——蒙荫出仕，少年高位，十二岁就当上了从三品大员，靠的是当过王爷的老子钱俶；阿附希进，急于柄用，宰相丁谓势大，他就投靠丁谓一起排挤莱国公寇准，丁谓失势，他又率先反水倒戈一击，为了当上宰相，他把妹妹嫁给太后的义兄刘美，处处跟其他四相顶牛作对，笼络皇城司不得，就赌气般地扶植自己治下的在京房——但眼下站在沈追面前的钱惟演，却跟这个笑话中的钱七郎判若两人。其实凡事都能从两面看，钱惟演的确是少年高位，但不能一概而论说他是恩荫幸进，先帝真宗咸平元年，钱惟演才二十一岁，众目睽睽之下经真宗亲试召入学士院，正式成为官家咨政顾问和宰执后备人选，若没有真才实学，就算真宗一心要他"幸进"，当时的宰执们也不会答应。至于攀附之说，仔细考究一下便一目了然，排挤寇准，是因为寇准曾经劝说真宗废后，排挤丁谓，是因为丁谓大权独揽架空太后，扶植在京房对抗皇城司，是因为皇城司实际上控制在晏殊手里，而晏殊是不折不扣的帝党核心——抛开钱惟演和太后是亲家这层关系，太后想在满朝文武中找个攀附自己的大臣，如同探囊取物一般，太后选了钱惟演，他若是不识相、不上路，怕是早就被逐出京城贬到不毛之地了。但钱惟演适才所讲相公们之间的"苦衷"和"默契"，又跟今晚的行动有多大联系呢？若是有，难道钱惟演已经跟晏殊有过联络？一切行动晏殊都知晓了吗？若是没有——

沈追不敢再想下去了。

夜雾弥漫，万籁俱寂，整个流觞坊一片幽然，这个小院中的杀气似乎也被笼罩在这无边无际的空冥之间。想起昨夜还不得不耐着性子听郭婆聒噪，沈追只觉恍若隔世。

"我刚才絮絮叨叨讲了半天，或许是上了年纪吧。如你所言，皇城司存档上记载端拱元年广运营就被尽数剿灭，那是四十三年前的事了，看来这存档并不准确——去非，现在，我要你抛却所有心外之念，仅以一个大宋臣子、从侦缉情报细作的身份职守出发，这其中会不会有不可告人的缘由？"

"有两种可能。"沈追深吸一口气，努力让自己的语气平静起来，"其一，当年的李惠提举等人被蒙蔽了，广运营并未全数被剿；其二，李惠提举和副署的诸位提点中，有人故意误导了案情，以错误判断结案。"不等钱惟演再问，沈追索性直言道，"据在下看来，后一种可能性最大，在此后的四十三年中，广运营一直在暗中发展势力，而这一切，都得到了来自皇城司的刻意保护，所以这四十三年里，皇城司没有任何广运营的情报——钱相刚才说侦缉情报细作是在下的职守，不错，这的确是在下的失职，愿受责罚。"

"去非言重了，你能这样讲，我很欣慰，相信晏相听了也会如此。"钱惟演并未如沈追预想中的惊愕和喜悦，在他有些倦意的眼睛里，不知不觉迸发出亮光，"去非，你不妨再大胆去想一想，但不必明说，你我心照不宣即可。"

沈追已经数不清楚这是第几次重击了，他只感觉自己的心里已是断壁残垣。钱惟演竟然提到了晏相，难道晏殊也知道广运营的事？在老郎今天服毒自尽之前，沈追只是在司里存档上看见过"广运营"三字，那么晏殊是从何而知的？尽管钱惟演让他"再大胆"一些，可他却实在不敢再想下去了，因为结论将是那么可怕——晏殊早已从某个皇城司之外的神秘渠道，得到了广运营依然运作的确切情报，也判断出皇城司中有重要人物是广运营的保护者，出于维护大宋江山的稳固，不得不跟钱惟演达成了某种默契，不得不需要一个名义上制衡皇城司、实际上是应对广运营的力量——或许就是前院的三十死士——这大概就是在京房几年间突然崛起的原因，但是，这一切太后和官家都知道吗？两位圣人，不，还有太宗、真宗两位先帝，这些大宋最高统治者们，是否知道自己一直在近在咫尺的死亡阴影之中？而这阴影的来由，竟然是他们深信不疑的皇城司。

一个几年前就开始的棋局，操棋者深不可测，沈追本人只是最微不足道的一枚棋子而已。而这个庞大而隐秘的棋局，今天晚上就到了收官的时刻。

"钱相，在下该怎么做？"

钱惟演继续微笑着点点头，道："我想让你做的事情，都写下来了——你不要动，我去拿给你看。"

沈追一直站在门口，他很庆幸自己刚才的决定——他必须保证这场谈话，确实只有他和钱惟演在场，而截至目前，他能确信这一点。

钱惟演来到桌前，移开铜质镇纸，将一张刚刚写好的宣纸拿起来，再走到沈追面前，将宣纸递给沈追，满篇工整端庄的楷书。沈追虽然对书艺只是略知一二，却也明白字出于笔，笔控于手，手制于心，要写出这篇文字，需要何等的镇定淡泊，心绪稍乱则一字乱，一字乱则全篇皆废。

"这是我的曾祖先武肃王遗训，想必去非你有所耳闻。我想拜托你做的，都在这里了。"

"在下明白。"

沈追对"钱氏家训"并不陌生，他恭顺地将宣纸折好，揣进怀里——突然，在这个瞬间，他的表情僵住了。钱惟演脸上的微笑已经散去，代之以凝重严峻的神色，语气也不再低沉，变得轻盈飘忽，甚至刻意在躲避着什么。

沈追蓦地意识到，这场谈话的最后一次重击即将扑面而来。

"不，去非，或许你还不明白。今天晚上的事，不管是什么结果，后世之人都不会知道，也不会有任何文字留存。你的使命，就是保证两位圣人的绝对安全，你要凭一片公心行事，不能相信任何人，包括我。那些即将站在你面前的人，除了太后和官家，谁都可能是广运营的人，谁都可能是骠宋使。"

"钱相——是任何人吗？"

钱惟演不再说话了，只是默默地点了点头。这场谈话持续了太久，出发已迫在眉睫。沈追也没有再说什么。因为一串脚步声由远及近，最终在门外停下。门没有开启，只是有熟悉的声音传来——

"钱相，沈提点，该出发了。"

沈追

东京汴梁开封府三道城垣，最里的是皇城，共有东二西一南三北一城门七座，平日里大臣入朝都在东华门进出。皇城里又分南北两阙，南阙是中央官署办公地，东西二府六部百司都在此行政办公，举办朝廷重典的文德殿、天安殿也在南阙，北阙则是太后和官家起居理政之处，故而又有宫城之谓。南北阙之间只有一道宣祐门，进了宣祐门，才算是真正进了禁中地界，皇城司就在宣祐门和左承天祥符门之间。按大宋《监门式》条例，每日戌时皇城七门落钥，各门皆有一都亲从军宿卫执勤，落钥之后，想再开城门，程序烦琐之至，须由当值亲从军都头上报本营当值指挥使，再上报都指挥使罗镇，由罗镇向皇城司提举孙从吾请得启门铜鱼符，两人一道持了鱼符到城门处，验证鱼符之后方能开启城门。这套程序，沈追自然是再熟悉不过，钱惟演历太宗、真宗和今上三朝，深夜进宫、留宿禁中是常事，对此也不陌生。出发之际，两人就商定了走东华门。原因有三：一是东华门里是左承天祥符门，与皇城司相去不远，通报消息不会延宕；二是目前宫中情势不明，钱惟演叩宫觐见，按惯例罗镇和孙从吾会一起开门放行，如有意外则可一目了然；三是一旦察觉宫中乱起，便可直接转身驰奔旧曹门外神卫军右厢第一军军营——钱惟演执掌西府枢密院，虽无法入宫取出兵符印绶，却也可事急从权，调出几都人马夺宫护驾。

对于这个方案，胡垚沉吟片刻，并未反对。这让沈追心中倒有了几分忐忑。其实此举有一个巨大的漏洞。钱惟演是宰执五相之一，有黉夜觐见的玉牌，随时可验牌进宫，但其余人并无此特权，沈追是在查犯官，胡垚是一介布衣，三十死士就算除去所有武械装备，也未必能进入皇城，若是趁钱惟演入宫，在门启之时突然发难，即便可以冲破东华门的一都亲从军守卫，也未必能攻开左承天祥符门，更别说是禁中的宣祐门了。而胡垚的计划却是三十死士护卫钱惟演直趋禁中,与孙从吾暗中集结的广运营拼死一战——至于如何将死士带入禁中,胡垚并没有提及,钱惟演也是缄口不言,仿佛这个问题根本不存在。

从流觞坊到东华门,距离并不远,脚程快些两刻钟内即到。时值戌初,东京城夜市正在熙攘之际,巨楼千灯,高厦红袖,三十死士都是在京房卫卒装束,就这么贸然出发显然是太招人耳目,胡垚安排五人一队,陆续出发,各走各路,在东华门外高头街会合。钱惟演、沈追和胡垚三人则自带一队,乘车前往。等眼前的三十死士只剩下五人,胡垚朝钱惟演和沈追拱了拱手,道:"钱相,沈提点,请上车。"

车是钱惟演的座车,平日并无他人乘坐,一下子挤进了三个人,多少显得有些拥挤。沈追和胡垚并肩坐着,对面的钱惟演闭目养神,平静的脸上看不出一丝波澜。马车行进的速度并不快,走在街市车水马龙间,宛如一叶扁舟被浪涌簇拥着,忽而抛起忽而落下,周遭喧嚣人气仿佛浪花一般翻涌不绝,市井细民的嘈杂声,沿街商贩的叫卖声,车夫挥鞭驱行的吆喝声,种种响动一声入耳,二声动心,三声销魂,最后竟成了刀剑相斫的撞击,断肢裂体的惨叫,就连做尽了刺奸灭口之事的沈追,此时此刻也只是黯然静坐而已,丝毫不复杀人如麻的底色。

六队死士在高头街顺利会合,差不多用了一个时辰,好在化整为零之后,并未引起皇城司巡城逻卒和驻京禁军的注意。高头街虽与马行街近在咫尺,却是另一番景象,街宽不过两车并行,东西两侧高墙厚壁,西边是死一般寂静的皇城,东边是烈焰烹油的马行街夜市,一侧如冰一侧似火,行走在高头街上,像是两侧不断地悄然挤压过来,唯有头顶苍穹满天星斗明明昧昧,才让众人确信不是走在地下甬道里。

高头街正中豁然开朗,宛如被一斧劈开,朝西是东华门外广场,朝东是东华门外大街,一众人等跟着钱惟演的座车西行,在东华门前停下。门外行军棚边点着灯球火把,早有一队亲从军士卒迎上,长枪旁牌顷刻间排列成阵,明晃晃枪尖映着淡淡夜色,小树林一般拦住了去路。一个都头模样的军官站在旁牌阵前,如临大敌地盯住了马车。

钱惟演下了车,镇定自若地背手而立,目光睥睨,扫过对面的亲从军。都头早看出来是钱府的座车,赶忙上来躬身道:"卑弁皇城亲从军第一指挥第三都都头丁文举,见过钱相!"

"辛苦。"钱惟演简短地说道,递过去了玉牌。

"没有信不过钱相的理,"丁文举接过玉牌,借着旁边士卒手中的火把认真端详,再毕恭毕敬还给钱惟演,赔笑道,"卑弁刚接晏相手令,今夜戌时起至明晨辰时,除非有太后、官家旨意或晏相本人手令,皇城七门闭合不启——"

沈追混在死士中间,丁文举的声音听得清清楚楚——"晏相手令",晏相,难道晏殊已经在禁中了?难道他已经得到了孙从吾和广运营的情报?

"本相,也不能进喽?"

钱惟演的声音并不高,甚至言辞间带了几分戏谑,但远近的人都能感受到他的气度,这个场合,这个气氛,是钱惟演最熟悉也最得心应手的。

"卑弁万万不敢!"丁文举的声音惴惴不安,"晏相说了,宰执各位相公都有太后和官家所赐玉牌,等同于已经有了旨意,随时可以验牌子进宫,不必按程序通报——不过晏相也说了,一面玉牌一位相公,只能由相公本人用,这些西府在京房的弟兄——卑弁总共就一个脑袋,实在不够晏相砍的。"

丁文举咽了口唾沫,不敢再说下去,唯有低头不语。

"同叔那么温文尔雅一个文人,怎么你说起来,竟跟个要砍你脑袋的刽子手相似?"钱惟演朗声一笑,道,"你便不怕你这个脑袋,被本相砍了?"

丁文举连声说着"不敢不敢",却一步步朝本阵退去,与此同时,亲从军数十杆长枪挂着呼哨齐刷刷落下,架在旁牌之上,一阵宛若山石滚落撞击的声音响起,枪尖攒刺向着来人。亲从军士卒都是从驻京禁军里优中取优遴选出来的,待遇比上四军还要高出一截,最讲究对长官绝对服从,只要长官一声令下,除了面前是两位圣人、宰执诸相公和本司提举孙从吾、本军指挥使罗镇,动起手来不会有任何犹豫。

胡垚站在钱惟演身旁,低声道:"钱相,硬闯不可能了。"

沈追距离钱惟演和胡垚尚有一段距离,两人的低声谈话悄不可闻。少顷,钱惟演独自迈步向前,走近旁牌阵时,丁文举一个手势起落,旁牌阵赫然开了一道口子,钱惟演步履丝毫不停,直到旁牌阵又浑然一体,挡住了他的背影。

东华门缓缓开启，又缓缓关闭，沉重的门轴转动声音，在寂静的东华门外广场上游荡开来，像是一声悠长深沉的叹息。

胡垚目送钱惟演进了皇城，转身朝高头街方向走去，死士们无声地跟上。走到高头街，胡垚停下脚步，回头在人群里找到沈追，冲他点点头，自己先上了座车。沈追走出队伍，来到座车旁，毫无犹豫地上车，坐在了胡垚对面。

"去景灵东宫。"胡垚的声音不高不低，既是对沈追，也是对赶车的死士。

沈追全身的血液骤然凝固，这是他此时此刻最不愿意听见的地点，得益于经年生死一线的实战历练，他内心深处的巨大恐惧经过层层过滤消解，传递到脸上的时候，只剩下了一抹浅浅的、微妙的笑意。

"沈提点有何见教？"胡垚饶有兴致地看过来。

"如果是在下，会留几个弟兄守在高头街，一旦有人尾随，先拿下再说。"沈追说着一叹，"如果真有的话，多半也是在下探事房的弟兄，还望峻高先生手下留情。"

胡垚含笑点头，撩起了车帘，朝着外边一望，马上有一个死士过来，胡垚将沈追的提议简短地命令下去，特别指示要留活口，不可为难，死士应声离开。胡垚放下车帘，沈追拱手由衷道："谢峻高先生一片仁心。"

"探事房的弟兄训练有素，都是大宋不可多得的人才，何必自损干城——去非贤弟，这是你我二人第二次对面而坐了吧？"

"上一次，是在下失手被擒，所幸峻高先生不弃，留了条命在——"

"不知去非还记不记得老夫当时的话？"

"你，还有用。"沈追平静道。

"去非贤弟真是好记性。"胡垚笑道，"贤弟当然能堪大用的，或许就在今夜了。"

"先生说的是——景灵东宫？"

胡垚笑而不答，车厢里一旦静谧起来，便显得格外逼仄。在这片难以言说的平静之中，沈追轻轻地笑了笑，这笑声是如此轻忽，如同月色里枝头飘下一片叶子，无声地落在地上。

难道胡垚知道了？这不可能。整个大宋，知道景灵东宫秘密的不会超过十人，而知道如何去使用这个秘密的——如果晏殊讲的是实话——只有三人，晏殊本人，沈追，还有一个神秘人，晏殊并没有告诉沈追此人是谁。

难道会是胡垚？晏殊怎么会把这个秘密告诉他？不会的，如果胡垚真的了如指掌，沈追就是毫无用处，胡垚没有理由带上沈追去做这件泼天大事。

那么，胡垚是如何知道景灵东宫的秘密，又是如何知道沈追可以完成这个秘密呢？

胡垚一直在沉默，沈追也只好沉默，在沉默中苦苦冥思着对策——然而时间已经不允许沈追再想下去了，因为目的地就在眼前。景灵东宫在皇城东角楼南侧，供奉着先帝太宗和真宗御容。前不久，在景灵东宫旁的景灵苑，钱惟演跟晏殊完成了一笔交易，沈追正是这场交易的牺牲品。马车停下的地方，就是景灵苑的院门，门是开着的，胡垚和沈追前后脚下了车，死士们已经进了院子。奇怪的是，整个景灵苑安静得瘆人，任何一个细微的窸窣声都会被放大到极致，如雷声般滚滚而来。

胡垚看着院门关上，转身对沈追道："去非贤弟，需要老夫准备些什么？"

"算筹。"沈追平静道，"若是没有现成的，找些树枝之类也成。"

景灵东宫的秘密众说纷纭，追溯起来要到太祖开宝年间。太祖一朝，太宗赵炅长期担任开封府尹，赵炅当时还叫赵光义，其府衙就在如今的景灵东宫，开宝六年赵光义获封晋王，这里便成了晋王府。太宗即位后，将皇子赵元佐、赵元僖、赵元侃兄弟等安置在原晋王府起居，赵元侃在诸皇子中序齿行三，本无缘帝位，孰料长兄元佐心疾失常，次兄元僖暴毙身亡，赵元侃才得以继承大统，是为先帝真宗。今上赵祯即位后，鉴于原晋王府住过两位官家，特意降旨改为景灵东宫，供奉太宗和真宗御容，以便宗室后人瞻仰纪念。这便是景灵东宫的由来。相传太祖赵匡胤在万岁殿晏驾之初，宋皇后密旨宣召太祖四子赵德芳，并让亲妹夫、时任武德司提举高处荣率亲从军封闭皇城七门，只许赵德芳奉旨入宫，其余任何人要想进宫一律扣押。但吊诡之处在于，最后进宫并成功即位的却是晋王赵炅。按理说，高处荣是当朝国舅，铁打的宋皇后一党，绝无反水放赵炅入宫的可能，那赵炅是怎么进的皇城？怎么过的宣祐门？怎么就悄无声息到了禁中万岁殿？于是又有传闻，讲从晋王府到禁中有一条地下密道，

377

太祖殡天后，赵炅的两个心腹从禁中经密道来到晋王府，接了赵炅抢在赵德芳之前入宫即位，这两个心腹不是旁人，一个是时任武德司探事房提点李惠，一个是时任入内内侍省班头王继恩。赵炅即位后，先是贬了高处荣到地方监视居住，再改武德司为皇城司，提拔李惠做了提举。宫闱秘事，暧昧莫名，从太宗朝传到了真宗朝，一晃数十年过去，才渐渐被人淡忘。

沈追身为皇城司探事房提点，景灵东宫密道的事当然听说过，不过也只是听说而已。他进皇城司为官已是天圣年间，距离开宝九年太祖晏驾过去五十年了，偶尔有民间小报把此事翻腾出来，无非是博人眼球，所讲更是神乎其神、荒诞不经，有时候弄得过了，探事房胥卒便抓来三五个小报商贩、撰文书生，冠以"妖言惑众、诡辞欺世"之名，或是打板子或是刺配流放，杀鸡给猴看，让其他同行明白不是什么都能拿来换钱的，之后总能老实一段时间。不过实话实说，小报确有一套让人欲罢不得的看家本领，沈家就有小报拥趸，沈追借公务之便，时不时拿一沓查禁抄没的小报回家，杜媛珠和郭婆主仆二人一念一听，如痴如醉，看得沈追唏嘘不已。次数一多，他也见怪不怪，觉得所谓景灵东宫密道根本就是捕风捉影，供人一笑罢了。沈追第一次确信景灵东宫密道属实，还是在天圣七年。那年辽国对高丽用兵，晏殊巡视河北路、京东路对辽和高丽情报剌奸事宜，沈追一路护从，行至京东路密州安化军，一行人驻扎在高密县。那天下午饭后，晏殊让沈追陪着在五龙河边散步，长官下属一问一答，研判出辽国敢于将宋辽边境的主力调往高丽作战，是得到了大宋不会趁机对辽动武的底牌，也就是说大宋的最高军事决策机密已经外泄。他们最终将焦点定在了枢密院礼房令使董齐庵。也就是在五龙河边，在这场对话即将结束之际，晏殊忽然话锋一转，亲口将景灵东宫密道连同开启之法，猝不及防地讲给了沈追。讲完这些，晏殊让沈追复述一遍，确认无误后便转向其他话题，再不复言。至于为何讲这些，为何偏偏是沈追，以及何种情状下可以开启密道，等等，晏殊根本没有提及，而在此之后，晏殊从未再单独召见过沈追，沈追也从未再接到过晏殊直接布置的任务。两年来腥风血雨无数，冲淡了许多记忆，以至于他开始怀疑那天跟晏殊的谈话是否真的存在，真的发生过——

算筹已经备好了。

景灵苑南墙有一丛竹子，死士们一拥而上，劈竹裁削，很快便制成了一袋算筹，根根长约三寸宽为一指，交在了沈追手里。整个过程中，胡垚一直袖手背后，站在沈追身旁，也一直没有吭声。

"峻高先生，现在出发吗？"

沈追将袋子系在腰间，他赤手空拳，不像死士们手刀手弩、一副只待厮杀的模样。见沈追发问，胡垚笑道："刚才就看贤弟衣服不太合体，还是换了吧。"

说着话，胡垚朝着身边的死士们点点头，众人纷纷脱掉了外罩的在京房常服，露出了里面的青衫，俨然已是皇城司胥卒的装扮。这倒不奇怪，在京房的卫卒是无权进入皇城的，更遑论禁中之地。看来胡垚的筹谋果真周密。不过，他应该只是知道景灵东宫密道的存在，却不知密道的具体位置，以及开启之法。沈追今天才明白了"你还有用"的真正所指，然而更凛冽的诡谲随之而来——董齐庵，胡垚，他们到底是何方神圣？一个是辽国刺机局鹰郎之首，一个是枢密院首席幕僚，他们之间到底是何关系？晏殊和沈追在荒野河边的绝密对谈，他们又是如何知晓的？

按照晏殊的说法，密道入口并不在景灵东宫，而是在景灵苑。在这里还是晋王府的时候，景灵苑是晋王寝殿后的直庐，王府卫队就在此值宿护卫。密道入口的准确位置，是景灵苑耳仓房内，出口则在禁中延庆殿外丹墀下的老虎洞里。所谓老虎洞，是大型宫殿修建时常见的施工技法，一般在宫殿台基底部，方便工匠运送建材土方，不必绕行太远。一般工程完工，老虎洞要么封死要么回填。太祖赵匡胤称帝后，命二弟赵光义监督扩建皇城，不知为何这老虎洞就一直保留下来，平日里内侍宫女在禁中进出常走此处，以免门禁森严查验之苦。据说今上赵祯幼时跟内侍宫女玩捉迷藏，躲在老虎洞里待了一整个白天。沈追身为皇城司要员，当然知道老虎洞，还亲自去勘验过，宽约四尺，长约五丈，贯穿整个延庆殿丹墀御道。禁中主体建筑为崇德、长春、延庆、崇徽四大殿，排列状若角尺，从宣祐门进入禁中便是崇德殿，为宰执率百官晋见外使朝觐之处，也叫前殿。崇德殿西为长春殿，是太后官家和宰执们御前议政之处，也叫后殿，延庆殿在崇德殿之北，太祖、太宗两朝名为万岁殿，真宗朝改为延庆殿，是官家寝宫，延庆殿再往北为崇徽殿，则是太后起居之所。老虎洞在延庆殿外，也就是说，从景灵苑可经密道直达禁中核心之地。皇城是太祖命太宗监修的，太宗特意留下了老虎洞，也在这里留下了密道的出口。天宝九年太祖晏驾，大约太宗真的是经由密道到的万岁殿，于是兄终弟及，皇室血统归为赵光义一脉。

密道入口的台阶又窄又陡，走起来颇须小心，待到脚落于地，才有了踏实之感。整个密道有两人宽，深不可测，全由青石铺砌，拱顶直壁，地面平整如镜，拼缝处细不可辨，尤为令人惊愕的是四处一尘不染，还有摆放整齐的笤帚畚箕，分明是定期有人来打扫，而且距离上次人来时间不长。整队六人一炬，后搭前肩，胡垚和沈追走在正中，前后各有一个死士。静悄悄的密道宛若一具狭长的棺椁，脚步声、呼吸声都微不可闻。不多时，前方队伍停下，简短的消息一声声向后传来：

"遇阻，机关。"

胡垚似乎早有预料，不慌不忙地点点头，又看向了沈追。沈追朝他一笑，朝前走去。前边的死士们都贴壁而立，不大的火把映着幽幽石壁，光影精灵般跳跃起伏。沈追径直来到最前方，一堵厚重的铁门赫然出现在眼前。门分两扇，正中是一个圆形转轮，精铜质地，圈圈层层，刻着密密麻麻的字符，轻轻触击有铿然之声——果然，一切正如晏殊所言。

"盈朒之间为正，正则通。"

这是晏殊口授的启门之法。

所谓盈朒，指的是盈朒二数，由南朝刘宋祖冲之命名，即圆径一亿为一丈，盈数为三丈一尺四寸一分五厘九毫二秒七忽，朒数为三丈一尺四寸一分五厘九毫二秒六忽。门扇上的铜质转轮共有九圈，对应着九个数字，也就是晏殊所说的"正数"。启门之法以盈朒之数为本位，与当时日期尾数之积确定正数，再在铜质转轮上转动出相应数字，一旦与机栝预置榫卯契合，则门启，反之则无效。沈追深吸了一口气——密道里空气阴沉，带着经年霉味，突然间拥入如此多人，又有火把在燃烧，沈追已经感到了胸中气短。

"光。"

沈追只说了一个字，却无人响应，直到胡垚重复了一遍，才有两个死士举火把上前，给沈追照亮了眼前地面。袋子敞着口，沈追取出一把算筹，按盈数为实数、日期为法数上下摆放于地，心中默念口诀："凡算之法，先识其位，一从十横，百立千僵，千十相望，万百相当。凡乘之法，重置其位，上下相观，言十即过，不满，自如头位。乘讫者，先去下位，则俱退之。六不积，五不只。上下相乘，至尽则已。"

当年在五龙河边，晏殊告诉沈追，密道里一共两道铁门，前一个从盈数取正，后一个从朒数取正，盈朒二数为实数，当日日期尾数为法数，实数法数相乘之积即为正数，也就是启门密钥。沈追是正经儒生出身，对算学并不擅长，自天圣七年以来，虽然私下里翻了不少算经典籍，却也只是习得皮毛，他曾想请熟悉的国子监算学博士帮忙，将正数提前算好牢记，但又顾忌如此奇怪的要求容易泄露机密，只能亲力亲为。两道铁门，两个启门正数密钥，每个正数却是有九个日期尾数的变化，算起来一共十八组，每组九位数字，不下一番死功夫是记不住的。沈追耗了无数光阴和心力，反复推演运筹，求出了十八组正数，又耗了无数光阴和心力，将这十八组正数熟记于心。这等玄机不能记录，只能靠心智强记，日子一长，又毫无用处，久而久之便淡忘了。后来沈追索性也不再去强记，反正知道了运筹之法，真的有用到的日子，临时算出来也就罢了——最好永无此日。

沈追盘腿摆弄算筹，胡垚在一旁冷眼观瞧，始终未发一言。沈追起初的确想过独自运筹，但身为鱼肉人为刀俎，避是避不开的，退一步讲，即便胡垚精通算学识破了个中机密，以后的事也只能交给以后了——至于眼下，沈追没有任何选择。

时间不知过去多久。密道里的空气越发浑浊起来。三十死士加上胡垚和沈追，一共三十二个人，留在高头街扫尾五人，留在景灵苑入口处两人，密道里还有二十五个人，尽管都受过严苛训练，在如此幽闭森森的密道里延宕起来，谁都难免有些焦躁。渐渐地，呼吸吐纳的声响，不安地挪动脚步的声响，开始在密道里悄然滋长。

沈追是故意的。进入密道的瞬间，沈追就拿定了主意，不管情形如何都要尽可能地拖延，让死士们搏命一击的锐志在这里慢慢消磨。但要做到这一点，他需要超出以往任何时候的沉着和平静，毕竟在他身边始终有一双鹰隼般的眼睛。沈追做出这个决定并不容易,他也并不确信自己的决定是否正确,他一边运筹,一边不停地让自己回到天圣七年五龙河边那个触不可及的黄昏,晏殊坐在岸边,不时朝河里抛一颗石子,这使得水面的涟漪总也不断,像是本来就该如此。沈追记得晏殊对他说:"天圣者,母子一体,二人为圣,去非,你的使命,就是要保证两位圣人的绝对安全,但凭此一片公心行事。切记,切记。"

比预想的时间拖延了许久,沈追终于算出了第一道铁门的启门密钥。他一直没有抬头,不过可以感受到密道里越来越浓郁的躁动和焦灼,甚至连近在咫尺的胡垚都出现了短暂的呼吸紊乱。大概就是这个时候了。沈追站起身,他能感到黑暗中隐藏的二十几双眼睛,在如狼似虎的注视里,他来到了铁门前,手指搭在转轮之上。

廿一丈九尺九寸一分一厘四毫八秒九忽,对应的数字是二一九九一一四八九。

虽然沈追相信晏殊不会骗他,但当铜质转轮里的机栝嘀嗒声响之后,门启的瞬间,他还是感受到了无穷的震撼。如果有机会,如果他能问晏殊一个问题,他一定会打听是谁造出了这个机关——前提是,沈追能活着见到晏殊,而就眼前的局面来看,他并没有足够的把握做到这一点。

一股清洌的空气扑面而来,所有人都本能地在深呼吸。胡垚拍了拍沈追的肩膀,笑道:"去非贤弟,请前边带路吧。"

不多时,第二道铁门出现了。沈追刚要盘腿坐下,胡垚忽地伸手拦住他,道:"去非贤弟怕是不擅算学?无非是盈朒二数来的,可否由老夫代劳?"

"果然瞒不过峻高先生,一看便知了。"沈追平静地将袋子递给胡垚,道,"朒数为实数,九为法数。"

胡垚摸出一把算筹,犀利地看着沈追:"法数为何不是七?"

"今天是二十七日,第二道门,法数为二七之和。"

胡垚便不再问,盘腿而坐,飞快地运筹计算。显然,他的算学造诣远高于沈追,只用了刚才的一半时间便已算出正数廿八丈二尺七寸四分三厘三毫三秒四忽,对应数字为二八二七四三三三四。

胡垚径直走向铁门,他的手刚要搭在转轮之上,沈追忽然道:"且慢。"

胡垚转身,借着火把的光,看得见他的脸上闪过一丝异样,随即又是波澜不起,道:"去非贤弟又有何见教?"

有两双手鬼魅般地控住了沈追的胳膊,一把匕首已经抵在他的后心。沈追并不反抗,只是淡淡地道:"从外到内,先阳后阴。"

阳数为奇,阴数为偶,所谓"先阳后阴",是指在一三五七九轮圈转入正数前五位后,二四六八轮圈转入其余四位。胡垚何等通透精明的人,一听便懂,当即如法施为。第二道铁门应声开启。

"只有这两道铁门,出去之后就是老虎洞,在延庆殿外丹墀之下。"

沈追说话的时候,又被浑身搜了个遍,这是他第二次被搜身了。死士们果然是被胡垚亲手调教过的,对皇城司的底细了若指掌,所有可能藏物之处都再三检查,甚至连口里肛里都查过了,直到确认无误。

"峻高先生何必多此一举?"沈追哑然失笑,道,"到了现在这一步,在下已是犯了谋逆弑君的死罪,先生还不肯放心吗?"

"去非贤弟何出此言?"胡垚正色道,"吾等此举是奉钱相之命,实属擎天保驾的不世之功,何来谋逆弑君?"

"先生头顶之上,就是官家的寝宫,任何人不经宣诏出现在上面,都是谋逆之举,携带兵械,更有弑君之嫌,不知峻高先生和诸位弟兄,有没有做好这个准备?"沈追冷冷地看着胡垚,继续道,"在下的命,跟诸位已经绑在一起了,却仍如此防备,怎不让人心寒?"

刘太后

到底上了年纪，总归是精力不济，白天忙了一天政务，刘太后早早就乏了。戌时未过，太后寝宫崇徽殿里外便熄了明火，只在回廊转角留了座地绢纱宫灯，跟光亮一起隐匿的，还有各种人声脚步声。除了领班的入内内侍省班头田赐谷和守门小太监，其余内侍、宫女都退到了殿外庑房，前后夜轮班，随时准备进殿侍奉。整个崇徽殿宛如逐渐冷却的火炉，等待着朝阳再起时重归炽烈。

自天圣元年开始，这样的日子周而复始，从未有过改变。

二鼓已过。亥正时分。临近月末晦日，蛾眉残月隐隐不见，周遭黑得瘆人。崇徽殿的宁静被悄然击碎。两个人影从庑房闪出，手刀挂地，半蹲下来，朝一旁黑暗处轻轻吹了两声呼哨。很快，一丛人影从黑暗中出现，猱身来到两人面前，简短忽微的两句对话之后，会合在一起朝殿内疾进。崇徽殿面阔七间，正面三间，木质大影壁后是正合堂，即太后召见臣子议政之处，两侧是东西二配阁，东侧是佛堂，西侧是女红房，西北角之华居才是太后每晚就寝之地。殿门内、影壁后和勾连各处的穿阃都有太监执勤，循由皇城司的条令，太监身上都挂着铜鱼警笛，一旦吹起，整个禁中都听得真切——不过笛音注定无法响起了。

守门的小太监熬到亥时，正是疲怠到极点之际，刚刚打了个呵欠，忽地听到轻微的异响，未来得及反应，已有一道黑影到了面前，跟影子一起到来的还有闪电般的杀气，来人一手拧肩一手按头，清脆的咯嘣声响之后，小太监的脑袋耷拉下来，尸首被轻轻托着放在地上，整个过程不出三哨。来人如法炮制，影壁后的小太监也很快变成尸体，更多的黑影无声地拥进崇徽殿，最后一个值守小太监也倒在了地上，他已经把警笛举在口边，可惜到底没有能吹响，阻止他的是一支射入额头的弩箭。

之华居取自《诗经》"桃之夭夭，灼灼其华"，作为大宋实际统治者日常起居之处,之华居并没有常人想象中的奢靡堂皇,甚至不如一些豪商巨贾家宅阔绰。田赐谷正站在门口,手里提着一盏灯笼,透过纱罩,烛光变得软糯温润,宛如红酥手般盈盈一握。

七八个黑影来到田赐谷面前,为首的头目前行一步,朝田赐谷躬身一揖,低声道:"属下见过田副使。"

田赐谷也是低声道:"情况稍有差池——"

头目一怔,刚想发问,田赐谷接着道:"太妃也在。"

"那——依计行事?"

田赐谷点点头:"那边怎么样了?"

"已经到了延庆殿,姚副使在等这边消息。"

田赐谷不再说话,转身轻轻叩门。他的举止很有耐心,并不着急,似乎依然没有忘记自己的身份。过了片刻,里面传出声音:"何事?"

田赐谷推门进去,将灯笼放在桌上。门外的人并未进来,静静地守在门口。田赐谷点亮了两根蜡烛,烛大台高,漆黑的卧室里顿时见了光亮。凤床上坐起了两位妇人,年长的是刘太后,另一个正是"小娘娘"杨太妃。突如其来的光明让两人深感意外,本能地抬手遮眼。刘太后不由得斥道:"要造反吗?你——"

"回太后,正是。"田赐谷淡淡一笑,道,"对大宋来说,咱家正要造个反。"

"放肆!"杨太妃怒道,"田赐谷,你是要作死?"

"回太妃,今天晚上的确会有很多人死,而且已经有不少人死了。"田赐谷还是不咸不淡的语气,"不过只要太后、太妃从善如流,顺应天命,还有的是福寿绵长。"

"若是不呢?"杨太妃冷笑道,"你一个贱奴,竟敢如此要挟太后!"

"咱家的确是贱奴,还是个身体有缺的贱奴。"田赐谷拱手一揖,"但太后、太妃的性命,此刻恰恰就在咱家这个贱奴手里。"

片刻的安静,摄人心魄的安静。

"妹妹,老身我是不怕死的,你也莫怕。"刘太后拉着杨太妃的手,竟是一笑道,"妹妹放着好好的保庆宫不待着,今晚非要来崇徽殿跟我住,这也是咱们姐妹的命吧。"

385

"我与姐姐相识三十五载,共奉一君,共育一帝,这样的命还不好吗?"杨太妃说着话,语气神情都平静起来,转目冷眼瞧着田赐谷,"倒是这些乱臣贼子,难免要株连九族,逃不了灭门之命了。"

杨太妃年近五旬,比刘太后小了一纪,后、妃两人都生在益州,太后在华阳县,太妃在郫县,算是正经同乡。太妃十二岁嫁入太子东宫,与太后情同姐妹,一路数十年相扶相持,偌大个后宫里除了太后,就是太妃地位最为尊隆,皇后郭氏在她面前都得伏低做小,须臾不敢造次。田赐谷是宫里老人,也只知道她是敦厚谦和的"小娘娘",没见她跟谁发过脾气,今天这样口若刀剑的犀利言辞却是闻所未闻。明知大变既成,明知门外就是谋逆刺客,明知死在眼前,后、妃二人还能如此从容不迫,毫无慌乱失态之举,倒让田赐谷有些错愕。

"妹妹说得是,除了诛灭满门,他们还能有什么下场?"刘太后拍了拍杨太妃的手背,目光凌厉,直视田赐谷,"逆贼,我们姐妹一后一妃,何等尊贵,岂能受你所制?"

田赐谷叹了口气,道:"太后,既已视死如归无所畏惧,何妨听听咱家主人的意思?"

杨太妃刚要反驳,刘太后却道:"你要说便说,老身死都不怕,还怕你什么虎狼之词吗?"

田赐谷轻咳一声,从怀中掏出一束黄绢,小心地展开,映着烛光看去,黄绢上密密麻麻,满是工整清晰的字迹,只听得他道:

"维大汉广运五十八年大辽景福元年,岁次辛未,八月丁巳朔、十九日甲午,大汉皇太子大辽驸马都尉晋国王续,谨致书于大宋太后、皇帝阙下,远承信介,特示函书:孤虽不才,承大汉英武皇帝惠宗皇嗣,自大汉广运五年大辽保宁十年正月去汉入辽,虔奉欢盟,于今五十又三年矣。昔者周篡于汉,宋篡于周,暴殄于天,蕞尔二丑,虺蜴为心,豺狼成性,近狎邪僻,残害忠良,山岳崩颓,风云变色,污国虐民,毒施人鬼,冠者流涕,士子伤怀,天下归汉之心久矣。今者天生烝民,树之司牧,二帝推公而禅位,三王乘时而革命,其揆一也。唯尔小子,遭家不造,人心已去,天命有归,五运推移,上帝于焉眷命,三灵改卜,王者所以膺图……"

田赐谷刚说到"大汉皇太子"时，门外传来一阵轻轻的响动，七八个汉子身穿皇城司胥卒常服，单膝跪倒在地，眉目低垂，静静地听着。讲到"于今五十又三年矣"时，不但田赐谷的声音哽咽起来，刺客之中也是悲声隐隐。

"……远具披陈，专俟报复，不宣，谨白。"田赐谷终于念完，小心翼翼地收好黄绢，道，"大汉救命广运营隮宋副使臣田赐谷，恭奉我主大汉皇太子之命，谨致书以上。"

又是片刻的安静。杨太妃感觉到刘太后的手从紧握到松弛，像是在这片刻之中，已经走了太远太久的路程。

"妹妹，你听出来这个贱奴的主人，究竟是谁了吗？"

"听他的意思，是个什么大汉皇太子？"杨太妃狐疑道，"汉在唐前，这都多少年了？哪里来的太子？"

"他说的那个汉，不是汉唐之汉。"刘太后冷笑道，"老身当年辅佐先帝处理政务，多少了解一些前朝往事。贱奴说的汉，是刘知远建的汉，他本不姓刘，是个沙陀人，谎称自己是汉明帝显宗第八子淮阳王刘昞之后，定都开封，国号大汉，国祚不到四年就亡了，刘知远的弟弟刘崇接着在晋阳偏安称帝，国号也是大汉，本朝称之为北汉，在太宗太平兴国四年被灭，信里的皇太子刘续，是北汉最后一个皇帝刘继元的儿子，六岁时被送到北虏当人质，后来成了北虏的倒插门赘婿。大宋立国已有七十年，刘续居然还想让官家禅位给他——妹妹，你说可笑不可笑？"

"自然是可笑至极，一个亡了国的六旬老叟，求二十岁少年天子禅位，亏他想得出来！"

后、妃两人旁若无人地说话，田赐谷耐心地听着，叹道："若是太后、太妃执意不从天命，怕是看不到明天的日头了，还有你们说的少年天子——玉石俱摧兰艾同焚，岂不可惜？"

"官家是天子，受命于天，若上天让天子死社稷，那就是天命，有何可惜？老身和太妃养育官家，与官家一道去见先帝，又有何可惜？"

"毕竟是母子一场，太后和太妃就真能眼睁睁看着赵祯死于非命？他若禅位，不但你们母子的性命可以保全，赵氏宗族也可以安享荣华富贵，何必非要去死呢？赵恒只有赵祯这一个儿子，他若死了，赵恒可就要绝嗣了。"

搁在以往，田赐谷一个内侍竟敢直呼官家名讳，这本就是大逆不道的死罪了，但搁在眼下这个光景，再斥责动怒也毫无意义，刘太后便冷笑一声，道："先帝固然只有此一子，但太宗一系枝繁叶茂，宗室子弟众多，都是龙子龙孙，由当朝宰执依礼法择一子弟，过继给先帝承嗣便是，又岂会如刘续狗辈之愿？"

"看来，太后是不会答应禅位之事了。"田赐谷平静道，"太后、太妃对我主人皇太子多有忤逆之词，人神共愤，门外的弟兄们早已等不及了，他们都是怀着国仇家恨的人，若是放他们进来——或许全尸亦不可得，还望太后、太妃思之。"见后、妃二人又要开口反驳，他便笑着摆了摆手，继续道，"刚才太后说，由当朝宰执择一宗室子弟为嗣，但咱家想问问太后，若是宰执之中也有效忠皇太子的人呢？太后又该如何自处？"

杨太妃悚然一惊，她蓦地感觉到，刘太后的手忽然紧紧攥了起来。

胡垚

延庆殿，长春殿。殿中两侧摆着两架冉字灯台，台高一人有余，高烛明照，照得堂中鲜明亮若白昼。

赵祯一直没有说话。

"秉礼持谦，敦仁谨言"，这八个字是晏殊十几年来一以贯之的教诲，赵祯也的确做到了。此时此刻，晏殊就站在赵祯身边，一脸怒容双目犀利，相比之下，竟是学生要比先生更为沉稳。同样站在赵祯身边的还有钱惟演，但跟晏殊相比，他显得踟躇惶恐，失去了以往雍容不迫的风度。这也不能怪他，因为在他对面，胡垚刚刚放下了手中的黄绢："我主皇太子的态度，官家应该听清楚了吧？"

晏殊冷笑道："不值一驳，无稽之谈而已——钱相以为如何？"

钱惟演心中一紧，忙道："自然是不值一驳，钱某驭下无方，罪该万死，请官家严惩！"

赵祯稳稳端坐，看不出任何态度。晏殊继续道："要说驭下无方，晏某也难辞其咎——沈去非，广运营到底给你开了多大价码，能让你做出此等大逆不道之事？"

沈追被两个死士左右挟持动弹不得，只能叹上一声，苦笑摇头道："属下死罪，本是一心要进宫来保驾的，却着了人家的道。"

"你说的人家，是谁？"晏殊凛冽的目光扫视着面前的人。胡垚，沈追，两个穿着皇城司胥卒常服的死士，在他们身后，在长春殿影壁之后、延庆殿殿门里，还有一队同伙——他们虽然没有进入长春殿，但从刚才齐声低呼"大汉万年"的阵势来看，为数至少有十数人之多。与赵祯身边的两位宰执相公相较，这完全是压倒性的战力对比。

不等沈追开口，胡垚淡淡道："晏相何必多此一问。何况以目下之局势，追究这个还有何意义？去非贤弟这样的识时务者，大宋本就有不少，日后只会越来越多。"

"痴人说梦罢了。"晏殊哂笑道，"大宋立国七十年，明里暗里多少血雨腥风都过来了，你们这群蕞尔小丑，能翻起什么波浪？妄图给伪汉招魂，何其可笑荒唐！"

胡垚看了眼晏殊，又看着钱惟演，最后把目光打在赵祯身上，拱手一揖道："赵祯官家，老夫倒想听听你怎么说。"

"放肆！"

晏殊和钱惟演几乎同时呵斥起来，钱惟演更是健步上前，站在胡垚对面，挥手一记耳光打在他的脸上。胡垚不躲不闪，硬生生地挨下这一掌。晏殊冷冷地看着他们，神色波澜不惊，仿佛这一切并不意外。在场人都知道，胡垚一直是钱惟演的心腹文胆、第一谋士，不料想他竟自称是广运营的赆宋副使，带着手下悄无声息地摸进了禁中，而更为吊诡的是，在胡垚出现在禁中仅仅半个时辰之前，钱惟演黉夜进宫，拉着在皇城司值守的晏殊联袂来到延庆殿，叫醒了刚刚入睡的赵祯。至于君臣三人说了什么，并无人知晓，但从钱惟演面圣到胡垚等人突如其来，君臣三人没有任何应对举措，这就更加重了钱惟演的嫌疑——如果他是来报信示警的，那么为何晏殊没有当机立断调动亲从军护驾？但如果他真是来给胡垚和广运营做内应，眼下已是大功将成，又何必遮遮掩掩，打了胡垚这一耳光？

胡垚坦然地看着钱惟演，不动声色地道："钱相又何苦动粗？我主皇太子受禅登基之日，钱相便是不折不扣的复国元勋，即便是重封吴越旧藩，赓续钱氏三世五王之基业，也是探囊取物一般——"

"你放屁！"钱惟演气得面皮涨紫，浑身都在哆嗦。赵祯和晏殊一直冷眼看着。他们师徒二人不发声，就是在看钱惟演如何行动，而胡垚的说法无异于火上浇油，赤条条揭开了钱惟演内心最深处的想法，并摆在了众人面前，而且这众人里，还有今上赵祯。

钱惟演一把抓住胡垚的前襟，用力地推搡，胡垚任由他举动，脚下却如同铁铸一般，没有丁点挪动，完全没了往日病夫的样子。沈追在旁看得真切，不由得心中一凛，下意识地看向晏殊，两人的目光交会在一处，就像一阵风遇到另一阵风，无声而呼啸着远去。

"钱相！"

钱惟演似乎充耳不闻，晏殊只好上前拉住钱惟演，道："钱相，官家圣明烛照自有圣裁，不必跟逆贼计较。"

钱惟演松开了手，胸口还在剧烈起伏，转身朝赵祯道："官家在上，老臣失态了，驭下失责甘愿受罚，但老臣钱氏一族自先武肃王起，就对官家和大宋一片忠心，虽九死其未悔，还请官家明鉴！"

晏殊和赵祯相视一眼，赵祯目光微动，缓缓道："钱卿且归本位。"

这是大变骤起之后，赵祯第一次开口说话。他的话很简短，声音也不高，但清晰而有力。长春殿里顿时一派寂然，所有的目光都打在了这位刚过弱冠的少年天子身上——赵祯之前的沉默只是在累积着他开口的重量，毕竟在这里，他才是唯一的主人。

明眼人都看得出来，胡垚和广运营的突袭有两个目的，其一是逼迫赵祯同意禅位，一旦威逼无果，则会取了他的性命，为晋阳隰城死难者复仇。对赵祯而言，两个都是死局，甚至生不如死。而对胡垚来讲，无论哪个结局都是不折不扣的完胜——如果同归于尽也算的话。

突然出现的寂然，又被突然打破了。只听得赵祯道："先帝大中祥符八年，朕那时还叫赵受益，年方六岁，到了开蒙进学之年。先帝给朕建了资善堂，延请了李迪、王曾二位相公为朕的先生，晏师傅也是那年到朕的身边，朝夕相处，侍讲伴读——晏师傅，没错吧？"

赵祯说着，脸上居然出现了些许微笑。

"回官家，李复古、王孝先两位相公都是状元及第，先帝朝位列宰执，俊彦硕儒堪称一代名相，灿若巨日，臣萤虫之微光，岂敢与两位相公并称？臣记得那年宫中大火，把东宫烧成了白地，先帝没有先修东宫，而是先重建了资善堂，大火次日便设棚授业，两位相公没有耽误官家一天进学。"

"先帝煌煌圣训、诸位帝师谆谆教诲犹在耳畔，朕夙兴夜寐，须臾不敢有违。"赵祯转向了胡垚，仍是不疾不徐的口吻，话锋却陡然一转，"峻高先生，卿本姓姚吗？"

"祖居河北真定。"胡垚从容道，"后唐同光年间迁入代州五台县，大汉广运六年晋阳隳城，姚某的父母、叔伯、兄长、姐妹悉数死于城中，姚氏一门宗亲九十余口，仅剩姚某一人。"

"卿等谋逆，事出有因，所谓国仇家恨，人之常情，朕不与卿计较。"

胡垚看着赵祯，笑道："是否与姚某计较，那是你赵祯的事，姚某并不介怀。不过，广运六年五月十八日枉死在晋阳城中的数万条人命，会跟你计较的。"

赵祯平静地叹了口气，道："卿所言晋阳隳城之事，朕亦有耳闻，卿等意欲为家国复仇，朕不阻拦。但所谓禅让之事，绝无可行之理——朕自六岁开蒙，学的便是帝王之道，人主之学，一心只要做个仁君，所幸御宇至今尚能克绍箕裘，谨身持重，与民休息，不启边衅，自觉亦无恶政，不枉诸位帝师十几年的教诲。倘天不假年，命尽于今夜，晏、钱二位相公若能保全，朕的起居注和后世实录上，务必留下此笔。"

胡垚冷笑道："赵官家，果真要走到这步吗？"

"朕为天子，承太祖、太宗、真宗之嗣，朕之命系于天，天若亡朕，朕自当坦然受之。不过峻高先生，朕死了，史书上会多一位死社稷的贤君，而卿又能得到什么呢？卿口口声声忠于卿的大汉，那么彭城郡公刘继元，卿又当如何看待呢？刘继元当年审时度势，纳土归降，得以寿终正寝，一族血食至今不绝，卿等今夜闯宫大逆不道，不但不能复辟刘汉，反倒绝了刘继元一系的生路，敢问峻高先生，此等坑陷旧主之举，算得上忠臣所为吗？难道卿等数十年之披肝沥胆谋划艰难，就是为了让刘续来做个傀儡儿皇帝？大好江山锦绣社稷，统统要交给北虏糟蹋才心满意足吗？"

"一派胡言！老夫身为隳宋副使，襄助参赞隳宋使数十年苦心耗尽，为的就是光复大汉，为的就是给晋阳死难者报仇——"

"何其愚也。"赵祯喟然一叹，道，"残唐五代纷乱如麻，死于非命者又岂止晋阳一城中人？梁唐晋汉周，生民宛如蝼蚁，乱世中死的人，百姓有之，将士有之，勋贵有之，君王有之，直至天命归于大宋，才重整了汉唐山河，中原归于一统，黎庶得以太平。卿亦是读书人，士大夫岂不知民为贵、社稷次之、君为轻？死了那么多人，才有了今日之局面，先生何苦再平地掀起波澜呢？兵燹旦起，到头来枉死的不还是百姓吗？"

胡垚背着手，稳稳地站着，他的目光里满是不屑和骄傲。他耐心地看着眼前的君臣——还是有遗憾，在他的设想里，赵祯无非一个刚过二十岁的年轻人，肯定会方寸大乱，不应该有这样的沉着和镇定。胡垚在刹那间有些恍惚，难道赵宋真的应了天命吗？真要如此，他倾尽近乎毕生心血进行的"隳宋"，又有何意义？至于赵祯所言，倒并未超出他的预料，不过他以为这些冠冕堂皇的言辞会出自晏殊之口，就算是晏殊耳提面命，赵祯能讲得如此从容不迫，也着实惊人——但他的恍惚也只在一瞬间而已，面前君臣三人的性命都在他手里，即便是隳宋不得，隳了宋帝也是惊天动地的勾当。

胡垚瞬间迸发的思绪，赵祯当然不会知晓，他只是继续缓缓道："朕说过，卿若执意复仇谋逆，朕不阻拦，卿若能如彭城郡公识时务知取舍，朕亦不追究。卿行今夜此举，自是生死已然看得淡了，但卿要明白，今夜在这延庆殿长春殿里的事，不只关系卿一人生死——"

是到收官之际了。棋局必须有一个结尾。

胡垚按下芜杂的念头，蓦地冷笑起来，打断了赵祯的话："赵官家，你若一心求个贤君之名，老夫成全你。但你想过没有，即便你不愿禅位，还有一人可以昭告天下——"

胡垚的话戛然而止。他骇然发现，对面的三个人脸上，不约而同都浮现了笑意。赵祯的笑带着几分惋惜和感慨，晏殊则是鄙夷和自信，钱惟演却是一派惶惶不安的苦笑，笑得意味深长。同样看到三人表情变化的，还有沈追。刹那之间，沈追似乎明白了什么。那该是一个多么匪夷所思又丝丝入扣的秘密。

"宪二宪三！"

两个死士闻声进堂，各自提着手刀，穿着皇城司胥卒常服："姚副使！"

胡垚强抑住汹涌而来的危机感，低声道："崇徽殿，接田副使和太后过来。"

宋崇

广运营自第一代隳宋使手创至天圣年间,已过五十年了,人数始终不超百人,祖籍都是河东。除了谍报、密传、暗钉之外,广运营精锐死士共分十二伍,每伍五人,设一伍首,以北汉"并汾忻代隆宪、蔚沁辽麟石岚"十二州命名,合称"广运十二伍",胡垚所言之"宪二宪三",即指宪州伍的两位死士。十二伍分散在大宋境内,彼此间互不联系、互不知晓,即使一伍有失,也不至于牵连其他。即便同在一伍,死士之间也相互不识,只有伍首知道各自底细。十二伍由隳宋副使胡垚居中调度,胡垚手下有密传令三人,各辖四个密传,每个密传专司一伍,只与伍首联络,负责消息传递和经费拨付。正是依靠这个神秘高效的网络,广运营才得以在漫长的潜伏之中安然存续,默默地等待着最后一击。

是夜无月有风,万籁不响。延庆殿后门悄悄开启,宪二、宪三一闪而出,门复又关上,门后人影晃动了几下,一切归于平静。一阵夜风刚刚钻进延庆殿,便被马上闭合的门挡在了外边,只好转过身来,追赶黑暗中奔跑的两个身影。延庆殿在崇徽殿之南,两殿相去百步,之间是青石铺就的空场,以宪二、宪三的脚力顷刻即到,两人的脚步踏在青石上,发出一串串有规律的动静,很快就消解在无处不在的夜风里。夜风无边无际,静静地看着两人热烈地奔向死亡。

在广运十二伍中,宪州伍最为特殊,伍首是父亲,宪二到宪五都是本家兄弟,宪三更是宪二的亲弟弟,此刻正仗着年轻冲在前边。北汉亡国于五十年前,广运营各伍死士几乎全是生长于大宋,毁家之仇、亡国之恨较之父辈师辈早就淡薄,全赖自小耳濡目染,复仇与其说是使命,倒不如说是信仰。眼见数代人隳宋大功将成,宪三心潮澎湃之余,步法神志都有些散了,而此情此景、此心此情,即便是年长不少的宪二也难以自持,不免已有几分忘形。等来到崇徽殿正门外,宪三微微平定喘息,回头向着宪二咧嘴一笑。宪二慢了弟弟几步,又是一路全力发足跟来,喘息声比宪三大了不少,只觉喉干咽涩,胸口急剧起伏,仍是不忘朝宪三做了个"万事小心"的手势。

宪三上前一步,身子贴紧了侧门,轻轻打个呼哨,脸上的笑意挥之不去——是的,门很快就会开启,他和宪二会见到传说中的副使田赐谷,再带着已然就范的老太后到延庆殿,长春殿里的赵祯一见到老太后,就什么都得乖乖答应了,如果他仍不答应,索性一刀捅去,血溅如泉,也算为广运六年死在晋阳城里的乡亲报了仇——

然而宪三想到的这一切,他都没有机会看到了,或许,也根本不会发生。

呼哨声刚落,数支弩箭破空而至,宪三来不及反应就倒了下去,宪二反应奇快,躲过了一支弩箭,却被随后射来的弩箭正中咽喉,鲜血立刻从箭杆血槽中喷出。与此同时,门开了,从里面跃出两三个人影,无声地在兄弟俩要害处补上一刀。抽搐的身体很快僵硬,被拖拽到了殿里,殿门处站着一人,胜利而侥幸的目光打在死去的宪二宪三身上,再倏地扬起,看向了远处黑压压的延庆殿。

的确是侥幸。倘若此刻转头回溯,仅仅是在片刻之前,当皇城司的攻击还未触发、田赐谷还在喋喋不休地讲述时,如果宪二宪三忽然赶到,广运营在人数上的优势会更加难以动摇,崇徽殿中的局面就会是另一个样子了。毕竟刚才的攻击全靠突袭,胜在攻其不备,若真是硬碰硬较量,结果很难预料——即便是宋崇和他最精悍的手下。

宋崇收回了视线,转身进了崇徽殿。刚刚动手之际,他想过留个活口,但为了万无一失,他并没有发出相关信号,他当然渴望了解对面殿里的情况,但局势严峻,不容他有任何闪失,他的使命是留在这里,寸步不离,确保太后和太妃的绝对安全,所幸,至少她们现在还是安全的。

之华居外,尸体已被拖走,杨良祐提刀守在门口,他脸上隐约还有血迹,青衫上沾染的血却是一时擦不掉了。见宋崇过来,杨良祐迎上来低声道:"有一个半死的,骂得太难听,太后口谕,让他到阴曹地府说去。"

宋崇没接话,指了指自己的脸,示意他弄干净,道:"对面来人了。"

"听见动静了。"杨良祐抹了抹脸,"谁的人?"

"广运营。"宋崇皱眉道,"对面的情形——"

同袍经年,无须多言。两人相视一眼,都沉默起来,不约而同回忆起刚刚结束的厮杀,如此惨烈而凶险,在他们的印象中,还从未遇到过这样的对手。

"田赐谷还在里头?"

"属下想拖他走,太后和太妃都不让,说要亲自问话,"杨良祐有些不安,"按说经咱们办过的人,横竖动弹不了,不过属下这心里——"

"不成,太后和太妃绝对不能出事,办过的人也得小心,鄠溪渡口的事你忘了吗?你的人分两拨,你带一个在外埋伏,其余的进殿护驾——"

两人低声的对话蓦地被打断了,之华居里面传来了太后的声音,清晰而严正。

"外头的人,进来吧。"

宋崇看了杨良祐一眼,拍了拍他的肩头,推门进了之华居。太后和太妃端坐,虽未换上后妃常服,发髻也没来得及梳得妥帖,但比起田赐谷刚刚推门而入时已经判若两人了。宋崇严遵君臣之礼,进门之后便是欠身颔首,不敢抬头一睹圣颜。田赐谷软绵绵靠在墙边,肩、肘、腕、膝、踝五处大关节都被强行破坏,人没死,也只是剩了口气在。即便如此,宋崇还是不放心,抢先道:"太后太妃在上,卑弁失礼了。"

不等太后发话,宋崇健步过去,在田赐谷身上细细摸索一番,确认没有可疑之物,这才松了口气,道:"卑弁皇城司刑事房提点宋崇,率本司胥卒护驾!"

"尔便是宋崇?"刘太后微微点头,道,"尔这名字,老身听过的。皇城司孙从吾提举说过,司里一处四房五千军,一个是尔,一个是叫沈追的,可堪重任。此番尔等护驾之功,官家和老身都不会忘。"

"孙提举谬赞难当,卑弁护驾实为职责所在,不敢言功。"

短暂的安静之后,杨太妃开口道:"太后召宋提点进来,是要问你几句话。"

宋崇一愣,顾不上犹豫,马上道:"卑弁遵旨。"

"官家怎样?有无危险?"

"卑弁不知,但卑弁相信官家安全。"

田赐谷胸口起起落落,运足了力气要说话,不料一张嘴就是一口血涌出,呛得他痛苦地摇着头，他的四肢都废了，只能无助地蠕动，像一条被钉在墙上的蚯蚓。宋崇一看便知，刚才杨良祐"办"他的时候一定加了私货，故意顶断了他几根肋骨，伤到了脏腑，这样一来，田赐谷真的是命不久矣，怕是熬不到会审问罪了。

杨太妃瞥了眼田赐谷，朝宋崇轻轻点头，宋崇来到田赐谷身边蹲下，一手托背，一手在胸前稍稍用力挤压，田赐谷体内瘀血又喷出不少，总算缓过一口气，喘息略微平定。

宋崇低声道："太后问你话，好生回奏。"

"赵祯，赵祯活不了了，你们两个妖婆，也是，也是死路一条——"

"放肆！"杨太妃横眉竖目道，"让他闭嘴！"

宋崇不敢怠慢，马上两手加大了力道，断裂的肋骨在田赐谷体内继续穿刺，剧烈的疼痛击穿了忍耐的极限，他连声惨叫都没有，便昏厥不醒。宋崇探了探鼻息，将他轻轻放下，头靠在墙上，以免瘀血阻塞气道而窒息。做好这一切，宋崇施礼道："太后、太妃在上，田逆污言秽语，有辱圣听，卑弁已处置，留待日后明正典刑。"

宋家乃官宦之门，宋崇之父宋衍官居当朝从二品中书舍人，宋崇从小跟着宋衍酬唱交际，官场间客套寒暄迎来送往的路数，在他而言都是童子功。刚才这几句回奏，便是说得又得体又含蓄。按宋崇本心，是绝不想田赐谷说话的，更不想他听见自己跟后、妃二人的对话，趁着他嘴里不干不净，太妃又亲口下令让他闭嘴，索性一击致昏，落得个清净，但又不能让太后、太妃觉得弄出了人命，故而话里有话暗示他还活着，也能让太后、太妃放心。

听了宋崇的话，刘太后微微一笑，在杨太妃手背上轻轻一点，杨太妃会意，温和道："太后的意思，你处置得极好。"

"卑弁愧不敢当，群逆亥夜突袭，卑弁等护驾来迟——"

"这正是太后要问你的，你抬起头来回话。"杨太妃道，"今夜是非常之事非常之时，行事暂且从权吧。"

"卑弁谨遵太妃口谕。"

"太后问你，官家那里谁在保护？"

397

"回太后，是晏相。"

"只有晏相？"

"事关机密，卑弁无权得知，但卑弁以为有晏相在，官家定然无虞，请太后勿忧。"

"太后当然信得过晏相，不过二圣一体母子连心，现在太后牵挂官家的安危，命你率人护驾，这就去延庆殿。"

"回太后，卑弁的任务是保护太后和太妃的安全，寸步不离崇徽殿，等待晏相新的命令——在此之前，卑弁不敢有任何异动，还恳求太后体谅俯允。"

"谁给你的任务？"

"晏相。"

尽管万般不愿，宋崇还是说出了晏殊的名字。事已至此，就算宋崇不说，太后、太妃也猜得出来，也就没有继续隐瞒的必要。虽然杨太妃让宋崇抬头回话，但他始终没敢直视，应对词句也是一再斟酌。他敏锐地注意到，太后的手指似有似无地轻轻点着太妃的手背，这就是说，太妃的每一句话，不管是不是以太后之名发问，其实都是太后的意思，而在太后面前一言有失、一言隐瞒，都是日后难以补救的危险，何况这还牵涉到晏殊，他是皇城司最高长官，甚至可以说是皇城司一处四房五千军的最后一道保护伞。

"这便奇了，奉太后之命去保护官家，怎能说是异动？"

"卑弁的使命是保护太后和太妃，晏相自会有通盘部署，卑弁——"

"我来相伴太后谈天解闷，本就是临时起意，根本没有通知晏相，也不必通知，但他是如何得知我在崇徽殿？又如何做此安排？你张口闭口说是保护太后和我的安全，岂不是刻意说谎？"杨太妃似笑非笑，冷冷地看着宋崇，"现在让你带人去延庆殿护驾，你又推三阻四执意不从，我怎知你是不是别有居心？或者，是晏相另有深意？"

一席话说得宋崇汗流浃背，他实在想不到太妃会突然发难。晏殊的手令的确只字未提杨太妃，手令中务必保护太后周全是有的，寸步不离崇徽殿也是有的，他之所以私自加上了杨太妃，是因为她就在眼前，焉能只说保护太后而不说太妃？本以为随口之语罢了，他不在意，太后、太妃也不会在意，可谁又想到太妃会挑出这个瑕疵来？而且也根本不是太妃，分明是太后的意思；而且太后用意也不在此，太后再三让他带人去延庆殿护驾，不去便是别有居心，便是晏殊另有深意，全然不管崇徽殿里也是危机四伏，话讲到这个份上，宋崇是一丝退路都没有了。

"卑弁的死罪难恕——晏相不知太妃也在崇徽殿，故而手令里并未提太妃，是卑弁刚才回奏时自作主张——"

"妹妹，别吓唬他了，他的父亲宋衍宋化冰也是先帝朝的老臣，对官家忠心不二的，又何必跟他一个孩子绕来绕去地磨嘴皮子？"太后微笑着看向宋崇，"晏相手令在哪里？"

"回太后，本司机密，阅后即焚。"

"手令内容还记得吗？"太后的语气依旧很温和，"不要急，慢慢想，记起多少讲多少，只要记起来的，一五一十给老身讲。"

宋崇蓦地意识到，这才是真正的考验。杨太妃的发难只是个警告，明着告诉他不要心存侥幸，任何事都瞒不过太后，即便是眼下有些许隐瞒，将来也是瞒不住的，而且一旦查出罪责更重。太后则是循循善诱，跟太妃一唱一和，把宋崇逼得除了和盘托出，再无别的选择。

"卑弁接到手令，是在晡时。"

"晏相亲自交给你的，还是通过旁人转递？"

"卑弁没有见到晏相，是孙从吾提举交给卑弁的。"

"那孙提举都说了什么？他现在何处？"

"孙提举交给卑弁手令之后，没有说什么，只是让卑弁按照手令行事——至于孙提举现在何处，卑弁并不知晓，也不敢妄言。"

宋崇眼下有两个选择：一是有问必答，静等太后逐一发问，他再逐一解释，但这样做难免陷于被动，而且以太后阅人驭臣的眼光手段，肯定会问些把他逼到无路可退的问题；二是不等太后开口，主动把所有细节一一奉上，即便是有诸多玄机连他都觉得难以自圆其说，但事实如此，他只要照实回奏，至少将来真相大白之际，会有晏殊替他画满这个圆。

电光石火之间，宋崇决定选择后者。显然，这是一种本能，一种时刻游走在刀刃之上的人的本能驱使。

"卑弁见到孙提举的时候，正在刑事房一处盘子巡视——"

"盘子？"

"黑盘。"宋崇解释道，"皇城司办差，需要一些特殊的地点，各房都有，用途不一，比如有的是保护线人、证人，有的是存放物资装备，有的则是监视敌方动态，朝廷即将举行冬至日郊祀大典，卑弁要做些准备。孙提举将晏相手令给了卑弁，卑弁受命后按照本司章程，当着孙提举的面重复了手令，并立即焚毁。然后孙提举就离开了，卑弁身为下属，除非孙提举主动说明，卑弁是不能打听上司去向的。孙提举走后，卑弁当即按手令行事，点了刑事房中七位精悍好手，先去了高头街设伏，果然见到了广运营留下断后的五个死士，幸好卑弁所带人手皆是百战精锐，又是埋伏突袭，一番血战后将其全歼——"

刘太后眉头微动，道："全歼？有无留下活口？"

"回禀太后，突袭中一举击毙三人，本想留下两个活口，但收网之际，反被对方偷袭得手，损失了一名胥卒，一名负轻伤，搏斗中两个活口悉数毙命。"

宋崇的声音一时低落，目中光亮也暗淡起来。刘太后和杨太妃相识一眼，杨太妃道："高头街之后，你们去了哪里？"

"景灵苑。按晏相手令，解决高头街逆贼后，要立刻赶去景灵苑——"

在太后、太妃的注视中，宋崇的话语越来越流利。他本就是如实陈述，甚至连有些无法解释的细节也没有刻意忽略，统统讲了出来。太后和太妃偶有发问，并未影响到整个陈述过程。不过宋崇还是藏了心机，有意在一些细节处延宕片刻——他必须这么做，在延庆殿那里没有消息传来之前，只能用这种办法稳住太后——

可惜的是，直到宋崇讲完，依然音信皆无。

赵祯

光亮消失很久了，东配阁里一片黑暗，仅有一缕光线怯生生地从窗纸小孔中钻进来。孙从吾静静地站着，外边长春殿中的一切，都只能从这个小孔中窥到。他不能有任何动静，这是他被允许在这里的前提。但是做到这一点实在不易。他的脖颈、双手、双脚都上了刑具，稍一活动即是锒铛作响。

再坚持一会儿。他对自己说。东配阁是长春殿东侧耳房，平时是做起居注的翰林撰档记录的地方，外边的动静纤毫毕现，但阁内空间并不大，在黑暗中更是缩小到极致，小得像口棺材。不会很久了。他已经等待了太多光阴，再等一阵子也无妨，反正今天晚上定然会有个结果的。刚才赵祯君臣和胡垚的一番对话，他听得清清楚楚，而宪二宪三兄弟一去不回，他隐约意识到，或许真的就是在这里了——

"隳宋！"

胡垚话刚出口，挟持沈追的两个死士已经蓦地跃起，两人两刀如离弦之箭直奔赵祯。他们并不担心沈追，因为他的双手双脚都被捆住，与一具僵尸无异，或许在他们眼里，这不过是早晚而已。

胡垚发出"隳宋"指令同时，发生了三件事情，其中两件事在孙从吾的视线中：

赵祯君臣背后的黑暗处，蓦地射出两支弩箭，两个广运营死士猝不及防，没来得及有丝毫预判，弩机弓弦声落，两支弩箭精准地射入死士的脑门，两人瞬间毙命，尸体重重地跌在地上，手刀脱手，滑到了赵祯等人的脚边；

跟两具尸体几乎同时跌倒的，还有沈追和胡垚。死士出击之际，沈追两腿用力突然跃起，用一种怪异的姿势横着撞向了胡垚，两人相距略远，沈追倒下时还够不到胡垚，刚才他心里默默计算过了方案，在倒地的瞬间使出了保州相扑九式里的"旋、顶、控"三招,肩胯用力,双腿划出扇形轨迹,正好扫在胡垚脚踝,在胡垚下盘不稳扑面倒下时,沈追身子刚好来到胡垚身下,毫不犹豫地双拳击出,不偏不倚打在胡垚胸口,对一个六旬老者而言,这样突如其来的重击实在难以承受,一口老血当即喷了出来,沈追顺势挺身死死压住胡垚,胡垚则拼命想要挣脱,沈追对付他本是易如反掌,但偏偏又难在双手双脚受限,发不得力,只能用身躯勉强压制,两人一时僵持不下;

至于另一件事,超出了孙从吾的视力所及。在木质影壁之后,待命的广运营死士之中突然爆发出内讧,听得见惊呼和怒斥,听得见刀锋与刀锋的撞击声响,有人倒地的声响——

所有这些,不超过五哨,短暂的混乱之后,一切都安静下来,只有胡垚一边剧烈地挣扎,一边含糊不清地吼道:"隳宋!隳宋!"直到他的声音彻底嘶哑,再也叫不出声来。

趁着外边突如其来的混乱,孙从吾简单地活动了一下手脚,刑具是精钢所制,难以避免的声响被他压抑到了极致,尽管如此,他还是下意识地屏住了呼吸。

幸好,没有人发觉,也许是发觉的人并不想戳破。

透过小孔,孙从吾看到几个人冲进堂中,为首的是吕璟,看来影壁后的搏斗已经结束。有人来到沈追身边,一人扶起沈追,割开绑缚在他手脚上的绳索,其余人按照皇城司捕人的惯常手法,利索地破坏掉胡垚周身五处大关节,骨骼错位断裂的咯嘣声像是黄河冬凌解冻,胡垚嘴里又被塞了青竹跳簧,无法出声,痛楚至极的呻吟只能从胸腔里滚滚而出,听得在场的人无不动容。

沈追活动着手脚,看着面前的吕璟,微微点了点头。吕璟上前,目光里空空荡荡,看不出任何神情。沈追表情刚刚一动,吕璟已经掏出了皇城司特制的锁具,双手奉上——跟孙从吾身上的锁具一样,精钢锻造,形似方盒,两条锁链从方盒两侧伸出,交会在环形颈锁上,一旦同时套在犯人颈部和手腕,连同十指都被死死固定,只能做双手合十状——是的,在吕璟面前,沈追正是一个不折不扣的谋逆嫌犯,孙从吾自己也是如此。这时两个胥卒已经"办"好了胡垚,过来屈身蹲下,不容分说便把沈追两个脚踝也上了刑具,同样是精钢打造,两脚间锁链不过五寸,虽不像绳索般紧缚,想再迈步却也是难上加难。沈追平静地看着吕璟,伸出双手,吕璟也没有犹豫,机簧清脆地响了数声后,沈追的脖颈双手便被锁住。这套锁具即是皇城司有名的"虎狼愁",任你本领再高,上了"虎狼愁"也是寸步难逃,半点能为也施展不开。

吕璟朝着晏殊叉手一揖,道:"卑弁皇城司探事房干办吕璟,听晏相差遣!"

晏殊点头道:"你的差事办得很好——现在是什么时辰了?"

"回晏相,子初。"

"该收拾的人,都拿下了?"

"回晏相,都拿下了。"

"先带到老虎洞,还活着的好好医治,不许死了。"晏殊平静道,"仲远,你们也出来吧。"

长春殿是赵祯平日召见大臣议事之地,屋脊耸置,纵深开阔,两架高烛再耀眼,也只照亮了君臣面前之地,刚刚击倒两名广运营死士的弩箭,就是从君臣身后浓重的黑暗中射出。随着晏殊的话音,一根,两根……火把几乎同时亮起,瞬间便照亮了整个长春殿的角角落落。六七个胥卒面无表情,钉子般站着,各自端着手弩,腰悬手刀。为首一人来到赵祯和晏殊、钱惟演身旁。是李焘。即便是沈追这样见惯了生死波澜的人,也是骇然愣在当场。孙从吾知道,沈追上一次见到李焘,还是在延真观浮沉居,那时的李焘跟一具活死人并无二致,沈追当然不会想到他如今居然判若两人。孙从吾也知道,是到了自己现身的时刻了。

果然,李焘在晏殊身边耳语,晏殊缓缓颔首,李焘转身朝东配阁走来。门开,门关。李焘扶着孙从吾走进堂中。"虎狼愁"上了身子,走路只能碎步,往日里龙骧虎步的皇城司提举竟像个勾栏歌伎般,步履扭捏地出现在所有人视野里。等他站定身子,李焘轻轻地松开手,朝着晏殊叉手一揖。无论是晏殊,还是赵祯和钱惟演,对孙从吾的出现并不意外,显然他们早已知晓他就在一旁。

晏殊朝着吕璟道:"仲玉,你带两个人去崇徽殿,告诉临岳,并向太后禀告,皇城司已遂行使命,官家这里一切安好,我和钱相一道正奉旨突审要犯,请太后勿要担忧,稍后待审出个结果,官家便会去问安。临岳那边擒获的要犯,一并送到老虎洞去,先甄判出身份。"

吕璟肃然道："属下遵令！"

"且慢。"沉默已久的赵祯忽然开口，缓缓道，"朕的意思，钱卿也去吧，还有，崇徽殿不只有大娘娘在，小娘娘也在的——钱卿，务必保护两位娘娘安全。"

钱惟演一直脸色苍白，也一直沉默着。所谓"百战百胜莫若一忍，万言万当不如一默"，这是吴越钱氏奉若圭臬的铭句。这个夜晚，从钱惟演进入延庆殿开始，他此生的至暗时刻便不期而至了，仗着常年身居相位的涵养底气，除了刚才的略微失态，他还算进退有据，没有表露得太出格。他最担心的是崇徽殿里刘太后的安危，荣国公刘从德死后，刘太后的遽然衰老众人都看在眼里，按刚才胡垚所言，崇徽殿也遭到了袭击，所幸有惊无险，但经此骤变，太后的身子骨还能撑得住吗？一旦她倒下，不能再临朝视事，一旦赵祯真的自此亲政，而他身为当朝宰执五相之一，除了把一个隳宋副使当成心腹日夜供着，还有什么可以拿出来取悦官家的功劳？获罪甚巨，功劳全无，钱氏家族延续百年的簪缨鼎盛，怕是就要终结在他钱七郎这一代了。钱惟演正心乱如麻之间，蓦地听到赵祯点了自己，本以为要降罪，却是让他去崇徽殿守护太后——不，不但有太后，还有小娘娘杨太妃——这就完全出乎他的预料了。杨太妃怎么会在崇徽殿？赵祯如何知道她在崇徽殿？难道是赵祯让她去的？赵祯为何这样做？他顾不上这爆竹般迸出来的不解之处，立即躬身道："臣遵旨，臣一定将功折罪，守护好太后和太妃安全！"

赵祯没有再说话，只是平静地点头。这一问一答看似平常无奇，但在孙从吾听来却跟霹雳一般，赵祯看似无非是关切后、妃二人的安危，可君无戏言，他让钱惟演去崇徽殿护驾，钱惟演也慨然接了旨意，但他一个文官儒臣如何能办得到？如此一来崇徽殿所有胥卒，包括宋崇和吕璟，都要听从钱惟演的节制，换言之，禁中的兵力就分出一半给了钱惟演，赵祯这是无心之语还是有意为之？孙从吾戴罪之身不能妄言，只能目光灼灼，看向了晏殊。

晏殊脸上一丝错愕的表情稍纵即逝，躬身道："臣遵旨，那就有劳钱相了——仲玉，好好陪着钱相。"目送钱惟演和吕璟离去，晏殊又转向了李焘："长春殿里外清理干净，无关人等都退到殿外值守。"

一番布置停当，短暂的人声杂乱之后，长春殿里又重归于安静。堂中只剩下赵祯和晏殊师徒两人,以及沈追,孙从吾,李焘。当然,还有斜靠在堂柱上的胡垚。李焘有些犹豫,只得壮了胆问道:"卑弁请晏相示下——"

"胡垚是待审要犯,留下他。"晏殊看着李焘,摇头道,"若换作你家孙提举,或是沈提点,就不会问。"看了看这两个曾经是最精干得力、如今却被"虎狼愁"困住手脚的下属,晏殊居然轻轻一叹。

赵祯道:"晏师傅,孙、沈二人也可留下,朕有话问。"

"臣遵旨。"晏殊道,"官家问话,孙从吾、沈追听宣。"

又是一阵银铐声响,孙从吾和沈追肃然行礼。

"有些事情,朕并不比诸位卿家知道得多,之所以会有今晚的事,朕皆出自对晏师傅的绝对信任。"赵祯顿了顿,又道,"师者,所以传道授业解惑也,晏师傅是朕之师,朕心里有诸多不解之惑,还望晏师傅解之。"

眼下这个当口,长春殿里最局促的人是李焘。晏殊刚才说得清楚,现在是要"突审要犯",那"要犯"之一显然是胡垚,而孙从吾也好,沈追也好,一个是本司提举,一个是本房提点,虽然都刑具在身,可在李焘眼里,且不论以往的情谊,两人到底是谋逆还是功臣,全在官家和晏殊一念之间。李焘充其量只是个干办,这等机密大案哪里有他旁听的份儿?他刚才就想借故离开,却被晏殊阻止,还话里有话多有责备之意,弄得他现在噤若寒蝉,只好悄悄挪着步子站到胡垚身边,垂首低眉,只盼没人注意到他。

"官家所言,是臣子应尽之道,不敢有丝毫隐瞒。"晏殊道,"臣得知今夜广运营之变,是在昨日下午,具体布置安排,是孙从吾提举执行——孙提举,你来讲吧。"

孙从吾抬起头,看着晏殊:"犯官斗胆请晏相示下,是从昨天讲起,还是从头讲起?"

"官家的意思,自然是要讲清楚。"

"犯官明白了。"孙从吾活动了一下脖颈,钢制颈锁像一只冰凉的手,让他呼吸有些迟滞,"不过犯官想先给晏相提个醒,现在禁中还不算彻底安全。"

"你是说亲从军?"晏殊皱眉道。

"皇城七门戌时落钥,亲从军皆在城外值守,禁中只有皇城司胥卒。倘若亲从军有变,仅靠胥卒难以应对。"

"晏师傅,亲从军一直由卿和孙提举直属,难道五千亲从军都要造反?"赵祯微微皱眉,"朕难以置信。"

"回官家,五千亲从军分昼夜两班,每日卯时酉时换防,分别驻守皇城七门,每座城门有三都人马,另有四都在南阙战备机动。孙提举的担心,是有人散布谣言,制造混乱,亲从军一旦误信谣言进宫护驾,兵戈之中会给那些谋逆之人可乘之机。"

"晏师傅准备如何处置?"

"亲从军遴选都是臣亲力亲为,但人数太多,只可保大体无虞。今夜骤变,亲从军中若真有广运营渗透,来不及一一甄别,为官家安危计,臣这就拟一道手令,传给七门亲从军,没有臣亲自出面调动,不许一兵一卒进入禁中,请官家俯允。"

赵祯沉思片刻,点头道:"就照晏师傅说的办。"

晏殊快步来到桌前,提笔写了手令,末尾画押,转身对李焘道:"仲远,辛苦一趟,皇城七门务必一一送到。"

李焘如蒙大赦,立即上前接了手令,孙从吾忽然道:"仲远你只是传令,对谁都不要提禁中的事,尤其见了罗指挥使,把嘴巴闭牢,只听不说。"

李焘刚想说"遵令",又猛省孙从吾还是戴罪之人,生生把话掐在喉咙里。晏殊没有接话,只是朝李焘点了点头,示意他按照孙从吾说的去做。待李焘离开,长春殿里只剩下五个人——端坐寡言的赵祯,肃立一侧的晏殊,戴着"虎狼愁"的孙从吾和沈追,以及靠在堂柱上奄奄一息口不得言的胡垚。

"孙提举,可以讲了。"晏殊道,"官家等着你的回话。"

"犯官是先帝大中祥符八年乙卯科进士,同年进入皇城司宫事处任从七品勾押,幸得先帝和太后赏识,大中祥符九年擢升为宫事处提点,天禧二年升任皇城司提举。犯官是河东路并州阳曲县人氏,在天禧二年巡视楚丘密学案时,与同县郎一石相识,他在密学案任学谕,是个不可多得的谍报人才,犯官出于同乡之情,又可惜他在密学案埋没多年,便把他带回了皇城司,朝夕相处倚为心腹。很快,犯官便发现了他身处一个神秘诡异的组织里,犯官不敢打草惊蛇,经过一番苦心查证，确定了他就是广运营的隳宋副使。"

"晏师傅，天禧二年，卿已经掌管皇城司了吧？"赵祯忽然打断了孙从吾的话，但话锋却直接抛给了晏殊。

"回官家，臣是天禧元年奉先帝之命掌管皇城司。"

"郎一石和广运营的事，孙从吾有无向卿禀告？"

"有。"

"卿是如何处置的？"

"臣掌管皇城司，也就掌管了大宋整个情报网络。据在北房刺机局的暗钉密报，刺机局一直暗中扶持北汉广运营，天禧二年时，广运营已经存在运作了近四十年，且是刺机局最高机密，其内部组织、行事方式都神秘莫测。抓郎一石轻而易举，错过将广运营一网打尽的机会殊为可惜，臣思虑再三，命孙从吾继续监视，不急着抓人。"

"犯官接到晏相密令后不久，郎一石主动向犯官坦白了隳宋副使的身份，意图策反，犯官假意答应，并在事后立刻向晏相禀告，晏相也同意了犯官的做法，这是天禧二年的事。此后多年间，犯官从郎一石身上得到了不少有关广运营的情报，作为交换，犯官为广运营在大宋境内的运作提供了一些便利，也通过广运营向北房透露了一些情报——"

"晏师傅，这些事情卿都知道吗？"

"臣知道，所谓两利相权取其重，两害相权取其轻，给广运营的那些好处，是为了探明其组织秘密，有意泄露给刺机局的情报，也是臣和孙从吾经过了再三斟酌，于大宋并无实质性损害。此举是臣最终拍板定下的，责任也由臣来负。"

赵祯未置可否地看向孙从吾："你继续说。"

"天圣七年己巳，距郎一石策反犯官已过去十年之久，犯官也曾一再试图探究其背后的组织，但郎一石戒备心极重，犯官无能，始终不得如愿。为打破僵局，犯官禀告晏相同意，与本司律事房提点许沂发起了一项绝密行动，名为己巳筹。由许沂卖出破绽，引诱刺机局或广运营上钩。为了实现这个目的，犯官故意透露给郎一石，许沂被晏相秘密召见，谈话的具体内容不详，而谈话之后，许沂曾在皇城司绝密档库中查找广运营的卷宗。这个消息显然触动了郎一石，很快，便有人秘密接触了许沂，按照己巳筹的谋划，许沂跟来人定期接头，建立了联系，犯官在接头地点严密监视，逐步摸清了来人的身份。"

"是谁？"

"回官家，是广运营。郎一石在楚丘密学案执教多年，密学案是皇城司进人甄判的最后一关，可想而知皇城司里早被渗透了，为了不打草惊蛇，只能动用皇城司之外的人力秘密侦缉。幸得晏相早已有所部署，历经一年有余，总算摸清了广运营的底细。

"官家，臣在三司任职，以拘收司负责追缴欠税的拘收卒为名，暗中召集训练了一批精悍好手，与皇城司一暗一明，专职应对敌国细作。针对广运营的行动历时一年多，查明了广运营的相关情状。该营受北房刺机局统辖，运作上又相对独立，所需经费均由刺机局供给，其组织共分十二伍，散落于大宋十八路二百四十州，平日单线联系，互不知晓，想要一网打尽难乎其难。即便是成功剿杀其中一伍，其余人等也就从此销声匿迹，对大宋而言依旧是心腹大患。臣再三斟酌，最终决定等，等广运营十二伍会集于一处，再一体剿灭。当然，广运营不会听从臣的调遣，只能给他们创造机会。己巳筹，便是一个切口。"

"晏师傅，知道己巳筹的有几个人？"

"只有三人。"晏殊毫不犹豫，"臣，孙从吾，许沂。"

沈追一直默然肃立，心里的波澜却如同排山倒海，再无一瞬平息。他壮着胆子悄悄抬头，瞥了一眼旁边的孙从吾——还好，还是那个他熟悉的老孙，还是那张能让他安心的面孔——但是，他也清楚，在官家赵祯面前，晏殊说了谎。知道己巳筹的不止三个人，还有沈追。如果晏殊没有说谎，那么就是孙从吾隐瞒未报，可问题又来了，他为什么这么做？他对晏殊究竟还有多少隐瞒？

"许沂——许卿现在哪里？"

"回官家，犯官安排许沂去了陈留，那里有一个黑盘，他在那里很安全，随时可以奉召来见官家。"

"晏师傅，你刚才说的拘收卒，是不是就是刚才那些人？"

"是的，除了宋崇、杨良祐、吕璟和李焘，其余穿着皇城司胥卒常服的，都是拘收卒。"

"晏师傅刚才还说广运营神秘莫测，拘收卒是如何得手的？"

"此事还需从己巳筹讲起。官家，北房刺机局董齐庵一案，不知官家可否还记得？董齐庵潜伏大宋二十年，事败北逃，被皇城司一路穷追，最终丧命于宋辽边境。这个董齐庵是刺机局鹰郎不假，但他也是广运营的隳宋副使，或者说，广运营从一开始就没有跟北房刺机局一条心，始终加以防备，董齐庵就是广运营在刺机局的暗钉。董齐庵在广运营地位卓然，整个广运营中，只有他掌握了所有十二伍死士的机密，他的死让广运营损失惨重。危机严峻，另两位隳宋副使胡尭和郎一石商议后，决定马上执行隳宋计划。但计划的实施需要时机成熟，为此，臣和孙从吾推波助澜，皇城司接连出现重大失误，太后决意撤掉孙从吾的差事，这一切都在郎一石的眼中，他劝说孙从吾在即将被罢官问罪的前夜实施隳宋，所以才有了今晚十二伍所有精锐聚集突袭之举。当然，这一切也都在臣和孙从吾的预判之中。"

"那郎一石现在何处？"

"回官家，臣掌握的情况，自今日上午郎一石出宫之后就再未回来，具体在哪里，等审了胡尭和田赐谷便知。"

"田赐谷——他也是广运营的人？"赵祯的脸色骤变，本能地抓紧了龙椅扶手，这才强迫自己没有遽然离座站起，"你怎么知道的？"

"负责崇徽殿保护太后和太妃的，是宋崇和杨良祐，成功擒获广运营刺客之后，杨良祐来延庆殿传了消息，田赐谷自称是隳宋副使，已被就地俘获，适才吕璟将这个消息告诉了臣。"

"晏相，卑弁可否一言？"沈追刑具在身不能动弹，只好做了个施礼的动作，"郎一石已经死在卑弁面前，卑弁亲手查验，确已死亡。"

"你说！"赵祯紧紧地盯着沈追。赵祯毕竟只是个二十岁的年轻人，亲历了一夜之间匪夷所思的生死变故，他的帝王气度和涵养功夫正在慢慢消散。

"回官家，卑弁自撤职之后，监禁在家等候审讯，看守的是枢密院在京房。今日卑弁被在京房卫卒带到了城南来鹤别馆，老郎——就是郎一石，钱相，胡尭都在那里等着卑弁。郎一石当着卑弁的面，检举孙从吾提举是刺机局和广运营暗钉，图谋在今夜纠集广运营死士谋逆作乱，连晏相都有几分嫌疑。钱相和卑弁都被说动了，决心深夜闯宫护驾——"

"朕不信，仅凭郎一石的检举，你就相信了他？"

"回官家，如果只有郎一石检举，卑弁断然不会相信——但在见到郎一石之前，卑弁已经得知孙提举就是刺机局暗钉了。"

沈追下意识地停下来，看向了孙从吾。没有异常。孙从吾依旧是惯常的那副模样。晏殊平静地看着沈追："天子御前知无不言，去非你继续讲。"

"卑弁因高头街一案获罪罢官，刑事房提点宋临岳奉命代管探事房，卑弁跟临岳交接时，临岳告诉卑弁，刺机局鹰郎在鄢溪渡口行刺李元昊，西夏翊卫司在刺机局有个资深暗钉，代号怀远，临死前反水救了李元昊，并讲出孙从吾是刺机局的暗钉，他们都没有想到，近在咫尺的宋崇听得懂西夏话。"

赵祯默默地看了看孙从吾，又看了看晏殊，缓缓摇头道："朕不信——钱相是何等精明的人，就凭郎一石一面之词，便带了你们几个人来护驾？"

"回官家，郎一石说完之后，钱相和卑弁都不信他，他当即服毒自尽，以死明志。当时胡垚说郎一石是他们在京房安插在皇城司的暗钉，郎一石也承认了这一点。胡垚提出在京房秘密训练了三十死士，可以临危受命。卑弁泼天之过，就是相信了他的话，带着他和在京房的人深夜闯宫，却不料他的人就是广运营十二伍的精锐。"

"朕仍是不信，皇城七门每日戌时落钥锁闭，各门都有亲从军守卫，你们区区数十人如何能闯进来？"

"卑弁走的是景灵宫密道，直通延庆殿外丹墀下老虎洞。"

"你如何知道这条密道？"

短暂的沉默，沈追清楚自己不能再继续下去了。静谧过后，晏殊平静道："回官家，是臣将密道之事告诉了沈追。"

"晏师傅。"赵祯难以置信地看着晏殊，视线中满是不解和愤怒，"你还有多少事瞒着朕？"

"官家是天子，最为光明坦荡的天子，这些宵小污秽的事情只会污了官家——"

"朕是问你还有多少事瞒着朕！"赵祯几乎是吼了出来。

"回官家，还有不少。"晏殊并未被赵祯的失态左右，"比如说，董齐庵其实并没有死，从他北逃开始，他的所有动向都被臣和孙从吾掌握，再比如——"

晏殊的话被赵祯粗暴地打断，他从未见过眼前这个学生如此盛怒的样子。

"再比如，你把太后和朕当作了诱饵，就为将广运营一网打尽？再比如，你为了让广运营相信太后要降罪给孙从吾，所以他才要谋逆，甚至为此不惜要了荣国公的性命？是不是？你说是不是？"

"臣所做的一切，都是为了官家，为了大宋。保护官家的安危是臣的最高使命，臣本来再三劝谏官家回避到别殿，可官家执意要留在延庆殿，当时情形，臣又不便将所有计划明明白白和盘托出——"

"你劝谏朕移殿回避，原本是一片公心，怎就不能明明白白讲出真相？"

"臣有苦衷，实在不能如此。"晏殊终于无法再保持平静了，动容地看着赵祯，"个中情形过于隐秘，待官家与臣单独相处之际，臣一定毫无保留，请官家不要再问了。"说着，晏殊竟然撩袍跪倒，伏地不起。要知道先帝真宗在世时，曾当着文武群臣之面，命赵祯对晏殊执师徒之礼，晏殊从此就有了对赵祯不拜的特权，若不是赵祯逼得太紧，晏殊又何以如此？

赵祯紧紧攥着龙椅扶手，浑身都在颤抖——失望，愤怒，始料不及的变故，遭遇背叛的耻辱，不断地从他身上迸发出来，滚落一地。

"官家息怒，犯官斗胆替晏相一言，"孙从吾强忍住"虎狼愁"的锁制，硬生生跪伏在地，顾不得膝盖碎裂般剧痛，连连叩头道，"晏相和犯官早就发现田赐谷身份可疑，如果晏相如实禀告，官家定会也让太后移殿避祸，田赐谷又与太后须臾不离，那样一来，十几年的艰辛便都功亏一篑。在晏相心里，在犯官心里，在满朝文武全天下士大夫和黎庶的心里，大宋是官家的大宋，是赵家的大宋，官家是赵氏子孙太宗血脉，是寰宇一尊无人可比！一旦纵虎归山养痈遗患，到头来时刻处于凶险之中的还是官家——何况晏相苦心孤诣，已经做了全盘的预案，足以保护两位圣人的安全，还请官家体谅晏相，勿要伤了忠良之心！"

赵祯默默看着跪倒的两人，无言良久，这才艰难地摇摇头，缓缓道："君之视臣如手足，则臣视君如腹心；君之视臣如犬马，则臣视君如国人；君之视臣如土芥，则臣视君如寇雠。晏师傅，这篇文字卿教朕读过，君臣有义的道理，朕懂。卿起来吧，先帝亲口许卿见朕不拜，朕没有忘。"他轻轻一叹，又道，"卿方才说到田赐谷，朕记起来了，天圣六年朕下旨修建会圣宫，卿力荐田赐谷做营造都监，就是想把他调离太后身边？那时候，卿已经发现了端倪？"

"圣明无过于官家。"晏殊起身，道，"只是太后又忽然降旨将他从永安县调回，臣深知太后和官家母子情深二圣一体，当时又无法确认田赐谷的广运营身份，不便再谏言，只能全力做好防范，不给他可乘之机。"

孙从吾还跪在地上，碍于"虎狼愁"，他自己无法站起，而晏殊身为执政五相之尊，也不好过来搀扶，便朝沈追略微点头。沈追挪动步子上前，被牢牢锁制的两手插进孙从吾腋下，用力于双臂向上抬举，孙从吾勉强配合，晃动着身子慢慢站起。

"卿刚才说，那个董齐庵并没有死？他现在何处？"

赵祯发问之际，孙从吾还未站稳，沈追也还在扶着他，赵祯的话两人都听得清清楚楚，不过动作和表情都没有一丝异样，仿佛这个人跟他们毫无瓜葛。

"陈留。"晏殊回着话，目光却扫向了孙从吾，"许沂跟他在一起。"

沈追退在一旁，静静地站着。孙从吾站稳身形，接过了话头："回官家，董齐庵自潜行回开封之后，直接进了陈留广运营黑盘养伤，这个黑盘在皇城司探事房严密监视之下。前些日子草场巷街一处民宅起火，那个宅子，就是广运营和许沂平常接头的地方，不过许沂从未跟上线见过面。火起之前数日，许沂如约去了草场巷街，第一次有人跟他见面，自称是西夏王太子李元昊的心腹张元。根据事后许沂的描述，犯官敢断定那个张元是假的，实际上是董齐庵。出于确认这个判断，犯官安排沈追和许沂一起去了都亭西驿的西夏使馆，果然，真正的张元并不是跟许沂见面的那个人，沈、许两人刚刚离开都亭西驿，草场巷街就起火了。"

沈追蓦地听到自己的名字，慌忙欠身一躬，默认了孙从吾的说法。赵祯听得似懂非懂，微微皱眉看了眼晏殊，晏殊解释道："孙从吾的意思，是说他知道跟许沂联络的是广运营，但跟许沂见面的那个人，却自称是西夏翊卫司的统领张元，而这个见面的人，疑似为潜逃回开封的董齐庵，他名义上是刺机局的鹰郎，实则是广运营的核心，或者说，他是广运营潜伏在刺机局的暗钉。"

"他是否就是隳宋使？"

赵祯显然对这些错综复杂的身份勾连并不看重，而是直接点出了最关键的一点。都城被破为国亡，主帅被诛为军灭，只有隳宋使或被杀或被擒，才算是彻底剿灭了广运营。所以隳宋使究竟何许人也，才是赵祯最关心的。

"臣还不能确定。"晏殊正色道，"草场巷街失火后，孙从吾即安排许沂去陈留，目的是勘验董齐庵身份和动向，但随之是大弘当荣国公出事，高头街未遂刺杀和荣国公去世，再有就是今晚广运营闯宫谋逆，一件事接着一件事，陈留那边始终没有消息过来——"

"晏相，"孙从吾插话道，"监视陈留广运营黑盘的人一直未发现异动，眼下这个局面，没有异动就是最大的异动。许沂就在陈留，犯官已让他去广运营黑盘查看，密令是前天发出的，如无意外今天应该有消息——还请晏相并宋崇留意。"

"虑事不周，是臣失职，自当请官家并太后责罚！"

晏殊解释得周全，孙从吾的话也插得巧妙。发出密令的是孙从吾，因为他那时仍是皇城司提举，接收回报的却是晏殊，因为孙从吾已被罢官，皇城司暂由晏殊亲管。昨是今非，造化弄人，或者归根结底是太后弄人。晏殊虽然亲管了皇城司，奈何他身份太高，公务太繁巨，情报信息还真就有可能被忽略掉，虽说有宋崇代管探事房，可这两天宋崇也是忙得车轮一般，哪里顾得上查验探事房雪片似的各地情报？晏殊和孙从吾所讲看似方枘圆凿，实则一唱一和，只说了一件事，那就是太后先后勒令沈追和孙从吾罢官，实在是太糊涂了。这层意思沈追都听得明明白白，想必赵祯自然也清楚了。不过沈追仍有几分不解——正说着广运营的事，怎么就忽而扯到太后身上？

"晏师傅，朕现在只想听有关广运营的事。"赵祯把"现在"两个字咬得很重。

"臣遵旨。广运营十二伍死士经密道进入禁中，按计划在老虎洞兵分两路，一路人马去了崇徽殿，那里有田赐谷接应，胡垚亲带一路直扑延庆殿。在此之前，臣已然做好相应部署，官家也都看在眼里。不过钱相忽然来到，着实让臣有些猝不及防，幸得官家对臣信任，不顾钱相异议，依然按照臣的预案行事。"

晏殊缓了口气，继续道，"胡垚此次集中的三十死士，是目前广运营十二伍的全部精锐，而在三十人里，有十一人是大宋的拘收卒。"

沉寂。突如其来的沉寂。直到一阵含混不清的呻吟，也许是虚弱的怒吼，陡然出现在长春殿中。赵祯等人仿佛这才意识到，身边还有人。

是胡垚。他靠在堂柱上，浑身动弹不得，口里也塞着青竹跳簧，只能用最后一丝生命力发出绝望到极点的迸裂和反抗——他还活着，但是，没有人会在意他了。沈追现在明白了，晏殊所说的"突审要犯胡垚"其实是个幌子，实际上是赵祯要审问孙从吾和沈追，不，赵祯要审问的，还有帝师晏殊。

"朕想知道，晏师傅是如何做到的？"

"这是己巳筹的最后一招撒手锏，还请官家听臣一一奏报。"晏殊脸上露出微笑，"天圣七年己巳，己巳筹启动，除了孙从吾和许沂依计行事之外，臣还做了一件事，就是严密监视北房的动态，以及北汉亡国太子刘续的动向，仰仗官家天命所归，终于让臣找到了破题之处。天圣八年夏，皇城司在北房的各路暗钉几乎同时传回消息，辽圣宗耶律隆绪身染重病，密令北房各地进奉名医诊治，臣那时便有了新的计划——"

"朕记得辽国遣使报丧，是今年夏天？"

"耶律隆绪病了一年，病情起起伏伏，最终不治。臣向官家讲解各番邦情形时，说过北房的宫廷人事。耶律隆绪的皇后萧菩萨哥无子，元妃萧耨斤有两子，长子耶律宗真，次子耶律宗元，耶律隆绪宠幸皇后，耶律宗真刚一出生便过继给萧菩萨哥抚养，这两人母慈子孝，却也同时得罪了萧耨斤。耶律隆绪死后，十五岁的太子耶律宗真即位，萧耨斤矫诏自立为皇太后，逼死了萧菩萨哥，又迁怒于耶律宗真认她人为母，想要另立幼子耶律宗元为帝，此举在北房朝廷已是众所周知的秘密。不过耶律隆绪在位四十九年，深谙为君之道，在病中早已做了布置。他留给耶律宗真的托孤大臣，是七十八岁的老丞相张俭，张俭状元出身，深得耶律隆绪信任，为相二十余年，门生故吏遍布北房朝廷和南北两院，萧耨斤视张俭如同寇雠，但她虽则是新晋的皇太后，却也奈何不得一个树大根深的老丞相。张俭的女婿郑弘节，是北房兵部侍郎，也是刺机局的前任统领——"

赵祯忽然道："郑弘节——朕记得这个名字。"

"郑弘节身为辽国使团副使，眼下就在开封。"

"正使是萧汉宁？"

"不错，萧汉宁是北房保静军节度使，刺机局现任统领，也是萧耨斤的亲弟弟。萧汉宁和郑弘节一正一副，各带了呈送官家的密信一封，分别是萧耨斤和张俭的亲笔。"

"上次御前议政，朕记得晏师傅提到过这两封密信。"赵祯回忆道，"萧耨斤告诉朕辽国政局会有变故，不过帝位归属不会影响两国之盟，希望大宋遵守盟约。张俭的信上，则是讲耶律宗真诚愿与大宋敦睦修好，而萧耨斤却是相反，一旦辽国帝位更迭，势必殃及大宋，恳请朕出面劝阻萧耨斤废立之举，至少不要支持。"

"臣——当时有所隐瞒，还请官家恕罪。"

"晏师傅，只管说吧。"赵祯摇头轻轻一叹，"朕之前没有计较过，日后，也不会。"

"臣私下分别见了萧汉宁和郑弘节，提出了同样的要求，若要大宋不行伐丧之举，就需要辽国做出让步，简言之，必须交出整个广运营——儒家之道，礼不伐丧，臣以此为要挟，实在是有辱天朝斯文，实为迫不得已之举，故而不愿也不忍污了官家圣听。萧、郑二人不敢擅自做主，当即各派了心腹回北房请示。为了尽快得到回复，臣特意派了皇城司的人一路护送到了边境，再一路护送回开封。也是天佑我大宋，萧耨斤和张俭都答应了臣的条件。"

胡垚绝望至极的呻吟声再起，依旧得不到任何回应，长春殿里悄然涌动着异样的气息，没有人顾得上投去哪怕是最仓促的一瞥。赵祯看着晏殊，目光中流露出不解和疑惑，但他没有发问，只是微微皱眉，等着晏殊继续讲下去。赵祯的疑惑，其实沈追也有，因为身在局中的缘故，比赵祯的疑惑更多更深——放任十二伍死士云集开封，是为了引蛇出洞，可既然已经得到了广运营的底细，为何不直接一网打尽，非要任其闯宫谋逆呢？明知任何预案都做不到尽善尽美，却把官家当成诱饵置于万险之中，岂是忠臣所为？

"萧耨斤和张俭给臣的复函中，不约而同耍了个花招，只提供了十二伍部分资料,并未和盘托出。两人或直接或隐晦,各自提出了条件,张俭的条件是要等到耶律宗真成年亲政后,再将十二伍全部资料奉上,而萧耨斤的条件则是在帝位更迭之后。这样一来,臣就面临一个难题,若是将已经掌握的十二伍部分抓获,无异于打草惊蛇,反倒让其余党羽销声匿迹后患无穷,若是投鼠忌器引而不发,只等掌握全部线索后再动手,那就等同坐视不管,何况广运营是悬在大宋头顶的一把利剑,刺机局已经苦心扶持了四十多年,又怎会舍得白白交给大宋?万一是缓兵之计,在此期间北房先动了手,到头来反受其咎得不偿失。所以,臣和孙从吾苦心谋议,推演了无数方案,最终决定兵行险招。

"广运营十二伍,以原北汉十二州为名,并汾忻代隆宪、蔚沁辽麟石岚,其中汾州伍已由大宋掌握,萧耨斤、张俭又一并提供了代州、隆州、蔚州和岚州四伍,这样一来,近半的广运营已在大宋掌中。另外,广运营十二伍彼此不知不问、不识不通,奉命于开封集中后,也各自隐匿待命,今夜才是三十死士第一次会集,此举虽然可保一伍出事不会株连,但也给了大宋偷梁换柱的机会。故而集中在开封的三十死士里,汾州、代州、隆州、蔚州和岚州五伍十一人已被悄然替换,均是大宋拘收卒,皇城司干办吕璟也在其中,但胡垚毫无觉察。

"钱相带着胡垚、沈追和三十死士到了东华门,被拒之门外后,胡垚等赶奔景灵苑,留下了五人断后,臣命宋崇带人截杀,得手之后替换了五人,在景灵苑密道口又擒杀了两人,也换上了拘收卒。这样一来,崇徽殿里田赐谷下令动手之际,反倒是广运营猝不及防,全数被擒被杀。方才胡垚妄言骤宋,门外的吕璟等人也一齐动手,再加上长春殿中已有李焘率人设伏,这才克竟全功,至于广运营残余党羽,已成不了气候,不日将全数清剿——官家,这便是以往的经过。"

晏殊一番侃侃而谈,宛如抽丝剥茧,把剿灭广运营的来龙去脉讲得清清楚楚。尽管在沈追听来还有诸多可堪质疑之处,不过对身为官家的赵祯而言,无论是过程还是结果,都可称其为周全,或者说这就是赵祯需要的周全。

"晏师傅主持剿灭广运营,自是厥功至伟,朕和太后也会不吝封赏。不过朕还是要问,骤宋使究竟是谁?"

"回官家,如今广运营十二伍精锐已尽数落网,骤宋使也成了无翅之枭,不足为虑，假臣以时日，定会审出线索，将之缉捕归案明正典刑。"

"晏师傅，卿的一番苦心，朕是知道的。"赵祯不动声色，慢悠悠道，"不过，卿和钱相之密约，朕也是知道的。钱相这个人哪里都好，就是心事太重，胆子太小，宣麻拜相的心思太急了些。眼下这长春殿里，除了胡垚，都是朕信得过的人，是忠臣。晏师傅，卿做了十几年帝师，朕当然知道卿忠心不二，可朕是天子，卿不该对朕也瞒来瞒去，只要是为了大宋，卿有何事不可对朕言？"

晏殊震惊地看着赵祯，目光竟然进出慌乱，身形也随之微微摇晃起来。沈追一时懵懂。按照他的设想，晏殊分明已把事情讲圆，接下来的就该是君臣同庆论功行赏了，怎么蓦地又来了这一章？晏殊和钱惟演之约又是什么？晏殊究竟还隐瞒了什么，会让赵祯如此说话？这个夜晚，已经有太多谜底被戳穿，也有太多真相被揭露。凭着多年来刀头舐血的间谍本能，沈追越来越意识到，他距离最后的真相越来越近了。只是他还不能参透，赵祯为何非要在他和孙从吾面前，逼迫晏殊讲出最后的真相？

晏殊静静地站着，但沈追和孙从吾都看得出来，他在进行着何其艰难的抉择。终于，晏殊开口道："官家已然知晓，臣但凭官家处置。"

赵祯丝毫不再掩饰鹰隼般的目光："朕当然已经知晓，不然朕何以请太妃今夜去崇徽殿陪伴太后？不然朕何以让钱相去崇徽殿护卫？不然朕何以在钱相和你争执不下时，仍然站在你这一边？朕现在是要你亲口告诉朕！"

"臣死罪——"

"晏师傅的忠心，朕没有任何怀疑，只要你再无隐瞒，天大的罪过，朕就都不计较。"

"臣斗胆——请官家容臣单独禀奏。"晏殊眼中星星点点，近乎哀求地看着赵祯。

赵祯一脸的庄重，正如十几年来晏殊训导的那样："不准，朕就是要你在他们面前讲。"

"臣遵旨。"晏殊似乎明白了什么，深深地吸了一口气，缓缓道，"己巳筹启动之后，随着对广运营的调查深入，尤其是董齐庵开始进入视野，臣发现钱相身边的胡垚甚为可疑。臣在确认胡垚的广运营嚓宋副使身份后，跟钱相有了约定。简言之，就是在彻底查清之前，钱相要严守机密，不得向任何人泄露，包括官家和太后，同时为将广运营十二伍一网打尽，钱相还要协助臣的行动，一步步诱使胡垚上钩。臣向钱相承诺，一旦功成，待官家亲政之后，臣会请旨外放，不与钱相争宰相之位。钱相答应了臣，也的确按照约定做到了配合臣给胡垚设局，但臣没有想到，他会向官家坦陈此约。"

赵祯轻轻颔首，示意晏殊继续，晏殊却欲言又止，似有千般不愿万种为难，而赵祯也不催促，只是等着他开口。孙从吾和沈追不约而同相视一眼，都是迷惑不解，己巳筹本就是绝对机密，瞒着赵祯也说得过去，就算晏殊私下与钱惟演有了密谋，归根结底还是为了大宋，为了官家，若是连这个都算是忤逆触怒了赵祯，那么孙从吾也好，沈追也好，即便有十条命都不够赵祯息怒的，皇城司全司的人都足以流放的流放砍头的砍头，若真如此，满朝臣子们还有什么敢做、能做的？

晏殊终于开口了："待到整个己巳筹进入收官时节，臣却动了不该动的念头——臣自以为这个念头能瞒过所有人，可到底没有瞒过官家——臣判定广运营闯宫时会兵分两路，一路挟持官家，一路挟持太后，臣便将所有精锐放在了延庆殿，从而确保官家的安全万无一失，但在崇徽殿那里，臣固然也做了全力防范，却没有到万无一失的地步。"晏殊又顿了顿，惨然道："臣在给宋崇的手令中，让他寸步不离崇徽殿，务必保护太后的周全，但在此之前，已经决定由宋崇带人去高头街设伏截杀广运营死士，再赶赴崇徽殿护驾时，臣私下召见了宋崇，跟他讲了些不该讲的话——"

"好了，晏师傅。"赵祯及时地打断了晏殊的话，他的脸上忽然泛起一丝心疼和悯然，"朕不为难你，朕也不打算为难任何人，朕只想要你明白，对天子而言，受命于天，只要朕不做违背天命之事，你不跟朕讲，会有人讲。你那个不该动的念头，的确连朕也没有想到，是钱相点醒了朕。所以，朕请了小娘娘去崇徽殿陪伴太后，你应该知道的，太妃是宋崇的亲姨母，宋崇自幼体弱多病，他又生母早逝，继母刻薄，是太妃时时降恩照拂，才有了宋崇的今天。有太妃陪着太后，朕才能放心让宋崇去崇徽殿遂行使命——你不瞒朕，朕这些心思，也不想瞒着你。"

晏殊眼里的泪水终于涌出，孙从吾和沈追听得毛骨悚然，原来晏殊竟然授意宋崇——

"至于你们两人，都有事瞒着朕，朕都清楚——孙提举，你本是有功之人，却口口声声自称犯官，所为何故你自己心里明白。晏师傅好心维护你，不惜犯下欺君之罪，你就不愿或是不敢承认自己从一开始就是刺机局的暗钉吗？一个敌国暗钉居然执掌皇城司这么多年，大宋颜面何在？你不是犯官还能是什么？还有沈提点，你既已勘破孙提举的身份，为何也要替他隐瞒？大弘当出事之前，你究竟对荣国公做了什么？利用一个会制香的宵小之徒，对荣国公温水煮蛙下毒手，是谁指使你去做的？"赵祯冷冷地看着孙从吾和沈追，"朕姑且念在你们二人为大宋舍生忘死经年，所犯之错有可恕之隐情，所做之事也有可取之出处——晏师傅，这二人交给你了，毕竟人无完人，为国惜才吧。"

"臣谨遵官家旨意。"

"今夜乱起乱平，朕在长春殿里，听了晏师傅和孙提举突审落网的赕宋副使胡垚，如晏师傅适才所讲，已是克竟全功。不过胡垚毕竟是钱相身边的人，广运营之事又涉及番邦，对内对外，都留几分余地的好，不必弄得尽人皆知。"

"臣遵旨。"

"既然已经审完了，就让他们都走吧，还有这个半死不活的赕宋副使。晏师傅，朕有些累了，卿再陪朕片刻也好。"

晏殊刚刚擦拭的眼里又蓄满了水光，他躬身一揖，转向殿外大步走去。好一阵子，才听见脚步声纷起，七八个拘收卒跟着晏殊进来，架走了木雕泥塑般的孙从吾和沈追，以及奄奄一息的胡垚。当所有声音消失的时候，长春殿里，只剩下了赵祯和晏殊。

漫长的沉默。

在过去的十几年里，这样的沉默并不多，因而显得分外微妙。晏殊第一次见到赵祯时，赵祯还叫赵受益，年纪也不过六岁，尚是个垂髫孩童，如今俨然已是翩翩少年郎了。而刚才在长春殿里，赵祯喜怒有致，温和时暖如春水，凌厉时凛如冬雷，一派天子威仪山岳之尊，身为执政帝师的晏殊也罢，杀人如麻的孙从吾和沈追也罢，竟都被镇得进退失据，哪里还念及他无非是个髭须皆无的弱冠青年？但晏殊转而一想，眼前的赵祯，不正是自己十几年苦心孤诣要培养出的皇帝吗？

赵祯起身离座，迈步走出长春殿，转过影壁，来到延庆殿大门内，伸手推动殿门。厚重的门轻盈开启，一股初冬时节的生鲜之风扑面而至，就像堂倌失手打碎了一瓶酒，雅座里瞬间满满皆是酒香。

延庆殿是天子寝宫，基座高于禁中各处殿宇，子时已过，天空微蓝深邃，赵祯和晏殊一前一后，无声地看着前方匍匐在黑暗中长春殿的轮廓。那里是当今两位圣人与宰执们御前议政的地方，是整个大宋最为核心的中枢之地。

"朕记得，晏师傅有首《中秋月》，朕很喜欢。"

赵祯的声音仿佛是从夜色中伸来的一只手，把晏殊周身的颓意和忐忑缓缓抚平。晏殊心中一动，忙道："臣戏文小作，不堪官家谬赞。"

"未必素娥无怅恨，玉蟾清冷桂华孤。"赵祯继续看着前方，"可惜月末晦日，蛾眉月在黎明方能一睹了。今夜无月，晏师傅当世宰辅一代文宗，可有诗兴否？"

"臣此刻惶恐莫名，毫无诗兴，让官家见笑了。"

"朕搜刮肚肠，倒是替晏师傅觅得一阕旧作《诉衷情》，此情此景，也算妥帖。"赵祯略一停顿，缓缓吟道，"流水淡，碧天长，路茫茫。凭高目断。鸿雁来时，无限思量——无限思量啊晏师傅。"

晏殊默默地站着，听着，心潮翻涌，却想不到一句足以应和的话。一师一帝十几个寒暑朝夕相处，传道于口，授业在心，何曾想到过会有今夜的情形？缘起缘灭，人事轮回，于今也大约到了分别之际而已。思绪及此，晏殊反倒坦然起来。他曾有阕《蝶恋花》,词中有"明月不谙离恨苦"之句，既然今夜无月，这番离恨之苦，自是必会有人可谙的吧？可这人，又会是谁呢？

"茫路长天，思量无限。晏师傅这阕旧作名为《诉衷情》，今夜发生了太多事，有些是朕想看到的，有些是朕不愿看到的，初衷也好，由衷也好，苦衷也罢，林林总总，皆是衷情，既是衷情，出朕口，入你耳——晏师傅，朕便跟你一诉好了。"

"臣遵旨。"

"你跟宋崇交代之事，假广运营之手危及太后，固然是大逆不道，朕却懂得你的初衷。你这样做，有你的道理，朕决然不许，也有朕的道理。这是第一道衷情，望晏师傅体谅。"

"臣明白。"

"朕今夜以天子至尊之范，对晏师傅多有不情之命，于君臣仪轨固是无妨，在师生情分终究有碍。朕此举亦有苦衷。先帝圣训犹在耳边，事为之制、曲为之防。你是朕的老师，也是执政宰辅，若论情谊，宰辅诸公中无人可比你晏师傅了。朕信任你，重用你，却不能专用，不但不能专用，还要刻意多分出几分，留给其余诸位相公。为何？君臣际遇，天为之也，朕专用晏师傅乃大宋之幸。然而天意也难测。若赵家后世子孙中，没有朕这样的天子，若大宋朝廷后代宰辅中，没有晏师傅这样的忠臣，天子专用一人便是权相，自古权相中有几人不成奸相？到那时富贵权柄皆成空谈，身死国灭亦是常事。太祖、太宗、真宗是朕的祖宗，朕即是后世官家的祖宗，朕断不能留下权相专用的祖宗之法。所以在你面前，朕要折损钱相，但在孙从吾和沈追面前，朕又要折损于你，不会给任何人有专用的侥幸——此等由衷之情，晏师傅你十几年来也曾教诲过朕的，朕学到了，却用在晏师傅你身上，实属不得已为之，也望晏师傅体谅。"

"臣忝为帝师，授业有成，不胜欣慰欢喜之至。"

"至于今夜之事，诚若晏师傅所言，广运营十二伍精锐尽灭，骡宋使到底是谁，身在何处，其实并不重要了。孙从吾能受晏师傅感召而反水刺机局，并协助剿灭广运营，算他将功折罪了吧，继续留任提举为好。"

"臣遵旨。"晏殊想了想，继续道，"臣当年策反孙从吾之后，未能及时奏报——"

"朕那年刚刚即位，晏师傅，你要及时奏报给朕一个十二岁的孩子吗？"赵祯难得地一笑，摇头道，"朕说过，朕对晏师傅绝对信任，奏报与否不重要，关键是心里有没有朕。晏师傅放心，知道真相的只有宋崇和沈追。朕已交代宋崇不得泄露，沈追那边，晏师傅也提个醒。"

"臣遵旨。"晏殊释然一笑，道，"郎一石以死指控孙从吾是暗钉时，沈追其实已经知道了，何况一旁还有钱相在，沈追他身为探事房提点，自然不得不答应入宫护驾。"

"沈追和宋崇都是难得的人才，宋崇有功无过，朕看他可以继续提点刑事房，协理孙从吾提点皇城司。至于沈追，可以再给一些磨砺，日后能堪大任。"赵祯脸上的笑容散去，"磨砺他的地方，朕也替晏师傅找好了，就去永定陵吧，贬官两级，以观后效，让他在先帝陵前磨磨性子也好。"

"臣遵旨。"

"朕的第一个年号，是天圣。晏师傅当时跟朕说，二人为圣，一个是太后，一个是朕。太后是朕的母亲，和太妃一道抚养朕长大成年。朕绝不许任何人、任何事危及太后和太妃。当年朕开蒙进学，学的第一课是什么，晏师傅还记得吗？"

"回官家，是李复古、王孝先两位相公，给官家讲授国朝以孝治天下。"

"晏师傅讲辽国宫廷人事，萧耨斤，萧菩萨哥，耶律宗真，耶律宗元，一个是皇帝生母，一个是皇帝养母，两位母亲间本该勠力凝心辅佐幼帝，可偏偏弄得这个样子——太后和皇帝之间哪里还看得见孝道？"说着，赵祯轻轻一叹，"可扪心自问，朕也没有做到啊！"

晏殊不由愕然道："官家待太后至纯至孝，天下无人不知——"

"朕待太后至纯至孝，除了因为太后是朕的母亲，实在还有一层缘故——晏师傅替朕叮嘱一下沈追，永定陵那里，有一位守陵的先帝顺容，姓李，让他好生照顾，不得有失，任何变故无论巨细，朕都要立即知晓。李顺容身边都是太后的人，侍奉顺容一向无微不至，沈追要做的事，也就不必劳烦太后过问。沈追在晏师傅手下做惯了机密之事，晏师傅信得过，朕也信得过。李顺容能安然为先帝守陵，太后和朕在禁中才能安心，朕才能以至孝供奉太后，才能与太后一道治国理政——晏师傅，朕就将李顺容托付给卿和沈追了。"

晏殊宛如雷霆击顶样，立时枯朽在当场，一句话也说不出来了。在晏殊呆滞的视线里，眼前这位二十一岁的年轻人，正在朝西方看去，他的目光掠过禁中宫墙，飞过开封内城外城，沿着汴洛古道一路向西，越过田野山川，最终停留在永安县永定陵上空，天空下的某个斗室中，一位四十余岁却已鬓间斑白的妇人或许正辗转反侧，也或许已悄然入眠。

尾　声

　　大宋明道元年壬申，二月初七，沈追回到了阔别半年的开封。他自天圣九年辛未，也就是去年九月离京，赴京西路河南府永安县，改任宗正寺陵台令司永定陵所陵使，贬官两级，由从七品提点变成了从八品陵使，手下管了五十个柏子户、五十个永定陵守兵。这次到开封是正经公干，护送沉疴不起的先帝顺容李氏回宫治病。李顺容一行二月初一从永安县启程，走了足足七天才到开封，沿途中都是沈杜氏和老仆妇郭婆悉心照料。说是一行，其实总共也就六七个人，除了李顺容和沈追一家三口，还有三个老宫女，年纪都在五十开外，一路上伏低做小，处处看着沈追的脸色。三个老宫女都是正七品"典"字阶内朝女官，自十年前真宗赵恒葬于永定陵开始，三人便侍奉李顺容在此定居守陵，年纪大，资历老，品级也高——整个永定陵最大的外朝官才是从八品陵使，虽说内外朝官有别，可毕竟品秩高低明明白白，正七品见了从八品，全然没个好脸色。李顺容侍奉过先帝赵恒，获封正二品，却是一心崇老修道，性子散淡，足不出户，从不拿自己的品阶压人，也从不管三个老宫女如何在外作威作福，凡事都不搁在心里。自从沈追带着沈杜氏和郭婆到任，三女就被晾在一旁，不许再靠近李顺容半步。三女中为首的是典宝韦氏，撺掇典言陈氏、典赞尚氏跟沈追打擂台，沈追自己先不动手，派出先锋官郭婆应战。郭婆是纵横沙场的老将，以一敌三毫无惧色，抖擞了精神，甫一出手便骂得三位正七品丢盔卸甲。待到夜半声籁俱远，沈追麻利地把三人绑了，专挑典宝韦氏开刀，将"半掩门"绝技施展一番，或许是久未操练，门关得窄了些，韦氏一口气没上来差点送了命，唬得旁边观礼的陈氏、尚氏魂飞天外，遗溺狼藉，自此再不敢有丝毫忤逆。那次动静颇大，李顺容虽人不在场，听是听得见的，也不见她过来劝阻。

听沈追讲完这桩趣谈，遇仙正店帝风雅间里哂笑声四起，宋崇不由得笑道："去非兄的确好手段，不过那三个妇人岂是寻常人？就不担心她们给太后告御状？"

"我本干的是杀人的勾当，皇城司这许多年也不是白混的。"沈追正色道，"到任之前，这三人的籍贯亲属、一干劣迹早就查得明明白白。想告御状，随她去，结果无非是我再贬官罢了，可她们全家都得扔到城外汴河里喂王八。"

宋崇苦笑叹道："本司向来好端端的名声，都被去非之流败坏掉了，连累我等毁了清誉，真是可悲，可悲。"说完，连他自己也忍俊不禁。一旁的许沂却只是微笑，拿绢帕揩去右眼角的黏液，道："去非这般手腕，在永定陵的差事怕是快到头了吧？之后作何打算？"

此言一出，在座的三人都一时沉默。许沂开门见山，却显然是话里有话，倒也是他的一贯风范。沈追回开封是护送李顺容诊病，在座都是消息灵通的人，李顺容经年胸痹之疾此番怕是好不了了，若她真去见了先帝，沈追自然不必再回永定陵。他离开皇城司之后，探事房归宋崇代管，一直没任命新提点，摆明了是老孙给他留着位置，待永定陵的使命达成，随时可回来复任。不过李顺容牵涉宫闱之事太深，虽然三人都清楚其中隐情，却也都不能明言。

"我的打算做得数吗？"沈追哑然一笑，"何况文约兄有所不知，永定陵那边，还是颇有油水的。一个柏子户户头，在当地能卖不少钱，还是按月抽水。我手里整整五十个户头，给永安县令十个，我自己留四十个，再分十个算是守陵兵月俸粮禄外的津贴茶酒钱，足足能留下三十个户头，比做什么探事房提点赚得多，还不用天天玩命，你说这差事不好吗？我家娘子且不说了，那个老仆妇郭婆都天天嘴巴笑到了脑后根。"

所谓"柏子户"，就是在皇陵养护林木耘除洒扫的民户，凡入了柏子户户头，田赋徭役一概全免，故而在当地奇货可居，价赀不菲。见沈追说得一本正经，宋崇毫不客气道："去非你倒是算得好账本，可老孙会让你老老实实当个小都头吗？你一去永安县什么都撒手不管了，冬至日郊祀大典时，我和文约兄遭了多大的难？那董齐庵自打从延庆殿老虎洞里逃了，郊祀大典上差点弄出泼天的大祸，如今又是下落不明。晏相没说什么，老孙也没说什么，架不住人家钱相不停地在官家那里添油加醋，你沈去非还是把柏子户那点油水舍了，赶紧回司里帮忙要紧。"

"那也是临岳你自己弄脏了屁股，还要我和文约兄帮你擦吗？要不是贾路从高丽九死一生带回来消息，你怎么知道高丽使团一窝子都是刺机局的鹰郎？要不是杨良祐手下那个熟番彭学谦暗中传了消息，你怎么知道翊卫司和刺机局竟然搞到一起了？也亏得他们想得出，居然要在金明池赐宴时动手，正好撞在你手上，活该临岳你大出风头。"

沈追这话说得揶揄，但许沂和宋崇都明白，他这正是莫大的恭维——贾路和杨良祐都是宋崇提拔的心腹干办，彭学谦更是宋崇一手掌握的绝密暗钉，正是宋崇调度有方，故而翊卫司和刺机局的暗杀计划，才能从一开始就在皇城司的掌控之下。金明池赐宴那日，辽国和西夏的杀手弄沉了御舟，落水的却是辽国使团的萧汉宁、郑弘节，和西夏使团的野利遇乞等人，这几人都不识水性，前来救人的胥卒又得了宋崇的关照，刻意把他们往深水里拉扯，弄得不省人事才捞上了岸，参加冬至日郊祀大典的各番邦使节看得真真切切，一个个笑成了弥勒佛。那次风波不小，皇城司事情办得漂亮至极，太后和赵祯也都降旨褒奖。在整个天圣九年，皇城司于满朝文武面前出尽了丑，总算靠此役挽回了颜面。

宋崇听沈追这么讲，倒是有几分报颜，微笑着轻轻摇头。许沂却认真道："去非贤弟不要再讲玩笑话了，愚兄已经征得孙提举首肯，晏相亲笔批准，由武转文，不日即将南下到广南东路韶州做个通判，前路迢迢，不知去非可有意一道南下？孙提举说了，广南东路十六州里，可随去非选一州落脚。"许沂看着沈追，徐徐道，"出于公心，愚兄觉得贤弟还不到功成身退之际，但论及私谊，愚兄还是希望贤弟能一起走。没有谁一生下来就喜欢杀人，喜欢过刀头舐血的日子，皇城司保的是大宋，读书人为国尽忠固然算正途，但为国也有各种路数，未必非要在皇城司才算是忠君为国，庇佑一地百姓，承续一方风水，对你我读书人来说不也是正途吗？"

沈追闻言又是默然。大宋祖宗之法讲究崇文抑武，由武转文本就是天路艰难，况且皇城司提点是武职从七品，一州通判则是文职正六品，对许沂来讲已是连升三级，而对如今的沈追而言，更是连升了五级，此等优待堪称本朝罕有，该会让多少人眼红心热——

"文约兄此言,让我都心动了。"宋崇狡黠一笑道,"不知去非兄如何打算?"

"曲江县南,曹溪之畔,南华禅寺,文约兄有牵挂在那里,自然是要去的。而我就难了。"沈追酸酸一笑,道,"文约兄、临岳贤弟,大家一个槽里吃饭,彼此知根知底,你我这样的人,去留之计岂能由自己做主?己巳筹大功告成,文约兄厥功至伟,可以走。北房刺机局、西贼翊卫司阴谋接连被破,临岳厥功至伟,也可以走。唯独我在天圣九年破绽百出,走不得。不但走不得,还成了司里遭人攻击的把柄,不得已时还得做个代桃僵之李。相较之下,倒还是在永定陵那里自在些。岂不闻千株松下两函经,云在青天水在瓶?净瓶之水,青空之云,水流云散,各自西东。两位都明白,此次李顺容进京诊病,若是回天有数,或许事情尚有转机,但以我看来,李顺容大约的确是要去见先帝了,这也是她素来之愿。如此一来,能回永定陵便是大幸,哪里还有什么侥幸去广南东路?"

沈追一口气说了这许多,说的也都是肺腑之言,听得许沂和宋崇默默无语,他讲到最后,连宋崇脸上的笑容都消失了。想那李顺容守陵十年,从未提过回京,这次她主动上表请求回开封治病,说不定还是念念不忘,辞世之前想要见一个人,可刚才沈追也说得影影绰绰,李顺容沉疴已久,能治早就治了,哪里还有什么侥幸?

见两人都不吭不响,沈追便慢悠悠举起杯来,笑道:"遇仙正店的银瓶酒,老孙整天念叨个不停,睹物思人,说实话这半年多里,我挺想念老孙——两位帮我带个话,天圣五年带我进皇城司的,是老孙,五年中生生死死、来来回回、停停走走,如今是去是留,我还是都听他的。"言罢,沈追仰首一饮而尽,杯落在桌,他眼里竟泛起星点的光。

"去非兄,不用文约兄和我带话,今天兄就能见到孙提举。"

三人各怀心思,一时沉默,此刻有人叩门,三声过后,门悄然开启,半开半掩中,露出杨良祐的脸,他跟宋崇相视点头,复又退下。很快,门开了大半,孙从吾迈步进来,随手关了门,在四方桌空余的首位落座。

"都自在些,再熟不过的人了,不必拘谨,你们三位在我老孙面前,从来都不是拘谨的人嘛。"孙从吾脸上似笑非笑,"先说正事。去非刚才的话,我都听到了，就在隔壁。这里是帝风，隔壁是都韵。帝都风韵，市井人伦，在座的都是凡胎肉骨，逃不出滚滚红尘——去非说得入情入理，一入皇城司，去留不由己，不只是你们，老孙我也是这样。文约，今日的甄判就算清楚了，回头你把文书做好，临岳副署，我来落印核准，呈送晏相，把去非的事情了结了吧。"

"属下遵命。"

孙从吾看着沈追，笑道："皇城司一处四房，劳、险、凶、薄、冤，你的探事房是险，临岳的刑事房是凶，文约的律事房是薄——律事房在司内执律，置疑、校勘、甄判，于同僚虽凉薄了些，但也属分内之事，刚才既是闲聊亦是勘验，还望去非不要在意。"

"属下遵命。"沈追正色道，"不过按司里规矩，外勤完结才接受甄判，属下永定陵护驾之使命尚未结束——"

"已经结束了。"

沈追一怔，许沂和宋崇也愣了，孙从吾淡淡道："太后和官家已有成议，先帝顺容李氏晋位宸妃，不日即有翰林学士制诰，正式录于皇室玉牒。"

本朝太祖太宗留下的祖宗之法，先帝大行之后，所遗九嫔及以下内朝女官，去世前均有进位之赏，以彰妇道为天下生民表率。李顺容既已晋位宸妃，即是说从两位圣人到太医局、医官院，自上至下都认定李宸妃命不久矣，沈追以永定陵使身份护卫李宸妃的使命，也就自然终结了。尽管已经有所预料，但听到孙从吾这般举重若轻的言辞，沈追还是心中一紧，眼前蓦地一阵恍惚，仿佛李宸妃就坐在他对面，轻言轻语道："我是两浙路杭州富阳县人氏，祖父做过婺州金华县主簿……"

"去非，你的使命完成得很好，适才文约跟你讲的话，也不全是为了甄判，让你去广南东路的动议，就是晏相亲口提的，想必也是宸妃的意思。"孙从吾看向沈追，缓缓从怀里掏出一个明黄色锦袋，轻轻松开系扣，露出一方印玺，"此乃宸妃随身携带之凝真法印，宸妃命晏相转交与你，原话是——存个念想，愿你和夫人现世安稳，早生贵子。"

"属下，谨奉。"

在突如其来的沉默中，在孙从吾、许沂和宋崇的视线里，沈追接过法印，仔细拉上系扣，收放入怀。这方印玺沈追见过，通体玉制，印面有篆体"凝真"两字，印纽为如意，据李宸妃亲口所言，天禧二年今上赵祯被立为太子之际，真宗赵恒御赐她此印，当时赵恒对她说的也是四个字，"存个念想"。说这些话的时候，房内只有沈追夫妇和李宸妃，不，当时还只能叫她李顺容，她有些戏谑地说，估计离晋升妃位的日子不远了。杜媛珠哪里懂得宫闱制度，还天真地连声恭喜，唬得沈追冷汗迭出，幸而李顺容并未动怒，甚至连脸色都没变，笑着说"好一个憨憨的女子"——

沉默还是被打破了。

又是三声叩门，却没人推开。孙从吾举起手，做了几个手势，照例是皇城司内部手语：保持安静，勿作杂音。

脚步声很快响起，还夹杂着话语人声，流水价从帝风雅间门口掠过，并未停留，涌进了隔壁都韵雅间，随即一阵桌椅响动，接着是堂倌寒暄、客人点菜——虽然是隔壁，却宛若在耳边一般清晰。沈追立即意识到，遇仙正店其实是一处黑盘，而且是由孙从吾亲掌、最高级别的绝密黑盘，整座楼经过特殊改造，处处皆是机关，帝风、都韵这两座雅间固然有墙相隔，却又浑然一体。想来刚才和许沂、宋崇的所有对话，隔壁的孙从吾都听得真真切切。

"当平老弟——不，该叫你一声罗知州了，今天老哥我给兄弟饯行，银瓶酒管够。"

沈追当然已经听出来了，说话的是花长虫，而他对面坐着的，想必就是罗镇。沈追看向了许沂和宋崇，两人都是眉峰微蹙，多有不解，而孙从吾则是老僧入定样，口眼皆闭，看不出有任何的神色起伏。

"花兄美意，在下实不敢当——"

"自家兄弟客气什么？我又不跟你借钱！老哥我是眼红贤弟这番好运，眼巴巴要跟老弟喝个喜酒，沾沾老弟这一身从头到脚的喜气，指不定枢密院哪个上司长官一时糊涂看走了眼，把老哥我也给提拔了呢？我也不求能由武转文，能在武职里再升一级就心满意足了。"

"罗某原先虽是武职，却不归枢密院调度，是晏相和孙提举管的，这次能有幸外放为官，实在是感激晏相，感激孙提举，看在罗某多年来夜夜卫戍皇城禁中——"

"得了吧，老弟，咱们弟兄谁还不知谁的底细？老弟你在皇城亲从军这许多年，年年磨勘都是卓异，怎么就一直没提拔上去？去年广运营那档子事情一出，怎么就提拔了？"

"花兄！"罗镇的声音忽然急迫起来，"你怎么——隔墙有耳！"

"有个屁的耳！"花长虫哧哧一笑，道，"老子代号老雕，堂堂皇城司暗钉，都是咱司里的人偷听人家，哪有人家偷听咱的？"

"即便如此，这般机密的事——"

"京城里哪儿有什么机密可言？小报满天飞，都写到云彩影里去了，难道老弟你一点儿都没听说？胡垚带着广运营十二伍闯宫谋逆，你我当时都在，你自己说，那小报上说的有几成是真、几成是假？老弟你扪心自问，若不是老哥我苦口婆心劝说，你能立下大功吗？功劳簿上虽然没我的名字，你心里总是有数的吧？"

罗镇的语气显然有些慌乱，更多的是无奈："花兄那晚的确赐教非凡，在下深怀感激，如有机会一定厚报。"

"不求老弟厚报，薄薄地一报即可——兄弟去了霸州，管着对辽国的榷场，那可是真金白银的买卖。不瞒老弟说，我有个姘头，她亲哥哥跟辽国人做些茶叶、瓷器、稻米生意，苦于寡妇睡觉、上头没人，生意一直做不大，兄弟此去，多少可怜可怜他，也就是他的造化了。"

罗镇苦笑的声音，道："这个在下省得，既然是嫂夫人的兄长，自会照顾。"

花长虫拍桌子的声响，话音也越发大了："要的就是兄弟这话！兄弟放心，咱都是场面上的人，有来有往一报还一报，我就禀着两条，头一条绝不会让兄弟为难，第二条绝不会亏待兄弟——这杯银瓶酒我先干了！"

一阵觥筹交错的响动，稍后有堂倌进进出出，送上各色肴核佐食。帝风雅间里，时光仿佛静止不前，四个人的动作坐姿丝毫未变，孙从吾的双眼始终没有睁开，沈追和许沂、宋崇交换着诧异的眼神，他们都不清楚孙从吾的用意。罗镇外放霸州的事，他们早就知道了，也都知道由武转文不过是幌子，罗镇的实际使命有二，一是整饬对辽榷场和边境日渐严峻的情报外泄、物资走私；二是与刺机局合作，共同对付日渐崛起的西夏。据皇城司在西夏暗钉不断传来的消息，西夏国主李德明病情每况愈下，李元昊继位已是迫在眉睫，素有称帝自立野心的李元昊一旦掌权秉政，对宋辽间已达近三十年的和平是莫大威胁——但是，这跟花长虫又有何关系呢？孙从吾的用意究竟何在？难道这花长虫不但是在京房的老雕，皇城司的老雕，还是西夏翊卫司的老雕吗？简直匪夷所思。

这厢四人对坐无言，那厢却已是酒至半酣，至少花长虫是喝得起兴，言语中带着醉意："老弟你刚才说感激晏相，感激孙提举，全是他娘的废话，你感激他们做什么？别以为这回提拔外放是他们有恩于你，老弟你早该提拔了！"

罗镇还是苦笑连连，道："花兄，你喝了不少了——"

"这点儿酒算什么？"花长虫继续口无遮拦，"老弟你也别撇清，咱们弟兄用不着羞羞答答，就跟那天在拱宸门外，老哥我跟你说的那样，执政宰辅也好，东西二府六部百司长官也好，没一个好东西，没一个是铁了心要跟赵官家同生共死的，图的都是名利，残唐五代到大宋，有几个忠君的臣子？当年太祖黄袍加身，率军杀回了开封，满朝文武也就两个给大周殉葬，其余的不都是乐乐呵呵当了新朝的官？照旧是吃香喝辣荣华富贵嘛。这一点，当今两位圣人看得清清楚楚，哪里来的什么帝党后党？人家是娘俩，两人一合计，搞了这么一出，不怕你是帝党，也不怕你是后党，就怕你既不是帝党也不是后党，还想趁机造个反谋个逆，这种人才是万万容不得，人家娘俩一试就把这伙人全给试出来了。晏相，钱相，都不是一般人，人家早瞄准了两位圣人的心思，借着剿灭广运营就替娘俩把事情办了。兄弟你还傻乎乎守着拱宸门，想要带兵进禁中护驾呢！不是老哥我吓唬你，只要你真刀真枪带人进去，这事就说不清楚了，妥妥地算你一个谋逆！"

"花兄，你真喝多了——"

"酒壮尿人胆，老哥我就是个尿人，不喝点儿酒谁敢说这个？在咱们大宋，无官不贪，贪官贪的是钱财，清官贪的是名声，两位圣人不知道吗？人家知道得明明白白，人家不怕，怕的是你不贪钱也不贪名，那就是贪人家娘俩的宝座了，那还得了？统统得抓起来砍脑袋！所以老弟，你去了霸州，好好地捞上一笔，给孙男娣女攒点家底，上对得起官家，下对得起自家，这才是咱大宋的好官嘞！"

……

沈追离开遇仙正店的时候，天空竟昏沉起来，纷扬在天地之间的像是雪，也像是霰，但这并不能挡住开封城无尽藏的热闹喧嚣。许沂和宋崇没有跟来，因为沈追身旁已经有了孙从吾。遇仙正店在曲院街南，出门右转向东即是南薰门里大街，朝北沿天街御路走过武学巷，就到了麦秸巷，再折向东过了高桥，便是沈追宅院了。太平日久，人物繁阜，两侧青楼画阁，珠帘绣户，雕车竞驻于天街，宝马争驰于御路，金翠耀目，罗绮飘香，两人并肩行在市井人流之中，随意说些半年来的人和事。大概这样的漫谈很难得，孙从吾的兴致很好，不时朗声一笑，沈追便陪着也笑。等到了麦秸巷，沈追见孙从吾还没有分别的意思，只好道："提举公务繁巨，属下不敢让提举再送了，不如就此别过也好——"

麦秸巷幽长而不阔，跟天街御路相比，像是缠在树上的老藤。孙从吾含笑摇摇头，转身走进巷子，沈追也只得跟上。巷里行人萧疏，孙从吾声音也轻了起来，徐声道："一街一巷，一热一凉，对去非而言，正是合了天圣九年的种种遭遇——宗正寺你就不用去了，先在家里休整几天，探事房千头万绪，临岳跟我提了好几次，你再不回来他就要撂挑子了。"

"属下遵命。"

"今天花长虫和当平见面，不是我刻意安排，是花长虫约当平，当平禀告给我，我让当平把地方定在了遇仙正店。"孙从吾自失地一笑，"我料到当平外放霸州，花长虫会有事相求，但没想到他会说得如此直白，倒也有几分趣味，几分可爱，就当听了段瓦子说书，大家解了个闷吧。"

沈追见孙从吾神情松快，壮了胆子道："可那花长虫的话，分明是忤逆悖乱之语——"

"去非，有些话听听便好，有些人见见便罢，酒要少吃事要多知，何况他说得也有几分道理在。有时候你我身在局中，倒真不如他一个局外人看得真切。"孙从吾一笑，道，"本朝官家与士大夫共治天下，所以能一扫五代残唐之阴霾，这是真的。花长虫说本朝无官不贪，要么贪财要么贪名，却也是真的。且不管真真假假，天下能太平，百姓能安居乐业，生生不息，也就足矣——在你老家保州保塞县，给你新置办了田产庄子，地契在律事房密档库，你复任时找文约去取,这里头有司里暗库支的钱,也有官家给的内帑。天圣五年,我老孙亲自选拔你进了皇城司,数年来委以重任,说是心腹也不为过,给你的这些东西跟你的功劳相比,实在是亏待你了,你就多担待吧。"

"属下感激提举赏识,原本给的就足够多了,这次——"

"你该得的,就不要推辞。给你的你不拿,反倒让人生疑。"孙从吾叹了一声,道,"官家给你批了内帑,也让我转达一个意思,你私自画了御容给李宸妃,这本是杀头的罪过,不过官家并不打算追究。半年之中,你替官家在宸妃身前朝夕侍奉,宸妃很满意,官家说他没有看错人,都记在心里了。官家还说,他很羡慕你。"

沈追默然驻足,既迈不开脚,也张不开口。他实在有太多话要讲,却又不知道能对谁说。他仿佛又回到了那个终日焚着道家九合香的斗室,仿佛又看到了李宸妃握着赵祯御容,眼泪扑簌簌掉落。天子也好,后妃也罢,执政宰辅满朝公卿,其实也都是常人,正如孙从吾刚才所言,"都是凡胎肉骨,逃不出滚滚红尘"。而俗世凡人众生皆苦,不过是各有各的苦处。恍惚间,沈追感到肩头一颤,原来是孙从吾拍了拍他的肩膀,便转身离去了,巷子口已有一辆车候着。孙从吾消失在车里,车消失在沧海般的城中。开封城就在眼前,就在脚下。城已千年。千年漫长又往复,仔细思量,也无非是田间的庄稼绿了千回,熟了千回,城边的杨柳被大雪覆盖了千回,被春风吹绿了千回。城中的人经历了千年里每一回四季轮转,听闻了千年中每一日暮鼓晨钟,城中的人在这里生长,在这里死去,穿城而过的京畿四渠汤汤东流,最终融入碧蓝的大海,这里的土地绵延开来,铺满了整个天下,这里飘起的每一缕炊烟,飘起的每一声歌谣,都飘向了天地的尽头,这里的天空有所有人都能看到的云,有所有人都能看到的星辰,而沈追,也正是这所有人之中的一个。沈追抖落身上的雪,望了一眼孙从吾消失的巷口,把目光转向沈宅方向。